## 미국

"숨 막히는 소설이다." —*Vogue*

"딸이 소설로 전하는 어머니 베티의 환희와 끔찍한 비밀." —*LA Times*

"*베티* 같은 가족소설을 접할 가능성은 적다. 이 이야기는 정말 특별하다. 너무 아름다워서 눈물이 흐르는지조차 모를 것이다." —*Entertainment Weekly*

"문장 애호가를 위한 성인소설." —*Library Journal*

"화려하고 은밀한 서사시." —*Oprah Magazine*

"아름답고 구슬픈 성장소설." —*Glamour*

"서사적이면서 서정적이다. 우리가 이해하는 우리 부모의 삶과 훗날 우리 자식들이 이해할 우리의 삶에 대한 장대한, 가슴 저미는 작품이다." —*Booklist*

"너무 놀랍고, 너무 아름답고, 온 폐부를 찌르는, 절대 잊을 수 없는 책. 와우······." —*Goop*

"이 책은 가장 좋은 방법으로 당신의 마음을 열어줄 것이다." —*Good Housekeeping*

"사납고, 생생하다. 견디기 힘들 만큼 벅차지만, 그녀를 알게 된 보상은 그 고통을 넘어선다." —*Columbus Dispatch*

## 영국

"눈부신 책. 마음의 준비를 단단히 해야 한다." —*Times*

"창의적이고 압도적이다. 가족과 비탄에 대한 뛰어나고 폭넓은 탐구. 언어와 줄거리에 음악으로 가득한 성장소설. 아름답고 충격적이다." —*Guardian*

"*베티*는 계속 나를 다시 부른다, 영원히 당신과 함께할 책." —*Irish Independent*

"스토리텔링에 새로운 생명을 불어넣은 책." —*Bookseller*

"과거의 억울함에서 현재를 해방시키려는 중요한 책." —*Irish Times*

"*베티*는 탐구하는 소설이다. 가족, 유산, 전통, 여성, 스토리텔링, 잔인, 학대, 인종차별, 성적 학대에 대해. 일명 성장소설이지만 자각의 이야기가 더 어울

릴 것이다. *베티*에는 강력한 펀치가 가득하다." —*Bargain Books* (남아공)


## 프랑스

"온몸을 감싸는 감흥, 파안대소의 미소가 지어지는 책. *베티*는 빛이자 그림자
인, 매혹적이고 비극적인, 감탄을 안기는 책이다." —*Le Monde*

"서정적인 글도 태양처럼 진실의 추함과 거짓의 찬란함을 고스란히 드러낸다.
잊을 수 없는 '꼬마 전사'의 매혹적인 초상화가 탄생했다. 말이 그녀를 살렸다.
자신의 딸들이 얼마나 강한지 알려준 아버지에게 바치는 헌사." —*L'Obs*

"독자는 이 불같은 대하소설을 읽고 어떤 소녀를, 어떤 캐릭터의 힘을, 어떤 운명
을 생각할까? 베티는 대문자 H의 여주인공(Héroïne)이다." —*Livres Hebdo*

"작가의 스타일에는 신성한 텍스트의 아름다움과 단순함이 있다." —*Libération*

"첫 페이지에서부터, 현대 미국문학이 줄 수 있는 최고의 수준을 제공한다."
　　—*JDD*

"이 벽화가 우리를 압도하고 빛나는 이유는 비극을 하나의 진정한 행복한 이
야기로 탐독하도록 변신시킨 작가의 기술 때문이다. 신랄하나 놀라운 부드
러움으로 생생하다. 각 인물은 잊을 수 없는 인간미로 빛나고, 장면마다 시
적인 시각으로 도드라져 있다." —*Le Point*

"비밀과 유년시절에 대한 강렬한 작품. 시가 출렁이고, 문장은 우리를 적시며,
베티의 목소리와 각 인물의 마력과 묘사는 이 책을 독특하고 장엄한 필독
서로 만들었다." —*Le UN*

"시적이고 진솔한 언어로 표현된 1인칭 시점의 인상적인 해방기. 말의 힘은 주
인공을 변화시키고, 독자를 압도한다." —*Lire*

"모두가 *베티*를 사랑하게 되리라. 놀라운 책이다." —*La Grande Librairie*

"*톰 소여의 모험*, *앵무새 죽이기*, *분노의 포도*를 연상시키는, 현대 미국문학의 고
전이 될 작품." —*RTL*

"예외적이고, 숭고하고, 충격적인 책." —*La P'tite Librairie*

"위대한 미국 소설이다. 장엄하다. 미국문학의 미래의 고전이다." —*France Inter*

"반드시 읽어야 할 책이다. 대작이다." —*France Culture*


뒷면지로 이어짐

# 베티

티파니 맥대니얼

# 베티

강주헌 옮김

아도니스
출판

# 차례

일러두기

주 : 모든 주는 한국어판.
강조 : 대문자 강조는 방점으로, 이탤릭체 강조는 *이탤릭체*로 했다.

내 어머니 베티는 1954년 2월 12일 아칸소 주 오자크에서 태어났다. 그녀는 꿈처럼 매력적인 어머니와 체로키 족에 밀주를 만들고 신화를 짓는 아버지 사이에서 태어났다. 열두 자녀 중 하나였던 어머니는 오하이오 애팔래치아 산맥의 산기슭에서 성인이 되었다. 이 책은 달의 춤이자 달의 노래이며 또한 달빛이다. 무엇보다 이 이야기는, 언제나 영원히, 꼬마 인디언의 이야기다.

*엄마, 사랑해요. 이 책은 엄마와 엄마의 잊을 수 없는 모든 마법에 대해 쓴 거예요.*

# 무너진 나의 집

내게 담 하나를 줘요,
난 구멍 하나를 줄게요.
내게 창문 하나를 줘요,
난 깨진 창 하나를 줄게요.
내게 물을 줘요,
난 피를 줄게요.

— 베티

# 저자의 말

이 소설의 배경은 남부 오하이오의 오하이오 애팔래치아 산맥의 산기 슭이다. 오하이오 애팔래치아는 여러 가족들이 번성하고, 저마다 제 빛을 찾아가는 곳이다. 남부 오하이오에는 그들만의 아름다운 전통과 문화와 역사, 그리고 풍요로운 남부의 느릿한 말투와 사투리가 있다. 나는 이곳이 내 고향이라는 게 너무 자랑스럽다. 이 소설을 읽은 뒤, 여러분도 나만큼 오하이오의 이곳을 사랑하기를 희망한다.

아울러 여러분이 이 이야기를 읽는 시간이 즐겁기를 희망한다. 여러 세대에 걸친 우리 가족에서 영감을 받은 이 이야기는, 특히, 내 어머니와 나보다 앞서 살았던 여인들의 강인함에서 영감을 받았다. 그분들은 역경을 마주하고 제 힘으로 굳게 일어섰다. 이런 이야기를 할 수 있게 되어 내게 큰 영광이었다.

# 베티

# 프롤로그

내가 너희를 기억할 때마다 나의 하나님께 감사를 드리니.

— 빌립보 1:3

나는 아직 어린애다. 키도 아버지의 엽총만 할 뿐이다. 아빠가 자동차 보닛 위에서 쉬고 있는 걸 보고 나가려고 할 때, 그가 내게 엽총을 갖고 오라고 한다. 그는 내 손에서 엽총을 받아 무릎 위에 올려놓는다. 그의 옆에 앉으면, 마치 그가 뜨거운 햇살에 달아오른 주석 지붕으로 변한 듯, 그의 몸에서 피어오르는 여름 열기가 느껴진다.

그가 텃밭에서 먹은 새참 때 턱에 달라붙었던 토마토 씨들이 떨어져 내 팔에 내려앉지만 상관없다. 그 작은 씨들이 내 살에 달라붙어 종이 위 점자처럼 오돌토돌하다.

"내 심장은 유리로 만들어졌다." 그가 담배를 말기 시작하면서 말한다. "내 심장은 유리로 만들어졌다. 그래서 베티야, 널 잃으면 내 심장은 산산조각 나고, 크게 상처를 입어, 영원이란 시간이 지나도 치료되지 않을 거다."

나는 그의 담배쌈지에 손을 넣어 마른 잎들을 만지작거린다. 하나하나가 살아 있는 생물처럼, 손가락 끝에서 끝으로 움직이는 듯하다.

"아빠, 유리 심장은 어떤 모양이에요?" 나는 이렇게 묻고, 내 상상을 훌쩍 넘어서는 답을 기대한다.

"심장 모양처럼 생긴 빈 잔이지." 그의 목소리가 우리를 둘러싼 언덕 너머까지 퍼져나갈 듯하다.

15

"그 잔은 빨강이에요, 아빠?"

"네가 지금 입고 있는 드레스처럼 빨강이지, 베티."

"하지만 아빠 몸속에 그 잔이 어떻게 있어요?"

"몸속 예쁜 작은 줄에 매달려 있지. 그 잔 안에 하나님이 하늘나라에서 잡은 새가 있단다."

"왜 그분은 새를 그 안에 두신 거예요?" 내가 묻는다.

"한 조각 작은 하늘나라가 항상 우리 심장 안에 있어야 하니까. 그곳이 한 조각 하늘나라에게 가장 안전한 곳이니까. 난 그렇게 생각해."

"그 새는 어떤 종류의 새예요, 아빠?"

"글쎄다, 꼬마 인디언," 그가 담뱃불을 붙이려고 널찍한 챙의 모자에 둘러친 사포 띠에 성냥을 그으며 말한다. "내 생각에 걔는 온몸이 작은 불빛처럼 빛나고 반짝거리는 새일 것 같구나. 그 영화 속 도로시의 루비 슬리퍼처럼 말이다."

"무슨 영화요?"

"「오즈의 마법사」. 토토를 기억하지?" 그가 컹컹 짖다가 마지막엔 길게 늘어뜨린다.

"그 작은 검은 개요?"

"그렇지." 그가 내 머리를 자신의 가슴에 댄다. "들리니? *쿠쿵, 쿵.* 이 소리가 뭔지 알겠니? *쿠쿵, 쿵, 쿵.*"

"아빠 심장이 뛰는 소리요."

"꼬마 새가 날개를 퍼덕이는 소리란다."

"새가요?" 나는 내 가슴에 손을 대며 묻는다. "그 새는 어떻게 되나요, 아빠?"

"우리가 죽으면 말이냐?" 그는 내 얼굴이 해님이라도 된 듯 실눈으로 나를 쳐다본다.

"예, 우리가 죽으면요, 아빠."

"음, 유리 심장이 목걸이의 작은 갑처럼 열리고, 새가 심장에서 나와 우리가 길을 잃지 않도록 우리를 하늘나라로 이끌지. 우리가 전에 가본 적이 없는 곳이라 쉽게 길을 잃을 수 있으니까."

난 여전히 그의 가슴에 귀를 대고, 끊임없이 쿵쿵대는 심장 소리에 귀를 기울인다.

"아빠? 유리 심장은 누구한테나 있나요?"

"아니." 그가 담배를 한 모금 빤다. "나하고 너한테만 있지, 꼬마 인디언. 나하고 너한테만."

그는 내게 자기 뒤에 기대 귀를 막으라고 한다. 그가 입가에 담배를 문 채, 엽총을 들어 방아쇠를 당긴다.

# 1부

∾

# 나는

**1909~1961**

# 1

〜

거기서 슬피 울며 이를 갈음이 있으리라.

—마태 8:12

소녀는 칼과 맞서면서 성년이 된다. 소녀는 칼날을 견디는 법을 배워야 한다. 상처를 이기는 법. 피를 흘리는 법을. 흉터가 남지만 그래도 여전히 아름답고, 토요일이면 어김없이 부엌 바닥을 청소할 만큼 무릎도 튼튼해야 한다. 우리는 길을 잃을 수도, 자신을 찾을 수도 있다. 이 진실들은 서로 무한히 다툴 수 있다. 무한이란 무릇 뒤얽힌 맹세가 아닐까? 갈라진 원. 드러난 자홍색 하늘. 그 하늘을 지상에 끌어오면, 무한은 끝없이 꿀렁이는 언덕이 된다. 오하이오의 한 시골, 큰 풀 속 모든 풀뱀들은 천사들이 어떻게 날개를 잃었는지를 알고 있다.

  내 기억 속, 뜨거운 사랑과 헌신은 폭력만큼 기억에 생생하다. 두 눈을 감으면, 들개들이 우리들의 온유한 인내심을 빼앗아가던 봄 어김없이 우리 집 헛간 주변에서 솟아나던 라임색 클로버가 보인다. 미래의 시간은 결코 같지 않을 것이며, 그래서 우리는 시간에 다른 아름다운 이름을 붙여 시간이 흘러도 우리가 어디에서 태어났는지 계속 기억하기 쉽게 한다. 나는 여덟 아이를 둔 가정에서 태어났다. 우리 형제들 중 한 명 이상이 새파란 어린 나이에 죽었다. 누구는 하나님이 너무 적게 데려갔다고 원망했다. 누구는 악마가 너무 많이 남겨두었다고 비난했다. 하나님과 악마 사이에서, 우리 가족이라는 나무는 썩은 뿌리들과 부러진 가지들, 곰팡이가 슨 잎사귀들과 함께 컸다.

21

"커지면서 옹이가 많아지고 뒤틀리는 건," 아빠는 우리 집 뒷마당의 커다란 핀참나무[1]를 가리키며 이렇게 말하곤 했다. "빛을 의심해서 그런 거다."

나의 아버지는 1909년 4월 7일, 도축장에서 바람이 불어오는 켄터키의 한 수수밭에서 태어났다. 그 때문에, 공기에 피와 죽음의 냄새가 진동했다. 내 상상이지만, 그들 모두 그를 피와 죽음에서 태어난 아이인 양 바라보지 않았을까.

"내 새끼를 강물에 담가야 할 것 같아요." 그의 어머니는 꼼지락대는 그의 조막만 한 손가락들을 보며 이렇게 말했다.

내 아버지는 모계와 부계 모두 체로키족이었다. 어렸을 때 난 체로키라는 것은 달에서 떨어지는 한 줄기 빛처럼 달과 묶여 있는 것이라고 생각했다.

"Tsa-la-gi. A-nv-da-di-s-di."[2]

우리 혈통은 몇 세대 거슬러 올라가면 아니와디 씨족에 속했다. 체로키 중에서도 우리 씨족은 신성한 의식과 전쟁에 사용되는 특수한 붉은 염료를 책임지고 만들었다.

"우리 씨족은 창작가들의 씨족이었다." 아버지는 내게 이렇게 말하곤 했다. "선생님들이기도 했다. 그분들은 삶과 죽음에 대해, 그 모든 걸 밝히는 신성한 불에 대해 말했다. 우리 집안은 이 지식의 수호자다. 그걸 잊지 말아라, 베티. 또한 네가 붉은 염료를 어떻게 만드는지, 신성한 불에 대해 어떻게 말하는지 아는 것도 잊지 말아라."

아니와디 씨족은 또한 치유자이자 치료 주술사로서, 아프고 병든 사

---

1 · pin oak. 북미 동부와 캐나다 원산 참나무. 높이 18~22m, 지름 최대 1m, 수명 120년, 학명 Quercus palustris(참나무, 늪지대의). 앞으로 여러 식물들이 언급된다. 간단한 사항을 병기했다. 학명은 베티 아버지가 종종 언급, 일괄 병기했다('아빠는 식물백과사전이었다. 특히 약용식물은 척척박사였다.' 6장).

2 Tsalagi 체로키. Anvdadisdi 기억(하다).

람에게 그들의 약을 '칠해준' 사람들로도 알려졌다. 나의 아버지도, 자신의 방식대로, 그것을 계승했다.

"네 아빠는 주술사야." 학교에서 애들은 내 얼굴에 깃털을 펄럭이며 나를 놀렸다. 그들은 그렇게 하면 내가 아버지를 덜 사랑할 것이라고 생각했지만, 나는 그를 더욱더 사랑했다.

"Tsa-la-gi. A-nv-da-di-s-di."

내 어린 시절 내내, 아빠는 우리가 조상들을 잊지 않을 것이라고 확신할 때까지 그들에 대해 이야기해주었다.

"우리 땅은 옛날에는 이만큼이었다." 아버지는 두 손을 양쪽으로 쭉 뻗치면서, 체로키족이 강제로 오클라호마 주로 이주당하기 전까지 그들의 땅이었던 동쪽 땅에 대해 이야기했다.

우리 체로키 조상들 중 몇몇은 숲속에 숨어 오클라호마 주로 불리는 이 생경한 땅으로 강제로 쫓겨나는 걸 모면했다. 그러나 그들은 계속 그곳에 머물고 싶다면 백인 정착민들의 생활방식을 받아들여야 한다는 말을 들었다. 막강한 힘을 가진 세력이 체로키족에게 국법을 들이밀며 '문명화'되든지, 아니면 고향 땅을 떠나라고 윽박질렀다. 체로키족은 백인의 영어로 말하고, 백인의 종교로 개종하는 수밖에 달리 도리가 없었다. 그들은 예수가 그들을 위해 죽었다는 이야기까지 들었다.

기독교를 알기 전까지 체로키는 모권 중심의 모계사회인 것을 자랑스레 여겼다. 여자가 가장이었지만, 기독교는 남자를 꼭대기에 두었다. 기독교로 개종함으로써 체로키 여성들은 한때 그들이 소유하고 일했던 땅에서 밀려났다. 그리고 앞치마를 받았고, 그들이 말하는 여성의 세계라는 부엌에 갇혔다. 한편 체로키 남자들은 예부터 사냥꾼이었지만, 그때부터 땅을 경작해야 했다. 체로키의 전통적인 생활방식은 뿌리째 뽑혔고, 여성과 남성이 동등하게 살아가던 성 역할도 무너졌다.

물레와 쟁기 사이에서, 고유한 문화를 지키려고 투쟁한 체로키족이 있었지만, 그 전통들은 점점 희미해졌다. 내 아버지는 조상으로부터 물려받은 지혜, 예컨대 어떻게 호박잎과 줄기로 숟가락을 만드는지, 혹은 어떻게 옥수수를 심을 때를 아는지를 소중히 여기며 우리의 피를 순수하게 간직하려고 최선을 다했다.

"야생 구스베리³ 잎이 무성해지면," 그는 이렇게 말하곤 했다. "야생 구스베리는 겨울잠에서 가장 먼저 깨어나 눈을 뜨기 때문에 '이제 땅이 따뜻해졌다'라고 말하는 거다. 자연이 우리에게 말하는 거지. 우리는 그 소리를 듣는 법을 기억하기만 하면 된다."

내 아버지의 영혼은 다른 시대에서 왔다. 땅의 소리를 듣고, 그걸 존중하던 부족들이 이 땅에 살았던 그런 시대였다. 그는 온몸으로 그걸 존중했고, 마침내 내가 아는 한 가장 위대한 사람이 되었다. 내가 그를 사랑한 것은 그 때문만은 아닌데, 그는 제비꽃을 심고도 제비꽃이 보라색이란 걸 전혀 기억하지 못했기 때문이다. 또 매년 7월 4일⁴이면, 머리칼을 한쪽이 기울어진 모자처럼 깎았기 때문에 나는 그를 사랑했고, 우리가 아파 기침을 하면 등불을 들고 나타났기 때문에도 나는 그를 사랑했다.

"세균이 보이니?" 그는 우리 사이의 공기를 불빛으로 비추며 이렇게 물었다. "얘들이 바이올린을 연주하고 있네. 네 기침은 얘들이 노래하는 소리란다."

나는 그의 이야기 속에서 발을 데이지 않고도 태양을 가로지르며 왈츠를 출 수 있었다.

내 아버지는 아버지다운 아버지였다. 또, 아버지와 어머니 사이에 적잖은 다툼이 있었지만 그는 남편다운 남편이었다. 부모님은 오하이오주 조이저그(Joyjug)의 한 공동묘지에서 처음 만났다. 구름이 잔뜩 낀

---

**3**　wild gooseberry. 북미 북부와 캐나다 원산의 건포도과 관목. 다양한 색의 열매는 식용한다(초록, 주홍, 빨강, 보라, 노랑, 하양, 검정). 높이 50~100cm, 학명 Ribes hirtellum(까치밥나무, 잔털이 있는).

**4**　독립기념일.

날이었다. 아빠는 셔츠를 입고 있지 않았다. 셔츠는 봉지처럼 말려 그의 손에 들려 있었다. 그 안에 흡연가의 폐 조각처럼 생긴 버섯들이 들어 있었다. 주변을 살폈을 때, 그녀가 눈에 들어왔다. 그녀는 퀼트 위에 앉아 있었다. 바늘땀의 간격은 일정하지 않았고, 아직 바느질을 배우는 소녀가 시침질한 퀼트인 게 분명했다. 구불구불 잘린 탓에 크림색 천 조각의 길이가 제각각이었다. 퀼트 중앙에 각각의 옥양목 조각들로 만든 큰 나무 장식이 있었다. 그녀는 그 나무 위에 앉아 남북전쟁 무명용사의 묘비를 바라보며 사과를 먹고 있었다.

정말 특이한 여자로군. 아빠는 그렇게 생각했다. 땅속에 죽은 시체만 있는 공동묘지에 앉아서 사과를 먹다니.

"죄송합니다, 아가씨. 혹 이런 것들을 주변에서 봤나요?" 그는 똘똘 만 셔츠를 펼치면서 그렇게 물었다. 그녀는 버섯을 잠깐 흘깃하고는 고개를 들어 그를 바라보며 고개를 저었다.

"이 버섯들 중 하나라도 먹어봤나요, 아가씨? 버터로 볶아서요? 정말 맛있습니다."

그녀가 아무 말도 안 하자, 그는 그녀가 말하는 걸 좋아하는 여자로 보인다고 말했다.

"당신은 잃어버린 언어의 수호자인 게 분명합니다." 그리고 묘비를 가리키며 덧붙였다. "저 군인이 아가씨 가족이었습니까?"

"어째서 그렇게 생각하죠?" 마침내 그녀가 입을 열었다. "저 군인이 누구인지 아무도 모르는데요." 그녀는 묘비 쪽으로 손을 획 들어 보이며 덧붙였다. "무명용사. 혹시 글을 읽을 줄 모르는 건 아니죠?" 그녀의 목소리가 생각보다 냉담하게 변했다.

순간 그는 그녀를 떠날까 생각했지만, 마음 한 귀퉁이에 그녀와 함께 있고 싶었던지 퀼트 가장자리 밖 풀밭에 앉았다. 몸을 뒤로 젖혀 하늘을 바라봤고, 곧 비가 쏟아질 것 같다고 말했다. 그리고는 버섯 하나를 뽑아, 긴 손가락 사이에 끼고 빙글빙글 돌렸다.

"정말 못생기지 않았나요?" 그녀가 얼굴을 찌푸렸다.

"내 눈에는 아름답게 보입니다." 아빠는 버섯 대신 모욕을 당한 듯 반박했다. "사람들은 이걸 죽음의 나팔[5]이라고 부릅니다. 그래서 묘지에서 무척 잘 자랍니다."

그가 버섯의 작은 꽁지를 입에 물고 나팔 소리를 냈다.

"뜻-뜻-따-두." 그가 미소를 지었다. "이 버섯은 아름답기만 한 게 아닙니다. 자연이 우리에게 준 좋은 약이지요. 모든 질병에 효과가 있습니다. 어쩌면 언젠가 내가 당신에게 볶아줄지도 모르지요. 또 어쩌면 내가 오직 당신만을 위해 널찍한 땅에 이걸 키울지도 모르지요."

"난 버섯을 좋아하지 않아요." 그녀가 다시 얼굴을 찌푸렸다. "그렇지만 난 레몬을 좋아해요. 레몬 밭이 좋아요."

"레몬을 좋아하신다고요?" 그가 물었다.

그녀가 고개를 끄덕였다.

"레몬의 샛노랑이 좋아요. 저 샛노란 것을 보고 어떻게 즐겁지 않을 수 있어요?"

그녀의 눈이 그와 마주쳤고, 그녀가 황급히 얼굴을 돌렸다. 그도 그녀를 배려해서 손에 쥔 버섯으로 시선을 돌렸다. 그가 버섯의 쭈글쭈글한 살집을 손가락으로 문지르며 살피는 동안, 그녀가 시선을 천천히 그에게 돌렸다. 그는 훤칠한 키에 빼빼 말랐고, 그녀는 그 모습에 여름마다 자신의 침실 창을 기어오르는 대벌레가 생각났다. 진흙이 잔뜩 묻은 그의 바지는 너무 헐렁했고, 흠집투성이의 낡은 가죽벨트로 그의 가느다란 허리에 매달려 있었다.

그녀는 가슴털이 없는 그의 모습에 놀랐다. 그녀는 아버지의 떡 벌어

---

**5** trumpet of death. 북미, 유럽, 동아시아 숲에 서식하는 식용버섯. 일명 '풍요의 뿔, 검정 꾀꼬리버섯, 검정 트럼펫, 죽음의 나팔(프랑스), 망자들의 나팔(이탈리아)'. 건조하면 풍미가 배가, 고급요리의 재료로 쓰인다. 학명 Craterellus cornucopioides(그리스어 krater 단지, 라틴어 cornu 뿔).

진 가슴에 난 굵고 곱슬곱슬한 털에 익숙했고, 그걸 움켜쥐면 손안에 작은 철사를 쥔 느낌이었다. 그녀는 아버지의 모습을 머릿속에서 억지로 떨쳐내고 눈앞의 남자를 계속 살폈다. 굵고 검은 머리칼 양옆은 짧게 쳤지만, 정수리 쪽은 길게 남아, 그녀의 한 뼘 손만큼 솟구쳤다가 물결처럼 털썩 주저앉기를 반복했다.

*아비가 좋아하지 않겠어.* 그녀가 속으로 생각했다.

그녀는 이 남자가 여자들이 주도한 가정에서 성장한 게 분명하다고 짐작했다. 그가 퀼트 위에 앉지 않고 밖에 앉은 것만 봐도 그랬다. 그의 어머니와 할머니가 어떤 여자일지도 상상이 되었다. 그의 갈색 눈동자에 그들이 담겨 있었다. 그녀는 그의 그런 점이 믿음직스러웠다. 여자들을 가깝게 보살필 사람이라는 점이.

무시할 수 없었던 것은 그의 피부색이었다.

*흑인처럼 까맣지는 않아.* 그 1930년대에 그녀는 이렇게 생각했다. *그렇다고 백인은 아니야. 여하튼 위험한 색이야.*

그녀가 시선을 내려 그의 맨발을 바라봤다. 숲길을 걷고 강물을 헤치고 다닌 남자의 발이었다.

"나무와 사랑에 빠진 남자인 모양이네." 그녀가 나지막이 중얼거렸다.

그녀가 다시 눈을 들었을 때, 그가 자신을 빤히 쳐다보고 있는 것을 봤다. 그녀는 몇 입 남지 않은 자신의 사과로 눈길을 돌렸다.

"더러워서 죄송합니다, 아가씨." 그가 바지에서 흙을 털면서 말했다. "하지만 묘를 파다 보면 더러워지지 않을 수 없습니다. 여기서 일하는 게 나쁘지 않습니다. 물론 내가 구덩이를 파줘야 하는 사람들에게는 좋은 곳은 아니지요."

그는 그녀가 사과로 입을 가린 채 미소를 짓기 시작하는 걸 봤고, 이내 그녀가 웃음을 멈췄다. 그는 그녀가 자신을 어떻게 생각하는지 궁금했다. 그는 스물아홉, 그녀는 열여덟이었다. 어깨까지 닿은 그녀의 머리칼은 코바늘로 짠 흰 망에 씌워져 있었다. 그녀의 머리색과 머릿결은

27

햇살에 옅게 바랜 옥수수수염을 떠올리게 했다. 피부는 민트색 드레스와 달리 복숭앗빛이었고, 가느다란 허리는 칙칙한 흰 허리띠로 바싹 동여매 있었고, 코바늘로 짠 때 묻은 손목장갑과 어울렸다. 그녀는 가까이 보면 빈털터리 여자였지만, 멀리서 보면 대단한 여자처럼 보였다.

*저 장갑 때문일 거야.* 그는 그렇게 생각했다. *진짜 숙녀처럼 보이잖아. 완전히 망가져서 들판에 버려진 트랙터처럼 녹슬어 없어지기를 말없이 기다리는 미녀가 아니라.*

사과는 이제 거의 심밖에 남아 있지 않았지만 붉은 껍질이 꼭지 주변에 조금 보였다. 그녀가 사과를 베어 물자, 과즙이 입가로 흘러내렸다. 바람결에, 느슨하게 삐져나온 머리칼이 그녀의 작은 귀 위로 날리는 걸 본 순간, 그는 보슬비가 그의 맨 어깨 위로 살금살금 떨어지고 있는 걸 느꼈다. 자신이 그렇게 부드럽고 가벼운 걸 느끼고 있다는 게 놀라웠다. 아직은 그렇게 무정한 사람은 아니었다. 점점 어두워지는 하늘을 올려다보며 그가 말했다.

"구름이 저렇게 모이는 걸 보니 폭풍우가 한바탕 몰아칠 것 같습니다. 여기 앉아 홍수와 하나가 될 생각이 없으시다면 조금이라도 빨리 피하는 게 낫겠습니다."

그녀가 일어섰고, 먹던 사과가 바닥에 떨어졌다. 그의 눈이 그녀의 발로 향했다. 그녀도 맨발이었다. 그녀와 그의 공통점이랄까, 그건 땅을 딛는 방식이었다. 그녀가 관심을 가질 만한 것을 그가 말하려는 순간, 비가 더 세차게 뿌렸다. 비는 두 사람을 사정없이 때렸고, 하늘은 번갯불로 빛났다. 폭풍우가 느닷없이 내 부모님에게 몰려왔고, 그들도 그 이유를 알지 못했다.

"저기 히코리[6] 아래면 비를 좀 피하겠네요." 아빠가 말했다.

---

6  shagbark hickory. 북미 동부, 캐나다 남동부에 널리 퍼진 나무. 높이 20~25m, 지름 30~120cm, 수명 350년, 학명 Carya ovata(그리스어 Carya 호두, 라틴어 ovata 달걀 모양의).

버섯을 싼 셔츠를 꼭 쥔 채 아빠는 바닥의 퀼트를 걷어 그녀의 머리 위에 씌웠다. 그녀는 그를 따라 히코리 나무로 향했다.

"곧 그칠 겁니다." 무성한 히코리 나뭇가지 아래로 피신하자 그가 말했다.

그는 퀼트에서 빗방울을 털어낸 뒤 나무의 울퉁불퉁한 껍질을 만졌다.

"체로키족은 이 껍질을 삶아 때로는 병을 치료하는 데 쓰고, 때로는 먹거리로 삼습니다. 나무껍질이 달달합니다. 우유에 넣고 보글보글 끓이면 우유 맛이……."

그의 말이 채 끝나기 전, 그녀의 입술이 그의 입술을 덮었다. 그가 이제껏 느껴본 적 없는 가장 부드러운 입맞춤이었다. 그녀가 치마 아래로 손을 넣어 닳아 해진 팬티를 벗었다. 그는 그녀를 바라보며 어리둥절해했고, 그러나 어쨌든 그도 남자였고, 버섯을 옆에 내려놓았다. 그는 퀼트를 땅에 펼치면서, 혹 그녀의 마음이 달라질 것을 대비해 아주 천천히 행동했다.

그녀가 퀼트 위에 눕자, 그도 누웠다. 그들 주위로 벌판의 옥수수들이 로켓처럼 솟구쳐 있었다. 그들은 서로 냄새를 맡으며 탐닉할 뿐 사랑에 빠지지는 않았다. 그러나 뭔가가 자라는 데 사랑이 꼭 필요한 것은 아니다. 수개월이 지나자, 그녀는 자신의 배 속에 자라고 있는 것을 더는 감출 수 없었다. 그녀의 아버지—내가 훗날 라크 할배라고 부를 사람—는 그녀의 불러가는 배를 눈치 챘고, 그는 그녀가 코피를 터트릴 때까지 그녀의 뺨을 수차 후려쳤다. 그녀의 눈앞에 작은 별들이 아른거렸다. 그녀는 어머니에게 도움을 외쳤지만, 어머니는 옆에 서서 묵묵히 바라볼 뿐이었다.

"창녀 같은 년." 그녀의 아버지는 이렇게 말하며, 바지춤에서 묵직한 가죽 허리띠를 풀었다. "네 배 속에서 자라는 건 죄다. 악마가 네년을 산 채로 먹게 해주마. 다 널 위한 거다. 잘 기억해둬라."

그가 허리띠의 금속 버클로 그녀의 불룩한 배를 힘껏 내리쳤다. 그녀는 바닥에 나뒹굴었고, 안간힘을 다해 자신의 배를 감쌌다.

"죽지 마. 죽지 마. 죽지 마." 그녀의 아버지가 분이 풀릴 때까지 그녀를 때리는 동안, 그녀는 자기 배 속의 아이에게 이렇게 속삭였다.

"하나님의 벌이 내린 거다." 그는 허리띠를 바지 고리 속에 다시 찬찬히 끼우며 이렇게 말했다. "자, 오늘 저녁은 뭐요?"

늦은 밤, 그녀는 자신의 불룩한 배를 손으로 쓰다듬으며 생명이 이어지고 있음을 확인했다. 이튿날 아침, 그녀는 그 버섯 남자를 찾아갔다. 때는 1938년 여름, 모든 임신부는 모름지기 남편이 있어야 했다.

그녀는 공동묘지에 도착한 뒤 너른 공간을 둘러봤고, 한 남자가 등을 돌린 채 무덤을 파고 있는 것을 발견했다.

*저기 있군.* 그녀는 이렇게 생각하고, 묘비들 사이로 걸어갔다.

"잠깐만요, 선생님?"

남자가 뒤돌아섰다. 그 사람이 아니었다.

"죄송합니다." 그녀가 눈길을 돌렸다. "제가 찾는 분인 줄 알았습니다. 그분도 여기서 무덤 파는 일을 하거든요."

"이름이 뭔데요?" 그가 일을 멈추지 않고 물었다.

"몰라요. 하지만 키가 크고, 삐삐 말랐어요. 머리칼이 검고, 눈동자는 짙은 갈색이고……."

"피부도 거무스름하고요?" 그가 삽을 흙더미에 꽂았다. "아가씨가 누구를 말하는지 알겠습니다. 며칠 전 그가 마을 끝에 있는 빨래집게 공장에 취직했다는 말을 들었습니다."

그녀는 그 빨래집게 공장까지 걸어갔고, 정문 밖에 서서 기다렸다. 정오가 되자, 나팔 소리가 들렸고, 사람들이 도시락을 들고 건물에서 쏟아져 나왔다. 푸른 셔츠에 짙푸른 바지를 입은 노동자들 틈에서 그녀는 눈을 부릅뜨고 그를 찾았다. 잠시, 그가 여기 없다는 생각이 들었다. 그때 그를 봤다. 다른 이들과 달리 그는 도시락 통이 없었다. 그는 담배를 말아 불을 붙였고, 담배 연기를 삼키면서 눈을 들어 우듬지 너머를 살피고 있었다.

*무얼 보는 거지?* 그녀는 갸우뚱거리며, 그가 하듯 고개를 들어 바람에 흔들리는 나뭇잎들을 바라봤다.

눈을 내렸을 때, 그가 그녀를 뚫어지게 쳐다보고 있었다.

*그 아가씨인가?* 그가 자문했다. 확신이 서지 않았다. 그날 이후 상당한 시간이 흘렀다. 게다가 지금은 멍 자국이 그녀의 이목구비를 가리고 있었다. 부어오른 눈도 그녀를 알아보는 걸 방해했다. 순간, 그녀의 머리칼이 바람에 옥수수수염처럼 귀 뒤로 넘어가는 것을 봤고, 그녀가 빗속의 아가씨임을 알았다. 당시 황급히 팬티를 도로 입었던 그 아가씨였다.

그는 그녀가 자신의 배를 손으로 조심스레 쓰다듬고 있는 것을 봤다. 그가 기억하는 평평한 배가 아니었다. 그는 얼굴을 뒤덮을 정도로 담배 연기를 내뿜고는 공장으로 발길을 돌렸다. 숲 냄새, 톱이 쓱싹대는 소리, 별자리처럼 대기를 꽉 채운 가는 먼지들 속에서 그때의 공동묘지가 고스란히 되살아났다. 비가 생각났고, 빗물이 어떻게 나뭇가지 사이로 떨어져 그녀의 눈동자에 튀었는지 생각났고, 그녀의 눈가를 적신 뒤 뺨을 따라 내렸던 그 빗물이 생각났다.

몇 시간 뒤, 공장에서 마지막 나팔이 울렸고, 그는 다른 사람들보다 먼저 공장을 빠져나왔다. 그녀가 떠나지 않은 것을 봤다. 공장 철문 밖 땅바닥에 앉아 있었다. 탈진해 보였다. 마치 백만 번의 장례식을 돌며 혼자 상여를 맨 사람 같았다. 그가 다가오자 그녀가 몸을 일으켰다.

"당신과 할 말이 있어요." 치마에 묻은 먼지를 털어내는 그녀의 목소리가 떨렸다.

"내 애입니까?" 그가 그녀의 배를 몸짓으로 가리키면서 새 담배를 말기 시작했다.

"네." 그녀는 망설이지 않고 답했다.

그는 하늘을 가로지르는 새 한 마리를 눈으로 쫓았고, 이어 그녀를 바라보며 말했다. "내 평생 최악의 짓은 아닙니다. 혹 성냥 있습니까?"

"난 담배를 안 피워요."

그가 담배를 만 뒤 그냥 귀 뒤에 비스듬히 끼웠다.

"난 매일 다섯 시까지 일합니다." 그가 말했다. "하지만 점심시간이 한 시간 있습니다. 그때 같이 법원에 갑시다. 그게 내가 할 수 있는 최선입니다. 괜찮습니까?"

"좋아요." 그녀가 맨 발가락으로 땅을 파며 답했다.

그는 말없이 그녀의 얼굴 멍 자국을 헤아리기 시작했다.

"누가 당신을 이렇게 때렸습니까?" 그가 물었다.

"내 아비요."

"당신 아빠의 심장에 악마가 얼마나 오래 살았던 겁니까?"

"내 평생이요." 그녀가 말했다.

"음, 여자를 때리는 남자는 내게 분노밖에 안겨주지 않습니다. 목젖 안에서 맡을 수 있는 그런 분노 말입니다. 그 맛은 정말 더럽습니다." 그가 땅바닥에 침을 뱉었다. "내 행동을 용서해주십시오. 하지만 이건 참을 수 없습니다. 내 엄마는 항상 이렇게 말했습니다. 여자를 때리는 남자는 비뚤어지게 걷고, 비뚤어지게 걷는 남자는 비뚤비뚤한 발자국을 남긴다고. 비뚤어진 발자국 안에 무엇이 사는지 아십니까? 하나님 눈에 분노의 불길을 지피는 것밖에 없습니다. 난 재주 많은 사람은 아니지만, 분노를 어떻게 써야 할지는 압니다. 당신의 아버지니, 당신이 원치 않으면 그를 죽이지는 않겠습니다. 난 당신의 뜻에 따를 것이고, 내 말을 믿으셔도 됩니다. 하지만 당신은 곧 내 아내가 될 것이므로, 당신에게 손찌검한 남자에게 내가 주먹을 들지 않는다면 난 남편으로서 한낱 자격이 없을 겁니다."

"그를 죽이지 않으면 어떻게 할 건데요?" 그녀가 물었다. 그녀의 부어오른 두 눈이 반짝거렸다.

"당신의 영혼이 여기 있다는 것을 아시나요?" 그는 그녀의 콧날을 살짝 건드리며 이렇게 물었다. 그들이 전에 했던 어떤 행동보다 친근감이 느껴지는 행동이었다.

"내 영혼이 정말 여기 있다고요?" 그녀가 물었다. "내 코 안에요?"

"그렇지요. 그곳은 모두의 영혼이 있는 곳입니다. 하나님은 우리에게 콧구멍을 통해 영혼을 들이마시라고 했고, 그 후 우리의 영혼은 처음 들어간 그곳에 줄곧 있습니다."

"그래서 그에게 어떻게 할 건데요?" 그녀가 다시 물었다. 조금 전보다 더 다급한 목소리였다.

"그의 영혼을 잘라버릴 겁니다." 그가 말했다. "내 생각에 그게 죽음보다 더 큰 벌입니다. 영혼이 없으면 어떻게 되겠습니까?"

그녀가 미소를 지었다. "이름이 어떻게 되시나요, 선생님?"

"내 이름이요?" 그가 그녀의 얼굴에서 손을 내렸다. "랜든 카펜터 (Landon Carpenter)."

"나는 앨카 라크(Alka Lark)."

"반갑습니다, 앨카."

"반갑습니다, 랜든."

그들은 서로의 이름을 다시 조그맣게 중얼거리며 그의 낡은 트럭을 향해 다가갔다.

"차에 여자를 태운 적이 별로 없어서," 그는 이렇게 말하며 좌석에서 민들레 뿌리를 치우면서 그녀가 앉을 자리를 마련했다. "그런데, 지금 이건 타임⁷ 냄새입니다."

그녀가 자리에 앉을 때 작은 돌들이 그녀의 허벅지 안쪽을 파고들었다. 그가 그녀의 문을 닫아주었다. 그녀는 그가 차 앞을 돌아 운전석에 타는 모습을 유심히 지켜봤다. 그가 시동을 거는 순간, 그녀는 이제 다시는 되돌아갈 수 없다는 확신이 들었다.

---

7  thyme. 남부유럽 원산. 요리 재료와 약초. 학명 Thymus vulgaris(널리 퍼진).

"무슨 생각을 하십니까?" 골똘한 그녀의 두 눈을 보며 그가 물었다.

"그냥……," 그녀는 자신의 불룩한 배를 바라봤다. "내가 어떤 엄마가 될지, 또 내가 어떤 아기를 가질지 모르겠어요."

"어떤 아기요?" 그가 빙그레 웃었다. "음, 난 그다지 똑똑한 사람은 아닙니다만, 적어도 얘가 아들이나 딸일 거라는 건 압니다. 그리고 얘는 날 아빠로, 당신을 엄마로 부를 겁니다. 어쨌든 그런 아이가 될 겁니다."

그가 트럭을 몰고 도로로 올라왔다.

"엄마보다 더 불쌍한 이름들이 있다고 생각해요." 그녀는 이렇게 말한 뒤 계기판 위에서 말라가는 풀들을 살피기 위해, 또 한때 그녀의 집이었던 곳으로 가는 길을 그에게 알려주기 위해 자리에서 몸을 일으켰다.

그들이 작은 하얀 집에 도착했을 때, 라크 할배는 베란다 그네에 앉아 있었다. 라크 할매는 그에게 우유 한 컵을 주고 있었다. 엄마는 종종걸음으로 그 둘을 지나쳤고, 거의 뛰다시피 하면서, 그녀와 함께 온 남자가 누구며, 그가 불쑥 우리 베란다에 올라와도 된다고 생각하는 이유가 무엇이냐는 그들의 질문을 무시했다.

자기 침실로 달려가는 동안 엄마는 라크 할배의 목소리가 분노로 점점 커지는 소리를 들었다. 그녀는 침대 위에 펼쳐 놓은 퀼트 안에 손에 집히는 대로 옷들을 집어던지기 시작했다.

"잊은 게 있나?" 그녀가 방안을 둘러봤다.

그녀는 열린 창문으로 다가가 자신의 아버지—마당에 엎어진 채, 아빠에게 얼굴을 마구 맞고 있었다—에겐 눈길조차 주지 않은 채, 창틀을 두른 짧은 면 커튼을 바라봤다. 커튼은 노란색이었고, 작은 하얀 꽃들이 날염되어 있었다. 그녀는 자신이 갈 곳이 어디가 될지 모르지만 거길 꾸미는 데 이런 예쁜 게 필요할까 자문했다.

"그래." 그녀가 혼잣말로 답했다.

그녀는 커튼 봉이 부러질 때까지 커튼을 홱 잡아당겼다. 커튼을 뜯어 옷 더미 위에 던지는 한편 밖에서 아버지의 울부짖는 소리에 귀를 기울였다.

"이제 어쩔 수 없어." 그녀는 이렇게 말하면서 퀼트의 네 귀퉁이를 잡아 묶었고, 그걸 가방처럼 어깨에 둘러멨다. 방을 나서면서 서랍장 속 카메오 귀고리를 챙기는 것도 잊지 않았다.

"내가 널 어찌 잊겠니." 그녀는 귀고리에 새겨진 소녀에게 이렇게 말하고, 그걸 귀에 달았다.

귀고리를 달자 한 명 이상의 *자신*이 곁에 있는 듯한 느낌이 들었고, 이에 두려움을 조금 덜어내고 마당으로 나갔다. 여전히 비명을 지르고 있는 라크 할매를 지나쳤다. 그때까지 아빠는 라크 할배의 머리칼을 움켜쥔 채, 그의 얼굴을 땅바닥에 짓누르고, 비틀고 있었다. 그가 라크 할배에게 숨을 쉬게 해주는 순간, 엄마는 아버지가 그날 아침보다 이빨이 세 개 더 없어진 것을 봤다.

"이제 한 가지만 남았습니다." 아빠는 엄마에게 이렇게 말하며 주머니칼을 꺼냈다.

그는 몸부림치며 저항하는 라크 할배를 뒤에서 안고 목을 조르면서 칼날을 코에 갖다 댔다.

"안 돼요." 엄마가 손을 치켜들었다.

아빠는 그녀를 쳐다봤고, 다시 칼을 내려다봤다.

"미안합니다, 앨카. 하지만 난 당신에게 그의 영혼을 잘라버릴 거라고 말했습니다. 그래서 그걸 하려는 겁니다."

아빠는 주저 없이 칼날을 라크 할배의 코에 밀어 넣었고, 그 순간, 핏줄기가 칼날을 따라 새어 나왔다. 라크 할배는 고통에 비명을 질렀고, 아빠는 칼날을 더 깊이 밀어 넣었다. 피가 솟구치면서 라크 할배의 뺨을 타고 흘러내렸다. 라크 할매는 베란다 위로 사라졌고, 기둥 뒤에 숨어 훌쩍거렸다.

"그만하면 됐어요." 엄마가 아빠에게 어렵게 말을 꺼냈다.

"아직 영혼이 그에게서 완전히 빠져나가지 않았습니다." 아빠는 이렇게 말하면서 라크 할배의 피부가 한 꺼풀 벗겨질 때까지 칼날을 코뼈에 대고 밀었다.

아빠는 칼을 거두고, 그가 만든 칼자국을 들여다봤다.

"뜨겁게 달궈진 숯 같군." 아빠가 라크 할배에게 말했다. "이제 당신에게 영혼은 없소. 당신 속 하나님의 흔적이 없어졌다고. 속은 텅텅 비었고, 천벌을 받은 거요, 노인."

싸울 힘조차 남아 있지 않은 라크 할배는 아빠가 일어날 때까지 뺨을 흙바닥에 댄 채 꿈쩍도 하지 못했다. 아빠는 엄마의 어깨에서 퀼트 보자기를 벗겨내며 이렇게 말했다. "당신이 저 몹쓸 노인을 딱하게 생각하기 전에 우리가 떠나는 게 좋겠습니다."

"그건 걱정할 필요 없어요."

그녀는 치마 주머니에서 초콜릿 바 반쪽을 꺼내 아버지에게 다가갔다. 그가 몸을 돌려 그녀를 올려다봤다. 그녀는 초콜릿 바 반쪽을 그의 가슴 위에 올려놓았다.

아빠의 트럭 문이 열리며 삐걱대는 소리가 들리자, 엄마는 아버지에게 침을 뱉고 돌아섰다.

엄마는 가는 내내 침묵이 이어질 거라 생각했지만, 아빠가 엄마에게 석유 냄새를 견딜 수 있느냐고 물었다. 당시 그는 주유소 뒤쪽 작은 방에 세 들어 살고 있었다. 방에 창문이 하나 달려 있었고, 엄마는 거기에 자신의 커튼을 달았다. 그들은 침대에 퀼트를 펼쳤고, 그녀의 퀼트와 밑에 있는 그의 퀼트를 하나로 만들었다.

"좋은 남편이 되도록 하겠습니다." 그가 그녀에게 말했다. "좋은 가장이."

"그랬으면 좋겠어요." 그녀가 불룩한 배를 쓰다듬으며 말했다. "그럼 정말 좋겠어요."

지금 내 가족을 생각하면, 내 아버지가 태어난 곳 같은 드넓은 옛 수수밭이 떠오른다. 갈색의 메마른 흙, 촉촉한 푸른 잎들. 단단한 줄기 속 짜릿한 단맛. 그게 내 가족이다. 우유와 꿀, 그리고 그 옛날의 그 모든 바보짓들.

# 2

좋은 나무가 나쁜 열매를 맺지 못하고,
썩은 나무가 좋은 열매를 맺지 못하느니라.

—마태 7:18

매년 겨울이 오고 첫눈이 내리면, 어머니는 응접실에 들어가곤 했다. 거기에 우리 아버지가 손수 만든 가구들이 있었지만, 지금 그곳의 그녀를 떠올리면, 거의 텅 빈 공간만 보인다. 보이는 건 우리가 가구를 끌고 다니거나 심하게 뛰어다니거나 칼을 갖고 놀 때 긁힌 자국투성이의 마룻바닥뿐이다. 창문마다 달린 면 커튼이 보이고, 오래된 당밀색 나무 흔들의자도 보인다. 어머니는 모든 창문을 활짝 연 뒤 그 의자에 앉는다. 그녀는 자신의 가장 예쁜 홈드레스를 입고 있다. 옅은 분홍빛에, 크림색과 새파란 작은 꽃송이들이 박힌 드레스. 꽃송이는 홀수였던 게 분명하다. 그녀는 맨발이다. 오른발을 왼발에 올려놓을 때 그녀의 발가락이 오므려진다.

바람이 부는 방향에 따라, 눈이 안으로 들어온다. 처음에는 눈보라가 바닥에 닿기 전에 녹는다. 이어 먼지처럼 조금씩 쌓이고, 그 냉기가 들어온다. 어머니의 숨결과 그녀의 몸에 돋은 소름이 보인다. 내게는 이게 겨울이다. 눈이 들어오는 동안 어머니는 봄옷 차림으로 응접실 한가운데에 앉아 있다. 아빠가 뛰어 들어와 창문들을 닫는 동시에 그녀를 담요로 감싼다. 남은 눈은 녹아, 오하이오 주 브레세드 셰이디 레인(Shady Lane)의 집 마룻바닥에 작은 물웅덩이가 된다. 내게는 이게 겨울이다. 이게 결혼이다.

태초에 아버지와 어머니에 의해 집들이 지어졌다. 어떤 집은 지붕 누수가 전혀 없다. 어떤 집은 벽돌, 돌, 또는 나무로 지어졌다. 어떤 집은 굴뚝, 베란다, 지하실, 다락방이 있고, 그 모든 것이 부모들의 손으로 지어졌다. 살과 뼈와 피가 도는 손. 하지만 다른 것들도 있다. 내 아버지의 손은 흙이었다. 내 어머니의 손은 빗물이었다. 당연하지만 둘이 충분한 진흙을 빚지 못하면 그들은 서로 잡을 수 없었다. 그럼에도 그 진흙으로 그들은 집을 지었고, 그 집은 진짜 우리 집이 되었다.

우리 중 맏이는 1939년, 세피아 사진처럼 흑갈색을 띤 어느 날 태어났다. 푸른 눈의 아들의 이름은 릴런드(Leland)였다. 태어났을 때부터, 그들은 이 애가 아버지를 거의 닮지 않고 어머니를 많이 닮았다는 걸 알았다.

"머리칼이 엄마를 닮아 금발이네."

"엄마처럼 피부가 하얘."

"윗입술도 엄마를 닮아 도톰해."

첫 아들과 함께, 엄마와 아빠는 오하이오 주 브레세드에 정착하기로 결정했다. 아빠의 가족이 켄터키 주를 떠난 뒤 그가 컸던 마을이었다. 그는 이곳이 가정을 꾸리기에 안성맞춤인 곳이라고 생각했다. 한 번도 강에서 멀리 떨어진 적이 없었던 아빠는 아기를 강물에 살짝 담갔고, 그 후 우리가 태어났을 때도 마찬가지였다.

"이래야 내 아이들이 강처럼 강해지지." 그가 말했다.

릴런드가 태어나고 5년 후인 1944년, 프레야(Fraya)가 태어났다. 릴런드는 여동생을 사랑했다. 그러나 그 사랑은 진공청소기의 먼지 봉투처럼 오물로 가득한 사랑이었다.

"하나님은 우리에게 릴런드를 큰오빠로 주셨어." 언젠가 프레야는 이렇게 말했다. "난 하나님이 틀렸다고 생각하지 않아."

프레야를 떠올리면, 천 개의 등불이 흔들리는 흐릿한 모습이 그려진다. 환하게 반짝이는 입자들이 끝내 어둠 속으로, 윙윙거림 속으로 사라진다. 알고 보니 그건 벌떼 소리였다.

"꿀처럼 달콤하잖아." 프레야는 이렇게 말하곤 했다.

그녀는 해가 지날수록 키가 컸고, 아빠는 그녀의 팔을 들어 올리곤 했다.

"너는 내 잣대다. 너는 앞으로 정원에서 자라는 모든 것을 얼마나 떼어놓을지, 또 울타리 기둥을 얼마나 떼어놓을지 잴 거야."

"왜 내가 아빠 잣대예요?" 프레야는 아빠가 무슨 말을 할지 잘 알면서도 늘 이렇게 물었다.

"넌 중요하니까." 그는 프레야의 두 손을 양쪽으로 쭉 뻗으면서 말했다. "넌 나의 센티미터, 십 센티미터, 미터다. 네 두 손 사이의 거리는 해님과 달님 사이의 모든 것을 재는 거리다. 오직 여자만이 그런 걸 잴 수 있다."

"왜요?" 프레야는 기억에 되새기려고 다시 물었다.

"넌 강하니까."

1945년, 애로(Yarrow)가 태어나면서 프레야는 누나가 되었다. 아빠는 애로를 강물에 푹 담근 뒤, 가재를 잡았다. 그는 가재의 집게발로 애로의 손바닥을 살짝 긁었다.

"이제 너는 항상 강한 손힘을 갖게 될 거다." 아빠가 애로에게 말했다.

그때부터 애로는 무엇이든 꽉 쥐었다. 구슬. 조약돌. 아빠의 주머니에서 꺼낸 비즈[8]. 애로가 이런 것들을 어찌나 단단히 움켜쥐었던지 아빠는 애로를 가재 소년이라고 불렀다. 나는 그를 그렇게 부를 기회가 전혀 없었다. 그가 두 살이었을 때, 주변의 모든 것을 움켜쥐던 소년은 손바닥을 하늘로 편 채 마당의 칠엽수[9] 아래 누워 있었다. 밤 하나가 그의

---

**8**  beads. 구멍이 뚫린 구슬 알생이(수예품, 실내장식, 복식, 정신구용). 단수와 복수를 구분했다(비드, 비즈).

**9**  buckeye tree. 북미 원산. 주로 중서부와 대평원 남쪽에 서식. 일명 '오하이오 칠엽수'로, 오하이오 주는 '칠엽수 주'(The Buckeye State)로 불린다. 열매와 잎은 유독하다. 높이 6~12m, 지름 60cm, 학명 Aesculus glabra(견과를 품은 참나무, 털이 없는).

목구멍을 막았다. 갈색을 띤 반짝이는 모습에 소년이 밤으로 생각했던 것은 실제로는 딱딱한 사탕이었다.[10]

애로가 톱풀(yarrow) 씨가 뿌려진 무덤에 묻힌 뒤, 엄마와 아빠는 릴런드와 프레야를 싸맸다. 그들은 브레세드를 떠났을 뿐 아니라, 아빠가 종종 말했듯, 오하이오 주와, 그곳의 비늘처럼 칠이 벗겨진 집들과, 피로 물든 영광을 등졌다. 그들은 차마 칠엽수가 상징인 주에서 살 수 없었다.

그곳을 떠난 뒤, 그들은 이곳저곳을 전전했다. 엄마는 한 주에서 임신을 한 뒤, 다른 주에서 아이를 보는 듯했다. 1948년, 엄마는 캔자스의 솔로몬 강둑에서 와콘다(Waconda)를 낳다가 거의 죽을 뻔했다. 아빠 말로는 아기가 태어났을 때 체중이 6킬로그램쯤 되었다고 했다. 태가 와콘다보다 먼저 나왔다. 아빠는 그걸 다시 밀어 넣으려고 진땀을 뺐고, 어쨌든 이야기는 그랬다.

아기의 이름은 와콘다 샘에서 따왔다. 한때 강과 함께 존재했던, 그리고 그 샘에 신성한 힘이 있다고 믿었던 대평원의 인디언들이 자주 찾았던 곳이었다. 영령의 물(Spirit Water). 이것이 와콘다라는 이름의 뜻이었다.

우리의 영령의 물은 열흘을 살았고, 하루도 그치지 않고 울었다. 아빠는 하늘 높이 나는 매의 그림자가 와콘다에게 떨어졌고, 그게 그녀에게 매의 울음소리를 주었기 때문이라고 했다. 아빠는 와콘다의 목을 지렁이로 문지르며 울음을 달래려고 했다. 밤이 되면, 엄마는 와콘다를 품에서 재우려고 조용히 흔들곤 했다. 어느 것도 소용이 없었다.

운명의 날, 와콘다가 요람에서 울고 있었다. 아빠는 부엌에서 솜에 홍차를 적셔 그의 옻나무에 발라 말리고 있었다.

---

**10** 'buckeye candy'를 말함. 피넛버터 사탕에 초콜릿을 묻힌 것으로, 칠엽수 열매와 비슷하게 생겼고, 밤 모양이다. 오하이오와 인근 주에서 인기 있는 사탕.

"와콘다, 진정하세요." 그가 말했다. "그렇게 울면 영혼이 물처럼 돼요."

엄마는 침실에서 위치 헤이즐[11]을 솜에 묻혀 얼굴에 바르고 있었다.

"저 아이는 울음을 안 그치려나?" 엄마는 거울 속 자신에게 물었다.

아홉 살 릴런드와 네 살 프레야가 거실 바닥에서 솜뭉치를 갖고 양을 만들고 있었다.

"와콘다." 그들은 귀를 막으면서 이렇게 외쳤다.

얼마 후, 조용해졌다. 그 적막 속에서, 와콘다는 입속에 솜이 가득 찬 채 발견되었다.

그로부터 3년 후인 1951년, 다시 딸이 태어났다. 이름은 플로시(Flossie), 캘리포니아의 한 계단, 엄마가 한 손은 난간 기둥을 움켜잡고, 다른 한 손은 벽을 힘껏 누르면서, 계단 모서리가 그녀의 등을 파고드는 가운데 낳은 아이였다. 플로시가 태어난 지 일 분도 되지 않아, 아빠가 마른 콩을 가져와 그녀의 입술을 문질러 그녀가 하늘 높이 나는 새들과 그 그림자들로부터 보호받도록 했다. 또한 그녀의 이마에 솔방울을 힘껏 눌러 플로시가 오래 살기를, 적어도 와콘다나 애로보다 오래 살기를 바랐다.

플로시는 엄마가 가장 쉽게 분만한 자식이었다.

"이 딸은 정말 쉽게 나왔어."

플로시는 늘 그녀의 화려한 출현을 뽐내고 싶어 했다.

"게다가, 난 태어날 때부터 분명 특별한 애였어." 훗날 플로시는 이렇게 말하곤 했다. "대부분의 아기들은 우스꽝스러운 침대나 바보 같은 차 뒷좌석에서 태어났잖아. 하지만 난 계단에서 태어났다고. 글로리아 스완슨이 「선셋 대로」에서 걸어 내려가던 계단 같은 곳에서." 플로시는

---

**11** witch hazel. 북미 동부 원산의 관목. 높이 3.5~9m, 학명 Hamamelis virginiana(모과, 버지니아의). 여기서는 북미 원주민의 민간요법인, 그 잎과 껍질을 달여 버짐, 습진, 피부 탈수, 벌레 물림, 면도날 화상 등의 피부 치료제로 쓴 것을 말함. 'witch'의 어원인 고대-중세 영어(wice, wiche 유연한, 구부러지는)는 마녀(witch)의 어원과 무관(고대-중세 영어 wicce, wicche).

이렇게 말하며 스완슨 흉내를 냈다.

사실이 아니었지만, 플로시는 자신의 생일이 캐럴 롬바드와 같다고 우겼다. 어떨 때는 릴리언 기시, 아이린 던, 올리비아 드 하빌랜드[12]로 바뀌기도 했다. 플로시 생각에, 자신은 노래와 춤만 자신의 명성에 모자란다고 여겼다. 내 생각에, 계단에서 태어난 이 소녀는, 이제 여자가 되어 빛을 향해 한 걸음을 오를지, 아니면 어둠속으로 한 걸음을 내딛을지 갈팡질팡하고 있는 듯싶었다.

"원하면 나랑 같이 가자, 베티." 그녀는 늘 이렇게 말했다.

베티. 나다. 나는 1954년 아칸소 주에서 갈고리 발 장식이 달린 빈 욕조 안에서 태어났다. 엄마가 변기 위에서 산기를 느꼈을 때, 그녀가 누울 수 있는 가장 가까운 곳이 욕조였기 때문이다. 플로시의 질투에도 불구하고, 내 이름은 베티 데이비스(Bette Davis)를 따라 베티로 지어졌다.

아빠는 언젠가 한 무도장에서 그 여배우를 만난 적이 있다고 했다. 그들 모두 어려서 아직 춤 상대가 없을 때였다.

"그녀를 보고 어찌나 긴장되던지," 그가 말했다. "내 배 속이 나비들로 가득 찼다. 그놈들이 내 안에서 사방으로 펄럭이는 걸 느낄 정도였다. 결코 가라앉지 않는 바람을 들이마신 것 같았다. 마음을 진정시키려고, 베티가 건넨 우유 한 컵을 벌컥벌컥 마셨다. 그녀가 알았는지 몰랐는지 모르지만, 그 우유는 그냥 상한 우유였다."

"대부분의 나비들은 그걸 그럭저럭 피했지만, 한 나비가 그 우유를 뒤집어썼다. 배 속에 역겨운 나비들을 갖고 있으면 좋을 게 없지." 아빠는 기억에 잠긴 듯 배를 쓰다듬었다. "그 나비들을 없애려고 나는 베티 데이비스를 달에 맡겨두고, 숲속을 걸었다. 데이비스 양이 없으니까 더

---

12  당대의 은막 스타들. Carole Lombard(1908~1942), Lillian Gish(1893~1993), Irene Dunne(1898~1990), Olivia de Havilland(1916~2020).

는 긴장되지 않았고, 우유를 뒤집어쓴 나비 하나만 빼고 모든 나비들이 배 밖으로 빠져나갔다. 그 나비는 얼마나 고열에 시달렸는지, 내 배 속에 촛불 하나를 켜둔 것 같았다."

"난 뭔가 조치를 취해야 했고, 그래서 작은 검정거미를 잡아 통째로 삼켰다. 거미는 내가 바란 대로 갈비뼈 사이에 거미줄을 쳤다. 나비는 거미줄에 걸렸고, 배는 더없이 편해졌다. 그 거미는 아직도 내 안에 있다. 내 배가 거미집인 셈이지. 어떤 날에는 내 안이 거미줄 천지라는 기분이 들기도 한다. 분명히 말하지만, 난 그 후로 배앓이를 한 적이 없다. 나쁜 걸 먹으면 거미가 몽땅 잡아먹기 때문이다. 하나님은 우리 모두의 배 속에 거미를 주었어야 하는 건 아닐까 싶기도 하다."

내 이름은 베티 데이비스와 철자까지 같지는 않았다. *e*가 아니라 *y*로 끝났고, 아빠 말로는 *y*가 새총이나 입을 벌린 뱀을 떠올리게 했기 때문이었다.

아빠 말로는, 내 이름의 *y*가—내가 정수리에 달고 태어난 검정 곱슬머리와 더불어—내 요람에 방울뱀을 끌어들였다고 했다.

*쉬익, 쉬익, 말해라, 소녀야, 말해라.*

요람 안으로 미끄러져 들어오는 뱀은 나쁜 짓을 꾸민다. 적어도 아빠는 그렇게 말했다. 그가 내 이불 밑에 있는 방울뱀을 쫓아내려고 할 때 뱀이 그를 물었다. 그는 핏줄에서 독을 빨아낸 뒤 뱀의 머리를 잘랐다. 그는 그 머리를 그의 팔만큼 깊은 구멍 속에 묻었다. 그는 뱀의 혼을 달래기 위해 남은 몸뚱이에게 기도를 한 뒤, 꼬리를 잘라 내게 장난감을 만들어주었다.

*흔들어라, 흔들어라, 딸랑, 딸랑, 말해라, 말해라.*

아버지의 머리칼은 검은색이었다. 피부는 그가 헤엄쳤던 아름다운 진흙 바닥의 강처럼 갈색이었다. 뺨의 각진 부분에 그림자가 감돌았다. 눈동자는 호두껍질을 간 듯한 색이었다. 그는 이런 특징들을 내게 물려주었다. 땅이 내 영혼에 도장을 찍었다. 내 피부에. 내 머리칼에. 내 눈동자에. 그는 이것을 내게 물려주었다.

"네가 체로키이기 때문이다." 내가 네 살 때, 사람들이 나를 왜 깜장이라고 부르는지 묻자, 아빠가 이렇게 말했다.

"그들은 앞으로 너를 더 고약하게 부를 거다, 베티." 그가 말했다.

"그런데 체리 키(cherry key)가 뭐예요?" 내가 물었다.

"체로키(Cherokee)다. 나를 따라해 봐라. 체-로-키." 그는 o를 발음할 때 입술을 재미있게 열었고, 나는 낄낄대고 웃었다.

"체리 키." 나는 다시 말했고, 제대로 발음할 때까지 반복했다. "그런데 그게 뭐예요?"

"체로키는 바로 너다." 그가 나를 무릎에 앉히며 말했다.

그가 주머니에서 작은 사슴 가죽 조각을 꺼냈다.

"개 등처럼 보이는데요." 나는 털이 난 쪽을 만졌다.

"정말?" 그는 이렇게 물은 뒤 가죽을 뒤집어 매끈한 쪽에 쓰인 이상한 글자를 보여주었다. 글자는 물에 씻겨나간 듯, 파랑 잉크로 쓴 글자들의 테두리가 흐릿했다.

"체로키어로 쓴 거다, 베티." 그가 말했다. "내 엄마는 이 가죽을 당신의 어머니로부터 물려받았다. 엄마는 이걸 자신의 숨이라고 불렀다. 자신의 숨이 가쁜 느낌이 들 때마다, 당신 어머니의 사슴 가죽과 당신 어머니의 글을 보면서 숨을 되찾았기 때문이다. 엄마는 다시 숨을 쉴 수 있었다."

그가 가슴이 찰 때까지 숨을 들이마셨다. 숨을 내쉬면서 내 정수리 쪽의 잔 머리칼들을 훅 불었다.

"무슨 말인지 모르겠어요." 나는 희미하게 바랜 단어들을 작은 손가락으로 짚었다. "글자가 재밌게 보여요. 뭐라고 써놓은 거예요?"

"네가 누구인지 잊지 말라는 말이다."

"아빠의 어머니는 자기가 누구인지 잊었던 거예요?" 내가 물었다. "그래서 그걸 기억할 필요가 있었던 거예요?"

"한때 우리 같은 사람들은 스스로 체로키라고 부를 수 없었던 때가 있었다." 그가 말했다. "우리는 우리를 블랙 더치(Black Dutch)라고 불러야 했다."

"그게 뭔데요?"

"피부가 거무스름한 유럽인."

"왜 우리가 우리를 체리 키, 아니 체-로-키라고 부르지 못했나요?"

"그걸 숨겨야 했으니까."

"하지만 왜요?"

"체로키들은 자기 땅을 떠나 보호구역으로 이주해야 했다. 하지만 우리 스스로 블랙 더치라고 부르면 고향에 머무는 게 허용되었다. 유럽에 뿌리를 둔 사람이면 제 땅을 소유할 수 있었기 때문이다. 하지만 자신을 속이는 거짓말에는 한계가 있고, 결국 탈진하기 마련이다. 나의 아빠와 엄마는 입버릇처럼 스스로를 블랙 더치라고 불러야 했고, 그 때문에 엄마는 자신의 숨을 잃고 말았다. 그녀는 자신이 진짜 누구인지 기억해야 했다."

나는 그를 올려다봤다.

"난 누구예요?" 내가 물었다.

"너는 너다, 베티." 그가 말했다.

"난 어떻게 확신할 수 있죠?"

"네 뿌리를 생각하면 된다. 너는 위대한 전사들의 후손이다." 그가 내 가슴에 손을 얹었다. "너는 전쟁과 평화 속에서 나라를 이끈 위대한 족장들의 후손이다."

그리고 그는 "차-라-기"라고 말하면서, 내 손을 쥐고 허공에 그 단어를 썼다.

나는 때때로 그 조상들을 꿈에서 봤다. 꿈에서 그들은 내 손을 잡았고, 서로의 피부가 나무껍질처럼 벗겨질 때까지, 또 내가 그들처럼 옛말로 말할 수 있을 때까지 서로의 손바닥을 비볐다. 잠에서 깨면, 나는 내 손바닥을 귀에 댔고, 그들의 목소리를 다시 들으려고 했다. 나는 그 목소리들이 내게 리듬처럼 고동치기를 기다렸다.

내가 태어난 지 2년 뒤, 난 누나가 되었다. 남동생 트러스틴(Trustin)은 1956년 플로리다에서 태어났다. 아빠가 트러스틴을 강물에 담갔을 때, 배스 한 마리가 그 옆을 지나며 트러스틴의 엉덩이를 건드렸다. 아빠는 그걸 보고 자기 아들이 헤엄을 잘 치겠다고 했다. 트러스틴은 크면서 곧잘 물속에 뛰어들었다. 그는 물을 첨벙이는 걸 좋아했고, 물이 강둑의 돌들에 남기는 얼룩을 좋아했다.

"그림 같잖아." 그는 물이 뒤긴 흔적에서 늘 어떤 형상을 찾았다. "마르면 없어지는 그림 같은 거야. 뭐든 영원하지 않다는 걸 우리에게 알려주잖아."

1년 뒤인 1957년, 엄마는 또 아들을 낳았고, 린트(Lint)로 부르기로 했다. 그들은 린트가 엄마의 중년의 위기 때 본 아기라고 했다.

"그래서 린트의 머리와 가슴에 돌밖에 없는 거야." 훗날 플로시는 이렇게 말했다. "엄마의 위기가 개한테 스며들었거든."

린트를 이해하는 건 어두컴컴한 숲에서 길을 찾는 것만큼 어려웠다. 우리가 아는 거라곤 그의 유별난 변덕이었다. 그는 자기가 너무 많이 먹거나 너무 크게 말하면 우리가 그를 딴 데로 보내지 않을까 걱정했다. 크면서는 엄마와 아빠가 함께 살지 않을까 점점 더 걱정했다. 여덟 살 때, 그는 다리미판 위의 자신의 옷이 확실히 다려져 엄마와 아빠 사이에 아무 주름이 없다고 믿을 때까지 그 앞에 서 있었다.

린트를 낳은 뒤, 엄마는 자신의 배에 길게 뻗은 흉터 수를 헤아리고는 더는 아이를 갖기 어렵겠다고 했다.

아빠는 린트가 태어날 때 떼어낸 태반을 2미터 깊이에 묻었다. 그리고 린트가 마지막 자식일 것이라고 다짐하며 그 구멍을 돌로 덮었다.

아버지는 아기가 태어나면 그의 첫 숨은 바람을 타고 날아가서 식물이나 곤충, 혹은 깃털, 털, 비늘을 지닌 동물이 된다고 말하곤 했다.

또한 그 사람과 그 생물이 서로의 그림자처럼 하나로 묶여 있다고도
했다.

"거대한 세쿼이아처럼, 우리 세상에 비해 한없이 큰 하늘을 잡으려고
늘 애쓰는 사람들이 있다." 그는 이렇게 말하면서 두 팔을 머리 위로
쭉 뻗었고, 우리는 그의 발밑에서 감탄한 듯 앉아 있었다. "어떤 사람들
은 모란처럼 아름답고 부드럽지만, 산처럼 단단한 사람들도 있다. 언젠
가 너희도 잊지 못할 사람들과 마주칠 것이고, 옻나무가 너희 살갗에
흔적을 남기듯 그들도 너희 기억에 깊은 인상을 남길 거다."

그가 우리 팔을 장난스럽게 긁었고, 우리도 따라 웃었다.

"거미들처럼," 그가 말했다. "살아 있는 동안 끊임없이 거미줄을 치
는 사람들이 있다. 그들의 혀를 움직이거나 그들의 손을 움직여서 말
이다." 그가 손가락을 거미발처럼 구부리더니 아래윗니를 붙이고 혀로
윙윙 소리를 냈다. "*위위윙*. 하지만 다락방의 성가신 파리들처럼 거추
장스런 사람들도 굉장히 많다. *위위잉*." 그가 손가락을 허공에서 이리
저리 움직였다.

"*위위잉*." 우리도 그를 따라 손가락을 움직였다.

"민들레가 홀씨를 퍼뜨리듯 소문을 쉽게 옮기는 사람들을 경계해야
한다." 그가 말했다. "하지만 진짜로 조심해야 할 사람들은 다치거나 약
한 나무에서 자라는 곰팡이들처럼 썩은 것을 먹고 사는 사람들이다."

"우리는 어떤 사람이에요, 아빠?" 내가 물었다.

"글쎄다, 우리 카펜터들은 베리 같지. 깊은 숲에서 자라는 진하고 즙
이 많은 베리. 그러니까……."

"그 곁을 지나는," 엄마의 목소리가 아빠의 목소리를 덮었다. "그 맛
이 무엇일까 궁금한 모든 사람들에게 슬픔을 안겨주는 베리."

# 3

∽

오 북풍아, 깨어라. 너 남풍아, 오라.
내 동산에 불어라.

—아가 4:16

아칸소 주 오자크(Ozark). 산맥 끝자락의 짙푸른 황무지. 내가 태어난 곳
이자 린트가 세상에 나온 뒤 우리가 다시 돌아온 곳이다. 우리는 아빠
가 일부를 콘크리트 기초로 다진 작은 집에서 살았다. 벽은 아직 세워
지지 않아 절연재가 보였고, 방수포는 미완성 지붕 위에 걸려 있었다.
집을 짓는 사이사이 아빠는 밀주를 팔았고, 다른 광부들과 함께 두더지
처럼 지하에서 일했다.

아이들 중 릴런드만 우리와 함께 살지 않았다. 그는 어느덧 스물이었
고, 열여덟에 군에 입대, 2년이나 지난 뒤였다. 당시 그는 한국에 배치
되어 있었다. 그는 엄마와 아빠에게 종종 편지를 썼다. 릴런드는 군 관
련이나 특정 장소에 배치된 이유에 대해서는 아무 말도 하지 않았다.
그는 마치 자신이 여행을 하고 있는 듯한 이야기들을 편지에 썼다.

*며칠 전에는 낚시를 했습니다. 한국산 낚싯대를 사용했습니다. 견지
라고 하더군요. 우리 고향의 배스처럼 보이는 걸 잡았습니다.*

손수 쓴 편지에서, 아빠는 릴런드에게 우리가 있는 곳을 알려주었다.

*지금 아칸소 주는,* 아빠는 기울어진 필기체로 썼다. *파랑 세이지[13]와*

---

**13** blue sage. 북미 중부와 동부 원산. 높이 1.8m. 파랑 꽃. 줄기는 가늘고, 곧고, 좁고 뾰
족하고, 끝은 톱니 모양에 털이 많다. 학명 Salvia azurea(살비아 속, 하늘색의).

*에키네이샤*[14]가 한창이다. *나는 그걸 많이 보지 못한다. 지하에는, 돌과 지층밖에 없다. 광부의 삶이 그렇다.*

탄광은 집에서 가깝지 않았고, 그래서 아빠는 지출을 줄이려고 기차를 타고 가서 야외 천막에서 지냈다. 우리는 며칠씩 그의 소식을 접할 수 없었다.

그가 전화한 그날 오후, 나는 합판 마루에 배를 깔고 엎드려 있었다. 사방에 아빠가 밀랍으로 만들어 커피나 블랙베리 등으로 색을 입힌 크레용들이 널려 있었다. 전화가 울리기 시작했을 때, 나는 빨강 크레용을 집어 계속 글을 쓰고 있었다.

"하나님 맙소사.[15] 망할 전화 좀 받아라, 베티." 엄마가 부엌에서 소리쳤다.

나는 수화기를 들었다.

"나는 글을 쓰고 있었어요." 나는 안녕하세요, 라는 말도 않고 전화를 건 사람에게 말했다. "당신은 나를 방해했어요."

"베티?"

"아, 안녕, 아빠. 난 어떤 고양이에 대한 이야기를 쓰고 있어요. 제비꽃으로 만든 꼬리를 가진 고양이예요. 제비꽃은 빨강으로 칠했어요. 아빠는 그게 보라란 걸 늘 까먹잖아요. 쥐를 먹는 건 꼬리지 고양이 자신이 아니에요. 대단하지 않나요? 나는 고양이 꼬리가 쥐를 먹는 걸 본 적이 없어요. 항상 입이죠. 그런데 꼬리에 이가 있으면 꼬리가 쥐를 먹지 못할 이유가 없죠."

내가 숨을 쉬려고 말을 멈추자, 그제야 아빠는 엄마가 어디 있는지

---

**14** coneflower. 북미 중부와 동부에서만 자란다. 대초원과 탁 트인 수풀에서 잘 자란다(데이지과, 10종). 크고 화려한 원형의 가시투성이 꽃이 여름에 핀다. 학명 Echinacea(/ˌɛkɪˈneɪʃiə/. 그리스어 ekhinos 성게. 꽃의 생김새에서 유래).

**15** Jesus Crimson. 베티 어머니 특유의 간투사(참조. 에베소 1:7 : *Jesus bled crimson* '예수가 진홍 피를 흘려'). 편의상 방점의 '하나님 맙소사'로 표기했다.

물었다.

"엄마는 린트하고 부엌에 있어요." 내가 대답했다.

"엄마를 바꿔라. 엄마가 아빠를 데리러 탄광으로 와야겠다." 그의 목소리는 평소와 달리 감긴 철사처럼 팽팽했다.

"왜 기차를 타고 오지 않아요?" 내가 물었다.

"오늘 밤 늦은 기차밖에 없다. 이제 엄마를 바꿔라. 사람들이 탄광 괴물을 풀어주려고 한다. 늙은 아빠가 그 괴물에게 잡아먹히면 좋지 않겠지, 그지?"

나는 엄마에게 아빠 전화라고 소리쳤다. 엄마가 다가오는 소리를 듣자마자, 나는 빨강 크레용을 주머니에 넣고 밖으로 뛰어나갔다.

트러스틴과 플로시는 뒷마당에서 막대기를 들고 서로 총을 쏘고 있었고, 프레야는 잔디에 앉아 민들레를 씹고 있었다.

그들 중 누구라도 나를 보면 돌처럼 굳은 척해야겠다고 생각한 나는 마당에 주차된 램블러 스테이션왜건[16]으로 살금살금 다가갔다. 나는 행운을 바랄 때 늘 했던 것처럼 차 안테나에 매달린 너구리 꼬리를 철썩때렸다.

나는 조용히 범퍼로 올라가 열린 뒷문 창으로 기어 들어갔다. 담요 더미 아래 숨어 기다렸다. 엄마가 집에서 나와 방충망을 쾅 닫을 때 나는 아무 소리도 내지 않았다. 그녀는 귀퉁이가 닳은 열린 핸드백을 겨드랑이 밑에 끼고 있었고, 빈손으로 머리핀을 푼 뒤 짙은 금발 부분을 뒤로 묶었다.

"프레야?" 엄마가 매서운 목소리로 소리쳤다.

프레야가 벌떡 일어나서 집을 돌아 문 앞으로 달려왔다. 프레야는 베

---

**16** Rambler station wagon. 아메리칸 모터스(AMC)가 1955년 새롭게 선보인 3세대 램블러(Nash Rambler Cross Country station wagon). 당시 큰 인기를 얻었다. 좌석 뒤에 짐을 싣는 넓은 공간이 있다. 휠베이스 2,743mm, 길이 4,854mm, 너비 1,811mm, 높이 1,488mm, 연료 76리터.

란다 계단 중간쯤에서 멈췄고, 맨발을 포개고 있었다.

"네, 엄마?" 프레야가 물었다.

"린트를 잘 돌봐라." 엄마가 겨드랑이에서 핸드백을 빼서 소리 나게 닫았다. "걔는 부엌에 있다. 울려고 하면, 돌을 하나 보여줘라. 나는 너희 아버지를 데리러 가야 한다. 하나님 맙소사. 그에게 뭔 일이 생긴 모양이다."

프레야는 옆으로 계단을 오르면서 엄마가 지나갈 공간을 만들어주었다.

"이따 돌아와서 린트가 널 엄마라고 부르는 소리를 다시는 듣고 싶지 않다." 엄마가 프레야에게 말했다. "내 말 알겠니, 딸?"

"걔가 혼자 그러는 거예요." 프레야가 땅을 쳐다봤다. "난 그렇게 말하라고 가르치지 않았어요, 아무것도."

"시치미 떼지 마라. 난 네가 무슨 짓을 했는지 다 알고 있다. 네가 걔를 어떻게 달랬고, 걔를 아가로 부른 것도. 행실을 똑바로 하고, 제발 누나답게 행동해라. 알아듣겠니, 딸? 이제 너도 열다섯인데, 네 살짜리처럼 내가 널 계속 챙겨야겠니."

프레야는 눈을 들지 않고 고개를 끄덕이면서 계단을 마저 올랐다.

"오늘 완전히 망쳤네." 엄마는 이렇게 말하고 차에 올랐다.

엄마는 핸드백을 계기판에 던져놓고 손을 부빈 뒤 키를 점화장치에 꽂았다. 세 번의 시도 끝에, 시동이 걸렸다. 엄마는 마당에서 급히 방향을 틀어 곧장 흙길로 올라섰다.

"이 남자는 내가 아무것도 안 하는지 아나봐." 그녀가 한 손으로는 핸들을 움켜쥐고, 다른 한 손으로는 그저 핸들을 두드리면서 혼잣말로 외쳤다. "빨래고 설거지고 애들을 키우는 건 신경 쓰지도 않아. 안 돼애애애. 길에서 시간을 다 보내고 있잖아."

그녀가 라디오를 켰다. 노래 중간쯤, 노래를 따라 부르기 시작했다. 그녀의 목소리는 그걸 들은 사람이라면 누구나 이렇게 말할 것이다.

"와, 정말 멋진 어머니이겠는데."

탄광에 가까워지면서 나는 지나가는 트럭들의 소음에 귀를 막았다. 엄마가 라디오를 끄고 자동차 속도를 줄여 사무실 주차장으로 들어섰다. 나는 불쑥 뛰쳐나와 아빠를 놀래주려고 했는데, 담요 밑에서 창밖을 훔쳐보는 순간, 뭔가 다가오는 것을 보고 너무 놀랐다.

"탄광 괴물이다." 나는 혼잣말로 중얼거렸다.

그는 온몸이 석탄 먼지로 새까맸다. 절뚝거렸고, 오른쪽 다리를 질질 끌었다. 몸을 앞으로 숙였고, 갈비뼈가 부러진 양 한 팔로 배를 떠받친 모습에서 그가 고통스러워하고 있다는 것을 알았다. 아랫입술이 찢어져 있었고, 왼쪽 눈썹 위에 깊은 상처가 나 있었다. 방금 생긴 부상이었지만, 그 피와 상처가 원래 있었던 게 아니라는 걸 믿기 어려웠다.

나는 그가 왜 우리에게 다가오는지 의아했는데, 그가 가까이 오자 그의 눈을 볼 수 있었다. 그 구부정한 남자는 탄광 괴물이 아니었다. 그는 내 아버지였다.

"도대체 무슨 일이야?" 엄마는 자동차 기어를 중립에 두고, 핸드 브레이크를 힘껏 당겼다.

그녀가 문을 열려고 하자, 아빠가 그녀에게 안에 있으라고 손을 저었다.

"어서요, 랜든." 그녀의 두 눈이 주위를 휙 둘러봤고, 그 모습이 마치 텅 빈 들판의 한 마리 사슴 같았다.

아빠가 배를 부여잡은 채 앞으로 휘청거렸다. 분명 갈비뼈를 다친 듯했다. 전에도 아버지가 석탄을 뒤집어쓴 걸 본 적이 있었지만, 그러나 이번에는, 그 검정이 몇 겹인 듯했다. 그의 왼쪽 뺨에 긴 자국이 있었고, 몇 겹이 덕지덕지 붙어 있었다. 그의 이마를 바라봤다. 누군가 젖은 손가락으로 석탄 더께 위에 단어 하나를 써놓았다. 다른 사람들이 아버지를 그 단어로 부르는 걸 들은 적이 있었다. 내가 그 단어를 입으로 오물거리는 순간 엄마도 그의 이마를 쳐다보며 그 단어를 소리 죽여 발음했다.

나는 담요를 힘껏 깨물어 악쓰지 않으려고 애썼다.

*감히 그들이 그에게 이런 짓을 하다니,* 나는 생각했다. *그들은 우리 아빠가 어떤 사람인지 모르는 거야?*

그는 손가락 둘째 마디 깊이로 씨앗을 심는 것을 아는 사람이었다. 그리고 그는 옥수수를 절대 촘촘히 심지 않는 것을 알았다.

"그럼 줄기가 약해지거든. 알갱이는 더 작아지고. 옥수숫대도 꽉 들어차지 않아." 그는 이렇게 말하곤 했다.

그들은 그가 이런 사람인 걸 몰랐을까? 그가 이 빌어먹을 주에서, 아니 온 세상에서 가장 현명한 사람인 걸 몰랐을까?

나는 담요 더미 아래 몸을 깊숙이 숨겼고, 아빠가 앞좌석에 주저앉으면서 신음하는 소리를 들었다. 오른발은 아직 밖에 있었다.

"그들이 내 무릎을 유리처럼 박살냈소." 그가 오른발을 차 안으로 들어 올리며 말했다.

엄마가 문을 빨리 닫으라고 재촉했다.

"어서요." 그녀가 말했다. "그들이 일을 끝내려고 오기 전에 어서 서둘러요."

그가 차에 오르자, 엄마가 재빨리 기어를 넣었다. 그녀는 누구보다 수동기어를 잘 몰았지만, 긴장한 탓인지 페달을 훅 밟았고, 차가 앞으로 불쑥 튕기면서 나는 좌석 등받이 쪽으로 날아갔고, 그때 엔진도 멈췄다.

"천천히, 앨카. 천천히." 아빠는 목소리를 떨지 않으려고 애썼다. "괜찮아요. 다시 시동을 걸어요."

"오, 하나님 맙소사, 그쪽 문을 잠가요." 키를 돌리는 그녀의 목소리가 커졌고, 제발 시동이 걸리라고 기도했다. 시동이 걸리자, 그녀가 하나님에게 감사했다. 클러치페달에서 발을 서서히 뗐다.

"잘했어요." 아빠가 창밖으로 우리를 쏘아보는 사람들을 쳐다봤다.

그들은 석탄으로 새까맸지만, 고글을 벗자 그들 눈가의 하얀 피부가 보였다.

"여기를 떠납시다." 아빠가 말했다.

엄마는 바퀴에 흙먼지가 일 정도로 차를 빨리 몰았다. 간선도로에 들어섰을 때, 너무 급하게 핸들을 돌리는 바람에 차가 뒤집히는 줄 알았다.

"너무 빨라요, 앨카." 아빠가 속도계를 봤다. "경찰에게 걸리면 일이 더 복잡해질 뿐이요."

제한속도로 몰기 시작하면서, 그녀가 그를 돌아보며 대체 무슨 일이 있었던 거냐고 물었다.

"그냥 집에 가고 싶소. 그 얘기는 하고 싶지 않소." 그가 말했다.

그가 차 문에 묻은 석탄 가루를 봤다. 그제야 그는 자신이 얼마나 더러운지 깨달았다. 그는 좌석을 더럽히지 않으려는 듯 몸을 앞으로 구부렸다.

"대체 무슨 일이 있었는지 알고 싶어요." 그녀가 말했다.

"새로운 건 없소, 앨카. 늘 있었던 일이요."

탄광에서 일한 첫날부터, 그는 어떻게 남들이 그를 랜든으로 부르지 않았는지 들려주었다. 그들은 그를 톤토[17]나 깃털 머리라고 불렀다.

"다른 이름으로도 불렀고." 그가 이마를 올려다보며 말했다.

또 그들이 어떻게 갱도 엘리베이터를 그와 함께 타는 걸 거부했는지 말했다.

"늙은 랜든 카펜터랑 함께 타면 가죽이 벗겨질 줄 알아."

또 그들이 어떻게 인디언처럼 그들의 입을 두드리고 함성을 질렀는지 묘사했다. 십중팔구 할리우드식 세트장의 원뿔 천막이나 서부영화

---

**17**  Tonto. 라디오극 「외톨이 레인저」(*Lone Ranger*, 1933)에서 주인공(텍사스 레인저 존 리드John Reid)의 인디언 친구로 등장, 유명해진 이름. 이후 1949~1957년에 TV 드라마, 도서, 만화, 수편의 영화로 제작되었다.

에서 봤을 것이었다.

"당신은 아마 탄광 아래서는," 그가 말했다. "다들 석탄 때문에 까마 니까 우리들 사이에 차별이 없겠다고 생각하겠지. 우린 함께 일했다고 생각하겠지."

"당신은 절대 그들과 섞일 수 없어요." 엄마는 길에서 눈을 떼지 않았다. "그들은 비누와 물만 있으면 당신보다 나아지니까요."

"그렇게 생각해요?" 그가 물었다.

"세상이 그렇게 생각해요, 랜든. 모르겠어요? 당신은 그걸 씻어낼 수 없어요."

"난 씻어낼 생각이 없소." 그가 말했다. "난 단지 평화롭게, 아무 위협 없이 일할 수 있기를 바랄 뿐이요."

아빠는 창문 밖만 내다보고 있었다.

"그들은 내가 꼼짝하지 못할 때까지 나를 바닥에 짓눌렀소. 그중 한 놈, 가장 많이 웃었던 놈이 내 뺨에 침을 뱉었소. 그는 내가 아무것도 아니라는 듯 내 뺨에 침을 뱉었소. 그리고 그 침으로 내 이마에 뭘 썼소. 그들 모두 내 진짜 이름이라고 했던 걸 말이요."

아빠는 자신의 이마에 쓰인 그 단어가 마치 자신의 살을 파고든 양 조심스레 만졌다. 내 심장이 내 영혼에게 속삭였고, 내 영혼이 답했다. *그를 도와줘.* 그러나 난 움직일 수 없었다. 난 그가 하는 이야기에 겁이 났다. 그런데 그는 한층 차분해진 목소리로 그들이 어떻게 웃었는지, 또 그들이 어떻게 그의 두 팔을 움켜잡았는지 말하기 시작했다.

"당신도 그렇게 꼼짝 못하게 잡힌 적이 있었소, 앨카?" 그가 물었다. "누군가 당신에게 벌이는 짓을 멈추게 할 수 없었던 적이 있었소? 당신 도 그런 적이 있었소?"

입을 꼭 다물고 말없이 운전하던 엄마가 차를 갓길에 세웠다. 아빠가 문고리에 손을 올렸다. 차에서 나가라는 뜻으로 생각한 것 같았다.

"가만히 있어요." 엄마는 이렇게 말하고 핸드백을 열었다.

그녀는 깨끗한 흰 손수건을 꺼냈다. 손수건 끝에 침을 묻혀 그의 뺨을 토닥였다. 그가 휙 뿌리쳤다.

"당신의 예쁜 손수건이 더러워질 거요." 그가 말했다.

엄마는 아빠의 얼굴을 자기 쪽으로 당긴 뒤, 그의 뺨을 더 세게 문지르면서 얼굴에 묻은 석탄과 피를 닦았다. 그녀가 그의 이마에 쓰인 단어를 올려다봤다. 창문을 내리면서 손수건을 차에 대고 탕탕 털었다. 석탄은 얼굴에 깊이 배어 있었지만, 첫 겹의 먼지는 떨어져 나갔다. 이어 그 단어가 사라질 때까지 그의 이마를 닦았다. 그다음, 손수건을 눈앞에서 쫙 폈다. 그녀는 마치 천에 그 단어의 철자들이 보이는 듯 얼굴을 찌푸렸다.

"어쨌든 난 이 멍청한 옛 물건을 좋아한 적이 없어요." 그녀는 그걸 창밖으로 던진 뒤 기어를 넣고 다시 도로에 올라섰다.

나는 주머니에 손을 넣었다. 빨강 크레용을 꽉 쥐고, 그것을 꺼내 트렁크의 금속 바닥에 글을 쓰기 시작했다. 아버지가 자신의 이마에서 뽑아낸 일천 개의 화살촉으로 동굴 괴물을 죽이는 이야기였다. 나는 크레용이 아주 짧아질 때까지 글을 썼고, 그걸 두 손가락으로 꼭 쥔 채 꽁지까지 눌러서 마침내 그에게 전해주고 싶은 해피엔딩을 쓸 수 있었다. 나는 눈을 감으면서 내 출생지가 내 아버지의 이야기 속에서 씁쓸한 장(章)이 될 것을 알았다.

그 후 2년 동안, 우리는 미국 전역을 떠돌았다. 우리는 노인들의 입을 통해 역사를 배웠고, 술꾼들의 입을 통해 외국어를 배웠다. 콜로라도에서 태운 한 히치하이커가 있었다. 그녀는 뉴턴과 그의 사과로 우리에게 과학을 가르쳐주었다. 애리조나의 한 저녁 식사에서 만난 한 전과자는 세상의 법과 교도소의 법을 우리에게 가르쳐주었다. 무엇보다 우리는 자동차를 보며 주 이름을 배웠다.

"알래스카를 봤어." 프레야가 말했다.

"난 아이다호." 플로시가 빨간 포드를 점찍었다. "트렁크 안에 감자가 잔뜩 있을 거야."

린트는 그걸 확인하고 싶어 했다.

"저건 텍사스." 트러스틴이 그 차에 손을 흔들었다. 그들은 답하지 않았다.

"우리 고향이네." 엄마가 우리를 추월하는 오하이오 주 번호판을 단 검은색 포드 선더버드를 가리켰다. "고향으로 돌아가고 싶어요, 랜든."

2부

∾

# 만왕의 왕

1961~1963

# 4

∾

내가 주의 말씀들을 발견하고 그것들을 먹으매.

— 예레미야 15:16

1961년, 내가 일곱 살 때, 엄마는 고향으로 돌아가고 싶다고 했다. 고향은 오하이오였다. 그녀의 뿌리가 있는 곳이니까.

"뿌리는 식물에서 가장 중요한 부분이다." 아빠는 이렇게 말하곤 했다. "식물은 뿌리로 영양을 공급받고, 다른 모든 게 쓸려가도 식물을 제자리에 잡아주는 건 뿌리다. 뿌리가 없으면, 넌 그냥 바람에 흩날릴 수밖에 없다."

우리 부모님이 칠엽수 주를 용서할 만큼 충분한 시간이 흐른 뒤였다.

우리는 작은 평상 트레일러를 매단 고사리색 램블러 안에서 포개 지냈다. 엄마와 아빠가 번갈아 운전할 때마다 안테나에 매달린 너구리 꼬리가 뒤로 휘날렸다. 밤이 되면, 엄마가 핸들을 잡았다. 아빠가 엄마를 인도해서 숲으로 들어가 한 쌍의 유칼립투스를 가리킬 때까지, 난 엄마가 몇 번을 하품하는지 세었다.

엄마가 시동을 끄면, 아빠는 밀주 단지[18]를 친구처럼 들고 나갔다. 그는 더 많은 식물채집을 위해 숲 바닥을 뒤질 참이었지만, 우린 이미 여러 약초 다발을 좌석 뒤든 창틀이든 곳곳에 말리고 있었다.

그렇게 야간 탐색을 끝낸 뒤면, 나는 아빠가 보닛을 침대로 삼는다는

---

[18] jar. '병'(bottle)과 구분하여 모두 '단지'로 표기. 예외('미라클 마요네즈 병'. 38장).

걸 알고 있었다. 긴 앞좌석은 늘 엄마 차지였다. 트러스틴은 뒷문을 내려 자동차와 트레일러 사이에 두 발을 늘어뜨렸고, 프레야와 플로시는 뒷좌석에서 머리를 한데 두고, 서로 등을 맞댄 채 누워, 발을 각각 뒤창 밖으로 뻗었다. 린트는 새끼 고양이처럼 프레야 위에 누웠고, 프레야는 동생의 정수리를 쓰다듬었다. 나는 뒷좌석 바닥을 잠자리로 삼거나 간혹 트러스틴이 땅바닥에서 마음껏 팔다리를 뻗고 자겠다고 하면 뒷문을 차지했다.

그날 밤, 램블러가 유난히 비좁게 느껴졌고, 그래서 나는 아빠를 찾아 나섰다.

나는 나무를 마주칠 때마다, 한참을 멈춰 나무 몸통에 손가락으로 글을 썼다. 나무들에게 멋진 말을 쓰면, 그들이 숲속에서 나를 안내하는 지도가 될 것이라고 생각했다.

*커다란 참나무 님, 당신의 껍질은 내 아버지의 노랫소리 같습니다. 내 길을 찾게 날 도와주세요. 너도밤나무 님, 참나무에게 말하지 마세요. 하지만 당신의 잎사귀는 최고의 책갈피예요. 내 길을 찾게 날 도와주세요. 단풍나무 님, 당신은 최고의 시 내음이 나요. 내 길을 찾게 날 도와주세요.*

그렇게 한 나무에서 다음 나무로 걷다가 삐죽 솟은 뿌리 하나에 내 맨발이 걸렸다. 나는 넘어졌고, 두 무릎이 까졌다. 나는 땅바닥에 주저앉아 엉엉 울었다. 다쳐서가 아니라 길을 잃어서.

"이런, 이런." 아빠가 나를 굽어보며 혀를 끌끌 찼다. "난 너 같은 아이를 발견해서 돈도 벌고 유명해지겠네. 세상 모든 신문의 1면에 내 사진과 함께 이런 머리기사가 실릴 거야. 랜든 카펜터, 숲속에서 신비의 생물을 발견하다. 그런데 먼저, 너한테 물어볼 게 있다." 그는 자신의 얼굴을 내 얼굴에 바싹 댔다. "넌 하나님의 자식이냐 악마의 자식이냐?"

"재미없어요, 아빠. 그리고 아빠는 어떤 신문의 1면에도 실리지 않아요." 내가 말했다.

"오, 아니라고?" 그가 물었다.

"네." 나는 내 작은 눈썹을 최대한 찌푸렸다. "난 길을 잃었죠. 그런데 아빠가 여기 있으니까 아빠도 분명 길을 잃었어요. 아빠가 길을 잃었기 때문에 길을 잃은 아빠에 대한 기사가 아닌 이상 아빠는 어떤 신문의 1면에도 실리지 않아요. 그 경우, 아무도 그걸 읽지 않을 테니까 아무도 그런 기사를 쓰지 않을 거예요."

난 그들이 아버지를 탄광에서 때렸던 그날이 떠올랐다.

"아빠는 대단하지 않아요." 난 그들이 했을 법한 말을 했다. "아빠는 랜든 카펜터예요."

그는 순간 화가 난 듯 뒤로 움찔했다.

"넌 그런 못된 말을 입에 담기에는 너무 어리다." 그는 이렇게 말한 뒤 그의 밀주를 한 모금 마셨고, 발을 떼더니 군데군데 덤불과 두꺼운 이끼가 덮여 있는 쓰러진 나무둥치 위에 앉았다.

나는 일어나서 나뭇잎 하나를 주워 까진 무릎의 핏자국을 닦았다. 주변의 숲을 둘러보면서 아직 내가 혼자 어둠과 싸울 만큼 용감하지 않다는 결론을 내렸고, 결국 아버지 옆에 앉았다. 그의 손에 들린 단지를 물끄러미 쳐다봤다. 그가 겉 유리에 작은 검은 별들을 그려놓았다.

"왜 아빠는 항상 밀주 단지에 별을 그려요?" 내가 물었다.

"별은 달과 관계가 있으니까." 그는 이렇게 말한 뒤 단지를 그의 발 옆 땅바닥에 내려놓았다.

그가 셔츠 주머니에 손을 넣어 마른 담뱃잎 쌈지를 꺼냈다. 나는 그가 담배종이 한 장에 담배 한 꼬집을 올려놓는 것을 지켜봤다.

"우리가 길을 잃었는데 걱정되지 않아요, 아빠?" 내가 물었다.

"너만 길을 잃었지, 딸. 난 내가 어디 있는지 정확히 알지."

그는 내가 담배종이 끝에 침을 바르게 둔 다음 담배를 말았다. 이어 모자에 붙은 사포 띠에 성냥을 그었다. 담배에 불을 붙일 때, 나는 그의 왼뺨에 있는 흉터를 응시했다. 주름지고 울퉁불퉁한 그의 피부는 마치 다 녹아내린 그의 손바닥 같았다. 그는 직접 흉터를 보면서 이런저런 각도에서 살폈다. 그는 눈살을 찌푸리기 시작하더니, 눈길을 돌렸고, 모자를 벗었다. 그 모자를 내게 씌워주고는 담배를 뻐끔뻐끔 피웠다.

"우리가 영영 길을 잃을까봐 무섭지 않으세요?" 내가 물었다. "난 무서워요, 정말 무서워요."

그가 숨을 내뱉었고, 별을 향해 연기를 뿜었다.

"넌 연기가 영혼들의 안개라는 걸 아니?" 그가 물었다. "그래서 연기는 신성한 거고, 네 두려움을 구름까지 가져가지. 두려움을 먹고사는 이들이 있는 그곳까지."

"두려움을 먹고사는 이들이요?"

"착하고 작은 피조물들이다. 널 무섭게 하는 모든 걸 삼켜버리는 애들이지. 그러니 넌 더는 두려워할 게 없다."

그가 내게 담배를 주면서 연기를 입에 담았다가 재빨리 내뿜으라고 했다. 난 고작 콜록거리며 연기를 내뱉었을 뿐이다. 내가 다시 들이마시려고 하자, 아빠는 내게 폐를 아끼라고 했다.

"들판을 마음껏 달리려면." 그는 이렇게 말하고 담배를 도로 가져갔다.

우리는 연기가 흩어지고 사라지는 것을 지켜봤다.

"난 아직도 길을 잃은 것 같아요." 내가 말했다.

아빠는 나를 바라본 뒤 어둠에 잠긴 숲으로 눈길을 돌렸다.

"있잖아," 그가 말했다. "언젠가 나는 정말 신비스런 숲에 들어선 적이 있었다. 식물을 채집하러 나섰다가 깜빡 잠이 들었지. 내가 잠에서 깼을 때, 난 방향감각(bearings)을 잃었다."

"곰 반지(bear ring)요?" 내가 물었다. "우아, 정말 예쁘겠네요. 곰이 아빠한테 준 거예요? 그 반지에도 반짝거리는 게 있나요? 좀 보여주세요."

나는 그의 주머니를 뒤지기 시작했지만 인삼 뿌리로 만든 그의 느슨한 비즈밖에 찾지 못했다. 그는 웃음을 터트리며 나를 뒤에서 두 팔로 꼭 껴안았다.

"진정해라, 베티." 그가 계속 웃으며 말했다. "곰 반지가 아니야. 내 방향감각. 방향에 대한 나의 지식이다. 나는 전방의 풀을 눕혔고, 길이 안 보였다. 나는 후방의 풀을 눕혔고, 여전히 길이 안 보였다. 어스름이 내렸고, 난 이제 이 숲에 영원히 갇혔구나 싶었다."

"그래서 어떻게 했어요, 아빠?"

"작은 돌들을 집어 땅에 내 이름을 썼고, 사람들이 내게도 이름이 있었다는 걸 알게 했다. 그리고 누워 밤하늘의 별들을 바라봤다. 그때 난 내가 어디 있는지 안다는 걸 깨달았다."

"아빠는 어디에 있었어요?"

"천국의 남쪽."

"거기가 어디예요?"

"저 위를 봐라, 베티."

그가 손등으로 내 턱밑을 천천히 밀어 얼굴을 하늘로 향하게 했다.

"저 위 어딘가에 천국이 있다." 그가 말했다. "그리고 우린 거기서 약간 남쪽에 있다. 거기가 바로 천국의 남쪽이다. 거긴 바로 여기다." 그가 우리 발밑을 쿵쿵 굴렀다. "네가 어디에 있든, 네가 어디로 가든 그건 중요하지 않다. 왜냐하면 넌 항상 천국의 남쪽일 테니까."

"내가 천국의 남쪽이라고요?" 나는 어리둥절해서 하늘을 올려다봤다.

"그만한 데가 없지." 그가 말했다.

그는 손가락으로 담뱃불을 눌러 끈 뒤, 부츠 안에 담배를 쑤셔 넣었다. 내 신발에 꽁초를 떨어뜨린 척했지만 내가 맨발인 걸 보고는 내가 웃을 때까지 내 뒤꿈치를 간지럽혔다.

"더 안 컸네." 그가 손으로 내 발을 재며 이렇게 말했다. "이제 더는 이렇게 작지 않을 거다."

"내 발이 크도록 두지 않을 거예요, 아빠."

"오, 정말, 진짜로?" 그가 빙그레 웃으며 내 발을 도로 내려놓았다. "좀 쉬자. 내일 먼 길을 운전해야 하니까. 운이 좋으면 오후쯤 오하이오에 들어설 수 있을 거다."

"보닛에서 아빠랑 같이 자도 돼요?"

"잘못하면 감기에 걸릴 텐데?" 그가 물었다.

"난 스카프가 한 장 있어요." 나는 기다란 내 검정 머리칼을 내 목에 둘렀다. "어때요?"

"정말 램블러 안에서 자고 싶지 않니?"

"난 화성에서 자고 싶어요. 사실 난 화성에 관한 새 이야기를 하나 썼어요. 우리가 루이지애나를 지날 때 들른 식당의 냅킨 위에 썼는데, 그걸 잊었어요."

"그 이야기를 잊었다고?" 그가 물었다.

"천만에요." 나는 고개를 저었다. "냅킨을 잊었다고요. 이야기는 기억해요. 내 최고의 화성인 이야기예요."

"넌 항상 화성에 대해 쓰네. 네 몸에 화성인의 피가 흐르나 보다."

"이런, 내 이야기가 바로 화성인의 피에 관한 거예요."

"꼭 들어봐야겠네." 그가 두 발을 쭉 뻗어 발목을 꼬았다.

"음, 화성인들은," 나는 시작했다. "그들은 지구를 침략하고 싶어 해요."

"화성인들은 늘 우리 걸 갖고 싶어 하나 보네." 그가 말했다.

"그들의 천성이에요. 내 생각엔 그래요. 그들은 우리를 침략하려고 새들을 보내요." 나는 두 손으로 새 모양을 만들었다. "화성에만 존재하는 새예요. 새들의 날개는 그 식당의 체스판 모양 메뉴판이랑 똑같아요. 몸뚱이는 그 식당의 케첩 병 같고, 머리는 뒤집힌 잔 같아요."

"나랑 엄마가 커피를 마셨던 잔 같은 거?" 그가 상상의 커피 잔을 입술로 가져가 후루룩 마셨다.

"응. 그리고 그 새들의 다리는 긴 탄산음료 스푼인데, 트러스틴이 오렌지 플로트[19]를 먹을 때 사용한 스푼 같아요. 스푼 끝은 구부러져 있고, 화성인의 피를 운반해요. 새들이 지구로 날아와서, 피가 떨어져요. 떨어진 핏방울들은 씨앗처럼 우리 땅에 스며들어요. 아무도 모르게, 사람들 모두 자신의 뒷마당에 화성인들을 키우고 있는 거예요."

"그 화성인들은 어떻게 생겼니?"

"아빠와 내가 가진 피부랑 달리 화성인의 피부는 파랑 체크무늬 식탁보로 만들어졌어요."

"그 식당에도 그런 게 있지 않았니?" 그가 활짝 웃으며 물었다.

"맞아요." 내가 끄덕였다. "손가락 대신 화성인들에게는 구부러진 빨대가 있어요." 나는 그의 얼굴을 향해 다섯 손가락을 구부렸다. "내가 딸기 밀크셰이크를 빨아 마신 빨간 줄무늬의 흰 빨대 같아요. 식당 밖에서 펄럭이던 빨간 깃발 기억나세요? 커다란 파랑 X자에 흰 별들이 있었던?"

"그래, 기억난다." 그의 미소가 사라졌다.

"화성인들의 머리칼이 그래요. 단, 빗질을 쉽게 하려고 가늘고 길게 잘랐어요. 그들 모두 우리 웨이트리스들이 머리에 꽂았던 핀 같은 피클 눈썹을 하고 있어요. 또 그들의 눈은 그 식당의 올라…… 올라……."

"올랄리베리.[20]" 아빠가 나를 도와주었다.

"올랄리베리 파이. 그 베리에서 과즙이 줄줄 흘러요. 콸콸." 나는 두 뺨을 긁었고, 아빠는 너무 웃어서 기침까지 했다.

"그들은 소금과 후추 통 안테나를 달고 있고," 나는 계속했다. "그들

---

**19** float. 아이스크림 한 덩어리를 띄운 청량음료.

**20** olallieberry. 원래 이름은 Olallie blackberry. 동부와 서부의 두 베리를 교배한 종.

의 이빨은 찌그러진 포크예요. 그들의 포크 이빨이 우리를 죽여요. 왜냐하면 화성인들은 다 크면, 그들의 뿌리를 깨고 나와서 우리를 보고 미소를 지어요. 그들의 금속 이빨 빛이 우리를 미치게 하고, 우리는 서로를 죽여서 결국 화성인들만 남아요."

아빠가 어깨를 부들부들 떨며 말했다. "너 때문에 너무 불안해서 앞으로는 하늘에 케첩 병 새들이 있는지 살펴야겠다. 그런데 이 보석 같은 경고의 제목은 뭐니?"

"미소 짓는 화성인들요." 나는 지난주에 빠진 젖니 때문에 생긴 틈 사이로 미소와 함께 혀를 내밀면서 크게 외쳤다.

"미소 짓는 화성인들은 내가 가장 좋아하는 이야기가 될 거야." 아빠가 말했다.

우리는 컴컴한 숲속에서 난 쿵 소리에 일제히 고개를 돌렸다.

"무슨 소리예요?" 나는 앞을 살피려고 아빠의 모자를 이마 위로 치켜올렸다.

"네 화성인들 중 한 명인가 보다." 아빠가 말했다. "저 망할 외계인이 우리를 찾아내서 미소를 짓기 전에 램블러로 돌아가는 게 좋겠다."

그가 나를 나무에서 안아 내 두 발을 땅에 살포시 내려놓았다.

"밀주 단지는 안 가져가요?" 내가 물었다.

"응." 그가 말했다. "그냥 화성인이 마시게 두자. 그래야 개도 곧장 잠들어서 밤새 우리를 귀찮게 하지 않겠지."

나는 그의 손을 잡았고, 우리는 그렇게 숲길을 걸었다. 그는 걸음을 뗄 때마다 절뚝거렸다. 탄광 사건 후 2년이 흘렀지만, 아직도 기억에 생생했다. 아빠의 피 색깔. 그의 고통 속 얼굴 주름마다 쌓였던 석탄 가루의 모습. 그들이 아빠의 무릎을 유리처럼 박살냈다고 했을 때의 그의 모습을 생각했다. 나는 혹 유리처럼 예리한 파편들이 그의 살에 박혀 있는 건 아닐까 궁금했다. 아빠의 걸음은 정말 그런 것 같았다. 나는 아빠가 외롭지 않게, 나도 같이, 절뚝거리기로 작정했다. 그가 나를 쳐다보더니, 더는 심하게 절뚝거리지 않으려고 애썼다.

"보닛에서 같이 자도 돼요, 아빠?" 내가 다시 물었다. "램블러는 너무 붐벼요. 엄마 혼자 백만 명의 자리를 다 차지해요. 그러니까, 프레야, 플로시, 트러스틴, 린트, 엄마에다가 백만 명이 더 있는 거예요. 한 바구니에 단지가 가득한데 유리가 서로 부딪쳐서 쨍그랑대지 않을 수 없어요. 아빠가 그렇게 말했잖아요, 기억하죠?"

"내가 그랬다고, 내가?"

"으-응. 그럼요, 아빠. 그러니까 보닛에서 아빠랑 같이 자도 되죠?"

"감기에 걸리지 않겠다고 약속해라, 베티."

"약속해요, 약속, 약속, 약속, 약속." 나는 아빠가 손을 들어 웃을 때까지 되풀이했다.

"짐작컨대 보닛 위에 큰 인디언 한 명과 꼬마 인디언 한 명이 있을 자리는 충분하지." 그가 말했다.

나는 그의 손을 꼭 쥐었고, 우리는 함께 절룩거렸다. 우리가 램블러를 지나칠 때, 플로시가 내게 혀를 내밀었다. 나도 혀를 내밀어 돌려주었다. 이어 그녀가 잘 자라고 했고, 나도 똑같이 답했다. 플로시와 나는 동시에 프레야에게 잘 자라고 했다.

"잘 자." 프레야가 말했다.

아빠가 나를 들어서 두 발을 먼저 보닛에 올렸다. 나는 안테나에 매달린 너구리 꼬리를 갖고 놀다가 모자를 안테나 위에 씌웠고, 아빠도 보닛에 올라와 내 옆에 자리를 잡았다. 그는 차 속의 엄마에게 손을 흔들었지만, 엄마는 이미 앞좌석에 길게 누워 다리 하나를 핸들 위에 걸친 채 잠들어 있었다. 엄마의 코 고는 소리는 짐승이 주둥이를 땅에 박고 음식을 찾는 것처럼 요란했다.

"자, 베티야. 네 딱딱한 침대다." 아빠는 보닛을 쓰다듬으며 상체를 올려 앞 유리에 기대고 누웠다.

"아빠?" 내가 그의 옆에 앉으며 물었다. "내 화성 이야기가 마음에 들었어요? 솔직히."

"정말 마음에 들었다."

내가 말을 잇기도 전에, 차 문이 끼익 열리더니 살며시 닫는 소리가 들렸고, 이어 조그만 두 발로 땅 위의 잔가지를 밟는 소리가 이어졌다.

"자-아-암이 안 와요." 린트가 아빠 쪽 보닛 위로 올라왔다.

린트가 눈물이 글썽한 두 눈을 손등으로 비비고 있었다. 그의 작은 주머니마다 그가 모은 돌들로 불룩했다.

"이런, 아들. 네가 운이 좋네. 마침 아빠 주머니에 잠자는 가루가 있거든." 그가 린트를 보닛 위로 끌어올려 우리 사이에 내려놓았다.

"아직도 잠자는 게 무서워?" 아빠가 그에게 물었다.

보름 전, 린트는 막대기처럼 그린 자신의 몸에 검정을 마구 덧칠한 그림 하나를 그렸다. 당시 린트는 네 살에 불과했고, 그래서 그의 그림은 그의 설명만큼 큰 의미는 없었다. 린트는 아빠에게 검정 덧칠은 밤이고, 그가 잠들면 밤이 자기 영혼을 훔쳐갈 거라고 했다.

"내 여-어-엉혼을," 린트는 이렇게 말하면서 검정 덧칠을 더 검게 칠했다. "밤이 가져가요, 아빠. 그걸 가져가서 무-우-운어요. 북쪽. 추-우-운 곳에."

린트의 그림을 떠올리면서, 나는 어둠에 둘러싸인 우리 주위를 살폈고, 아빠는 린트에게 약속했다. 밤이 그의 영혼을 훔치지 못하게 할 거라고.

"아빠가 가만두지 않을 거야." 아빠는 두 팔로 린트를 꼭 껴안았다.

"아빠는 그걸 머-어-엄출 수 없어요."

"네 영혼은 바로 여기에 있다." 아빠는 자신의 손을 린트의 콧날에 살포시 얹었다. "네가 자는 내내 밤새 아빠 손을 여기 얹고 있을게. 네가 아침에 잠을 깨도 네 영혼은 여기 있을 거야. 맹세할게."

린트가 자신의 머리를 아빠의 가슴에 기대는 동안, 나는 보닛 구석에서 혼자 몸을 웅크렸다.

## 5

⟨∿⟩

*네가 공작들(peacocks)에게 멋진 날개를 주었느냐?*

— 욥 39:13

브레세드에 오신 걸 환영합니다, 라는 붉은 글씨가 헛간 나무 판때기에 쓰여 양버즘나무[21]에 못으로 박혀 있었다. 훗날 나는 브레세드가 천국과 지옥 사이, 도마뱀들은 바퀴에 깔려 죽고, 사람들은 천둥이 천둥을 빻듯 말을 했던 고동치는 한 조각 땅임을 알게 되었다. 그곳, 남부 오하이오, 우리는 들개들의 짖는 소리에 잠을 깨면서도 더 큰 늑대들의 그림자를 늘 의식했다.

"마을 이름을 어떻게 말해요?" 트러스틴이 물었다. "브리드?"

"숨쉬다의 breathed처럼 i로 하지 말고," 아빠가 백미러로 트러스틴을 보며 말했다. "숨의 breath, 그리고 *ed*를 붙여. Breath-ed."

사방으로, 인간이 창공을 향해 외치는 커다란 감탄사처럼 언덕들이 일어나 있었다. 애팔래치아 산맥의 산기슭으로 알려진 곳, 노출된 사암들이 빙하가 녹으면서 빚어내고 깎아낸 산등성이와 절벽과 협곡들을 형성하고 있었다. 이끼류와 지의류가 뭉친, 녹색으로 뒤덮인 오래된 사암들은 비슷한 형상을 빗대 이름이 붙여졌다. 악마의 티 테이블, 절름발이 사슴, 거인의 그림자.[22] 그 이름들은 마치 가보처럼 소중하게 세대

---

**21**  American sycamore. 통칭 '플라타너스'. 북미 동부 원산의 교목. 높이 30~40m, 지름 1.5~2m, 학명 Platanus occidentalis.

**22**  Devil's Tea Table, Lame Deer, Giant's Shadow.

에서 세대로 전해졌다.

언덕을 통과하고 땅을 가로지르는 길은 road나 street가 아닌 lane이었고, 이곳 사람들은 비포장도로는 그냥 넓은 길에 지나지 않는다는 듯, 길을 lane으로 불렀다. 메인 레인(Main Lane)에는 세인트 새미네, 무기네 완구점, 팬시네 양장점 등 여러 상점들이 있었다. 메인 레인에서부터 주거지 레인들이 뻗어나갔고, 집집마다 가족용 성경과 빵 굽는 멋진 비법이 하나씩 있었다. 외곽으로 나가면, 넓은 농지를 보유한 농가들이 있었다. 브레세드의 가장 건전한 모습은, 7월 4일이면 어김없이 베란다 난간에 마을 깃발을 거는 부인이자 어머니라는 점이었다. 그곳의 가장 어두운 모습은, 눈에 띄는 상처 하나 없이 피를 흘리다 죽을 수 있는 곳이라는 점이었다.

아빠는 징검다리를 건너듯 천천히 브레세드로 운전해 들어갔다. 노랑 풍선을 쥔 백발의 남자가 곧 눈에 들어왔다. 그는 숲 가장자리에 서 있었다.

"어이, 영감." 아빠가 열린 창문으로 소리치며 그에게 손을 흔들었다.

"랜든 카펜터?" 그도 손을 흔들었다. "정말 자넨가?"

아빠는 짤막하게 경적을 누르는 것으로 답하고 계속 갔다.

"카튼 위더스(Cotton Whithers) 영감이다." 아빠가 어린 우리들에게 말했고, 우리는 계속 두 팔을 흔들고 있는 그 남자를 돌아봤다.

"하염없이 편지를 보내는 분이지, 맞아." 엄마는 이렇게 말하며 하늘로 오르는 노랑 풍선을 쳐다봤다.

나는 우리 주위의 마을로 눈길을 돌렸다. 우리는 황무지에서 살아왔다. 어른들만큼 큰 나무들은 없었다. 여인들만큼 아름다운 목초지들만 있었다. 그러나 브레세드에는 다른 뭔가가 있었다. 마치 인간에 의해 창조된 마을이 아닌, 인간이 출산한 장소인 양 숨을 들이쉬고 내쉬는 듯했다. 나는 브레세드를 시로 쓰고 싶었다. 필요하다면 단어의 운을 맞추겠지만, 나는 그냥 강에 돌멩이를 던지듯 말할 것이다. 이곳을 표현할 유일한 방법은, 흙길은 축 늘어진 갈색 방울뱀처럼 보이고, 그 비늘은 햇살에 반짝이는 곳이다, 라고밖에.

아빠가 급히 방향을 틀었고, 나는 레인 표지판을 보려고 고개를 들었다.

"셰이디 레인." 나는 길 이름을 크게 말했다.

우뚝 솟은 나무들이 양쪽으로 늘어서 있고, 나뭇가지들은 찬 강물처럼 철렁였다. 레인은 우리 땅의 진입로에서 끝났다. 수 헥타르의 숲과 맨 평원이 우리 땅이었다. 잡초로 뒤덮인 진입로에 빨간 차 한 대가 서 있었다. 차에 기댄 채 있는 사람은 릴런드였다. 휴가를 나왔고, 아빠가 그에게 새 집에 대한 편지를 보냈는데, 릴런드가 거기서 우릴 만나겠다고 했다. 당시 릴런드는 스물둘이었다. 금발을 짧게 깎았고, 군복을 입고 있었다.

트러스틴이 차에서 내리면서 릴런드의 이름을 꽥 외쳤다.

"저 멋진 새 차를 어디서 구했니?" 아빠가 릴런드의 반짝이는 차를 바라보며 물었다.

"아, 그냥 친구한테 빌렸어요." 릴런드가 답했다.

"우리 줄 선물 일본에서 가져왔어?" 트러스틴이 물었다.

릴런드는 최근 일본에 배치되었다는 편지를 보냈다. 그가 쓴 글 때문에 우리는 꿈속을 거닐었다. 얼굴을 하얗게 칠한 여인들. 땅바닥을 쓸고 다니는 아름다운 기모노들. 그가 탑으로 부른다고 한, 그러나 호박꽃을 쌓아놓은 듯한 지붕들.

"얼씨구, 물론, 뭘 가져왔지." 릴런드가 소용돌이무늬 색상이 도는 문진을 트러스틴에게 건넸다. 린트에게는 동그란 회색 돌을 주었다.

"내가 일본 땅에서 직접 파낸 거야." 릴런드가 그에게 말했다.

"정말 동그랗구나." 아빠가 린트에게 말했다. "커다란 눈 같네."

린트가 그 생각에 미소를 지었다.

릴런드가 플로시에게 부채를 주자, 그녀가 팔짝팔짝 뛰었다. 얼굴에 부채를 펼쳤고, 하얀 나비들과 금박 나뭇잎들이 그려진 부챗살 그림 뒤에서 속눈썹을 깜박였다.

내 선물은 분홍 비단 상자였다. 안에 같은 비단으로 된 파자마 한 벌이 들어 있었다. 잠금은 개구리 모양이었고, 단추는 매듭이었다. 나는 데님, 면, 플란넬 같은 천에는 익숙했지만 비단은 몰랐다. 그렇게 보드라운 촉감은 처음이었다. 내가 그걸 뺨에 대자 플로시도 소매를 집어 자신의 뺨에 댔다.

"정말 가벼운 느낌이야." 플로시가 미소를 지으며 말했다.

"비단을 벌레에서 얻는 건 알고 있지?" 아빠가 말했다.

"벌레요?" 플로시가 뒤로 움찔했다. "웩."

릴런드가 차 안에 손을 뻗어 보석 상자 하나를 꺼냈다. 내 팔만큼 긴 상자였다. 뚜껑은 탑의 지붕 모양이었다. 반짝이는 검정 옻칠에 분재와 연꽃 그림이 그려져 있었다. 입구의 두 문을 열자 비단을 깐 내부에 작은 서랍과 칸막이들이, 음악에 맞춰 빙글빙글 돌아가는 작은 여자 인형을 둘러싸고 있었다. 릴런드는 그 상자를 프레야에게 건넸고, 프레야는 어색하게 상자를 끌어안고 있다가 재빨리 문을 닫았고, 그러자 음악이 뚝 그쳤다.

"프레야 선물은 왜 저렇게 커?" 플로시가 자신의 부채를 접으면서 물었다.

릴런드가 바지에 손을 닦은 뒤 차 사물함에서 두 개의 작은 새 인형을 꺼냈다. 빨간 유리로 만든 새였다. 하나를 엄마에게, 다른 하나를 아빠에게 주었다.

"정말, 정말 멋있구나, 아들." 아빠가 릴런드의 어깨를 토닥거렸다.

릴런드가 뒷걸음질을 쳤고, 그는 양손을 주머니에 찔러 넣으면서 턱으로 집을 가리켰다.

"다들 도착하기를 기다렸어요." 그가 말했다. "창문 너머로 안을 훔쳐보지도 않았어요."

아빠는 자신의 새를 엄마에게 건네 그녀의 새와 같이 들게 하고는 땅을 향해 두 팔을 활짝 펼쳤다.

"믿겨지니?" 그가 물었다. "이땅에선 누구도 우리에게 나가라고 못한다."

우리 모두 띄엄띄엄 솟은 큰 풀들을 헤치며 걸었다. 별도의 차고가 하나 있었고, 너구리 한 마리가 쏜살같이 달아났다. 집 자체는 넓었고, 짙은 상록수 관목들로 단단히 보호되고 있었다. 집은 인간의 것이라기보다는 땅에 속한 듯 보였다. 담 전체가 담쟁이들로 터질 듯했고, 넝쿨이 베란다의 마지막 난간들을 뒤덮은 반면, 뚫린 베란다 바닥을 치고 올라온 무지막지한 덤불이 베란다를 오른쪽으로 누르고 있었다. 말벌집은 텅 빈 봉처럼 매달려 있었고, 쏜살같은 도마뱀들은 숨을 곳이 널려 있었다.

"내가 백 마리쯤 잡아서 전부 내 방에 두겠어." 트러스틴이 파충류를 쫓으며 이렇게 말했다.

집은 다락방을 빼고 2층이었다. 빅토리아풍 건축은 심히 변형되어 이제는 한낱 집 언덕에 솟은 소나무들의 그림자에 기대 버티고 있는 낡은 꿈에 불과했다.

우리는 당장 무너질 듯 흔들거리는 베란다 계단을 조심조심 올랐다. 아빠가 두 손으로 베란다 기둥을 하나하나 움켜쥐며 강도를 살폈다.

"멀쩡하군." 그가 말했다.

엄마가 맨 뒤에 올라왔다. 엄마의 뒷굽이 마지막 계단 틈에 끼었다. 아빠가 발을 빼주는 동안 그녀가 욕을 했다.

"곳곳이 덫이네." 엄마가 아빠의 어깨에 체중을 싣고 집을 둘러보면서 이렇게 말했다. 널빤지들은 한때 노란색이었지만, 페인트가 벗겨져 나무가 훤히 드러났고, 사암같이 부식되어 있었다.

"완전 쓰레기장이네." 엄마는 아빠가 신발을 벗겨주자마자 이렇게 말했다.

"넓은 땅만으로도 가치가 있소." 그가 재빨리 응수했다. "게다가 고칠 수 없는 것은 없어요."

"전부 다 이 모양인데요, 응?" 엄마가 가라앉은 베란다 천장을 바라보며 차갑게 말했다.

우리는 현관으로 향하면서 바닥 틈 사이사이 자라고 있는 큰 가시 잡초들을 피해 걸었다. 널찍한 통유리는 깨지지 않았지만 금이 가 있었고, 흙투성이였다. 유리 곳곳에 혹 귀신과 마주칠까 두려워 감히 안에 들어가지 못한 동네 사람들이 문지른 자국들이 남아 있었다. 대신 방마다 무엇이 숨어 있나 보려고 창에 얼굴을 대고 비볐던 게 분명했다.

아빠는 하나 남은 경첩에 매달린 방충망을 만지작대기 시작했다. 망은 찢겨 있었고, 풀린 쪽이 대롱대롱 걸려 있었다. 갑자기, 녹슨 마지막 경첩에서 문짝이 떨어져나갔고, 아빠를 뒤로 거칠게 밀어냈다. 바닥에 엎어지기 전, 간신히 균형을 잡았다. 그는 마치 애초에 제거하려고 했다는 듯 재빨리 문짝을 바닥에 내동댕이쳤다.

"제발 엉망으로 만들지 말래요?" 엄마가 그를 밀치며 지나갔다. "이미 악마가 이 집을 차지하고 있다는 걸 모르겠어요?"

엄마가 널찍한 현관문 앞에서 멈췄다. 넷 중 세 개의 널빤지가 손잡이와 잠금장치와 함께 사라져 있었다. 그녀가 고개를 설레설레 저었고, 문을 밀고 다음 복도로 나아갔다.

집에 발을 내딛는 게 무덤으로 가는 문턱을 넘는 듯했다. 마룻바닥을 따라 메마른 갈색 잎이 잔뜩 쌓여 있었다. 원래 커다란 시계 문자판이 그려져 있던 마루였다. 넓은 회전계단이 중앙에 있었다. 한때, 웅장했었다. 지금은, 훔쳐가지 않고 남은 건 층계뿐이었다.

계단에서부터 두 개의 별도의 거실이 나뉘어졌다. 갈라진 벽 틈을 따라, 바깥 세상이 기어들어 와서 꽃무늬와 덩굴이 그려진 구식 벽지의 나뭇잎 문양에 진짜 나뭇잎들이 자랐다. 그 벽지는 지금도 기억에 생생하다. 기나긴 봄날 같았던 민트, 연보라, 크림색 벽지. 나는 자신의 집을 사랑했기에 그 벽지를 선택했을 여인을 상상했다.

"피콕(Peacock)네 이야기는 진짜예요?" 프레야가 거실과 식당을 가르는 벽에 뚫려 있는 총알구멍을 만졌다. "내 생각에는 만들어낸 얘기 같은데."

피콕네는 1904년 이 집을 지었다. 재력이 있었던 그들은 돈을 아끼지 않았다. 1947년, 그들은 집을 현대식으로 개조하기로 결정했다. 개조 얼마 후, 여덟 식구 모두가 감쪽같이 사라졌다. 시체도 없었다. 혈흔도 없었다. 집 곳곳 벽에서 여덟 개의 총알구멍이 발견되었을 뿐이다.

아빠의 어린 시절 친구인 신더블록 존(Cinderblock John)이 피콕네를 경매로 구매했다. 신더블록 존은 다양한 임대주택을 소유하고 있었지만 그가 피콕네의 과거를 구입하자 다들 그에게 저주를 산 것이라고 했다. 해가 갈수록 집은 점점 더 폐허로 변해갔다. 동네 외곽의 도둑들이 돈이 될 만한 것을 죄다 훔쳐갔다. 그들은 마을 사람들과 달리 저주를 두려워하지 않았다.

아빠가 신더블록 존에게 우리가 브레세드로 가는 중이라고 편지를 쓰자, 신더블록 존은 지체 없이 답장을 보냈다.

> 자네 가족이 지낼 만한 집이 있네. 하지만 친구, 그 집이 저주 받았다는 걸 말해두지 않을 수 없네. 옛 주인들이 감쪽같이 사라져서 다시는 돌아오지 않았다네. 침대 시트가 날아다니는 걸 본 적이 없다는 건 확실히 말할 수 있네. 문이 저절로 닫히지도 않았네. 적어도 내가 있을 때는 총알구멍(모두 여덟 개네)에서 피가 흘러나온 적도 없네. 정말 귀신이 있다면 어리숙한 귀신이 분명하네. 모두가 그 집이 저주를 받았다고 말하니까 저주 받은 집이 되었다는 게 내 생각일세. 내가 자네에게 그 집을 주는 이유는 순전히 이기적인 것이네. 그 집이 자네 가족이 차마 떠날 수 없는 좋은 보금자리가 되기를 진심으로 바라네. 외로운 나를 항상 생각

*해주게, 친구.*

아빠는 이 집에 액운이 든 게 아니고, 그 소문은 작은 마을에 흔히 떠도는 이야깃거리에 불과하다고 했다.

"아무렴, 이미 저주가 가득 찬 가족에게 무슨 새로운 저주가 있겠어." 엄마가 이렇게 덧붙였다.

플로시가 몸을 빙그르 돌리면서 TV를 놓을 곳을 가리켰다.

"「아메리칸 밴드스탠드」[23]를 봐야 돼요. TV 하나 사줘요." 플로시가 아빠의 셔츠 자락을 잡아당겼다.

"두고 보자." 아빠가 말했다.

린트가 나를 지나쳐 앞 벽에 세워진 호랑이 조각상을 향해 다가갔다. 호랑이는 실물 크기였지만 왼발이 없었고, 유리 눈동자도 빠져 있었다.

린트가 가느다란 손가락으로 호랑이 줄무늬를 따라갔다. 마치 심장 박동을 들으려는 듯 자신의 얼굴을 호랑이 옆구리에 대자 솜털 같은 그의 갈색 머리가 풀썩이면서 그의 짙은 갈색 눈을 덮었다. 트러스틴이 반대편으로 살금살금 다가가서 호랑이 주둥이 옆에 숨은 뒤 으르렁대기 시작했다. 그 소리에 깜짝 놀란 린트가 벽으로 뒷걸음쳤고, 몸을 잔뜩 움츠리며 훌쩍거렸다. 아빠가 그 소리를 듣고 달려왔고, 린트를 번쩍 들어 올리며 트러스틴을 나무랐다.

"어이구, 그냥 장난친 거예요." 트러스틴이 벌떡 일어났다.

트러스틴이 나를 보더니, 제 권총집에서 장난감 총을 꺼냈다.

"이제부턴 인디언을 잡겠어." 그가 나를 뒤쫓기 시작했다.

"나 좀 내버려 둬." 나는 그보다 더 빨리 달리려고 했다.

"못해." 트러스틴이 총을 허공에 대고 쏘았다. "나는 이 땅에서 모든 야만인들을 쫓아내라는 명을 받았거든."

---

**23** *American Bandstand.* 1952~1989년 동안 총 3천 회 방영된 음악 프로그램.

나는 프레야 뒤에 숨었다.

"쟤 좀 말려 줘." 나는 프레야의 치마를 잡아당겼다.

릴런드가 방으로 달려와 트러스틴의 손에서 총을 빼앗았다.

"누나를 쫓으면 안 되지." 릴런드가 이렇게 말하고 장난감 총을 살피더니 그걸 들어 벽에 박힌 총알구멍을 겨누었다.

"빵." 그가 큰 소리를 내자 프레야가 펄쩍 뛰었다.

"군대에서 형한테 총을 줘요?" 트러스틴이 물었다.

"물론이지." 릴런드가 트러스틴에게 권총을 돌려주었다.

"절대 내 총만큼 좋진 않을 거야." 트러스턴은 이렇게 말한 뒤 벽을 기어오르고 있는 에메랄드 색 딱정벌레에게 총을 쏘았다.

프레야가 재빨리 내 손을 움켜쥐었고, 우리는 함께 부엌으로 갔다. 조리대 위에 깨진 믹싱 볼들과 한 다스의 나무 밀방망이가 흡사 장작처럼 쌓여 있었다. 커다란 붙박이 싱크대 바닥에 요리책 한 권이 있었다. 책이 펼쳐져 있었고, 마치 한 여인이 불과 얼마 전 여기서 엄지로 책장을 넘겨본 듯했다.

"베티." 프레야가 복도를 지나는 플로시를 가리켰다. "플로시가 어디로 가는지 볼까? 보물이 있을지도 모르잖아."

우리는 함께 플로시를 따라 계단을 올랐다. 일곱째 발판에 투박하게 새겨진 하트가 있었다. 주머니칼로 아무렇게나 판 것이었다.

"우리 집에 연인들이 있었던 거야." 플로시가 하트를 쿵쿵 밟으며 층계를 오르면서 말했다.

네 개의 침실 모두 2층에 있었다. 나는 내 파자마 상자를 프레야에게 건넨 뒤 플로시와 함께 탐사에 나섰다. 첫 번째 침실은 앞뒤마당을 모두 굽어볼 정도로 길쭉했다. 방문은 사라졌지만, 우리는 그 널찍한 방이 엄마와 아빠 방이 될 거라는 걸 알았다.

복도 맞은편에 2층의 유일한 욕실이 있었다. 무쇠로 만든 욕조가 그대로 있었고, 훔쳐가기에는 너무 무거웠다. 변기도 있었지만, 수조 뚜껑은 깨졌고, 변기 시트는 나사가 빠져 있었다.

플로시가 뒷마당을 마주한 작은 방에 머리를 들이밀고는, 프레야에게 이 방은 언니 방이겠네, 라고 했다.

"언니는 혼자 방을 쓰니까 진짜 큰 방은 필요 없잖아." 플로시가 머리카락을 획 넘기면서 이렇게 말했다.

"언니가 나이가 제일 많으니까 혼자 방을 써야지." 내가 플로시에게 말했다.

"언니는 겨우 열일곱이야. 중요한 걸 다 할 만큼 많은 건 아니라고." 플로시는 이렇게 말한 뒤 프레야의 방이었던 곳을 린트와 트러스틴이 쓸 방이라고 정해버렸다.

플로시가 정면에 있는 침실에 발을 들이면서 손뼉을 치며 말했다. "우리 방이야, 베티. 여기가 딱이야."

방에서 눅눅한 냄새가 났다. 천장의 물 얼룩이 방금 생긴 멍처럼 가장자리가 누렇고 뿌옇고 퍼랬다. 새 거미줄과 헌 거미줄이 곳곳에 널려 있었고, 해진 줄넘기 줄이 대접[24] 속에 뱀처럼 말려 있었다. 바닥에 창문을 깨고 날아 들어온 돌들이 사방에 널려 있었다.

"에구, 이 동네에선 창문 깨는 일보다 더 재밌는 게 없나 봐." 프레야가 방으로 들어와서 돌을 걷어차면서 말했다. "린트가 보면 진짜 좋아하겠네."

돌마다 종이쪽지에 싸여 있었고, 그걸 묶은 고무줄은 다 삭아 있었다. 종이에 온갖 이름이 적혀 있었다. 마치 이 집이 남에게 저주를 비는 사람들이 찾는 소원의 우물인 양.

방 한가운데 한쪽이 무너진 박스가 하나 있었다. 나는 그 안에 손을 넣어 너덜너덜해진 헬렌 후븐 샌트마이어의 소설 『약초와 사과』[25]와 빈

---

24  bowl. 앞의 '믹싱 볼'과 같은 반원형의 큰 용기. 편의상 모두 '대접'으로 표기.

25  Helen Hooven Santmyer(1895~1986), *Herbs and Apples*, Boston, Houghton Mifflin, 1925, 397p. 자전소설.

블루 왈츠[26] 향수병을 꺼냈다. 플로시가 심장 모양의 향수병을 내 손에서 낚아챘다.

"왕자에게 키스를 받는 기분이네." 그녀는 목에서 입술까지 향수병을 톡톡 치면서 혀를 끌끌 찼다.

상자를 들어 거꾸로 쏟았다. 담청색 손수건 한 장과 참나무와 단풍나무 잎사귀 모양의 금박지가 떨어졌다. 어밀리아 에어하트[27]의 실종을 상세히 보도한 1937년의 신문 기사와 앨프리드 랜든의 1936년 선거운동을 포함, 이런저런 선거운동 배지들도 있었다. 랜든의 사진 아래 그의 선거구호가 박혀 있었다. 삶, 자유, 그리고 랜든.

"아빠랑 이름이 똑같네." 나는 단추를 집어 언니들에게 건넸다.

"음." 플로시가 향수병을 창턱에 놓으면서 이렇게 중얼댔다. "오, 여기 봐." 그녀가 두 창문 사이에 난 두 개의 총알구멍을 발견했다.

"구멍이 두 개라는 건 여기서 두 사람이 총에 맞았다는 거지." 엄마의 목소리가 울렸다.

뒤돌아보니 엄마가 문간에서 조용히 호기심 어린 눈으로 보고 있었다.

"한 사람이 두 번 맞았을 수도 있죠." 프레야가 말했다. "그리고 다 빗나갔을 수도 있고요. 시체가 없잖아요."

"그들은 살해된 거야." 플로시가 말했다. "어쩌면 총에 맞아 죽은 게 아닐 수도 있어. 살인자는 도끼를 썼어."

플로시가 팔을 치켜들고 괴성을 지르면서 내게 달려들었다. 나는 플로시를 밀쳤고, 그때 릴런드가 방에 얼굴을 쑥 들이밀었다.

---

26  Blue Waltz. 1927년 뉴욕 소재 Joubert 사가 출시한 시프레(Chypre) 향수. 시프레는 열대지방의 백단향나무(sandalwood)에서 채취한 백단유.

27  Amelia Earhart(1897~1939). 대서양 횡단에 성공한 최초의 여성. 1937년 7월 2일 남태평양 횡단 중 실종. 국내에 아멜리아 에어하트, 『펀 오브 잇. 즐거움을 향해 날아오르다』, 서유진 역, 부산, 호밀밭, 2021, 305p.(*The Fun of It. Random Records of My Own Flying and of Women in Aviation, etc.,* New York, Brewer, Warren & Putnam, 1932, 218p.)

"여기 묵을 거니?" 엄마가 물었다.

"엉클 샘[28]에 귀대하기 전 몇 군데 널뛰는 중이예요." 그는 문틀에 기댄 채 군화 뒷굽으로 바닥을 후볐고, 턱을 가슴에 괴고 있었다.

"그래, 여기 안 묵는다고 나무랄 생각은 없어." 엄마가 말했다. "마룻바닥 사이로 흙바닥이 보이고, 천장 사이로 하늘이 보이는 데를 집이라고 할 수 없지." 엄마는 잠깐 숨을 들이쉰 뒤 덧붙였다. "어쨌든 우리는 이제 악마들이 그동안 어디서 놀았는지 알았네."

그녀가 고개를 저으며 방을 나갔다.

그 틈에 릴런드가 천천히 방으로 들어와서 선거운동 배지를 발로 찼고, 프레야는 총알구멍에 등을 기댔다.

"보석 상자 마음에 드니, 프레이(Fray)?" 릴런드가 물었다. "그냥 베란다에 두었던데."

프레야가 들은 척을 하지 않자, 그가 목소리를 깔고 물었다. "차라리 파자마를 주기를 바랐어?"

프레야는 내 파자마 상자를 꼭 껴안고 있었다.

"베티 주려고 그냥 갖고 있는 거야." 그녀가 말했다.

그가 나와 플로시를 향해 몸을 돌렸다.

"너희 둘은 꺼져." 그가 말했다.

"여긴 우리 방이야." 내가 말했다.

그는 내 팔을 찢듯 나를 복도로 내던졌고, 이어 플로시도 밀쳐냈다. 우리가 문을 다시 밀 틈도 없이 그가 문을 쾅 닫았다. 손잡이를 돌려봤지만, 그가 반대편에서 꽉 잡고 있었고, 나는 내 조그만 주먹으로 문을 쳤다.

"별일 아니야, 베티." 플로시가 내게 팔짱을 끼며 말했다. "나머지 집 구경이나 하자."

---

28  Uncle Sam. 미국 정부(어원 19세기 초).

우리는 복도를 가로질렀다. 나는 플로시처럼 우리 발밑에서 으드득대는 죽은 딱정벌레 수를 세는 대신, 우리가 릴런드를 마지막으로 봤던 때를 떠올렸다. 아빠는 우리가 세 들고 있는 집에 텃밭 하나를 일궜다. 텃밭에 몇 줄의 옥수수가 있었다. 아빠는 늘 우리에게 옥수수 이삭이 익으면 수염이 마르고 껍질이 진해진다고 했다.

"어떤 사람들은 알갱이를 확인하려고 껍질을 벗기지." 아빠는 이렇게 말하곤 했다. "절대 그래선 안 된다. 익지 않은 옥수숫대는 그냥 줄기에 둬야 한다. 그런데 껍질을 벗기면, 벌레가 기어들어가 알갱이를 망치게 된다."

그럼에도 릴런드는 익지 않은 걸 뻔히 알면서도 대를 벌렸다.

"넌 옥수수를 망치고 있어, 아들." 아빠가 릴런드에게 말했다.

그래도 릴런드가 그치지 않자, 릴런드와 아빠는 말다툼을 시작했다. 아빠가 먼저 주먹을 날렸는지, 혹은 릴런드였는지 모르겠다. 내가 아는 거라곤 싸움이 끝난 뒤 옥수숫대들이 쓰러져 있었고, 아빠의 한쪽 눈이 시퍼렇게 멍들어 있었다는 것뿐. 얼마 후, 릴런드가 입대했다.

"아흔여덟. 아흔아홉, 백. 딱정벌레가 엄청 많아." 플로시는 계속 죽은 벌레를 세고 있었다.

복도 아래서 뭔가 끄는 소리가 들리자 플로시가 멈췄다. 아빠가 자신과 엄마의 방으로 매트리스를 들이는 소리였다. 린트와 트러스틴이 행진하듯 아빠의 뒤를 졸졸 따르고 있었다.

"베티, 우리 동생들은 지구상에서 제일 멍청한 애들 같지 않니?" 플로시가 물었다.

그 말에 트러스틴이 걸음을 멈췄다. 그는 권총집에 손을 댄 뒤 두 여자가 맨발로 돌아다니는 건 불법이라고 했다.

"경찰이다. 경찰." 그가 장난감 총을 우리 얼굴에 쏘아대면서 나와 플로시에게 달려들었다.

"너도 맨발이잖아, 바보야." 나와 플로시는 트러스틴을 밀치면서 한 목소리로 말했다.

"이런, 이런. 새 집에서 싸우면 안 되지." 아빠가 린트를 뒤꿈치에 달고 복도로 나오면서 이렇게 말했다.

아빠가 미소를 띤 채 주변을 둘러보면서 손을 비볐다.

"이 집을 통째로 집어삼킬 수 있을 것 같구나. 난 벌써 이 집이 너무 좋다." 그가 말했다.

그가 복도 끝의 닫힌 문을 바라봤다. 원래 연보라색 문이었다. 그 색의 흔적이 흡사 단단한 과거처럼 붙어 있었다. 스테인드글라스 패널이 전부 깨졌고, 색유리 조각들이 한때 보석이었던 양 바닥에 깔려 있었다. 작업화를 신은 아빠가 날카로운 조각들을 구석으로 쓸어내면서 맨발의 아이들이 그의 뒤를 안전하게 따라갈 수 있게 했다.

"이 문은 분명 하늘로 향하는 정문일 거야." 아빠가 문을 열면서 말했다.

우리가 맞닥뜨린 것은 십자무늬로 뻗쳐 있는 거미줄들과 좁다란 계단으로 오르는 어둠이었다.

"문을 다-아-알아요." 린트가 뒷걸음쳤다. "다-아-앙장."

"괜찮아, 아들." 아빠가 말했다. "무서워할 거 없다. 그냥 낡은 계단이고, 낡은 다락일 뿐이다. 나무랑 못에 불과하다."

모험할 생각이 전혀 없는 린트는 복도 저편으로 달아나서 구석 언저리에서 우리를 훔쳐봤다.

"우리가 먼저 살펴볼게." 아빠가 이렇게 말하고 계단으로 몸을 돌렸다.

"너희도 발밑을 조심해라." 그가 이렇게 말하고 앞장섰다.

층계가 우리 발밑에서 삐걱대고 끙끙댔다. 나는 꼭 잡을 난간을 찾고 있었다. 뭔가 긁히는 소리가 들렸다. 한 줄기 냉기에 소름이 돋았고, 심장이 어찌나 요동치는지 손가락 끝까지 느껴질 정도였다. 플로시는 내 옆에 바싹 붙어서 걸었고, 트러스틴은 손에 총을 쥐고 당장이라도 쏠 태세였다.

계단을 오를수록 어떤 이상한 향이 공기 중에 가득했다. 그 악취에 언젠가 달빛 아래 누워 발견한 흰 깃털 냄새가 떠올랐다.

"분명 피콕네 시체들이 저 위에 있을 거야." 플로시의 말이 떨어지자마자 우리는 꼭대기에 도착했다.

그러나 집의 다른 곳과 마찬가지로 다락은 텅 비어 있었다. 남아 있는 것은 헌 빗들이 든 상자 하나와 중요함이라는 쪽지가 붙은 단지 하나가 전부였다.

"여긴 고약한 냄새가 진동해요." 플로시가 코를 쥐었고, 우리는 각자 넓은 공간을 탐색했다.

"바닥에 이게 다 뭐예요, 아빠?" 나는 뒤꿈치에 박힌 작은 검은 벌레처럼 보이는 게 뭔지 보려고 발을 뒤집으며 물었다.

아빠가 검은 얼룩 하나를 집었다.

"이제 다시 내려가야겠다." 그가 말했다.

위에서 나는 찍 소리에 우리는 위를 쳐다봤다. 아빠가 재빨리 플로시의 입을 손으로 막은 탓에 그녀는 매달려 있는 박쥐들을 보고도 비명을 지를 수 없었다.

아빠는 나와 트러스틴에게 조용히 하라고 속삭였고, 우리는 발끝으로 살금살금 계단을 향해 뒷걸음질을 쳤다. 아래 계단으로 내려와서야 아빠가 플로시를 풀어주었다.

"난 박쥐가 있는 집에서 살 수 없어요." 그녀가 말했다.

"바-아-악쥐?" 린트가 복도 밑에서 소리쳤다.

"우리가 잘 때 쟤들이 우리 피를 빨아먹을 거예요." 플로시는 박쥐가 자신의 온몸을 기어가는 걸 느낀다는 듯 몸서리를 쳤다.

"맞아요, 아빠." 내가 맞장구쳤다. "우리 모두 뱀파이어가 될 거예요. 그럼 우리는 더는 태양 아래 있지 못하니까 밤에만 텃밭을 가꿔야 할 거예요."

"박쥐는 절대 우릴 해치지 않을 거다." 아빠가 부드럽게 다락문을 닫왔다. "쟤들은 이로운 동물이다."

"그래도 쟤들과 같이 살 수 없어요." 플로시가 두 팔을 치켜들었다.

"내가 쟤들을 다락방에서 날려 보내마." 아빠가 말했다. "그다음 쟤들에게 작은 집 하나를 만들어서 들판의 장대 위에 올려놓아야겠다. 그럼 여기서 살지는 않지만 우리 카펜터네와 한집에서 산다고 생각하겠지."

"쟤들을 어떻게 날려 보내요?" 트러스틴이 물었다.

"피 별을 사용할 거다." 아빠의 목소리가 굵어졌다.

"피 별이 뭐예요?" 나는 핏빛 하늘을 상상하며 물었다.

"우리 체로키 조상들의 피로 가득 찬 별이다." 아빠가 말했다. "그분들의 피는 몹시 숭배되었고, 그 피는 그들의 영혼과 함께 하늘로 올라 붉은 별이 되어 모든 이들에게 지혜의 빛을 뿌려주었다."

"피 별 같은 건 없어요." 플로시가 재빨리 말했다.

"천만에, 있단다, 플로시." 아빠가 말했다. "피 별 전에는 계절도 없었다. 봄에 피 한 방울, 여름에 두 방울, 가을에 세 방울, 네 방울은······."

"멍청이 아빠." 플로시가 앞장서면서 새끼손가락으로 립스틱을 바르는 척했다. "이제 헛간 보러 가요."

플로시가 앞장섰고, 아빠는 린트를 번쩍 들어 계단을 내려왔고, 트러스틴이 그 뒤를 따랐다.

나는 내 침실 앞에 멈췄다. 문이 열려 있었고, 방에 아무도 없었다. 내 파자마가 박스에서 쏟아져 바닥에 떨어져 있었다. 박스는 짓밟힌 듯 부서져 있었다.

옆방에 엄마가 매트리스에 앉아 있었다. 그녀가 다리를 문지를 때 스타킹과 발바닥 사이에 낀 낯익은 사각형들이 보였다. 그때는 그 사각형이 신발이 미끄러지는 걸 막는 종이쪽지라고 생각했다.

"프레야와 릴런드는 어디 있어요?" 내가 엄마에게 물었다.

"나 좀 내버려 둬." 엄마가 몸을 돌려 매트리스를 기어오르기 시작했다. "저녁 준비 전에 낮잠 좀 자련다."

"그런데 걔들은 어디 갔어요? 엄마? 어어엄마아아아?"

엄마가 몸을 일으켜 나를 쳐다보면서 두 눈썹을 날카롭게 치켜뜬 채 말했다. "날 계속 귀찮게 하면, 네 긴 인디언 머리칼로 너를 나무에 매단 뒤 까마귀들을 불러다가 네 눈을 쪼게 할 거야. 그 꼴을 보고 싶니, 포카혼타스?"

나는 계단으로 줄행랑쳤고, 층계가 도는 곳에서 넘어질 뻔했다. 나는 아빠와 형제들을 따라잡았다. 그들은 넓다란 헛간 앞마당에 서 있었다. 흙터투성이의 높다란 두 측면이 '1803'이라고 쓰인 슬레이트 지붕 아래서 만났다. 숫자 하나하나가 지붕만큼 길었다.

"오하이오가 주로 승격된 해다." 아빠가 우리에게 말했다.

우리는 눈을 내려 헛간 판자들 위에 희미하게 남아 있는 손자국들을 봤다. 손마다 온갖 색의 페인트를 묻힌 사람들이 헛간을 향해 몸을 날리면서 손바닥을 뻗는 모습이 상상되었다. 몇몇 손자국들이 덕지덕지 번져 있었고, 마치 어느 날 밤 다들 춤추면서 헛간으로 들어가려고 했던 것 같았다.

"집을 지은 사람들 손일 거다." 아빠가 누런 손자국 위에 손을 포개면서 말했다. "아니면 여길 버릴 수 없었던 사람들 것이거나."

그는 헛간을 바라보며 빙그레 웃었다. 마치 인생의 모든 행복은 헛간의 소유 여부로 결정된다는 듯.

"안에 분명 조랑말이 있을 거예요." 트러스틴이 이렇게 말하고 플로시와 함께 헛간으로 뛰어들었다.

린트도 그들을 따랐지만 돌을 줍느라 계속 멈췄다.

"아빠, 릴런드와 프레야가 어디 갔는지 알아요?" 내가 물었다.

"우리가 여기 나왔을 때 찻길을 따라 내려가는 걸 봤다. 사람들이 어떻게 사나 보려고 마을에 갔겠지 싶은데."

그가 몸을 돌려 넓은 들판을 훑었다.

"여기 계절을 상상해봐라, 꼬마 인디언." 그가 미소를 지었다. "이 봄이 끝나면 넌 저기 저 나무를 타고 있을 거다." 그는 마당에 있는 커다랗고 꾸부정한 너도밤나무를 가리켰다. "그리고 여름이 오면 넌 저기쯤 있을 첫 텃밭에서 하루 종일 토마토를 먹고 있을 거다." 그는 집 옆으로 난 긴 풀밭을 가리켰다. "가을이 되면 넌 뒤 베란다에 앉아, 사라지는 잎을 보고 있을 거다. 겨울이 오면, 넌 헐벗은 나무들을 놀리면서 전부 다 드러누운 거미들 같다고 말할 거다."

그는 뒤꿈치로 땅을 파면서 집 뒤쪽의 감나무 옆을 흐르는 작은 개울을 물끄러미 바라봤다.

"셰이디 레인 끝자락에 여기보다 더 좋은 곳은 없다." 그가 말했다. "하나님이 우리를 집어서 당신의 호주머니에 넣은 거야."

천둥소리가 하늘에 울렸다. 린트가 헛간에서 나와 아빠에게 달려왔고, 수목한계선 위로 잿빛 구름들이 모여드는 게 보였다.

"불길에서 솟는 연기 같아요." 내가 말했다.

"폭풍우 낌새다." 아빠가 실눈으로 구름들을 살폈다. "비가 쏟아지기 전에 모든 걸 집에 들여놓는 게 낫겠다."

나와 린트는 아빠를 따라 진입로로 향했고, 그는 자동차 위에 얹어둔 매트리스를 획 뒤집어 그의 머리에 올렸다. 린트는 아빠를 흉내 냈고, 둘은 베란다를 향해 발을 맞춰 걸었다.

나는 우리 옆집으로 눈을 돌렸다. 깔끔하게 정돈된 마당에, 촘촘한 단발의 금발 곱슬머리를 하얀 리본으로 묶은 소녀가 있었다. 커다란 빨간 공을 안고 있었다. 소녀가 고무공을 머리 위로 높이 튕겼다.

"난 일곱 살이야." 내가 가까이 다가가면서 말했다.

"난 여섯 살." 소녀가 말했다.

소녀의 드레스는 아름다운 파란색이었고, 양말에 치마와 짝을 맞춘 파랑 주름이 달려 있었다.

"네 양말 멋져." 내가 말했다.

소녀가 웃었다. 나는 소녀가 누구에게 웃는 건지 몰라 뒤를 돌아봤다. 그게 나라는 걸 알고, 나도 그녀에게 활짝 웃었다. 소녀가 빨간 공을 내게 튕겼다. 공을 받아 소녀에게 돌려주었다. 우리는 몇 번 더 공을 주고받았다. 그 아이의 웃음이 작은 종소리 같았다.

"더 높이 던져." 아이가 말했다.

나는 있는 힘껏 공을 날렸다.

"넌 이제 내 단짝이야." 아이가 공을 잡으며 말했다.

"너도 내 단짝이야." 나는 펄쩍펄쩍 뛰며 손뼉을 쳤다.

"우리 매일 같이 놀자." 소녀가 공을 내게 다시 튕기면서 이렇게 말했다.

내가 공을 잡았고, 그때 소녀의 돌집의 갓 페인트를 칠한 방충망이 열렸다. 옅은 파란색 바지를 입은 한 남자가 내게 손가락질을 하며 집에서 나왔다.

"그 공을 돌려다오. 지금 당장." 그가 내게 말했다. "이 동네에서는 물건을 훔치지 않는다."

"우리는 놀고 있는 거예요." 내가 말했다.

"우리는 놀고 있는 거예요, 아빠." 아이도 그렇게 말했다.

"난 아무것도 안(ain't) 훔쳐요." 나는 힘주어 말했다.

"*ain't*는 이교도들이 쓰는 말이다." 그가 딸을 자기 등 뒤로 홱 잡아당기면서 말했다. "자, 공을 넘겨라."

그에게 공을 던졌다. 그는 가난한 사람의 손이 아니었고, 원래 그랬던 손이 희미해진 것도 아니었다. 그가 찬 손목시계의 문자판에 해가 눈부신 반점처럼 비쳤다. 그의 차가운 두 눈동자도 똑같이 빛났다.

"여보?" 방충망이 다시 열리면서 여자의 목소리가 들렸다. 여자가 떠내려오듯 마당으로 내려와서 심어진 백일홍 옆을 지나 남자 뒤에 섰다. 남자의 넓은 어깨 너머로 바라보던 그녀가 남자에게 물었다. "쟤는 어디서 왔어요?"

"저 뒷집에서요." 나는 나를 소개할 생각 없이 우리 집을 가리키며 이렇게 말했다. "이사 왔어요."

그녀가 남자의 팔뚝을 움켜쥐자 그녀의 진주 귀고리가 흔들렸다.

"유색인 가족이?" 그녀가 씩씩거렸다. "유색인 하나가 어머니네 이웃이 되자 물맛도 달라졌다고 해요."

"조금도 놀랍지 않군." 그가 이렇게 말하고 공을 내려다봤다. "쟤가 이걸 훔치려고 했어."

"공을 다시 받으면 안 돼요. 쟤가 그걸 만졌으니까." 여자가 소녀를 들어 안았다. "유색인들은 늘 무슨 병이 있어요. 쟤의 세균이 공에 잔뜩 묻었을 거예요."

"당신 말이 맞아." 그가 재빨리 공을 떨궜고, 빳빳한 손수건을 꺼내 두 손을 닦았다.

"루시스, 놀 때는 상대가 누군지 조심해야 한다, 아가." 어머니가 소녀의 머리를 어깨로 감싼 뒤 안으로 데리고 들어갔다. "더러운 애는 너한테 더러운 걸 줄 뿐이야."

아내와 아이가 집에 안전하게 들어간 걸 확인한 뒤 남자가 손뼉을 치며 외쳤다.

"여기서 꺼져. 어서. 가." 그가 더 크게 손뼉을 쳤다. 마치 내가 네 발로 걸었고, 배를 흙에 비볐던 것처럼.

"당장 가라고 했다." 그가 발을 굴렀고, 나를 향해 성큼 다가왔다.

나는 집으로 달렸고, 우리 진입로에 섰다. 그가 베란다로 올라가면서 계속 나를 주시했다. 그는 하얀 고리버들 가구 위에 놓인 녹색 줄무늬 베개들을 풍성하게 부풀린 뒤 집으로 들어갔다.

나는 재빨리 마음을 정하고 그들의 마당으로 돌아가 빨간 공을 집었다. 문이 다시 열리는 소리를 들은 것 같았지만, 난 그대로 달려서 안전하게 우리 집의 큰 잡초 더미 속으로 들어왔다. 나는 그 공을 우리 집 진입로 위로 튕기면서, 그 남자를, 그리고 그가 그 깨끗하고 하얀 손으로 어떻게 손뼉을 쳤는지를 생각했다.

## 더 브레새니언
# THE BREATHANIAN

### 심야에 산산조각 부서진 유리창

전면의 대형 유리창이 박살난 것을 발견한 후, 파파 쥬니퍼스 마켓(Papa Juniper's Market) 직원들이 오늘 아침 일찍 청소를 시작했고, 발밑에 유리조각이 서걱댔다. 가까이 사는 몇몇 주민은 새벽 1시 30분쯤 인근에서 총성을 들었다고 증언했다.

이러한 기물파손 행위에 대해 질의를 받은 보안관이 자신의 견해를 밝혔다. "우리는 이곳 브레세드에서 벌어진 고의적인 파괴를 아주 심각하게 보고 있습니다."

목격자들의 증언에 따르면, 그들은 총성이 들린 후 마켓에서 도망치는 사람을 봤다고 한다. 용의자에 대한 정확한 인상착의는 확보하지 못했다.

지역 주민인 케틀 레인의 그레이슨 엘로힘이 현장을 보러 왔다. 그의 말이다.

"유리창이 깨져 있는 것을 보니 유감입니다. 멋진 유리였는데."

현장에서 피가 발견된 것으로 알려졌지만, 이후 그것은 깨진 병에서 흘러나온 케첩으로 확인되었다.

# 6

나를 주의 날개 그늘 밑에 숨기사.
─시편 17:8

텃밭에 누우면 땅과 호박덩굴의 달콤한 내음이 내 다리와 팔만큼 뻗어 나왔던 기억이 난다. 가시투성이 줄기들, 돌과 섞여 움직이던 흙 소리. 나는 암녹색 눈동자를 응시하듯 호박의 암녹색 잎을 응시했다. 식물은 열매를 맺기에는 아직 너무 작았다. 아빠의 씨앗에서 움튼 것이었고, 우리가 이 집에 왔을 때는 이미 철이 지났을 때였다. 그럼에도 아빠는 우리가 첫 서리 전, 수확을 볼 거라고 생각했다.

"이런, 이런, 저기 큰 호박이 있네." 아빠의 목소리가 들렸고, 이어 찬 물줄기가 내 얼굴에 쏟아졌다. 나는 입을 벌려 그가 켠 호스에서 나오는 물을 마셨다.

"네가 부럽구나, 베티야." 그가 말했다. "식물처럼 자유롭네."

"아빠도 식물이 될 수 있어요." 내가 말했다.

"알았다. 한번 해보마."

그가 네 옆에 누웠고, 해가 우리 얼굴 위로 쏟아져 내렸다.

"우리 텃밭이 맘에 드니, 베티?" 그가 물었다.

"그럼요."

어릴 적, 텃밭 일은 늘 집안일이었다. 텃밭에서, 아빠는 일하는 만큼 말을 했다.

"체로키에게는, 땅에 성별이 있었다." 그는 우리에게 이렇게 말하곤 했다. "땅은 어머니, 여성이었다. 최초의 여성은 셀루(Selu)였다. 그녀는 자신의 배를 쓰다듬어 옥수수를 만들었고, 겨드랑이를 긁어 콩을 만들었다. 하지만 그녀의 마법은 사악한 요술로 여겨졌고, 그녀는 야만적인 사내들에게 죽임을 당했다. 그녀의 피가 땅에 스며들었다. 거기서부터 모든 것이 자랐다. 지금도 셀루의 피가 우리 땅속에 있다."

우리는 한번도 풀을 치지 않았지만, 텃밭은 아빠에 의해 항상 깔끔하고 깨끗이 관리되었고, 그는 나와 언니들의 80걸음으로 나눈 두 채소밭을 만들었다. 한쪽은 3년을 경작했고, 다른 쪽은 그냥 재워두었다.

"땅은 3년간 흙이 풍성하다." 아빠가 우리에게 말했다. "첫해에는 엄청난 수확을 얻을 거다. 너희 평생 잊지 못할 거다. 둘째 해에는 수확은 괜찮겠지만, 기껏해야 몇 가지만 기억날 거다. 셋째 해에는 수확은 아무 기억도 나지 않을 거다. 휴식이 필요해요, 라고 땅이 말하는 거다. 이제 너희에게 베푼 햇수만큼 그 땅을 재워야 한다. 3년을 경작하고, 3년을 가만히 둬야 한다."

그는 각 구역을 나와 내 언니들의 몸을 재서 만든 포도나무 울타리로 둘렀다.

"내 줄자가 어디 있을까?" 그가 이렇게 물으면 우리 중 한 명이 그에게 달려가 팔이나 손가락을 내밀었다.

그는 소프베리[29] 관목으로 울타리 입구를 만들었다. 관목은 장식용이라기보다 토양에 자연스레 질소를 공급했다. 아빠는 사람들이 상점에서 기존의 혼합비료를 알아서 사듯 그걸 알고 있었다.

아빠는 식물백과사전이었다. 특히 약용식물은 척척박사였다. 우리가 어디를 가든 그의 주변에는 늘 작은 무리들이 모여들었고, 그들은 기꺼이 돈을 내고 그에게서 차, 강장제, 혼합물을 샀다. 브레세드도 다르지

---

**29** soapberry. 무환자나무(無患子). 열매에 계면활성제인 사포닌이 함유, 세탁에 사용되었다. 잎과 열매 추출물은 오랫동안 민간요법에 사용되었다. 학명 Sapindus(라틴어 sapo 비누+indicus 인도의).

않았다. 이미 그는 도그베인[30]을 약하게 달인 차로 수종(水腫)으로 고생하는 한 노인을 돕고 있었다. 아빠는 결코 치료법을 안다고 주장하지 않았다. 그는 우리가 잊고 있던 식물의 지혜를 제공했을 뿐이라고 했다.

"우리에게 주어진 만큼의 긴 삶을 사는 데 필요한 모든 것이 이미 자연 속에 우리에게 주어져 있다." 그는 늘 이렇게 말했다. "이 식물을 먹으면 너희가 절대 죽지 않는다고 주장하는 게 아니다. 그 식물도 언젠가는 죽고, 우리도 식물보다 특별할 게 없다. 우리가 할 수 있는 건 낫게 할 수 있는 것을 낫게 하고, 그럴 수 없는 것들의 통증을 더는 일뿐이다. 모름지기 우리 내면에 땅을 받아들이고, 한낱 이파리에도 혼이 있음을 깨닫는 것이다."

우리 아버지에게 중요했던 것은 우리 각자 텃밭을 가꾸는 법을 익히는 것이었지만, 트러스틴은 텃밭 안에 있고 싶은 것보다 그걸 그리는 걸 더 좋아했다. 린트는 돌을 줍는 데 여념이 없었다. 한편 플로시는 일광욕을 하기 위해 계속 일을 멈추면서 엄마가 나한테 그늘에 있으라고 하지 않았느냐며 나를 상기시켰다.

"너는 새까매질 테니까." 플로시는 빙긋 웃으며, 앞쪽을 태우려고 몸을 뒤집어 누웠다.

프레야는 특히 텃밭의 꽃들에 관심이 많았다. 그녀는 백일홍과 작약을 좋아했지만, 민들레를 특히 좋아했다. 플로시는 그걸 늘 잡초라고 불렀지만, 프레야는 민들레가 절대 장미에 뒤지지 않는다고 생각했다. 그녀는 풀밭에 앉아 혀가 물들 때까지 샛노란 민들레꽃을 먹곤 했다. 그녀는 아빠가 과거 체로키 여인이 어떤 사람들이었는지를 말할 때마다 이따금 그녀의 노란 혀를 날름거리곤 했다. 과거 체로키 여인이 어떠했는지 우리가 아는 게 중요하다면서 아빠가 나와 언니들에게 종

---

**30** dogbane. 개에게 독(bane)이 되는 풀. 수궁초. 일명 '인디언 대마'(Indian hemp). 심장 부정맥을 치료하는 데 사용되었던 시마린(cymarin)을 함유하고 있다. 원산은 북미, 온대 아시아, 남동부 유럽. 학명 Apocynum(고대 그리스어 apo 멀리+kúon 개).

종 들려준 이야기들이었다.

"그 옛날, 백인이 아직 그들의 그림자를 뿌리기 전," 그가 삽을 땅에 꽂으며 이렇게 말했다. "밭을 가꾼 것은 체로키 여자들이었다. 여자들의 몸에 셀루의 피가 흐르기 때문이었다. 피는 아주 강하다. 비가 내리고 먼지가 쌓여도, 피는 사라지지 않는다. 체로키 남자들에게는 셀루의 피가 없었고, 그래서 땅도 수확물도 남자들의 몫이 아니었다. 그건 오로지 여자들의 몫이었다."

"그럼 아버지는 어떻게 밭을 가꾸게 됐어요?" 플로시가 물었다. "아빠는 여자가 아니잖아요."

"내 엄마와 내 할머니가 허락했기 때문이다. 그분들이 내게 모든 걸 가르쳐주었다. 나는 그분들이 지닌 여성의 힘은 없을지 몰라도 그들의 지혜는 갖고 있다. 그리고 난 이제 그걸 너희 셋에게 나눠줄 수 있다."

그가 흙을 한 움큼 쥐었다. 마른 잔가지와 어린나무를 올려 태운 흙이라서 부드러웠다. 그는 그 푸석한 흙을 나와 언니들의 손안에 부었다.

"작물을 키우는 건 태양이 아니다." 그가 우리에게 말했다. "그건 바로 너희 셋이 발산하는 에너지다. 너희가 지닌 내면의 힘으로 뭔가를 키울 수 있다고 상상해라."

텃밭 옆 그루터기 근처에 아빠는 네 개의 나무 기둥 위에 목재 슬래브를 올려 무대 하나를 세웠다. 기둥은 높이가 약 1.5미터였고, 땅에 단단히 박았다. 아빠는 그루터기에 계단을 깎아 그걸 사다리로 만들었다.

"이 비슷한 무대가 내 어머니의 텃밭에 있었다." 그가 말했다. "그리고 그분의 텃밭 이전 모든 텃밭에, 저 태초부터 무대가 있었다. 여자들과 소녀들은 무대에 앉아 까마귀와 벌레가 작물에 다가오지 못하도록 노래를 불렀다. 여자들이 노래하면, 그 목소리가 땅에 스며들어 식물의 뿌리에 양분을 공급했고, 작물을 더 튼튼하게 자라게 했다."

"남자들도 무대 위에서 말하고 노래하지 않았나요?" 프레야가 물었다.

"못했다." 아빠가 말했다. "남자들은 소녀들과 여자들이 지닌 힘이 없었다."

나와 언니들은 그 무대를 머나먼 곳(A Faraway Place)이라고 불렀다. 왜냐하면 비록 무대는 우리 마당에 있었지만, 그건 마치 아득히 먼 곳에 있는 듯, 거기서 우리는 그 누구에게도, 그 무엇에도 얽매이지 않았기 때문이다. 그곳은 우리의 세계였고, 혹 여러분이 우리가 그곳에서 한 말을 들었다면, 그게 여러분의 귀에는 영어처럼 들렸을지 몰라도, 우리 모두 맹세컨대, 그건 비교불가의 그 무엇이었다. 우리는 우리의 언어로 끝없는 이야기를 풀어냈고, 우리의 노래는 항상 끝없는 후렴으로 이어졌다. 그렇게 우리는 서로 작가, 배우, 싱어송라이터가 되어 우리 주변의 사물들을 쟀고, 마침내 우리는 우리의 지금 삶에서부터 훗날 우리의 운명이 될 삶에 이르기까지 기하학의 큰 가닥을 잡은 듯한 느낌을 받았다.

여러모로, 머나먼 곳은 네 개의 나무 기둥 속에 발현된 우리의 모든 희망이자 욕망이었다. 언니들 각자 무대 끝에서, 바람에 머리칼이 휘날려도 꼼짝 않고 서 있는 모습에서 나는 그것을 봤다. 그들 각자 가장 힘차다고 느끼는 거리를 두고 자신의 두 발을 굳게 박고 있는 모습에서 난 그들이 그렇게 커 보일 수 없었다. 한 손은 치맛자락을 움켜쥐고, 다른 손은 앞으로 내밀어 손바닥으로 바람을 느끼곤 했다. 무대에서 세상을 바라보는 그들의 모습은 흡사 오래 산, 이미 성숙한 여인들이었다.

하지만 그곳에서 우리는 여전히 어린애였다. 우리는 무대를 빙빙 돌면서 온 세상이 거기 있는 양 결코 무대를 벗어나지 않았고, 그 무대는 세 소녀가 꿈을 펼치기에 충분히 넓었다. 우리는 심장에 총을 맞은 척했고, 죽었다가 이내 일어났다. 하늘은 뒤집어져 대양이 되어 우리는 그 안에서 헤엄을 쳤고, 두 다리로 물을 차는 내내 한 손은 떠 있는 무대를 꼭 붙잡았고, 다른 한 손은 신나게 물을 첨벙이거나, 우리 옆을 헤엄치는 고래들을 향해 손을 뻗었다. 밤에 나무가 딱딱해지면, 무대는 부드럽고 포근한 커다란 새가 되어 땅을 박차고 솟아 우리를 하늘 높

96

이 데려갔고, 그곳에는 한 줌의 불행도 존재하지 않았다. 플로시는 날개에 올라타, 자신은 별 속에 뛰어들어 하나의 별이 되겠다고 말하곤 했다. 그때 우리는 똑같은 상상을 공유했다. 하나의 순수하고 아름다운 생각. 우리가 중요한 존재라는 생각. 그리고 무엇이든 가능하다는 생각.

마무리는 항상 신나는 춤으로 끝났고, 우리는 무대 위에서 잠에 곯아떨어져 이튿날 해가 솟은 뒤에야 일어나곤 했다. 분홍과 주황의 구름들이 마치 우리만을 위해 공연하는 듯했다.

"해가 한가득 해." 프레야는 늘 이렇게 말했다.

"그 정도는 아니야." 플로시는 늘 반박했다.

나는 항상 중간쯤에 끼어들었다. "딱 적당해."

그랬다. 햇살은 우리의 머나먼 곳에 *딱 적당했다.*

"저주는 여기 얼씬도 못해." 플로시가 남부의 독특한 느린 말투로 말했다. "절대로, 그건 여기 얼씬도 못해."

그러나 우리가 무대를 떠나 우리의 세계를 벗어나면, 현실은 곧바로 우리를 맞아주었다. 저주는 그 현실의 일부였다. 플로시는 저주를 포옹하듯 그걸 자신의 연기를 닦는 재료로 종종 사용하곤 했다. 그녀는 이마에 손을 얹으며 "고통은 우리의 형벌이도다"라고 소리치고는 혼절한 것처럼 쓰러졌다.

나는 우리나 이 집에 저주가 내렸다는 걸 믿고 싶지 않았다. 우리가 집을 정돈한 뒤에는 더더욱. 우리는 먼지와 쓰레기를 문밖으로 쓸어냈고, 그게 베란다 계단 아래 구름처럼 쌓였다. 우리는 두 손으로 무릎을 꿇고 바닥을 문질렀고, 그림자까지 깨끗이 보일 정도로 벽을 닦았다. 어머니가 광을 낸 뒤 그 판자들이 어찌나 빛났던지 기억난다. 훗날, 그 나무는 더위에 부풀어 올라, 제 사연을 들려줄 것이다.

*삐걱, 삐걱.*

엄마는 어린 시절의 침실에서 걷어온 짧은 노란 커튼들을 부엌 싱크대 위 작은 창문에 걸기로 결정했다. 그녀는 타일마다 인쇄된 하얀 꽃들을 물끄러미 바라보며 여기가 안성맞춤이라고 했다. 그리고는 양동이를 집어 들고, 총알구멍 둘레를 닦았다. 나는 걸레에 피가 묻어 나오리라 기대했지만, 보이는 건 횟가루와 벽지와 나무 쪼가리뿐이었다.

그사이 아버지는 집을 손봤다. 그는 손에 망치를 쥔 여느 평범한 남자와 다르지 않았다. 그가 못을 쾅쾅 칠 때마다 이런저런 이야기를 시작하기 전까지는. 옛날 옛적에와 작업 사이사이, 아빠는 다락에서 박쥐들을 쫓아냈고, 한때 허리띠였던 가죽은 망가진 문의 경첩으로 재활용했다. 그는 깨진 유리창을 갈았고, 지붕과 벽과 바닥에 난 구멍들을 막았지만, 한창 때의 집의 모습은 결코 되찾을 수 없었다. 혹 그 집을 좋은 각도에서 바라봤다면 과거의 모습이 살짝 비쳤을지 모르겠다. 그러나 덩그러니 남겨진 집에 계절의 풍상은 가혹한 법이다. 우리는 폐허에 맞서 우리의 최선을 다했다. 온갖 결함에도 불구하고, 나는 그 집을 좋아했고, 그 집도 우리를 좋아하지 않았을까 싶다. 우리는 그 집을 멋진 것들로 채우려고 노력했고, 예를 들면 아빠와 엄마의 침실에 방문이 없어 그가 걸어놓고 방문으로 삼았던 사슴 가죽이 그런 것이었다. 우리는 조각조각 이은 깔개를 마루 전체에 깔았고, 우리가 갖고 있던 어설픈 가구들을 들여 놓았다. 살림살이에 필요한 탁자와 의자와 장롱과 이런저런 가구들은 아빠가 그의 아버지의 전통대로 시간을 두고 만들었다.

우리는 신더블록 존에게 몇몇 가정기기를 얻었다. 그는 주택을 구매하면서 거기에 맞는 것들을 같이 구입해두었다. 아빠는 그 물건 값을 신더블록 존의 임대주택들에서 일하면서 갚았다. 얼마 후, 모니터 냉장고[31]와 궤 냉동고[32]도 생겼다.

---

**31** monitor-top refrigerator. 1927년 GE가 출시한 냉장고. 1910년대의 최초의 냉장고는 고가(1,000달러)로 대중이 접하기 어려웠고, 이를 개선, 냉각기를 상단에 올린 신제품을 출시했다. 그 모양이 남북전쟁 당시 북군의 철갑선(USS Monitor)의 '포탑'과 유사해서 붙여진 별명. 출시 당시 525달러, 이후 200달러까지 내려갔다고 한다.

**32** chest freezer. '박스형 냉동고'. 궤처럼 위로 열고, 눕히기 때문에 붙여진 이름.

그 얼마 뒤, 릴런드가 문 앞 계단에 다시 모습을 드러냈다. 그가 캐비닛 텔레비전을 들고 왔다.

"이런 건 얼마나 하니?" 아빠가 물었다.

"거의 공짜로 얻었어요." 릴런드가 시선을 돌리며 안쪽 볼을 씹었다. "집에 둘까요?"

"오, 제발, 제발요, 집에 둬요." 플로시가 아빠의 셔츠를 잡아당겼다.

"알았다." 아빠는 이렇게 말하고 릴런드가 TV를 거실로 옮기는 것을 도왔다.

영상은 흑백이었지만 플로시는 그게 컬러 무지개인 양 환호했다.

이후 릴런드는 집에 머물렀다. 그는 가끔 아래층 오렌지 꽃무늬 소파에서 잠을 잤다. 집에서 잠을 자지 않을 때는 아침에 셔츠를 반쯤 젖힌 채 돌아와서는 숲속의 모든 사슴을 먹어치울 것 같은 식욕을 보였다. 군대는 릴런드에게 단기휴가를 허락했는데, 그는 그 이상을 외박했다. 8월 초 헌병들이 완장을 차고 나타나서 그를 데려갔다. 헌병들이 그들의 차량으로 그를 호송했고, 그걸 이웃들이 제 집 마당에서 지켜봤다.

"저 집에는 제대로 된 사람이 없군." 그들은 한목소리로 말했다. "저들이 우리 마을의 미풍양속을 배울 수 있었으면 싶은데."

아마 그들은 우리가 그들의 소위 미풍양속을 배울 최적의 공간으로 그들의 학교를 생각했을 것이다. 그해 프레야는 고등학교 2학년이 될 참이었다. 플로시는 5학년이 되었다. 지난해 여섯 살인 나는 아직 입학할 나이가 아니었다.

"난 아빠를 떠나고 싶지 않아요" 나는 이렇게 말했었다.

이제 브레세드에서 일곱 살이 된 나는 1학년이 될 참이었다.

등교 첫날, 언니들과 함께 버스를 기다렸다. 반짝이는 빨간 차 한 대가 지나갔다. 뒤창에 얼굴을 바싹 붙인 아이는 건너편 레인의 금발 소녀였다. 프레야와 플로시에게 소녀의 이름이 루시스(Ruthis)라고 알려주었다.

"꼬마 루시스 양." 플로시가 자신의 새들 슈즈[33] 앞코로 땅에 깔린 자갈들을 찼다.

"베티, 초조하니?" 내가 아빠의 인삼 뿌리 비즈를 이 손에서 저 손으로 돌리는 걸 본 프레야가 물었다.

"난 왜 학교에 가야 할까?" 내가 으쓱였다. "난 이미 모든 걸 다 아는데."

"베티," 플로시가 나를 돌아봤다. "우리가 학교에서는 붙어 다닐 수 없다는 거 알지, 응?"

"플로시." 프레야가 그녀를 팔꿈치로 찔렀다. "그만해."

"내 말은, 집에서는 물론 괜찮지." 플로시가 프레야를 무시하고 말했다. "하지만 학교에서는 같이 있을 수 없어."

"왜?" 내가 물었다.

"당연하지 않아? 네 모습을 봐. 넌 반에서 가장 인기 있는 애가 될 수 없어, 베티. 난 네가 나를 끌어내리게 둘 수 없어."

"나도 너랑 같이 있고 싶지 않아." 나는 이렇게 소리치며 그녀에게 비드를 던졌다.

"잘 됐네." 그녀가 뒷굽으로 비드를 땅에 짓이겼다. "그럼 합의 본 거다."

"난 네가 싫어. 두꺼비를 때려죽인 뒤 하나님에게 네가 그랬다고 할 거야."

"닥쳐. 넌 친구가 없을 것 같으니까 그냥 화가 나는 거잖아."

"플로시 말은 그런 뜻이 아니야, 베티." 프레야가 내게 손을 내밀었지만 나는 뒷걸음질을 쳤다.

"걸어서 학교에 갈 거야. 못생긴 플로시랑 버스에 함께 있는 걸 남들에게 보여주고 싶지 않아."

---

33 saddle shoe. 구두끈 부분(saddle 안장)을 다른 색으로 덧입힌 구두.

나는 숲속으로 달리기 시작했고, 그사이 언니들은 버스에 탔다. 나는 학교로 향하는 대신, 집으로 돌아가는 길을 택했다.

집에 도착했을 때, 아빠가 차고 앞에 서서 검은 액체가 담긴 단지를 내가 아는 서너 집 떨어진 곳에 사는 여자에게 건네고 있었다. 아빠의 다리에 린트가 딱 붙어 있었다. 린트는 엄지를 입에 문 채 아빠가 그 여자에게 단지에 든 것은 탕약이라고 말하는 것을 듣고 있었다.

"여러 나무껍질을 달인 겁니다. 혹 글레디치아 트리아칸토스에 대해 들어보셨습니까? 클레트라 아쿠미나타는요?"

여자가 고개를 저었다.

"주엽나무[34]고 매화오리나무[35]지." 나는 덤불 아래 몸을 감추면서 재빨리 혼잣말로 중얼거렸다.

"주엽나무고 매화오리나무입니다." 아빠가 그녀에게 설명했다. "기침을 잡는 데 효과가 있을 겁니다."

"맛은 어떤가요?" 그 여자가 물었다.

"당신에게 어떤 맛인지는 중요하지 않습니다. 뱀에게 어떤 맛이냐가 중요합니다. 뱀 때문에 당신이 기침을 하는 거니까요. 당신의 여기에 뱀이 있습니다." 그는 이렇게 말하면서 그녀의 목젖을 톡톡 건드렸다. "뱀에게 이 음료는 아주 맛날 겁니다. 정말 맛나서 뱀이 당신에게서 당장 스르르 빠져나오려고 할 겁니다. 그런 느낌이 오면, 강으로 달려가 토해내십시오. 강물이 기침의 화를 가라앉히고, 뱀의 열기를 식혀줄 겁니다."

"당신이 그런 이상한 말을 할 거라고 남들이 그러더군요." 그녀가 말

---

**34** honey locust. 북미 원산. 줄기와 가지에 큰 가시(3~10cm)가 있다. 높이 21~24m, 지름 60~90cm, 수명 120년, 학명 Gleditsia triacanthos(독일 식물학자 Johann Gottlieb Gleditsch 1714~1786, tri 셋+그리스어 acantha 가시).

**35** pepperbush. 애팔래치아 산맥 원산의 고지대(500~1,400m) 관목. 높이 1.5~4m, 학명 Clethra acuminata(매화오리나무, 날카로운).

했다.

"약간의 꾸민 이야기는 치료에 도움이 된다고 생각합니다." 그가 답했다.

그 여자가 떠난 뒤, 나는 헛간에 몰래 들어가 다락에 올라갔다. 치마 주머니에서 수첩과 연필을 꺼내 글을 쓰기 시작했다. 잠시 후, 린트가 아빠에게 헛간의 손자국이 움직이는 이유가 뭐냐고 묻는 소리가 들렸다.

"아냐, 안 움직여, 아들." 그들의 목소리가 헛간까지 들렸다.

"아냐, 우-우-움직여." 린트가 주머니에서 돌을 하나 꺼냈다. 그는 헛간을 향해 돌을 던져 맞춘 뒤, 현관 베란다에서 그림을 그리고 있는 트러스틴을 향해 집으로 뛰어갔다.

"베티?" 아빠가 나를 불렀다. "그 안에 있는 거 다 안다. 네가 마당을 가로지르는 걸 봤다."

"아뇨, 아빠는 못 봤어요." 나는 급히 몸을 웅크리며 말했다. "난 여기 없어요."

그가 다락의 사다리를 오르기 시작하자 그의 몸무게에 사다리가 휘청거렸다.

"왜 학교에 안 갔니?" 그가 물었다.

"가고 싶지 않아요." 나는 궁지에 몰린 뱀처럼 씩씩거렸다. "그들이 날 죽어가는 사람처럼 마지막 숨을 쉬게 만들면 어떡해요."

"누구도 그렇게 하지 않을 거다, 베티."

"아빠가 어떻게 알아요?"

"왜냐하면 내가 가만 두지 않을 테니까."

어느덧 그가 사다리 꼭대기에 올라와서 내게 손을 내밀었다.

"이리 와라. 헛간 다락에 숨어 지낼 수는 없잖니, 꼬마 인디언. 넌 그럼 절대 배우지 못한다. 배우지 못하면 사람들이 너를 바보 멍텅구리라고 놀릴 거다. 바보 멍텅구리로 불리고 싶니?"

나는 고개를 저었다.

"그럼, 이리 와라. 내가 내려줄게."

사다리를 내려가는 동안 그는 내가 학교에서 맛볼 모든 재밌는 것들에 대해 말해주었다.

"학교가 그렇게 재밌으면 아빠는 왜 학교에 안 가요?" 나는 마지막 발판에서 땅으로 뛰어내리면서 이렇게 물었다.

"아빠도 어렸을 때 다녔지. 하지만 밭에서 일하고 밥벌이를 해야 해서 3학년 때 학교를 그만둬야 했다. 그러니까 네가 학교에 다닐 수 있다는 게 얼마나 행운인지 알겠지? 우리 식구 중 누구도 학교를 마치지 못했다. 프레야가 처음이 될 거다. 플로시가 그다음이 되겠지. 그다음 너와 두 동생이 마칠 테고. 그 기회를 놓치지 마라, *꼬마 인디언*." 그가 한 팔로 나를 꼭 껴안고 헛간을 나섰다. "학교에 가면 친구도 많이 사귈 거다."

"싫어요. 다들 내가 왜 다르게 생겼냐고 물을 거예요. 사람들은 항상 그렇게 묻잖아요."

"그럼 넌 우리가 늘 그들에게 하는 말을 하면 되지. 너는……."

"체로키. 알아요." 나는 고개를 숙인 채 차를 향해 걸었다. "난 그냥 가고 싶지 않아요."

"학교에 가지 않으면, 노인의 환상적 눈(Fantastical Eye of Old)을 찾을 수 없을 거다."

"노인의 환상적 눈이 뭐예요?" 내가 물었다.

"먼 옛날, 체로키의 한 어른이 학교에 가야 하는 아이들을 위해 조각한 눈이다. 그 어른은 전에 한번도 만들어진 적이 없는 눈을 만들고 싶었지. 강물이 지닌 다섯 개의 눈동자와 하나의 홍채가 있는 눈. 항상 움직이고, 항상 그 밑에 깜짝 선물이 있는 눈. 하지만 너 같은 아이들만 볼 수 있는 눈."

"나 같은 아이들이요?" 내가 물었다.

"체로키 아이들." 그가 말했다.

"그래서 그 눈이 뭐가 특별한데요?"

"그 눈을 응시하면, 네가 집에서 보고 싶은 걸 다 볼 수 있다."

"모든 걸요?" 나는 그를 올려다봤다. "아빠도요?"

"그래, 모든 것. 아빠도."

나는 그 눈을 상상하면서, 그를 앞질러 램블러에 올라탔다. 훗날 아빠는 내가 학교로 가는 내내 얼굴에 미소가 떠나지 않았다고 단언했지만, 우리가 학교에 가까워지자 나는 더 초조해졌다.

아버지가 작은 나무숲 옆에 차를 세운 뒤, 나는 차에서 내렸고, 난 그가 곧 떠날 거라고 생각했다. 그런데 나랑 같이 내렸다.

"혼자 갈 수 있어요." 내가 말했다.

"오, 난 네가 뭘 할지 다 아는데." 그가 답했다. "다른 헛간 다락이나 언덕의 굴을 찾아 숨을 거잖아."

"아, 굴." 내가 툴툴거렸다. "왜 그 생각을 못했지?"

아빠가 문을 열었고, 우리는 학교 안으로 들어갔다. 베이지색 벽돌 외관과 달리 내부는 온통 어두침침한 목재여서 하얀 도자기 조명기구가 눈에 확 띄었다. 복도가 텅 비어 있었다. 닫힌 교실 문마다 교사와 학년을 밝힌 표지판이 접착제로 붙여져 있었다.

"아, 여기다." 아빠가 마침내 1학년 표지판을 찾아냈다.

그가 문을 조용히 두드렸지만, 교실 안의 누구도 문을 열어줄 것 같지 않자 결국 그가 문을 열었다. 교실 뒤쪽 문이었다. 다들 몸을 돌려 우리를 쳐다봤다. 몇몇 아이들이 아버지를 보고 웃기 시작했다. 나도 그를 훑어보면서, 아빠의 어떤 면이 아이들에게 우습게 보였는지 찾아보려고 했다.

"무슨 일이세요?" 선생님이 물었다.

"내 어린 딸이 첫 수업을 받을 준비가 됐습니다." 아빠가 나를 살짝 앞으로 밀었다. "딸아이가 겉으로는 표하지 않지만 정말 좋아하고 있습니다. 머리도 빗고, 모든 준비를 했습니다."

아이들이 자기들끼리 수군대기 시작했다.

"얘들아, 모두 여길 봐라." 아빠가 주머니에 손을 넣어서 박하사탕 하나를 꺼냈다.

그는 주먹으로 책상을 내리쳐 사탕을 깨뜨렸고, 그걸 쾅쾅 칠 때마다 아이들이 움찔했다.

"너희 다 맛보게 해주마." 그가 이렇게 말하면서 사탕을 산산조각 낸 뒤 그걸 애들에게 나누어주었다. 어떤 조각은 파편에 불과했다.

"여러분." 선생님이 손뼉을 치며 말했다. "그 사탕을 먹지 마세요."

"그냥 사탕일 뿐입니다." 아빠가 선생님에게 말했다.

"알아요." 선생님은 사탕 조각을 수거하기 시작했다.

"이제 됐어요, 아빠." 나는 그를 교실 밖으로 밀어내려고 했다. "이제 가셔도 돼요."

"네게 좋은 자리를 찾아주마." 그는 두 손을 망원경처럼 말아 쥐고는 교실을 둘러봤다. 교실은 작았지만, 그는 십만 평을 탐색하는 척했다.

"아빠." 내가 그의 팔을 잡아당겼다. "저기 빈자리가 있어요."

나는 열린 창문 옆의 빈 책상을 가리켰다. 아빠는 린트에게 하듯 나를 들어 올려 그 자리로 데려갔다. 그사이 나는 선생님에게서 눈을 떼지 않았다. 그녀는 내가 상상했던 것보다 젊었다. 나는 잿빛 쪽머리, 뒷굽이 찌그러진 단화, 블라우스 깃에 꽂은 브로치를 상상했고, 플로시도 늘 그렇게 선생님들을 묘사했다. 그러나 우리 선생님은 프레야보다 나이가 훨씬 많아 보이지 않았다. 하이힐을 신었고, 브로치로 잠근 대신, 물방울무늬 드레스의 깃이 열려 있었다.

"혼자 걸을 수 있어요, 아빠." 나는 그의 품을 빠져나와서 곧장 책상에 앉았고, 당장 그 밑에 숨고 싶었다. "됐어요, 아빠. 이제 집에 가세요."

아빠는 선생님께 드릴 말씀이 있다고 했다. 선생님은 관자놀이께 붉은색이 감도는 금발 곱슬머리를 툭 치고는 복도로 나가 아버지를 봤다.

내 앞에 앉은 남자애가 몸을 돌려 나를 빤히 쳐다봤다. 뻣뻣한 갈색 머리에, 양미간이 좁았다.

"이름이 뭐니?" 그가 물었다.

"베티."

그가 얼굴을 찌푸렸다.

"네 말투가 웃겨." 그가 말했다.

"네 말투가 더 웃겨." 내가 말했다.

"너는 생긴 것도 웃겨. 너랑 같이 온 노인도 그렇고." 그가 말했다.

"너도 웃기게 생겼어." 나는 얼굴을 찌푸렸다. "그리고 내 아빠는 노인이 아니야. 그는 아빠야."

남자애가 입맛을 다시면서 나를 이리저리 뜯어봤다.

"너 같은 애는 영화에서만 봤어." 그가 말했다.

"여자애들은 교실에 많아." 나는 그들을 가리켰다. "저기, 저기, 저기⋯⋯." 내 손가락이 루시스에 닿았다. 그녀가 나를 뚫어지게 쳐다보고 있었다.

"얼씨구, 나도 교실에 여자애들이 있다는 건 알아." 남자애는 몸을 완전히 돌려 내 책상에 두 팔을 올린 뒤 나를 빤히 쳐다봤다. "내 말은 한번도 유색인을 본 적이 없다는 거야."

"나도 한번도 얼굴에 엉덩이가 달린 놈을 본 적이 없어. 너 당장 돌아앉지 않으면, 아빠의 주머니칼을 가져다가 너를 작은 조각으로 잘라낸 뒤 심장 모양 상자에 넣어서 네 못생긴 엄마한테 보낼 거야. 그럼 네 엄마는 가족 모두에게 네가 어떻게 됐는지 편지를 쓸 수밖에 없을 테고, 하도 울어대서 네 가족들이 네 엄마를 미친개처럼 죽일 거야."

"얘야." 선생님의 목소리에 나는 움찔했다.

남자애가 낄낄대며 돌아앉았다.

"얘야," 선생님이 계속 말했다. "여기서는 그런 식으로 말하면 안 된다."

나는 눈을 들어 그녀의 쩨려보는 작은 얼굴을 봤다.

"아빠가 당신에게 뭐라고 했나요?" 내가 물었다.

"선생님이라고 해야지."

"네, 우리 아빠가 뭐라고 했나요, *선생님?*"

"네 이름이 베티 카펜터고, 네가 엉큼한 아이라고 하더구나."

"그렇게 말했을 리 없어요."

"어머, 분명 그렇게 말했다." 그녀가 교탁에서 자를 집어 자기 손바닥을 탁탁 쳤다. "너는 엉큼한 아이니까 너를 잘 지켜봐야 한다고, 안 그러면 도망칠 거라고 했다." 그녀가 손가락 두 개를 허공에서 발처럼 돌렸다. "하긴 너희 종족은 좀 엉큼하지, 안 그러니?"

그녀가 내게 다가와 내 맨팔을 손가락으로 훑었다. 혹 뭐가 묻어 나오기를 기대한 듯, 그녀가 그 손가락을 들여다봤다.

"쟤 살은 왜 검어요, 선생님?" 교실 반대쪽 끝에 앉은 한 여자애가 물었다.

"기름칠을 하니까." 선생님이 대답했다.

"아뇨." 내가 말했다.

"그렇지 않아." 선생님은 나를 내려다보며 말했다. "온종일 햇볕 아래서 빈둥대고 기름칠만 하고, 아무것도 안 하니까 점점 더 게을러지고, 점점 더 검어질 뿐이지."

"난 살에 기름칠을 하지 않아요."

"거짓말하지 마라." 그녀가 자를 가져와서 내 손등을 찔렀다. 내 눈에 눈물이 차오르는 걸 느꼈지만, 그녀에게 우는 모습을 보여주고 싶지 않았다.

"선생님이 나를 때렸다고 아빠에게 이를 거예요." 내가 말했다.

"그렇게 하면, 나는 네 아빠도 여기로 끌고 와서 매를 맞게 할 테다."

"못할 걸요."

"그럴까? 어디 보자 얘야, 어떤 일이 벌어질지."

그녀가 자로 자신의 손바닥을 톡톡 치면서, 능직으로 짠 면바지와 끈 모양의 유전자의 차이에 대해 설명하기 시작했다.

"혼혈생식(miscegenation)이 뭔지 아니?" 그녀는 그 어려운 단어를 마치 죄악인 양 발음했다.

나는 고개를 저었다.

"그게 뭐냐면, 네 아버지의 유전자와 네 어머니의 유전자가 합쳐지는 건 자연스러운 게 아니라는 거다. 우유에 지저깨비를 섞어 사람들에게 파는 것과 같은 거다. 너라면 지저깨비가 섞인 우유병을 마시겠니, 베티?"

*아니요, 화살 부인.*

"지독히 고약한 우유일 거다. 그렇지 않니, 베티?"

*그래요, 칼 부인.*

"거기다가, 꼬마 스콰[36]야, 너는 너와 네 형제들이 우리의 신선한, 미색의, 맛나게 안전한 우유에 섞인 지저깨비라는 걸 인정해야 할 거다."

*그래요, 내 배에 칼을 꽂는 부인.*

나는 두 손으로 얼굴을 감쌌다. 쉬는 시간이 되자, 교실을 빠져나와 급우들과 멀리 떨어져서 숨을 돌릴 수 있었다. 아이들은 그네를 타거나 회전목마에서 놀았지만 나는 건물 옆 큰 풀 속으로 들어갔다. 학교에서 집을 떠올리게 하는 유일한 곳이었다.

"쟤는 정말 이상해."

나는 소리가 나는 쪽으로 몸을 돌렸고, 몽키 바[37] 옆에 한 무리의 아이들이 서 있었다. 다들 나를 바라보고 있었다. 그중에 루시스도 있었다.

"바에 매달려보지 않을래?" 한 남자애가 내게 물었다. "네 이름을 딴

---

**36**  squaw. 북미 원주민 여인을 칭하는 경멸적 표현.

**37**  monkey bars. 정글짐(jungle gym, 1920~)의 신조어(1955~).

거잖아. 몽키, 몽키, 몽키."

루시스를 보면서 혹 그 애가 우리가 한때 주고받았던 빨간 공을 기억하는지 궁금했다. 그 애에게 물어보려고 했지만, 두 여자애가 루시스의 귀에 대고 뭐라고 속닥이기 시작했다.

"해봐." 그들은 이렇게 말하면서 루시스를 앞으로 밀쳤다.

"싫어." 루시스가 몸을 돌렸다.

나는 무릎을 꿇고 풀에게 말했다. "어쨌든 난 쟤들과 친구가 되고 싶지 않아. 차라리 너희랑 친구가 될게." 나는 큰 풀잎을 쓰다듬었다.

풀이 얼마나 예쁜지 말하려는 순간, 아빠가 차를 세워두었던 쪽의 나무들 중 하나에 갓 새겨진 눈 하나를 봤다.

"노인의 환상적 눈이다." 나는 그 나무를 향해 뛰었다.

그 조각은 아빠가 만든 목각 동물들의 눈을 떠오르게 했지만, 이 눈은 아빠의 주머니칼로 만든 게 아니라고 믿기로 했다. 몸을 숙여 눈의 다섯 눈동자를 하나하나 보려는 순간, 누가 내 등을 떠밀었다. 나는 균형을 잃었고, 팔을 뻗었지만 아무도 나를 잡아주지 않았다. 가슴이 땅에 부딪쳤다. 얼굴을 들기도 전에 누가 내 치마를 젖혔고, 두 아이가 내 팔을 잡았다.

"그만해." 누가 내 팬티를 무릎 아래로 당겼고, 나는 비명을 질렀다.

"그게 없어." 한 목소리가 들렸다.

내 팔을 잡았던 아이들이 나를 놓아주었다. 나는 재빨리 팬티를 끌어올리고 뒤를 돌아봤다. 내 팬티를 내린 아이는 바로 루시스였다.

"쟤는 하나도 없어." 그 애 뒤에서 다른 목소리가 들렸다.

"뭐가 없다는 거야?" 나는 곧장 일어섰다. 뺨 위로 눈물이 불처럼 쏟아졌다.

"꼬리." 루시스가 눈길을 피하면서 말했다. "쟤들이 내게 시켰어."

"왜 내가 꼬리가 있다고 생각해?" 나는 또 당할까봐 두려워서 치마를 꼭 쥔 채 물었다. "난 고양이도 아니고 개도 아니야."

"너 같은 사람들은 꼬리가 있어." 한 남자애가 말했다.

"다들 그렇게 말해." 다른 남자애가 덧붙였다.

"너희는 바보야." 내가 말했다. "난 꼬리가 없어."

휴식 담당 선생님이 호루라기를 불었고, 다들 안으로 들어가라고 부르기 시작했다. 무리가 흩어졌다. 루시스가 마지막으로 떠났고, 나만 남았다. 나는 몸을 돌려 조각된 눈을 쳐다봤다.

"쟤들이 내게 한 짓을 봤지?" 나는 조각에 대고 소리쳤다. 뭔가에 소리를 쳐야 했다. "그런데 넌 아무것도 안 했어."

나는 돌을 주워 던졌고, 다섯 눈동자의 눈을 정확히 맞췄다. 다른 걸할 게 없어서 교내로 다시 들어갔다. 들어가는 내내 또 그런 일을 당할까봐 두려워서 치마를 두 손으로 꼭 눌렀다.

반 아이들 누구도 꼬리를 보지 못했지만, 우리가 자리에 앉았을 때, 다들 그게 어떤 모양이었는지 수군대고 있었다.

"굵은 검은 털이 났고, 길이는 엄지 정도였어." 한 여자애가 말했다.

나머지 수업 내내 책상에 엎드려 보냈다. 마지막 종이 울리기 무섭게 나는 통학버스를 무시하고 달렸다. 플로시가 이미 단짝 친구가 된 듯한 한 무리의 여자애들과 말하고 있는 게 보였다. 프레야가 1학년 무리를 훑어보고 있었다. 나를 찾고 있는 게 분명했다.

나는 쏜살같이 숲으로 뛰어들어 집으로 향했다. 집에 도착해서 차고로 가니, 아빠가 뒷벽에 선반을 설치하고 있었다.

"아빠는 나를 정말 끔찍한 곳에 보냈어요." 내가 말했다.

나는 곧장 몸을 돌려 나왔지만, 아빠가 나를 마당에서 붙잡아서 내게 진정하라고 했다.

"아빠 미워요." 나는 내 작은 주먹으로 아빠를 쾅쾅 쳤다.

"잘될 거다." 그가 나를 당겨 안았다.

얼굴을 그의 어깨에 묻고 엉엉 울었다. "애들이 내게 꼬리가 있대요. 하지만 난 꼬리가 없어요. 없다고요."

"물론이지, 꼬마 인디언."

그가 나를 달래면서 어깨에 파묻힌 머리를 들게 했다. 그는 내 뺨에 흐르는 눈물을 마치 사슴 진드기를 잡아내듯 집어냈다.

"인삼을 캐려고 숲에 갈 참이었는데, 너도 같이 갈래?"

나는 아버지의 옷소매에 코를 닦은 뒤 고개를 끄덕였다.

"가방을 가져오마." 그는 차고로 들어가서 잔가지와 나뭇가지들로 만든 비즈가 가득한 드로스트링 백[38]을 움켜쥐었다.

"준비됐니?" 그가 물었다.

그가 손을 내밀었고, 우리는 그렇게 숲으로 향했다. 나무들을 지나칠 때마다 그가 하나씩 가리켰다.

"저기 있는 건 가막살나무[39]다, 베티. 오하이오가 원산지지. 여름이면 새들이 저 딸기열매를 먹는다. 그리고 저건 연필향나무[40]다. 껍질이 어떻게 긁혔는지 잘 봐라. 수사슴이 이 근처에서 뿔로 비볐다는 뜻이다. 나무껍질을 벗길 때는⋯⋯, 자, 그걸 기억해봐라, 베티⋯⋯, 어디서부터 벗겨야 한다고 했지?"

"햇빛이 내리치는 쪽이요." 내가 답했다.

"맞았다. 그럼 어떤 뿌리를 캐야 하지?"

"동쪽으로 뻗는 뿌리요."

"잘했다."

"봤죠? 난 모르는 게 없어요. 난 학교로 돌아갈 필요가 없다고요. 제발 돌아갈 필요가 없다고 해주세요, 아빠." 나는 그의 손을 당겼다. "제발요."

---

38  drawstring bag. 끈으로 졸라매는 가방.

39  blackhaw shrub. 높이 약 6m, 학명 Viburnum prunifolium(가막살나무, 살구 잎사귀 같은).

40  eastern red cedar. 북미 원산 상록수. 목재가 균질하여 연필을 만드는 데 쓰임. 높이 5~20m, 지름 30~100cm, 최고령 940년, 학명 Juniperus virginiana(향나무-노간주나무, 버지니아의).

"아, 저기 있네." 그가 나를 떼어놓더니 포포나무⁴¹ 쪽으로 달려갔다. 인삼이 즐겨 자라는 나무였다.

아빠는 언덕 기슭의 덜 자란 인삼에는 눈길조차 주지 않고, 당장 캐내도 될 오래된 인삼을 찾아 가파른 경사를 올랐다.

"세 갈래 뿌리가 달린 인삼을 찾는 걸 도와다오." 그가 말했다. "그러면 이게 첫 수확이 아니라는 걸 알게 될 거야."

나는 식물 사이사이를 뒤져 마침내 세 갈래 인삼을 찾았다. 큰 소리로 갈래 수를 외쳤다.

"잘했다." 아빠가 말했다. "네가 진짜 심마니네."

그는 오른쪽 다리가 결리는 통증에도 불구하고 무릎을 꿇고 앉았다. 그는 이렇게 해야 된다고 느꼈기 때문이다. 인삼을 캐내기 전, 인삼에게 허락을 구하는 그의 의식의 일부였다. 내가 그 옆에 무릎을 꿇자, 그가 눈을 감았고, 말없이 입술을 움직이기 시작했다. 나는 그의 의식을 잘 살폈다. 두 눈썹을 바짝 붙였고, 하늘보다 땅을 향해 머리를 조아리며 집중하는 모습이었다. 과연 내가 그만큼 경건하게 자연에게 말을 걸 수 있을지 의문이었다.

그를 따라하면서, 나는 눈을 감고 두 손을 땅에 댔다. 처음에는 뭐라고 말해야 할지 몰라서 그냥 내 느낌을 받아들였다. 부드러운 흙이 손가락 사이로 밀려 올라왔다. 따뜻한 햇살이 내 어깨를 감쌌다. 풀들이 바람에 쓰러지면서 내 다리를 간지럽혔다. 내 손가락이 길어져서 강이 되고, 내 몸이 꼼짝 않으면 산이 될 수도 있다는 기분에 사로잡혔다. 그리고 의식하기도 전에 입술이 움직이기 시작했다. 나는 땅에게 어디에서 왔느냐고 물었고, 내가 어디에서 왔는지를 말했다. 이 모든 것이 인삼으로 회귀되었고, 나는 인삼의 축복을 기원한 뒤 눈을 떴다.

---

**41** pawpaw tree. 북미 동부와 캐나다 자생 나무. 높이 11m, 지름 20~30cm, 학명 Asimina triloba(프랑스어 속명인 Asiminier의 라틴어식 표기, 세 꽃받침의).

아빠가 미소 띤 얼굴로 나를 바라보고 있었다.

"시작하자, 베티." 그가 말했다.

그는 먼저 식물에서 빨간 열매를 떼어 내 손에 떨궜다. 이어 주머니에서 꺼낸 드라이버로 뿌리 주변의 땅을 쿡쿡 찔렀고, 마침내 땅이 푸석해지자, 가는 잔뿌리에도 손상을 주지 않고 인삼을 완벽하게 캐냈다. 그가 가방에서 비드 하나를 골랐다. 그것을 힘껏 짓누른 뒤, 인삼을 캐낸 구멍에 넣었다.

"됐다, 꼬마 인디언." 그가 나를 돌아봤다. "이제 네 씨를 넣어라."

그가 비드를 짓누른 것처럼, 나는 부드럽게 인삼 열매를 짓누른 뒤 구멍에 넣었다. 이 열매가 인삼의 개체수를 안정적으로 유지시킬 것이다. 비드는 아빠가 대자연의 축복에 감사하며 바치는 재물이었다.

"땅에게 감사를 표한 거다." 그가 구멍을 메우며 말했다.

우리의 수확물을 들고 집으로 돌아오는 길에 아빠가 튤립나무[42]에서 약간의 껍질을 벗겼다. 우리는 차고로 돌아왔고, 차고는 이미 그의 약초 작업실로 바뀐 지 오래였다. 한 작업대가 설치되어 있었고, 벽에는 여분의 선반까지 세워져 있었다. 구석에 작은 나무화덕이 있었고, 그는 채집한 약초들을 화덕에서 달여 차나 탕약을 만들었고, 그걸 병에 담아 작업대에 쭉 진열했다.

"내 이빨이 필요하다." 그가 작업대 뒤에 있는 깡통을 집어 들었다. 그 안에는, 내가 아기였을 때 아빠가 내 요람에서 방울뱀을 쫓아내던 중 그를 물었던 뱀에게서 뽑아낸 이빨이 있었다.

"방울뱀의 영혼이 이 이빨에 있다." 아빠가 말했다. "방울뱀의 송곳니가 내 살을 파고들었을 때 나를 거의 죽일 뻔했던 영혼이다. 그 영혼은 엄청난 힘이다. *쉬익, 쉬익.*" 그가 방울뱀처럼 말했다.

---

42  tulip tree. 북미 원산 백합나무. 높이 18~60m, 지름 60~120cm. 학명 Liriodendron tulipifera(그리스어 leirion 백합+dendron 꽃이 피는 나무, 튤립 모양의).

그가 바닥에 놓인 양동이에서 강물을 떠서 솥에 담는 동안 나는 그의 조롱박 딸랑이를 흔들었다.

"항상 강물을 써야 한다." 그가 말했다. "잘 기억해둬라, 베티."

그가 방울뱀의 이빨을 자신의 입안에서 돌린 뒤 입술에 삐죽 걸쳐놓았고, 내가 웃었다. 이어 그는 솥을 나무화덕 위에 올렸다.

"태양처럼 뜨거워져야지." 그가 말했다.

그가 화덕에 더 많은 통나무를 넣어 불길을 키우는 동안, 나는 조롱박 딸랑이를 내려놓고 솔가지 하나를 주웠다. 그걸 솥에 살짝 담갔다가 물방울을 털어 내 이마에 뿌렸다.

"항상 강물을 써야 한다." 그가 거듭 말하면서 인삼 뿌리를 망치로 빻았다. 뿌리와 잎, 그리고 튤립나무 껍질 조각을 물에 넣어 달이기 시작했고, 인삼 잎을 찢어 그 위에 띄웠다.

그가 주엽나무에서 딴 두 개의 말린 꼬투리를 깡통에서 꺼냈다. 그 꼬투리를 끓는 물에 넣었다. 액체에 단맛을 더해줄 것이다. 쓴맛을 넘기지 못하는 사람을 위한 음료를 만들고 있다고 생각했다. 그는 혼합물을 저으면서 계속 나를 가르쳤다.

"오한에는 프루누스 *비르지니아나*가 좋다."

"프룬…… 니스……." 나는 이름을 외우려고 머리를 짜냈다.

"통칭 산벚나무[43]라고 부르는 거다."

"오한에 좋아요." 내 말에 그가 고개를 끄덕였다.

"열에는," 그가 말을 이었다. "*카스타네아 푸밀라*를 쓴다."

"카 타……."

"*카스타네아 푸밀라*. 통칭 난쟁이 밤나무[44]."

그가 말을 멈추고, 구석에 드리워진 거미줄을 올려다봤다.

---

43  chokeberry. 아로니아. 북미 원산. 높이 1~6m, 학명 Prunus virginiana(자두, 버지니아의).

44  dwarf chestnut. 북미 남동부 원산. 높이 2~8m, 학명 Castanea pumila(밤나무, 난쟁이의).

"상처의 피를 멈추는 데 거미줄을 쓸 수 있다는 걸 아니?" 그가 물었다. "다 잘 기억해둬라, 베티."

그가 끓는 물에서 물러나 화살촉이 든 깡통을 집었다. 사암 색을 띤 화살촉 하나를 골라, 솥에 떨어뜨렸다.

"이러면 액체에 화살촉의 힘이 생긴다." 그가 말했다.

나는 끓는 물속 냄비 바닥에 화살촉이 계속 부딪치면서 타닥거리는 소리에 귀를 기울였다.

"난 아빠에게 더 많은 걸 배워요." 내가 말했다. "멍청한 학교에서보다."

그가 끓는 물약을 나무 컵에 담은 뒤 작업대에 올려놓고 식혔다.

"네가 학교에 가지 않으면, 그들이 이기는 거다, 베티." 그가 말했다. "그들은 고작 널 밀쳐 떨어트렸을 뿐인데 그들이 그냥 이 전쟁에서 이기는 거다."

그가 입에서 방울뱀의 이빨을 뺀 뒤 우리 둘 사이에 놓았다.

"아빠가 방울뱀에 물렸을 때도 그랬다." 그가 말했다. "난 끝났다고 생각했는데, 물렸기 때문에 난 더 강해졌다. 지금 너도, 누군가 널 물고 있는 거다."

그가 내 손을 잡고 뱀의 송곳니로 내 손바닥을 찔렀다.

"아야." 나는 휙 손을 뺐다.

"거기서 살아남아야 한다, 베티."

"난 못해요." 나는 손바닥을 비볐다. "난 아빠처럼 강하지 않아요."

"너는 강하다. 네가 기억하기만 하면 된다." 그가 나무 컵을 집어 들었다. "그래서 너를 주려고 이걸 만든 거다."

"그냥 인삼이잖아요."

"화살촉도 있지." 그가 말했다. "이제 전사의 음료가 된 거다."

그가 내게 컵을 건넸고, 겉은 여전히 따뜻했다. 나는 갈색의 액체를 들여다보며, 올라오는 김에 눈을 가늘게 떴다.

"입이 타버릴 거예요." 내가 말했다.

"충분히 식었다."

나는 액체를 뚫어지게 쳐다보면서, 물이 빙빙 도는 걸 바라보다가 컵을 입에 대고 뜨거운 액체를 천천히 홀짝거렸다. 화살촉과 나무껍질만 남을 때까지 다 마셨다.

"몸에서 기운이 느껴지니?" 아빠가 물었다.

"이 사이에 흙이 씹혀요." 나는 이를 핥으며 컵을 내려놓았다.

"하지만 기운도 느껴지지, 꼬마 인디언?"

"모르겠어요." 나는 그의 눈을 찬찬히 살폈다. "어떻게 해야 느낄 수 있죠?"

"보여주마." 그가 내 손을 잡고, 자신의 불편한 다리를 조심하면서, 점프를 하기 시작했다. 그는 이렇게 재밌는 걸 해본 적이 없다는 듯 깔깔 웃었다. "베티, 그냥 서 있기만 하면 특별한 걸 놓치는 거야."

나는 처음에는 그냥 조금 점프했지만, 아버지의 함박웃음에 점점 더 높이 점프했고, 마침내 우리는 하늘에라도 닿을 듯 같이 점프했다.

"이제 그게 느껴지니?" 그가 물었다. "이제 기운이 느껴지니?"

"뭔가 느껴져요." 나는 땅이 쿵쾅대는 느낌이라고 했다.

"확실히 느껴야지." 그가 나를 끌고 차고 안을 빙빙 돌았다.

"이제 느껴지니?" 그가 나를 돌아봤다.

"더 많이 느껴지긴 해요."

"확실히 느껴야지." 그는 같은 말을 반복하면서 같이 차고를 뛰쳐나갔다. 그는 내 손을 꼭 쥔 채, 들판을 뛰기 시작했다.

"어디까지 달리는 거예요?" 내가 물었다.

"뭔가 뭉클한 게 느껴질 때까지." 그가 말했다.

우리는 발을 맞춰 뛰었고, 점점 빨리 뛰었고, 마침내 공중에 붕 뜬 듯한 느낌을 받았다.

"느껴져요, 확실히 느껴져요." 내가 말했다.

실제로 그랬다. 뭔가 내게 밀려오듯, 형형색색의 줄무늬가 지나가는 게 보였다. 파랑과 노랑과 초록. 하늘과 태양과 풀. 학교에서 겪은 일로 내 영혼에 응어리가 생겼지만, 초원을 뛰는 지금 그걸 떨쳐낼 수 있었다. 갑자기 내 주위의 모든 것이 사랑스럽게 느껴졌고, 놀이터에서 나를 엄습했던 외로움도 다 사그라졌다. 루시스와 다른 애들은 다른 곳에 있었다. 나는 세상에서 가장 무거운 것도 너끈히 들 것 같은 확신이 들었다. 돌이나 철이 아닌, 소용돌이치고 빙빙 도는 나선형의 그 모든 것.

나는 더 빨리 뛰었고, 나는 아빠를 앞섰고, 그는 나를 놓았고, 내 손은 그의 손을 놓았다. 나는 들판을 크게 돈 뒤 다시 아버지에게 돌아왔고, 그가 거기 서서 두 팔을 벌려 나를 반겼다. 그 순간, 우리가 달려가려고 했던 곳이 바로 우리 서로였음을 깨달았다. 나는 펄쩍 뛰어 그의 품에 안겼다.

"내 꼬마 전사." 그가 자신의 코를 내 코에 비비며 말했다.

# 7

∽

섬들의 들짐승들이 그들의 황폐한 집에서 부르짖으며
용들이 그들의 좋은 궁궐에서 부르짖으리라.

— 이사야 13:22

린트는 아이의 얼굴을 하고 있었다. 그는 아이의 얼굴에 노인의 눈을
하고 있었다. 그는 아이의 얼굴에 불안한 노인의 눈을 하고 있었다.

"9월이면 나아질 거다." 아빠가 말했다. "그리고 린트의 모든 두려움
은 여우가 어둠 속으로 달아나듯 개 앞에서 사라질 거다."

아빠는 새 달이 시작될 때마다 이 말을 했다. 마치 달력 한 장을 넘기
는 것은 문을 여는 것과 비슷하다는 듯. 그러나 9월이 되자, 나뭇가지
사이로 쏙 들어갈 정도로 호리호리해진 린트는 아빠가 딱정벌레 떨림
이라고 부르는 병에 걸렸다. 린트가 애벌레처럼 떨었기 때문이다.

"겨우 네 살이다." 아빠가 말했다. "아직 아이다. 그리고 아이들은 자
신이 움직여야 남들이 자기를 본다고 생각한다. 그래서 그러는 거다.
우리가 잊지 않고 그를 보기를 바라기 때문에 움직이는 거다. 이 집에
자신이 우리랑 같이 있다는 걸 우리가 알아주기를 바라는 거다."

린트가 계속 떨자, 아빠는 그를 데리고 들판에 피워둔 모닥불로 향
했다. 활활 타오르는 주황빛 불꽃에 아빠가 자신의 손을 덥혔다. 이어
그 손을 린트에 댔다.

"이제 알겠다, 아들." 아빠가 린트의 가슴에 두 손을 얹으며 이렇게
말했다. "이제 알겠다."

떨림은 먼저 오른팔에서, 이어 왼팔에서 멈췄다.

"이제 알겠다."

떨림은 두 다리에서, 그리고 머리에서 사라졌다.

"이제 알겠다."

린트가 주변의 풀만큼 진정되자, 아빠가 말했다. "잘했다, 아들. 이제 알겠다."

린트가 일어나 미소를 지었다. 어쩌면 아빠는 자기 아들이 다 나아서 더는 질병 없이 자라리라 생각했던 듯하다. 정신도 놓지 않을 것이고, 적어도 린트의 웃음이 그걸 말해준다고 생각했던 듯하다. 그러나 일요일이 되자, 린트는 자기 몸 안에 짐승들이 있다고 불평하기 시작했다.

"내-애-애 살 밑에서," 그가 아빠에게 말했다. "빙빙 돌아다녀요. 간지럽고 아파요. 사슴뿔이 찌-이-일러요, 아빠, 내 등을 찔러요. 다-아-아람쥐가 팔에 있어요. 주머니쥐가 바-아-알에 있어요. 코요테가 무릎에 서-어-어 있어요."

아빠는 린트가 짐승이 있다고 한 곳이 어디든, 그 짐승의 울음소리를 흉내 내며 린트의 몸의 부위마다 입김을 불어주었다. 린트가 아빠에게 늑대가 팔꿈치에 있다고 하면, 아빠는 길게 울부짖었다. 린트가 호랑이가 자기 등에 올라타고 있다고 하면, 아빠는 으르렁대며 이를 드러냈다. 아빠가 매처럼 날카롭게 울자, 린트는 그게 마지막 짐승이라고 했다.

그때 아빠는 린트를 사랑하는 일에는 건너야 할 다리들이 있고, 그게 항상 쉽지 않은 일이라는 걸 알았다. 만약의 경우를 대비해서, 아빠는 바깥사람들과는 린트에 대해 말하지 말라고 우리에게 당부했다.

"그들은 린트를 그냥 멀리 보낼 거다." 린트가 들판에서 돌을 찾고 있을 때 아빠가 우리에게 이렇게 말했다.

"그들이 린트를 어디로 보내요?" 난 '그들'이 누구를 말하는지 확실하지 않아서 이렇게 물었다.

"전갈의 집에 살게 한다." 아빠가 말했다. "그 전갈들은 린트가 말하는 법을 잊을 때까지, 그를 찌르고 또 찌를 거다. 더구나 그들은 그를 고친다고 하지만, 진짜로 그들이 하는 건 이 세상에서 그를 내쫓는 것뿐이다."

린트가 속눈썹도 화끈거린다, 귓속에 거미도 있다, 라며 상상의 증세로 아프다고 할 때마다, 아빠는 그 병이 진짜인 양 그를 치료했다.

"악마들이 날 데려가지 모-오-옷하게 하겠다고 약속해요, 아빠."

밤은 린트에게 점점 더 힘들었다. 린트는 악령이 늘 반경 1.5미터 안에 있다면서 무서워했다. 트러스틴은 린트의 끝없는 수다 때문에 종종 아래층 소파에서 잠을 잤다. 차로는 그의 신경을 더는 진정시키지 못하자, 아빠는 커피로 바꾸었다.

"자-아-암이 안 와요." 린트가 말했다. "아-아-악마들."

"네가 잠을 자지 못하는 건," 아빠가 말했다. "네가 태어났을 때, 아빠가 네 눈을 개똥지빠귀 깃털을 사흘 담가두었던 물로 씻겼기 때문이다. 아빠는 너를 아침에 일찍 일어나는 사람으로 만들고 싶었는데, 내가 깃털을 너무 오래 담가두었다. 지금 너는 너무 일찍 일어나고 싶어서 아예 잠자리에도 들지 못하는 거다. 악마는 없다, 아들."

여전히 린트는 비명을 지르면서 아빠를 찾았다.

"아빠?" 린트가 물었다. "아빠는 언제나 아빠이-이-일 거죠?"

"물론이지." 아빠가 고개를 끄덕이며 답했다.

"엄마는 언제나 어-어-엄마일 거죠?"

"언제나."

"더 크-으-으고 싶지 않아요. 호-오-온자 있고 싶지 않아요." 린트가 아빠에게 바싹 달라붙었다. "난 엄마랑 아빠랑 여-어-엉원히 같이 있고 싶어요."

우리는 린트를 이해하려고 몸부림을 쳤다. 그는 잠깐 행복할 수 있었다. 그다음 순간, 그림자 하나가 그의 얼굴을 스치는 듯했다. 아빠는 이건 우리 누구도 이해할 수 없는 것이지만, 우리 모두 이해하려고 애

써야 하는 것이라고 했다.

"린트가 소리를 지르고 이상한 말을 하더라도 그게 린트의 잘못은 아니다." 아빠가 우리에게 말했다. "먼지가 린트의 귀에 들어가서 그의 머릿속에서 큰 소음을 내고 있기 때문이다. 우리는 린트처럼 그 소음에 시달리지 않으니까 그 소음이 뭔지 알 수 없다. 하지만 린트는 여전히 너희의 어린 동생이다. 린트의 두 발은 여전히 우리를 향하고 있다. 그의 마음이 딴 곳을 달리고 있는 거다. 우리는 그런 린트를 소중히 아껴야 한다. 우리의 행동과 말이 린트에게 영향을 준다는 걸 잊지 말아야 한다."

"아빠 말이 맞아요." 프레야가 말했다.

"우리는 린트를 위해 한 가족이 되어야 한다." 아빠가 말을 이었다. "너희 누구도 린트를 혼자 두지 마라. 너희가 린트와 충분한 시간을 보내지 않으면, 린트를 장악하고 있는 게 뭐든 린트는 거기서 벗어나서 크지 못할 거다. 린트를 혼자 두면, 침묵이 린트의 악마들을 먹여 살리게 된다."

그래서 우리는 린트를 혼자 두지 않았고, 강 같은 곳에도 데리고 다녔다.

"지-이-이욱." 린트는 수심이 깊은 곳을 가리키며 이렇게 말했다. 그래서 린트는 강둑에 앉아, 작은 발로 물장구를 쳤다.

린트는 트러스틴의 다이빙을 보는 것을 좋아했고, 그래서 트러스틴은 나무를 타고, 나뭇가지 끝까지 걸어가, 린트에게 소리치곤 했다. "자알 봐, 린트. 형을 자알 봐."

트러스틴이 수탉처럼 꼬끼오를 외친 뒤 물을 바라보며 미간을 찌푸리면, 린트는 늘 박수를 쳤다. 그때 트러스틴은 다섯 살에 불과했지만, 동생은 다이빙을 앞둔 순간만큼은 누구보다 진지했다. 그가 공중으로 도약하자, 나뭇가지가 그의 몸무게에 살짝 튕겼다. 두 다리가 완벽하게 붙었다. 발가락도 이제껏 평발이었던 적이 없던 것처럼 쭉 뻗었다. 그의 몸은 직선에 가까웠고, 기도하듯 하나가 된 팔과 손에 이끌려 물속으로 들어갔다.

그는 강둑으로 올라와 긴 검은 머리칼을 강아지처럼 털곤 했다. 그가 강둑을 으스대며 걸으면, 젖은 반바지의 찢어진 술이 가느다란 넓적다리에 달라붙었고, 모래가 발가락 사이로 삐져 올라왔다.

"와, 진짜 멋진 다이빙이었어." 그가 자축했다. "다들 봤지?"

"별로였어." 플로시가 어깨를 으쓱댔다. "난 더 멋진 것도 봤어."

"멋있었어, 트러스틴." 프레야가 서둘러 말했다.

"더 풍덩 빠져야 돼." 린트는 늘 요구했다. "더 크-으-으게 풍덩, 트러스틴."

트러스틴이 다시 나무에 올라갔고, 이번에는 대포알을 선보였다. 그런데 그 모습도 예술 작품이었다. 그의 두 팔이 두 다리를 섬세하게 감싸면, 굽은 등줄기에 햇살이 번쩍거렸다. 린트는 물이 자기한테 튈 때마다 박수를 치며 웃었다.

트러스틴은 그걸 계속 되풀이했다. 강에서 나와서, 젖은 발로 나무에 오를 때마다 그가 말했다. "이번에는 내 최고의 다이빙이 될 거야. 기다려 봐."

"야호." 린트가 강둑에서 오리처럼 꽥꽥댔다. "큰 푸-우-웅덩."

유난히 화창한 어느 날, 트러스틴은 린트의 응원에 고무되어서, 여느 때보다 더 높이 올라갔다. 수탉처럼 꼬끼오를 외치려던 순간, 그의 젖은 발이 미끄러졌다.

그의 다이빙은 늘 완벽하게 계획된 낙하였다. 그런데 그가 허공으로 꽂히는 순간, 그 모든 다이빙 기술이 당장 바뀌었다. 두 다리는 헛발질을 했고, 팔은 마구 흔들었고, 몸은 딱딱한 땅을 치기 전 뒤틀렸다.

나와 언니들은 황급히 헤엄쳐서 물을 빠져 나왔고, 린트는 강둑에서 트러스틴이 무사하기를 기도하기 시작했다.

"괜찮니?" 프레야가 트러스틴을 내려다보면서 물었다. 프레야는 숨을 헐떡였다. 급하게 수영한 탓인지 아니면 트러스틴이 엎드린 채 쓰러져 있기 때문인지는 알 수 없었다.

"죽은 거야?" 플로시가 발가락으로 그의 옆구리를 쿡 찔렀다.

"하지 마, 플로시" 프레야가 그녀의 팔을 때렸다. "트러스틴?" 그녀가 다시 트러스틴에게 몸을 돌렸다. "내 말이 들리니?"

그가 돌아눕더니, 우리 머리 위에 떠 있는 구름을 응시했다.

"그냥 숨이 잠깐 막혔던 거지, 응?" 프레야가 그를 도와 앉혔다.

"아무 말도 안 할 거야?" 내가 그에게 물었다. "목소리가 안 나와?"

트러스틴이 고개를 들더니 자신이 떨어진 나무가 한없이 높은 양 쳐다봤다.

"글쎄." 그가 말했다.

우리는 그가 뭔가 더 말할 거라고 생각했지만, 우리 착각이었다. 그는 말없이 일어나 집 쪽으로 걸어갔다.

재미있는 것은, 트러스틴은 떨어질 때 비명을 지르지 않았다는 것이다. 그날 밤, 우리가 아빠에게 그걸 말하자, 그는 우리가 옆에 있어서 다행이라고 했다.

"그렇게 조용히 떨어지는 소년에게는," 아빠가 말했다. "옆에서 그를 대신해서 소리를 질러줄 사람이 필요하다."

# 8

∿

다 말 못하는 개들이므로 짖지 못하는도다.
그들은 잠자고 눕고 졸기를 좋아하니.
— 이사야 56:10

나는 오후 내내 구릉지를 돌아다녔고, 동굴 속에 뛰어들어 차가운 벽에
입맞춤했다. 갈색의 연못에 뛰어들었고, 포도 덩굴에 매달린 뒤 너무
어지러워서 한 줄기 빛처럼 떨어질 때까지 놀았다. 한편 플로시는 콘콥
다이아몬드백[45]을 유괴하고 있었다.

플로시는 영화를 좋아했다. 자동차극장과 영화관은 그녀가 세상에
서 가장 좋아하는 곳이었다. 영화가 상영되면, 그녀는 우상인 배우들의
몸짓과 표정을 따라하곤 했다. 그녀는 스타들의 영화잡지와 거기 실린,
소파에 나른하게 누워 있는 여배우들의 총천연색 사진에 홀딱 빠져들
었다.

"이들은 다 할리우드에 살아, 베티." 그녀가 내 코앞에서 잡지를 획획
넘기며 말했다. "내가 캘리포니아에서 태어난 건 우연이 아니야. 난 거
기 살아야 한다는 거지. 이 멍청한 오래된 마을 브레세드가 아니라. 나
는 네온 불빛과 하얀 벨벳이 필요해."

플로시는 콘콥을 유괴하면 몸값으로 버스표를 살 수 있을 거라고 생
각했다. 그녀가 콘콥을 선택한 데는 이유가 있었다. 콘콥은 아메리쿠스
다이아몬드백의 개였다. 플로시는 아메리쿠스가 1930년대에 뉴욕 시

---

**45** Corncob 옥수숫대. Diamondback 등에 다이아몬드 무늬가 있는.

에서 건너온 사람이라는 이야기를 들었다. 그는 매일 스리피스 정장에, 주머니에 코틀 회중시계를 차고 있었다. 항상 시가를 입에 물고 있었고, 금빛 꿩 깃털로 장식된 페도라 모자를 쓰고 다녔다. 겨드랑이에 「뉴욕 타임스」를 끼고 다녔고, 하루도 빠짐없이 이발소 앞 벤치에 앉아 그 신문을 읽었다.

플로시는 아메리쿠스가 매일 똑같은 헤링본 정장[46]을 입고, 그게 너덜너덜하고 찢어진 것을 알았지만, 그런 것에 개의치 않았다. 또 그가 증시 대폭락을 헤드라인으로 단 1929년 발행된 똑같은 「뉴욕 타임스」를 읽고 있는 것도 개의치 않았다. 페도라는 테두리 한쪽이 찢어졌고, 꿩 깃털도 꺾인 지 오래였다. 시가는 단 한 개였다. 그래서 시가에 불을 붙이지 않고 피우는 척 입에만 물고 있었다. 아메리쿠스는 우리보다 부자가 아니었지만, 꿈을 향해 필사적으로 달리는 열 살배기 소녀에게, 과거 부유했던 사람이 영원히 부자일 거라고 믿는 건 쉬운 일이었다.

플로시는 어렵지 않게 콘콥을 유괴했다. 그 개는 자주 들판에 나와, 슬렁슬렁 옥수숫대를 찾아 이빨 빠진 입에 물고는 여기저기 구멍을 파서 그걸 감추곤 했다. 플로시는 그 개가 천천히 그녀에게 다가올 때까지 옥수숫대 하나를 흔들었다. 그녀는 개를 이끌고 숲을 건넜다. 한나절이 걸렸다. 모든 늙은 것이 그러하듯, 그 짐승도 점점 느려졌다. 개가 창고로 들어가자, 플로시가 개에게 보상으로 준 것은 옥수숫대가 전부였다.

그날 밤 저녁 식사 내내, 플로시는 의자에 가만히 앉아 있지 못했다. 아빠가 플로시에게 뭐가 그렇게 좋으냐고 물었다. 플로시가 서코태시[47]를

---

46 herringbone suit. 전통적인 영국 스타일. '청어 뼈'(herring bone)를 닮은 V자의 지그재그 패턴에서 붙여진 이름. 일반적으로 양모, 추동용 양복.

47 succotash. 19세기에 절멸된 로드아일랜드의 원주민인 나라간세트(Narragansett) 족의 'sahquttahhash'(삶은 옥수수 알갱이)에서 기원. 옥수수와 리마 콩(lima bean)으로 만드는 야채 요리로, 다른 재료를 추가하기도 한다(양파, 감자, 순무, 토마토, 피망, 쇠고기, 돼지고기, 오크라).

입에 쑤셔 넣으며 말했다. "아무것도 아니에요."

아빠와 엄마가 잠을 자러 들어간 뒤, 나는 침대에 앉아, 잎사귀 크기로 줄어든 한 소녀에 대한 시를 쓰고 있었다

소녀가 도토리 모자를 타고 언덕 아래로 내려가네, 저 아래 어슬렁대는 늑대들을 피해…….

플로시가 내 손에서 연필을 홱 낚아채서는 그걸 내 코에 쑤셔 넣으려고 했다.

"저리 가." 나는 플로시를 때리며 소리쳤다.

"진정해, 너한테 뭘 보여주고 싶어서 그래." 그녀가 말했다.

"지금 시를 쓰고 있잖아."

"베티, 너의 그 멍청한 이야기보다 내가 너한테 보여주려는 게 훨씬 더 중요해."

"날 내버려둬, 플로시." 나는 한 마리 개처럼 그녀에게 으르렁댔다.

"알았어." 그녀가 늑대처럼 반격했다. "그럼 너한테 안 보여줄 거야."

플로시가 내 연필을 들고 멀리 떨어졌다. 우리 서랍장 거울 앞에 멈추더니, 셔츠를 들어 올렸다. 내 연필을 자신의 맨 가슴 위에 올려놓았을 때, 나는 플로시에게 뭘 하는 거냐고 물었다.

"연필 테스트." 그녀는 내가 정말 아무것도 모르는 멍청한 애인 양 말했다. "파파 쥬니퍼스에 있는 잡지에서 읽은 거야. 연필을 찌찌 밑에 넣고 그게 떨어지지 않으면, 브라를 할 때가 된 거래. 하지만 그게 떨어지면, 머리에 꽃이나 꽂아야 할 꼬맹이 소녀라는 거지."

그녀가 연필에서 손을 떼자, 연필이 바닥에 똑 떨어졌다.

"오늘 밤에는 젖통이 하나도 안 컸네, 멍청이." 내가 말했다.

그녀가 테스트를 몇 번 더 하다가 결국 연필을 바닥에 팽개쳤다. 연필을 건너뛰더니 내 팔을 잡아당겼다.

"따라와 봐, 베티. 믿기지 않는 걸 보여줄게."

"관심 없어."

"그게 살아 있어." 그녀가 눈을 크게 떴다.

"살아 있다고?" 나는 침대에서 벌떡 일어나, 이불로 어깨를 감쌌다. "그게 살아 있다고 말한 적 없잖아."

"너도 보고 싶은 거 다 알아, 베티."

우리는 침실에서 얼굴을 빠끔히 내밀었다. 그리고 조용히 복도로 나가 바닥이 삐걱대지 않게 발을 미끄러트리며 걸었다.

"다들 잠들었을 때 깨어 있는 게 신나지 않니?" 벽에 몸을 붙이고 계단을 내려올 때, 플로시가 내 귀에 소곤거렸다.

밖으로 나오자마자, 그녀가 내 이불 속으로 들어오려고 했다. 나는 그녀를 밀쳐낸 뒤 이불을 바싹 당겼고, 그녀는 쿵쾅대며 앞장섰다. 그녀 앞을 지나던 주머니쥐가 화들짝 놀랐다.

"밤이 되면 모든 게 으스스해지는 게 이상해." 그 말이 떨어지자마자 한 줄기 돌풍이 몰아쳤고, 땅이 들썩거리는 것 같았다. 멀리서 올빼미가 울었다. 플로시가 내게 바싹 다가와 걸었다.

"겁먹었구나?" 내가 말했다. "순 겁쟁이 고양이. 야옹, 야옹, 야옹."

"닥쳐." 그녀가 발을 멈추고 뒤를 돌아봤다. "너도 느꼈어?"

"뭘?"

"누가 우리를 따라오는 것 같아."

발밑에서 잔가지가 딱딱 부러지는 소리가 들렸다. 플로시가 숨을 깊이 들이마셨다.

"냄새 안 나?" 그녀가 물었다. "몰약 냄새."

"몰약? 대체 어떤 영화에서 본 거야?" 내가 물었다.

"정말 그 냄새가 난다니까."

"왜 몰약 냄새가 나는지 아니, 응?" 나는 최대한 으스스한 목소리로 물었다.

그녀가 고개를 저었다.

"몰약 냄새가 나는 건," 내가 말했다. "배가 빨간 사람이 가까이 있으

127

면 항상 그런 냄새가 나는 거야."

"그 사람은 배가 왜 빨개?" 그녀가 이리저리 그림자들을 훑으며 물었다.

"왜냐하면 그 배는 그 사람이 한밤중에 살해하고 먹어치운 여자애들의 피로 흠뻑 젖어 있으니까." 나는 그녀의 뒷목에 입김을 불었다. "그래서 배가 빨간 사람이 다가오면 몰약 냄새가 점점 더 강해지는 거야."

"닥쳐, 베티." 그녀가 속삭였다.

"저기 움직이는 게 뭐지?" 나는 어둠 속을 가리켰다. "맙소사, 저게 뭐야, 플로시?"

"그만하라니까, 베티."

"진짜야. 저기 뭐가 있어. 저건…… 저건…… 배가 빨간 사람이야!" 나는 그녀를 와락 움켜잡았다.

그녀가 펄쩍 뛰며 비명을 질렀다. "난 먹히기 싫어."

나는 깔깔 웃었고, 몇 초가 지나서야 그녀는 아무것도 없다는 걸 알아챘다.

"전혀 겁나지 않았어." 그녀가 앞장서 걸으면서 씩씩거렸다.

"진짜 겁나 보이던데." 난 그녀 옆에서 깡충깡충 뛰었다.

"난 단지 언젠가 출연할 모든 공포영화에 대비해서 공포의 표정을 연습했던 것뿐이야."

이야기를 그치더니, 헛간 뒤에 지은 창고로 나를 데려갔다. 한때 새장이 창고에 딸려 있었다. 새 망은 오래전 사라졌고, 새는 몇 년째 없었고, 나무 골조는 덩굴로 뒤덮여 일부가 내려앉아 있었다. 새장에 필요한 물품이 창고에 보관되어 있었다.

플로시가 나를 돌아보며 손가락을 입에 댄 뒤, 조용히 문고리를 벗기고 문을 열었다. 어둠에 싸인 창고에서 나지막이 코 고는 소리가 새어 나왔다. 플로시가 전등 끈을 당겼다. 밝은 빛이 쏟아지면서, 내 눈에 먼지가 잔뜩 쌓인 선반이 들어왔고, 이어 텅 빈 새 모이통에 잿빛 머리를 기댄 채 잠자고 있는 개가 보였다. 내가 뭘 묻기도 전에 플로시는 자신이 그 개를 어떻게 유혹했고, 자신의 계획이 무엇인지 자세히 설명했다.

"미쳤구나." 내가 말했다. "돈을 벌겠다고 개를 유괴하다니."

"난 다치게도 안 하고, 아무 짓도 안 할 거야." 그녀가 말했다. "게다가, 어쩌면 그 사람도 납치당한 개 때문에 유명해져서 좋아할지 몰라. 우린 다 같이 유명해질 수 있어."

그녀가 몸을 웅크리더니 멀쑥한 두 팔로 목을 안아 콘콥을 깨웠다. 개의 반응은 하품이 고작이었다. 개가 입을 벌리자, 그녀는 안을 들여다보더니 이빨이 하나밖에 없다고 했다.

"행운의 이빨인 게 분명해." 그녀가 콘콥을 보며 말했다.

"짖지도 않고, 아무 짓도 안 해?" 내가 물었다.

"개가 너무 늙어서 다 잊은 것 같아." 그녀가 말했다.

나는 콘콥 옆에 앉아, 턱 밑을 긁어주었다. 입꼬리가 말려 올라갔고, 뒷다리로 땅을 탁탁 쳤다.

"내일쯤 분명 아메리쿠스가 브레세드의 모든 나무에 수천 장의 포스터를 붙일 거야." 플로시가 말했다. "그가 얼마를 걸 거 같니, 베티?"

"그가 가진 모든 거." 그녀가 콘콥과 코를 비비고 있을 때, 내가 말했다.

"정말 그렇게 생각해?" 그녀가 물었다.

"물론." 내가 고개를 끄덕였다. "아빠가 그러는데, 사람의 마음이 딱딱해지면, 늙은 개가 그걸 부드럽게 해준대. 그래서 얘들이 소중한 거야."

"어째서 네 마음은 그렇게 딱딱할까?"

"린트의 돌을 너무 많이 먹어서 그럴 거야." 내가 말했다.

우리는 낄낄거리며 창고를 나왔다. 플로시는 계속 아메리쿠스가 얼마나 돈을 걸지 이야기했다.

"어쩌면 내가 필요한 돈보다 더 많이 걸지도 몰라." 그녀는 입이 귀에 걸리게 활짝 웃으며 이렇게 말했다.

그러나 아메리쿠스는 포스터를 붙이지 않았다. 그가 한 것이라고는 동네 돼지 농장에서 제일 못난 돼지새끼 하나를 얻어 콘콥의 자리를 대체한 것이었다. 플로시는 화가 치밀어, 그 돼지새끼에게 달려가 꽁무니를 걷어찼다. 플로시가 내빼기 전, 아메리쿠스의 눈이 그녀의 눈과 마주쳤다.

"이렇게 해야겠어." 그날 늦게, 나뭇등걸에 앉아 한참을 생각한 뒤 그녀가 내게 말했다. "콘콥의 사진을 찍는 거야."

"우린 카메라가 없잖아." 내가 플로시에게 상기시켰다.

"음, 그럼 트러스틴이 콘콥을 그리면 되잖아. 그것도 괜찮을 거야." 그녀의 목소리가 흥분으로 들떴다. "그리고 우리는 그 그림을 아메리쿠스에게 가져가는 거야. 아마 그는 콘콥이 죽었다고 생각해서 돼지를 얻었을 거야. 우리는 그림에 15달러를 요구하는 쪽지를 끼워 넣는 거야. 아니, 잠깐. 20달러도 먹힐 거야."

"왜 계속 '우리'라고 하는 거야?" 내가 팔짱을 끼었다. "난 쟤를 유괴하지 않았어."

"너한테도 돈을 좀 줄게." 그녀가 말했다.

내게 답하기도 전에, 그녀는 거기에 구슬 네 개, 파이어볼[48] 하나, 그리고 얼마 전 그녀가 강둑에서 발견한 갈라진 거북 등딱지를 덤으로 올렸다. 나처럼 가난한 시골 아이에게는 백만 달러나 다름없는 것이었다. 우리는 곧장 손바닥에 침을 뱉고, 합의의 악수를 나누었다. 우리가 콘콥에게 그 계획을 알려주려고 다시 창고를 찾았을 때, 콘콥이 옆으로 누워 있었다. 입을 벌리고 있었고, 머리는 거품 위에 눕혀 있었다.

"콘콥에게 먹이는 주었어?" 내가 물었다.

플로시가 그의 옆에 털썩 무릎을 꿇고 앉았다. "응. 오늘 아침에도 비

---

**48** fireball. 계피가 섞인 새콤달콤한 맛의 동그란 사탕.

스킷과 그레이비소스를 먹였어."

"물은 주었어?"

그녀가 선반 아래 놓인 낡은 커피 통을 머리로 가리켰다. 물 위에 작은 깡통이 떠 있었다.

"쥐약." 내가 플로시에게 라벨을 읽어주었다.

그녀가 벌떡 일어나 뿌연 물을 들여다본 뒤, 물이 놓였던 자리 위쪽의 선반을 올려다봤다.

"쥐약이 떨어져서 물속에서 열린 거야." 그녀가 말했다. "물을 마신다는 게, 쥐약을 마신 거야." 그녀의 눈이 커졌다. "콘콥이 죽었어, 베티."

"죽었다고?" 나는 콘콥이 우리가 갔을 때부터 움직이지 않았다는 걸 알아챘다.

"물속에 온갖 게 떨어졌을 거야, 베티. 단추 상자, 부러진 모자 핀." 그녀는 내게 그걸 하나하나 가리켰고, 난 그녀의 의도가 다 보였다. "왜 하필 쥐약일까, 동생? 그리고 왜 숱한 세월이 흐른 지금일까? 그 쥐약은 피콕네 거였어. 수십 년 동안 선반에 감춰져 있었다고. 아빠가 그걸 발견했다면, 분명 없애버렸을 거야. 너도 알잖아, 그가 얼마나 독약을 싫어하는지. 하지만 그게 발견되지 않은 채, 그 세월 내내 여기 있다가, 이제야 선반에서 떨어졌어. 왜? 내가 그 이유를 말해줄게. 그건 이 집의 저주 때문이야."

그녀는 마치 공포영화를 찍듯 얼굴 양쪽을 감쌌다.

"언니는 왜 통을 선반 아래 둔 거야? 네 잘못이야, 플로시."

"내 잘못이 아니야. 난 햇볕이 물을 덥히지 않기 바랐거든. 선반 아래가 어둡고 시원했어. 난 콘콥이 시원한 물을 마실 수 있기를 바랐던 거야."

그녀가 손을 가슴에 얹었다.

"오, 우리만 알고 아무도 모르게 시체를 묻어야 해." 그녀가 말했다.

"아빠한테 말해야 돼." 나는 통을 들고 나가서 아무도 마시지 못하게

131

물을 쏟았다.

"제발, 베티. 아빠가 알면, 동생들이 얘를 찾아낼 거야. 그럼 온 동네 사람들이 다 알게 될 거야. 난 개를 죽인 놈이라는 소리를 듣고 싶지 않아. 만약 그렇게 되면, 난 콘콥을 납치한 건 네 생각이었다고 할 거야. 배우는 자신을 믿게 하려면 어떻게 거짓말을 해야 하는지 알아. 난 캐럴 롬바드의 생일날 태어났다고. 난 내가 어떤 역할을 해야 하는지 잘 알아. 베티, 날 도와줘."

그녀는 두 팔로 나를 감쌌고, 눈을 크게 뜨고 눈물을 글썽였다.

"알았어." 나는 굴복했다. 나는 그녀의 가슴을 손가락으로 찌르면서 말했다. "하지만 구덩이는 언니가 파."

"물론이지." 그녀가 고개를 끄덕였다. "달리 방법이 없잖아."

우리는 힘을 합해, 콘콥의 시체를 손수레에 실었다.

"잠깐." 플로시는 콘콥을 꼬드길 때 썼던 옥수숫대를 집었다. 그녀가 그걸 시체 옆에 놓았다. "누구나 자기가 좋아하는 거랑 함께 묻혀야 되잖아."

우리는 손수레 위에 삽을 가로질러 올린 뒤 기찻길까지 함께 밀고 갔다.

"여기 묻으면 콘콥이 기차가 오가는 걸 볼 수 있겠지." 플로시는 이렇게 말하면서 내게 삽을 떠넘기려고 했다.

나는 구덩이는 내가 안 판다고 한 걸 다시 알려주었다.

"하지만 베티, 난 방금 손톱을 칠했단 말이야."

그녀가 자신의 손톱을 들어보였다. 상점에서 파는 매니큐어를 살 돈은 없고, 그렇다고 엄마 것을 몰래 사용할 정도로 어리석지 않은 플로시는 우리의 밀랍 크레용을 녹이는 꾀를 고안했다. 그녀는 면봉을 이용해서 그 왁스를 손톱 위에 발랐다. 왁스가 마르면 작은 면 가닥들이 남았지만, 멀리서 보면 그런 흠집은 보이지 않았다.

"내 손톱은 망치기엔 너무 예쁘잖아." 그녀가 덧붙였다.

"내 손톱도 그래." 나는 얼마 전 지렁이를 찾아 땅을 파느라 흙이 달라붙은 내 맨 손톱을 보여주며 말했다.

플로시는 어이가 없다는 듯 마지못해 삽으로 땅을 파기 시작했다. 흙이 부드럽지 않아서 삽날을 몇 센티미터도 꽂지 못했다.

"제발, 베티. 좀 도와줘."

"이럴 줄 알았어." 나는 삽자루를 쥐었다. 우리는 같이, 콘콥을 뉘일 정도로 널찍한 구멍을 팠다.

"미안해, 콘콥." 플로시가 말했다. 우리는 콘콥의 시체를 구멍 한쪽으로 미끄러트렸다. "일이 이렇게 될 줄 몰랐어. 넌 죽지 말았어야 했어."

그녀가 손수레에서 옥수숫대를 꺼내 콘콥의 시체 위에 던졌다.

"넌 이 늙은 개가 내가 자기를 독살했다고 생각할 거 같니?" 우리가 무덤을 덮는 동안 플로시가 물었다.

"언니는 콘콥에게 침대를 만들어주었고, 비스킷과 그레이비소스도 주었잖아. 그런 소녀가 자기를 독살했다고는 생각하지 않을 거야." 내가 말했다.

그녀가 눈을 들더니 내 눈을 바라봤다.

"쟤가 고통스럽게 죽었을 거라고 생각하니, 베티?"

나는 콘콥의 주둥이 아래 고여 있던 거품 침이 생각났다. 나는 급히 고개를 가로저었다. 플로시가 이에 만족하는 듯싶었다.

"이제 가야 돼." 나는 그녀가 다른 말을 더 묻기 전에 이렇게 말했다.

우리가 헛간에 돌아왔을 때, 아빠가 안에서 낡은 유리창으로 만들고 있던 냉상[49] 작업을 마무리하려고 못을 집고 있었다.

"너희 둘 뭐 하니?" 아빠가 하던 일을 멈추고, 우리 둘 사이의 삽을 응시하며 이렇게 물었다.

"야생 칠면조 한 마리가 셰이디 레인에서 치어 죽었어요." 내가 답

---

**49** cold frame. 冷床. 씨앗의 발아와 작은 식물을 추위로부터 보호하는 작은 온상.

했다. "그래서 우리가 숲에 데려가 묻어 주었어요. 아빠도 죽은 동물을 보면 항상 그렇게 하잖아요."

"개네들이 줄곧 차에 치여 죽게 내버려두는 게 부끄러운 일이지." 그가 말했다. "그런데 그 무거운 칠면조를 너희 둘이 어떻게 들었니?"

"둘이 같이 했어요." 플로시는 내가 말하기도 전에 답했다.

"그래, 너희 둘이 칠면조에게 착한 일을 했구나. 땅도 기억할 거다." 아빠가 못 통을 집어 헛간을 나가려고 했다.

"저주가 있으면 어떻게 돼요?" 내가 아빠를 가로막고 물었다. "만약 개가……."

플로시가 팔꿈치로 나를 쳤다.

"아, 칠면조요." 나는 아빠의 눈길을 피했다. "그 칠면조 죽음이 처음이면요?"

"뭐가 처음이란 말이니?" 그가 물었다.

"우리 모두가 사라지는 것의 처음이요. 피콕네처럼."

"생물들은 길에서 치인다, 베티. 그건 수리수리마수리가 아니야."

아빠가 망치질을 하는 동안, 나와 플로시는 머나먼 곳으로 향했고, 플로시의 깨진 거북 등딱지가 거기 있었다. 우리는 무대에 나란히 누워 하늘을 응시했다. 우리는 아무 말도 하지 않았다. 그저 등딱지를 주고받으며, 깨진 금을 따라 손가락을 옮길 뿐이었다. 그러다가 우리는 눈을 감았다.

# 9

∽

이리들 한가운데로.
—마태 10:16

베란다 밖마다 매달린 호박 초롱들이 미소와 세모꼴 눈으로 당장 나를 반길 태세다. 슈퍼에서 산 사탕들이 봉지 속에서 바스락대고, 마른 잎들은 낙엽을 쓸어 담다가 지친 노인의 갈퀴를 때리며 지나간다. 바람에 날려 흙길에 떨어진 보랏빛 스카프 하나, 머리 위를 나는 한 마리 이름 없는 새의 울음. 내게는 이게 10월이다. 가을 그림자들, 유령들, 어머니들로 넘쳐나는 하나의 원.

그해 핼러윈, 엄마가 나를 자기 방으로 불러 내 의상을 입히려고 했을 때, 나는 내가 원하는 것을 정확히 알고 있었다.

"매미." 나는 엄마에게 말했다. "나는 매미 허물로 만든 드레스를 입은 공주가 되고 싶어요. 날개도 있으면 좋겠어요. 날개를 만들려면 제비꽃 그리고……."

"그리고 나는 처녀의 질을 가진 왕비가 되고 싶어." 그녀가 말했다. "하지만 그건 지금 가능하지 않겠지, 그렇지?" 그녀는 이미 빨갛게 칠한 입술에 립스틱을 새로 발랐다. "어쨌든, 공주는 너처럼 생기지 않았어, 베티. 너처럼 흙 색깔의 피부도, 길고 지저분한 머리카락도 없어. 넌 너처럼 생긴 공주를 본 적이 있니?"

그녀가 립스틱을 내려놓더니, 나를 자기 쪽으로 홱 잡아당겨 서랍장 거울 앞에 세웠다.

"뭐가 보이니?" 거울 속 엄마가 나를 똑바로 쳐다보며 물었다.

내가 내 안에서 본 것은 아버지였다. 똑같은 검은 머리칼, 똑같은 굵은 눈썹. 나는 아빠의 강한 아래턱과 코를 갖고 있었다. 그는 우리 볼 안의 뼈가 최초의 사슴의 다리뼈라고 말하곤 했다. 우리의 광대뼈는 사슴이 도약한 만큼 하늘과 가깝다고도 했다. 거기에 우리의 갈색 피부도 있었다. 내가 강에 제물로 바쳐서라도 지워버리려고 했던 그것. 나는 강물이 좋아할 것들을 제물로 바쳤다. 벚꽃, 나무껍질, 엄마의 스타킹 한 켤레. 심지어 나는 귀뚜라미를 잡아 갈색 강물에 던지기도 했다. 나는 귀뚜라미가 강가에 너끈히 닿을 거라고 생각했지만, 안타깝게도 걔는 강가에 이르기 전 익사하고 말았다. 나는 제물이 충분했기를 바라면서 강에 뛰어들어 내 폐가 버틸 수 있는 만큼 한참 숨을 참았다. 내가 물 표면을 뚫고 잠수하면, 강물이 내 피부색을 씻어낼 거라고 믿었다. 귀뚜라미는 괜히 익사를 당한 셈이었다.

"베티, 넌 아름다워도," 엄마가 말했다. "공주가 될 수 없다. 카펜터네 사람은 왕관이나 왕좌를 가질 형편이 안 돼."

엄마는 우리가 이 집에 이사 왔을 때 트러스틴과 린트의 방구석에 처박혀 있던 낡은 가운을 집어 들었다. 집을 샅샅이 청소하고 대부분의 낡은 물건을 버린 뒤에도, 엄마는 그 가운을 간직했다. 녹이 슨 색깔이었다. 옷에 묻은 얼룩은 피가 묻었다가 바랜 흔적처럼 보였다. 앞주머니에 생쥐 뼈 일부가 들어 있었고, 뻣뻣한 껍질이 조그만 뼛조각에 달라붙어 있었다. 생쥐는 누런 종이에 싸여 있었고, 그 위에 에밀리 디킨슨의 시구가 삐뚤삐뚤한 필기체로 쓰여 있었다. *내가 죽음을 위해 멈출 수 없기에, 죽음이 나를 위해 친절히 멈췄네.*[50] 뼈를 없애면 뭔가 무덤을 방해하는 듯싶어, 우리는 그 유해를 그대로 두었다.

"에이, 엄마, 난 그 가운은 입고 싶지 않아요." 내가 말했다.

---

**50** *Because I could not stop for death, he kindly stopped for me.*

내가 한참이 걸려도 소매에 팔도 못 낀다고 생각한 그녀가 고래고래 소리를 질렀다. 그다음 내 배에 베개를 댔다. 그녀가 베개 위에서 가운을 여미고 조이는 동안, 나는 엄마에게 나를 무엇으로 꾸밀 건지 물었다.

"마녀." 그녀가 답했다. "여자 괴물, 여자 악마." 그녀가 이빨을 드러냈다. "또 할망구(hag)라고도 해. 카펜터네 여자라면 능히 감당할 수 있지."

그녀는 베개를 집어넣은 내 배를 손가락으로 쿡쿡 찌르며 돼지처럼 꿀꿀거렸다.

"식탐을 조절 못하는 여자애만큼 할망구 같은 건 없지." 그녀는 이렇게 말하고 웃으면서 침대 밑에서 더러운 구두끈이 가득 든 구두상자 하나를 꺼냈다. 그 끈들을 내 머리에 묶어 일련의 작은 말총머리들을 만들었다. 그녀가 침대 머리맡 탁자에서, 촛불을 켰던 성냥 하나를 집었다. 그리고 다른 손으로 내 얼굴을 쥔 채 엄지손톱으로 내 턱을 찔러 얼굴을 꼼짝 못하게 한 다음, 그 성냥으로 내 이마에 그림을 그렸다.

"너한테 엄마의 오빠가 어떻게 땅에 묻혔는지 얘기한 적이 없는 것 같네." 그녀가 말했다. "오빠는 석양처럼 예뻤다. 혹 네가 나한테 그에게 무슨 비밀이 있냐고 물었어도 내가 말했을 리가 없겠지. 그런데 그날, 나는 다락방에서 나는 소리를 들었다."

엄마는 술에 잔뜩 취한 사람의 거친 신음소리를 나름 재현했지만, 그날 내가 엄마의 숨결에서 맡은 것은 페퍼민트 사탕 냄새밖에 없었다.

"나는 그 소리를 따라 다락방까지 올라갔다." 그녀가 말했다. "난 내가 발견할 온갖 것을 상상했지만, 설마 내 오빠가 탁자 위에 엎드려 있고, 이웃집 사내애가 그 뒤에 있는 걸 보리라고는 생각도 하지 못했다."

그녀가 내 얼굴에 성냥을 너무 세게 눌러서, 나는 움찔했다.

"처음에는," 그녀가 말을 이었다. "난 내 오빠가 공격을 당하고 있다고 생각했다. 그런데 난 그가 그냥 섹스를 하고 있다는 걸 알았다." 그녀는 쯧-쯧 혀를 찼다. "내 아비에게 내가 본 것을 말하자, 그는 오빠에게 성경을 먹으라고, 그래야 죄를 삼킬 수 있다고, 그걸 한 장 한 장 억지로 먹게 했다. 오빠는 저항했지만, 아비는 늘 힘이 셌다. 아담과 이브 이야기의 중간쯤에서, 아비는 종이 수십 장을 오빠의 입에 쑤셔 넣었고, 그의 볼은 잔뜩 늘어났다. 심지어 오빠가 질식해 죽은 뒤에도, 아비는 계속 종이를 쑤셔 넣어서 오빠의 입술은 벌어질 수밖에 없었고, 입가에서부터 찢어지기 시작했다."

그녀가 나를 돌려 거울 앞에 세웠다. 나는 거울 속 내 이마 한가운데에 그녀가 그린 검은 눈을 바라봤다.

"다 내가 본 것 때문이었다." 그녀는 그 눈의 눈동자를 손가락으로 누르며 이렇게 말했다.

그녀는 특유의 묵직한 낄낄대는 웃음소리를 냈고, 난 그럴 때마다 그저 그녀에게서 멀리 달아나는 것밖에 달리 방법이 없다고 생각했다. 내가 내빼기 전, 그녀가 나를 옷장 쪽으로 홱 잡아당겼다. 테두리에 왕풍뎅이가 자수된 베갯잇을 내게 건넸다.

"여기에 사탕을 담아." 그녀가 내게 말했다.

그녀는 내 모습을 잠깐 길게 살피더니, 성냥으로 내 뺨에 그림을 그렸다. 내가 거울을 보려고 하자, 그녀가 나를 멈춰 세웠다.

"그냥 꽃이야." 그녀가 장담했다. "자, 이제 나가라."

가운은 내 일곱 살의 체형에 너무 길었다. 밖에 나가자마자, 옷이 땅에 질질 끌렸고, 낙엽과 온갖 쓰레기들을 쓸어 담았다.

"공주였으면 싶었는데." 나는 셰이디 레인으로 나가면서 노래를 부르기 시작했다. 길에는 온갖 의상의 사탕 사냥개들로 바글바글했다. 뽕뽕 쿠션, 대형 괘종시계, 중국 손가락 장난감. 어쨌든, 다 그냥 꼬맹이 괴물들이었다.

길 중간에 우리 반 아이들이 모여 있었다. 루시스가 있었다. 내가 오는 걸 보더니 자신의 막대 사탕을 세다가 멈췄다. 자기 머리에 쓴 꼬마

왕관을 고쳐 쓰면서, 나를 보고 킥킥댔다. 보석은 가짜였지만, 꼬마왕관은 그녀를 공주로 만들기에 충분했다.

"네가 왜 핼러윈 사탕 사냥[51]을 해?" 그녀가 물었다. "너는 강냉이와 카우보이들만 먹었다고 생각했는데."

그녀가 입을 탁탁 치며 인디언의 우우, 소리를 따라했다. 소녀들 사이에 작은 전쟁이란 없다. 들새들이 마지막 남은 벌레를 두고 티격태격하듯 모든 것은 곧 서사시가 된다.

"맙소사, 루시스, 넌 정말 웃겨 보여." 나는 입 양쪽에 검지를 걸고 입술을 크게 찢으면서 사팔눈을 했다. "날 봐. 나는 루시스야. 세상에서 *제일 예쁜* 여자애야. 적어도 곡마단에서는 그렇게 불러."

"내 똥구멍에 뽀뽀나 해, 스콰." 그녀는 이렇게 말하고 내 맨발에 침을 뱉었다. 침은 사탕 탓에 빨갰다.

나는 입에서 손가락을 뺀 뒤 그녀에게 가까이 다가가며 두 주먹을 단단히 쥐었다.

"네 똥구멍에 뽀뽀하라고?" 내가 큰 소리로 물었다. "하하. 하나님이 손수 만든 초콜릿에 담근 똥꼬라도 난 네 똥구멍에 뽀뽀하지 않아."

엄마가 아빠와 말다툼할 때 그 표현을 쓰는 걸 들은 적이 있었다. 그 말을 써먹을 기회를 학수고대하던 차였다.

"길고 지저분한 머리칼의 혼혈 계집애." 루시스가 내게 바싹 다가왔다. 우리는 키가 같았고, 그래서 우리 코끝이 서로 닿았다.

그녀가 이를 악물었고, 우리는 계속 눈싸움을 했다. "난……."

자기 엄마의 밀방망이로 변장한 한 남자애가 루시스를 가로막았다. 그가 내 뺨에 뭘 쓴 거냐고 물었다. 루시스가 제대로 보려고 뒤로 물러섰다. 그녀가 빙긋 웃는 순간, 나는 내 어머니가 꽃을 그린 게 아니라는

---

**51** 핼러윈 사탕 사냥(trick-or-treating). '사탕 안 주면 장난칠 거예요.' 핼러윈 때 아이들이 집집마다 사탕 사냥을 다니며 하는 깜찍한 협박. 'treat'(대접)는 보통 과자나 사탕, 'trick'(속임수)는 이를 제공하지 않을 경우 장난을 치겠다는 장난스런 위협.

걸 깨달았다.

"'할망구'라고 쓰였는데." 루시스가 누구보다 크게 웃었다.

"핼러윈 할망구야?" 누군가 물었다.

"일 년 내내 할망구야." 루시스는 너무 코웃음을 쳐서 숨이 막힐 정도였다.

주빌리 사 형제가 앞에 나섰다. 남성 사중창처럼 줄무늬 조끼에 마분지 모자를 쓰고, 자전거핸들 모양의 스티커를 콧수염으로 붙인 모습이었다. 그들이 손가락을 튕기기 시작하자 그 리듬에 주위의 모든 사람들이 사탕 휘파람을 불었다. 맏형 주빌리가 목에 맨 나비넥타이를 흔들며 노래하기 시작했고, 동생들이 화음을 넣었다.

"여기 브레세드에 한 할망구가 있네. 그녀의 이름은 베티, 꼴이 웃기네. 머리에 가방을 입은 듯하네. 브레세드의 가장 유명한 할망구 중의 할망구 베티에게 입맞춤하느니, 우린 차라리 더러운 누더기에 입맞춤하겠네."

"할망구, 할망구, 할망구" 루시스가 낄낄대고 웃었다.

"닥쳐." 나는 그녀의 웃음을 압도하는 비명을 질렀고, 두 손으로 귀를 막았다.

그녀가 웃음을 멈추지 않자, 나는 내 베갯잇을 내던진 뒤 그녀의 머리에서 꼬마왕관을 벗겨냈다.

"돌려줘." 그녀가 꼬마왕관의 한쪽 끝을 꽉 잡았고, 내가 반대편으로 잡아당기는 바람에 보석들이 떨어져 나갔다.

"넌 더러운 돼지야." 그녀가 보석을 줍기 시작했다. "어머니와 아버지한테 널 이를 거야. 두 분이 널 동네에서 쫓아낼 거야. 넌 더럽다고 했어. 넌 병을 옮긴다고 했어."

나는 얇은 금속이 뚝 부러질 때까지 꼬마왕관을 구부렸다. 부러진 두 조각을 그녀 앞에 내던졌다.

"너는 왕관을 쓸 자격이 없어, 루시스." 내가 말했다. "넌 공주가 아니야. 진짜 공주는 네가 나한테 한 것처럼 남에게 그런 천박한 말을 쓰지 않아."

루시스가 보석을 떨구면서 천천히 일어섰다. 그녀는 눈을 가늘게 뜨고 나를 쏘아봤고, 턱을 뒤로 젖히면서 자신의 분홍색 공주 옷을 바로 폈다.

"내가 왕관 때문에 너보다 잘난 게 아니지." 그녀가 빙그레 웃으며 말했다. "아직도 모르겠니? 난 항상 너보다 잘날 거야, 꼬마 인전.⁵²"

루시스의 말에 모두 박장대소했고, 나는 베갯잇을 움켜쥐고 집으로 달렸다. 마당에 주차된 램블러의 휠 캡 앞에 웅크려 앉았다. 나는 침을 묻혀 휠 캡의 크롬을 닦은 뒤, 거기 비친 내 모습과 엄마가 내 뺨에 쓴 할망구를 봤다.

"꼬마 인디언, 왜 울고 있니?" 아빠가 차고에서 나왔다.

"우는 거 아니에요." 나는 서둘러 눈물을 닦았다. "이제부터 날 꼬마 인디언이라고 부르지 마세요."

"네 얼굴에 뭐라고 쓴 거니?" 그가 물었다.

그가 내 뺨을 만지려고 했지만, 내가 막았다.

"내가 쓴 거 아니에요." 내가 말했다.

"누가 썼는데?"

"엄마요. 엄마는 꽃을 그렸다고 했어요."

나는 베갯잇을 내 머리 위에 씌우면서, 그 흰 무명 속에서 내가 사라지기를, 그리고 다시는 그 누구도 나를 보지 못하기를 바랐다.

"그럼 그걸 꽃으로 만들면 되지." 아빠는 이렇게 말하고, 천천히 베갯잇을 얼굴에서 벗겨냈다.

그는 아픈 무릎에도 불구하고, 내 앞에 무릎을 꿇었다. 그가 주머니에 손을 넣어 성냥을 꺼냈다. 성냥을 긋더니 바로 껐다.

---

52 Little Injun. '인전'은 '인디언'의 변용. 경멸적 욕설(어원 1805~1815).

"불공평해요." 그가 검게 변한 성냥 끄트머리로 내 뺨에 그림을 그릴 때 내가 말했다. "핼러윈은 다른 사람이 될 수 있는 기회인데, 난 여전히 나예요."

"넌 누가 되고 싶은데?" 그가 물었다.

"나 아닌 아무나요. 하지만 난 정말로 브레세드의 공주가, 매미 허물로 만든 드레스를 입은 공주가 되고 싶었어요. 하지만 내가 정말로 원했던 건 제비꽃으로 만든 날개였어요."

"아, 꽃 중에서 가장 빨간 꽃?"

"제비꽃은 보라색이에요, 아빠. 아빤 늘 제비꽃이 보라색이라는 걸 기억 못해요."

그가 껄껄 웃더니 이렇게 말했다. "너도 알잖니, 체로키 족에는 공주가 없었잖아."

"그렇다고 내가 공주가 될 수 없는 건 아니죠." 내가 말했다.

그가 고개를 끄덕였다. "나도 네 나이 때, 다른 누군가가 되고 싶었다."

"아빠는 누가 되고 싶었어요?"

"중요한 사람. 넌 내가 왜 너를 꼬마 인디언으로 부르는지 아니?" 그가 그리기를 멈추고 내 눈을 바라봤다. "너는 이미 중요한 사람이라는 걸 네가 알기를 바라는 거야."

그가 나를 휠 캡 쪽으로 돌렸다. 거기 비친 내 모습에서, 나는 그 할망구가 이제 아빠가 쓱쓱 그린 꽃의 까만 심장이 된 것을 봤다.

"이제 당신의 날개를 찾으러 갑시다, 나의 공주님." 그는 이렇게 말하고 나를 자신의 품안에 휙 들어 올렸다. 그가 나를 앞마당의 은단풍나무[53]로 데려가 땅에 내려놓았다.

그가 잠시 낙엽 더미를 뒤적인 뒤, 잎사귀 두 개를 집어 들었다. 하나

---

53 silver maple. 북미 동부와 중부, 캐나다 남동부 원산의 단풍나무. 북미에서 가장 흔한 나무 중 하나. 높이 18~30m, 지름 60~120cm, 학명 Acer saccharinum(단풍나무, 그리스어 sakkharon 설탕+라틴어 접미사 inum 비슷한).

는 금빛 잎맥이 보이는 선명한 주홍색이었다. 다른 하나는 탁한 포도주색에 끝은 말린 적갈색이었다.

"뭐 하려고요, 아빠?" 나는 잎을 들고 내 뒤에 선 그에게 물었다.

"너한테 날개를 달아줄 거다, 꼬마 인디언. 붉은 제비꽃이 없는 날개가 될 것 같아 미안하구나. 하지만 내 의견을 묻는다면, 은단풍나뭇잎은 우리가 구할 수 있는 진짜 최고의 날개란다."

그는 테이프를 이용해서 잎자루를 가운 뒤에 붙였다.

"이건 공주의 날개가 아니에요." 나는 잎을 보려고 내 얼굴을 최대한 뒤로 돌리며 말했다. "이건 깃털을 가질 수 없는 사람의 날개예요."

"베티, 다른 여자애들은 고작 핼러윈의 공주일 뿐이라는 걸 잊지 마라. 그날조차 그 애들은 그저 공주인 척할 뿐이다. 하지만 넌 평생 매일매일 진짜 공주다. 넌 체로키 왕의 딸이니까."

"왕이 누구예요?"

"아빠. 아빠가 왕이다. 넌 늙은 랜든 카펜터가 그런 사람이라는 걸 몰랐니?"

나는 고개를 저었다.

"나는 텃밭의 강력한 왕이다." 그가 말했다. "그래서 너는 체로키 공주다. 누구도 너의 지위를 빼앗을 수 없다. 왜냐하면 그게 네 피에 흐르니까."

그는 가운의 소매를 걷어 올리더니 내 손목 아래 핏줄을 톡톡 쳤다.

"네 피에." 그가 다시 말했다.

"내 피에." 나는 이렇게 말하면서 마치 내가 그 안을 들여다볼 수 있는 것처럼 핏줄을 내려다봤다. "하지만 아빠는 체로키에 공주가 없다고 했잖아요."

"그렇다고 네가 공주가 될 수 없는 건 아니지." 그가 미소를 지었다.

셰이디 레인으로 다시 나서면서, 나는 내가 진짜 공주인 양 믿어보려고 했다. 나는 내 날개가 진짜인 양 한 발 한 발 떼었다. 바람이 내 머리칼 사이로 불었고, 햇살이 내 얼굴에 빛났고, 난 내가 정말 대단한 존재인 양 느껴졌다.

"난 공주야. 난 소중해. 난 중요해."

그때 나는 여전히 웃고 있는 루시스를 봤고, 앞으로도 나를 비추는 태양에 늘 구름이 끼어 있겠다 싶었다. 플로시의 말이 맞았다. 어쩌면 우리는 우리 삶의 조건들에 저주를 받았고, 그게 더 나아지기를 바랄 수 없었다. 그 순간 나는 핼러윈이 지나가기를 소원했다. 가을이 끝나기를 소원했다. 겨울이 찾아와서, 2월까지 루시스의 웃음을 얼리고, 내가 여덟 살이 되어 내가 되고 싶었던 사람이 될 충분한 나이이기를 소원했다.

손 하나가 내 손을 살포시 움켜쥐는 게 느껴졌다. 아래를 보니 트러스틴이었다. 엄마는 트러스틴의 머리에 골판지 상자를 씌운 의상을 입혀놓았다.

"나랑 같이 걸어서 안 울 것 같으면 같이 걸어." 그가 상자 덮개 아래서 나를 바라보며 말했다.

"우는 거 아니야." 나는 눈을 훔치며 말했다. "넌 뭐로 변장한 거야?"

"상자." 그는 자신의 의상을 뽐내며 활짝 웃었다. "엄마가 그랬어, 상자가 제일 좋은 거라고, 왜냐하면 누구든 적어도 평생 한 번은 상자가 필요하니까."

그가 나를 위아래로 쳐다본 뒤 물었다. "누나는 뭐야, 베티?"

"나는……."

"잠깐." 그가 말했다. "뭔지 알겠어, 베티. 누나는 천사야. 날개가 있잖아."

# 더 브레새니언

## 피콕네의 미스터리한 실종에
## 사용된 것과 동일한 총

현재 확인된 바로는 파파 쥬니퍼스 마켓의 전면 유리창을 산산조각 낸 총이 피콕네의 실종 당시 그들의 옛 집 벽에 발사된 것으로 기록된 엽총과 동일 모델이라는 것으로 밝혀졌다.

이 소식은 지역사회 전체에 큰 동요를 일으켰다. 피콕과 그들의 수수께끼 같은 실종이 언급된 것만으로도 이곳 주민들 사이에 눈에 띄는 전율이 야기되었다. 어머니들은 애들에게, 과거 피콕의 집, 그리고 지금은 카펜터네인 그 집을 멀리하라고 경고하고 있다고 한다.

주민 페델리아 스파이서의 말이다. "피콕네가 사라진 날이 기억납니다. 그때의 독기가 고스란히 남아 있는 것 같아요. 거기 그대로 있는 것 같아요. 피콕네의 실종에 늘 음침한 소문이 돌았거든요. 지금 그 뱀이 다시 입을 벌린 것 같아요."

지역사회의 우려가 커지자 샌즈 (Sands) 보안관이 성명을 발표했다.

"현재까지의 사실에 따르면, 최근의 총격과 피콕네의 실종을 분리하기 어렵습니다."

바야흐로 공포 분위기가 조장되면서 많은 주민들이 자구책으로 총기로 무장을 시작했다. 익명을 요구한 레드 포섬 레인의 한 주민은 이렇게 밝혔다.

"나는 피콕네처럼 사라지고 싶지 않아요." 그는 주민들이 추정하는 총격범에 대한 개인적인 생각을 이렇게 밝혔다.

"어둠 속에 자신의 얼굴을 감춘 사람의 말을 믿을 수는 없습니다. 나는 그렇게 배웠고, 지금도 그렇게 생각합니다. 인종분리가 사라지니까, 이런 폭력이 발생하는 겁니다."

# 10

∞

먹는 자의 입으로 떨어지리라.

—나훔 3:12

그날 핼러윈 이후, 나는 가운을 접어 다락방 한구석에 숨겼다. 내가 여
덟 살이 된 2월, 나는 그 가운이 루시스의 것보다 더 아름다운 공주 드
레스로 변하기를 소원하며 촛불을 껐다. 다락방에 올라가 확인했지만,
가운은 그대로였다. 나는 가운의 소맷자락을 쥐고, 질질 끌면서 집을
나섰다. 숲으로 쿵쾅거리며 들어가서, 낙엽이 가장 많이 쌓인 길을 택
했다. 천에 낙엽이 달라붙었고, 그저 떨어진 나뭇가지를 끌고 가는 듯
했다. 한참을 걸었다고 느꼈을 때, 나는 가운에 침을 뱉고, 저주를 퍼부
은 뒤, 아무 표시도 하지 않은 구덩이에 그걸 묻었다.

"그 형편없는 가운에 네 소원을 허비하지 말았어야지, 베티." 플로시
가 말했다. "내 브라 하나를 빌었어야지."

플로시는 열한 살이 된 뒤부터 온통 브라에 마음을 앗긴 듯했다. 여
전히 연필 테스트에 실패했지만, 엄마에게 무작정 연습용 브라를 사달
라고 애원했다.

"오, 제발, 엄마." 플로시가 두 손을 모으며 말했다. "브라 하나 없으
면 죽어버릴 거예요."

"브라를 찰 젖퉁도 없잖니." 엄마가 플로시에게 말했다.

"젖을 크게 해달라고 계속 기도했어요." 플로시가 답했다.

"그걸 들 준비도 되기 전에 살덩이를 키워 달라는 기도는 하지도 마

라." 엄마가 말했다.

플로시의 기도는 마침내 그녀의 침대 위 꾸러미로 응답을 받았다. 그녀는 곧바로 꾸러미를 찢어 열었다.

"예뻐." 플로시는 두 손에 브라를 들고 함박웃음을 지었고, 나는 그녀가 그걸 먹을 줄 알았다.

"행복하니?" 엄마가 우리 뒤, 문간에 서 있었다.

"너무 좋아요." 플로시가 셔츠를 벗고 브라를 찼다. 그녀가 두 컵 사이의 작은 크림색 리본을 만지작거렸다. 컵이 너무 컸다.

"금방 이만큼 클 거야." 그녀는 내가 무슨 말을 하기도 전에 이렇게 말했다.

엄마가 고개를 저었고, 아래층으로 내려갔다.

"프레야한테 보여줘야지." 플로시가 복도를 가로질러 프레야의 방으로 뛰어 들어갔다.

프레야는 일기장을 들고 침대에 앉아 있었다. 그녀가 종이 위에 끄적거린 악보가 보였다. 악보 하나하나에 자신의 목소리를 맞추고 있었다.

"이거 봐, 프레야." 플로시가 그녀에게 보라면서 방 안을 빙빙 돌았다. "예쁘지 않아?"

"브라 차림으로 돌아다니지 마, 플로시." 프레야가 말했다. "동생들이 다 본다."

"그래서?" 플로시가 브라 끈을 잡아당기며 불편한 기색을 보였다.

"남동생들에게는 절대 네 반라를 보여주지 마." 프레야가 말했다. "그건 죄야. 너 때문에 하나님이 당신의 눈을 할퀴어서, 그분은 영원히 눈이 멀지 몰라."

"옆에 동생들이 없잖아." 플로시가 말했다.

프레야가 침대 밑에 툭 튀어나온 린트의 발을 가리켰다. 나는 몸을 숙여 린트가 바닥에서 돌을 놓고 있는 것을 봤다.

"린트는 상관없어." 플로시는 이렇게 말하면서 서랍장 거울 속 자신의 모습을 바라봤다. 그녀는 자신의 모습에 미소를 지었고, 허리를 굽혀 거기에 입을 맞췄다.

그해 겨울부터 봄까지, 브라는 플로시의 주된 소품이 되었다. 그녀는 영화 장면을 재연할 때마다 자신의 브라를 벗어 그걸 상상 속 남자 파트너의 얼굴을 때리는 데 쓰곤 했다. 3월이 되어 날씨가 따뜻해지자, 그녀는 머나먼 곳에 누워, 브라와 반바지 차림으로 일광욕을 했다. 프레야가 부적절한 행동이라고 나무랄 때마다, 플로시는 어이가 없다는 듯 이렇게 말하곤 했다. "브라는 수영복 탑 같은 거야. 어이구, 프레야. 언니는 꼭 백 살 먹은 사람 같아."

그날 늦게, 플로시가 일광욕을 하는 동안, 나는 무대에 앉아 프레야가 작은 종잇장을 쥔 채 숲으로 들어간 이야기를 썼다.

*그녀는 떠났다. 어디로, 또 왜 떠났는지 아무도 몰랐다. 그녀는 그냥 숲으로 걸어가 나무 뒤로 사라졌고, 끝내 나는 그녀도, 그녀의 푸른 스커트도 볼 수 없었다.*

무대 위에 배를 깔고 누워 있었는데, 누군가 내 반바지를 잡아 내렸다. 돌아보니, 활짝 웃고 있는 플로시의 얼굴이 보였다.

"뭐 하는 거야?" 나는 반바지를 끌어올렸다.

"너한테 꼬리가 있는지 보고 싶었지." 플로시가 말했다.

"없다는 거 알잖아. 그리고 나한테 꼬리가 있으면 너한테도 있겠지. 우리는 자매니까, 플로시."

"우린 그렇게 안 보이는데." 그녀는 자신의 연갈색 머리 몇 가닥을 잡아 빙빙 돌렸다. "사람들이 네 아빠는 흑인이래."

"그가 네 아빠야, 멍청아."

"난 모르겠는데." 그녀가 말했다. "내 초록색 눈은 영화배우 같은 피부에 에메랄드 가득한 금고를 소유한 남자의 것일지도."

그녀가 셔츠를 입고 무대를 뛰어내렸다. 마을로 가서 영화관에서 여자애들을 만날 거라고 했다. 같이 가고 싶은지도 묻지 않았다. 자기 친구들을 만날 때면, 그녀는 한번도 내게 그걸 물은 적이 없었다.

그녀가 떠난 뒤, 나는 엄마가 만들어놓은 비스킷을 먹으려고 집으로 들어갔다. 조리대 위에 레몬 과육이 잔뜩 있었지만, 껍질이 보이지 않았다. 냉장고 안에는 빈 물병뿐이었다.

"엄마? 레모네이드 어디 있어요?" 나는 목청껏 소리쳤다.

위층에서 마루판이 삐걱대며 응답할 뿐이었다. 나는 비스킷 하나를 쥐고 계단을 올랐다. 침대 끝에 꼿꼿이 앉아 있는 엄마를 발견했다. 엄마의 발과 다리가 딱 붙어 있었다. 아래층에서 사라진 레몬 껍질들이 그녀의 연푸른 드레스에 찍힌 레몬 무늬 위에 핀으로 고정되어 있었다. 머리에는 우리가 매년 봄 바구니를 싸는 데 썼던 샛노란 셀로판지가 덮여 있었다. 셀로판지로 머리를 덮은 뒤 앞 목에 단정하게 묶은 것이 마치 그녀가 마을에 나갈 때 특별히 멋지게 보이려고 목에 둘렀던 스카프 같았다.

투명 포장지 너머로 그녀의 얼굴을 볼 수 있었다. 그녀의 분장은 어릿광대였다. 새빨간 립스틱. 짙은 마스카라. 하얗게 분칠한 얼굴에 달처럼 그린 두 볼의 동그란 연지. 그 모든 모습이 마치 셀로판지 안쪽에 내 어머니를 노랗게 만든 어떤 특별한 빛이 있는 듯한 색조였다. 나는 엄마가 셀로판지를 얼굴에 쓴 것을 보고 화들짝 놀라지 않았다. 난 이미 그녀가 욕조에 물을 가득 채워, 사느니 차라리 익사하겠다고 말하는 것에도 익숙했다. 또 램프 플러그를 뽑아 그 줄로 목을 감고는 이제 마지막이라고 말하는 것도 봤다. 아빠는 우리에게 엄마가 저러는 게 결코 진심은 아니라고 했다. 엄마가 한번도 실행한 적이 없었으므로 우리는 아빠 말이 옳다고 생각했다. 욕조의 물을 비우고, 램프를 다시 꽂은 다음, 엄마는 사건이 일어나기 전 하던 일을 계속하곤 했다.

나는 마지막 비스킷 조각을 삼키며 엄마가 셀로판지 안쪽에서 숨을 내뿜는 걸 지켜봤다.

"그 안에서 어떻게 숨을 쉬어요?" 내가 더 다가가면서 말했다.

나는 엄마가 내 말을 못 들었다고 생각해서 더 크게 물었지만, 엄마는 여전히 대답하지 않았다.

"음, 내가 엄마를 이대로 둔 걸 알면, 아빠가 화낼 거예요." 내가 말했다.

나는 엄마의 목에서 매듭을 풀고, 셀로판지를 머리에서 벗겼다. 그러는 내내, 그녀의 눈은 맞은편 벽을 뚫어지게 쳐다보고 있었다. 마치 한 가닥 줄이 벽과 엄마 사이에 있는 듯했다.

내가 몸을 돌려 나가려고 할 때, 그녀의 목소리가 들렸지만 난 그게 무슨 말인지 알 수 없었다.

"뭐라고요, 엄마?" 내가 물었다.

"저 노란 세계가 너무 아름다웠어."

나는 엄마가 말을 더 할까 기다렸지만, 그녀는 그냥 꼼짝도 않고 앉아 있었다.

나는 복도로 나와, 셀로판지를 눈에 댔다. 나무 마루에서부터 아빠가 벽에 걸어둔 트러스틴의 목탄화까지 모든 게 노랗게 보였다. 그 색을 통해 바라보면 바라볼수록, 나는 사물이 점점 약해지는 걸 느꼈고, 어느덧 나는 산들바람에 사뿐히 누그러진 큰 노랑 풀밭에 서 있었다. 마치 어머니가 내게 넘겨준 달콤하고 부드러운 꿈이랄까.

"이 노란 세계가 너무 아름다워." 내가 이렇게 말하는 순간, 엄마의 비명이 내 귀를 뚫고 들어왔다.

나는 엄마의 방으로 다시 달려갔다. 먼저 피가 눈에 들어왔다. 이어 바닥에 쓰러진 그녀와 그 옆에 예리한 식칼이 보였다.

"엄마, 뭘 한 거예요?"

그녀의 손목이 그어져 있었다. 그녀는 떨며, 몸을 공처럼 웅크리고 있었다. 그녀가 삶을 등지고 싶어 했던 그 모든 방법들, 그럼에도 그녀는 그것이 무엇을 의미하는지 끔찍이 두려워했다. 죽음은 엄마 같은 여자에게 무엇이었을까? 어쩌면 그 순간, 죽음에 바싹 다가갔던 그 순간, 그녀는 죽음이 결국 그녀 자신일 뿐이라고 거듭거듭 두려워했을 것이다. 그녀는 젖가슴이 입에 닿고 넓적다리에 질식할 정도로 몸을 말고 있었다.

나는 피에 미끄러지면서 고인 핏물 안으로 넘어졌다. 나는 셀로판지를 던졌고, 그녀의 두 팔을 잡았다. 손이 헝겊 인형의 손처럼 앙상했다. 그녀의 손목을 내 가슴에 댔다. 그녀의 따뜻한 피가 내 셔츠에 스며드는 걸 느낄 수 있었고, 그때 그녀의 두 눈이 뒤로 젖혀지면서 고개가 옆으로 떨궈졌다.

"노랑이 어떻게 된 거지?" 그녀가 물었다.

나는 셀로판지를 집어, 그녀의 눈을 덮어 그녀의 세계를 다시 아름답게 보이게 했다.

"금방 올게요." 나는 이렇게 말하고 일어섰다. 나는 내가 그냥 도망가는 게 아니라는 걸 엄마가 알아야 한다고 생각했다.

조금 전, 아빠는 트러스틴과 린트를 데리고 강에 물고기를 잡으러 갔다. 나는 숲의 덤불을 헤치고, 잔가지와 솔방울을 짓밟으면서 달렸다. 머릿속은 온통 어머니의 핏빛이었다. 그날 아침, 엄마가 내게 캐오라고 했던 비트가 생각났다. 엄마는 내게 커다란 노란 대접을 주면서 봄철의 첫 수확인 비트를 가득 채워오라고 했다. 내가 텃밭에 닿기도 전에 그녀가 내게 돌아오라고 소리쳤다.

"아직 비트를 못 캤어요." 내가 그녀에게 말했다.

"돌아와라." 그녀가 다시 말했다.

돌아와서 그녀에게 빈 대접을 보여주자, 그녀가 내 따귀를 후려쳤다.

"비트를 채워오라고 했지." 그녀가 말했다.

"그러려고 했는데 엄마가 돌아오라고 했잖아요."

손을 휙 튕기면서, 그녀는 나를 다시 보냈다. 거듭, 그녀가 나를 불렀다.

"돌아와라, 베티."

돌아섰는데, 엄마가 보이지 않았다. 나는 대접이 넘치도록 비트를 담았다.

"돌아와요." 나는 숲속을 내달렸다.

강에 도착하자, 연기 냄새가 났다. 나는 그 냄새를 쫓아 상류로 올라갔고, 거기서 아빠를 발견했다. 그는 모닥불에 물고기 살점을 던지고 있었다.

"우리는 물고기의 일부를 불에 바친다." 아빠가 내 동생들에게 말하고 있었고, 동생들은 나를 보고 놀라 빤히 쳐다봤다. "불은 죽은 짐승의 혼의 분노를 가라앉힐 것이다. 너희가 그 혼을 달래지 않으면, 그 혼은 복수를 찾을 것이고, 흘린 피에서 새 형체를 취할 것이다."

"누나처럼요?" 트러스틴이 나를 가리켰다.

아빠가 몸을 돌리더니 나를 보고 펄쩍 뛰었다.

"어디 다쳤니, 베티?" 그는 내 팔을 위아래로 더듬으며 정신없이 상처를 찾았다.

"내 피가 아니에요." 나는 뒤를 가리키며 말했다. "엄마 피예요."

아빠는 나를 밀치더니 우리들에게 모닥불에 흙을 던지라고 소리쳤다. 우리는 재빨리 한 줌씩 흙을 집어 모닥불에 던졌다.

"서둘러." 나는 동생들에게 말했다. "우린 아빠를 도와서 우리 가족을 살려야 해."

우리 셋은 숨이 턱에 차도록 뛰었다.

"기-이-이다려." 린트가 말했다. 트러스틴은 발을 멈춰 린트의 손을 잡고 그를 당겼다. 나는 그 둘을 뒤에 두고 아빠를 따라잡으려고 애썼다.

"앨카? 곧 가요." 아빠는 마치 엄마가 자신의 목소리를 들을 수 있다는 듯 숲을 가로지르는 내내 엄마의 이름을 외쳤다.

집에 도착하자마자 아빠는 계단을 한 번에 세 개씩 가로질러 올랐다. 그는 엄마가 그들의 침실 바닥에 의식을 잃은 채 쓰러져 있는 것을 발견했다. 아빠는 피에 미끄러지면서 앞으로 고꾸라졌고, 엉금엉금 기어 그녀에게 갔다. 동생들은 내 바로 뒤에서 발을 멈췄다. 린트가 몸을 떨며 울기 시작하자, 트러스틴이 린트를 데리고 복도로 나갔다.

"괜찮아, 린트." 트러스틴이 말하는 소리가 들렸다. "왜 네 주머니에 새 돌이 있는 걸 내게 보여주지 않아?"

나는 아빠가 자신의 두 손을 엄마가 칼로 그은 곳에 대고 있는 것을 지켜봤다. 피가 손가락 사이로 흘러 나왔다.

"아빠, 엄마 살을 그렇게 짜지 마세요." 내가 그에게 말했다. "아빠는 피를 더 짜내고 있어요."

내 생각은 그랬다. 아빠의 두 손은 엄마를 스펀지인 양 꽉 짜고 있었다.

"래드 박사(Doc Lad)에게 전화해라, 베티." 그가 말했다.

나는 전화기 쪽으로 향하는 대신, 엄마의 스툴을 끌고 침실을 가로질러, 커다란 거미줄이 쳐져 있는 오른쪽 구석으로 갔다.

"뭐 하니, 베티?" 아빠가 물었다. "의사에게 전화해라."

"거미줄을 걷으려고요. 기억나요?" 나는 스툴에 올라 구석으로 손을 뻗었지만 너무 멀었다. "아빠가 말했잖아요, 거미줄을 써서 상처의 피를 멈추게 할 수 있다고."

"베티, 이 경칠 것. 래드 박사에게 전화해라. 당장." 그는 침대시트를 홱 잡아당겨 엄마의 손목을 감았다.

나는 스툴을 뛰어내려, 복도에 있는 동생들을 쏜살같이 지나쳤다. 아래층으로 달려가는 동안 린트의 훌쩍이는 소리가 들렸다. 전화기 옆 탁자에서 메모지를 집어 들어, 어머니가 필기체로 쓴 이름과 번호들을 훑었다. 래드 박사의 이름을 찾자마자 다이얼에 손가락을 넣었고, 다이얼이 빙 돌아오는 몇 초를 고통스럽게 셌다.

"우리 엄마가 몸에 칼을 그었어요." 래드 박사가 여보세요, 라고 하자마자 내가 말했다. "사방이 빨개요. 아빠가 침대 시트로 엄마의 손목을 감았고요, 아마 엄마가 정신을 차리면 엄청 화를 낼 거예요. 좋은 침대 시트를 망가뜨렸다고 아빠에게 화를 낼 거예요."

"멀리서 들리는 목소리가 랜든 카펜터니?" 래드 박사가 물었다.

"네, 우리 아빠예요." 내가 말했다. "아빠는 선생님이 엄마를 구할 수 있는 걸 갖고 오라고 소리치고 있어요. 왜냐하면 아빠는 자기가 할 수 있다고 생각을 못해요."

"셰이디 레인에 있는 집이지?"

"네."

"곧 가마."

래드 박사를 기다리는 동안, 아빠는 나와 동생들에게 밖에 나가 있으라고 했다.

"너희는 이런 걸 보면 안 된다."

린트는 집을 뛰쳐나가 마당에 닿을 때까지 멈추지 않고 달렸고, 거기서 두 손으로 풀잎을 훑었다. 트러스틴은 내내 손가락으로 자신의 두 팔에 소용돌이를 그렸고, 마치 악령을 물리칠, 혹은 적어도, 이 순간이 그의 영혼에 자리 잡는 걸 막을 상징을 만들고 있는 것 같았다.

나는 길로 달려가, 아직 래드 박사가 보이지 않는데도 두 팔을 흔들었다. 얼마 후 차 앞부분이 보였다. 나는 펄쩍펄쩍 뛰며, 팔을 더 크게 흔들었다. 그가 얼마나 빨리 운전했던지, 우리 진입로를 돌 때 뒷바퀴에서 돌이 튕겼다.

"엄마는 위층에 있어요. 엄마는 위층에 있어요." 나는 래드 박사가 차에서 검은 가방을 들고 내리는 동안 계속 외쳤다. 그가 집을 향해 뛰었다. 나도 그와 함께 뛰었다. "엄마는 위층에 있어요. 엄마는 위층에 있어요." 나는 계속 말했다.

나는 베란다 계단 아래에서 마치 내가 넘을 수 없는 문턱인 양 발을 멈췄고, 래드 박사는 집 안으로 사라졌다.

"조심하세요. 안에 칼 괴-외-외물이 있어요." 린트가 그의 등에 대고 말했다.

동생들이 내 양옆에 바짝 다가왔고, 우리 셋은 집에서 눈을 떼지 않고 기다렸다.

"위에서 뭘 하고 계실까?" 내가 이렇게 말하는 순간, 계단을 내려오는 묵직한 발소리가 들렸다.

방충망이 획 열렸고, 아빠가 엄마를 안고 집에서 나왔다. 래드 박사가 두 분을 앞질러 달려가 그의 차 뒷문을 열었다. 그들이 지나갈 때 나는 엄마를 쳐다봤다. 눈이 감겨 있었고, 두 다리는 맥없이 흔들거리고 있었다.

"어디로 가는 거예요?" 트러스틴이 그들에게 물었다.

처음에는, 그들 모두 떠날 것처럼 보였다. 래드 박사가 운전석에 앉는 동안, 아빠가 엄마를 조심조심 뒷좌석에 눕혔다. 그러나 아빠는 문을 닫은 뒤 차에서 물러섰다.

"래드 박사가 우리한테 마-아-악대 사탕을 안 주었어." 린트가 말했다. "그는 항상 우리한테 막대 사탕을 주-우-우잖아. 피-이-이 때문에 그가 우리한테 화난 거야?"

트러스틴이 팔로 린트를 감싸 안았고, 우리는 래드 박사가 어머니와 함께 떠나는 것을 지켜봤다.

차가 시야에서 사라지자, 아빠는 우리 셋을 향해 얼굴을 돌렸다. 우리는 그의 옷에 묻은 엄마의 피를 물끄러미 바라볼 뿐이었다.

"엄마가 죽은 거예요?" 트러스틴이 물었다.

"아니다." 아빠는 재빨리 우리에게 다가와, 모두를 끌어안았다. "엄마는 죽지 않았다. 오늘 너희가 기억할 건 엄마는 비트로 피클을 만들고 있었다는 거다. 그 즙이 엄마 손목에 흘렀다. 빨간 건 그거다, 얘들아. 엄마는 곧 괜찮아질 거다."

그날 오후 늦게, 나와 동생들은 아버지가 "괜찮아질 거다"라고 말했을 때 목소리가 갈라졌던 것을 두고 이야기를 나누었다.

그날 밤, 아빠는 잠자리에 들지 않았다. 대신 그는 집을 청소하기 시작했다. 남편들은 항상 그런다. 그들은 집이 깨끗하고 청소를 끝내기만 하면, 그들의 아내들이 마치 삶의 모든 기쁨은 깨끗한 바닥에 달려 있다는 듯 행복해 할 것이라고 생각한다. 이후 며칠 동안, 아빠는 작업 중이던 가구들을 완성해 집 안에 들여놓았고, 모든 방을 시골풍의 모델 하우스처럼 만들었다. 그는 엄마를 위해 작은 화장대를 만들었고, 우리에게는 어머니가 집에 돌아오면 성가시게 하지 말라고 당부했다. 접시가 더러우면, 우리가 설거지를 해야 했다. 바닥에 흙이 묻으면, 곧바로 걸레로 닦아내야 했다. 우리는 조용한 애들이 되어야 했고, 어머니 근처에는 얼씬도 하지 말아야 했다. 마치 그걸로 충분하다는 듯.

"엄마는 언제 도-오-올아와요?" 린트가 물었다.

아빠는 어떤 답도 못했고, 이렇게만 말했다. "곧, 아들. 곧."

엄마가 없는 동안, 프레야가 고등학교를 중퇴했다. 아빠는 몹시 실망해서, 현관 베란다의 꼭대기 계단을 검정으로 칠했다.

"계단 하나가 여기서 죽었기 때문이다." 그가 프레야에게 말했다.

"계단은 죽지 않아요, 아빠." 그녀가 말했다.

"죽었다, 프레야, 너를 더 나은 삶으로 이끌 이 마지막 계단을 네가 넘지 않았으니까."

"이건 그냥 베란다 계단이에요, 아빠. 우리가 집을 드나드는 것일 뿐이에요."

"있잖아, 사람들이 날 바보라고 했을 때," 그가 말했다. "내가 뭘 느꼈는지 모르겠니? 모든 게, 내가 다 큰 어른인데도 3학년밖에 교육을 못받은 탓이다. 계단 아래는 쓰디쓰다, 프레야, 그리고 나는 그걸 너무 잘안다. 난 평생 저 아래에서 지내면서 그저 위를 쳐다볼 수밖에 없었다. 넌 저 위에 뭐가 있는지 아니?"

"뭐가 있는데요?" 프레야가 물었다.

"세상의 전경이다." 그가 말했다. "넌 세상 전체를 볼 수 있다. 그 위에서, 너는 하나님이 오직 너만을 위해 만들어 놓은 이 크고 멋진 세상의 하나를 택할 수 있다. 하지만 학교를 중퇴하면, 프레야, 넌 결코 계단 정상에 올라 더 나은 삶을 얻지 못할 거다. 너는 우리 가족 중 교육을 받았다고 말할 수 있는 첫 사람이 될 거다. 학교를 그만둬서는 안 된다. 엄마도 네가 그렇게 하길 원치 않을 거다. 너는 아직 돌아갈 수 있다. 나는 계단을 다시 흰색으로 칠할 수 있다. 그걸 다시 살려라. 계단이 영원히 죽어서는 안 된다."

"내가 집에서 더 많은 책임을 지는 게 중요해요." 프레야가 말했다. "엄마는 도움이 필요해요, 그렇게 생각 안 해요, 아빠?" 프레야가 검정 계단을 훑어봤다. "어쨌든 저 계단은 애초에 날 위해 살아 있었던 건 아닌 것 같아요."

프레야는 엄마의 부재로 비워진 역할에 어렵지 않게 녹아들었다. 그녀는 엄마의 앞치마를 둘렀고, 먼지와의 전쟁에 갓 투입된 병사인 양 손에 걸레를 들고 집 곳곳을 누볐다. 대부분의 식사 준비는 아빠가 맡았지만, 프레야가 부엌에 있을 때면 왠지 그녀가 모든 일을 하는 것처럼 보였다. 뜨거운 수프를 퍼서 우리 대접에 담는 모습. 오븐에서 갓 구운 따뜻한 빵을 식탁으로 옮기는 모습. 그 와중에도, 그녀는 자신의 내면에 필요 이상의 모성 본능을 지닌 듯 린트를 살뜰히 보살폈다.

"언니는 엄마가 절대 돌아오지 않기를 바라는 것 같아." 어느 날, 플로시가 우리 셋이 부엌에 서 있을 때 프레야에게 이렇게 말했다. "언니는 그냥 우리 모두의 엄마가 되고 싶어 하는 것 같아."

프레야가 엄마의 앞치마를 벗더니 엄마가 자신의 손목을 벨 때 썼던 칼을 집었다. 방충망을 열고 밖으로 나갔다. 내가 프레야를 따라가려고 하자, 플로시가 내 팔을 잡았다.

"너 미쳤니?" 플로시가 말했다. "언니는 저 칼로 우리를 죽일 거야. 언니는 분명 우리의 피를 어떤 신에게 제물로 바쳐 황금 앞치마를 얻을 거야."

"바보 같은 소리 좀 작작해." 내가 대꾸했다. "프레야야. 언니가 우리를 해칠 리 없어."

나는 그녀를 붙잡으려고 문밖으로 뛰쳐나갔다. 플로시가 망설이더니, 곧 따라왔다. 우리가 머나먼 곳에 도착했을 때, 프레야는 이미 다리를 꼬고 무대에 앉아 있었다.

"왜 이렇게 오래 걸렸어?" 그녀가 물었다.

"플로시는 언니가 우리를 찌를 거라고 생각해." 내가 프레야 옆에 앉으며 말했다.

"여자애들이 칼을 들고 다니면 그렇게 생각하는 건 너무 당연하지." 플로시가 무대에 털썩 주저앉으면서 말했다.

"내가 널 죽일 거라고 생각한 거야, 응?" 프레야가 플로시에게 이렇게 묻더니 칼을 무대에 꽂았다.

플로시가 펄쩍 뛰었다. 프레야는 플로시를 쳐다본 뒤 바닥에 긴 금을 그었고, 이어 계속 금을 그었다.

"이게 엄마 손목에 난 상처랑 같은 모양이야." 프레야가 우리에게 말했다. "우리가 여기 무대 위에 그 상처들을 새기면, 그게 엄마를 더 빨리 낫게 할 거야."

나와 플로시는 프레야가 칼로 나무를 더 깊이 파는 걸 지켜봤고, 이어 플로시가 말했다. "그나저나 난 엄마가 왜 그랬는지 궁금해."

"슬픔에 사로잡힌 거야." 프레야가 어깨를 으쓱하며 말했다.

"그게 엄마 병이야?" 플로시가 물었다. "슬픔에 사로잡혔다고?"

"릴런드가 그랬어, 모든 여자들이 그렇다고." 프레야가 우리를 올려다봤다. "하지만 걔 말은 항상 틀려."

프레야가 칼을 옆에 내려놓았다.

"이제 우리가 여기 머나먼 곳에 상처를 새겼으니까, 이젠 나을 일밖에 없어."

나는 플로시가 프레야를 놀릴 거라고 생각했는데, 그러지 않았다. 또 프레야가 상처 위에 자기 손을 올리면서 우리 손을 얹으라고 했을 때

158

도 놀리지 않았다. 플로시는 망설이지 않고 따랐다. 나와 플로시는 프레야의 손가락이 떠는 걸 보고, 그게 기도의 힘의 하나라고 생각했고, 그래서 우리도 손가락을 떨었다.

"난 엄마가 돌아오기를 원해" 프레야가 플로시를 보고 말했다. "내가 고작 집안일을 돕는다고 엄마 자리를 차지할 수 있는 건 아니야. 엄마가 집안일만 하는 게 아니잖아, 안 그래? 엄마가 식사 준비만 하니? 내가 그런 걸 한다고 엄마인 건 아니야. 왜냐하면 엄마인 건 엄마만 할 수 있는 거니까."

프레야가 노래를 부르기 시작했다. 나와 플로시는 후렴을 따라 불렀다.

"엄마, 집에 오세요, 우리는 엄마를 너무 사랑해요. 엄마 없는 집은 춥고, 꽃도 피지 않아요. 우리는 엄마가 정말 보고 싶어요, 엄마에게 우리의 입맞춤을 보내요. 엄마, 집에 오세요, 우리는 엄마를 너무 사랑해요."

나는 너무 크게 불러서 음이 틀렸다. 나와 플로시는 가사를 모르는 부분은 지어 불렀고, 서로의 목소리를 겹쳐 불렀다.

그날 밤 이후, 우리는 계속 머나먼 곳을 찾아 상처 위에서 노래했고, 그건 우리도 엄마처럼 치유가 필요했기 때문이다. 우리의 노력이 빛을 발했다고 생각했고, 그건 엄마가 집에 돌아왔을 때, 엄마의 손목에 상처가 보이지 않았기 때문이다. 상처는 새하얀 붕대 안에 감춰져 있었다.

"상처가 치유된 거야." 프레야가 나와 플로시에게 말했다. "상처가 멀리 사라졌어. 붕대는 단지 햇볕을 막으려고, 그래야 흉터가 빛나서 다시 열리지 않으니까. 우리는 엄마가 다시는 자해하지 못하게 해야 해. 우린 매일 무대의 상처 위에서 노래를 부를 거야. 그게 딸들인 우리의 책임이야."

우리는 우리의 힘으로, 엄마의 붕대가 없어지기를 바랐다. 그러나 그 붕대는 릴런드가 문간에 나타나 군에서 추방되었다고 말할 때까지 그대로 있었다.

"그들은 내가 남의 물건을 훔쳤다고 했어요." 릴런드가 말했다. "그런데 그들은 증거가 없었어요. 그들이 할 수 있는 최선은 나를 내쫓는 거였어요. 난 집에 잠시 머무를 수 있겠다고 생각했어요."

그는 다락방을 자신의 방으로 만들었고, 하는 일이라곤 씹던 껌으로 벽에 벌레들을 붙이며 지내는 것이었다.

아빠는 온 식구가 함께하는 가족 소풍이 집안 전체에 드리운 그늘을 걷어내지 않을까 생각했다. 그는 흥겨운 마음으로 집 뒤 숲속으로 우리를 이끌었다. 그는 한 손으로 엄마의 축 처진 손을 잡았고, 다른 손으로 바구니를 흔들었다. 우리는 그 뒤를 따랐다.

가는 길에, 린트는 많은 돌을 주웠고, 자기 주머니에 자리가 없자 내 주머니에, 프레야의 주머니에, 그리고 아빠의 주머니에 돌을 넣기 시작했다. 플로시의 주머니에도 조금 넣었지만, 그녀는 그가 보지 않은 사이 그걸 꺼내 버렸다.

아빠는 우리의 소풍에 어울리는 멋진 곳을 찾았다. 그가 하얀 면 담요를 펼쳤다. 엄마의 접시에 음식을 담아주었지만, 엄마는 고작 비스킷 한 조각을 먹는 데 그쳤다.

"멋지다, 트러스틴." 프레야가 트러스틴이 그린 그림을 보고 이렇게 말했다. 그가 우리의 소풍을 정물화로 그렸다. 그는 그림에 색을 넣기 위해, 풀잎을 뜯어 녹색이 밸 때까지 종이에 풀을 문질렀다.

"내 옷이 소풍에 어-어-어울려?" 린트가 자신의 셔츠에 돌을 굴리며 누구에게랄 것 없이 물었다.

플로시는 엄마가 움직일 때마다 나를 쿡쿡 찔렀다.

"넌 엄마가 이 나무 중 하나에 목을 맬 거라는 거에 얼마 걸래?" 그녀가 내 귀에 속삭였다. "아니면 넌 엄마가 자신의 목을 포크로 찌를 거라고 생각하니?"

나는 몸을 돌렸고, 그때 릴런드가 아빠의 보석 파이 한 조각을 프레야에게 건네는 것이 보였다.

"보석도 좀 줄까?" 그가 프레야에게 물었다.

파이를 자르면, 분홍 젤리 안에 박힌 다양한 색의 젤라틴 큐브들이 보였다. 그 디저트를 프레야가 좋아했다. 그녀는 늘 젤라틴 큐브 가장자리를 먹은 뒤, 큐브를 자신의 접시에 일렬로 세웠다.

"정말 예쁜 보석이야." 프레야는 늘 이렇게 말한 뒤 그걸 입에 털어넣고 한입에 삼켰다. 마치 자기 몸이 사파이어와 에메랄드와 루비를 보관하는 금고인 양.

그녀는 그 파이 조각을 거절하는 법이 없었지만, 릴런드가 그걸 그녀에게 건넸을 때, 배가 부르다고 했다. 릴런드는 조각을 잠시 쳐다보더니, 자기가 먹었다.

뭔가 내 옆구리를 갑자기 쿡 찌르는 느낌이었다. 플로시의 팔꿈치가 나를 누르고 있었다. 그녀는 엄마 쪽으로 고개를 까딱였고, 엄마는 비트 피클 단지를 집고 있었다.

엄마는 단지를 뒤집어, 제조일이 적힌 라벨을 읽었다. 그리고 불쑥, 비트와 국물을 담요에 쏟았다. 나는 이제껏 하얀 면이 그처럼 단박에, 또 아름답게 번질 수 있다고 생각해본 적이 없었다.

아빠가 엄마를 들어 올리며 우리 모두 산책하러 가자고 했다. 그는 엄마의 손을 꼭 잡았고, 우리는 나무 그늘을 따라 숲 깊숙이 들어갔다.

"하늘을 봐라." 그가 말했다.

고개를 들어 보니, 레몬들이 보였다.

"오, 세상에." 엄마가 미소를 지었다. "당신이 내 아름다운 노란 세계를 만들었네요."

단풍나무, 참나무, 플라타너스, 느릅나무, 호두나무, 소나무들에 레몬이 달려 있었다. 평생 그런 노란 열매를 맺어본 적 없는 나무들이었다. 노랑은 나무와 대비되어 너무 또렷하고 큼지막해서, 그 레몬들이 무슨 보석 같다는 생각을 하지 않을 수 없었다. 꼭 꿈같았다. 나는 그 꿈을 한껏 맛보고 싶었다. 나는 눈으로 레몬의 선을 어루만졌다. 노랑은 하늘의 파랑과 대비되어 더없이 밝았다. 여러 면에서, 태양에서 부서져 나온 알갱이들 같았다. 스스로 빛을 발하는 것 같았다.

*이렇게 많을 수가 없는데,* 라고 나는 생각했지만, 그건 마치 아버지가 숲의 모든 나무들을 불러서 그들 하나하나에 자신의 표식을 남겨둔 것 같았다.

나는 한 레몬에 손을 뻗었다. 그걸 딸까 생각했다가, 순간 모든 레몬이 후드득 떨어지지 않을까 걱정되었다. 이 모든 레몬들이 하나의 줄기, 하나의 꿈, 또 내가 끝나지 않았으면 바란 하나의 행복한 순간에 연결된 양.

"그런데 레몬이 왜 여기 있어요?" 프레야가 물었다.

"아주 오래전," 아빠가 말했다. "한 소녀가 내게 자신만을 위한 레몬나무 과수원을 가졌으면 좋겠다고 했거든." 그가 엄마를 보고 미소를 지었다. "자, 당신의 레몬나무 과수원이요." 그가 그녀에게 말했다.

나는 아빠가 무슨 돈으로 이 모든 레몬들을 샀는지 알 수 없었다. 또 망가진 무릎에도 불구하고 어떻게 저걸 혼자 다 매달았는지도 알 수 없었다. 그러나 그걸 아는 건 꿈을 망칠 뿐이었다. 그런 세세한 것들은 엄마에게도 전혀 중요하지 않았으니, 그녀는 그를 꼭 껴안았고, 나는 더 이상 엄마의 손목을 볼 수 없었다.

레몬들 저 너머로, 빨간 풍선 하나가 공중에 떠 있었다.

"카튼 영감은 결코 편지를 잊지 않지." 아빠는 우리 모두가 생각하고 있던 말을 했다.

1935년, 카튼의 부인 비코리(Vickory)는 폭행을 당한 뒤 브레세드 외곽의 한 주엽나무에 매달려 있었다. 비코리는 주엽나무 가시에 꽂혀 있었고, 그녀의 두 팔은 마치 여느 일요일 밤의 십자가형처럼 강제로 벌려져 있었다. 우리가 레몬 아래에서 산책하고 있던 그때는, 그녀가 그렇게 매달린 지 수십 년이 흐른 뒤였다. 그 후, 카튼은 매일 그녀에게 적어도 한 통의 편지를 썼다. 그는 편지를 말아 헬륨을 채운 풍선에 넣어 날려 보냈다.

어느 날 나는 바람이 빠져 땅에 떨어진 풍선 하나를 발견했다. 카튼은 그 안에, 마치 비코리가 결코 살해당한 적이 없다는 듯, 편지를 썼다. 그들이 결코 갖지 못했던 자식들 이야기를. 그들이 결코 누리지 못했던 삶의 이야기를.

*내 사랑 히코리, 비코리 나무에게,*

*오늘 우리 막내가 아빠의 목련나무 아래에서 목사 앞에 섰소. 우리 아들이 아리따운 아가씨와 결혼하다니, 정말 꿈만 같지 않소? 아들 녀석이 당황할 정도로 당신은 너무 울었소. 내 손수건까지 흠뻑 젖어서, 손수건이 해지지 않을까 생각했는데, 정말 그렇게 돼 버렸소. 당신은 아들이 좋아하는 걸로 웨딩 케이크를 구웠소. 나무딸기를 장식으로 얹은 달콤한 레몬 케이크는 우리 혀끝에서 녹으며 심장을 멎게 할 정도였소. 꿀벌들이 달려드는 걸 막느라 꽤나 진땀을 흘려야 하지 않았소?*

*춤추는 당신이 내 발을 힘들게 하는 까닭에 내 발은 당신을 미워하겠지만 내 심장은 결코 그렇지 않다오. 그 오랜 시간이 지난 뒤에도 당신이 아직 나와 함께 춤추려는 이유를 모르겠소. 내가 두려운 것은 죽음이 아니라 천국이오. 당신은 왜냐고 묻겠지요? 왜냐하면 그곳에서는 당신이 내게 춤을 추자고 권하지 않을 거라는 걸 알기 때문이오. 그곳에서 당신은 히파티아와 사포[54], 시인들과 철학자들, 그리고 하나*

---

**54** Hypatia, Sappho. 히파티아(350-370경~415)는 고대 그리스의 여성 신플라톤주의 철학자, 천문학자, 수학자. 사포(?~570경 BC)는 여성 서정시인.

님, 여하튼 당신이 연모하는 사람들과 왈츠를 추겠지요. 그
럼 나는 구석에서 울화를 억눌러야 하겠지요. 내 몸은 천국
에 있지만 마음은 지옥일 거요. 하지만 지금, 나는 당신을 가
질 수 있소. 당신을 가질 수 있소, 지금은. 오늘밤, 우리는 사
랑을 나눌 것이고, 같은 꿈을 꿀 것이오. 내일이 오면 늦게까
지 잠을 자고, 브레세드 끝자락까지 드라이브를 나갈 거요.
당신도 나와 함께할 거지요? 내 곁에 있어주오. 당신을 생각
하면 미쳐버릴 것만 같소.

당신의 심장에 내 심장의 입맞춤을 보내오,

당신의 한 조각 카튼

인종차별적 비방이 비코리의 살에 새겨져 있었다는 점에서, 그녀가
살해된 이유에 큰 의문은 없었다. 카튼은 브레세드에서 태어나 자랐고,
이름만큼 흰 피부의 소유자였다. 어쩌면 그 때문에 그들은 카튼을 그
나무에 같이 매달지 않았을 것이다. 혹은 남자를 매달 때는 여자를 매
달 때만큼 전율을 느끼지 못하기 때문일 수도 있다.

"만약 그녀가 살아 있다면, 그는 한 통의 편지도 쓰지 않았을 거야."
이미 아빠 곁에서 멀찍이 떨어져 있던 엄마가 이렇게 말했다. "우린 그
녀가 한창 나이에 죽었기 때문에 그들이 서로 무척 사랑했을 거라고
생각하지만, 그녀가 살아 있다면 그들은 이혼했거나 불행한 결혼생활
을 했을 거야. 분명 더는 사랑하지 않았을 거야."

바로 그 순간 나는 모든 레몬들이 나무에서 한꺼번에 떨어졌고, 우리
가 서로 전혀 중요하지 않은 낯선 이들처럼 보였다고 생각한다.

# 11

∾

하늘의 별들은 땅에 떨어지고.

— 요한계시록 6:13

1962년 5월, 플로시는 이 집에 버려진 마법에 관한 책 하나를 발견했다. 책의 제목은 『혼령 사전』이었다. 표지 안쪽에 '혼령들'이라고 표시된 가방을 질질 끌고 가는 마녀를 손으로 그린 삽화가 있었다. 봉투 위에 검은 잉크로 쓴, 마녀를 판별하는 방법에 따르면, 만약 누가 마녀인지 알고 싶다면, 그의 이름을 쪽지에 써서 그걸 뜨거운 팬 속에 넣으라고 했다. 종이가 타지 않으면 그 사람이 마녀라고 했다. 나와 플로시는 그걸 시험하기로 했다. 우리는 부엌으로 들어갔고, 마침 트러스틴이 식탁에 앉아 있었다. 그는 낱장 종이를 들고 밀가루, 설탕, 차 통들이 조리대 위에 일렬로 놓인 모습을 스케치하고 있었다. 그가 진지한 화가라고 생각하려던 참에, 그는 숯 검댕 손가락으로 입술 위를 문질러 까만 콧수염을 그려 넣었다.

"아, 그, 저." 트러스틴은 콧수염이 자신을 노인으로 바꾼 양 진한 느린 말투로 말했다. "나 때는 말이야, 하나님도 겨우 네 살이었어." 트러스틴은 아빠가 스스로를 한참 늙었다고 느낄 때마다 했던 말을 중얼거렸다.

나와 플로시는 어이가 없다는 듯 동생을 바라보며 무쇠 프라이팬을 가스레인지 위에 올렸다. 트러스틴은 우리가 그의 백지를 쪽지로 찢어 시험하고 싶은 모든 이름들을 쓰게 내버려두었다. 예상대로, 몇몇 쪽지는 천천히 탔다.

"이제 네 차례야." 플로시가 트러스틴의 이름을 프라이팬에 떨구며 말했다. "야, 베티, 그 여자를 마녀라고 생각하고 죽인 그 짐승 같은 사내들 이야기를 아빠가 언제 우리에게 했는지 기억나니? 그들이 그녀를 죽이자 그 여자의 피에서 강냉이가 나왔어. 만약 너희 둘 중 한 명이 마녀면, 난 너희를 죽여서 너희들 피에서 뭐가 나오는지 볼 거야."

트러스틴이 그리는 것을 멈추고 자기 쪽지를 봤다. 팬 속에서 새까맣게 타 있었다.

"마녀가 되면 좋을 것 같았는데." 그가 말했다. "그럼 너희 둘을 한 쌍의 못생긴 두꺼비로 바꿔버릴 수 있잖아. 아, 잠깐. 이미 그렇구나." 그는 마녀처럼 낄낄댔고, 우리는 그를 밀쳤다.

그는 자기 작품을 챙기면서 계속 싱글싱글 웃었고, 나와 플로시를 부엌에 남겨두고 떠났다.

"네 이름 차례야, 베티." 그녀가 말했다.

플로시가 쪽지를 프라이팬 가운데에 올렸다. 그걸 주걱으로 수차 쿡쿡 찌르더니, 종이에 아무 반응이 없자 내게 의심의 눈초리를 던졌다.

"그래, 종, 책, 초[55], 넌 마녀야, 베티." 플로시가 말했다.

"난 마녀일 수 없어. 난 고작 여덟 살이야. 팬이 덜 달궈진 거야."

"다른 모든 사람 이름을 다 태울 만큼 뜨겁네요, 마녀." 플로시가 주걱을 내려놓고 내게 손가락으로 십자가를 그었다. "아빠에게 네가 빗자루 할망구라고 말해야겠다."

"하지 마." 나는 플로시를 세게 밀쳤다.

그녀가 조리대에 부딪쳤다.

---

**55** *Bell, Book and Candle*. 중세에 행해진 파문 의식에서 나온 표현. 아울러 1958년 킴 노박(Kim Novak, 1933~)이 현대판 마녀로 출연한 영화 제목. 동명의 브로드웨이 연극(1950~1951)을 각색한 리터드 콰인(Richard Quine, 1920~1989) 감독의 판타지 로맨스 영화(1958, 106분). 주연 킴 노박, 제임스 스튜어트(James Stuart, 1908~1997). 국내에 「사랑의 비약」으로 소개.

"더러운 들쥐 같은 게." 그녀가 나를 더 세게 밀쳤다. 순간, 우리는 저 유명한 카펜터 자매의 싸움질에 빠져들었다. 결국 우리는 바닥에 뒤엉켜 나뒹굴면서 서로 상대의 눈을 뽑을 기세였다. 나는 플로시의 팔을 물었고, 플로시는 내 젖꼭지를 뜯어내려고 했다. 그때 프레야가 달려들어왔다.

"너희, 집을 홀랑 태워버리겠다." 프레야가 주방장갑으로 연기가 솟는 팬을 밀쳐냈다. 그녀가 팬을 들여다보더니 물었다. "너희 둘이 태운 이게 뭐니?"

나는 플로시를 밀치고 재빨리 일어나 팬을 들여다봤다. 내 이름이 적힌 쪽지가 검은 부스러기가 되어 있었다.

"난 마녀가 아니라고 했잖아." 내가 플로시에게 말했다.

플로시의 브라 끈이 흘러내렸다. 그녀는 그걸 다시 올렸고, 머리를 매만졌다. 그녀의 말총머리가 다 풀어헤쳐져 있었고, 끊어진 고무줄이 연갈색 머리가닥과 함께 바닥에 떨어져 있었다.

플로시가 나를 쏘아보며 서랍에서 새 고무줄을 꺼내 머리를 묶어 한 층 높은 말총머리를 만들었다. 둘 다 팔 전체에 물고 할퀸 자국이 생겼다. 상처가 더 많은 사람이 패자임은 두말할 필요가 없었다. 우리는 조용히 상대의 전투 훈장을 세었다. 분명한 승자를 정할 수 없자 누구도 말을 꺼내지 않았다. 대신, 모두 창가로 가서 프레야가 뭘 쳐다보고 있는지 봤다.

"아빠가 밀주를 만들고 있네." 그녀가 우리에게 미소를 지었다. "단지 하나 빼내자."

"와, 좋았어." 플로시가 활기를 찾았다.

플로시가 흥분한 걸 보고 프레야가 말했다. "단, 술은 악마가 녹아 있다는 걸 잊지 말기."

"단지 하나를 어떻게 빼지?" 플로시가 프레야의 경고를 무시하고 물었다.

"너희 중 한 명이 아빠의 관심을 끌어야 해." 프레야가 나를 쳐다봤다. "베티, 네가 해야겠다."

"왜 나야?" 내가 물었다.

"아빠가 널 예뻐하니까." 프레야가 말했다.

"아냐, 베티는." 플로시는 팔짱을 끼며 부정했고, 프레야는 나를 방충망 너머 뒤 베란다로 내보냈다.

"아빠의 관심을 끌어." 프레야가 말했다. "그 사이 플로시와 내가 몰래 헛간에 들어갈게."

나는 아빠에게 향했고, 마침 아빠는 설탕, 옥수수, 이스트를 발효한 혼합물을 손수 제작한 증류기에 붓고 있었다. 한때 우리가 아칸소 주에 살 때 그는 밀주를 팔았다. 사람들이 밀주를 사려고 우리 집에 멈추곤 했다. 어느 날 보안관이 나타나, 아빠가 불법 주류사업을 하고 있다는 이야기를 들었다고 했다. 아빠는 보안관에게 그건 헛소문에 불과하며, 원하면 집을 수색해도 좋다고 했다. 그래서 보안관은 부관과 함께 우리 마당을 둘러봤고, 마당에는 아빠가 줄지어 늘어놓은 큰 돌덩이들이 뒤덮여 있었다.

"저 돌들은 다 뭡니까?" 보안관이 아빠에게 물었다.

"아." 아빠는 뒤꿈치로 몸을 돌리면서 활짝 웃었다. "나는 돌 농사꾼입니다."

아빠는 마당에 구멍을 여럿 파서 그 안에 병을 넣었고, 돌로 구멍을 덮어 밀주를 감췄다. 수색 내내 보안관과 부관이 밀주 위를 걸었지만, 그들은 전혀 몰랐다. 결국 아빠도 술 판매를 중단했다. 그럼에도, 자신이 마실 소량의 술은 계속 빚었다.

아빠는 밀주를 담을 때는 항상 자신이 뭔가 특별한 것을 만들고 있다, 는 표정이었다고 항상 엄마가 말했다. 나는 헛간에 들어서면서 바로 그 표정을 봤고, 마침 그가 혼합물 한 숟갈을 뜨는 것을 지켜봤다. 그는 숟갈 바닥에 라이터를 켜더니, 혼합물에서 올라오는 멋진 파란 불꽃을 보며 미소를 지었다.

"우아, 이게 너희를 정직하게 만들 거다." 그는 임시 작업대로 향하며 이렇게 말했다. 작업대는 나무판 하나를 시멘트 블록으로 받쳐놓은 것이었다. 그가 얼마 전 껍질을 벗긴 다람쥐 두 마리의 꼬리가 그 판 위에 남아 있었다. 아빠는 늘 짐승의 모든 부위를 활용했다. 그는 심지어 다람쥐의 뇌도 먹었다. 머리뼈를 토마토 주스에 넣어 달이면, 부글대는 붉은 거품들 사이로 뼈들이 들썩였다. 망치로 머리뼈를 깰 때는, 아빠는 아주 섬세히 작업했고, 뼛조각을 걷어낸 뒤, 뇌를 통째로 꺼내 입에 홀랑 집어넣었다.

"냠-냠. 더 영리해진 느낌이야." 그는 씹고 또 씹었다.

나는 다람쥐 꼬리가 놓인 작업대로 다가갔다. 꼬리털은 나중에 아빠가 트러스틴을 위한 붓털로 쓸 것이었다.

"꼬리 하나는 안테나에 너구리 꼬리랑 같이 매달면 어때요?" 나는 탁자에 기대면서 아빠에게 물었다.

그가 눈을 들어 내 몸의 할퀸 상처들을 봤다.

"보아하니, 또 플로시랑 미친개처럼 싸웠구나." 그가 말했다. "그러다가 너희 둘 서로 잡아먹겠구나. 그럼 뱀들만 좋아하겠지."

그가 작업대를 돌아서 내게 다가왔다.

"어제보다 더 컸나?" 그가 손을 들어 내 키를 쟀다.

"아뇨." 나도 내 다리를 보면서 키를 가늠했다.

"어린애들은 하루가 다르게 크는 법이다." 그가 말했다. "언젠가 나는 조막만 한 네가 정말 욕조 구멍에 빠져버리겠다 싶었다. 그런데 문득, 네가 언제 그렇게 작았나 싶어 기억도 안 날 때가 있다."

나는 작업대를 벗어나 멀찌감치 마당에 앉아 언니들이 들키지 않고 헛간에 들어갈 수 있게 했다.

"오늘도 재미있는 이야기 있어요?" 내가 물었다.

"언제는 없었니? 오늘은 진짜 좋은 얘기를 해주마." 그는 이렇게 말하고 천천히 내 옆에 앉았다.

그가 오른 다리를 무릎에 안 아프게 구부리는 동안, 플로시와 프레야가 재빨리 헛간 옆문으로 들어갔다.

"쉼 없는 별잡이들(Restless Star Catchers) 이야기를 들어본 적 있니, 꼬마 인디언?" 아빠가 물었다.

내가 답하기도 전에, 헛간에서 유리가 깨지는 소리가 났다. 아빠가 일어서려는 순간, 내가 그의 팔을 잡았다.

"쉼 없는 별잡이들에 대해 얘기해주세요." 내가 말했다. "그들이 누구예요?"

"저 소리 못 들었니?" 그가 물었다.

"아무 소리도 못 들었어요." 나는 프레야와 플로시가 헛간에서 깨뜨렸을 온갖 것들을 상상했다. "쉼 없는 별잡이가 뭐예요?"

그가 마지막으로 헛간을 바라봤다.

"분명 무슨 소리를 들었는데." 그는 이렇게 말하고, 긴장을 풀었다. "그래, 내가 어디까지 얘기했지?"

"쉼 없는 별잡이들 이야기를 하려던 참이었어요."

"아, 맞다." 그는 꽤 심각한 얘기를 하려는 듯 고개를 끄덕였다. "쉼 없는 별잡이들, 그들은 쉼이 없어, 왜냐하면 쉬지 않고 날아야 하니까."

"왜요?" 내가 물었다.

"별을 잡아야 하니까. 별은 떨어지는 버릇이 있거든. 실은 어젯밤, 바로 여기, 셰이디 레인의 우리 집에 별 하나가 떨어졌다."

아빠의 어깨 너머로 프레야와 플로시가 밀주 단지 하나를 들고 헛간에서 빠져나오는 것이 보였다. 숲 경계에서 플로시가 내게 서둘러 따라오라고 손짓했다. 그녀가 발을 돌려 프레야 뒤를 따라 나무들 사이로 사라질 때, 그녀의 말총머리가 풀썩였다. 아빠는 내가 뭘 보나 싶어 고개를 돌렸지만, 그가 본 것은 흩날리는 잎들뿐이었다.

"그 별이 어디 떨어졌는데요, 아빠?" 내가 물었다.

"아, 그래, 헛간 옆 바로 여기." 그가 그 자리를 가리키며 말했다. "너한테 그 별을 보여주고 싶지만, 난 그걸 쉼 없는 별잡이에게 돌려줘야 했다. 넌 정말 그들을 한번도 본 적이 없니, 베티?"

나는 고개를 끄덕였다.

"그럼 넌 정말 특별한 걸 놓친 거다." 그가 말했다. "그들은 멋진 검은 사자들이고, 크기는 우리 램블러만 하다."

"그렇게 커요?"

"그렇게 크다." 그가 말했다. "실은 나도 믿기지 않았다. 처음엔 내가 꿈을 꾸고 있는 건 아닌가 싶어서 그의 큼직한 네 발을 빙 둘러봤고, 손을 뻗어서 그의 굵고 차가운 털을 만져봤다. 그에게서 수십억 년을 산 듯한 냄새가 났다. 꼭 큰비가 쏟아진 뒤의 땅 냄새 같았다. 사자의 눈을 들여다보니, 눈동자도, 홍채도 없었다. 눈이 나침반이었다. 바늘이 끊임없이 돌면서 온갖 것들의 위치를 동시에 추적하고 있었다."

아빠는 수염을 쓰다듬듯 턱을 만지작대며 말했다. "그의 갈기는 정말 장관이었다. 티끌처럼 소용돌이치면서 움직였는데, 그냥 먼지랑은 달랐다. 그건 우주를 채우고 있는 그 무엇이었다. 작은 은빛 광채들이 쉼 없이 빙빙 돌고 있었고, 하나하나 살아 있었다. 나는 울기 시작했다."

"왜요, 아빠?"

"너무 아름다워서. 나는 사자도 내가 왜 우는지 궁금해 한다고 생각했다. 그가 나를 잠깐 쳐다봤으니까. 그러자 깊고 부드러운 목소리로 그가 내게 말했다."

"뭐라고 했는데요?"

"자기는 별을 찾으러 왔다고 했다. 그는 큼직한 발로 그 별을 주워 자신의 등에 올려놓았고, 별은 털 속으로 빨려 들어가 어둠 속으로 사라졌다. 나는 그가 여기 올 때만큼 빨리 사라질 것이라고 생각했다. 그런데 그의 갈기가 곤추서더니 둘로 갈라지기 시작했다. 절반은 오른쪽으로, 절반은 왼쪽으로 뻗쳤다. 이미 그의 갈기가 엄청나다고 생각했는데, 그게 더 크게 자라기 시작하더니 한낱 티끌로 반짝였던 소용돌이들이 그새 깃털로 늘어났다. 갈기가 날개로 변했다."

"'지금 날아갈 겁니까?' 나는 위대한 사자에게 물었다."

"'난 너를 데리고 달로 날아가 아주 특별한 나무를 보여줄 수 있다.' 그가 답했다."

"아, 맙소사, 나는 그 기회를 놓칠 수 없었다. 나는 그의 엄청 큰 등에 올라탄 뒤 그를 꽉 잡았고, 그는 땅을 박차고 날아올랐다. 갈기에서부터 만들어진 그의 날개는 우리가 솟구치자마자 빛의 비행운을 남겼다. 나는 내가 떠난 세상을 내려다봤고, 눈을 돌려 지금 내가 들어가고 있는 우주를 바라봤다. 달이 내 눈에 들어왔고, 그건 정말 경이로웠다, 꼬마 인디언. 그는 나를 거대한 나무 한 그루가 자라고 있는 달의 깊숙한 분화구 속에 내려놓았다. 나무는 핏빛처럼 붉은 나무껍질에 황금색 상형문자들이 새겨져 있었다. 가지마다 보랏빛 유리종이 매달려 있었고, 그 안에서 별들이 익어가고 있었다. 사자는 내게 내가 이 나무를 보고 열매를 따는 최초의 인간이라고 했다."

"'하지만 너는 익지 않은 별만 딸 수 있다'라고 그가 말했다. '왜냐하면 그 어떤 별도 땅에서 살 수 없지만, 별이 될 운명인 것은 충분히 땅에서 살 수 있기 때문이다.'"

아빠가 셔츠 주머니에 손을 넣더니 구멍이 뚫린 돌 하나를 꺼냈다.

"이게 바로 내가 딴 그 익지 않은 별이다." 그가 돌을 내게 건넸다.

이어 그는 바짓가랑이를 걷더니, 검푸르게 변한 오른 무릎뼈를 보여주었다.

"내가 나무에 오를 때, 아픈 이 무릎을 그 크고 늙은 나무 몸통에 찧여 여기 이렇게 멍이 들었다." 그가 무릎에 손을 올렸다. "난 이제, 사람들이 내게 왜 다리를 저느냐고 물으면, 별나무에 오르면서 무릎을 다쳤다고 말할 수 있게 되었다."

나는 검푸른 변색을 가까이 들여다봤다. 그건 그가 아침 식사 때 손가락 끝에 남긴 블랙베리 잼 흔적과 같은 흔적이었다.

"이건 별이 아니에요." 나는 돌을 들어 보이며 말했다. "이건 그냥 아빠가 린트에게서 얻은 강가의 쓰레기예요. 그리고 이건 멍이 아니에요. 그냥 잼이 묻은 자국에 불과해요."

"네가 아빠 이야기를 믿지 않으리라고는 전혀 생각지 못했다, 꼬마 인디언." 그의 목소리가 그의 이마에 드리운 슬픔의 무게에 짓눌린 듯했다. 그는 마치 땅에 답이 있는 듯 시선을 떨궜다.

"아빠가 달에 갔다는 건 믿어요." 나는 이렇게 말했지만, 이미 너무 늦었다.

그가 왼쪽 다리에 힘을 주고 천천히 일어섰다.

"아니," 그가 말했다. "네 말 그대로다. 이건 그냥 돌멩이다. 그뿐이다. 내가 달까지 날아갈 수 있다고 믿는 게 바보겠지, 응? 나같이 늙고 보잘것없는 사람(Mr. Nobody)이."

나는 이미 부서진 남자에게 또 다른 금을 그은 셈이었다.

그는 어깨를 축 늘어뜨린 채 몸을 돌려 떠났다. 그가 어느 쪽으로 갈지 궁금했는데, 그때 린트가 집에서 뛰쳐나왔다.

"그게 날 물었어요." 린트가 자신의 손등을 잡고 있었다.

"뭐가?" 아빠가 아들에게 달려갔다.

"방울배-애-앰." 린트가 아빠에게 손을 보여주었다.

그 상처는 린트가 손등에 빨간 매직으로 그린 두 빨간 줄에 불과했다.

"아파요, 아빠. 도-오-오와주세요." 린트가 고통에 신음했다.

"그래, 낫게 해주마." 아빠는 이렇게 말하더니 주머니에 손을 넣어 말린 담배 봉지를 꺼냈다. 담배를 자신의 입에 조금 넣고 후다닥 씹었다.

"담배가 독을 빨아낼 거다." 아빠는 이렇게 말한 뒤, 두 빨간 줄에 자신의 입술을 댔다.

아빠가 독을 빨아내는 척할 때, 나는 돌을 꼭 쥐고 언니들을 찾아 숲으로 들어갔다. 숲에 들어서자마자 누군가 내 등에 올라탔고, 나는 앞으로 고꾸라지면서 돌을 손에서 놓쳤다.

"잡았다." 플로시가 온몸으로 내 등을 누르며 귀에 대고 외쳤다.

"주머니쥐같이 생긴 게." 내가 말했다. "꺼져."

플로시가 몸을 일으키며 깔깔 웃었다.

"너무 오래 걸렸어." 그녀가 말했다.

프레야가 나무에 기대서 있는 게 보였다. 밀주 단지를 들고 있었다.

"난 플로시에게 널 놀라게 하지 말라고 했다, 베티." 프레야가 한숨을 쉬었다. "하지만 넌 플로시가 어떤 앤지 알잖아."

플로시가 프레야에게 혀를 쑥 내밀었다.

"언니들, 익지 않은 별이 어디로 갔는지 봤어?" 내가 몸을 일으키며 물었다.

"익지 않은 별?" 프레야가 주변을 둘러봤다.

"저기 있네." 나는 블랙베리 덤불 끝에 있는 별을 발견했다.

내가 그쪽으로 가려고 하자, 플로시가 내 팔을 잡았다.

"너 지금 린트로 변했니?" 그녀가 물었다. "저건 그냥 멍청한 돌이야. 가자. 프레야가 우리에게 독수리를 보여준대."

프레야는 이미 달려가고 있었고, 그녀의 라벤더색 드레스의 치마가 까불이 정령처럼 펄럭였다. 그녀는 숲을 가로질러 케케묵은 짙은 나무 몸통과 날카로운 솔잎이 우거진 어느 소나무 수풀로 우리를 이끌었고, 그 모습에 나는 늑대들에게 잡혀 먹히는 소녀들의 그 모든 동화들이 떠올랐다.

"둥지는 저 위에 있어." 프레야가 걸음을 멈추고, 우뚝 솟은 소나무를 가리켰다.

우리 둘은 고개를 들어 두 가지 사이에 쌓인 커다란 잔가지 더미를 올려다봤다.

"아빠 말로는 독수리가 다른 어떤 새보다 높이 난대." 프레야가 단지를 안은 채 말했다. "아빠 말로는 다들 콘도르가 가장 높게 나는 새라고 생각한대. 하지만 그들이 틀렸어. 그건 독수리야. 아빠 말로는 그래서 독수리 머리가 흰색이래. 독수리가 너무 높이 날아서, 머리 윗부분이 하늘나라에 닿았고, 그 접촉이 너무 거룩해서 깃털이 흰색으로 변한 거래."

어미 독수리가 날카롭게 울었다. 어미가 돌아와 우듬지를 돌고 있었다.

"언니, 술 좀 줄래요?" 플로시가 프레야의 손에서 밀주 단지를 낚아채 곧장 한 모금을 마셨다. "우-와." 이어 고통스런 표정을 지었다.

프레야는 독수리에게서 눈을 떼지 않은 채, 드레스 주머니에서 연필과 종이를 꺼냈다.

"난 기도문을 쓰려고 여기 온 거야." 그녀는 이렇게 말하고 종이를 세 조각으로 나누었다. "너희 둘도 너희 기도문을 쓰면 돼. 그러면 독수리가 그걸 하나님에게 올려줄 거야."

"그 어떤 새도 하나님에게 아무것도 줄 수 없어." 플로시가 입술을 쩝쩝댔다.

"독수리는 할 수 있어." 프레야는 독수리와 서로 오랜 친구인 양 그를 바라봤다. "아빠가 그랬어. 그럼 맞는 말이야."

프레야는 그 생각에 당장 울 기세였다. 나는 그때 깨달았다. 아빠도 우리가 아빠의 이야기를 믿어야 했겠지만, 그만큼 우리도 아빠의 이야기를 믿어야 했다는 것을. 익지 않은 별을, 특별한 것을 행할 수 있는 독수리들을 믿어야 했다. 우리의 삶이 우리 주위의 현실에 국한되지 않을 것이라는 광적인 희망이 그 바닥에 깔려 있었다. 바로 그래야만 우리는 우리가 저주받았다고 느끼지 않는 운명을 주장할 수 있었다.

"나는 믿어." 나는 프레야에게 연필과 쪽지를 받으면서 이렇게 말했다.

나는 독수리가 되어 프레야의 기도문을 하나님께 가져다주고 싶습

*니다.* 나는 이렇게 썼다.

나는 플로시에게 연필을 넘겼다. 그녀는 어이가 없다는 듯 어쨌든 프레야가 준 쪽지를 휙 잡아당겼다.

"나는 스타가 되고 싶고, 할리우드에 살고 싶고, 엘리자베스 테일러보다 더 유명해지고 싶습니다." 플로시는 자기 기도문을 쓰면서 크게 읽었다.

프레야는 조용히 자기 쪽지를 들고, 우리에게 등을 돌리고 몰래 기도문을 썼다.

"좀 보여줘." 플로시는 프레야가 뭘 썼는지 엿보려고 했다. "너무 숨기네."

프레야는 우리에게 한 단어도 알려주고 싶지 않아서 재빨리 종이를 접었다.

"이제 얘들을 둥지에 넣어야 해." 프레야가 나와 플로시의 기도문을 모으면서 이렇게 말했다.

나는 프레야가 나무를 오르기 시작하자마자 그녀의 치마를 잡아당겼다.

"독수리 어미가 돌아오면 어쩌려고?" 내가 물었다. "걔가 언니 눈을 파낼 거야, 프레야."

"괜찮아요, 베티 소녀." 프레야가 미소를 지었다. "내가 늘 하던 거야. 쟤는 날 해치지 않아."

나는 마지못해 그녀를 놓아주었다. 둥지에 닿은 그녀가 기도문들을 조심조심 알들 사이에 놓았다.

"독수리가 다가오고 있어, 프레야." 나는 나무줄기를 부둥켜안았고, 마치 그걸 흔들면 그녀를 내려오게 할 수 있을 듯싶었다. "빨리 내려와."

독수리가 비명을 지르는 순간, 프레야가 둥지를 벗어나기 시작했다.

"조심해." 독수리가 갈고리발톱을 세워 프레야에게 달려드는 것을 본 순간, 나와 플로시가 외쳤다.

프레야는 나무에서 손을 풀었고, 나머지는 그냥 추락하는 수밖에 없었다. 그녀는 등을 쿵 찧으며 떨어졌다. 내가 프레야를 부축해서 일으키는 동안, 플로시가 깔깔 웃기 시작하더니 나중에는 돼지처럼 코까지 들썩였다.

"난 괜찮아." 프레야가 막 자기 둥지에 올라선 독수리를 올려다보며 말했다. "이제 가자. 쟤가 우리 기도문을 가야 할 곳에 가져다줄 거야."

프레야가 내게서 단지를 받아 한참을 들이켰다. 그리고는 밀주가 얼마나 독한지 보여주려는 듯, 얼굴을 찡그리고 목을 움켜쥐었다.

"속을 다 태워버리겠네." 그녀가 말했다.

"상관없어." 플로시가 단지를 빼앗으려고 했다.

프레야가 단지를 놓지 않고 소나무 수풀을 달려 나갔다. 플로시가 그녀를 뒤쫓았다. 나는 뒤에 남아서, 독수리가 둥지 안으로 들어가서 제 알을 헤아리는 것을 지켜봤다.

"하나, 둘, 셋." 나는 독수리와 함께 세었다.

독수리는 만족했는지 날기 시작했고, 자신이 우리 기도문 중 하나를 들고 가고 있다는 걸 모르는 듯했다. 날면서, 그 종이가 떨어졌다. 나는 종이가 나뭇가지 사이로 떨어지기를 기다렸다.

"잡았다, 요놈." 나는 기도문이 땅에 닿기 직전 그것을 잡았다. 나는 그게 나비인 양 도망갈까 겁났고, 천천히 손을 펴서 종이를 훔쳐봤다. 조심스레 종이를 펼쳤고, 이내 낯익은 프레야의 필기체가 보였다.

*나는 자유롭고 싶습니다. 부디 그에게서 나를 놓아주세요. 내 소원입니다.*

"그라니?" 나는 물었다. "그가 누구지?"

나는 프레야가 썼던 노랫말을 떠올렸다. 손가락에 뱀을 달고 다니는 한 소년에 대한 노랫말이었다.

*그는 쉿쉿거리며, 내 몸 위아래를 죄처럼 미끄러지네. 마치 에덴동산 이후 아무것도 먹지 않은 것처럼.*

나는 종이를 주머니에 넣고, 언니들을 따라잡으려고 내달렸다. 그들은 소나무 수풀을 벗어나서 밀주를 두고 다투고 있었다.

"베티는 아직 한 번도 안 마셨어, 그치, 베티?" 프레야가 내게 단지를 건넸고, 플로시는 그걸 자기가 마시려고 낚아채려고 했다.

나는 플로시를 밀치고 재빨리 한 모금을 들이켰다.

"해님을 삼킨 기분이네." 내가 콜록거리며 말했다.

우리 셋은 모두 깔깔 웃었고, 오후 내내 단지를 나눠 마셨고, 강에서 벌거벗고 헤엄을 쳤고, 언덕을 돌아다니며 춤을 췄다. 당시 열여덟 살인 프레야가 혼자 단지의 절반쯤을 마셨다. 난 그저 여기저기서 조금 홀짝거렸고, 대부분 도로 뱉었다. 플로시는 열한 살에 겁이 없어서, 한참을 들이켰다. 마침내 우리가 들판에 놓인 트랙터를 마주했을 때는 날이 이미 어두웠고, 우리 세 자매는 쓰러지지 않을 뿐 다 만취한 상태였다. 프레야가 트랙터로 걸어가 차 옆구리를 만지면서, 총격범은 우리들 중 누구도 아닌 것 같다고 말했다.

"내 생각엔 베티인 것 같은데." 플로시가 두 손으로 단지를 기울이면서 이빨을 훤히 드러내고 웃었다.

"하하." 프레야가 무릎을 쳤다. "여덟 살짜리 소녀가 커다란 구식 엽총을 들고 다니면 누군가 봤을 거라는 생각이 안 드니? 또, 베티가 왜 총을 쏴?"

"그냥 쟤한테는 활과 화살이 없으니까." 플로시가 팔을 깃털처럼 머리 뒤로 올리면서 이렇게 말했다.

"언니도 체로키야, 멍청하기는." 나는 플로시의 팔을 꼬집었다.

"그런데 문제는 네가 진짜 체로키처럼 보인다는 거지." 그녀도 나를 꼬집었다.

"소녀가 쏜 게 아니야." 프레야가 말했다. "더할 나위 없이 못된 망할 놈이야." 그녀는 트랙터를 들이마실 듯 거기에 뺨을 댔다. "늑대들이 나올 시간이다. 걔들이 우리 젖 냄새를 맡고, 그걸 보려고 할 거야. 집에 가는 게 낫겠다."

우리 셋은 술 취한 머리를 맞대고 생각을 모아, 맞다고 생각되는 방향으로 출발했다. 가는 길에 교회를 지나쳤다. 끝없이 펼쳐진 옥수수밭들 사이에 있는 유일한 건물이었다. 우리는 교회 유리창에 얼굴을 바짝 붙였다. 안에 램프 하나가 십자가에 달린 예수의 형상을 비추고 있었다.

"텅 비었는데." 플로시가 빙그레 웃었다. "안에 들어가서, 모든 십자가들을 뒤집어 놓자. 내일 아침 목사가 오면, 자신의 모든 죄가 드러났다고 생각할 거야."

나와 언니들은 그 생각에 킥킥 웃으며 교회 문을 밀었다. 당시 교회는 문을 잠그지 않았다. 목사가 자신의 양떼를 믿지 않는다는 뜻이었기 때문이다. 그러면 양떼가 어떻게 목사를 믿을 수 있겠는가?

"똑똑, 집에 계세요, 하나님?" 플로시가 통로를 걸으며 물었다.

우리가 교회에 들어간 것은 그때가 처음이었다. 아빠는 하나님이 건물 안에 있었던 것보다 숲속에 더 오래 그분이 있었다고 믿었다.

"꼭 신도석에 앉아야만 창조의 말씀을 들을 수 있는 건 아니다." 아빠는 그렇게 말하곤 했다. "너희가 해야 할 일은, 언덕을 걸으면서 이 세상에 더 큰 것이 있음을 아는 것이다. 한 그루 나무가 그 어떤 사람보다 더 설교를 잘한다."

교회는 바닥에서부터 천장까지 좁은 참나무 판으로 뒤덮여 있었다. 창문에는 주름진 갈색 커튼이 걸려 있었고, 바닥에는 진홍색 카펫이 깔려 있었다. 강단 옆에 나무 탁자가 있었고, 그 위에 불이 꺼진 촛대가 놓여 있었다.

프레야가 주머니에 손을 넣어 담배와 성냥을 꺼냈다. 담배에 불을 붙이면서 초에서 눈을 떼지 않았다.

"악마들을 쫓아내야지." 그녀는 이렇게 말하면서 심지에 불이 붙을 때까지 성냥불을 들고 있었다.

"이 작고 늙은 초는 우리 천사가 아니야." 플로시가 말했다. "악마는 커녕 어둠을 물리칠 정도로 밝지도 않아."

그녀가 불꽃에 다가가다가 제 발에 걸려 넘어졌다. 앞으로 고꾸라지면서 무릎을 찧었고, 손에 들고 있던 밀주 단지가 날아서 카펫 위를 굴렀다. 남은 밀주가 쏟아지면서 탁자 아래 카펫의 섬유를 흠뻑 적셨다.

"내가 마시려고 했는데." 플로시가 투덜대면서 맨 앞줄 신도석까지 기어갔다. 거기에 몸을 펴고 앉았다.

"소녀와 여성은 앞줄에 앉을 수 없습니다." 프레야가 목사를 비꼬는 듯한 목소리로 플로시에게 말했다. "플로시 양은 그걸 모르나요?"

프레야가 자기 담배를 플로시에게 건네려고 걸어왔다.

"난 맨 앞줄에 앉고 싶단 말이에요." 플로시가 말했다.

"당신도 다른 모든 여성들과 함께 뒤에 앉아야 합니다." 프레야가 다시 강단으로 뽐내며 걸어가면서 한층 굵직한 목소리를 냈다. "그리고 살아 있는 소녀와 여자는 그 누구도 바지를 입어서는 안 됩니다, 베티." 그녀가 내 멜빵바지를 가리켰다. "당신은 그게 망할 죄라는 걸 모르나요?" 그녀가 강단을 부여잡더니 온몸으로 덮었다. "사랑하는 여러분, 우린 너무 많이 마신 것 같습니다."

"딸들은 뒷줄에. 아들들은 앞줄에." 플로시가 인상을 쓰며 말했다. "우리가 입이 없나? 우리가 손이 없나? 아무도 우리가 그 입과 손으로 더 많은 일을 할 수 있다고 생각 안 해. 난 남자애들이 제 하고 싶은 일을 다 할 수 있는 곳이 싫어. 지옥에나 떨어지라지. 우리에겐 우리 기도문을 저 위로 날려줄 오직 우리만을 위한 독수리가 있어." 그녀가 두 팔을 치켜들었다. "우리에게는 엄마 독수리의 힘이 있습니다. 그리고…… 그리고…… 음, 내…… 내가 무슨 말을 하려고 했는지 잊었습니다."

"난 무슨 말인지 알아." 프레야가 강단을 발로 찼다. 강단이 옆으로 쓰러졌다. "그들은 우리의 모든 걸 빼앗습니다. 우리가 싫어요(no), 라고 해도."

프레야가 드레스 단추를 풀고, 속옷만을 남긴 채 옷을 벗었다.

"속이 메스꺼워." 나는 곧바로 가까운 신도석에 토했다.

"넌 정말 웃기지도 않아." 플로시가 선 채로 내게 얼굴을 찡그렸다. 그녀가 담배를 입가에 꼬나문 채, 나무 십자가가 걸린 벽을 향해 비틀비틀 걸어갔다. 그녀가 십자가를 거꾸로 돌렸다. 그러더니, 자신의 영혼이 걱정됐던지, 다시 똑바로 세웠다.

"강에 가야겠어." 내가 소리쳤다. "또 토할 거야. 강에 가야겠어. 그래야 씻겨 내려갈 테니까."

"한 여자가 화가 나 있는 건 당연합니다." 프레야가 손에 쥔 드레스를 물끄러미 쳐다보며 말했다. "행복할 틈이 없습니다. 그들이 우리와 함께 일을 마친 뒤에도."

나는 신도석을 잡고 앞좌석으로 가서, 어지러운 머리를 대고 누웠다.

"이브는 사과를 먹었습니다." 프레야가 초를 집어 들고 말했다. 그녀가 촛불을 한참 응시한 뒤 입가에 미소를 띠었다. "네, 잘했습니다, 이브. 왜냐하면 우리가 그 지식의 나무에서 제일 먼저 배운 건 어떻게 망할 큰불을 지르느냐는 것이었으니까요."

"프레야 언니, 그만해." 내가 말했다.

"우리도 뭔가를 태울 수 있다는 걸 증명해야 돼, 베티." 그녀가 말했다. "그렇지 않으면, 야수들이 세상을 지배하게 될 거야."

프레야의 눈동자에 불꽃이 반사되어 깜박이면서 그녀의 눈이 더 커졌다. 그녀가 초를 기울였고, 뜨거운 촛농이 흘러내리면서 불과 천이 만났다. 불이 목화솜을 집어삼켰고, 연기가 천장을 향해 말려 올라갔다.

"정말 밝은데." 플로시가 웃다가, 이내 불길이 재미있는지 아니면 무서운지 모르겠다는 듯 입을 가렸다.

불길이 천을 따라 오르면서 프레야의 손으로 향하기 시작하자, 그녀가 드레스를 포기했다. 초와 드레스가 밀주를 머금은 카펫 위에 떨어지자 우리는 숨을 죽였다. 빛이 터지면서, 알코올을 삼킨 불꽃이 점점 거세게 번져나갔다.

프레야가 선반에서 야생화가 가득 꽂힌 꽃병을 움켜쥐었다.

"나가라, 이 멍청한 불아." 그녀가 꽃병의 물을 불길에 부었다. 야생화가 쏟아졌고, 닿자마자 타올랐다.

"언니는 불을 못 끌 거야." 플로시가 깜빡이는 주황색 불꽃에 담배를 던지더니 원을 그리면서 춤을 췄다. "이건 저주야. 우리는 모두 저주받은 거야."

"불을 끄는 데 물을 쓰면 안 돼, 프레야." 프레야가 내 팔을 잡고 신도석에서 끌어낼 때 내가 말했다. "흙을 써야 한다는 건 언니도 알잖아."

"여기서 나가야 해, 베티." 그녀가 나를 통로로 끌어냈고, 플로시에게는 우리를 따라오라고 계속 소리쳤다. 플로시가 말총머리를 풀어헤치고 계속 춤을 췄다. 그녀가 몸을 좌우로 흔들 때마다, 그녀의 긴 머리칼이 등을 따라 미끄러졌다.

"미치겠네, 플로시. 빨리 와." 프레야가 다시 말했다.

플로시가 킥킥거리며 우리 뒤를 따랐다. 우리 셋 모두 안전하게 빠져나온 뒤에야, 프레야가 내 팔을 놓아주었다.

"내가 무슨 짓을 한 거지?" 불길이 첨탑 꼭대기의 하얀 십자가까지 집어삼킬 기세로 치솟는 걸 보면서 그녀가 물었다.

플로시는 환호했고, 손뼉을 쳤다. 나는 그녀를 밀치고, 교회를 향해 달렸다. 나는 내가 재가 되기 바로 직전까지, 가능한 한 가까이 화염에 다가갔다. 주머니에 손을 넣어, 프레야의 기도문을 꺼내 불길 속에 던졌다.

"베티, 조심해." 불타는 기둥들이 내 옆에 떨어지며 바스라지자 프레야가 비명을 질렀다.

나는 땅바닥에 쓰러졌고, 풀에서 열기가 올라오는 걸 느낄 수 있었다. 거기 누워 녹아버릴지 모르겠다는 생각이 들었다. 그때 내 두 팔을 감싸는 손을 느꼈다. 언니들이 나를 구하고 있었다.

우리가 근처 언덕으로 피하는 동안, 나는 계속 넘어졌고, 언니들은 날 계속 일으켰다. 우리 모두 숨을 가쁘게 몰아쉬었고, 나는 왜 우리가 내쉰 숨에서 돌풍이나 번갯불 같은 것이 솟아나지 않는지 알 수 없었다.

우리는 언덕 꼭대기에 오르자마자 쓰러졌고, 거기서 불길을 바라봤다. 우리는 근처에 사는 농부가 곧 그 불을 보고 보안관에게 연락할 것을 알고 있었다.

"오늘 밤 망쳤네." 프레야가 이렇게 말하면서 작은 돌을 주워 언덕 비탈에 던졌다. 그녀는 돌이 바닥까지 닿은 것을 보더니, 내게 왜 불을 향해 달려갔는지 물었다.

"너 타 죽을 뻔했어, 베티." 그녀가 말했다.

"베티가 왜 그랬는지 내가 말해줄게." 플로시가 대신 답했다. "왜냐하면 쟤가 고주망태였기 때문이야."

우리 셋은 멀리서 울리는 소방차 경적소리를 들었다. 언니들이 불길에서 눈을 떼지 못하는 동안, 나는 연기에서 눈을 떼지 못하고 있었다.

"연기는 신성해." 나는 이렇게 말하면서 만약 연기가 구름까지 두려움을 나를 수 있다면, 그 연기는 더 높이, 하늘나라까지, 프레야의 기도문을 나를 수 있으리라 믿었다.

# 12

～

언덕들이 녹으며 땅이 불타나니.

—나훔 1:5

그날 밤 목욕을 하고 머리를 감은 뒤에도, 연기가 내 피부에 눌러 살고 있는 듯 여전히 냄새가 풍겼다. 나는 젖은 머리 그대로 침대에 누워 프레야의 방에서부터 복도를 타고 전해지는 그녀의 일본제 오르골 소리를 들었다.

"잘 자." 그녀의 목소리가 나와 플로시에게 떠내려왔다.

"잘 자." 플로시가 답했다.

침묵이 내 말을 기다렸다.

"잘 자." 나는 이렇게 말하고 눈을 감았다. 세 자매. 주황색 불길. 깜깜한 밤. 까맣게 재로 변한 교회의 흰 널빤지들이 보였다.

플로시는 불 이야기가 나올 때마다 주황색 크레용을 녹여 손톱에 발랐다. 손톱으로 벽지를 긁으며 걸으면서 흔적을 남기곤 했다. 베개 아래 손을 집어넣는 그녀의 잠버릇 탓에 베개에는 더 많은 흔적이 있었다. 나는 플로시가 종이 여백마다 손톱으로 작은 주황색 줄을 긋는 것을 발견했고, 그게 불구덩이를 그린 것임을 알았다.

프레야는 우리가 불이 났던 날 밤에 밖에 있었다는 것조차 인정하지 않았다. 그러던 어느 날, 사건 후 일주일쯤 지나, 그녀가 내 손을 잡고 집을 나섰다. 난 그녀가 다른 기도문 때문에 나를 다시 독수리에게 데려가는 것이라고 생각했다.

"파파 쥬니퍼스에 가는 거야." 내가 묻자 그녀가 말했다.

그녀는 각각 탄산음료 한 병과 빙수 양동이 하나를 샀다. 그녀는 탄산음료를 차게 유지하기 위해 양동이에 병을 넣었고, 우리는 언덕을 올라 그녀가 입고 있던 녹색 드레스와 똑같은 색깔의 키 큰 풀들이 자라는 목초지에 앉았다. 그녀가 양동이에서 탄산음료를 꺼냈고, 손을 얼음 속에 넣었다.

"뭔가 느껴져, 베티." 그녀가 손으로 양동이 바닥을 훑었다. "여기 뭐가 있네."

그녀가 얼음을 땅에 쏟았다. 작은 오렌지 하나가 굴러 나왔다.

"하나님이 녹고 있네." 햇살에 얼음이 액체로 변하는 걸 바라보며 프레야가 이렇게 말했다. "그래도 오렌지는 아직 엄청 차가워."

그녀는 오렌지를 집어, 자신의 향긋하고 부드러운 뺨에 댔다.

언니들 각자 우리가 한 짓을 받아들이는 나름의 방식이 있었다. 내 방식은 어머니의 스타킹이 있는 부모님의 침실로 들어가는 것이었다. 엄마는 서랍 가득 뽀송하게 쌓일 정도로 스타킹이 많았고, 여분의 가터벨트가 맨 위에 올려져 있었다. 엄마는 솔기가 뒤쪽으로 흘러내리는 스타킹을 샀다. 너무 곧아서 똬리도 못 트는 뱀이 엄마의 다리를 타고 올라간 듯한 한 줄의 선.

스타킹마다 어머니의 종아리와 발 모양이 그대로 남아 있었다. 나는 가끔 그 스타킹들을 내 팔에 끼면서 엄마가 그걸 마지막으로 착용했을 때의 몸의 온기를 여전히 느낄 수 있다고 생각했다. 보통은, 나는 엄마의 스타킹들을 화장대 의자에 길게 걸쳐놓은 뒤 쿠션에서 늘어뜨렸다. 나는 의자 밑에 배를 깔고 누웠고, 스타킹은 마치 엄마의 다리인 양 마루판을 달랑달랑 스쳤다.

나는 두 손에 얼굴을 묻고 뒤꿈치를 톡톡 치며 콧노래를 부르면서 어머니가 내 머리 위 의자에 앉아 화장하는 모습을 상상하곤 했다. 어머니의 기분에도 아랑곳 않고, 나는 그녀와 가까이 있기를, 적어도 그때 내 나이에는 사뭇 당황스러웠던 여성의 주기 중에도 그녀의 궤도 안에 있기를 꿈꿨다. 나는 스타킹 발치 아래 엎드려 어머니가 내 머리 위 의자에 앉아 자신의 볼에서 족집게로 솜털을 뽑는 모습을 상상하며 위안을 얻었다.

그것은 그 불의 열기 속에서 내가 간절히 바랐던 위안 같은 것이었다. 나는 부모님의 방문에 걸린 사슴 가죽을 한쪽으로 밀치고 방으로 들어갔다. 엄마는 아래층에서 국수 반죽을 밀고 있었다. 나는 까치발로 그녀의 화장대로 다가가서 맨 위 서랍을 연 뒤, 스타킹 밑에 손을 집어넣었다. 스타킹의 미세한 질감이 내 살에 닿는 것이 좋았다. 흡사 어머니가 자신의 작은 비밀처럼 간직한 어떤 바다에 내 손을 담그는 것 같았다.

평소 나는 그렇게 서랍 뒤까지 손을 뻗지 않았다. 이미 플로시는 내게 엄마가 뱀의 혀를 먹고, 서랍 속에 그 혀를 담은 밀봉한 단지 하나를 보관하고 있다고 경고했다.

"넌 그 단지를 건드리기만 해도 엄마처럼 미쳐버릴 거야." 플로시는 그렇게 장담했다. "그럼 너도 뱀 혀를 먹기 시작할 거고, 평생 갈라진 혀를 지닌 놈들만 널 좋아할 거야."

플로시는 엄마가 그 단지를 매일 밤 다른 서랍으로 옮긴다고 했고, 그래서 난 한번도 서랍에 무작정 손을 넣지 않았다. 그런데 그날, 스타킹들이 너무 부드러웠다. 나는 눈을 감고 손을 더 깊이 집어넣었다. 이내 손끝에 뭔가가 스쳤다.

단지에서 빠져나온 뱀의 혀를 찾은 걸까?

촉감으로 느낀 것을 손으로 감쌌다. 꺼내보니, 스타킹 안에 똑같은 사진들이 수북했다. 세일러 칼라에 커다란 크림색 나비리본을 맨, 짙은 드레스 차림의 소녀의 사진이었다. 소녀는 홀쭉했고, 두 팔을 어색하게 양쪽으로 늘어뜨리고 있었다. 창백한 머리칼은 작은 어깨 앞으로, 더 창백한 얼굴 위로 흘러내리고 있었다. 소녀는 웃고 있지 않았다. 소녀의 회색 눈은 사진에선 거의 하얗게 보였지만, 눈동자에 담긴 두려움이 고스란히 남아 있었다. 빗소리에도 화들짝 놀랄 그런 아이 같았다. 바로 그때 나는 소녀의 두 손가락이 마치 기도를 하듯 십자로 된 것을 봤다.

소녀 옆에 이십 대로 보이는 남자가 서 있었다. 그는 두 팔을 양쪽으로 곧게 뻗고 있었다. 사진을 밝은 곳으로 가져갔다. 남자의 얼굴을 더 분명히 보고 싶었다. 왠지 낯익은 모습이 어슬렁거렸다. 단단한, 그러나 거북한 시선. 은빛이 도는 금발. 나는 그의 악다문 턱을 보자마자 경멸했다. 왠지 그 모습에서 쓰디쓴 약초가 떠올랐다.

"당신은 누구세요?" 나는 사진 속 남자에게 그가 마치 살아서 내게 답할 것처럼 물었다. 그는 허리춤 높이 치켜 올린 작업복 바지, 멜빵, 셔츠를 입고 있었고, 셔츠 밑으로 속옷이 삐져나와 있었다.

그도 소녀처럼 웃고 있지 않았지만, 카메라를 딱 응시한 채, 그런 그의 모습을 한사코 보존하려는 듯싶었다. 몸은 남자였다. 그러나 난 그의 영혼이 늑대로 느껴졌다.

사진을 아래층으로 가져갔다. 플로시가 거실에서 「아메리칸 밴드스탠드」에 맞춰 춤을 추고 있었다. 린트는 소파에 앉아, 온몸에 작고 빨간 점을 찍고 있었다.

"빨간 점들은 뭐야, 린트?" 내가 물었다.

"요-오-오정이 물었어." 그가 말했다. "숲에서 물렸어."

"쟤 바-아-아보 아니야?" 플로시가 우리 주위를 빙빙 돌며 춤을 추면서 린트를 놀렸다.

"난 바-아-아보 아냐." 그가 그녀에게 말했다. "정말이야, 베티." 그가 나를 올려다봤다. "다 요정한테 물린 거야. 다들 모-오-오기가 사람을 문 거라고 생각하지만, 한 마리 잡아보면 알아. 가까이서 보-오-오면 정말 조그만 요정이란 걸 알 수 있어, 이빨도 카-아-알처럼 정말 뾰족해."

"이리 와, 베티." 플로시가 내 팔을 당기면서 자기랑 같이 춤추게 하려고 했다. "너도 린트랑 어울리고 싶지 않잖아. 쟤 말더듬은 저-어-언염성이야."

린트는 그녀에게 얼굴을 찡그렸고, 자기 팔에 큰 빨간 점을 그렸다.

"난 가야 돼." 나는 플로시를 피해 복도로 향했다.

부엌으로 들어갔다. 엄마가 방금 민 반죽을 자르고 있었다.

어머니는 항상 맨발로 요리했다. 당시 그녀는 마흔두 살이었지만, 맨발일 때 한층 젊어보였다. 정말로, 그냥 소녀였다. 한발을 다른 발에 얹고, 그때처럼 집중하고 있을 때는.

나는 그녀가 어떤 기분인지 살폈다. 그녀는 반죽을 자른 뒤 칼을 옆에 치웠고, 두 손으로 섬세하게 면을 흩트렸다. 그녀는 흥얼거렸고, 노래를 크게 부르기 시작했고, 난 바로 그때가 그녀에게 다가가도 되는 순간임을 알았다.

"이 작은 소녀와 남자는 누구예요?" 나는 특별히 예쁜 목소리로 물으면서 사진을 들어 그녀에게 보였다.

그녀는 사진을 보자마자 내 뺨을 후려쳤다. 난 그녀의 손바닥에서 터져 나온 작은 밀가루 구름을 들이마셨다.

그녀가 국수로 다시 몸을 돌리는 순간, 나는 그녀의 창백한 머리칼이 그녀의 얼굴 위로 어떻게 떨어지는지 봤다. 나는 사진 속 소녀를 자세히 살폈고, 소녀의 창백한 머리칼도 똑같았다. 소녀는 흡사 시간 속에 갇혀, 사진이 그녀를 포착한 그 순간 이후 단 하루도 더는 늙을 수 없었던 듯싶었다. 그럼에도, 그 작은 소녀는 성장했다. 그녀가 내 앞에 서 있었다, 국수를 말리려고 풀어헤치면서.

어머니랑 내가 둘 다 같은 나이의 두 소녀로 함께 컸더라면 어땠을까 궁금했다. 그녀는 아주 조용했을 것이고, 난 모든 말을 도맡았을 것이다. 난 그녀를 머나먼 곳에 데려갈 수 있었을 것이다. 어쩌면 우린 거기서 많은 비밀을 나눴을 것이다. 입을 가린 채, 조용히 소곤소곤 말하면서.

엄마는 국수를 건조시킬 타이머를 맞췄다. 째깍째깍하기 시작하자, 그녀가 입을 뗐다.

"그때 아비는 서른둘이었다." 그녀가 말했다. "청년이었다. 난 거의 본 적이 없다."

그녀가 손에서 밀가루를 털어냈다. 그녀는 감자를 까기 시작하면서, 내게 사진들을 원래 있던 곳에 도로 갖다 놓으라고 했다.

나는 따귀를 다시 맞지 않으려고 뒤로 물러서면서 물었다. "왜 같은 사진이 이렇게 많아요?"

그녀는 깊이 숨을 들이마셨고, 그러나 내가 예상한 화를 내는 대신 이렇게 말했다. "뒤꿈치로 눌러 없애려면 오래 밟아야 해."

그녀는 삶은 감자를 큼직큼직 썰기 시작했고, 나는 사진을 위층으로 도로 가져갔다.

부모님의 침실로 가는 대신, 나는 복도에서 들리는 콧노래를 따라 갔다. 소리는 프레야의 침실로 이어졌고, 거기서 릴런드가 그녀의 침대 위에 다리를 쭉 뻗은 채 나무 머리맡에 몸을 기대고 있는 것이 보였다. 부츠를 신고 있었다. 더러운 밑창에서 떨어진 진흙이 프레야의 이불에 널려 있었다. 그는 내가 거기 있는지 아직 몰랐고, 계속 콧노래를 불렀다. 프레야의 노래 중 하나였다. 그가 단지에서 비트 피클을 꺼내 먹는 것을 잠시 더 지켜봤다.

"네 침대 아니잖아." 내가 그에게 말했다. "그건 프레야 침대야."

"*네 침대 아니잖아.*" 릴런드는 내가 한 말을 목소리까지 흉내 내며 따라했다. "그만 귀찮게 굴어라, 베티. 네 망할 침대나 걱정해."

나는 사진 속 라크 할배를 응시했다. 그의 눈은 프레야의 침대에서 나를 돌아보고 있는 눈과 똑같았다.

"왜 그렇게 찡그리고 있니?" 릴런드가 물었다.

내가 답하지 않자, 릴런드가 침대를 쓰다듬었다.

"이리 와." 그가 말했다. "새로 쓴 이야기 있으면 들려줘, 베티 소녀. 엔딩을 망치지 않겠다고 약속할게."

나는 부모님의 방을 향해 달렸다. 그 사진 모두를 최대한 빨리 스타킹 안에 집어넣었다. 서랍에 그걸 다시 넣을 때, 나는 더 많은 사진들이 다른 스타킹 안에 있는 것을 발견했다. 어머니가 이미 다 밟은 사진들이었다. 나무의 윤곽밖에 안 보일 정도로 이미지들이 바랜 것을 보면 알 수 있었다. 나는 마치 뱀의 혓바닥들을 발견한 듯, 서랍을 닫았다.

방을 나서면서 창밖을 내다봤고, 프레야가 머나먼 곳에 앉아 있는 것이 보였다. 나는 밖으로 뛰쳐나가 그녀에게 달려가면서 그녀의 이름을 속삭였다. 무대에 더 다가갈수록, 프레야의 노랫소리가 더 크게 들렸다.

"악마들과 천사들, 그들이 내 이름을 쓰네, 불속이든 후광이든 다를 게 없네." 그녀는 자신이 직접 쓴 가사를 읊었다. "난 네가 나를 노래처럼 열어줄 줄 알았어. 난 정말 틀렸어, 난 정말 트으으를렸어."

무대에 올라 그녀 옆에 앉았다.

"언니는 벌집처럼 노래해." 내가 그녀에게 말했다.

"정말?" 그녀가 나를 돌아봤다. "야, 베티. 너 속눈썹 빠졌다."

프레야가 손끝으로 내 뺨을 누르면서 빠진 속눈썹을 집었다.

"언니 손가락이 빨갛게 얼룩졌어." 내가 말했다.

"비트 피클을 먹었거든." 그녀는 내 입 앞에 속눈썹을 들고 있었다. "너도 소원의 우물에서 뭔가를 빌어봐."

그녀의 어깨 너머로, 릴런드가 베란다에 서 있는 것이 보였다. 그가 라이터를 들어 담배에 댔다. 담배 끝이 주황빛을 띠는 순간, 나는 두 눈을 감고 입김을 불어 언니의 손가락에 묻은 속눈썹을 날렸다.

# 더 브레새니언

## 악마가 총격의 범인으로 비난받다

목사는 총격범이 다름 아닌 악마라고 주장했다. 그는 자신이 철물점에서 반짝이는 새 삽을 사려고 할 때 그런 계시를 받았다고 했다. 목사의 말이다.

"내가 길렀던 개들 중 최고의 개를 묻을 구덩이를 파려고 삽을 구입하러 가게에 들어갔습니다. 그때 삽날에 무시무시한 얼굴이 비쳤습니다. 뒤를 돌아봤지만 아무도 없었습니다."

목사는 교회의 화재와 잇따른 총성으로 인해 우리 마을이 죄의 희생양이 되고 있다고 믿었다. 목사는 이렇게 덧붙였다.

"나는 악마와 열일곱 번 이상을 싸웠습니다. 그가 주변을 어슬렁거리면 나는 금방 알 수 있습니다. 그는 심장을 갉아먹고 영혼을 훔치는 걸 좋아합니다. 악마가 브레세드에 총질을 하고 있다고 내가 의심하는 이유는, 우리가 선한 주님으로부터 멀어지고 있음을 그가 알고 있기 때문입니다. 여러분 모두 저녁 기도에 초대합니다. 악이 사방에서 창궐하기 전에 우리는 악마가 떠나도록 기도해야 합니다."

# 13

∽

자기 집을 어지럽히는 자는
바람을 상속하며.

─잠언 11:29

아빠가 으레 재배하던 담배는 6월 중순경 꽃이 폈다. 우리는 엄지로 꽃을 땄고, 그때마다 눈을 찡그렸는데, 조금 지나면 담배가 양파를 깔 때처럼 우리 눈을 쓰라리게 했기 때문이었다.

우리는 꽃을 수확한 다음, 그걸 햇볕에 펼쳐 놓아 아빠가 동물성 기름을 바를 수 있게 해놓았다. 꽃은 하루 종일 말랐고, 그다음 아빠가 잘게 잘랐다. 아빠는 종이에 말아 피운 담뱃잎과 달리, 말린 꽃은 간직했다가 자신의 어머니가 썼던 동석[56] 파이프에 넣어 피웠다.

"꽃이 이렇게 예쁘니, 얘들은 당연히 잎보다 좋은 대접을 받아야지." 그는 이렇게 말하면서 입에 문 파이프와 그의 콧구멍을 가득 채운, 꽃에서 피어오르는 연기에 흡족해 하곤 했다.

트러스틴과 린트는 아직 어려서 아빠의 발 위에 앉아 막대기로 파이프 흉내를 냈다. 플로시는 그러는 개들을 아가들이라고 불렀지만, 나와 플로시도 아무도 보는 사람이 없으면 입에 막대기를 물곤 했다. 아빠는 우리의 머리칼을 헝클이면서, 담배를 피우는 척하는 건 다 괜찮고 좋지만, 진짜 파이프를 피우려면 우리가 반백 년은 더 살아야 할 거라고

---

**56**  soapstone. 凍石. 암녹색이나 회색을 띠는 변성암(metamorphic rock)의 일종. 마그네슘이 풍부한 미네랄 활석으로, 수천 년 동안 조각의 매체였다.

했다.

"들판을 뛰어다니려면 폐를 아껴야지." 그는 텃밭을 바라보며, 늘 수확물을 살피면서 이렇게 말하곤 했다.

아빠에게 여름은 늘어나는 그의 고객들을 위한 약초를 재배하고 야생식물들을 채집하는 바쁜 시간이었다. 아빠는 서서히 번창하고 있는 사업을 위한 제조법을 준비해야 했을 뿐 아니라, 린트와 그의 가짜 질병을 고치는 데도 똑같은 일을 해야 했다. 바로 그날 아침, 린트가 두 손을 꼭 움켜쥐며 자기 손이 갈고리발톱처럼 변하고 있다고 했다. 그는 다섯 손가락을 어색한 각도로 꺾고 있었고, 그건 정말 매 발톱과 비슷해보였다. 아빠는 숟가락을 집어 탕약을 뜬 뒤 린트의 머리 위로 들었다.

"내 아들의 몸에서 나가라, 하늘의 포식자야." 아빠는 이렇게 말하면서 내리꽂히듯 떨어지는 매를 흉내 내며 숟갈을 린트의 입으로 가져갔다. "네 정령을 데리고 여기서 멀리 날아가라. 이 몸은 네 것이 아니다, 매야. 내 아들의 손가락은 네 갈고리발톱이 아니다. 네가 그걸 마지막으로 잃은 곳에서 그걸 찾아라. 그걸 여기서 찾지 마라."

아빠는 린트가 마실 수 있게 탕약을 그의 입에 댔다. 한 모금 한 모금, 린트의 손가락이 펴졌고, 손이 풀렸다. 소년은 돌아왔고, 매는 어디에도 보이지 않았다.

"어쩌면 당신은 작은 승리를 자랑하려고," 엄마는 오래전 아빠에게 이렇게 말했다. "저 애한테 너무 진을 빼고 있는지 몰라요. 하지만 헛고생이에요. 그걸 알아야 해요."

아빠는 아들을 포기하고 싶지 않았다. 어떤 점에서, 어쩌면 린트는 아빠가 온갖 가혹한 조건과 어떤 역경 속에서도 키울 수 있다고 희망한 또 다른 식물에 불과했을지도 모른다. 좋은 아버지로서, 달리 믿기란 끔찍한 일이다.

그 시기에 아빠는 교회를 재건하는 인부의 일원으로 고용되었다. 나는 가끔 그곳을 찾아 진행을 살폈다. 골조가 올라갔다. 지붕에 하나씩 널이 깔렸다. 트러스틴도 나랑 같이 한 번 갔었다. 그는 풀밭에 앉아 다 람쥐털 붓을 검정 물감 단지에 담갔다.

"누군가 교회에 불을 질렀다고 생각해, 베티?" 그가 물었다.

"배선 결함이야." 내가 말했다. "다들 그렇게 알고 있어."

조사는 그렇게 결론이 났다. 프레야의 드레스가 끔찍한 증거가 될 수 있었지만, 그건 완전히 타버린 뒤였다.

"그냥 배선 결함이야." 내가 다시 말했다.

그는 다시 그림을 그렸고, 나는 아빠와 다른 인부들을 지켜봤다. 가을이 되자, 그들은 교회 외벽을 완성했고, 내부를 마무리하고 있었다.

그해 학교가 시작되자, 루시스가 사방에 이렇게 말했다. "베티가 교회 옆을 지날 때, 쟤가 너무 못 생겨서 불이 붙었을 거야."

아이들은 그녀의 기발한 생각에 깔깔대고 웃었다.

설상가상으로 추수감사절이 성큼 다가오고 있었다. 인디언 함성소리가 늘었고, 내 책상에 붙인 깃털도 늘었다. 거기다가, 매년 2학년이 첫 추수감사절 연극을 맡았다. 이번에는 내가 출연할 차례였다.

"순례자[57]를 맡고 싶은 사람은 손을 들어라." 담임인 칠(Chill) 선생이 말했다.

"너는 손 들 생각도 하지 마, 베티." 루시스가 내게 말했다. 그녀의 빨강 격자무늬 머리띠가 격자무늬 점퍼와 완벽히 어울렸다. "넌 인디언을 맡을 거니까."

칠 선생이 나를 보더니, 혀를 끌끌 찼다.

"넌 인디언을 맡아야겠다." 그가 클립보드에 내 이름을 썼다.

"내가 말했잖아." 루시스가 금발머리를 뒤로 휙 젖혔다.

"웃기지 마, 루시스." 내가 말했다. "나는 냄새나는 순례자는 될 생각

---

57  Pilgrim. 17세기 북아메리카 동부 지역에 식민지를 개척한 영국 이주민.

도 없어.”

그날 늦게, 우리는 리허설을 위해 강당에 모였고, 음악선생인 니들(Needle) 부인이 인솔했다. 그녀는 키가 컸고, 오른다리가 왼다리보다 가늘었다. 그녀는 어렸을 때 소아마비를 앓아 보호대를 착용해야 했다. 금속 막대와 가죽 끈, 불편해 보이는 버클들이 달려 있었다. 다리의 크기 차이 때문에, 걸을 때마다 오른 엉덩이가 탈골된 것처럼 살짝살짝 들렸다.

“모두, 잘 들어요.” 그녀가 우리 앞으로 나오며 말했다. 그녀가 모든 순례자들을 무대 한쪽으로, 그리고 모든 아메리카 원주민들을 다른 쪽으로 나누는 동안 그녀의 보호대에서 삐걱삐걱 소리가 났다.

루시스는 내가 검정 머리를 한 아이들과 서 있는 것을 보더니 순례자 친구들과 함께 킥킥 웃었다. 니들 부인이 다가와 내 머리에 깃털 쓰개를 씌워주었다.

“내 조상은 체로키였어요.” 내가 그녀에게 말했다.

“장하다, 얘야.” 그녀는 자신의 손가락 등을 입술에 대고 쉿 하면서 깃털을 꽂을 자리를 살폈다.

“체로키는 쓰개를 쓰지 않아요.” 내가 말했다.

“아-니-지,” 루시스가 무대 건너편에서 소리쳤다. “인디언들은 다 쓰지.”

“내 생각도 그렇단다, 얘야.” 니들 부인이 내 옆의 남자애에게 골판지로 만든 손도끼를 건넸다. 그에게 원뿔 천막 옆에 서 있으라고 했다.

“아뇨.” 내가 말했다. “그리고 우리는 한번도 원뿔 천막에 산 적이 없어요.” 나는 발끝으로 천막을 쿡 찔렀다.

“나는 모든 인디언들이 그랬다고 확신하는데, 얘야.” 니들 부인이 말했다. “그들은 더 나은 걸 몰랐어요.”

그녀는 우리에게 무대에 깔아놓은 사각 녹색 펠트 위에 서 있으라고 했다.

"이건 땅입니다." 그녀가 말했다.

루시스와 내가 동시에 사각에 발을 디뎠다.

"저리 가." 내가 말했다. "여기는 너희 땅이 아니야."

"이제는 내 땅이야." 그녀는 내 발밑의 펠트를 당겨 자기 쪽으로 둘둘 말기 시작했다.

"도둑년." 나는 그녀를 밀어 넘어뜨렸다.

우리 주변의 아이들이 어, 하고 놀랐고, 루시스는 벌떡 일어나 주먹을 불끈 쥐었다.

"자, 자, 애들아." 니들 부인이 목소리를 높이며 다가와 우리 사이에 섰다. "야만인들처럼 행동하면 안 되지."

그날 늦게, 루시스는 내가 자기 동전 지갑을 훔쳤다고 비난했다. 노란 고무로 된, 웃는 얼굴이 그려진 지갑이었다. 루시스가 교실에서 그걸 열고 닫는 걸 봤다. 나도 그런 걸 갖고 싶었고, 루시스도 그걸 모르지 않았다.

"베티가 가져갔어요." 그녀가 말했다.

그 말 한마디에, 칠 선생은 내 책상으로 와서 덮개를 열고 서랍을 뒤졌다.

"말했잖아요, 칠 선생님, 나는 안 가져갔어요." 내가 말했다.

그는 내게 일어나 내 주머니를 비우라고 명했다. 그가 찾은 것은 내가 손으로 쓴 시와 그날 아침 가을 색이 예뻐서 주운 작은 나뭇잎 하나가 전부였다.

"신발을 벗어서 그걸 뒤집어봐라." 칠 선생이 내게 말했다.

나는 그가 말한 대로 했다.

"이제 머리칼을 흔들어봐라." 그는 내가 마치 거기에 동전 지갑을 숨겨둔 양 말했다.

"좋다, 베티, 그게 어디 있니?" 그는 내가 그걸 몸에 숨기고 있지 않다는 걸 알고는 화가 나서 물었다.

196

"난 그걸 가져가지 않았어요. 그게 전부예요." 내가 말했다.

그가 교탁에서 자신의 자를 집어 들었다.

"손을 내밀어라, 베티." 그가 말했다.

"싫어요." 나는 등 뒤로 손을 감췄다. "난 나쁜 짓을 하지 않았어요."

"아가씨, 너의 그 도둑질한 손을 내밀어라." 그가 말했다.

"싫어요. 난 진실을 말하고 있어요."

그가 나를 벽으로 밀었다. 나는 바닥에 미끄러졌고, 그사이 급우들은 걸상 위에 올라가 구경을 했다. 나는 무릎을 가슴에 붙이고, 두 손을 그 속에 파묻었다.

"아빠를 보고 싶어요." 난 내 말이 얼마나 유치했을지 신경 쓰지 않았다. "집에 가고 싶어요."

"이제 그만해라." 칠 선생은 내 팔을 잡아당겨 나를 내 책상으로 끌고 갔다.

그는 내 손을 책상 위에 올려두려고 했지만, 나는 치마 요대 안에 손을 찔러 넣고 꼼짝하지 않았다.

"네가 정 그런다면, 그래 좋다." 그는 내 몸을 밀어 책상에 붙이더니 자로 내 엉덩이를 때리기 시작했다.

"그만하세요, 칠 선생님. 제발."

나는 아빠를 외쳤고, 그가 어디 있든 내 목소리를 듣기를 바랐다.

"네가 가져갔다고 말해라." 칠 선생은 내 비명에도 아랑곳하지 않았다.

"난 안 가져갔어요. 정말이에요."

"거짓말쟁이."

그가 나를 얼마나 세게 때렸던지, 내 몸 밑에서 책상이 들썩였다. 나는 아픈 걸 참고 머리를 들어 먼 곳을 바라보려고, 또 머나먼 곳에 있는 나 자신과 그곳의 달콤한 도피를 상상해보려고 했지만, 자가 내리칠 때마다 나는 다시 교실로 돌아왔고, 결국 나는 더는 견딜 수 없었다.

"내가 루시스의 동전 지갑을 가져갔어요." 나는 책상 덮개에 대고 이렇게 외쳤다. "내가 그걸 가져갔어요. 이제, 제발, 그만."

그러나 그는 멈추지 않았다.

"거짓말쟁이는 벌을 받아야지." 그는 나를 더 세게 때렸고, 나는 혀를 깨물었다. 피 맛이 느껴지는 순간, 루시스의 목소리가 들렸다.

"찾았어요." 그녀가 말했다.

모두들 몸을 돌려 루시스가 책상에 앉으면서 덮개를 드는 것을 바라봤다. 그 안에 그녀의 노란 동전 지갑이 있었다.

"아마 처음부터 여기 쭉 있었던 것 같아요." 루시스가 칠 선생의 손에 들린 자를 살피며 말했다.

칠 선생은 그의 안경을 콧등 위로 다시 올렸다.

"그래, 그럼 해결됐네." 그가 교단 쪽으로 향했다.

"선생님은 루시스를 혼내지 않나요?" 내가 물었다. "루시스가 거짓말 했어요. 쟤는 처음부터 그걸 갖고 있었어요. 쟤는 부러 거짓말을 했어요."

루시스는 아무 말도 않고 정면을 응시했다. 그녀는 다리를 발목에서 꼰 뒤, 한 발을 톡톡 쳤다.

"여러분, 역사책을 펴세요. 페이지는……."

"공평하지 않아요." 내가 말했다.

"카펜터 양, 자리에 앉지 않으면, 교장실로 보내겠어요." 그가 안경 너머로 나를 노려봤다. "그리고 장담컨대, 교장 선생님의 자는 내 자보다 훨씬 큽니다."

나는 의자에 앉았고, 엉덩이가 욱신거렸다. 나는 애들이 웃으면서 나를 손가락질하겠지 싶었는데, 그들은 그저 책을 펴고 칠 선생이 우리에게 남북전쟁에 대해 말하기 시작하는 걸 듣고 있었다.

수업이 끝난 뒤, 숲을 지나 천천히 집으로 걸어왔다. 나는 아빠가 고통을 뽑아줄 연고를 갖고 있겠지 싶었는데, 차고에 도착하니 린트가 이미 안에 있었다. 그가 비스킷 하나를 자기 머리 위에 부셨다. 그걸 아빠에게 악마의 먼지라고 하고 있었다.

나는 조용히 집으로 들어가 위층 욕실로 향했다. 거울 앞에 서서, 셔츠 끝을 올린 뒤 살갗의 빨간 부기들을 살폈다.

"무슨 일이 있었어, 베티?"

나는 곧바로 셔츠를 내렸다. 트러스틴이 문간에 서 있었다.

"괜찮은 거야?" 그가 물었다.

나는 그를 밀치고 밖으로 나가, 머나먼 곳'으로 도망쳤다.

딱딱한 무대에 앉는 것이 고통스러웠지만, 그걸 참고 주머니에서 수첩을 꺼냈다. 내 시를 쓴 종이를 찢어서 내 주위에 원형으로 펼쳐놓았다.

"*라, 라, 라, 저리 가라, 상처야,*" 나는 노래를 불렀다. "*흙 속에 묻혀라.*"

눈을 질끈 감았다가 다시 떴다. 세상은 여전히 거기 그대로 있었다. 바람에 내 시의 원이 날아갔고, 나는 무대를 떠나 집으로 들어왔다. 내 침실, 하얀 금속의 침대 머리맡 주위에 새들이 벽에 그려져 있었다. 트러스틴이 복도 건너편에서 목탄 막대를 내려놓고 있었다.

"새들이 나는 걸 보면 난 항상 미소가 지어져." 그가 말했다. "난 누나도 그럴 거라고 생각했어."

# 14

꩜

*광야의 외딴 길에서 방황하고*
—시편 107:40

그들은 그해 크리스마스 예배에 맞춰 교회를 완성했다. 아빠는 우리에게 자신은 교회의 골조를 올리는 걸 돕는 동안 석고판 뒤의 한 판자에 우리들의 이름을 새겨 넣었다고 말했다.

"그래야 그 누구도 카펜터네는 교회에 다닌 적 없다고 비난할 수 없지." 그가 환히 웃었다.

그러나 나, 플로시, 프레야에게 그건 마치 우리의 서명이 범죄현장에 남겨진 듯한 느낌이었다.

"농담이다." 아빠는 우리의 얼굴을 보더니 이렇게 말했다. "게다가, 굳이 교회에 갈 필요도 없다. 하나님은 나무마다 있고, 우리는 사방이 나무잖니."

나는 우리 이름만으로도 다시 불이 날 것 같은 꿈을 꾸기 시작했다. 새 불길은 아빠가 새긴 나무판에서 시작, 교회는 다시 불에 휩싸였다.

나는 크리스마스 아침에 그 환상에서 깼다. 아직 자고 있는 플로시를 바라봤다. 그녀의 베개에 작은 핏자국이 있었다. 전날 밤, 그녀는 자신의 양쪽 귀를 아빠의 뼈바늘로 뚫었다.

나는 침대에서 일어나 귀고리 침 둘레에 딱지가 생긴 것을 봤다. 엄마가 지녔던 카메오 귀고리였다. 엄마는 귀고리를 프레야에게 물려주었고, 때가 되자 프레야는 그걸 플로시에게 넘겼다. 아름다운 카메오였다. 루비 같은 두 눈에 꽃으로 뒤덮인 보네를 쓴 한 소녀가 새겨져 있었다.

플로시의 찡그린 얼굴을 보니 언제라도 잠을 깰 것 같았다. 나는 재빨리 아래층으로 향했고, 끝 계단에 앉아 있는 린트를 봤다. 그의 옆에 설탕 봉지와 빈 우유병이 있었다. 현관에서부터 끝 계단까지 그가 밖에서 끌고 온 녹은 눈 자국이 있었다. 무릎에 올린 금속 대접 안에 눈, 설탕, 우유가 들어 있었다. 그는 그 세 가지 재료를 저어가며, 우리의 유명한 카펜터 눈 아이스크림을 만들고 있었다.

"맛 보-오-올래, 베티?" 그가 물었다.

그의 맨발을 봤다. 여전히 조막만 했다. 발가락을 오므리면, 거의 보이지도 않았다. 눈이 녹아 발 둘레가 물웅덩이였다.

"또 신발도 안 신고 밖에 나갔어?" 내가 물었다. "그럼 동상 걸려, 린트."

"현관만 밟아-아-았어." 그가 말했다. "진짜 그-으-음방 들어왔어."

"다시는 그러지 마, 알았지?" 나는 린트의 머리를 쓰다듬었다.

"알았어." 그가 주머니에서 돌 하나를 꺼내 그걸 설탕 봉지에 넣었다.

"엄마가 설탕에 돌을 넣었다고 널 야단칠 거야."

"나는 설탕에 도-오-올을 넣지 않았어."

"그럼 그건 뭐야?" 나는 봉지 속의 돌을 가리켰다.

"이건 서-어-얼탕 거미야. 쟤들은 설탕만큼 달고, 그리고 물지 않아. 쟤들은 내 치-이-인구야."

나는 그의 머리칼을 헝클며 바보 같다고 했다. 린트를 놔두고 소리를 따라 부엌으로 들어갔다. 아빠가 유리 대접에 펀치[58]를 섞고 있었다.

"일어나서 다행이다, 베티" 그가 펀치를 냉장고에 넣었다. "밖에 나가자. 아직 조용할 때 네 선물을 보자."

---

[58] punch. 과일즙에 설탕과 포도주 등을 섞은 음료.

우리는 코트를 단단히 여미고 뒷문을 열었다. 눈이 내리고 있었고, 벌써 며칠째였다. 브레세드가 하얬다. 하얬고 추웠고, 아빠의 부츠와 내 부츠는 발을 뗄 때마다 깊은 눈 속에 빠졌고, 아빠는 마치 이렇게 추웠던 적이 없었다는 듯 두 손을 비볐다.

나는 우리 크리스마스트리를 향해 달렸다. 마당의 가문비나무였다. 우리는 한번도 크리스마스트리를 집 안에 세운 적이 없었고, 그건 아빠가 단지 반짝이와 가짜 천사를 장식하려고 나무를 뿌리에서 뽑는 건 옳지 않다고 했기 때문이었다.

"최고의 크리스마스트리는," 그가 말했다. "땅에 남아서, 살고 자라면서 자기 생명을 지니는 나무다."

그 나무 아래 있는 선물들을 뒤졌다. 아빠는 선물 하나하나를 신문지로 쌌고, 노끈으로 묶었다. 나는 내 이름이 적힌 꾸러미의 신문지를 뜯었고, 조각된 나무상자를 발견했다.

"세 곡선이 합쳐진 것 같아요." 나는 매끈한 면을 쓰다듬었다.

"강을 한데 합친 거다." 아빠가 말했다. "그래서 파랗게 칠했다. 옆에 경첩을 달아 네가 강을 열 수 있게 했다."

상자 안에 새 공책들, 연필들, 그리고 펜 한 자루가 있었다.

"내가 어젯밤 꿈을 꿨다." 그가 말했다. "네 꿈이었다, 꼬마 인디언. 네가 무대에 있었다."

"머나먼 곳 같은 무대요?" 내가 물었다.

"아니. 크고 밝은 조명에, 벨벳 커튼이 있는 무대였다. 너는 파란 드레스를 입고 있었다." 그는 무대의 규모를 보여주려는 듯, 두 팔을 양쪽으로 천천히 펼쳤다. "네가 시 하나를 쓰자, 무대조명이 너를 비췄다. 네가 시를 크게 읽자, 강들이 한데 합친 듯한 소리가 났다. 파란 너울들. 바다를 향해 굽이치는 곡선들."

아빠는 맨손을 감싸 뜨거운 숨을 불어넣었다. 빨간 손가락이 그가 입고 있는 코트의 빨간 격자무늬와 똑같았다.

"눈이 너무 오네, 꼬마 인디언. 네 생각에는 눈송이 안에 살면 어떨 거 같니?"

"춥죠." 내가 말했다.

"베티, 눈송이 안에 살고 있는 아빠를 글로 쓰면, 넌 뭐라고 할 거니?"

"이렇게 말할 거예요. 아빠는 눈송이 안에 삽니다. 그는 춥습니다. 나는 그를 겨울에만 봅니다. 한 번은 그를 안으려고 했는데, 내 손안에서 녹았습니다. 아빠는 눈송이 안에 삽니다. 그는 춥습니다. 나는 여름이면 그가 그립습니다."

그는 마치 우리 주위의 공기에 최후의 뭔가가 있는 듯 나를 쳐다봤다.

"어쨌든 눈송이 안에 살고 싶다는 생각은 좋은 건 아닌 것 같네." 그가 말했다. "녹는다는 걸 잊었어. 여름을 잊었어."

"그런데 왜 눈송이 안에 살고 싶어요, 아빠?"

"눈송이는 너무 평화롭잖니. 그 안에 사는 것만으로도, 눈송이처럼 평화로워야 할 것 같아."

그의 눈썹이 내려앉더니, 잠시 그의 눈이 보이지 않았다. 뭔가 더 물어봐야겠다 싶었는데, 방충망이 끼익 열리는 소리가 들렸다. 형제들이 베란다로 나오고 있었다. 프레야가 손에 린트의 신발을 들고 있었다. 그가 눈밭으로 뛰어들기 전, 프레야가 그의 발에 신을 쏙 미끄러트렸다.

릴런드가 트리에 가장 먼저 도착했다. 그는 자기 선물을 열었고, 새 주머니칼이었다. 최근에 자신의 낡은 주머니칼의 날을 부러트렸다. 프레야는 그녀가 원했던 것을 받았다. 퀼트로 만든 고양이가 표지로 덮여 있는 밤색 일기장이었다.

"이게 뭐-어-어예요?" 린트는 자기 선물로 받은 뿔 모양의 돌을 들고 물었다.

"뿔 산호 화석이야." 아빠가 말했다. "화석이 뭔지 알지, 아들?"

린트가 고개를 저었다.

"아주 오래전에 살았던 것의 흔적이다." 아빠가 말했다. "지금 네 손에 있는 화석은 3억 년이 넘은 거다. 오하이오가 바다 밑에 있을 때의 것이다."

"내 선물이 더 좋아." 트러스틴이 양쪽 눈구멍에 붓이 박혀 있는 다람쥐 머리뼈를 들어 올리며 말했다. 아빠는 다람쥐 털로 몇 개의 붓털을 만들었고, 나머지는 솔잎으로 대신했다.

"더는 못 참아." 플로시가 자기 선물을 뜯었다. 선물을 보자, 그녀는 너무 기뻐서 말도 꺼내지 못했다. 당시 그녀가 제일 바랐던 물건 같았다. 엘비스 프레슬리. 당시 엘비스는 늘 잡지 표지에 실렸다. 아빠는 그 표지 하나를 골판지에 붙여서 마치 팬에게 보낸 진짜 사진처럼 보이게 만들었다. 그는 엘비스의 이름을 검은 매직으로 서명까지 했다.

"이거 진짜 엘비스 친필이에요?" 플로시는 말총머리를 들썩이며 입이 귀에 걸리게 활짝 웃었다.

"물론이지." 아빠가 웃었다.

나는 플로시에게 넌 지금 아버지의 글씨에 키스하고 있는 거야, 라고 절대 말하지 않았다.

"랜든, 손님이 왔어요." 엄마가 우리 뒤로 다가와 퍼시마(Persimma)를 가리켰다.

퍼시마는 몇 집 아래 사는 나이든 이웃이었다. 붉은 곱슬머리에, 단 한번도 반짝이 스웨터를 걸치지 않은 적이 없었다. 그녀는 관절염이 걸린 손에 돈을 쥐고 있었다. 그걸 아빠에게 흔들어보였다. 아빠는 손을 흔들어 답한 뒤, 차고로 갔다.

몇 분 후, 아빠가 갈색이 도는 탕약을 들고 나왔다. 퍼시마에게 그걸 건네기 전, 아빠가 내 앞에서 걸음을 멈추더니 이렇게 물었다. "이 뿌리는 어떤 종류의 곤충처럼 보이니?"

그는 단지를 들어 빛에 대고는 그 안의 블랙베리 뿌리를 가리켰다.

뿌리에 붙은 잔털이 꼼지락대는 발처럼 펼쳐져 있었다.

"지네요." 내가 답했다.

"맞다." 그가 말했다. "그럼 왜 어떤 뿌리는 곤충처럼 보이니?"

"왜냐하면 뿌리는……." 나는 아빠가 말한 단어 하나하나를 기억하려고 했다. "뿌리는, 땅이 그 지혜로 보존한 것이니까요."

"맞다, 꼬마 인디언. 우리는 땅이 이 특별한 곤충을 선택한 건 에너지 때문이라고 생각할 수밖에 없다. 땅이 한 것처럼 우리도 반드시 지혜롭게 포착하고, 사용해야 할 에너지다."

아빠가 탕약을 퍼시마에게 전달하러 갈 때, 나도 따라갔다.

"지난번과 같은 거죠?" 그녀가 물었다. "난 토마토 뿌리나 그런 건 싫어요." 그녀는 마치 처음 온 손님인 양 아빠를 바라봤다. "무슨 말인지 알죠?"

"확실해요, 퍼시마. 같은 겁니다." 그가 단지를 그녀에게 건넸다.

"당신이 약값으로 깃털을 받는다고 들었어요. 사실인가요?" 그녀가 물었다. "나는 현찰로 치르고 싶지 않아요……."

"나는 어떤 깃털도 받지 않아요." 나라면 화를 냈겠지만, 아빠는 화를 내지 않고 말했다. "비즈도 안 받고, 사슴가죽도 안 받아요. 당신이 무슨 말을 들었는지 모르지만."

그녀가 그에게 돈을 건넸다. 그는 그걸 세지 않고 주머니에 넣었다. 그녀가 그 자리에 선 채, 머뭇대며, 입술을 깨물고 있었다.

"뭐 다른 일이라도?" 아빠가 물었다.

그녀가 몸을 숙여 그의 귀에 속삭였다. 나는 그녀가 하는 말을 들으려고 했지만, 내가 들은 거라곤 탁탁거리는 그녀의 턱 소리뿐이었다.

"변비라고요, 부인이?" 그가 큰 소리로 물었다.

"빌어먹을 놈 같으니, 랜든 카펜터." 그녀가 아빠의 팔을 찰싹 때렸고, 이어 그녀도 활짝 웃었다.

"괜찮은 거 뭐 없나요?" 그녀가 물었다.

그녀에게 잠깐 기다리라고 한 뒤, 아빠는 내 손을 잡고 차고 뒤쪽에서 자라고 있는 미끈이 느릅나무[59]로 걸어갔다.

"껍질은 항상 어느 쪽을 벗기지?" 그가 내게 물었다.

"나무에서 햇빛을 받은 쪽이요." 내가 말했다.

그는 내게 나무줄기에 검지를 대고 껍질 한 개의 크기를 재라고 했다. 그리고 자신의 칼로 내 손가락만 한 길이의 작은 정사각형을 나무에서 잘랐다. 퍼시마에게 돌아가는 동안, 그는 안쪽의 크림색 심재를 까보이면서 어떻게 바깥 껍질을 벗기는지 보여주었다.

그는 퍼시마에게 그걸 물에 넣고 달여서 차로 마시라고 했다.

"미끈이 느릅나무라고 불리는 거죠." 그가 그녀에게 말했다. "젖으면, 이것만큼 미끄러운 게 없습니다."

"지금 난 돈이 없네." 그녀가 말했다.

"다음에 오실 때 주면 됩니다."

"알았네, 알았어, 이런 장사꾼 같으니." 그녀는 무릎을 치켜들고 눈을 헤치며 자기 집으로 돌아갔다.

아빠가 주머니에서 돈을 꺼내 셌다. 그가 돈을 내게 주며 세보라고 했고, 나는 그냥 세는 척만 했다. 우리는 마치 같이 사업을 하는 사람인 양 서로 고개를 끄덕였다.

"변비는 똥을 못 싼다는 말이죠, 맞죠?" 집으로 가면서 내가 물었다.

"응." 그가 미소를 지었다.

"그 껍질이 그분의 똥을 싸게 해주나요?" 내가 물었다.

그의 웃음이 터졌다.

"그럼." 그가 말했다. "그게 그분의 똥을 싸게 해주지."

---

**59** slippery elm. 북미 동부 원산의 느릅나무. 일명 '붉은 느릅나무, 회색 느릅나무, 부드러운 느릅나무, 무스(moose) 느릅나무, 인디언 느릅나무'. 수세기 동안 북미에서 약초로 사용되었다. 높이 12~20m, 지름 60~90cm, 수명 200년, 학명 Ulmus rubra(느릅나무, 붉은).

우리는 엄마와 프레야가 있는 뒤 베란다로 올라가면서 부츠에 묻은 눈을 털기 위해 발을 쿵쿵 굴렀다. 프레야는 일기장을 가슴에 꼭 안고 있었고, 엄마는 눈보라를 멍하니 쳐다보고 있었다.

나는 프레야 옆에 서서, 말을 붙이려고 그녀를 팔꿈치로 쳤다.

"언니는 저 나무껍질이 똥을 싸게 해주는 거 알아?" 이런 말에도 그녀는 플로시와 달리 킥킥대지 않았다. 나는 얼굴을 똑바로 들고 아빠에게 그 껍질이 또 뭐에 좋으냐고 물었고, 난 그렇게 프레야에게 내가 진지하다는 걸 보여주고 싶었다.

"어, 인후염에 좋고, 또……."

"어머나, 아빠. 플로시와 린트가 푸딩을 먹고 있어요." 트러스틴이 부엌에서 말했다.

"닥쳐, 고자질쟁이." 플로시의 목소리가 들렸다.

"그건 디저트용이다, 얘들아." 아빠는 방충망을 열어젖히고 안으로 들어갔다.

엄마가 나와 프레야를 돌아봤다.

"너희는 저 나무가 또 뭐에 좋은지 아니?" 그녀가 작은 목소리로 물었다. "아기를 잃게 한단다."

"아기를 잃는다고요?" 이 질문과 함께, 나는 아이와 함께 숲속을 걸어가는 한 여인의 모습이 머릿속에 그려졌다. 그 아이의 손이 어머니의 손에서 스르르 빠져 서로 다른 방향의 어둠 속으로 사라지는 모습이 상상되었다.

"나무껍질을 그런 데 쓸 수 없어요." 프레야가 말했다.

"쓸 수도 있다." 엄마가 프레야에게 말했다. "내가 젊었을 때, 곤경에 빠진 한 여자애가 있었다. 걔는 자신의 유일한 해결책이 미끈이 느릅나무 껍질 조각을 자기 몸 안에 붙이는 거라고 결심했다. 문제는, 그녀는 그걸 다시 꺼낼 수 없었다는 거다. 결국 그 안의 모든 것이 썩었다. 아기가 죽었을 뿐 아니라, 그녀도 죽었다. 그래서 난 지금도 미끈이 느릅나무를 얻으려고 오는 사람을 보면, 늘 의문이다. 변비 때문인지, 아니면 다른······ *변비* 때문인지."

엄마가 자신의 배를 톡톡 친 뒤 집으로 들어갔다.

"무슨 말인지 모르겠어." 나는 프레야를 돌아봤다. "왜 아기가 죽었어?"

"신경 쓰지 마, 베티." 그녀가 말했다. "넌 그런 얘기를 듣기에는 너무 어려."

나도 따뜻한 실내로 들어가려고 했는데, 마침 프레야가 마당으로 나갔다. 그녀는 고개를 뒤로 젖히면서 가만히 눈에 눈을 맞았다.

"응." 내가 그녀에게 안으로 들어올 거냐고 하자 그녀가 답했다.

그날 오후까지, 프레야는 일기장에 낙서를 했다. 릴런드는 소파에 앉아 주머니칼로 손톱을 다듬었다. 트러스틴은 솔잎 붓으로 그림을 그렸고, 플로시는 춤추면서 엘비스의 사진에 키스했다. 멋진 하루였고, 마지막은 맛있는 식사로 우리 모두 행복하게 잠자리에 들었다. 자기 침대 아래 뿔을 놓았을 때의 린트가 가장 행복했던 것 같다.

"이건 뿔이 아-아-아니야." 그가 말했다. "이건 악마를 잡아먹는 이빨의 화-아-아석이야. 이게 내 침대 아래 수-우-움은 모든 악마들을 잡아먹을 거야."

그날 밤 나는 이불을 뒤집어쓴 채 손전등을 켜고 린트의 화석에 대한 글을 쓰고 있었고, 그때 마침 닫힌 문 건너편에서 부드러운 발소리가 들렸다. 나는 플로시를 엿봤다. 자고 있었다.

다시 삐걱대는 소리에, 침대에서 일어났다. 복도로 나가보니, 아무도 보이지 않았다. 엄마와 아빠의 방문 앞, 나는 사슴 가죽 커튼을 걷었고, 침대에 누워 있는 두 분을 봤다. 아빠는 코를 골면서 온 이불을 다 뒤집어쓰고 있었다. 엄마는 엎드려 자면서, 한 팔을 침대 밖으로 떨구었고, 속옷은 허벅지까지 말려 있었다. 침이 고인 작은 웅덩이가 베개에 흥건했다. 나는 손으로 입을 틀어막고 피식 웃었다.

발끝으로 계단을 내려가다가 난간 너머를 봤고, 마침 집 뒤쪽으로 향하는 한 형체 뒤로 바닥에 질질 끌려가는 이불 끝이 보였다. 잠시 후, 부엌 방충망이 열리고 닫히는 소리, 문틀을 살짝 치는 소리가 들렸다. 나는 황급히 아래층으로 내려갔고, 이내 눈 부츠 한 켤레가 문 옆 신발 더미에서 없어진 것을 발견했다.

나는 가까운 창문으로 달려가서, 눈에 부츠 자국을 남기며 차고로 향하는 그 형체를 봤다. 얼굴을 가렸고, 이불을 망토처럼 뒤집어쓰고 있어서 누구인지 알 수 없었다.

그 형체가 나를 느낀 듯, 돌연 몸을 돌렸다. 나는 창문 밑으로 몸을 휙 숙였다. 몇 초를 기다렸다가 다시 무릎쓰고 엿봤다.

그자가 차고 뒤로 사라지고 있었다.

"뭐 하는 거지?" 나는 내 옆의 램프에게 물었다.

그자가 다시 나타났을 때, 손에 뭔가를 쥐고 머나먼 곳으로 향했다.

"거기로 가면 안 돼." 나는 속삭였다.

그러나 그 형체는 손에 든 뭔가를 꼭 쥔 채 사다리를 올랐다. 그자가 눈을 치우고 무대에 앉았다. 이불이 뒤로 젖혀진 뒤에야 나는 그녀의 얼굴을 볼 수 있었다.

"프레야?"

그녀가 노래를 부르자 그녀의 숨이 냉기 속에서 구름처럼 피어올랐다. 그녀가 이불을 바짝 끌어안았다.

# 더 브레새니언

## 사슴뿔에 들이받힌 남자, 총격을 탓하다

숲에서 뛰쳐나온 뒤 자신의 농장으로 들어온 수사슴에게 들이받힌 한 농부가 그 사고의 원인으로 미지의 총격범을 비난했다. "사슴은 총격에 잔뜩 겁을 먹고 있었습니다. 나는 우연히 사슴의 길목에 있었을 뿐입니다. 나는 사슴뿔에 받혀 죽을 뻔했습니다."

현재 남자는 상태는 안정적이다.

농장 서쪽에서 발견된 수사슴은 샌즈 보안관의 총에 사살되었다. 암사슴 한 마리가 숲에서 나와 다가왔고, 수사슴의 시신이 치워질 때까지 그 곁을 떠나지 않았다.

# 15

∾

자기 아버지 집에서 창녀 짓을 행하고.

― 신명기 22:21

이튿날 아침 총소리에 잠을 깼다. 총잡이가 나를 지켜보고 있다는 두려움에, 나는 재빨리 이불 속에 얼굴을 파묻었다.

"뭐 하는 거야?" 플로시가 물었다.

나는 이불 틈으로 서랍장 앞에 서서 머리를 빗고 있는 그녀를 봤다.

"누가 총을 가진 거야?" 내가 물었다.

"무슨 총?" 그녀가 어깨를 으쓱했다.

"너 못 들었어, 플로시? 누가 우리 방에서 총을 쐈어."

"베티, 난 내내 여기 서 있었어. 총성은 무슨. 너 꿈꾼 거야."

그녀는 서랍장 위에 브러시를 내려놓고 방을 나갔다.

총성이 없었다는 그녀의 말에도 불구하고, 나는 분명 총소리를 들었다. 안전을 위해, 나는 침대 아래와 옷방 안을 확인했다. 방에 아무것도 없다는 걸 확인한 뒤, 나는 누워 몸을 떨었고, 여전히 귀에 맴도는 총성을 들으며 언니와 동생들이 욕실에서 일을 마치기를 기다렸다.

마지막 사람이 아래층으로 내려가는 소리를 듣고, 몸을 일으켰다. 거하게 하품을 하며 욕실로 들어갔는데, 뜻밖에 프레야가 세면대 위로 몸을 숙이고 있었다.

"아, 미안해, 아무도 없는 줄 알았어." 나는 뒷걸음질로 복도로 나오면서 그녀에게 말했다.

세면대 양쪽을 꽉 쥔 그녀의 손가락 마디마디가 하얬다.

"어디 아파, 프레야?" 내가 물었다.

그녀는 재빨리 이마의 땀을 닦은 뒤, 선반에서 머리핀 두 개를 집어 옆머리를 뒤로 넘겨 고정했다.

"난 괜찮아." 프레야는 침을 힘겹게 넘기며 거울 속 모습을 바라봤다. 자신의 드레스 상의 단추가 풀린 걸 본 그녀가 재빨리 단추를 채웠다. 단추를 채우는 그녀의 손가락이 떨렸다.

"안 아픈 거 확실해?" 내가 물었다.

"아무렇지 않아, 베티."

그녀가 웃으면서 이를 악물었다. 그녀가 내 뺨을 토닥일 때, 그녀의 손바닥이 축축했다.

"전혀 안 그래 보여." 내가 그녀에게 말했다. "독감 같은 거에 걸린 것 같아."

"말했잖아, 베티 소녀, 난 멀쩡해." 그녀는 이렇게 말하고 힘겹게 발을 떼었다. 그녀가 벽을 잡고 복도로 나갔다.

"어젯밤 밖에 나가서 감기에 걸린 거야." 내가 말했다.

그녀가 계단에서 걸음을 멈췄다.

"어젯밤에 너무 추워서," 그녀가 말했다. "난 이불 밖으로 발도 안 내놓았어."

"하지만 난 언니를 봤어. 아니, 난 언니를 봤다고 생각했어. 내가 꿈을 꾸었나, 총격처럼?"

"그래, 넌 꿈꾼 거야. 왜냐하면 난 침대에 있었으니까."

그녀가 계단을 내려갔다. 나는 핏기가 사라진 그녀의 뺨에 대해서는 아무 말도 하지 않았다.

욕실 안에서, 나는 뭔가 물기를 밟았다. 발을 들어보니, 뒤꿈치에 피 한 방울이 묻어 있었다. 변기 시트 위에도 한 방울이 떨어져 있었다. 수납장 문이 살짝 열려 있었고, 엄마의 생리대가 삐져나와 있었다. 나는 상자를 밀어 넣고, 수납장 문을 닫은 뒤, 시트에 묻은 핏자국을 화장지로 닦았다.

아래층으로 내려가 프레야 옆자리 식탁에 앉자, 그녀가 자신의 팬케이크를 내 앞으로 밀었다.

"내 거 먹어, 베티 소녀." 그녀가 말했다. "난 배고프지 않아."

그녀가 아빠의 작은 시럽 단지를 들어 내 접시에 붓기 시작했다. 시럽은 물에 졸인 설탕에 불과했지만, 나는 그걸 무척 좋아했다. 그런데 프레야의 손이 너무 떨려서, 단지를 곧 떨어뜨릴 것만 같았다.

"그만 됐어." 내가 말했다.

그녀는 시럽을 내려놓은 뒤, 자리에서 안절부절못했다. 내가 어디 아프냐고 물을 틈도 없이, 그녀가 식탁에 토를 했다. 다들 의자를 뒤로 획 뺐다.

"웩, 프레야." 플로시가 씹던 음식을 뱉었다.

"미안해." 프레야가 비틀거리며 의자에서 일어났다. 아빠는 프레야가 뒤로 넘어지기 전 그녀를 붙잡았다.

"언제부터 아팠니?" 그가 물었다.

"오늘 아침부터요." 그녀가 입을 닦았다. "좀 누워야겠어요."

그녀가 배를 움켜쥐며 몸을 웅크렸다.

"몸이 펄펄 끓는다, 애야." 아빠가 그녀의 이마를 짚었다. "래드 박사에게 전화하마."

"아뇨." 프레야가 아빠의 팔을 잡았다. "벌써 괜찮아지고 있어요. 그런데 아빠, 나한테 줄 만한 차 같은 거 있어요?"

"나는 응급환자는 치료하지 않는다."

"응급상황 아니에요, 아빠. 그냥 독감 같은 거예요. 그냥 쉬면 돼요. 의사는 부르고 싶지 않아요. 소란 피우고 싶지 않아요."

아빠가 그녀를 부축해서 위층 침대로 데려갔다. 엄마는 재빨리 접시들을 싱크대로 옮겼다. 엄마는 남은 우리에게 식탁보를 걷어 밖에 나가 토사물을 털어 빨 수 있게 해놓으라고 했다.

"강으로 가야 해요." 내가 말했다. "그래야 강물이 실어가요."

엄마가 지나가면서 내 뒤통수를 쳤다.

"그리고 너희 모두 프레야에게서 떨어져 있어." 그녀가 덧붙였다. "프레야가 어떤 세균에 감염되었는지 모르지만, 그게 모두에게 전염되어 이 집에 병이 퍼지면, 우리는 이사를 가야 한다."

플로시는 식탁보 모서리조차 만지려고 들지 않았다.

"으, 악취." 그녀는 코를 틀어쥐었다. "나도 아프겠어."

식탁보를 걷어 밖으로 들고나간 것은 릴런드였다. 그는 프레야의 창문을 올려다보며 토사물을 눈 위에 흘려 내렸다.

우리 모두 프레야가 오후에는 나아질 거라 생각했지만, 그녀는 아빠가 만들어준 차까지 게워냈다. 아빠는 세이지 풀을 태워 연기를 방 전체에 퍼뜨려 소독하기로 결정했다. 이어, 차고로 가서 프레야의 배에 바를 야생 생강 시럽을 만들었다. 나는 복도에 서서 방 안의 프레야를 지켜봤다. 엄마는 세균 때문에 나를 방에 들이지 않았다. 엄마는 내게 플로시와 동생들이 TV를 보고 있는 아래층으로 다시 내려가라고 했지만, 프레야가 시트를 흥건히 적시고 있는 모습을 본 나는 그 자리에 남아 그걸 지켜볼 수밖에 없었다.

"그래," 엄마가 내게 말했다. "거기 어슬렁대고 있을 거면 날 좀 도와라. 찬물에 수건을 적셔서 가져와."

나는 엄마가 시키는 대로 재빨리 젖은 수선을 가져와 건넸다. 엄마가 수건을 프레야의 이마에 얹었다.

"래드 박사에게 전화해야겠다." 엄마가 프레야에게 말했다. "우리가 이 독감을 못 잡으면 순식간에 심각해질 수 있어. 전에 이런 걸 본 적이 있다."

"박사한테 전화하지 마요." 프레야가 엄마에게 손을 내밀었다. "박사는 그냥 여기저기 찌르고, 날 더 아프게 할 거예요. 금방 지나갈 거예요. 제발, 엄마야(Momma)."

프레야가 엄마를 '엄마야'라고 부른 탓일까, 엄마가 굴복했다.

"알았다." 엄마는 머리맡 탁자에 놓인 빈 잔을 집었다. "여기 물 좀 채워올게."

엄마가 나가려고 몸을 돌렸을 때, 그녀의 눈이 프레야를 덮고 있는 남색 이불에 꽂혔다. 그곳, 프레야의 엉덩이 주변의 천이 다른 데보다 검었다. 엄마는 잔을 내려놓고, 이불의 검은 얼룩을 만졌다. 그녀의 손가락이 빨개졌다. 엄마는 이불을 걷었고, 프레야의 치마를 흠뻑 적시고 있는 피 웅덩이가 드러났다.

"하나님 맙소사." 엄마가 손으로 입을 틀어막았다.

"오늘 아침 욕실에 핏방울이 있었어요." 내가 말했다.

"넌 왜 좀 일찍 말하지 않았니?" 엄마가 나를 돌아봤다.

"난 엄마가 그런 줄 알았어요. 상자에서 빠진 엄마 생리대를 봤어요. 그래서 나는……."

"가서 네 아빠를 찾아." 그녀가 나를 복도로 밀쳐냈다. "빨리."

나는 너무 빨리 계단을 내려가다가 구를 뻔했다.

"무슨 일이야, 베티?" 릴런드가 소파에서 일어났다.

"아빠를 찾아." 나는 달려가면서 말했다.

"아빠는 밖 차고에 있어." 플로시가 말했다.

나는 앞 방충망을 제친 뒤 계단을 날아 눈을 밟았다.

"아빠, 프레야가." 나는 차고에 도착해 숨을 헐떡이며 말했다. 아빠는 생강 시럽을 만들고 있었다. 그는 그걸 팽개친 뒤 차고를 뛰쳐나와 집으로 달렸고, 나도 그를 따랐다.

우리가 위층 프레야에게 갔을 때, 엄마는 피를 가리키며 독감이 아니라고 했다.

아빠가 곧장 아래층으로 달려 내려갔다. 그의 전화 소리가 들렸다.

"박사님? 랜든 카펜터입니다. 내 딸이 피를 엄청 흘리고 있습니다. 아

215

뇨, 앨카와는 다릅니다. 피가 거기서……. 그냥 빨리 와주세요.”

플로시와 남자들도 무슨 소동인지 보려고 계단을 오르기 시작했다. 릴런드가 모두를 밀치고 제일 먼저 프레야의 방으로 들어갔다.

“무슨 일이에요?” 그가 엄마에게 물었다.

엄마는 그를 복도로 밀어냈다.

“너희 모두 래드 박사가 오면 발에 걸리적거리지 않게 비켜 있어.” 이어 엄마는 계속 미안하다고 말하고 있는 프레야를 돌아봤다. 엄마는 프레야가 특히 언제부터 출혈이 시작되었는지, 직접 대답을 들으려고 애썼다.

“모르겠어요.” 프레야가 떨리는 목소리로 답했다. “일어났는데, 피가 있었어요. 처음에는 방울져 있었어요. 그래서 엄마 생리대를 하나 썼어요.”

아빠가 계단을 달려 올라왔다.

“래드 박사가 곧 올 거다.” 그가 프레야에게 다가와 그녀의 손을 잡으며 말했다. “다 잘될 거다, 프레야. 우리가 여기 있잖니.”

그는 우리에게 몸을 돌려 모두 방에 들어오라는 손짓을 했다.

“내 손을 잡아라.” 그가 내게 말했다. “그리고 플로시는 베티 손을 잡아라. 남자들도 똑같이 해라. 이제 우리의 힘을 프레야에게 전할 거다. 프레야에게는 가족이 필요하다.”

우리는 프레야의 침대 둘레로 사슬을 만들었고, 엄마가 마지막으로 린트의 손을 잡았다.

“금방 나을 거다, 프레야.” 아빠가 그녀에게 말했다. “얘들아, 그렇지?”

그는 우리 모두 고개를 끄덕이기를 기다렸다.

“금방 나을 거다, 프레야.” 그가 다시 말했다. “너는 곧 털고 일어나 노래를 쓰고 저 밖 머나먼 곳에 앉아 노래를 부를 거다. 여기 네 노래가 있다, 프레야. 여기 이 방에. 이 고통 속에도. 행여 해가 다시는 뜨지 않을 거라고 생각하지 마라. 나는 네가 온 땅을 찍고 다니는 모습을 본다." 그가 고개를 돌려 침대 옆 창밖을 내다봤다. "나는 미래로 향하는 네 그런 모습을 본다. 십 년마다 네 인생을 노래하고 이어가면서, 마침내 은발을 하고, 살아야 할 모든 삶을 누린 뒤 저 들판 끝에 서 있는 네 모습 말이다. 그 미래가 지금 네게 편지를 쓰고 있다, 프레야. 그 미래가 지금 네게 여기 이 침대에서 죽지 말라고 쓰고 있다." 그가 다시 프레야에게 몸을 돌렸다. "네가 얼마나 강한지 잊지 마라, 딸아. 너는 정말 아주 강하다."

나는 프레야가 우리가 옆에 있는 걸 알았는지조차 의문이었다. 그녀는 겨우 눈만 뜨고 있을 뿐이었다.

"이건 멍청한 짓이에요." 릴런드는 이렇게 말하더니 사슬을 끊고 방을 서성거렸다. "그 빌어먹을 의사는 어디 있어요?"

몇 분 후, 래드 박사의 타이어가 밖에서 자갈을 으드득대는 소리가 들렸다.

"이 윕니다." 아빠가 계단 아래 박사에게 외쳤다.

래드 박사가 위층으로 올라와서 어린 우리들에게 미소를 지었다. 그는 퀴퀴한 냄새, 지저분한 수염, 돋보기 달린 안경을 쓴, 늘 늙었다는 생각이 드는 그런 사람이었다. 그는 규칙적으로 어린 우리들에게 기생충 약을 마치 사탕인 양 주곤 했다.

"래드 박사가 여기 왔습니다." 그가 우리에게 말했다. "아무 걱정하지 마세요."

그러나 그는 프레야와 피를 보자마자, 최악을 고려하는 듯했다.

"어린애들을 내보내는 게 낫겠네, 랜든." 그는 아빠에게 다급하게 손짓하며 말했다.

아빠는 우리를 복도로 내쫓았다.

"다들 아래층에서 기다려라." 그가 문을 닫으며 말했다.

"난 아무 데도 안 갈 거야." 플로시가 말했다.

우리 모두는 안에서 나는 소리를 들으려고 귀를 문에 댔다.

"애야, 내 말 알아듣겠니?" 래드 박사가 프레야에게 물었다. "너한테 무슨 짓을 한 거니?"

"박사가 왜 저런 걸 묻지?" 트러스틴이 물었다.

릴런드가 그를 찰싹 때리며 입을 다물라고 했다.

"너한테 무슨 짓을 한 거냐고 물었다, 애야." 래드 박사가 다시 물었다.

"안 했어요." 프레야는 우리가 들을 수 있을 만큼 크게 말했다.

나는 문에서 물러섰다.

"너 왜 그래?" 플로시가 내게 물었다.

나는 계단을 달려 내려갔다. 한달음에 집 밖 미끈이 느릅나무까지 달려가, 곧바로 아빠가 퍼시마를 위해 잘라둔 몸통 부분을 찾았다. 그 옆에 새롭게 껍질을 벗긴 다른 정사각형이 있었다.

나는 몸을 돌렸고, 눈 더미에 빠졌다.

"조금만 기다려, 프레야." 나는 이렇게 말하고 집 안으로 돌진했고, 마침내 위층에 닿았다.

"뭐야, 너 어디 갔었어?" 플로시가 물었다.

"난 프레야가 왜 피를 흘리는지 알아." 내가 말했다.

"왜야?" 릴런드가 물었다.

내가 바로 대답하지 않자, 릴런드가 내 어깨를 잡고 흔들었다.

"빌어먹을, 베티. 왜야?"

"나무껍질 탓이야." 내가 말했다. "미끈이 느릅나무."

"뭔 말이야?" 릴런드가 나를 더 세게 흔들었다. "알아듣게 말해봐."

"엄마는 알아. 엄마는……."

내가 말을 마치기도 전에, 릴런드가 프레야의 방문을 젖혀 나를 방으로 밀어 넣었다. 그는 자기에게 말한 걸 반복하라고 내게 명했다.

"나무껍질." 내가 말했다.

"무슨 나무껍질, 베티?" 아빠가 물었다.

"엄마, 알잖아요." 나는 엄마에게 몸을 돌렸다. "엄마가 말한 그 여자애처럼 한 거예요."

나는 프레야를 바라봤고, 프레야가 고개를 살짝 저으며 내게 멈추라고 했지만, 나는 계속했다.

"프레야가 미끈이 느릅나무 껍질을 삼켰어요." 내가 말했다. "엄마가 말한 그 여자애처럼. 아기를 지우고 싶었던 그 여자애처럼요."

플로시가 짧게 숨을 들이쉬더니 입을 틀어막았다.

"하나님 맙소사." 엄마는 뒤에 있던 의자에 털썩 주저앉았다.

"프레야?" 래드 박사가 그녀에게 몸을 숙였다. "몸속에 뭘 삼켰니? 이제 거짓말하지 마라, 얘야."

프레야가 목이 타는 듯 입술을 핥은 뒤, 말했다. "네."

"나무껍질 조각이었니?" 래드 박사가 물었다.

"네."

"어쩜 그렇게 멍청할 수가 있니?" 엄마가 프레야에게 물었다.

"그래야 한다고 생각했어요." 프레야가 말했다.

"검사를 실시하기 전까지는 장기손상을 알 수 없어요." 래드 박사가 엄마와 아빠에게 말했다. "감염이 시작되면……."

프레야가 래드 박사의 소매를 잡아당겼다.

"왜 그러니, 얘야?" 래드 박사가 그녀에게 몸을 돌렸다.

"잃어버렸어요. 껍질을 몸 안에서 잃어버렸어요."

"세상에. 그게 아직 몸 안에 있다고?"

그녀가 고개를 끄덕였다.

"주님 도와주세요, 당장 그걸 꺼내야 한다." 래드 박사가 자신의 검정 가방에 손을 집어넣어, 내 생각에는 커다란 펜치처럼 보이는 것을 꺼냈다. "아이들을 여기서 내보내게."

엄마가 의자에서 일어나 우리 모두를 복도로 밀어냈다. 나는 엄마의 팔 밑으로 몸을 숙였고, 래드 박사가 프레야의 다리를 벌리는 동안 아빠가 프레야의 손을 잡는 것을 봤다. 박사는 프레야의 몸을 파헤칠 준비를 하는 것 같았다.

"언니에게 뭘 하는 거예요?" 나는 프레야에게 다가가려고 엄마와 몸싸움을 벌였다.

"그만 해라, 베티." 엄마는 나를 떼어놓으려고 발버둥을 쳤다.

"언니에게 저걸 못하게 해요." 나는 울부짖었다. "다들 언니를 아프게 할 거잖아요."

엄마는 간신히 나를 일으켜 세운 뒤 나를 릴런드에게 넘겼고, 그는 두 팔로 나를 죄었다. 엄마가 문을 닫는 동안 그가 나를 복도로 데리고 나갔다. 릴런드는 내가 주먹으로 그의 가슴을 치며 제풀에 지칠 때까지 내버려두었고, 결국 나는 바닥에 주저앉아 벽에 등을 기댔다.

시간이 느리게 가는 것 같았다. 마침내 문이 열렸을 때, 아빠가 프레야를 안고 나왔다. 래드 박사가 아빠를 따라 나오며 이렇게 말했다. "프레야를 병원에 데려가 페니실린을 놓을 거다. 감염이 피로 번지기 전에 일찍 조치를 취한 것이었기를 바랄 뿐이다."

엄마는 방에 남아 있었다. 나는 엄마가 침대에서 시트를 벗기는 것을 지켜봤다. 시트 위 피 웅덩이를 바라보는 엄마의 눈이 빨갰다. 시트 한가운데에 나무껍질 조각이 있었다. 젖었고, 미끈했다. 엄마는 재빨리 시트 귀퉁이들을 잡아 접은 뒤, 그걸 가슴에 안고 밖으로 나갔다.

엄마는 무릎을 꿇고 옆에 있는 돌로 차가운 땅을 깨기 시작했고, 마침내 시트를 묻을 구멍 하나를 팠다. 그러나 엄마는 시트를 충분히 깊이 묻지 못했고, 시트 한 귀퉁이가 흙에서 툭 튀어나와, 마치 무덤을 표시한 자리 같았다.

# 16

♈

내 어머니 배 속에서부터 주는 나의 하나님*이시니이다.*

— 시편 22:10

프레야가 집에 없는 첫날 밤, 나와 플로시는 침대에 누워 서로 잘 자라고 말했다. 내가 프레야에게 잘 자라고 하자, 돌아온 것은 정적뿐이었다. 그녀가 떨어져 있는 둘째 날 저녁, 아빠는 엄동설한에도 불구하고 텃밭 일을 시작했다. 그는 채소밭에 나가 죽은 가지들을 잘라 한곳에 그러모 았다. 그런 다음 흙을 풀어주기 위해 그 가지들을 태웠다. 나는 옷을 잔뜩 껴입고, 머나먼 곳에 앉아, 불 옆에 서 있는 그를 지켜봤고, 그의 퀭한 두 눈에 불길이 어른거렸다.

"절대 물로 불을 끄지 마라." 나보다 아빠 자신에게 더 많이 한 말이다. "불은 물을 싫어하고, 물은 불을 싫어한다. 오직 흙만이 불과 물 사이에 끼어들어 그들의 해묵은 전쟁을 달랠 수 있다."

불이 충분히 오래 탔다고 판단한 아빠는 그 위에 흙을 뿌렸다. 불이 꺼지고 땅이 겨울 손아귀에서 헤어나자 그는 사슴뿔 갈퀴를 들고 일을 시작했다. 그는 사슴의 떨어진 뿔을 손잡이용 긴 막대에 묶어 갈퀴를 만들어두었다. 아빠는 사슴뿔을 좋아했다. 그건 민달팽이가 사슴뿔을 싫어하고, 그러면 땅에 민달팽이가 더 적어지기 때문이라고 했다.

"최초의 여성은 자신의 힘을 세상에 펼치기 위해 머리에 사슴뿔을 달고 있었다." 그가 갈퀴로 땅을 깊이 파헤치며 말했다. "민달팽이는 무척추생물이기 때문에 사슴뿔의 힘을 무서워하고, 모든 무척추생물은 여성의 힘을 무서워한다."

갈퀴를 옆에 내려놓자 그의 목소리가 희미해졌다. 그는 두 손으로 이랑에 흙을 끌어올리기 시작했다.

"차고에 가서 내 강냉이 씨앗을 가져와라, 베티."

"겨울에는 심을 수 없어요." 내가 말했다.

"내 씨앗을 가져와라, 베티." 그의 목소리가 높아지면서 집에 부딪쳐 메아리쳤다.

나는 무대에서 뛰어내려 언 땅에 거칠게 착지했다. 차고로 달려가 강냉이 부대를 찾았다. 그것을 꼭 껴안고 그에게 가져갔다. 그는 이미 한 줄의 이랑을 다 북돋아놓았다. 그는 부대를 받아 강냉이 씨앗 몇 개를 입에 넣어 적셨다. 씨앗이 충분히 젖었을 때, 그가 늘 말했듯, 가치 있는 작물의 파종은 여자나 소녀가 해야 했기에, 그는 그 씨앗을 내 맨손에 떨궜다.

"지금이야말로 씨앗에 가치를 더할 때다." 그가 말했다. "잊지 마라, 꼬마 인디언, 두 번째 손가락 마디까지 깊이 심어야 한다."

"하지만 아빠, 지금은 겨울이에요. 자라지 않을 거예요."

"네 손의 온기가 씨앗과 프레야에게 봄을 되찾아줄 거다." 그가 말했다.

나는 그의 눈에 고인 눈물에서 눈을 돌려 내 앞의 이랑 앞에 무릎을 꿇었다. 나는 두 손가락과 엄지를 써서 씨앗을 심었다.

"너는 내 너비, 길이, 깊이다." 그는 더 많은 씨앗을 내 손에 떨구면서 이렇게 말했다. "여성이 늘 텃밭 일을 책임졌다."

"알아요, 아빠." 씨앗을 땅에 밀어 넣었을 때, 내 손이 떨렸다.

"한 여자가 아파서 텃밭을 가꿀 수 없으면, 그 텃밭을 다른 여자들이 돌봐주곤 했다." 그가 말했다. "그들은 그녀를 위해 일했고, 병든 여자는 쉬고, 회복할 수 있었다. 그건 그들이 그녀의 텃밭에 씨를 심으면서, 그녀가 자신의 힘을 회복할 기회를 심었기 때문이다. 이해가 안 되니,

베티? 우린 지금 프레야를 위해 이걸 심는 거다. 옥수수가 크고 강해지면, 프레야도 크고 강해질 거다."

나는 더 이상 너무 춥다거나 씨앗이 움트지 않을 거라는 말을 하지 않았다. 우리가 두 줄의 이랑을 마칠 때까지, 나는 그저 아버지의 입에서 계속 씨를 받아, 그걸 얼어붙은 땅에 떨어뜨렸을 뿐이었다.

"잘될 거다." 아빠가 말했다.

그는 따뜻한 차고로 가서 강물이 가득 찬 1갤런들이 양동이를 집어 들었다. 그는 손으로 물을 퍼서 씨앗 위에 뿌렸다. 그의 머릿속에 겨울은 존재하지 않았다.

그는 양동이를 내려놓고 남은 나뭇가지들을 쌓은 뒤, 새 불을 피웠다. 내가 불을 살피는 동안, 그는 불길을 더 오래 지필 석탄을 가지러 집으로 들어갔다.

그는 플로시와 아들들과 함께 돌아왔다. 린트와 트러스틴이 아빠를 도와 불을 피우는 동안 릴런드는 멍하니 어둠을 응시했다.

"도대체 너랑 아빠는 여기서 뭘 한 거야?" 플로시가 내게 물었다.

"텃밭 일." 나는 아무렇지 않다는 듯 답했다.

그녀가 혀를 차더니 이렇게 말했다. "프레야는 죽을 것 같아."

"닥쳐." 내가 말했다. "언니는 안 죽어."

플로시는 아버지와 형제들이 말을 듣고 있는지 살폈다. 그들이 듣고 있지 않자, 안심한 그녀가 내 귀에 소곤댔다. "난 엄마가 우는 걸 들었어. 그리고 아빠의 행동이 너무 이상해. 어쩌면 프레야는 벌써 죽었고, 두 분이 그냥 우리에게 말만 안 한 것 같아."

"닥치라고 했다." 나는 양동이 물을 그녀에게 튕겼다. 그녀는 마치 내가 강물을 죄다 자기 머리에 쏟은 양 비명을 질렀다.

"텃밭 옆에서는 싸우지도 말고, 소리도 지르지 마라." 아빠가 말했다. "흙이 너희의 비명과 너희의 분노를 삼켜서, 결국 땅이 울부짖고, 우리가 키우려는 작물을 망칠 거다. 그런 부정적인 에너지가 있어서는 안

223

된다. 더구나 우리의 모든 좋은 기운을 프레야에게 주려고 애쓰고 있을 때는."

나는 다시 씨앗에 물을 주었고, 플로시가 도왔다. 트러스틴은 부러진 나뭇가지 하나를 주워서, 푸석푸석한 흙에 선을 그어 불을 그렸다. 린트는 등을 돌리고, 눈을 비볐다. 계속 어둠 속을 응시하던 릴런드는 걸어서 어둠속으로 사라졌다. 아빠는 잠시 그를 지켜보더니 우리도 어둠 속으로 사라질까 두려운 듯 곧 우리를 쳐다봤다. 그가 내 발치의 양동이를 바라보더니, 손으로 몇 차례 물을 퍼냈다. 텃밭의 푸석푸석한 흙에 물을 섞었고, 그걸로 진흙을 만들어, 적당한 크기의 공을 빚었다.

"우리가 평생 쓸 엄청난 진흙을 지금 다 가진 것 같으니," 아빠가 우리에게 말했다. "이걸로 뭔가를 만드는 게 좋겠다."

그는 불길 언저리에서 타고 있는 석탄 조각에 진흙 공을 치대듯 던져, 진흙이 불씨를 머금을 만큼 석탄에 대고 눌렀다. 그가 그 공을 하늘로 던지자, 석탄이 밤하늘에 밝은 주황빛으로 탔고, 불덩이는 땅으로 추락하듯 튕기고 굴렀다.

"우아." 린트가 말했다.

"멋져요." 트러스틴이 방긋 웃었다.

"별이다." 플로시가 박수를 쳤다.

우리는 신나게 흙과 물을 섞기 시작했고, 진흙을 공처럼 만들어 석탄에 대고 세게 친 뒤, 그걸 하나씩 주웠다. 벌겋게 빛나는 구체들이 서로 교차하며 밤하늘을 밝혔다. 나는 프레야가 어디에 있든 그녀가 자신의 창문에서 우리의 모든 별들을 볼 수 있기를, 그리고 우리가 그녀를 위해 이 별들을 만들었음을 알기 바랐다.

그날 밤 늦게, 불이 꺼지고 석탄의 불씨가 사라진 뒤, 나와 플로시는 머리를 감고 손톱의 진흙을 문질러 씻은 뒤, 침대에 앉았다.

"난 언니한테 남자친구가 있었는지도 몰랐어." 플로시가 얼굴을 찡그리며 말했다.

"누구?" 내가 물었다.

"넌 누굴 생각하니, 요 너구리야. 내 말은, 프레야는 데이트도 나간 적이 없잖아. 난 언니가 남자에게 말을 거는 것도 본 적이 없어. 너도 알잖아, 우리 형제들이 전부잖아. 하지만 걔들은 남자가 아니야. 사람이라고도 할 수 없어." 그녀가 잠시 빗질을 한 뒤 말을 이었다. "언니가 임신한 내내 우린 전혀 몰랐어. 그녀는 뚱뚱해보이지도 않았어."

나는 조용히 계속 머리를 빗었다. 플로시가 눈을 가늘게 뜨면서 나를 살폈다.

"넌 언니가 임신할 걸 알고 있었니, 베티? 넌 나무껍질도 알았잖아. 어쩜 넌 임신한 것도 알고 있었을 것 같아. 어머나." 플로시가 자기 입을 움켜쥐더니, 다시 내리면서 이렇게 말했다. "넌 아버지가 누군지 알아. 그게 누구니, 베티? 말해줘." 그녀가 자기 침대에서 풀쩍 뛰어 내 침대로 넘어왔다. "제발요."

"나도 누군지 몰라. 게다가 언니는 임신이 아닐 수도 있어."

"멍청한 것, 언니는 아기를 죽이려고 나무껍질을 몸 안에 넣은 거야."

"아기를 *지우려고*."

"같은 말이야, 돌대가리야. 그렇지 않으면 그 더러운 나무껍질 조각을 몸 안에 찔러 넣을 다른 이유가 있었겠니?"

"변비 때문이었을 수도 있어."

플로시가 웃음을 터뜨렸지만, 곧 그쳤다.

"에구, 언니가 지저깨비를 삼켰을지도 몰라." 그녀가 말했다. "언니는 벌써 죽었을지도 몰라."

"내가 말했지. 그런 말은 하지 말라고."

나는 그녀를 침대에서 밀어냈다. 머리맡 램프를 끈 뒤 눈을 감고, 플로시가 제 자리에 눕기를 기다렸다. 그녀가 먼저 내게 잘 자라고 했고, 나도 답했다. 끝으로 우리는 동시에, 목소리가 겹치게 프레야에게 잘 자라고 했다. 우리는 이어진 침묵에 귀를 기울였다. 나는 더는 그걸 참을 수 없어서, 다시 램프를 켰다.

"단지를 가져다가 그 안에 잘 자라는 말을 넣어야겠어." 내가 플로시에게 말했다. "그래야 프레야도 우리가 자기를 잊지 않았다는 걸 알 거야. 언니가 돌아오면 우리는 그 말을 언니에게 줄 수 있잖아."

"멍청하긴." 플로시가 말했다. 잠시 후, 그녀가 물었다. "그런데 그걸 어떻게 하지?"

나는 공책에서 종이를 길게 찢어 반으로 가른 뒤 플로시 몫을 주었다. 우리는 각자 '잘 자, 프레야'라고 썼다. 이어 단지를 가져와 그 말을 안에 넣었고, 그 말이 살아 있으라고 자꾸 흔들어주었다.

우리는 프레야가 없는 내내 잘 자라는 쪽지를 집어넣었다. 나는 그렇게 함으로써 그녀가 이미 죽었을지 모른다는 두려움을 마음속에서 떨칠 수 있기를 바랐다. 그러나 나는 부모님들의 얼굴을 볼 때마다 여전히 그 생각만 하고 있었다.

우리가 프레야를 다시 건강하게 가꿀 수 있다는 아빠의 희망에도 불구하고, 땅은 서리 외에는 다른 어느 것도 자랄 수 없을 만큼 차가웠다. 그래서 나는 솔잎을 따서 작은 다발을 만든 뒤, 그걸 씨앗 바로 위 이랑에 찔러 넣어 마치 그 푸른 솔잎이 옥수수가 자라고 있는 첫 조짐인 양 만들었다. 나는 그게 도움이 되었다고 생각했는데, 왜냐하면 그 며칠 뒤 프레야가 집에 돌아왔기 때문이었다.

"언니 거야." 나는 밤 인사말 단지를 그녀에게 건네며 말했다.

그녀가 안에 손을 넣어, 쪽지 하나를 꺼냈다.

"이래야 언니도 우리가 언니에게 밤 인사를 했다는 걸 알지." 내가 프레야에게 말했다. "비록 언니는 떨어져 있었지만."

나는 더 말하고 싶었지만, 엄마는 나와 형제들에게 프레야와는 나무껍질 이야기를 하지 말라고 경고했었다. 우리는 아무 일도 없었던 듯 행동해야 했다. 엄마와 아빠는 심지어 프레야의 매트리스를 뒤집어 핏자국이 보이지 않게 했다. 그런 다음 엄마는 침대에 새 노란색 시트를 깔았다.

아빠는 프레야의 방을 청소했을 뿐 아니라, 그녀의 귀가를 축하하는 케이크도 만들었다. 그는 마치 프레야의 생일인 양 케이크에 초를 꽂았다. 우리 모두 그녀를 빙 둘러쌌고, 그녀는 어색한 듯 초를 껐다. 릴런드만 집에 없었다. 그는 전국을 누비는 트럭 운전사 자리를 얻었다. 몇 달 혹은 그 이상 떠나 있을 거라고 했다. 플로시는 릴런드가 프레야를 곤경에 빠뜨린 남자를 찾고 있기 때문이라고 했다.

"자기 여동생을 아프게 한 남자를 죽이는 건 남자 형제의 책임이야." 플로시가 린트와 트러스틴을 똑바로 쳐다보며 이렇게 말했다. "언젠가, 너희 둘도 나와 베티를 위해 죽이겠지."

"누나를 위해 주-우-욱일게, 플로시." 린트는 망설이지 않았다. "누나를 위해서도, 베-에-에티."

"난 아무도 죽이고 싶지 않아." 트러스틴이 말했다.

"아쉽네." 플로시가 그에게 말했다. "어쨌든 그게 네가 해야 할 일이야."

나는 릴런드가 자신의 트럭을 몰며, 플로시의 말처럼 프레야를 아프게 한 남자를 찾아 온 나라를 뒤지는 모습을 상상했다. 프레야가 집에 돌아온 첫날 밤, 나는 잠을 이루지 못하고 침대에 누워 여전히 그 생각을 하고 있었다. 눈을 감으려고 이리저리 뒤척이고 있었는데, 복도에서 희미한 발소리가 들렸다. 침대에서 일어나, 방문 밖을 훔쳐봤다. 프레야가 복도 끝, 계단 옆에 서 있었다.

그녀가 입술에 손가락을 대고, 자기를 따라 내려오라고 손짓했다. 그녀가 세탁기가 있는 옆 베란다로 나갔다. 세탁기 옆 바구니 속에서 더러운 빨랫감을 뒤지며 물었다. "그거 어디 있니? 시트는? 나무껍질은?"

"엄마가 마당에 묻었어." 내가 그녀에게 말했다.

"어딘지 보여줘."

나는 그녀를 마당의 그 자리로 데려갔다. 그녀는 아직 삐죽 튀어나와 있는 시트 귀퉁이를 움켜쥐더니 언 땅이 부서질 때까지 잡아당겼다.

시트가 빠져나오자, 그녀가 서둘러 그걸 펼쳤고, 나무껍질 조각을 찾을 때까지 뒤졌다. 그녀는 껍질을 품에 안고 집으로 들어갔다. 나는 말없이 그녀를 따라 위층 방으로 갔다.

"내 위 서랍에서 천 조각 좀 꺼내줘." 그녀가 자신의 서랍장을 가리키며 내게 말했다.

나는 위 서랍을 열어 재봉용으로 잘라둔 낡은 드레스 조각들을 발견했다.

"가장 예쁜 천으로 골라." 그녀가 말했다.

내가 서랍을 뒤지는 동안 그녀는 나무껍질을 팔에 안고 다정하게 바라보고 있었다. 나는 마침내 연분홍 바탕에 진분홍 꽃이 그려진 천을 골랐다. 내가 그걸 건네자, 그녀는 그 천으로 나무껍질을 감싼 뒤, 다시 자신의 팔오금에 품었다. 그녀는 구석에 있는 의자에 앉아, 나무껍질을 어르면서 노래를 불러주었다.

"쉿, 아가야, 아무 말도 하지 마."

"프레야?"

"쉬, 베티. 아가를 깨우면 안 돼."

# 17

〜

자녀들아, 주 안에서 너희 부모에게 순종하라.
이것이 옳으니라.

— 에베소 6:1

바르고, 선하고, 딸들의 마음속에 깃든 아버지 밑에서 자라는 어린 소녀들이 있다. 아버지 없이 자라서, 좋은 남자와 좋지 않은 남자에 대해 무지한 어린 소녀들도 있다. 그중 가장 불행한 어린 소녀는 햇빛과 파란 하늘을 폭풍우로 만드는 아버지 밑에서 자란 소녀다. 나의 어머니는 그 불행한 어린 소녀 중 하나였고, 도망치고 싶은 어린 시절을 견뎌냈다. 도망칠 곳이 없었기에.

어머니는 오하이오 조이저그 출신이었다. 그녀는 너무 사랑스러웠고, 거울은 그녀가 없을 때 한탄했다. 그녀의 아름다움이 다가 아니었다. 비록 내가 어머니 안에 있는 수없는 경이로움을 목격했을지언정, 그녀는 바로 눈앞에 있다고 생각했을 때조차 이미 백만 가지 다른 모습으로 저 멀리 달아나 있었다. 1963년 2월이 화룡점정이었다.

프레야가 집에 온 지 한 달이 지났고, 내가 아홉 살을 앞둔 때였다. 엄마는 나를 침실로 소리쳐 불러들여 내 생일선물은 이제껏 아무에게도 말한 적 없는 진짜 이야기라고 했다. 그녀는 프라이팬에 빠진 방울뱀처럼 미친 듯 춤을 췄고, 라디오에서 서스턴 해리스가 「리틀 비티 프리티 원」[60]

---

**60** Thurston Harris(1931~1990), *Little Bitty Pretty One*(1957, 2:24). 'bitty'는 한 입에 깨물어 먹을 정도로 작은 것.

을 부르자 스타킹 차림으로 바닥에서 미끄럼을 탔다. 그녀가 발을 위로 찰 때마다, 발꿈치 밑에 달라붙은 사진이 보였다.

"꼬맹이야 예쁜이야, 이리 와서 내게 말하렴." 그녀는 나를 끌어당겨 자신의 팔에 맞춰 내 팔을 흔들려고 했다. "이야기 하나 해줄게, 오래전 일이야. 꼬맹이야 예쁜이야, 난 네가 크는 걸 봤어."

그녀는 평소보다 마스카라를 더 짙게 칠했고, 그게 눈물을 따라 흘러 내려 긴 검은 줄이 생겼고, 나는 그 모습에 지난해 여름 폭풍우에 전봇 대들이 쓰러졌을 때, 팽팽한 전깃줄이 땅에 떨어져 파닥이던 모습이 떠 올랐다.

"춤은 형편없네." 노래가 끝나자마자 그녀가 내게 말했다.

그녀는 라디오를 끈 뒤 침실 벽에 기댔다. 두 팔을 편 뒤 십자가처럼 서 있었다. 그녀 뒤의 벽지가 녹색이었는지 보라색이었는지, 어쨌든 내 가 좋아했던 색깔로 기억한다.

"나의 아비는," 그녀가 말했다. "발가락은 하나님의 강에 두었지만, 발꿈치는 악마의 진창에 둔 사람이었다. 아마 그래서 내가 평발의 텃밭 의 남자를 제대로 이해하지 못한 것 같다. 부드러운 말투와 비위를 잘 맞추는 태도까지 다."

나는 라크 할배가 교회에 갈 때 중절모를 썼는지, 라크 할매가 정말 로 하나님을 믿었는지 전혀 모른다. 하지만 나는 그들의 뒷마당의 벚나 무에 대해서는 뭐든 다 말할 수 있다. 우리가 그 집에 갈 때마다, 아빠 는 절대 같이 간 적이 없었고, 오직 어머니만 당신의 부모님 집에 들어 갈 수 있었다. 어쨌든 어린 우리들은 밖에서 노는 걸 더 좋아했고, 특히 벚나무가 익을 때 그랬다.

우리는 빨간 열매를 올려다보는 것은 허용되었다. 입술을 핥을 수도 있었다. 심지어 입을 벌려 나뭇가지 아래 서서 매달린 버찌가 떨어지 기를 기다릴 수도 있었다. 그러나 그 나무에서는 그 어떤 것도 딸 수 없 었다. 할배의 명령들. 우리는 쓰레기를 뒤지는 짐승처럼, 오직 떨어진 열매를 먹는 것만 허용되었다. 할배는 우리가 거역하는지 확인하기 위해, 집 안에서 열린 창가에 앉아, 파리채로 면 커튼을 뒤로 젖히고 계속 우리를 주시하곤 했다. 그가 우리에게 이토록 잔인하게 굴었던 것은 우리 아버지가 그의 집 앞마당에서 그를 구타했던 것처럼 분명 그에게 큰 쾌락을 안겨주었을 것이다. 벗나무는 우리에게 외적 멍 대신 내적 멍을 안겨 집에 보냄으로써 랜든 카펜터의 아이들을 통해 자신이 맞은 구타를 되갚는 라크 할배의 방법이었다.

라크 할배는 복수할 기회를 노렸고, 그것은 자신의 딸을 다시 집에 불러들이는 형태로, 그래서 어느 정도 자신의 권력을 되찾을 수 있겠다는 생각으로 나타났다. 내 짐작에 어머니가 그 괴물에게 다시 돌아간 것은 그가 상처를 안긴 그 작은 소녀가 지금 어떻게 성장했는지를 그에게 보여줄 수 있다고 자신한 듯하다. 모든 것을 기억할 만큼 강한 한 여인이 된 자신을.

나는 할아버지를 결코 좋아하지 않았지만, 그럼에도 그가 어떻게 생겼는지는 결코 잊을 수 없었다. 그는 작고 뚱뚱했고, 항상 바지를 추켜올린 녹색 멜빵을 메고 있었다. 왼쪽 콧구멍 주름에 큰 희끄무레한 점이 있었다. 나는 그가 그걸 감추려고 볼이 부풀어 오를 때까지 그쪽 입에 씹는담배를 채워 넣었다고 생각한다. 아빠가 그에게 안겨준 흉터가 그의 콧날에 툭 튀어나와 있었다. 바로 그 흉터가 그의 두 눈에 담긴 증오의 시선과 연결되어 있었다. 머리칼은 곧은 금발이었고, 나이가 들면서 바랬다. 그는 한결같이, 예전과 똑같이, 가운데 가르마를 탔다. 그의 하얀 피부는 그가 밖에서 몇 시간을 보내든 늘 조금 탈 뿐이었다.

나는 그의 목소리가 버려진 들판의 딱딱한 땅처럼 거칠 거라고 생각했는데, 실제로는 부드러웠다. 그가 자장가를 아는 사람이었다면 멋진 자장가를 부를 수 있었겠다고 생각했다. 그는 한번도 내게 말을 걸지 않았지만, 나에 대해 많은 이야기를 했다.

"저 혼혈이 아플 때는 데리고 오지 마라." 그는 콧물이 흐르는 나를 보고 베란다에서 엄마에게 이렇게 말했다. "난 노인네다. 내가 뭔 병에 걸려 죽기를 바라는 거냐? 난 네가 내 집을 노린다는 걸 알고 있다. 그 래서 네가 낳은 모든 짐승들을 데려오는 거겠지. 저놈들이 내게 고약한 병을 옮기기를 바라겠지. 너도 네 오빠만큼 못된 놈이다." 그는 얼굴을 찌푸리고, 입을 쩝쩝댔다. "호모 놈과 창녀 년. 저런 애들까지 있으니, 뭔 지옥이 두렵겠니?"

라크 할매는 항상 그의 뒤에 서 있었다. 그녀는 우리를 쳐다본 적이 없었다. 그녀는 마치 우리는 존재하지도 않고, 당신의 손주도 아니라 고 안간힘을 다해 믿는 듯했다. 항상 앞치마를 두른 홈드레스 차림에, 손에서 행주가 떨어진 적이 없었고, 그걸 자신의 굵은 손마디에 칭칭 감고 있었다. 엄마와 달리, 라크 할매는 늘 똑같은, 끈이 달린 검은 단 화를 신고 있었다. 나는 그래서 그녀가 날렵하게 움직여 자기 남편의 손발을 시중들 수 있었다고 생각했다.

나는 라크 할매가 젊었을 때를 상상해보려고 했지만, 이미 머리칼은 나이가 들어 백발이었다. 그걸 쪽머리 하나로 단단히 묶었다. 피부가 너무 투명해서, 핏줄이 다 보일 정도였다. 그녀가 움직이지 않으면, 나 는 이따금 그녀가 거기 서 있는지조차 알지 못했다. 그녀는 교회처럼 십자가를 올린 그녀의 작은 하얀 집 속에 어떻게 녹아들어야 할지를 알고 있었다.

"아버지는 어디 있니?" 엄마가 서랍장으로 천천히 걸어가며 물었다.

"디어링 씨의 옥수수 창고 지붕이 너무 얼지 않았나 보러갔어요." 내 가 말했다.

"글쎄, 아빠가 그 지붕에서 떨어지지 않았으면 싶네. 날개를 장만할 돈도 없는 양반인데."

그녀가 서랍장 위에 놓인 선풍기를 켰다. 그녀가 창백한 목덜미 위로 머리카락을 들어 올리며 나를 쳐다봤다.

"뭐라고 했니?" 선풍기의 들쑥날쑥한 윙윙 소리 너머로 그녀가 물었다.

"아무 말도 안 했어요."

"거짓말하지 마." 그녀가 내게 달려들어 내 어깨를 쥐었다. "넌 항상 거짓말이야."

그녀가 내 셔츠 소매를 걷어 올렸다.

"또 항상 햇볕을 쬐고 있잖아." 그녀가 내 얼굴에 대고 거듭 외쳤다. "햇볕을 피하라고 했잖아. 살이 까매지잖아."

"지금 겨울이에요, 엄마. 난 양지에 있지도 않았어요."

"그런데 왜 이렇게 까만 거야."

그녀는 나를 자신의 서랍장으로 끌고 가 분첩을 집어 들었다. 내가 하얀 분으로 뒤덮일 때까지 그걸 우악스럽게 바르기 시작했다.

"하나님 맙소사." 그녀가 나를 밀치더니 분첩을 바닥에 던졌다. "아무 소용이 없네."

그녀가 선반에서 반쯤 남은 위스키 병을 꺼냈다.

"이제 네 생일선물 시간이다." 그녀가 비틀거리며 침대 가장자리로 가서 앉았다.

그녀가 자기 옆자리를 두드렸다. 나는 도망치면 어머니가 나를 쫓아와 내 눈을 파낼 것을 잘 알고 있었기 때문에, 그녀 옆에 가서 앉았다.

"하나님이 처음 내게 등을 돌린 건 내 아홉 살 때다." 그녀가 줄곧 앞을 바라보며 이렇게 말했다. "방금 네 나이다, 딸. 여름은 조이저그에 엄청난 비를 몰고 왔고, 이미 홍수가 시작된 듯했다. '전에 수영을 배웠기에 다행이네'라며 아비는 헤엄치는 연습을 하곤 했다. 마침내 비가 그쳤고, 사방에서 물이 뚝뚝 떨어졌고, 곰팡이가 폈다. 비가 그친 첫날, 나는 뒷마당에서 저녁에 먹을 닭의 털을 뽑고 있었다. 너는 한번도 닭고기를 다듬어본 적이 없으니까, 그래, 그걸 만지는 법부터 알려주마. 먼저 멍청한 닭이 피를 흘리게 돼야 한다. 그러려면, 닭발을 매달고, 목을 베야 한다."

그녀는 자신의 울퉁불퉁한 새끼손톱을 칼처럼 내 경동맥에 댔다.

"나는 아비를 위해 늘 그 피를 병에 담았다." 그녀가 말했다. "그는 그걸 아침마다 비스킷에 그레이비소스랑 같이 마셨다."

그녀는 위스키 한 모금을 꿀꺽 들이켰고, 난 그녀의 눈이 너무 게슴츠레해서 그녀를 눕혀야 하지 않을까 싶었다.

"피가 다 빠지면," 그녀가 말을 이었다. "깃털을 더 쉽게 뽑을 수 있게 끓는 물에 닭을 몇 분 담가둬야 한다. 그다음 죽은 닭의 닭다리를 잡고 털을 뽑기 시작하면 된다."

그녀는 술병의 털을 뽑는 척, 병목을 잡고 이렇게 말했다. "*뽑고, 뽑고, 젠장.*"

그녀가 말을 멈추고, 한 모금을 더 들이켰다.

"내가 털을 뽑고 있는 동안," 그녀가 말을 이었다. "어미는 베란다에 서서 아비의 귀가를 기다리고 있었다. 그녀는 허구한 날 하던 그대로 손에 차가운 젖은 행주를 들고 있었다. 그가 베란다 그네에 앉으면 그녀가 행주를 그의 목뒤에 펴주었다. 그리고는 미소를 띠며 무릎을 꿇고 그의 부츠를 벗겨 그의 발을 주물렀다. 나는 어미가 미소를 잊었던 순간을 기억한다. 아비는 부츠 바닥에 묻은 진흙을 핥아 떼어내게 했다. 나는 지금도 그녀의 혀가 그 작은 홈들을 파고들었던 것이 눈에 선하다."

"흙을 핥아 떼어내야 했다고요?" 내가 물었다.

그렇게 입을 뗀 순간, 내가 실수한 것을 깨달았다. 미처, 나는 어머니가 내 뒤통수를 힘껏 내리치는 것에 대비하지 못했다.

"*흙을 핥아 떼어내야 했다고요?*" 엄마는 내 말투를 놀린 뒤 위스키를 자신의 목구멍에 더 부어넣었다. 나는 여자 혼자 어떻게 저 많은 술을 마실 수 있을까 궁금했다.

"지옥처럼 덥네." 그녀가 일어서면서 중얼거렸다.

그녀는 병목을 쥔 채, 터벅터벅 창가로 걸어갔다.

"지옥처럼 덥네." 그녀가 다시 말했다.

2월이었고 추웠지만, 어머니를 덥게 만든 것은 날씨와는 아무 상관이 없었다. 그녀는 창문을 연 뒤, 떨어지는 눈 속에 머리를 내밀었고, 눈송이가 그녀의 머리칼 속으로 밀가루처럼 떨어졌다. 그녀는 천천히 몸을 뒤로 뺀 뒤, 창틀에 기댄 채 나를 돌아봤다.

"어미가 아비의 신발을 벗기면," 엄마가 말했다. "그는 볼에 담배를 더 넣은 뒤 그녀의 귀에 속삭였다. 그다음, 그는 집으로 들어갔고, 어미가 내게 왔다. 네게 닭을 풀에 내려놓으라고 했다. 자기가 마무리하겠다고 했다. 그녀가 내 손에 묻은 닭털을 행주로 털어냈다. 그리고는 앞치마 자락에 침을 뱉어, 매주 일요일 교회에 가기 전 했던 그대로 내 얼굴에 묻은 얼룩을 닦았다. 나는 심지어 그녀에게 이렇게 물었다. '엄마, 우리 교회 가요?' 그녀는 아무 말도 하지 않았다. 그저 아기를 다루 듯 나를 들어 안아서 내 등을 토닥이며 나를 그들의 침실로 데려갔다."

"그는 벌써 방에서 멜빵을 벗고, 셔츠 단추를 풀고 있었다. 그녀는 나를 그들의 침대로 데려가 나를 얌전히 눕힌 뒤 서랍장으로 가서 자신의 향수병을 가져왔다. 그녀가 우리 뒷마당에서 자란 장미로 그 향수를 만들 때 나도 도왔다. 그녀는 그걸 오래된 고미병[61]에 담아두었다. 지금도 그 라벨에 적힌 단어 하나하나가 기억난다. *체리웨더 박사의 고미액. 위통, 심한 두통, 심리불안, 담즙증, 류마티스성 열 등 혈액 문제로 인한 모든 통증에 특효.*"

나는 아빠가 그 어느 때보다 여기 있기를 바랐다. 나는 디어링 씨의 지붕이 아빠가 오르기에는 너무 미끄럽고, 그래서 그가 집으로 돌아와 당장 방문을 열고 엄마를 멈추게 해주기를 바랐다. 하지만 엄마가 창가를 벗어나 서랍장으로 가서 위스키 병의 코르크 마개를 집을 때까지

---

**61** bitters bottle. 苦味병. 플라스크 모양의 작은 병으로, 한 방울씩 떨어뜨려 쓴다. 'bitters'는 쓰고 쌉쌀한 맛의 식물성 물질을 가미한 알코올 제제.

아무 소리도 나지 않았다. 그녀는 마개를 주둥이에 박은 뒤 병을 뒤집어 남은 술이 코르크 바닥에 닿게 했다.

"어미는 그 향수를 내 목에 이렇게 묻혔다." 엄마는 이렇게 말하면서 위스키에 젖은 코르크를 내 목에 살짝 발랐다. "좋지 않니?" 그녀가 물었다. "서늘하게 좋지." 그녀의 '서늘하게'라는 말투에서 나는 위험하다는 느낌을 받았다.

나는 그녀가 위스키를 다 비운 뒤 열린 창밖으로 빈 병을 던지는 것을 지켜봤다.

"너 쇼트닝[62]이 뭔지 알지, 그지, 베티?" 그녀가 물었다. "어미는 항상 쇼트닝 깡통을 서랍장 서랍에 보관했다. 쇼트닝은 빵을 만드는 데만 쓰는 게 아니다. 그건 섹스에도 쓴다. 남자가 쉽게 삽입할 수 있게 해주지. 나는 내 속옷을 벗긴 뒤 내 다리 사이에 쇼트닝을 발라준 어미에게 감사해야 한다. 이제는 안다, 그녀는 내가 크게 다치지 않게 하려고 그랬다는 것을."

엄마는 괴로운 표정을 짓더니, 숨을 참는 듯했다.

"그녀가 거기를 문지르는데 이상한 느낌이었다." 엄마가 말했다. "나는 너무 무서웠고, 오줌을 쌌다. 나는 깨끗한 시트를 그렇게 더럽혔다고 어미가 나를 죽일 거라고 생각했지만, 그녀는 아무 말도 하지 않았다. 그저 내 다리를 닦고, 침대 위 내 몸 밑에 수건을 깔았다. 그녀는 아비의 손톱을 다듬어준 뒤 방을 나갔다. '엄마, 어디 가?' 나는 그녀에게 외쳤지만, 그녀는 말없이 문을 닫았을 뿐이었다. 현관 방충망이 삐걱대는 소리가 들렸다. 나는 그녀가 닭 손질을 마무리하기 위해 밖으로 나간 것을 알았다."

나는 더 듣고 싶지 않아서, 일어서며 말했다. "이제 나갈래요."

엄마가 내 어깨에 두 손을 얹어 나를 다시 눌러 앉혔다.

---

**62** shortening. 주로 케이크 반죽에 사용되는 수소화 식물성기름으로 만든 마가린.

"이건 네 생일선물이야." 그녀가 말했다. "다 들을 때까지 나갈 수 없다."

그녀가 뒤로 움찔하더니, 눈을 비볐다.

"어미가 나가자, 아비가 흥얼대기 시작했다. 그가 바지를 벗었을 때, 난 그렇게 무서운 걸 본 적이 없었다. 나는 그게 무슨 돌출물 같다고 생각했다. 괴물이었다. 그가 아플 것 같았다. 그는 너무 딱딱했다. 무슨 말인지 알지?" 그녀는 마치 나도 남자들이 그랬던 걸 봤던 것처럼 자신의 사타구니를 감싸 쥐었다. "무슨 말인지 알지?" 그녀가 다시 물었다.

나는 단지 그녀가 멈추기를 바라는 마음에 고개를 끄덕였다.

그녀가 다시 손을 내리며 말했다. "난 그가 그냥 내 옆에서 낮잠을 자려고 침대에 올라오는 거라고 생각했다." 그녀가 먼 곳을 응시했다. "그가 내 위에 누웠다. 난 그가 내가 잠들 때까지 나를 이불처럼 따뜻하게 해주려는 것이라고 생각했다. 그는 너무 무거웠고, 나는 숨을 쉴 수 없었다. 난 지금도 그의 이마에서 흐른 땀이 어떻게 그의 머리카락 끝에 맺혔는지 기억한다. 나는 땀이 눈에 떨어지는 게 싫어서 얼굴을 돌렸고, 나는 그게 내 관자놀이 위에 떨어지는 것을 느꼈다."

그녀가 내 관자놀이를 살짝 훑었다.

"이어 그가 몸을 뒤로 빼기 시작했고," 그녀가 말을 이었다. "나는 그가 내게서 떨어지기를 바랐지만, 그는 내 드레스 치마를 들출 뿐이었다. 내가 가장 아낀 드레스였다. 어미가 내게 만들어준 옷이었다. 세일러 칼라 아래 커다란 크림색 나비리본이 달린 남색 드레스였다."

엄마는 손가락을 얽은 뒤 두 손을 자신의 가슴에 올렸다.

"나는 그가 왜 나를 그렇게 만지고 있는지 이해가 되지 않았다. 나는 그에게 멈추라고 했다. 그는 왜 멈추지 않았을까? 나는 비명을 지르지 않았다. 왜냐하면 나는 나쁜 소녀가 되고 싶지 않았고, 소리를 질렀다고 야단맞지 싫지 않았기 때문이다."

그녀가 다시 선풍기 앞에 섰다. 나는 그녀 옆에 서서 이 모든 것에 함께 분노하고 싶었지만, 나는 그 어머니에 그 딸이 되려면 어떻게 해야 할지 몰랐다. 그녀가 방을 훑어보는 동안 그녀의 발밑에 깔린 사진들에 눈길이 갔다. 그녀가 방을 서성이다가 기우뚱하더니 뭘 잃은 듯, 손톱으로 벽지를 긁으면서 찾고, 찾았다. 그녀가 원하는 것을 찾으려면 그 밤도 짧을 듯싶었다. 평생이 걸려도 안 될 듯싶었다. 그녀에게 필요한 건 찰나의 무한이었다. 그녀가 그 안의 모든 것을 찾을 수 있는, 빛줄기로 가득한 시간.

"아빠 부를래요." 나는 이렇게 말했지만, 움직일 수 없었다. 그녀가 손톱으로 벽지를 파기 시작했다. 새 발톱처럼, 파고, 팠다.

*그녀가 비명을 지를 거야.* 나는 생각했다. *그리고 진짜 뭐가 나올 거야. 뒷마당에 사슬로 묶어서 핏덩어리 고기를 줘야 하는 놈이 나올 거야.*

그녀는 벽에 이마를 대고 서 있었고, 난 그녀가 거기 영원히 그렇게 서 있을 것 같았다. 아빠를 찾으러 가야겠다고 내가 다시 말했다. 그러나 나는 침대에서 한 발짝도 움직일 수 없었다.

문득 내가 아직 방에 있다는 걸 깨달은 듯, 엄마가 벽에서 물러나서 내게 왔다. 그녀의 눈은 세상의 모든 비에 씻기고 지상의 모든 화염에 달궈진 듯 보였다.

"그는 이렇게 손으로 내 머리를 빗겼다." 그녀가 부드러운 목소리로 말하며 내 헝클어진 머리카락을 손가락으로 훑어 귀 뒤로 넘겼다. "그는 이렇게 나를 눕혔다." 그녀가 목소리를 높였고, 내 두 팔을 잡고 나를 침대 한가운데로 밀었다. 그녀가 침대 위로 올라와 내 위로 몸을 숙이며 말했다. "그는 이렇게 내 옷을 벗겼다."

그녀는 내 바지를 벗기려고 했고, 나는 그걸 꽉 붙잡고 있었다. 그녀가 멈칫하더니 자신의 드레스 치맛자락을 걷어 올린 뒤 다리를 벌리고 내 위에 걸터앉았다.

"그의 씹는담배에서 나온 침이 이렇게 내 뺨에 떨어졌다." 그녀가 내 얼굴을 쥐고 말했다.

그녀는 입을 굴려 침을 모은 뒤 그걸 천천히 자신의 입에서 내 뺨 위로 떨어뜨렸다. 나는 침을 털어내려고 내 뺨을 치기 시작했고, 그녀는 손을 뻗어 하트 모양의 주름진 베개를 집었다. 그녀는 그걸 두 손으로 움켜쥐었다. 나는 내가 얼마나 깊숙이 엄마 밑에 깔렸는지 깨달았다.

"엄마, 제발 그만해요." 내가 말했다. "제발."

"나는 숨을 쉴 수 없었다, 베티. 딱 이렇게." 그녀가 베개로 내 얼굴을 눌렀다.

나는 베개를 밀쳐내려고 했지만, 어머니는 온몸을 싣고 있었다.

"그가 내 작은 몸속에 들어왔을 때 난 내가 그런 끔찍한 고통을 느끼리라고는 미처 몰랐다." 그녀의 목소리는 그때의 그 고통으로 가득했고, 그녀는 내 몸 위에서 자신의 몸을 밀기 시작했다. "나는 그가 나를 둘로 찢어 죽이고 있다고 생각했다. 나는 그런 고통이 있는 줄도 몰랐다. 나는 소리쳤다. '엄마, 엄마, 도와줘요.' 그러나 그녀는 결코 오지 않았고, 그는 계속 나를 파고들었다. 난 그때 내가 사랑받는 애가 아니라는 걸 알았다. 오, 하나님, 난 아직도 그 침대가 삐걱거리는 소리를 듣는다."

나는 베개 밑에서 얼굴을 돌려 작은 숨구멍을 찾았고, 겨우 숨을 쉴 수 있었다.

"그의 모든 것이 내 안에 들어왔고, 그동안 하나님은 아무것도 하지 않았다." 엄마가 더 세게 누르며 말했다. "번개도 치지 않았다. 나를 구하려고 나팔을 부는 천사도 없었다. 내 아빠가 내 위에 있을 때 하나님은 어디 있었니? 난 고작 어린 소녀였다. 난 고작 어린 소녀였다." 그녀는 거듭 이렇게 말한 뒤, 베개를 든 채 몸을 굴려 내게서 내려왔다.

그녀는 들썩이는 가슴에 베개를 꼭 껴안고 있었다. 나는 그대로 누운 채 몸을 떨고 있을 수밖에 없었다.

그녀가 침대에서 일어나면서 베개를 바닥에 떨궜다. 그걸 밟고 화장대로 걸어갔다. 서랍 바닥을 파헤쳐 집게벌레를 수놓은 노란 손수건을 꺼냈다. 그걸로 얼룩진 마스카라를 닦았다. 그러나 더 번질 뿐이었다.

"내 아비는 나를 범한 뒤," 그녀가 뺨을 세차게 닦으며 말했다. "반쯤 먹다 남은 초콜릿 바를 내 가슴 위에 올려놓고 밥을 먹으러 나갔다. 침대에 누워 있는 동안, 그의 포크가 접시를 치고 긁는 소리를 들을 수 있었다. 어미가 들어와 우리는 이 모든 걸 비밀로 해야 한다고 내게 말했다. '어느 집에나 있는 일이다.' 어미가 말했다. '너도 익숙해질 거다.' 이어 내게 침대에서 일어나라고 했고, 내 드레스를 다시 입혔다. 그녀는 내 다리 사이에 행주를 넣어 피를 닦았다. 그러나 익숙해진다는 그녀의 말은 틀렸다. 그런 것에는 절대 익숙해질 수 없다. 나는 그녀가 진실을, 이 상처는 네게 끝내 남아 있을 거라는 진실을 말하는 것보다 그게 더 쉬우니까 그런 말을 했을 거라고 본다. 폭풍 속에 갇힌 듯했다. 찬바람에 찢기는 듯했다. 비가 후려치는 듯했다. 나는 지금도 내 안의 어린이를, 마치 그 애가 아직 살아 있는 듯 찾는다. 나는 그 애를 찾아, 폭풍에서 끌어내, 이렇게 묻는다. '너는 크면 뭐가 될래?' 그래야 나는, 그녀의 미래가 내가 아니라고 꾸밀 수 있다. 그래야 나는, 그녀의 아버지가 그녀를 침대에서 본 단 하나의 이유는 그녀의 이불을 덮어주고 좋은 꿈을 바란 것이라고 꾸밀 수 있다. 세상에서 가장 무거운 게 뭔지 아니, 베티? 네가 원하지 않을 때 네 위에 있는 남자다."

엄마는 립스틱 하나를 집더니 손가락을 퉁겨 내게 일어나서 자기 앞에 서라고 했다. 그녀는 다른 손으로 내 턱을 쥐며 말했다. "하나님은 우리를 미워한다, 베티."

"우리 카펜터를요?" 내가 물었다.

"여자들을." 그녀는 립스틱을 내 입술에 살짝 바른 뒤 새끼손가락으로 입가까지 고르게 폈다. "하나님은 남자의 갈비뼈로 우리를 만들었다. 이후 그게 우리의 저주가 되었다. 그 때문에, 남자는 삽이 있고, 우리는 땅이 있다. 우리 다리 사이에 있는 바로 그거다. 그곳에, 그들은 그들의 모든 죄를 묻을 수 있다. 그걸 아주 깊이 묻어, 그들과 우리 말고는 아무도 그 죄가 뭔지 모른다."

그녀는 사뿐히 뒤로 물러서서 나를 바라봤고, 눈길이 멈춘 곳에서 깜빡였다.

"이런, 이런, 베티 소녀." 그녀가 미소를 지었다. "빨강은 네 색이 아니다. 자 이제 꺼져."

나는 그녀의 방을 뛰쳐나와 내 방으로 달려갔다. 가장 어두운 구석을 찾아 쓰러져서 조용히 울었다. 고개를 들었을 때, 책상에 종이와 펜이 보였다. 나는 그걸 움켜쥐고 밖으로 나가 머나먼 곳으로 도망쳤다.

무대에 앉아, 엄마가 말한 모든 것을 썼다. 나는 내가 쓰고 있던 것을 읽는 대신 그걸 고스란히 되새기기 위해 때때로 눈을 감아야 했지만, 펜을 내려놓지는 않았다. 마치 내 손끝에서 글이 쏟아지듯 썼다. 나는 그 모든 잔인함, 그 모든 고통, 내가 그것을 쓰는 순간에도 나를 파괴하고 있었던 한 이야기 속에 그 모든 것을 담았다.

종이를 접어 가슴에 품었다. 나는 그걸 질식시켜야겠다고 생각했고, 차고로 들어가 빈 단지와 부삽을 찾았다.

머나먼 곳으로 돌아와, 무대 밑으로 기어들어가 언 땅을 부삽으로 부셨다. 구덩이를 만든 뒤, 나는 어머니가 했던 말을 되풀이하며 그 이야기를 단지에 넣었다.

"그걸 아주 깊이 묻어, 그들과 우리 말고는 아무도 그 죄가 뭔지 모른다."

내가 할 수 있는 한 힘껏 단지 뚜껑을 죄었다. 이어 나는 늑대가 피 냄새를 맡지도, 파헤치지도 못할 충분히 깊은 구멍인지를 확인하면서, 그 이야기를 산 채로 묻었다.

# 더 브레새니언

## 밤새 신고가 빗발친 총격

3번 레인에 사는 주민 신더블록 존은 어젯밤 늦게 자신의 집 근처에서 밝은 빛과 뒤이은 총격을 목격했다고 신고했다. 신고를 받고 출동한 샌즈 보안관은 신더블록 존의 집에서부터 주변의 숲에 이르는 눈밭에서 증거들을 발견했다. 탄피가 현장에서 수거되었다. 마당의 두 그루 나무에서도 탄흔이 발견되었지만 오래된 것이었고, 라이플총의 흔적으로 추정되었다. 신더블록 존은 창밖에서 서너 명을 봤다고 했다.

"그들은 얼굴이 길쭉했고, 몸이 은색이었습니다. 내가 그들을 보려고 나갔는데, 놀랍게도 그들에게서 내 엄마의 감자 샐러드 냄새가 났습니다. 하지만 그분은 삼십 년째 무덤에 계십니다."

이후 신더블록 존은 음주로 체포되었다. 보안관의 자동차를 훔치려고 시도했기 때문인데, 그의 표현을 빌자면, "그 개자식들의 우주선까지 쫓아가려고" 했던 것이었다. 그 시도는 무거운 시멘트 블록 때문에 실패

했다. 보안관은 신더블록 존을 절도 미수죄로 기소하지는 않을 것이라고 했지만, 위법행위로 소환장을 발부했다.

점잖은 노부인의 두 번째 신고가 없었다면 야밤의 총격사건에 대한 신더블록 존의 증언은 만취로 인한 광기로 치부되었을 것이다.

독실한 기독교 신자인 노부인이 질문에 답했다. "총격이 바로 내 집에서 일어난 것처럼 들렸어요. 난 그때 침대에 앉아서 성경을 읽으면서 차를 마시고 있었어요. 나는 혼자 삽니다. 소란을 원치 않아요. 누가 왜 내 집 주변에서 총을 쐈는지 모르겠네요. 이제는 누가 노크해도 문을 열어주기 두렵습니다. 혹 내가 악마에게 문을 열어주면 어쩌지요?"

그 외에도 몇몇 목격자가 밤새 신고를 계속했다. 그중 한 명이 말했다.

"총격범은 마을을 헤집고 다닌 듯합니다. 잘 모르겠지만, 가만히 있지 못하고, 여기저기를 쏘다닌 것 같습니다."

# 18

〰

한 여자가 한 남자를 둘러싸리라.

— 예레미야 31:22

내 젠더의 의미를 깨달은 나는, 부엌의 모습을 한 여성의 형체와 똑 닮은 것들에 둘러싸인 꿈을 꾸었고, 거기 내 어머니가 서 있었다. 햇빛만 걸친, 그녀의 벌거벗은 몸. 수도꼭지에서 쏟아지는 물줄기보다 굵지 않은 그녀의 허리, 한 떼의 아이들이 그녀의 발목 살을 뜯어먹고 있고, 그녀는 레인지 앞에 서서 피를 끓이고 있다. 그녀의 목은 도자기 화병처럼 금이 가 있었다. 그녀의 쇄골이 갈라진 곳에 솟아 있는 작은 꽃의 분홍 꽃잎들이 보였다. 그녀의 콧구멍 주변에는 그녀에게 숨을 쉬라고 알리는 단어들이 깨알같이 적혀 있었다. 그녀는 입술이 없었다. 입술은 조리대 위에 놓여 있었고, 몇 겹의 빨간 립스틱 밑에서 웃고 있었다. 자신의 발목에 매달린 아이들을 질질 끌면서, 내 어머니는 부엌을 가로질러 그 입술을 집었다. 그녀가 그걸 자신의 얼굴에 던졌다. 손을 떼자, 입술은 계속 웃고 있었고, 손가락은 잿빛 소용돌이 속에서 녹아내렸다.

침대에 앉았을 때, 나는 방 안에 여전히 악몽이 떠도는 것을 느꼈고, 혹시 이 벽 너머의 어머니도 자기 아버지의 기억을 맴돌며 잠을 청하려고 애쓰면서 깨어 있지 않을까 싶었다. 플로시의 빈 침대를 바라봤다. 플로시에게 잘 자라는 말을 저녁 일찍 써두었고, 그녀의 베개 위에 올려놓았다. 그녀는 학교에서부터 친구랑 같이 있었다. 그녀가 없는 게 다행이었다. 내 안의 그 생생한 비밀을 내가 플로시에게 털어놓지

243

않을지 나 자신도 믿을 수 없었고, 그럼에도 나는 엄마가 내가 침묵하기를 바란다는 걸 알고 있었다.

어머니가 왜 나를 선택했는지 이해가 되었다. 플로시는 과거를 다 들춰내서, 혼자 감당하지 않으려고 했을 것이고, 프레야는 그 엄청난 폭로 속에서 더 말없이, 더 내면으로 파고들었을 것이다. 엄마는 누군가에게 말을 해야 했고, 그녀는 내가 충분히 강하다고 생각했다. 사실 나는 엄마가 했던 그대로 그걸 처리했다. 그걸 묻으려고 했다. 나는 머나먼 곳에 그 이야기를 묻는 것만으로도, 그것은 저 멀리 떠나, 나는 다시는 그 생각을 하지 않으리라 믿었다. 그런데 나는 늘 그 생각만 했다.

*내 머릿속에서 꺼져.*

나는 곧 깨달았다. 미로 하나를 만들어 내 생각에 스스로 갇힐 만큼 현관 베란다가 넓다는 것을.

*바싹 붙어 있어라, 베티.* 나는 혼자 중얼거렸다. 뭔가 나 자신을 잃고 있는 듯한 느낌이었고, 마침 집 굴뚝에서 쏟아지는, 흡사 차가운 하늘로 쏟아내는 긴 외침 같은 연기에 숨이 막혔다.

나는 엄마를 볼 때마다, 자신에게 가해진 폭력에서 벗어나지 못하는, 피곤한 눈을 비비는 어린 소녀를 봤다. 나는 밖으로 나가 집에서 떨어져야 했다. 심장의 빠른 박동에 몸을 떨며 텅 빈 황량한 겨울 들판을 서둘러 가로질렀다. 그 유령 같은 시간이 내 몸의 열을 돋우었다. 나는 빙그르 돌면서 땅에 쓰러졌고, 아무도 없는 곳에서 내 몸을 감싸 안았다.

나는 내 아버지의 눈을 가졌고, 이제 내 어머니의 고통까지 갖게 되었다. 나는 그 고통이 단단해지는 것을 느낄 수 있었고, 그게 영원히 거기 있을까봐 두려웠다. 나는 그녀의 손이 그를 밀쳐내려고 했을 때 그 손은 얼마나 작았을지, 또 그의 거대한 몸 아래 있는 그녀의 몸은 얼마나 조그마했을지 생각하며 눈물을 흘렸다. 나는 그 나이에 섹스에 대해 전혀 몰랐고, 강간이라는 단어도 몰랐지만, 내 어머니에게 벌어진 일은 그녀가 죽임을 당한 것만큼 끔찍한 일이었음을 알고 있었다.

나는 그녀가 그것을 어떻게 견뎌냈는지 이해되지 않았다. 하물며 그녀의 어머니가 바로 자신을 악마의 침대로 데려간 사람임을 알고도 어떻게 그녀의 심장이 살아남았는지 더더욱 이해되지 않았다. 자신을 가장 잘 지켜줘야 할 두 사람이 자신을 갈기갈기 찢고 있는 괴물이라면 당신은 무엇을 할 것인가? 엄마가 여전히 아픈 건 놀랄 일이 아니다. 그녀는 충분히 사랑받지 못했다.

나는 어느새 우리의 오래된 성경을 들고 있었다. 그것을 펼쳐, 안쪽 날개에 필기체로 적힌 출생일, 결혼일, 사망일들을 후다닥 넘겼다. 종이를 넘기는 동안 떨어진 눈물이 얇은 종이 위에 방울방울 흘렀다. 하나님의 이름이 보이는 곳에서 멈췄다. 눈물 하나가 한 단어 위에 떨어져 돋보기처럼 확대되었다.

"믿음." 나는 그 단어를 말한 뒤 성경을 닫았다.

"누나도 악마를 보-오-온다, 베티." 린트가 그날 늦게 뒤 베란다에서 내게 이렇게 말했다.

"네가 그걸 어떻게 알아?" 내가 물었다.

"난 바-아-아보가 아냐." 그가 한쪽 귀를 당기기 시작했고, 이어 다른 귀를 당겼다. 그는 마치 그걸 떼어내고 싶은 듯했다.

"왜 그런 짓을 하는 거야, 린트? 그만해."

"난 내 귀가 시-이-잃어, 베티."

"왜 싫은데?"

"듣기에 조-오-은 데 있지 않아."

"제대로 있는 거야, 린트. 그만해."

"알았어, 베티."

그는 주머니에 손을 넣어, 아빠의 쪽파 씨앗 봉지를 꺼냈다.

"뭐 하는 거야?" 내가 물었다.

"내 손톱 밑에 도-오-오마뱀이 있어." 그가 말했다.

그는 조그만 검정 씨앗을 집어 자신의 손톱 밑에 하나씩 밀어 넣었다.

"작은 까-아-마만 도마뱀 보여?" 그가 자기 손을 내 얼굴에 내밀었고, 조막만 한 검정 씨앗들이 그의 손톱과 살 사이에서 나를 엿보고 있었다.

그의 몰입을 의심한 적은 없었다. 그는 눈병에 걸렸다고 하면서 냉동 딸기를 녹여 통밀 크래커 부스러기와 함께 으깼다. 그 반죽을 눈꺼풀 위에 문질렀다. 꽃가루 알레르기 때는, 콧물이 흐르는 양 콧구멍 밑에 옥수수 시럽을 떨궜고, 딱딱한 사탕을 빨면서 혀와 목구멍을 빨갛게 물들였다. 가장 특이한 행동은 벌레가 있다고 주장하면서 자기 배에 하얀 신발 끈을 테이프로 붙인 것이었다.

"걔들이 내 안에서 꿈틀대는 게 느껴져." 그는 이렇게 말했다.

그의 모든 꾀병에도 불구하고, 내 기억에 린트는 감기조차 걸린 적이 없었다. 그런데 지금, 내 앞에 도마뱀을 들이밀고 아파하고 있다.

"내 손톱 밑에도 걔들이 있는 것 같아." 내가 말했다.

그가 내 손을 잡았다. 그는 조심스럽게, 작은 검정 씨앗을 내 손톱 밑에 하나씩 박았다.

"누나는 도-오-올이 지상에서 가장 오-오-오래된 것이라는 걸 알아?" 그가 물었다. "내가 한참 생각해봤는데, 그게 틀림없는 것 같아. 잘 생각해보면, 지구는 분명 하나의 커다란 돌이야."

그는 내 다른 손을 마무리한 뒤, 주머니에 손을 넣어 투명한 돌 하나를 꺼냈다.

"이거 보-오-오여?" 그는 뭔가 신비로운 모양의 돌 속 변색을 보여주었다.

"이건 요-오-옹이야." 그가 말했다. "돌 속에 갇힌 용."

"대단하다." 나는 용꼬리를 가리키면서 나도 그의 용을 본 것처럼 린트가 믿게끔 말했다.

"돌 속에서 모든 거-어-얼 찾아낼 수 있어, 베티. 돌은 그냥 단단하기만 한 게 아니야. 돌은 아-아-아름다워."

"우리 가서 좀 더 찾을까?" 내가 물었다. "어쩌면 이집트에 있는 것 같은 일각수나 스핑크스가 든 돌을 찾을지도 모르잖아."

"응." 그가 흥분해서 일어서더니, 이어 자신이 아팠다는 걸 떠올렸다. "우리 손톱 밑에 있는 도마뱀은 어-떠-억 하지? 우리는 침대에서 꼼짝 말고 쉬어야 하는데."

"하루 종일 침대에 누워 있느니 돌을 찾는 게 낫지 않아?" 내가 물었다. "큰 돌멩이도, 작은 돌멩이도 찾을 수 있을 거야. 파란 돌멩이도, 회색 돌멩이도. 매끄러운 돌멩이도……."

"또 구-우-우멍이 있는 돌멩이도?" 그가 물었다.

"찾을 수 있는 건 다 찾을 거야."

린트가 앞장서서 언덕 하나를 올라 목초지를 가로질렀고, 우리는 그곳의 오래된 사과나무 숲속을 지났고, 이어 초원 위 말들을 지나쳤다. 걷는 내내, 린트는 사암에 대해, 그리고 돌이 형성되는 법에 대해 이야기했다.

"가끔 나는 인간이 처-어-어음엔 돌이었다가 비-이-이를 맞고 얼굴이 생긴 건 아닐까 싶어." 그가 말했다.

그는 돌을 집을 때마다 이리저리 살피면서 색깔과 형태가 왜 중요한지 내게 설명했다.

"오, 저기 머-어-엇진 게 있네." 그는 방금 발견한 돌을 가리키며 말했다. "햇볕에 얼마나 빛나는지 봐. 하나님은 정말 우리를 사-아-아랑하나봐. 그분이 주신 이 돌들을 봐. 자기가 미-이-이워하는 사람에게는 이런 멋진 세상을 안 줘."

그가 돌을 보고 웃을 때, 나는 내 손톱을 쳐다봤다.

"내 도마뱀이 다 사라졌어." 내가 말했다. "너한테도 없네." 나는 그의 손톱을 가리켰다. "걔들이 우리가 돌을 줍는 동안 떨어졌나봐. 도마뱀이 떨어진 데마다 예쁜 초록 식물이 자랄 거야. 멋지지 않니?"

그가 재빨리 주머니에 손을 넣더니 쪽파 씨앗 봉지를 꺼냈다.

"아니야." 내가 말했다. "우리는 더 필요 없어."

"하지만 우린 아직 아-아-아프잖아."

"그냥 척했을 뿐이야, 린트. 게다가 우리는 오늘 너무 즐거웠어, 그치? 돌도 줍고, 돌이 얼마나 멋진지도 봤잖아."

그가 고개를 끄덕였다.

"그나저나 넌 왜 척하는 거야? 왜 방울뱀에게 물린 척해? 왜 성홍열에 걸린 척하고, 나뭇가지처럼 팔이 부러진 척해?"

"팔은 진짜 나-아-아뭇가지처럼 부러졌어."

"아니야, 안 부러졌어, 린트. 왜 너는 다 꾸며내는 거야?"

그는 손에 쥔 돌에 대고 속삭이기 시작했다. 이어 그걸 그의 귀에 가까이 대고 마치 돌이 그에게 답하는 듯, 그리고 그는 그걸 듣는 척했다. 그렇게 잠시, 그는 돌이 마지막으로 그에게 속삭인 것에 동의한 듯 고개를 끄덕였다. 그가 나를 쳐다보며 돌을 내려놓았다.

"내가 처-어-억한 건 어쩌면 아빠가 내 여기를 고-오-오칠 수 있다면," 그가 자기 몸을 만졌다. "그럼 어쩌면 아빠가 내-애-애 여기도 고칠 수 있을까 해서야." 그가 자기 머리를 만졌다.

"그렇게 해서 지금까지 효과를 봤으면, 이제 더는 척할 필요 없다고는 생각하지 않아?"

"어쩌면 시간이 거-어-얼릴 거야." 그가 말했다. "어쩌면 그건 돌 같은 거야. 혀-어-엉성이 되어야 하니까."

"더 이상 척하지 않아도 될 것 같아, 린트."

"아무도 다치게 아-아-안 하잖아."

"아냐, 다쳐. 아빠의 심장이 깨져. 넌 아빠의 심장이 유리로 만들어진 건 알아?"

린트가 고개를 저었다.

"정말이야." 내가 말했다. "그리고 그 유리 안에 새가 한 마리 있어.

그 새는 아주 연약해. 모든 것에 다쳐."

"무슨 마-아-알이야?"

"아빠가 네 가짜 증상을 치료하면, 걔들은 진짜가 돼. 걔들은 너한테
서 빠져나와서 공기 중에 떠돌아. 그런데 걔들도 어디론가 가야 하는
데, 아빠가 숨을 들이쉬면 걔들은 아빠에게로 들어가서 그의 유리 심장
안에 있는 새를 네가 아프다고 한 만큼 아프게 해. 네가 꽃가루 알레르
기에 걸린 척했을 때, 그 새는 진짜 그걸로 아팠어. 벌레였을 때는, 그
걸 잡은 게 그 새였어. 아빠가 너를 치료할 때마다, 난 그의 심장의 유
리가 깨지는 소리를 들어. 그 새가 지금 네게 멈추라고 애원하고 있어.
넌 아빠의 유리 심장에 있는 새가 잘 있기를 바라지 않아?"

그가 고개를 끄덕였다.

"그러면 그만둬야 해, 린트. 안 그러면 넌 아빠 심장을 많이 깨뜨릴
거고, 그게 부서져서 그 모든 유리가 아빠를 죽일 거야."

"하지만 내가 아-아-안 하면……, 그래서 아빠가 안 하면……, 그럼
난 내 머릿속의 이 모든 저-어-언쟁들을 어떻게 해야 돼?"

"내가 알려줄게." 내가 말했다. "언제라도 전쟁이 일어날 것 같아서
피해야겠다 싶으면, 바로 내게 알려줘. 그럼 우린 같이 돌을 찾으러 가
는 거야. 우리는 돌들의 크기, 돌들의 색깔, 그리고 돌들이 얼마나 아름
답고 특별한지 얘기할 거야. 그래서 우리가 전쟁에서 조금 평화를 찾
았다고 네가 느낄 때까지, 우리는 그 모든 걸 다 얘기할 거야. 화살은
영원하지 않아, 린트. 총알도 마찬가지야. 고요함은 있어, 폭풍우 속에
도."

"누나가 나를 위해 그걸 하-아-안다고?" 그가 물었다.

"당연하지."

"그게 아무 소-오-용없으면 어쩌지?"

나는 그의 어깨에 팔을 두르며 말했다. "일이 잘될 거라는 작은 *믿음*
을 가져야 해."

# 19

∾

그의 번개가 세계를 비추니
땅이 보고 떨었도다.

—시편 97:4


1963년 봄 폭풍우들은 마치 집으로 들어와, 벽을 타고, 촛불을 흔드는 듯싶었다. 맹렬한 번개는 전광석화와 경이로운 꺾쇠로 하늘을 밝혔고, 먹구름은 밤을 칠흑으로 만들었다. 그게 남부 오하이오의 봄이다. 한밤 중의 폭우, 전기가 끊길 때까지 몰아치는 바람, 한 번에 1인치씩 상승하는 강물.

나는 트러스틴과 함께 뒤 베란다 마루판에 있었고, 나는 앉고, 그는 엎드려 있었다. 나는 손전등을 들고 목탄으로 그림을 그리는 그가 잘 볼 수 있게 했다. 나는 이따금 트러스틴이 그가 도서관에서 빌려온 책의 사진들 속 예술가들처럼 사는 상상을 했다. 다 자라서, 아버지만큼 키가 큰 그의 모습, 콘크리트 바닥에 뚝뚝 떨어진 물감들, 빛을 차단하기 위해 그의 모든 캔버스를 덮은 묵직한 방수포들이 보인다. 모든 하양 위의 목탄 지문들, 그리고 그의 아름다운 영혼을 보존하기에 충분히 많은 드로잉들.

"사람이 번개에 맞으면, 이빨이 어둠 속에서 빛난대." 그가 말했다. "이발소 밖 노인들이 한 말을 들었어. 그들은 알겠지."

트러스틴이 구름을 그리면, 가까이에서 보면 피어오르는 듯싶고, 그러면서도 멀리 있는 듯 보여, 마치 폭풍이 수 킬로미터에 뻗쳐 있는 듯했다. 그의 목탄 터치 아래 비치는 밝은 백지 위에서 우리는 하늘에 짓눌린 한 시골을, 그리고 퍼붓는 빗속에서 밤은 어떻게 모든 걸 잃을 수 있는지를 볼 수 있었다. 당시 그는 일곱 살에 불과했지만, 그게 그의 재능이었다. 폭풍을 그려 우리의 뼛속에 번개를 느끼게 하는 것.

"누나는 엄마가 초콜릿으로 왜 그랬다고 생각해?" 그가 나를 올려다보며 물었다.

그 전날, 엄마는 식료품을 사러 파파 쥬니퍼스에 들어갔다. 목격자들은 엄마가 초콜릿 바 진열대 앞에서 카트를 멈췄다고 했다. 그녀는 초콜릿을 응시하며 거기 이십여 분을 서 있었다. 한 직원이 그걸 보고 그녀에게 도와드릴 게 있느냐고 물었다. 문제는 그녀가 *정말* 울었느냐가 아니었다. 문제는 *어떻게* 울었느냐, 였다. 누구는 그녀의 울부짖음이 긴 신음이었다고 했다. 누구는 그녀가 조용히 울었고, 어깨가 들썩이면서 눈물이 뺨을 타고 흘러내렸다고 했다. 모두들 그다음 벌어진 일에는 한목소리였다. 그들은 그녀가 초콜릿 바를 여럿 움켜쥐더니 포장을 뜯었다고 했다. 그녀는 그걸 반만 베물고, 나머지는 바닥에 던졌다. 그들은 그녀가 흡사 굶주린 늑대인 양 초콜릿을 어찌나 빨리 삼키려고 했던지 거의 질식할 뻔했다고 했다. 그녀는 자신을 저지하려던 매장관리자의 뺨을 할퀴었다. 그는 뺨에 영원한 흉터를 얻었다.

샌즈 보안관이 거기 도착했을 때, 그는 바닥에 흩어져 있는 반쯤 먹은 캔디 바들과, 자신의 카트를 천천히 매장에서 밀면서 나머지 장보기 목록을 방글방글 점검하며 마치 아무 일도 없었다는 듯, 또 그녀의 입가에 범벅인 초콜릿도 없다는 듯 행동하고 있는 내 어머니를 발견했다. 보안관은 엄마에게 그녀가 파손한 모든 바의 값을 지불하라고 명했다. 아빠는 마켓의 이런저런 목공 일로 그 돈을 갚았다.

아빠가 엄마에게 왜 그랬는지 알고 싶어 묻자, 그녀가 말했다. "배가 고팠으니까."

"그런데 왜 반만 먹었소?" 그가 그녀에게 물었다.

"반쪽만 내 거니까." 그게 그녀의 답이었고, 다른 말은 필요 없었다.

"베티?" 트러스틴이 작은 이마를 찌푸렸다. "누나는 엄마가 왜 그랬다고 생각해?"

"엄마가 이미 그 이유를 말했잖아."

"응, 하지만 나는 엄마가 그냥 배고파서 그랬다고는 생각하지 않아. 나는 엄마가 도망칠 궁리를 했기 때문이라고 생각해." 그는 자기 그림을 살피며 이렇게 말했다. "누나는 「밤을 새는 사람들」[63]이라는 그림에 대해 들어본 적 있어? 난 도서관에서 빌린 책에서 그걸 봤어. 그림 속 한 남자가 식당 바에 앉아 있어. 남자의 양복 등에 그림자가 있어. 나는 그 남자의 검푸른 양복 그림자 속에 살고 싶어. 언젠가 내가 없어지면, 누나는 내가 그 남자의 양복 등으로 도망쳤다는 걸 알게 될 거야."

나는 동생이 언덕을 검정으로 칠하는 동안 그를 관찰했다.

"트러스틴?"

"응, 베티?"

"폭풍우 그림 좀 잔뜩 그려줄래? 그걸 누구한테 보내고 싶어."

그가 종이에서 목탄 가루를 털어냈다.

"그래, 폭풍우 몇 개 그려줄게, 베티."

이어 커다란 천둥소리가 들렸다.

"총소리 같은데." 그는 마치 우리만 있다는 걸 확인하려는 듯 몸을 돌려 베란다 양쪽 끝을 쳐다봤다. 그가 내게 몸을 바짝 기대며 속삭였다. "나는 총격범이 누군지 알아. 그건 프레야야. 며칠 전에 누나가 숲에서 나오는 걸 봤어. 손에 엽총을 들고 있었어."

"너 정말 엽총을 봤어?" 내가 물었다.

---

**63** *Nighthawks*. 에드워드 호퍼(Edward Hopper, 1882~1967)의 가장 유명한 그림. 1942, 캔버스에 유화, 152.4x84.1cm, Art Institute of Chicago 소장.

"글쎄, 어쩌면 긴 막대기였을 수도 있어. 하지만 누나가 숲에서 나오기 전, 누나가 걸어 나오는 방향에서 총소리가 들렸어."

"숲은 크고, 소리는 울려, 트러스트(Trust). 너는 그 소리가 어디서 왔는지 확신할 수 없어. 게다가 넌 어떻게 프레야가 총격범이라고 믿을 수 있어? 언니는 그런 사람이 아니야."

프레야가 교회에서 자신의 드레스에 불을 붙였을 때의 그 눈빛이 순간 내 머릿속을 스쳤다.

"플로시는 정반대지." 내가 말했다. "걔는 방아쇠를 당길 집게손가락을 타고난 여자야."

"가끔은 우리가 전혀 기대하지 않은 사람이야, 베티."

그는 목탄과 종이를 그러모으며 전기가 끊기기 전에 아빠가 만들어둔 생강 과자를 먹으러 들어가겠다고 했다.

홀로 남은 나는 주머니에서 작은 수첩과 펜을 꺼내 손전등 불빛으로 글을 썼다.

얼마 지나지 않아, 아빠가 베란다로 나왔다. 그는 내게 생강 과자 하나를 건넨 뒤 베란다 그네에 앉아 번개를 쳐다봤다.

"번개는 악마가 천국의 문에 쾅쾅 부딪치는 거다." 그가 말했다. "그는 그 문에 온몸을 날려 힘껏 하늘을 깬다. 하지만 악마는 폭풍우가 몰아칠 때만 천국의 문을 두드린다."

"왜요?" 내가 물었다.

"그가 아버지의 문에 쾅쾅 부딪치면서 다시 들어가게 해달라고 애원할 때 비가 그의 눈물을 감춰주니까."

나는 그네 위 아빠 옆에 앉아, 바람이 집을 흔드는 소리를 들으면서 과자를 먹었다.

"아빠?" 나는 손에 묻은 과자 부스러기를 털었다. "폭풍우를 떠나고 싶었던 적은 없었어요?"

"걱정 마라, 꼬마 인디언. 이런 날씨가 영원히 지속되지는 않을 거다."

"내 말은, 아빠는 도망치고 싶은 적이 없었냐고요? 트러스틴은 한 남자의 양복 등으로 도망친대요. 엄마도 아마 도망칠 텐데, 난 그게 어딘지 아직 몰라요."

아빠는 담배를 말아 불을 붙일 때까지 조용히 앉아 있었다. 이어 그는 엄마가 릴런드를 임신한 걸 알았을 때의 이야기를 들려주었다.

"네 엄마가 나를 찾아냈다." 그가 말했다. "나는 떠돌이였고, 그런데도 엄마는 나를 찾아냈다. 네 엄마 이전에 나는 목적도 이름도 없었다. 내가 자랄 때, 사람들은 나를 토마호크 톰, 티피 잭, 파우 와우[64] 폴, 등 내 이름이 아닌 온갖 이름으로 나를 불렀다. 네 엄마가 묻기 전에는 누구도 내게 내 이름을 묻지 않았다. 엄마는 내 이름을 물었을 뿐 아니라, 뒤에 '선생님'을 덧붙였다. '이름이 어떻게 되시나요, *선생님?* 그때까지 나는 한번도 '선생님'이라고 불린 적이 없었다."

그가 긴 연기를 내뿜었다.

"나는 보잘것없는 사람으로 삶을 시작했고," 그가 말했다. "하지만 네 엄마가 나를 아버지로 만들었기 때문에, 나는 이 땅에서 기억될 만한 누군가로 내 시간을 마무리할 진짜 기회를 얻은 거다. 그러니 내가 왜 거기서 도망치겠니?"

"아빠는 기억할 가치가 있는 사람이에요." 내가 말했다.

그는 팔로 나를 감싼 뒤 자기 옆으로 당겼다.

"이제는 발이 닿나?" 그가 몸을 숙여 내 발가락이 베란다 바닥에 닿는지 살폈다. "이제 더 이상 내가 그네를 흔들어줄 필요가 없네." 그가 부드럽게 말했다. "이제 혼자 할 수 있겠어."

나는 발이 바닥에 닿지 않을 때까지 다리를 들어 올렸다.

"아뇨-오." 내가 말했다. "보세요." 나는 허공에서 발을 앞뒤로 흔들

---

었다. "아직 안 닿아요."

"음, 그렇다면," 그가 미소를 지었다. "어쨌든 내가 아직은 필요하겠네."

그가 부드럽게 그녀를 흔들면서 폭풍우를 내다봤다. 아버지에 관한 이런저런 것들이 낡은 페인트처럼 내게서 벗겨지기 시작했다. 몇 년 동안 도서관에서 빌렸던 책을 읽을 때마다, 나는 종종—내가 접한 이야기들처럼—내 아버지는 작가들의 마음속에서 태어난 것이라고 생각했다. 나는 위대한 창조주께서 그 작가들을 천둥새[65]들의 등에 태워 달로 날려 보내서, 그들에게 내게 한 아버지를 쓸 것을 일렀다고 믿었다. 메리 셸리 같은 작가들은 아버지에게 모든 괴물의 부드러움을 고딕식으로 이해하게 했다.

아버지의 마음속에 미스터리를 창조한 사람은 애거사 크리스티였고, 그에게 어둠을 안겨 그를 까마귀가 나는 곳까지 올려놓은 사람은 에드거 앨런 포였다. 윌리엄 셰익스피어는 아버지를 위해 로미오의 마음을 썼고, 동시에 수전 페니모어 쿠퍼[66]는 그가 자연을 동정하고 낙원 회복의 열망을 갖도록 했다.

에밀리 디킨슨은 그녀의 시적 자아를 공유, 아버지에게 인류의 가장 신성한 글은 우리가 서로 운을 맞추거나 맞추지 않는 것에 있음을 알게 했고, 존 스타인벡에게는 아버지의 마음속에 나침반을 선물로 주도록 해서 그가 항상 에덴의 동쪽과 천국의 약간 남쪽에 있음을 확인할

---

**65** thunderbird. 북미 토착신화에서 비와 폭풍우와 관련된 거대한 새. 모든 정령 중 가장 강력한 것으로 간주된다. 날갯짓 소리가 천둥 같고, 눈에서 번개를 쏘며, 날카로운 이빨과 발톱에, 밝고 화려한 깃털을 가졌고, 가장 높은 산 속 구름 위에 산다. 날개를 활짝 편 천둥새 장승(Thunderbird Totem Pole)은 우리도 종종 접한 이미지다.

**66** Susan Augusta Fenimore Cooper(1813~1894). 작가, 아마추어 박물학자, 미국 최초의 여성 자연문학가. 여성이 쓴 최초의 박물지인 『시골생활』(Rural Hours by A Lady, New York, George P. Putnam, 1850, 521p.)을 포함, 몇 권의 자연문학을 남겼다. 『모히칸족의 최후』(1826)의 저자(James Fenimore Cooper, 1789~1851)의 딸로, 그의 말년에 비서이자 조언자였다. 뉴욕에 고아원을 설립, 성공적인 자선단체로 만들었다.

수 있도록 했다. 결코 빠질 수 없는, 소피아 앨리스 캘러핸[67]은 아버지의 일부가 영원히 숲의 아이로 남도록 확실히 했고, 루이자 메이 올콧은 그의 영혼에 담긴 충성심과 희망을 말로 표현했다. 시어도어 드라이저에게는 아버지를 위해 미국의 비극이 그의 운명임을 쓰게 맡겼고, 그 직전 셜리 잭슨[68]에게는 아버지가 그 비극의 공포에 대비하도록 했다.

아버지의 상상력에 관해 말하자면, 나는 하나님이 아빠의 마음을 짓밟았다고 믿었다. 그건 스타인벡의 잘못인데, 그가 처음 내 아버지의 마음을 이 땅에 떨어뜨려, 하나님에게 그걸 짓밟을 기회를 주었고, 이에 작은 구멍과 그분의 발자국이 남았다. 자신의 마음속에 하나님의 발자국을 지닌 자라면 누군들 내 아버지 같은 상상력을 갖지 않겠는가? 그럼에도 점점 이 환상은 벗겨졌고, 나는 내 아버지의 살과 뼈를 보기 시작했다.

그의 오른 다리는 그를 계속 괴롭혔고, 걸음걸이는 점점 지친 사람처럼 질질 끌었다. 그는 여전히 온 힘을 다해 무거운 짐을 들었고, 구덩이를 팠고, 그러나 모든 이런저런 일들이 그의 몸을 쇠약하게 만들기 시작했다. 평생토록, 그는 험한 일을 했다. 어렸을 때부터 밭이나 공장에서 일한 그였지만, 그는 더 많은 일을 해야 하는 세상에 태어났다. 어쩌면 그 때문에 우리는 그가 나사를 돌리거나 출근 도장을 찍는 것에 분노를 멈추지 않았던 한창 젊었을 때 그토록 수없이 이사를 다녔던 것인지 모른다.

---

67 Sophia Alice Callahan(1868~1894). 소설가, 교사. 북미 원주민 여성이 쓴 최초의 소설 『위네마, 숲의 아이』(*Wynema, A Child of the Forest*, Chicago, H.J. Smith & Co., 1891, 153p.)를 말함. 출간 6개월 전인 1890년 12월, 운디드 니(Wounded Knee)에서 200여 명의 인디언을 학살한 사건이 발생했다. 이 책은 20세기에 재발견되어 복간되었다(ed. A. Lavonne Brown Ruoff, Univ. of Nebraska Press, 1997).

68 Shirley Hardie Jackson(1916~1965). 호러, 미스터리 작가. 6편의 소설, 2편의 회고록, 200편 이상의 단편을 썼다. 2014년 엘릭시르에서 3편이 출간되었다. 『제비뽑기』(*The Lottery and Other Stories*, Farrar & Straus, 1949), 김시현 역, 436p. ; 『힐 하우스의 유령』(*Haunting of Hill House*, Viking, 1959), 김시현 역, 391p. ; 『우리는 언제나 성에 살았다』(*We Have Always Lived in the Castle*, Viking, 1962), 성문영 역, 322p.

이곳저곳을 떠돈다는 것은, 특히 초기에, 수입이 일정치 않음을 뜻했다. 자신의 립스틱이 바닥나서 새끼손톱으로 긁어도 입술의 반도 바르지 못할 정도였을 때 어머니의 근심어린 표정이란.

"대단한 폭풍우네." 아버지가 말했다.

나는 그의 품을 슬며시 빠져나와 수첩과 펜을 다시 집었다. 번개가 하늘을 콩닥콩닥 볶고, 아버지가 담배를 피우는 동안, 나는 새 종이를 펴서 도넛에 관한 글을 썼다.

내가 채 네 살이 안 되었을 때였다. 릴런드는 이미 입대했고, 아빠는 먼 곳에 직장을 구해 우리는 그가 돌아올 때까지 돈을 볼 수 없었다. 어린 우리들은 엄마와 남았다. 그때는 오하이오가 아니었다. 우리가 잠시 머물렀던 이런저런 주들 중 하나였다. 겨울이었고, 식량이 떨어졌다. 엄마는 식량을 살 돈이 없었다. 형제들과 나는 너무 배가 고파서 마치 밥이 우리 앞에 나타날 것처럼 부엌 바닥에 앉아 있었다. 플로시, 일곱 살, 배를 잡고 칭얼거렸다. 두 살이라 너무 어린 트러스틴은 몸을 앞뒤로 흔들 뿐이었다. 당시 열네 살이었던 프레야는 다리를 꼬고 앉아 제 머리칼을 갖고 놀았고, 한 살배기 린트는 엄지를 빨고 있었다. 엄마가 우리를 바라봤다. 이어 그녀가 큰 대접을 움켜쥐었다.

"우리 도넛 먹을까?" 그녀가 물었다.

우리는 작은 손으로 손뼉을 치며 환호했고, 그녀는 밀가루, 설탕, 계피를 가져왔다. 우리의 찬장은 비어 있었고, 그녀의 손은 비어 있었고, 대접은 비어 있었고, 그녀는 이 보이지 않는 것들을 휘저었다.

"밀가루 네 컵." 그녀가 재료들을 외쳤다. 그녀는 상상의 봉지를 집어 그것을 허공에 던지며 웃으면서 말했다. "밀가루 뒤집어쓴 내 꼬맹이들 좀 봐."

그녀는 우리가 밀가루를 털어낸다고 상상할 때까지 우리의 머리칼을 헝클어트린 뒤, 자신이 다른 재료를 준비하는 걸 도와달라며 우리를 일으켜 세웠다. 배를 심히 곯으면 밀가루와 달걀이 상상된다. 그날이나 그 전날 굽으면 백설탕 속 밤색 계피 알갱이가 보인다. 우리는 빈 대접을 서로에게 건네며, 이런저런 재료들을 충분히 넣었는지 궁리했다. 엄마는 노래를 부르며 마른 재료들 속에 버터밀크를 넣은 뒤, 조리대에 반죽을 펼쳤다. 그녀는 주스 컵을 이용해서 동그랗게 잘랐다. 그녀는 우리에게 반죽 가운데를 한 손가락으로 꾹 누르라고 했다.

"구멍이 없으면 도넛이 아니지." 그녀는 이렇게 말했고, 우리는 깔깔 웃으며 허공에 손가락을 찔렀다. 이어 그녀가 튀김 팬을 가져왔고, 그게 존재하지 않는데도 파리 한 마리가, 우리가 상상하는 도넛들이 던져져 부글부글 거품이 인 뒤 충분히 황금빛을 띠자 건져서 식히기 위해 올려놓은 기름 망에 날아와 내려앉았다.

"얘들 정말 예쁘게 됐네." 엄마는 조리대 위 허공에 몸을 숙였다. "토핑 할 사람? 설탕 뿌릴 사람?"

"나요, 나요." 우리는 손을 들었다.

"알았다." 그녀가 말했다. "몇 개는 토핑 하고, 몇 개는 설탕을 뿌리자."

그녀는 우리에게 상상의 설탕 봉지를 건넸고, 우리는 그걸 서로서로 돌리며 절반의 도넛에 설탕을 뿌렸고, 그녀는 대접을 가져와 우유와 분당을 섞었다. 그녀는 나머지 도넛이 빛날 때까지 그 위에 토핑을 살살 붓는 동작을 취했다. 우리는 차가운 부엌 바닥에 앉아 존재하지도 않는 그 도넛들을 먹었다. 지금도 분명히 기억하는 건 내 어머니는 그걸 하나도 먹지 않았다는 것이다.

"이제 열 개 남았다." 그녀가 외쳤다. "이제 다섯 개. 누가 먹을래?"

"나요, 나요." 우리는 허공에 손을 휘저었다.

그녀는 도넛이 진짜 존재하는 양, 그리고 자신은 제 자식들의 입에서 단 하나도 앗지 않겠다는 듯, 우리가 모든 도넛을 먹게 했다.

"무슨 이야기니?" 아빠가 내게 묻는 순간 천둥이 우리 주위를 쾅 때렸다.

"이건 이야기가 아니에요." 내가 말했다.

"아?" 그가 신기한 듯 종이를 바라봤다. "그럼 뭐니?"

"아빠가 없을 때 엄마가 우리에게 도넛을 만들어주었을 때의 추억이에요."

"아, 그랬구나, 엄마가 그랬어?" 그가 고개를 끄덕였다. "정말 좋은 어머니다."

"네." 나는 곧 떨어질 듯한 번개를 바라봤다. "좋은 어머니세요."

# 더 브레새니언

## 총격에 불안에 떠는 참전용사

제1차 세계대전 참전용사—수년 전부터 기억력 문제로 고통 받고 있다—의 손녀가 마을 곳곳에서 기세 중인 총격에 자신의 할아버지가 심히 고통 받고 있다고 밝혔다. 손녀의 말이다.

"그는 총성에 자신이 다시 전쟁터에 있다고 생각합니다."

제1차 세계대전 군복을 착용한 그 남자는 행진과 경계를 시작했다. 집 둘레에 바리케이드까지 설치했다.

바리케이트를 세운 이유를 묻자, 그 남자가 답했다. "독일인을 막기 위해서지."

손녀는 총격범에게 이 "분별없는" 행동을 멈춰달라고 진심으로 호소하고 있다. "제발 멈추세요. 총격이 내 할아버지의 머리카락, 눈, 울부짖는 마음속에 들어왔습니다. 왜 당신의 불행이 우리의 불행이 되어야 합니까?"

참전용사의 옆집에 사는 남자는 총격범이 여자라고 믿고 있었다. 그 남자의 말이다.

"내 생각에는 그냥 그런 짓을 하는 여자인 것 같습니다. 남자가 총을 쏘면 소리가 분명합니다. 항상 동기가 분명하죠."

총격의 범인으로 믿고 있는 그 여자의 동기는 무엇이라고 생각하느냐는 질문에 남자는 이렇게 말했다. "아마 고작 자기 립스틱을 잃어버렸을 거예요."

# 20

✺

우리에게 작은 누이가 있는데 그녀에게는 젖가슴이 없도다.
— 아가 8:8

그해 봄비가 그치자마자, 우리는 파종을 시작했다. 작업은 항상 김매기부터 시작했다. 우리는 너무 어려서 씨를 뿌릴 수 없는 잡초들은 뽑아서 숲 언저리에 던졌다. 퍼질 잡초들은 파종할 땅을 부드럽게 풀어주기 위해 텃밭 터 위에서 태웠다.

"흙은 항상 이랑으로 지어서 옥수수를 심어라." 아빠는 우리에게 이렇게 말하곤 했다. "왜냐하면 이랑은 옥수수가 자라면서 대를 잡아주기 때문이고, 그건 브레세드의 언덕들이 우리를 잡아주는 것과 같다." 그는 브레세드의 언덕들에게 손을 흔들곤 했다.

이랑을 올리는 건 또 옥수수 뿌리를 태양으로부터 막아주었고, 그게 중요한 건 아빠 말로는 오래전 옥수수가 태양의 아내가 되기를 거부했기 때문이었다.

"그 후," 그가 말했다. "옥수수와 태양은 적이 되었다. 그래서 태양은 기회가 생길 때마다 옥수수 뿌리를 태워 그녀를 죽이려고 한다."

아빠는 철마다 같은 이야기를 했고, 우리는 손으로 흙을 파헤쳐 콩 이랑을 낮게 올렸고, 그건 옥수수와 달리 콩은 이랑이 높으면 비가 온 뒤 뿌리에 압력이 가해져 덩굴이 약해지기 때문이었다.

"이 모든 걸 기억해라." 아빠는 늘 이렇게 말했다. "그래서 언젠가 너희 텃밭이 생기면, 너희는 콩 이랑을 절대 높이 올리지 않을 거다."

261

옥수수와 콩 말고도 애호박, 오크라[69], 후추, 가지가 있었다. 아빠는 온갖 멜론과 토마토와 감자, 그리고 거의 모든 잎채소를 키웠다. 베리, 포도, 그리고 여러분이 생각할 수 있는 온갖 달콤한 과일들이 있었다. 그가 얼마나 다양한 식물을 심었던지 「더 브레새니언」(The Breathanian)에서 텃밭에 서 있는 그의 사진을 찍으려고 왔다.

브레세드의 텃밭의 사나이. 헤드라인 제목이었다.

텃밭이 꽤 넓었기 때문에, 매일 이른 아침 괭이질을 했다. 우리 모두 각자의 괭이가 있었다. 플로시는 무릇 여배우라면 손에 물집이 생기면 안 된다고 하면서 투덜댔다. 프레야는 괭이질을 즐기는 듯, 얼굴에 모진 결의를 품고 괭이 날을 땅에 꽂았다.

호박 같은 몇몇 씨앗은 5월 말에 심었다. 아빠에게 긴 장대가 있었고, 우리는 거기에 씨앗을 붙여, 물을 뿌려 불린 뒤 말렸다. 그다음 호박을 이랑 옆구리에 심었고, 그건 봄비가 이랑 위를 너무 세게 때려, 연한 싹이 물에 잠길 수 있기 때문이었다. 호박의 장점은 빨리 자란다는 것이었다. 그게 언제였나 싶었는데, 벌써 꽃을 따기 시작했다.

"호박에는 두 종류의 꽃이 핀다." 아빠는 그걸 우리에게 보여주며 이렇게 말했다. "암꽃은 뿌리 가까이 자라서 열매를 맺지만, 수꽃은 먼 줄기에서 자라고, 그저 호박 색깔밖에 맺지 못한다."

"어째서 수꽃은 열매를 맺지 못해요?" 내가 물었다.

"수꽃은 암꽃의 강인함과 힘이 없으니까." 아빠가 말했다.

수꽃이 열매를 맺지 못하니, 우리는 꽃이 피자마자 바로 따서 먹었다. 너무 오래 기다렸다가는, 비라도 오면, 연한 꽃잎에 흙이 튕겨 망가졌다. 우리는 수확한 꽃을 대부분 날로 먹었다. 샛노란 꽃을 입에 쑤셔 넣고, 꽃잎을 우적우적 씹었다. 꽃 일부는 가장 큰 풀 위에 올려놓고

---

**69** okra. 일명 '숙녀의 손가락, 오크로ochro, 검보gumbo'. 아욱과에 속하는 녹색의 속씨식물. 원산은 동아프리카, 동남아시아로 알려져 있고, 열대, 아열대, 온난기후 지역에서 경작된다. 긴 오크라(6~12cm), 짧은 오크라(bamya, bamia, 3~4cm) 등 다양.

말렸다. 우리는 꽃 하나를 따서 꽃받침을 떼어낸 뒤, 풀 이파리 끝에 꽃을 납작하게 펴놓곤 했다.

"이제 두 번째 꽃을 집어서," 아빠는 우리가 처음 하는 것인 양 늘 가르쳤다. "옆을 살짝 찢으면, 첫 번째 꽃 위에 사슬처럼 쌓을 수 있다."

한여름에는 우리의 풀 이파리 끝마다 고깔이 씌워진 모습을 보는 게 일상이었다. 그해 1963년 7월, 플로시와 나는 둘이서 들판 뒤쪽에 더 많은 꽃 사슬을 만들려고 돌아다녔다.

우리가 꽃을 쌓는 동안, 플로시가 그걸 조금 먹으면서 내게 이렇게 물었다. "베티, 내가 꽃만 먹으면 얼마나 살을 뺄 수 있을 것 같니?"

"언니는 뚱뚱하지 않아." 내가 그녀에게 말했다.

"아직은 그렇지. 그런데 난 벌써 열두 살이고, 여배우라면 열세 살이 될 때까지 자신에게 맞은 최상의 다이어트를 알아야 해." 그녀가 태양을 올려다봤다. "머나먼 곳으로 돌아가자. 봐야 할 영화잡지들이 거기에 있어."

우리가 텃밭에 도착했을 때, 아빠는 콩 트렐리스[70]의 끈 장력을 확인하고 있었다.

"내가 라디오를 갖고 나왔다." 그가 무대 위에 놓인 트랜지스터라디오를 가리켰다.

플로시가 사다리를 타고 올라가 라디오를 집었다. 그걸 켜더니, 잡지를 휙휙 넘기면서 머리를 흔들었다. 나는 무대 끝에 앉아 다리를 흔들면서 글을 썼다.

*옥수수가 태양에게 말했다. 난 당신을 사랑하지 않아. 태양이 옥수수에게 말했다. 난 당신을 멸해버리겠어.*

글을 쓰면서, 라디오를 배경음악으로 들었다. 아나운서는 이날이 기록상 가장 더운 날 중 하나라고 했다.

---

**70** trellis. 넝쿨이 잘 올라가도록 만든 격자구조물.

일기예보가 끝나고, 방송국에서 엘비스의 노래 *I Can't Help Falling in Love with You*[71]를 틀었고, 플로시가 비명을 질렀다.

"오, 엘비스. 당신과 빨리 결혼하고 싶어요." 그녀가 이렇게 말하면서 무대를 휙 가로질러 무대 끝의 내 옆에 와서 앉았다.

그녀가 내 옆에서 다리를 흔들면서 자기가 엘비스에게 보낸 편지를 그가 읽고 있다고 생각하느냐고 물었다.

"언니가 병마다 꾸겨 넣어 강물에 실어 보낸 편지들을 말하는 거야?" 나는 어이가 없었다. "엘비스는 언니가 브레세드 강으로 보낸 편지들을 받지도 못할 텐데, 플로시."

"도대체 왜 못 받아?" 그녀가 셔츠를 아래로 잡아당기면서 자신의 작은 가슴골을 드러내보였다. "브레세드 강은 오하이오 강으로 흘러들잖아. 오하이오 강은 결국 위대한 미시시피 강으로 흘러들고. 위대한 미시시피 강은 그레이스랜드[72] 바로 옆을 흐르잖아."

"언니는 엘비스가 미시시피 강둑에 앉아 자기 성의 철자조차 제대로 쓰지 못하는 소녀가 쓴 편지가 든 병들을 낚으려고 기다리고 있다고 생각해?"

"나 쓸 줄 알아. P, r, e, s, s, s⋯⋯."

"*s*는 하나다, 플로시." 아빠가 궁둥이를 휙 돌려 엘비스를 한껏 흉내 내며 이렇게 말했다. 그는 익은 오크라를 비틀어 마이크처럼 들더니 바다로 흘러가는 강에 관한 가사를 입으로 뻥긋뻥긋했다.[73]

"내가 뭐랬어." 플로시가 나를 팔꿈치로 쳤다. "강도 바다로 흐르잖아."

아빠는 플로시의 손을 잡고, 입술을 씰룩대며 엘비스를 흉내 내면서 연기를 이어갔다. 그는 플로시의 손을 자신의 입으로 가져가 입맞춤

---

**71**  *Can't Help Falling in Love.* 1961년 11월 21일 출시(앨범 *Blue Hawaii,* 2:59).

**72**  Graceland, 당시 엘비스 프레슬리가 소유한 멤피스의 저택. 현재 엘비스 박물관.

**73**  위 노래의 후렴. *Like a river flows / Surely to the sea / Darling, so it goes / Some things are meant to be.*

했다. 플로시는 너무 웃다가 무대에서 떨어질 뻔했다. 나는 아빠가 내 손을 잡기 전에 풀밭으로 뛰어내렸다.

"난 낚시하러 갈래요." 나는 수첩과 연필을 슬그머니 주머니에 집어넣었다.

차고로 가서 대나무 낚싯대를 집어 들었다.

"가자, 플로시." 내가 말했다. "언니를 미끼로 사용할게."

우리는 아빠에게 손을 흔들었고, 그는 계속 혼자 춤추고 노래하면서 옷깃을 올리며 군중이 있는 척을 했다.

"자기가 진짜 엘비스인 줄 아나봐." 플로시가 깔깔 웃었다. "멍청이 아빠. 아빠는 절대로 엘비스가 될 수 없어."

우리는 웃으며 들판을 가로질러 달렸고, 숲에 들어서면서 속도를 늦췄다.

플로시가 이마에 흐르는 땀을 닦으면서 이렇게 말했다. "오늘은 고기를 하나도 못 잡을 것 같아. 마을로 가서 그 애송이들[74]이 뭐 하는지 보는 건 어때?"

"그 애송이들은 지금 고등학생이야, 플로시."

"나도 알아." 그녀가 미소를 지었다. 내가 그녀를 빤히 쳐다보자, 플로시가 정색하며 말했다. "나는 그냥 우리가 하나도 못 잡을 것 같으니까 재미있는 거라도 해보자는 거야."

"남풍이 불고 있어." 내가 말했다. "이건 확실히 뭔가 잡힌다는 뜻이야. 달랑 지옥의 냄새라도."

"잠깐. 나 오줌 마려워." 그녀는 쪼그려 앉을 곳을 둘러봤다.

나는 자그만 마른땅 낚시[75]를 할 생각이었고, 그건 아빠가 어렸을 때

---

**74** Carnation boys. 플로시의 조어. 'carnation'은 최근 인종차별적 표현으로 간주되어 쓰지 않는, '살색'을 뜻한다. 어원(carnegione)은 16세기 이탈리아 회화 용어(carne 고기, 살+접미사 -agione 살색, 특히 안색).

**75** dryland fishing.

강이 마르면 종종 하던 낚시였다. 그는 대나무 낚싯대를 숲으로 가져가 달콤한 자작나무 잎을 미끼로 끼웠고, 그때마다 *왜냐하면 이 잎이 가장 달기 때문에*, 라고 늘 말했다. 마른땅 물고기는, 아빠의 장담으로는, 온갖 종류의 생물이 한데 합쳐진 것이었다.

"물고기를 생각해라." 그는 이렇게 말하곤 했다. "그리고 다람쥐를 생각해라. 이제 그 두 가지를 합치면 너는 수백만 가지의 마른땅 물고기 중 한 마리를 얻는 거야."

나는 떨어진 자작나무 잎을 주워 바늘에 끼웠다. 나는 뒤를 살피지 않고, 낚싯줄을 뒤로 던졌다. 그걸 앞으로 홱 당겼을 때, 플로시의 자지러지는 비명이 숲을 갈랐고, 나뭇가지에 앉아 있던 새들이 모조리 날아갔다.

나는 그녀가 왜 비명을 질렀는지 보기 위해 몸을 돌렸다. 바지를 내린 그녀의 모습이 보였다. 그녀는 쪼그리고 있었고, 낚시 바늘이 엉덩이 살에 박혀 피가 흐르고 있었다.

"너 일부러 그랬지." 그녀가 말했다.

"사고야. 언니가 뒤에 있는지 몰랐어."

"넌 나를 낚으려고 했어. 처음부터 계획한 거야. '*가자, 플로시. 언니를 미끼로 사용할게.*' 그녀는 내 목소리를 흉내 내려고 했지만 분노가 치민 탓에 원래보다 목소리가 커졌다. "너는 분명 그렇게 말했어, 베티."

"그런 뜻이 아니었지……."

"너는 항상 나를 질투했어. 내가 더 예쁘고, 내가 더 똑똑하고, 다들 나를 더 좋아해. 기다려. 이 바늘을 뽑아서 네 혀에 꽂아줄 테니까."

"그럼 나는 바늘 뽑는 거 안 도와줄래." 나는 낚싯대를 버리고 가까운 나무 위로 올라갔다.

플로시가 팔로 온몸을 감싼 채 신음하기 시작했다.

"악, 아파, 아파."

분노가 먹히지 않자, 그녀가 연기를 시작했다.

"오, 나를 불쌍히 여기소서." 그녀가 뺨을 나무에 댔다. "아름다운 소녀가 못생기고 시샘하는 돼지 염소의 바늘에 걸렸습니다."

그녀가 독백을 잇는 동안, 나는 더 높이 올라갔고, 말처럼 걸터앉을 가지 하나를 찾았다. 우듬지 사이로 집은 전혀 보이지 않았지만, 나는 뭔가 대단한 것을 보는 척, 휘파람을 불며 손을 눈 위에 얹었다.

"뭘 보고 휘파람을 부니, 이 늙은 민달팽이야?" 플로시는 내가 보는 방향을 보며 이렇게 물었다.

"넌 이걸 믿지 않을 거야, 플로시" 나는 흥분을 주체할 수 없다는 듯 팔다리를 흔들었다. "핑크색 캐딜락 한 대가 방금 셰이디 레인에 멈췄어."

"난 너 안 믿어." 그녀가 발을 내딛자, 낚싯대가 질질 끌렸다.

"움직이지 마, 플로시. 바늘이 더 파고들 텐데."

"넌 아무것도 본 게 없어. 우리가 얼마나 멀리 왔는데." 그녀가 잠시 멈칫하더니, 좀 더 부드러운 말투로 물었다. "근데 캐딜락은 어디로 갔어?"

"우리 집."

"난 아무것도 안 보여." 그녀가 나무들 사이로 틈을 찾아 더 잘 보려고 아등바등했다.

"오, 플로시, 넌 지금 캐디에서 누가 나오고 있는지 못 믿을 거야. 바로 엘비스야." 나는 그녀처럼 그의 이름을 꽥 질렀다. "캐디의 뒷좌석 전체가 네가 그에게 보낸 병으로 가득해. 차창 여기저기로 다 튀어나와 있어. 그가 네 편지를 갖고 있고, 이제 너를 자기 신부로 맞이하러 온 거야."

나는 그녀에게 눈을 껌뻑이며 키스 소리를 냈다.

그녀는 이를 갈며 분노한 짐승처럼 나무껍질을 뜯었다. 그녀가 씩씩대며 말했다. "쥐새끼 할망구 같은 년. 내가 너 같은 게 필요할 것 같아? 플로시 카펜터는 그 누구도 필요 없어. 나 혼자 바늘을 뺄 거야."

"아빠가 펜치로 바늘 끝을 끊어야 할 텐데." 내가 그녀에게 말했다. "너 그거 계속 당기면 바늘이 엉덩이를 찢을 거야. 친절하게 부탁하면, 내가 아빠를 불러줄게. 하지만 친절하게 부탁해야 해." 나는 활짝 웃었다.

그녀는 몇 번 더 욕을 한 뒤 분노를 가라앉혔다. 그녀는 눈물이 볼을 타고 내릴 때까지 눈을 쥐어짰다.

"제발요, 베티." 그녀는 마치 오디션을 보고 있는 듯 말했다. "내가 피를 흘리지 않게 우리 아버지를 불러주실래요······."

"알았어, 알았어, 비비언 리." 나는 나무에서 내려왔다.

그녀는 팬티를 올려 몸 일부를 가렸다.

나는 텃밭으로 돌아오자마자, 신나게 아빠에게 달려가 내가 방금 마른땅 물고기 하나를 잡았다고 말했다.

"정말?" 그가 오이를 바구니에 담으면서 물었다.

"그럼요." 나는 고개를 끄덕였다. "걔는 아직 바늘에 꿰여 숲속에 있어요. 걔가 너무 커서 여기까지 끌고 올 수 없어요. 아빠가 가서, 나 대신 바늘을 빼주면 좋겠어요."

"글쎄, 그 마른땅 물고기가 어떻게 생겼니?" 그가 눈을 가늘게 떴다.

"내가 이제껏 본 것 중에서 가장 못생겼어요. 지저분한 머리칼에, 애벌레 같은 눈썹에, 오줌 냄새가 나요." 나는 코를 움켜쥐었다. "그 불쌍한 놈이 엄청 겁을 먹은 것 같아요."

"으음." 그가 허리에 손을 얹었다. "플로시는 어디 있니, 베티?"

"카네이션을 찾으러 마을에 간 것 같은데요." 내가 말했다.

"플로시는 카네이션을 좋아하지도 않는다."

"남자애들이면 좋아해요."

"알았다, 그럼." 그가 텃밭에서 나올 차비를 했다. "네가 뭘 잡았는지 보러 가자."

"아뇨." 나는 고개를 저었다. "나는 안 가요."

"네가 잡은 거 안 가질 거야?"

"네에, 난 오줌 지리는 물고기는 먹고 싶지 않아요. 숲에 다시 던져버리세요. 늑대가 먹게 두세요."

아빠는 펜치를 들고 숲으로 향했다. 그가 시야에서 사라지자마자, 나는 숨으려고 헛간을 향해 달렸다. 다락으로 올라갔다. 그날 아침 일찍 나는 단지에 벌 두 마리를 잡았다. 뚜껑에 공기구멍이 있었지만 한 마리가 죽어 있었다. 나는 뚜껑을 살짝 열어 죽은 벌을 손에 받았다. 다락 창문 너머에 거미줄이 뻗쳐 있었다. 나는 죽은 벌을 거기 걸어두기로 했다.

"넌 예뻐." 나는 나를 바라보고 있는 거미에게 말했다.

밑에서 삐걱거리는 소리가 들렸다. 다락 끝 너머로 엿보니 프레야가 보였다. 그녀는 신더블록 존이 얼마 전 우리 헛간에 보관하려고 주차해 둔 낡은 트럭의 문을 열었다.

트럭이 주차된 각도 때문에, 운전석 내부가 훤히 보였다. 나는 프레야가 자리로 미끄러져 들어가 열린 문 밖으로 다리를 늘어뜨리는 것을 지켜봤다. 그녀는 일기장을 들고 있었다. 프레야가 침대에 놔둔 일기장을 한 번 본 적이 있었다. 읽기 힘든 글씨체 속에 이런 문장이 있었다.

*반디 한 마리를 잡았다. 죽이는 데 손바닥이 아팠다. 어쨌든 죽였다. 이 세상에 빛이 있다고 믿는 걸 기억하기가 참 어렵다.*

나는 아직도 매일 프레야를 생각한다. 가끔 그녀가 그냥 내 안에 숨어 있는 것은 아닐까 싶다. 내 목구멍에 긴 밧줄을 내릴 수 있다면, 어쩌면 그녀가 밧줄을 타고 올라와 예전에 우리랑 같이 디저트를 먹을 때처럼 피스타치오 푸딩을 먹을 것만 같다. 프레야는 멋진 소녀였다. 일일이 나열하기 힘들 정도도. 그녀의 밝은 밤색 머리는 그때도 길었다. 그녀의 회색 눈동자는 폭풍우 끝자락 같았다. 그녀의 작은 몸, 정말 아담했다. 손안에 쏙 움켜쥘 것만 같았다. 그렇게 그녀를 잃었다. 만약 우리의 삶의 허물이 우리의 피부에 간직된다면 우리는 뱀처럼 허물을 벗을 수 있어 훨씬 쉬울 텐데. 그러면 우리는 말라붙은 끔찍한 것들을 땅에 버리고, 거기서 벗어나 앞으로 나아갈 수 있을 텐데.

"아뇨, 부인." 프레야가 노래했다. "저는 갈 곳이 없습니다. 아뇨, 저는 아무 생각이 없습니다."

나는 언젠가 프레야가 유명해질 거라고 생각했다. 프레야는 로레타 린[76]만큼 노래를 잘했다. 프레야는 박람회에서 노래를 불러 메달을 받은 적도 있었다. 나는 그녀 자신도 유명해질 수 있다고 생각했을지 궁금했다.

나는 사다리를 타고 내려가 플로시가 낚시 바늘에 박혔다는 걸 말해주려고 했는데, 헛간으로 들어오는 어떤 형체의 그림자에 순간 정지했다.

릴런드.

그는 몇 달 동안 길을 떠난 뒤 잠시 집을 찾았다. 그가 처리할 화물이 많았고, 그는 곧 캘리포니아로 떠날 예정이었다.

프레야가 일기장에 글을 쓰는 동안 그가 트럭 앞에 서 있었다. 그는 자신이 거기 있다는 걸 그녀가 모르는 걸 좋아하는 듯했다. 그는 아랫입술을 깨물면서 고개를 옆으로 기울였고, 뭔가 자신의 어깨 위로 지나갈 길을 터주는 듯했다.

그가 주머니에서 담배를 꺼내 라이터로 불을 붙였다. 눈에 빨간 모조 다이아몬드가 박힌 여자의 나체 모양 라이터였다.

"왜 이 여자의 눈이 빨개?" 내가 언젠가 그에게 물었다.

"왜냐하면 핏빛은 모든 여자들의 눈 색깔이니까." 그때 그는 이렇게 답했다.

라이터의 딸깍 소리에 프레야가 깜짝 놀라 노래를 멈추고 뒤를 돌아봤다. 나는 릴런드가 그녀에게 다가가는 걸 지켜보면서 어둠 속에 몸을

---

**76** Loretta Lynn(1932~2022). 컨트리음악의 거장.

숨기고 있었다.

"또 내게 칼질하지 마." 그가 반팔을 치켜 올렸고, 팔 위쪽에 갓 생긴 상처를 보이며 프레야에게 말했다. "붕대가 다 떨어졌어."

"릴런드, 지금은 아니야." 그녀가 그를 외면하며 말했다. "나 방금 목욕했어."

그녀가 재빨리 문을 닫으려고 했지만, 그가 문을 잡고 버텼다.

그가 땅에 있는 뭔가를 빤히 쳐다봤다. 나는 그게 뭔가 찾았지만, 아무것도 보이지 않았다.

"어젯밤에 네 꿈을 꿨어." 그가 그녀에게 말했다. "네가 내 양말을 빨아서 빨랫줄에 말렸어. 이상한 꿈이지 않니, 프레이?"

그는 그녀를 항상 프레이라고 불렀다. 마치 그녀가 풀어진 무엇인 양.[77]

"너도 내 꿈을 꾼 적 있니, 프레이?"

그가 그녀에게 담배를 권했다. 그녀는 고개를 숙인 채 그걸 받았다.

"프레이?"

그의 목소리가 부드러웠다. 마치 아침 첫 빛줄기처럼.

그녀는 오랫동안 담배를 입에 물고 있었고, 열아홉 살보다 훨씬 나이 들어 보이기 시작했다.

"언젠가 꾼 꿈에 네 눈이 백만 개였는데, 그 어떤 눈도 나를 바라보고 있지 않았어." 그녀가 담배연기를 뿜으며 이렇게 말했다. "난 그 꿈이 좋았어."

그는 프레야를 쳐다보다가 그녀의 입에서 담배를 뺏어 그냥 그의 부츠 뒷굽으로 짓이겼다. 그가 그녀의 뒷목을 잡자, 그녀가 헉 하고 숨을 내쉬었다.

"얼마 전 숲에서 왜 나를 쫓아온 거니, 프레이?"

---

**77** 동사 'fray'는 '천을 풀다, 천이 풀리다'의 뜻. 5장에서 처음 나옴.

"네가 뭘 하고 있는지 보려고."

"네가 본 걸 발설할 거야?"

그녀가 답하지 않자, 그는 그녀를 흔들면서 그걸 발설할 건지 거듭 물었다.

"응." 그녀가 말했다. "넌 미쳤어. 네가 내 독수리에게 한 짓은……."

그가 그녀를 의자 뒤로 밀었다. 재빨리 바지를 벗으려던 그의 손을 그녀가 발로 찼고, 그녀의 일기장이 트럭 바닥에 떨어졌다.

"소리 지를 거야." 그녀가 말했다. "지금 당장 나가지 않으면, 하나님 께 맹세코, 소리 지를 거야."

"아니, 넌 못해." 그가 깔깔 웃었다.

그녀의 눈물이 두 뺨에서 끓고 있는 듯했고, 그녀가 그를 쏘아봤을 때 나는 그녀의 얼굴이 눈썹 사이로 갈라지는 줄 알았다.

"난 네가 미워." 그녀가 그를 계속 쳤다. "난 네가 미워."

"나도 네가 미워."

그는 그녀의 오른발을 자기 옆으로, 왼발을 다른 쪽으로 밀었고, 그 녀의 풀 스커트 자락을 올리면서 그녀를 바짝 끌어당겼다. 그녀가 저항 하자, 그는 그녀의 얼굴을 때린 뒤 자신의 몸으로 그녀를 내리눌렀다. 그는 그녀의 긴 머리카락을 한 움큼 쥐더니 그녀가 머리를 움직일 수 없을 때까지 운전석 창문 손잡이에 칭칭 감았다.

"내가 길에서 널 얼마나 그리워했는지 몰라." 그는 자기 입술을 핥으 면서 청바지를 부츠 밑으로 마저 내렸다. 그리고 그는 눌렀고, 눌렀고, 그의 다리 뒤쪽 근육이 파르르 떨렸다.

"제발," 프레야가 말했다. "그만."

그녀의 머리가 앞으로 기우뚱했고, 창문 손잡이에 묶여 있던 그녀의 머리칼에서 정수리 부분이 당겨졌다.

"베티가 일부러 그랬어요, 아빠. 난 알아요." 플로시의 목소리가 헛 간까지 들렸다.

릴런드가 멈추더니 손으로 프레야의 입을 막았다.

"소리만 냈다 봐라." 그가 속삭이듯 그녀에게 말했다.

플로시는 속사포로 말하고 있었고, 그녀의 목소리가 점점 더 가깝게 들렸다.

"언젠가, 내가 죽은 걸 보실 거예요." 플로시가 말했다. "베티는 질투심에 날 죽일 거예요."

"그건 그냥 사고였다, 플로시." 아빠의 목소리가 그녀의 목소리에 이어지다가 마침내 두 목소리가 멀리 사그라졌다.

나는 다시 릴런드와 프레야를 돌아봤다. 그녀는 릴런드에게서 눈을 떼지 않았다.

내가 입을 벌려 아빠에게 다시 돌아오라고 소리를 지르려던 순간, 엄마가 다락방에서 자기 오빠를 봤을 때 했던 이야기가 떠올랐다. 나는 아버지가 라크 할배 같지 않다는 걸 알고 있었다. 그렇지만, 만약 그가 릴런드에게는 아무것도 하지 않고 프레야에게 성경을 한 장 한 장 먹게 하면 어떡하지? 만약 다들 릴런드의 잘못이 아니라 프레야의 잘못이라고 하면 어떡하지?

프레야가 아무 잘못이 없는데도 릴런드가 벌을 받을 사람이 아닐지 모른다는 압도적인 가능성이 두려워지기 시작했다. 그 공포가 내 입을 막았다.

릴런드는 플로시도 아빠도 돌아오지 않았는지 확인하기 위해 잠깐 더 기다린 뒤, 프레야의 입에서 손을 뗐다.

"난 네가 소리 지를 용기가 없는 걸 잘 알아." 그가 활짝 웃으며 말했다.

그가 시작한 일을 계속하는 동안 그녀는 눈을 감고 가만히 누워 있었다.

"아뇨, 부인, 저는 갈 곳이 없습니다." 그녀는 고통스러운 표정으로 얼굴을 일그러뜨리며 부드럽게 노래했다.

나는 머리를 쥐어뜯었고, 벽에 등을 기댔다. 나는 너무 어렸다. 겨우 아홉 살에, 세상을 떠돌며, 아버지들이 딸들을 망치는 것을 봤다. 오빠들이 여동생들을 망치는 것을 봤다. 나는 머나먼 곳에 묻은 어머니의 강간 이야기가 무덤에서 땅을 파고 올라오고 있다고 상상했다. 엄마의 이야기 속 침대의 삐걱대는 소리처럼, 내 귀에 들린 것은 트럭 좌석의 삐걱대는 소리뿐이었다. 나는 그걸 멈출 방법을 찾아야 했고, 주머니에서 수첩과 연필을 꺼냈다. 나는 최대한 빨리 쓰기 시작했다.

　*오빠가 헛간을 떠난다. 그가 언니를 홀로 남겨둔다. 멈춘다. 모든 것이 멈춘……*.

　연필을 너무 세게 누른 탓에, 글을 끝내기도 전에 심이 부러졌다. 연필을 벽에 던졌고, 그게 바닥을 가로질러 아직 벌 한 마리가 살아 있는 단지까지 굴러가는 것을 지켜봤다. 벌은 자신이 왜 갇혔는지 알려는 듯 싶었다. 나는 재빨리 기어가서 단지를 집어, 뚜껑을 땄다. 벌이 날아가기 전, 나는 그걸 잡아 벌침이 쏘는 걸 느낄 때까지 꽉 쥐고 있었다.

# 21

∽

*그들을 다 같이 흙 속에 감추라.*
*그리고 은밀한 가운데 그들의 얼굴을 싸맬지니라.*

— 욥 40:13

프레야는 종종 민들레 로션을 만들었다. 그녀는 그걸 온몸에 바르곤했다. 그녀의 피부 위 노랑, 내가 좋아했던 기억이 난다. 나는 그 민들레 로션을 집어 내 머리 위에 짰다. 내 검정 머리카락 속 노랑. 내 검정 눈썹 위 노랑.

*그래 이게 금발이지*, 라고 나는 거울을 보며 이렇게 생각했고, 내 모습이 마음에 들지는 않았다. 오빠가 언니를 헛간에서 강간한 것을 본 이튿날이었다.

아빠는 부엌에서 자두를 담그고 있었다. 통째로, 썰지 않은 자두들. 거의 검정색이었다. 담글 때의 그의 눈은 항상 꿈꾸는 듯했다.

"내 어머니가 가장 좋아한 담금 과일은 자두였다." 그는 작업에서 눈을 떼지 않고 말했다. 그는 자두를 단지 아래 단단히, 그러나 껍질이 터지지 않게 쟁여 넣었다. "Qua-nu-na-s-di." 그는 자두의 체로키어를 조심스레 말했다. "Qua-nu-na-s-di." 그가 다시 크게 노래했다. "어머니가 가르쳐준 거다." 그는 자랑스럽게 말했다. "언젠가, 베티, 너도 늙으면 이 자두가 네게 돌아올 거다. 그때는 너도 이걸 담그면서 'Qua-nu-na-s-di'라고 할 거다."

내가 답하지 않자, 그가 눈을 들어 나를 쳐다봤다. 그의 꿈결 같은 눈이 내 머리 가닥에 말라붙은 노랑 로션을 보자 사라졌다.

"그게 왜 네 머리 위에 있니?" 그가 물었다. "또 눈은 왜 그렇게 빨갛고? 너 울었니?"

"나 금발이에요." 나는 플로시가 그랬을 것처럼 그를 위해 빙빙 돌았다. "아빠, 싫어요?"

"금발이 되고 싶니, 꼬마 인디언?" 그의 손가락은 온통 보라색이었다.

"이러면 사람들이 내게 살에 기름칠을 하냐고 묻지 않겠죠. 이러면 다시는 그들이 나를……."

"말하지 마라, 베티."

그는 자두를 손에 쥔 채, 손을 내밀어 내 어깨를 잡았다. 그가 나를 너무 세게 움켜쥐었기 때문에, 절인 과일이 그의 손바닥과 내 몸 사이에서 으깨졌다. 나는 그 속살이 퍼져 국물이 흐르면서 내 소매로 스며드는 것을 바라봤고, 그는 나를 흔들면서 남들이 너를 부른 것처럼 절대로 나를 그렇게 부르지 말라고 했다.

"내 말 알겠니?" 그는 마치 우리 사이에 가로놓인 백만 마일을 메우려는 듯 숨이 가빠 보였다.

"아빠, 그렇다고 내 뼈를 으깰 필요는 없어요." 나는 그의 손을 벗어나 어깨를 으쓱대며 말했다. 나는 어머니가 했을 "하나님 맙소사"를 덧붙였다.

"그들이 우리를 부르는 이름으로 절대 너를 부르지 않겠다고 해라." 아빠는 다시 한 번 내 어깨를 세게 잡았다. 그의 손안의 자두는 형체조차 안 남았고, 우리 사이에는 으깨진 조각뿐이었다.

"알았어요. 안 그럴게요. 아파요, 아빠."

"미안하다." 그가 나를 풀어주었다. "나는 단지……." 그가 허공을 향해 팔을 뻗었다. "네 그 머리칼이 없으면 너 누구겠니? 네 눈, 네 피부, 넌 나의 꼬마 인디언이 아닐 거다."

"아이고 놀래라, 별것도 아닌데. 괜찮아요? 당장 민들레 로션을 지울게요."

나는 눈물을 눈꺼풀 뒤에 꾹 눌러두었다.

"게다가," 내가 덧붙였다. "화를 내야 할 사람은 프레야에요. 아빠가 아니라."

"왜 프레야가 화를 내?" 그가 물었다.

"언니의 민들레 로션이 다 내 머리에 있으니까요." 나는 덫에 걸린 파리처럼 목뒤에 걸려 있는 죄책감을 느끼며 이렇게 말했다. "로션을 더 만들 충분한 꽃을 얻으려면 언니는 내년 봄까지 기다려야 하니까요."

"베티, 프레야의 로션을 왜 그렇게 다 썼니?"

"다들 프레야한테는 잘해주면서," 나는 주먹으로 눈을 닦았다. "왜 나는 안 돼요?"

나는 빈 단지 하나를 들고 뒷문으로 달려가 머나먼 곳으로 갔다. 배로 기어서 무대 아래로 들어갔다. 주머니에서 펜과 백지를 꺼냈다. 릴런드와, 그가 헛간에서 프레야에게 한 짓에 대해 쓸 때, 잔가지 하나가 내 가슴을 찔렀다. 종이 아래 울퉁불퉁한 땅 때문에 글씨가 삐뚤빼뚤했지만, 난 그게 내가 바라보기 시작한 내 주위의 세상의 모습과 딱 맞다고 생각했다.

나는 마지막 문장에 마침표를 찍고, 구멍을 판 뒤 그 이야기를 단지에 넣었다. 병에 대고 자두의 체로키어를 말하면서, 그 단어가 달아나기 전에 뚜껑을 꼭 조였다. 이어 프레야의 이야기를 우리 어머니의 이야기 옆에 묻었다.

무대 밑에서 다시 기어 나와, 헛간을 바라봤다. 모든 기억이 물밀 듯 몰려왔다. 프레야의 정수리 머리카락이 바짝 당겨졌던 모습. 릴런드가 마지막에 더 끙끙거렸던 모습. 나는 귀를 막았지만, 소리는 그대로 있었다. 더 이상 그곳에 있으면 내가 산산이 부서질까 두려워서 몸을 움직여야 했다. 뛰기 시작했다. 가시덤불과 가시나무들을 통과할 때 얇은 나뭇가지들이 다리를 베었다. 새 한 마리가 머리 위에서 날카롭게 울었다. 나는 더 빨리 뛰었고, 독수리를 생각했다. 그 순간, 프레야의 기도가 무슨 뜻이었는지 깨달았다. 그 자각은 마치 하나의 생명체인 양, 내 목뒤에서 헐떡이며 숨을 쉬었다. 그에게서 벗어나려고 애원하면서, 그녀는 얼마나 많은 기도문들을 썼을까?

앞은 벼랑이었다. 그곳에서, 빛과 나뭇가지들이 형체를 띠더니, 마치 하늘에 걸려 있는 듯, 프레야의 모습이 보였다. 그녀는 에테르처럼 가벼웠고, 발을 감춘 긴 드레스 차림으로 떠 있었다. 내가 그녀에게 달려가자 그녀가 내게 손을 내밀었고, 그녀의 어깨에 한 줄기 후광이 걸려 있었다.

"프레야."

나는 두 팔을 벌려 벼랑에서 뛰어내리면서 언니를 잡으려고 했다. 내 손이 닿기 전, 그녀가 사라졌다. 나는 허공으로 추락했고, 내 몸은 물을 풍덩 가르며 벼랑 바로 아래 강바닥으로 가라앉았다.

갈색 물에 눈을 감자 로션이 씻겨나갔고, 나는 물에 몸을 맡기고 점점 더 깊이 빠지게 두었다. 나는 폐가 터질 듯할 때까지 기다렸다가, 바닥을 박차고 수면 위로 솟구쳐 올랐다.

"베티? 너야?"

뒤를 돌아보니, 릴런드가 강둑에서 낚시를 하고 있었다.

"내 낚시 바늘 쪽으로 헤엄치지 마." 그가 말했다.

그는 낚싯대를 쥐고 있지 않았다. 낚싯대는 그의 옆에, 돌에 괴어 놓았고, 그는 그 옆에 누워 있었다. 셔츠를 입고 있지 않았다. 스물네 살답게 군살 없는 단단한 몸이었다.

"떠난 줄 알았는데?" 내가 그에게 물었다.

"목소리가 왜 그래, 베티 아가? 내가 여기 며칠 있는 거 잘 알잖아."

그는 물을 바라보다가, 눈을 들어 뜨거운 태양을 바라봤다.

"나도 들어가서 수영 좀 해야겠다." 그가 말했다. "어쨌든 오늘은 고기가 없네."

그가 일어서기 전에 바지 버클을 풀었다.

"들어오지 마." 내가 그에게 말했다. "저 위 강둑에서 어떤 노파가 까만 고양이를 목욕시키는 걸 봤어. 오늘 물은 마법에 걸린 거야, 릴런드."

"그런데 넌 왜 그 속에서 수영하는데?"

"난 이미 마녀야. 플로시가 말 안 했어? 내 이름은 뜨거운 팬 속에서도 타지 않아."

나는 이 말에 그가 겁을 먹고 내가 있는 물에 들어오지 않기를 바랐지만, 그는 계속 속옷까지 벗더니 물에 뛰어들어 큰 물보라를 일으켰다. 그가 떠올랐을 때, 바로 내 옆에 있었다. 트럭 수송 일을 한 뒤부터, 그의 몸에서 뜨거운 가죽 내와 금속 파이프 내가 나기 시작했다. 바로 그 냄새가 강물에서도 났다.

나는 헤엄쳐 달아나려고 했지만, 그가 내 팔을 잡았다.

"너 왜 그렇게 찌푸리고 있니, 베티 소녀?" 그가 물었다. "꼭 망할 배춧잎처럼 보이잖아."

그가 나를 공중으로 던졌다.

"하지 마, 릴런드." 나는 다리를 걷어찼고, 그가 맞았기를 바랐다. "나 만지지 마."

그가 나를 꽉 잡아 물속에 빠뜨렸다. 물속에서 숨이 막히기 시작했다.

"미안해, 베티." 그가 내 등을 철썩 때렸다. "숨 쉬어. 그냥 숨 쉬어." 그는 내 등을 더 세게 후려쳤다.

"나 만지지 말라니까, 릴런드."

눈물이 나오려고 하는 것을 느꼈지만, 그의 앞에서 울고 싶지 않았다. 더 가까이 오려는 그를 밀쳤다. 그는 내 이빨을 다 훔쳐갈 듯 나를 노려봤다.

"자, 베티 소녀," 그가 물속에서 내 손을 강제로 움켜쥐더니, 나를 강둑으로 휙 잡아당겼다. "우린 같이 충분한 시간을 보낸 적이 없잖아."

그가 나를 물 밖으로 끌어내, 모래톱에 던졌다. 내가 달아나려고 하자, 그는 억지로 나를 자기 옆에 앉혔다.

"자, 여기 앉자, 베티. 내가 그냥 여기 같이 앉자고 했잖아."

그는 팔로 내 배를 두르면서, 자신의 젖은 가슴에 나를 안았다. 나는 몸을 비틀어 빠져나왔지만, 그는 내 발목을 잡아당겨 나를 넘어뜨렸고, 어느새 내 위에 올라와, 내 머리 위에 내 두 팔을 고정시켰다. 그의 뜨거운 숨과 그의 턱에서 떨어지는 물방울이 동시에 내 입으로 흘러들었다.

"너 왜 그래, 베티?"

그가 내 손목을 꽉 쥐었다. 나를 누르는 그의 몸은 너무 무거웠고, 나는 그 무게에 질식할 것 같았다.

"아파, 릴런드."

나는 그의 눈가가 부드러워진 것을 보고 깜짝 놀랐다.

"난 그냥 네가 나랑 잠시 같이 앉아 있었으면 했을 뿐이야." 그가 말했다. "우린 서로 잘 모르잖아, 그게 전부야."

그는 무릎에 팔을 두르고 가만히 앉았다. 그의 두 손이 부드럽게 흔들렸다. 그는 마치 양말도 신지 않은 추운 아침처럼 형편없었다. 그의 요동은 언젠가 그가 내 오트밀에 넣은 계피의 소용돌이보다 나쁘지 않았다. 그는 꿀에 파리를 꼬이게 안 했고, 요람 위 천장을 무너뜨리지도 않았고, 그의 영혼은 먹먹한 어둠의 나락 속으로 빠지지도 않았다. 그럼에도, 바로 전날, 나는 그가 내 언니를 부숴 여는 것을 봤다.

그의 옆에 똑바로 앉았다. 강둑의 단단한 모래가 내 젖은 옷에 박혀 살에 달라붙으면서 마치 발가벗은 느낌이었다. 릴런드가 내 몸 구석구석을 살피는 것 같은 느낌이 강하게 들었다. 나는 가슴에 팔짱을 꼈다. 내 심장이 뛰는 소리가 들렸다. 그 소리가 그에게도 들릴까 궁금했다.

그가 몸을 돌려 벌 한 마리가 이 노랑꽃[78]에서 저 노랑꽃으로 날아다니는 것을 바라봤다.

---

**78**  butterweed. 일명 'yellowtop'. 북미 중부와 남동부 원산. 노랑꽃이 피는 국화과의 여러해살이풀. 꽃은 사람에게 유독하다. 학명 Packera glabella(국화과, 털 없는).

"프레야는 벌이라면 질색해." 그가 말했다. "벌이 개 목뒤에 앉았을 때 내가 구해준 적이 있어. 프레야는 벌을 후려쳐야 하는 걸로 생각했지. 파리나 모기처럼. 마침 내가 개를 막았지. 만약 개가 벌을 쳤다면, 침이 손바닥에 박혔을 거야. 잘 기억해둬, 베티 소녀. 나는 벌에 알레르기가 있는 소녀의 생명을 구했다고."

그는 거의 어린애처럼 이렇게 말하면서 내 눈을 응시했고, 나는 그의 눈을 응시했다. 내 기억 속 릴런드는 그가 저지른 악행밖에 없었다. 그러나 거기 앉아 있는 그를 보자, 나는 나 자신을 위해서라도 그의 한 조각 선함이라도 간직해야겠다는 생각이 들었다. 그의 축축한 금발 위 반짝이는 햇살의 모습이든. 혹은 그가 곁눈질할 때 눈꺼풀이 왼눈을 덮는 모습이든. 내가 미워하게 된 오빠에게서 내가 다른 무엇을 간직할 수 있었을까?

"한 가지만 약속해줘, 릴런드." 내가 말했다. "절대 나를 구하지 않겠다고 약속해줘."

나는 일어나서 최대한 힘껏 달렸다. 순간 뒤에서 그의 발소리가 들렸다고 생각했지만, 나는 감히 돌아볼 엄두를 내지 못했다.

나는 방충망을 젖히자마자 릴런드가 한 짓을 자지러지게 외칠 생각이었지만, 프레야가 아빠와 함께 식탁에 앉아 있었다. 그들은 남은 자두를 담그고 있었다.

"왔구나, 베티 소녀." 프레야가 말했다. "흠뻑 젖었네." 그녀는 내 옷에서 바닥으로 물이 뚝뚝 떨어지는 걸 바라봤다.

"프레야, 머리 잘랐어?" 나는 천천히 그녀에게 다가갔다.

"흉해 보이니?" 그녀가 남은 머리카락을 만졌다. 전체적으로 엄지 길이에 불과했다.

"아니." 아빠가 서둘러 말했다. "우린 그냥 네 긴 머리칼에 익숙했던 거지. 충격이지, 그게 다야. 하지만 정말 멋져 보여."

"왜 머리를 잘랐어, 프레야?" 내가 물었다.

"변화를 주고 싶었어." 그녀의 시선이 아빠에게서 내게 날아왔다. "또 여름에도 더 시원할 것 같고."

"나는 싫어." 나는 자두 단지 하나를 집어 벽에 내던졌다. 유리 조각들이 마루판에 박혔다.

"베티," 아빠가 말했다. "그만."

나는 단지를 계속 내던졌고, 자두와 그 달콤한 시럽이 온 바닥에 쏟아졌다.

"제발, 베티." 프레야가 자두를 응시하며 소리쳤다. "그만."

'그만'이라는 소리에 그녀가 릴런드에게 했던 말투가 떠올랐다. 나는 그처럼 계속하고 싶지 않았다. 마지막 단지를 내려놓았다. 두 뺨 가득 눈물을 흘리면서, 나는 프레야를 밀쳤다. 계단을 쏜살같이 올라 위층 욕실로 들어갔다.

휴지통을 비웠지만, 버린 화장지와 면봉밖에 없었다. 서둘러 복도를 지나 프레야의 침실로 가서, 재빨리 그녀의 휴지통을 바닥에 엎었다. 뭉친 화장지 사이로 그녀의 아름다운 긴 머리칼이 있었다. 나는 무릎을 꿇고, 연한 갈색 타래를 그러모아 가슴에 품었다.

"베티?" 프레야가 문간에 나타났다. "괜찮니?" 그녀가 내 옆에 무릎을 꿇고 앉았다. "내가 네 머리를 자른 게 아니잖아." 그녀가 손가락으로 내 머리칼을 훑었다. "왜 내 머리에 그렇게 신경을 써?"

"언니 머리칼은 언니니까." 나는 눈을 닦았다. "그리고 언니는 그냥 그걸 잘라서 버렸어."

"네 말이 맞다." 그녀가 말했다. "난 그걸 버리지 말았어야 했어. 그걸 숲속에 두면 새들이 그걸 물어다가 둥지를 지을 거야. 자, 힘내. 멋진 새가 아니니? 울지 마."

그녀가 나를 끌어당겼다. 전에는, 그녀의 긴 머리칼이 내 뺨에 닿는 걸 느꼈을 것이다. 이제는, 그녀의 드레스의 차가운 무명밖에 없었다. 나는 우리가 텃밭에서 불렀던 노래 중의 하나를 부르기 시작했다.

"라, 라, 라, 라, 나의 완두콩, 라, 라, 잘 자라줄래, 라, 라, 라, 라."

"뭐 하는 거야, 베티?" 그녀가 물었다.

"우리가 식물에게 하듯 노래하는 거야." 내가 말했다. "그러면 언니 머리칼이 다시 길게 자랄 거야."

"난 싫어." 그녀가 뻣뻣하게 말했다. "걸핏하면 뭐에 감기더라."

트럭 창문 손잡이에 묶여 있던 그녀의 머리카락 모습이 불쑥 떠올랐다. 나는 곧바로 머리칼 타래를 떨구고 그녀에게 와락 달라붙었다.

"그래, 잘했어." 그녀가 말했다. "난 그대로야. 난 나를 버리지 않았어. 난 여기 있어."

"미안해, 프레야."

"뭐가? 내 머리카락? 미안해하지 마." 그녀가 내 젖은 머리에서 떨어진 고인 물을 바라봤다. "강에서 헤엄쳤니, 베티?"

나는 고개를 끄덕이며 그녀의 가슴에 코를 훌쩍거렸다.

"이렇게 더울 때는 강에서 헤엄치는 게 좋지, 그렇지 않니?" 그녀가 내 머리 위에 손을 얹었다.

나는 그녀의 드레스 단추를 만지작거리면서 몇 번 고개를 끄덕였다.

"나는 늘 네가 아직도 아기 꼬맹이 같아." 그녀는 이렇게 말하면서 나를 무릎 위에 앉히려고 했지만, 내 키 때문에 되지 않았다. "네가 크고 있다는 걸 잊지 말아야겠네."

"난 크고 싶지 않아." 나는 이 말을 한 뒤 강에서 릴런드를 본 것을 그녀에게 말하기로 했다. "릴런드가 언니를 구했다고 했어." 나는 그녀의 얼굴을 올려다봤다. "벌에서."

그녀는 멀리 있는 뭔가를 기억하려는 듯, 눈을 가늘게 떴다.

"그냥 그가 즐겨하는 이야기일 뿐이야." 그녀가 말했다. "남자들은 다 그래. 항상 무엇으로부터 여자를 구하는 척해. 그들은 절대 모르는 것 같아, 우리가 스스로를 구할 수 있다는 걸."

## 22

❧

낮은 자나 높은 자나 부한 자나 가난한 자나 함께.

— 시편 49:2

목소리가 잠기면, 작은 도토리들, 층층나무[79] 껍질, 그리고 약간의 쓴 사과[80]들을 모은다. *벚나무 껍질도 잊지 마라, 베티.* 그걸 달여서 마신다. 아빠가 내 목에 했듯, 목에 대고 문지른다. 그의 손이 내 목을 누르며 말했다. "우린 네 목소리를 다시 찾을 거야, 베티."

그러나 내 목소리는 잠기지 않았다. 그것은 내 머릿속에서, 불을 빙빙 돌며, 릴런드의 영혼을 그에게서 도려낼 준비를 하고 있었다.

"좀 낫니?" 아빠가 내 목을 문지르며 물었다. 나는 고개만 끄덕였다. 그해 8월 말이었다. 릴런드는 내내 캘리포니아에 있었다. 그는 강에서 돌아온 그날 떠났다.

나는 강간 후 몇 주는 프레야의 머리가 다시 자라기 시작하는 것을 지켜보는 것으로 시간을 가늠했다. 머리는 결코 그녀의 새끼손가락보다 길게 자라지 않을 것이다. 그게 절대로 자신을 꼼짝 못하게 하는 것이 되지 않도록 그녀가 확인한 방법이 바로 그것이었다. 개학할 무

---

79 dogwood. 볕이 귀여에서 기생하는 일에요 나무. 과실은 산수유(cornus), 높이 6m, 학명 Cornus(뿔. 나무의 단단한 재질에서 유래).

80 bitter apple. 사막 덩굴식물. 수박 덩굴과 비슷한 모양에, 쓴 펄프, 작고 단단한 열매를 맺는다. 일명 '쓴 오이, 아부 잘의 멜론Abu Jahl's melon, 콜로신스colocynth, 에구시egusi, 소돔의 포도나무, 야생 박'. 원산은 지중해 분지, 아시아, 터키(이즈미르), 수단(누비아 사막). 학명 Citrullus colocynthis(라틴어 citrus 유자나무, 콜로신스).

렴, 나는 그녀의 단발에 익숙해졌고, 끝내 장발의 프레야는 현관을 나가, 다시는 돌아오지 않은 사람처럼 느껴졌다.

나는 그런 여름을 보낸 뒤 학교에 가야 되는 것이 싫었다. 루시스와 그녀의 모든 친구들을 상대해야 되는 것이 싫었다. 나는 3학년에 올라갔다. 새 학기는 또한 새 담임을 뜻했다. 후크(Hook) 부인. 점심시간 전, 그녀가 나를 교탁으로 불러내서 내 손바닥에 내 부끄러움을 떨궜다. 녹색 토큰 두 개. 하나는 우유 한 팩. 다른 하나는 한 끼의 식판. 토큰은 저소득 가정들을 지원하고 무상 점심을 제공해야 하는 학교의 의무를 이행하는 학내 프로그램의 하나였다.

후크 부인이 명단에 내 이름을 쓰는 동안, 나는 재빨리 토큰을 주머니에 넣었다. 나는 고개를 숙인 채 내 자리로 돌아왔고, 루시스를 지나칠 때, 그 애가 웃으면서 나보고 불쌍하다고 했다. 그 애의 책상 위의 반짝이는 25센트 동전들이 보였다. 루시스 라이우드를 위한 토큰은 결코 없을 것이다. 그녀처럼 되면 어땠을까 궁금했다.

우리가 구내식당에 줄을 섰을 때, 나는 다들 나보다 먼저 가도록, 그래서 내가 마지막이 되기를 기다렸다. 나는 내가 좋아하는 으깬 감자와 그레이비소스 냄새를 맡으면서 주머니에서 토큰을 꺼냈다.

"왜 네 아빠는 일을 안 해, 베티?" 내 앞의 남자애가 돌아서서 물었다. "그가 일했으면, 너는 그런 토큰을 가질 필요가 없잖아. 정말 게으른 분인가 봐."

"쟤 아빠는 치료 주술사야." 루시스가 그 말을 들었고, 기회를 놓치지 않고 이렇게 말했다. "그는 돈으로 비즈만 받아. 만약 점심 값이 비드한 개면, 너도 감당할 수 있을 거야, 베티."

나는 토큰을 꼭 쥔 채, 그걸 다시 주머니에 숨겼다.

"뭐 일이야, 베티?" 루시스가 입술을 쩝쩝댔다. "말하는 법을 잊었니?"

"아마 쟤는 지금 이런 소리를 내고 있을 거야." 루시스 옆에 있는 여자애가 맞장구를 쳤다. "오우, 오우, 아, 아." 그 애가 자신의 겨드랑이를 원숭이처럼 긁으며 이렇게 웅얼댔다.

점심 담당교사가 옆에 서 있었다. 그는 나를 위아래로 훑어본 뒤 등을 돌렸다. 그러더니 다른 교사와 서로 속삭였다.

나는 줄에서 빠져나와 화장실로 들어가서 칸막이 안에 머물렀다. 내가 원했던 으깬 감자 냄새가 그곳까지 풍겼다.

"그레이비소스 한 번 더 주세요." 나는 식판을 내미는 척했다. "롤 빵, 초코 우유, 초코 칩 쿠키. 저 암브로시아 샐러드도 조금 주세요." 나는 메뉴에 없는 것들을 청하기 시작했다.

나는 상상의 식판을 무릎에 올려놓고 먹는 동작을 취하기 시작했다. 종이 울렸고, 팔을 떨군 채 교실로 돌아왔다. 마침내 수업이 끝났고, 나는 집으로 가는 먼 길을 떠났다.

아빠는 현관 베란다에 앉아서 거북을 깎고 있었다. 아버지에게 칼과 나무 조각을 주면, 그는 그걸 뭔가 아름다운 것으로 바꾸곤 했다. 그의 작품이 집 곳곳에 있었다. 선반 위 황소개구리들에서부터 지붕 덮인 다리[81]의 양쪽을 형상화한 북엔드까지. 그는 인어에서부터 용의 분노를 담고 있다는 작은 큐브까지 만들었다. 그의 많은 조각물들은 그가 집의 모든 창문에 걸어두려고 만든 참새들처럼, 우리와 같이 세상을 사는 생물들이었다.

"참새는 어머니의 눈이다." 그는 참새를 걸 때마다 이렇게 말하곤 했다. "얘들은 우리 집을 지키고, 위험의 첫 조짐과 첫 서리에 날갯짓을 한다."

더 웅장한 조각물들 중에 손수건나무[82]가 있었다. 린트만한 키에, 뒤

---

**81** covered bridge. 31장 참조.

**82** handkerchief tree. 중국 원산. 높이 20~25m, 일명 '비둘기나무, 손수건나무, 주머니
손거신녀무, 유령나무'. 양식 산골에 따르면 중국에서 가장 낭만적인 나무로, 19세기
후반, 영국 식물학자이자 탐험가인 윌슨(Ernest Henry Wilson, 1876~1930)에 의해
영국에 소개되었다. 작은 산들바람에도 비둘기나 손수건이 펄럭이는 것처럼 보이는
예쁜 흰색의 꽃같이 생긴 포엽(苞葉)에서 생긴 이름이다. 학명 Davidia involucrata(중
국의 프랑스 선교사이자 박물학자였던 신부 다비드 Armand David, 1826~1900, 라
틴어 involucrata 여러 꽃을 둘러싸고 있는 포엽 고리).

틀리고 굽은 가지마다 낡은 페이즐리[83] 손수건의 너덜너덜한 조각이 달린 듯한 나무였다. 또 노아가 홍수를 건넌 배를 해석한 조각물도 있었다. 방주 속에는 아빠가 상상할 수 있는 모든 동물들의 쌍이 있었다.

그의 모든 창작물 중 내가 제일 좋아한 건 그가 우리 방 벽에 걸어준 돋을새김 조각들이었다. 그는 그루터기에서 두툼한 널판을 잘랐다. 자른 조각에, 그림을 아로새겼다. 하나는 셰이디 레인의 모습이었고, 다른 하나는 멀리서 본 언덕들의 모습이었다. 그 조각은 너무 진짜 같아서, 우리는 큰 풀 속 귀뚜라미 소리와 머리 위에서 깍깍대는 까마귀 소리를 들을 수 있었다.

내 침실 벽에 걸린 돋을새김은 세 소녀가 카누를 타고 브레세드 강을 내려가는 모습이었다. 소녀마다 무릎에 바구니 하나씩을 들고 있었다.

"얘들은 세 자매다." 아빠는 이렇게 말했다. "각기 다른 원주민 부족인 이들 세 자매는 제일 중요한 세 작물인 메이즈(maize)[84], 콩(beans), 호박(squash)을 상징한다. 그 작물들은 자매처럼 함께 자란다. 맏이는 메이즈다. 가장 크게 자라고, 어린 자매의 덩굴을 지탱해준다. 둘째는 콩이다. 콩은 땅에 질소와 영양을 주어서, 자매가 탄력 있고 강하게 자라게 해준다. 막내는 호박이다. 호박은 자매의 보호자다. 호박은 자신의 잎을 뻗어 땅을 그늘지게 만들고, 잡초를 물리친다. 세 자매를 가장 강한 하나의 끈으로 묶는 게 바로 호박 덩굴이다. 그래서 나는 와콘다가 죽은 뒤에도 내게 세 명의 딸이 생길 것임을 알았다. 프레야는 옥수수다. 플로시는 콩이다. 그리고 베티, 너는 호박이다. 호박이 옥수수와 콩을 보호하듯, 너는 네 언니들을 보호해야 한다."

아빠는 프레야를 위해 작은 옥수수 이삭을, 그리고 플로시를 위해 작

---

**83** paisley. 스코틀랜드 문양. 소용돌이치는 물방울 모티브. 1800년대 이 문양의 숄을 짠 글래스고 근교의 페이즐리(Paisley)에서 유래.

**84** '옥수수'. 영어권에서는 'corn'으로 통칭. 카리브 원주민인 타이노(Taíno)들이 식물을 통칭한 단어 'mahiz'가 스페인어 'maíz'로 변형된 것. 학명 Zea mays.

은 콩깍지 하나를 조각했다. 내게는 잎에 감싸인 호박 하나를 조각해주었다. 조각마다 색을 입혔다. 프레야의 옥수수는 샛노랑. 플로시의 콩은 연녹색. 주황 호박을 감싼 내 잎은 암녹색. 그는 우리 모두의 체로키 옥수수 비즈[85] 목걸이에 그 장신구들을 달아주었다. 그가 텃밭에서 수확한 옥수수였다.

아빠는 더 많은 옥수수 비즈로 자신과 엄마의 목걸이를 만들었다. 그들의 펜던트는 그가 조각한 사과로, 그의 손아귀보다 크지 않았다. 사과는 빨강으로 칠했고, 반으로 자른 뒤, 심지어 꼭지도 쪼갰다. 그는 각각의 반쪽 사과에 흰 과육과 까만 씨를 그렸다.

"우리가 처음 만났을 때 당신이 먹었던 사과요." 아빠는 엄마에게 목걸이를 처음 보여주면서 이렇게 말했다. 그는 이미 자기 목걸이를 차고 있었고, 엄마의 목걸이를 목에 걸어주겠다고 했다.

엄마는 조각이 살에 닿자마자, 그걸 손에 쥐더니 이렇게 말했다. "처음엔 초콜릿 바 반쪽이었지. 이젠 사과 반쪽이네. 어떻게 해야 여자는 이 빌어먹을 세상에서 온전한 걸 느낄 수 있지?"

"초콜릿 바 반쪽?" 아빠가 물었다.

엄마는 답하지 않고, 사과를 바라보며 성경 구절을 인용했다. "사과로 나를 위로하소서. 사랑으로 인해 내가 병이 났나이다."[86]

그녀는 그 목걸이를 매일 걸었다. 혹 사과 반쪽이 옷깃 아래로 떨어지면, 그녀는 그걸 빼서 모두가 볼 수 있도록 가슴 위에 얹곤 했다.

아버지는 나무 한 조각으로도 놀라웠다. 나는 그가 일하는 것을 보며 몇 시간을 보낼 수 있었다. 내가 자두 단지들을 깨부순 이후, 아버지는 다시 조각을 시작했다. 내 생각에 그건 그의 위안이었다. 나무를 잡고

---

85 Cherokee corn beads. 체로키족이 눈물자리를 따라 흘린 눈물을 상징. 전설에 따르면 눈물이 땅에 떨어져 옥수수가 싹을 틔우고, 씨앗은 눈물 모양이 되었다고 한다.

86 아가 2:5.

없다는 것이었다. 아마 그래서 나도 그의 작업을 보며 숨을 돌릴 수 있었는지 모르겠다. 나는 그가 릴런드가 했던 짓 같은 끔찍한 것은 절대로 조각하지 않을 것임을 알고 있었다.

나는 아빠 옆 흔들의자에 앉아, 그가 자신의 무릎을 거의 덮을 정도의 커다란 거북 위에 조각하는 것을 지켜봤다. 거북의 등에는 언덕, 산, 나무들을 종횡하는 열십자 선들이 새겨져 있었다. 그가 계곡을 깎는 동안, 나는 내 앞의 기둥 위에 발을 올려놓았다. 한때 내 발은 기둥밑동만큼 길었다. 그런데 발가락이 자라면서 밑동 끝으로 삐져나왔다. 나는 발을 내렸고, 아예 흔들의자 밑에 발을 숨기려고 했다.

"이게 다 보이니?" 아빠는 거북을 들어 등딱지의 지형을 보여주었다. "천국의 지도다. 그게 한 마리 거북의 등에 존재한다."

나는 거북이와 지도보다 아버지가 우리에게 돈을 깎아주기를 바랐다. 만행이 없는 그런 과거를 우리가 살 수 있을 충분한 돈을. 딸들이 침실에서 제 아버지를 겁낼 필요 없는 그런 과거. 언니들이 오빠들의 접근을 두려워할 필요 없는 그런 과거. 우리가 돈으로 세상의 모든 라크 할배와 릴런드로부터 벗어날 수만 있다면.

"용돈 좀 주실래요?" 내가 쉰 목소리로 물었다.

"몇 주 만에 처음 입을 열면서, 그게 첫마디니?"

"아빠는 부자가 되고 싶지 않아요? 아빠의 이름은 절대 토큰 명단에 오르지 않을 테고, 아빠는 세상의 뭐든 살 수 있을 텐데."

"뭐든?" 그가 깎는 속도를 늦췄다. "내가 그게 필요한지 모르겠구나."

"누구나 그게 필요해요, 아빠."

그는 칼날에 숨을 훅 불어 나무 가루를 날린 뒤 이렇게 말했다. "있잖아, 여기 이 거북은 망망대해 속의 섬처럼 앉아 있다."

"아빠, 난 지금 중요한 얘기를 하는 거예요. 현실적인."

그는 내게 강이라고 말한 것을 거북의 등에 새겼다. 이어 그가 말했다. "오늘 밤에 비가 올 거다, 꼬마 인디언. 비가 세차게 내려서 땅이 흠뻑 젖을 거다. 그러면, 버드나무 옆에서 너를 봤으면 싶다."

아버지가 더 이상 아무 말도 하지 않을 것을 아는 나는 그를 그의 천국의 지도에 내버려두고 글을 쓰기 위해 머나먼 곳으로 향했다.

옛날 옛적, 소녀는 부자였고, 세상의 모든 행복을 살 수 있었다.

한참 후 내리치는 비에 잠을 깼다. 날은 어두웠고, 내 이야기는 이미 비에 씻겨 나가 있었다. 나는 그걸 물웅덩이에 둔 채, 무대에서 뛰어내렸다.

셰이디 레인 표지판 옆에 있는 버드나무까지 터벅터벅 걸어가면서 나는 마치 홍수를 뚫고 걷는 듯한 느낌이었다. 늘어진 가지들을 가르면서, 나는 나무 밑으로 들어갔다.

불쑥, 한 손이 내 어깨를 잡았다. 온몸이 얼어붙었다. 처음 든 생각은 릴런드가 돌아왔고, 나를 미행했고, 그리고 그가 이제 나를 고스란히 빗속에 묻겠구나 싶었다.

나는 밝은 빛에 눈을 가리면서 천천히 몸을 돌렸다.

"미안하다." 아빠가 말했다.

그는 낡은 광부 모자를 쓰고 있었다. 그가 램프를 돌려 버드나무 몸통을 비췄다.

"저 늙은 버드나무에 뭐가 보이니, 꼬마 인디언?"

"나무껍질과 비요." 나는 환한 몸통을 바라보며 말했다.

"다이아몬드가 안 보이니?" 그가 물었다.

"다이아몬드는 없어요, 아빠."

"다시 봐라. 저 반짝임이 안 보이니? 저 빛남이 안 보이니?"

나는 비가 나무껍질 고랑 속으로 떨어지고, 주름에 부딪치는 것을 지켜봤다. 나는 아빠의 표정에서 나온 빛이 어떻게 반사되는지를 봤다.

"한때 세상이 흠뻑 젖었다." 그가 말했다. "밤낮으로 한없이 비가 내렸다. 물웅덩이는 호수가 되었다. 호수는 강이 되었다. 강은 대양이 되었다. 대양은 홍수가 되었다. 그 비는 아이들의 죽음을 밤낮으로 슬퍼

한 한 여인의 눈물이었다. 그녀의 눈물이 하늘에서 쏟아져 결국 온 땅을 집어삼켰다. 이동할 수 있는 유일한 수단은 배뿐이었지만, 밤에는 잘 보이지 않았다. 손전등과 랜턴이 있기 전이었다. 횃불은 먼 앞만 밝힐 수 있었다. 배가 난파했다. 사람들이 익사했다."

"남자들은 나무를 탓했다. 나무들이 마녀고, 나무의 촘촘한 가지로 일부러 달빛의 숨을 조였다고 했다. 분노한 남자들은 도끼와 톱으로 무장하기 시작했고, 거대한 마호가니와 히코리들, 소나무와 플라타너스들을 다 쓰러뜨렸고, 물보라가 일었다. 나무껍질과 가지가 달린 건 죄다 무덤행이었다. 남자들은 야간에 수로를 더 안전하게 만들기 위한 것이라고 했지만, 그건 그냥 학살이었다. 늙은 나무든 어린 나무든, 그들의 생명은 중요하지 않다는 듯, 모두 베어져 물에서 썩게 두었다. 나무는 인간이 그들을 쓰러뜨려 그 목재로 집을 짓거나, 그들의 심재를 작가와 시인들이 펜을 올려놓을 종이로 바꾸는 것은 다 이해했다. 그렇게 함으로써, 나무들도 하나의 목적을 위해 그들의 목숨을 바쳤다. 이제는 아무 목적 없이, 오직 그들을 제거할 뿐이었다. 그래서 스스로를 보호하기 위해, 나무는 그들의 수호자들을 깨우기로 결정했다. 나무마다 수호자가 하나씩 있다. 필요할 때까지 꼭꼭 숨어 있는, 나무 속 정령이다."

아빠는 주머니에 손을 넣어 날개 달린 작은 소녀 조각상을 꺼냈다. 분명 그는 그날 오후 비를 기다리며 그걸 조각했을 것이다. 소녀의 얼굴은 나였다. 그가 어떻게 나무 수호자들이 톱과 도끼를 든 남자들에게 날아갔는지를 말하는 동안, 나는 내게 날개를 달아준 아버지에게 미소를 지었다.

"수호자들은 남자들에게 나무를 죽이는 것을 멈추라고 애원했다." 그가 말했다. "하지만 남자들은 나무를 필히 없애야 한다고 주장했다. 그때 수호자들은 남자들의 배에서 나무통에 다이아몬드들이 반짝이는 것을 봤다. 수호자들이 남자들에게 말했다. '너희의 다이아몬드를 우리에게 주면 너희의 배가 나무에 충돌하지 않게 우리가 뭔가 해줄 수 있다.'"

"'하지만 우리의 다이아몬드는 우리를 부자로 만드는 거야.' 남자들이 답했다. '우리는 그게 없으면 가난해질 거야.'"

"수호자들은 남자들에게 그들이 어리석다고 했다."

"'너희의 생명이 너희를 부자로 만드는 것이다.' 나무들이 강조했다. '너희가 사랑하는 사람들과 너희를 사랑하는 사람들 모두.'"

"남자들은 수호자들의 지혜를 알기에, 그들에게 다이아몬드를 주었다. 수호자들은 모든 나무들로 날아가 나무껍질 속에 다이아몬드를 박았다. 그 돌은 밝은 빛처럼 반짝이면서 빛났고, 사람들은 어둠속에서 길을 찾을 수 있었다."

나는 비가 버드나무 아래로 큰 웅덩이가 되어 모이는 것을 지켜봤다.

"홍수는 어떻게 됐어요?" 내가 물었다.

"빛을 안겨준 뒤," 아빠가 말했다. "수호자들은 그 우는 여인에게로 날아갔다. 그들은 그녀에게 울음을 그칠 것을 청했다."

"'나는 영원히 울 것입니다.' 그 여인이 말했다. '그래야 세상이 내가 누구를 위해 우는지 영원히 기억할 테니까요.'"

"수호자들은 그녀에게 자신들은 세상이 그걸 결코 잊지 않도록 할 수 있다고 했다."

"'우리는 당신을 나무로 만들 것입니다.' 그들이 그녀에게 제안했다. '당신의 가지는 낮게 달릴 것이고, 땅에 끌릴 것입니다. 당신은 하얀 씨앗을 키울 것입니다. 그 씨앗이 온 땅으로 날아가 더 많은 당신과 당신의 눈물을 맺을 것입니다. 당신은 영원히 당신의 아이들을 애도할 것입니다.'"

"그녀가 원한 것이 그것이었기에, 여인은 수호자들이 오늘날 우리 모두가 아는 우는 버들[87]로 자신을 바꾸도록 허락했다."

나는 나무에 가까이 다가가 나무껍질에 새겨진 우리 모두의 이름을

---

**87** weepin' willa(weeping willow). 수양버들. 중국 중남부 원산. 세계 도처에서 자란다. 높이 10~25m, 학명 Salix babylonica(바빌론 강변의 버드나무. 시편 137장에서 유래. 꽃말은 '비애, 추도').

봤다.

"우리가 처음 여기로 이사를 왔을 때 내가 그걸 거기 새겨 넣었다." 아빠는 손가락으로 내 이름의 고랑을 따라갔다. "난 내가 어떤 보물도 가진 것 없는 사람이라는 생각이 들 때마다, 빗속에 여기로 나와 내 다이아몬드들을 본다. 넌 내게 부자가 되고 싶었냐고 물었지, 베티. 하지만 나는 가난한 사람이 아니다. 이 모든 다이아몬드를 가진 내가 어찌 가난할 수 있겠니? 너도 가난하지 않다, 꼬마 인디언. 그 배에 탄 남자들이 알게 된 것도 같은 것이다. 우리 사이에 세상의 부가 있으니, 우리 주머니에서 한 푼을 찾지 못한들 중요하지 않다."

그가 조각된 수호자상을 내게 건넸다.

"너를 베어버리겠다고 위협하는 사람들로부터 얘가 너를 지켜주기를 바란다." 그가 말했다.

"얘는 누구나 다 보호해주나요?" 나는 그의 얼굴을 올려다봤다.

"보호가 필요한 세상의 누구든."

급하게 어디를 가느냐는 아빠의 물음에도 멈추지 않고, 나는 집으로 내달렸다.

몸에서 뚝뚝 떨어지는 빗방울을 바닥에 흘리며 나는 집으로 들어가 계단을 올랐다. 프레야의 방에 빛이 비치는 것이 보였다. 세 자매의 막내인 나는 호박이었다. 자신의 잎을 펴서 언니들을 지켜야 할 사람. 이제 그걸 하는 데 도움이 될 무엇이 내게 있었다.

나는 조용히 프레야의 열린 문간에 섰다. 그녀는 창턱에 기댄 채, 밤하늘을 올려다보고 있었다.

"프레야?"

"날이 춥다, 베티." 그녀가 팔을 비볐다. "여름이 곧 끝날 거야. 가을은 여기 있고, 겨울은 저기 있네. 계절이 너무 빨리 왔다 가. 꼭 해바라기 밭의 전기톱 같아."

그녀가 몸을 돌려 레코드 한 장이 놓인 침대를 가리켰다.

"무기네 완구점 밖에 있는 코인 부스에서 내가 녹음한 것 중의 하나야." 그녀가 레코드를 바라보며 이렇게 말했다. "왜 했는지 모르겠어. 우린 전축도 없는데. 어쨌든 멍청한 노래야."

나는 방으로 들어갔다.

"언니한테 줄 게 있어, 프레야." 나는 손을 벌려 손바닥에 누워 있는 수호자상을 보여주었다.

"애가 언니를 지켜줄 거야."

나는 프레야가 왜 그러냐고 물을 때까지 내가 울고 있는지도 몰랐다.

"언니를 사랑하기 때문에, 프레야." 나는 눈물을 닦았다.

"이런, 에구, 잘 알지. 그게 울 일이니."

그녀가 내 손에서 천사를 집었다. 그녀는 그걸 잠시 바라보더니 옆 탁자에 내려놓았다. 그녀가 부드러운 팔로 나를 안았고, 나는 그녀의 블라우스에 내 얼굴을 비비며 그녀의 부드러운 파우더 향을 맡았다.

"언니는 나를 사랑해, 프레야?" 내가 물었다.

"영원히." 그녀는 나를 더 세차게 껴안았다. "넌 왜 볼 때마다 항상 젖어 있니, 베티? 강에 젖고, 비에 젖고……."

"언니는 릴런드를 사랑해?"

그녀는 예상치 못한 내 질문에 머뭇거렸다.

"가끔 계단 아래로 구르는 느낌을 주지만," 그녀가 말했다. "그래도 여전히 내 오빠야."

"그가 언니를 아프게 해도?"

"그는 나를 아프게 안 해."

"나는 그날 헛간에 있었어……. 난 봤어, 그가……."

"네가 뭘 아는데?" 그녀는 나를 홱 밀치더니 얼굴을 마주봤다.

"나는 알아, 그가……."

그녀가 뺨을 날렸고, 그녀의 손가락 하나하나가 다 느껴졌다.

"뭘 안다고, 베티?" 그녀의 목소리가 섬뜩했다.

"나는 알아, 그가……."

그녀의 손이 내 뺨을 강타했고, 나는 그녀가 그렇게 센 줄 몰랐다.

"네가 뭘 안다고?" 그녀가 이를 악물고 다시 물었고, 그녀의 손은 내 머리를 당장 뽑을 태세였다.

"하나도 몰라." 나는 아픈 뺨을 문질렀다. "난 아무것도 몰라."

"넌 아무것도 몰라. 왜냐하면 아무 일도 없었으니까." 그녀가 방구석 끝으로 걸어가며 이렇게 말했다. 거기에 얼굴을 묻었다. "그런 일은 내게 절대로 일어나지 않아. 넌 역겨워, 베티. 넌 어떻게 내가 그런 일에 엮일 거라고 생각할 수 있니? 그는 내 오빠야." 그녀는 나를 돌아봤다. "아무한테도 말하지 않았겠지? 했니? 물론 했겠지. 넌 다 말하니까. 나무껍질에 관한 내 이야기도 했잖아."

"그럴 수밖에 없었어. 언니가 죽어가고 있었으니까."

"그래서?"

"그래서 난 언니가 죽는 게 싫었어."

"그건 네가 선택할 게 아니야, 베티." 그녀가 두 손을 쥐어짰다. "네가 헛간에서 봤다고 생각하는 걸 다른 누구에게 말했니?"

나는 고개를 저었다.

"잘했다." 그녀가 말했다. "만약 네가 릴런드와 나에 대해 머릿속에서 지어낸 걸 하나라도 말하면, 하나님께 맹세코, 베티, 난 너를 절대 용서하지 않을 거야."

"하지만, 프레야……."

"내가 자살하면, 다 네 잘못이 될 거야, 베티. 네가 나를 죽인 거나 마찬가지가 돼. 넌 그러고 살 수 있겠어?"

그녀는 서랍장 서랍에 손을 넣어, 아직도 손수건에 쌓여 있는 나무껍질 조각을 꺼냈다.

"큰언니를 믿어, 베티." 그녀가 나무껍질을 보며 말했다. "난 모든 귀신들이 어떻게 만들어졌는지 알아."

# 더 브레새니언

## 닭들이 사라지고 있다

어젯밤 보안관 사무실은 총격 신고로 빗발쳤다. 오늘 아침에는, 닭들이 한 양계장에서 사라졌다는 신고가 있었다. 보안관은 현장에 도착하자마자 땅에 떨어진 깃털을 발견했다고 발표했다. 일부 깃털은 흡사 독수리나 매 같은 다른 종의 새의 깃털로 보였다. 양계장 농부의 말이다.

"이상한 것은 깃털들이 땅에 배열되어 있었다는 겁니다." 깃털들이 어떻게 배열되어 있었느냐는 질문에 농부는 이렇게 말했다. "제기랄, 마치 그런저런 머리쓰개 중의 하나처럼 보이게 배열한 것 같았습니다. 그 왜 서부극에서 인전들이 쓰는 것 있잖습니까."

사라진 닭들이 총격과 관련이 있는지는 아직 밝혀지지 않았다.

아직 다른 재산피해는 신고 되지 않았지만, 윌마 스위트페이스 부인(67세)은 자기 집의 꽃들이 집 앞에 뭉개져 있었다고 밝혔다. 그녀는 총격범이 그렇게 했다고 믿고 있지만, 그녀의 신발 바닥에 꽃잎이 잔뜩 묻어 있었다.

# 3부

∾

# 세상의 빛

1964~1966

# 23

∽

*네가 들어와도 저주를 받고,*
*나가도 저주를 받으리라.*

— 신명기 28:19

나는 언제나 1964년을 프레야가 떠난 해로 기억할 것이다. 그녀는 3월, 우물가에 수선화가 필 때를 기다렸다. 그녀가 떠나려고 짐을 쌀 때, 나는 그녀의 문틀에 기대서 있었다.

"언니가 떠나면 나랑 플로시는 뭘 하지, 프레야? 우린 이제 언니에게 잘 자라는 말도 할 수 없어."

그녀는 래드 박사의 병원에서 집으로 돌아왔을 때 내가 그녀에게 준 단지를 집어 들었다. 잘 자라는 쪽지들이 그 안에 그대로 있었다.

"새 걸로 채워." 그녀가 내게 단지를 내밀며 말했다. "나도 너랑 플로시를 위해 잘 자라는 말을 모아둘게. 그럼 언젠가 우리가 다시 볼 때, 우리는 쪽지를 나눌 거고, 그럼 그동안 우리 모두 서로를 기억했던 걸 알게 될 거야."

나는 그녀에게 미소를 지었다.

"누나가 그-으-으리울 거야, 프레야." 린트가 달려 들어오면서 말했다.

"난 멀리 안 가." 그녀가 그에게 말했다. "매일 들를게. 네가 저녁을 먹으러 오면, 내가 밀크셰이크를 만들어줄게."

린트가 자신의 코를 잡아당기기 시작했다.

"단, 네가 네 코와 네 귀와 네 머리를 잡아당기지 않는 한." 그녀는 그의 두 손을 부드럽게 쥐었다. "너는 그 좋은 걸 다 잡아당기고 있어. 모르겠니?"

그녀가 그의 발을 내려다봤다.

"그리고 단, 네가 신발을 신는 한." 그녀가 말했다. "네가 그 보드라운 아가 발을 계속 가지고 있는 한. 넌 그걸 보호해야 해. 베티도 가끔 신발을 신는데, 넌 그걸 절대 신지 않겠다고 하네."

"난 발이 나쁜 짓을 한 것처럼 그걸 가두고 시-이-잊지 않아."

"알았다, 이리 와라, 린트." 엄마가 문간에 있었다. 그녀의 손에 돌 하나가 들려 있었다. 그는 엄마에게 달려가 환하게 그걸 받은 뒤 같이 복도를 내려갔다. 엄마가 린트에게 부엌에 배가 조금 남았다고 하는 소리가 들렸다.

나는 프레야를 돌아봤고, 그녀가 나머지 짐을 싸는 것을 지켜봤다. 그녀가 있을 방은 그녀가 직장을 구한 댄들라이언 다임스의 옥상이었다. 댄들라이언 다임스는 마을의 한 식당이었다. 그곳은 모든 게 노랑이었다. 프레야의 유니폼, 모자, 신발까지 다. 모든 웨이트리스는 식당에서 제공한 노랑 양말을 신어야 했고, 얇은 주름장식이 접혀 있어서, 걸을 때마다 펄럭였다. 그들의 여성스러운 다리는 그 주름장식 탓에 딱 여섯 살짜리 소녀만큼 어려 보였다.

식당이 처음 지어졌을 때, 창업주는 민들레(dandelion)를 동전 10센트(dime)와 같은 값으로 받아주었다. 창업주의 사망 후에도 가족 대대로 내려온 방침이었다. 다들 핸드백과 지갑 안에 민들레가 가득했고, 손님에게서 웨이트리스로 전달되었고, 식탁 위에 팁으로 남겨졌다. 심지어 금전등록기 안에도 민들레가 있었다. 마치 바로 옆의 달러 지폐만큼 가치가 있다는 양.

그 많은 민들레들을 프레야는 자신의 옥탑방으로 가져가 민들레 로션으로 변신시켰다. 그녀가 집에서 이 로션을 만드는 것을 볼 수 있었던 때가 그리웠다. 우리는 민들레 머리를 부엌 조리대에 펼쳐놓고 말렸고, 그중 일부는 곧 씨가 될 참이었다. 프레야와 나는 몰래 부엌 틈새에 그걸 불어넣었고, 주둥이가 넓은 단지를 전부 모아 나머지 꽃들을 기름에 담가 우렸다. 우리는 단지를 창문턱에 올려놓고 햇볕에 덥혔다. 기름 속에서 빛이 반짝거렸고, 마치 이 땅에 존재한 모든 여름이 바로 여기 우리들 사이에 있는 듯했다.

프레야가 떠난 뒤로 더는 우리 창문턱에 앉아 있는 그런 단지들은 없을 것이다. 그녀는 옥탑방에서 로션을 만들기 시작했다. 그녀는 집을 나서면서 자신의 민들레까지 같이 가져갔다.

트러스틴은 프레야의 침실로 방을 옮겼다. 플로시는 처음에는 불평했지만, 트러스틴이 린트와 분리된 공간이 필요하다는 것을 알고 있었다.

프레야가 떠난 지금 눈에 띄는 공백이 생겼다. 엄마는 창고 세일에서 푼돈을 주고 산 공황 유리그릇[88]을 수집하는 것으로 그 공백을 메우려고 애썼다. 유리그릇을 방마다 진열, 집이 꽉 찬 것처럼 보이게 했다. 내 침대를 정돈하거나 내 머리를 빗겨주는 등, 다른 것도 하기 시작했다.

엄마가 뒤 베란다 맨 위 계단에 앉아 있으면 나는 그 다리 사이에 앉아 엄마의 맨발을 내 양쪽에 두었다. 하이힐을 신고 바닥을 딸깍딸깍 댔던 엄마의 모든 발소리 중에서도, 나는 땅이 가장 위험해보일 때 가끔 맨발이었던 어머니의 모습이 기억난다. 엄마는 리놀륨 바닥에서는 하이힐을 신고, 자갈밭은 맨발로 가로지르는 그런 여자였다.

어머니는 내 머리를 빗기는 동안에는 말을 쉼 없이 하거나 아예 말을 하지 않았다. 어느 쪽이든 절대적이었다. 말하지 않을 때는, 침묵이 압살했다. 말할 때는, 복부에 한 방을 가한 듯한, 나를 불쑥불쑥 놀라게 하는 이야기들을 했다.

---

**88** Depression glass. 대공황(Great Depression, 1929~1939) 당시 미국과 캐나다에서 대량생산된 무료 혹은 싸구려 유리그릇. 색상은 분홍, 노랑, 수정, 녹색.

"난 어느 날 버스 정류장에 갔다." 그녀가 머리빗으로 내 머리를 빗기면서 이렇게 말했다. "몇 년 전이야. 뉴올리언스 편도 차표를 샀지. 왜 뉴올리언스였는지는 모르겠다. 아마 그날 가장 싼 노선이었을 거야. 기억이 안 난다. 기억나는 건 내가 삶은 달걀 하나와 멍든 사과 하나가 든 갈색 봉투를 가져갔다는 거야. 내 자리에 가서 앉으려면, 통로의 토사물을 넘어야 했다. 톱밥이 널려 있었다."

"톱밥이요?" 나는 그녀의 빨간 발톱 위를 붕붕 날고 있는 작은 파리 한 마리를 지켜보고 있었다.

"하나님 맙소사. 토사물이 흐르지 않게 톱밥으로 덮은 거야. 너도 이제 열 살이다, 베티. 그런 건 알아야지."

그녀가 빗을 내려놓고, 손가락으로 내 머리를 쓸어 넘기기 시작했다.

"나는 버스에 앉아서," 그녀가 말했다. "차가 출발하기를 기다리고 있었는데, 고개를 들어보니 네 아빠가 통로 앞에 서 있었다. 버스는 만원이었다. 나는 맨 뒤에 있었고, 아빠는 날 아직 보지 못했다. 버스 기사가 아빠에게 표를 달라고 했다. 네 아빠는 그를 무시했고, 이에 기사가 아빠를 밀쳐내기 시작했다."

"'나가세요.'" 엄마는 흡사 버스 기사인 양 목소리를 낮췄다.

"네 아빠는 들은 척도 안 했다. 그가 펀치를 날리는 순간, 뒤창 옆에 앉아 있는 나를 봤다. 펀치는 기사를 녹아웃 시켰다. 네 아빠는 그를 넘어 내게 어슬렁어슬렁 다가왔다. 맨발이었고, 모자에 속옷만 걸치고 있었다. 1월이었는데도, 땀을 뻘뻘 흘리고 있었던 걸로 기억한다."

그녀는 내 머리를 한 가닥으로 땋기 시작했고, 정수리를 너무 세게 잡아당기는 바람에 움찔했다.

"그는 내게 1달러를 건넸다," 그녀가 말했다. "지저분한 지폐였다."

"'미안하오, 많지 않아서.' 그가 말했다. '하지만 당신이 여기로 오는 걸 봤을 때, 내가 팔 수 있는 건 내 옷뿐이었소. 이 돈으로 멀리 가지는 못하겠지만, 여길 떠날 수는 있을 거요.'"

"그는 버스를 내리기 전 자신의 아파치 눈물[89]을 내게 던졌다."

그녀는 브라에 손을 넣어, 뭔가를 손에 꼭 쥐고 꺼냈다.

"오래전," 그녀가 말했다. "아파치족은 미국 기병대의 기습공격에 무방비로 당했다. 아파치 여인들의 눈물이 그녀들의 손안에서 돌이 되었다."

엄마가 손가락을 폈고, 매끈한 까만 돌이 드러났다.

"우리가 애리조나를 지날 때 네 아빠가 이걸 발견했다." 그녀가 말했다. "손에 있으면 그냥 까만 돌처럼 보인다. 그런데 빛이 닿으면 달라진다."

그녀는 검은 돌을 햇빛에 비췄다.

"보이니, 베티?" 그녀가 물었다. "어떻게 관통해서 보일까? 아파치 눈물을 지닌 사람은 다시는 울지 않는다고 한다. 아파치 여인들이 그들을 위해 울어줄 것이기 때문에."

그녀는 돌을 다시 브라 안에 떨궜고, 두 손에 침을 뱉은 뒤 내 땋은 머리 양쪽을 쭉 문질렀다.

"네 아빠는 내게 아파치 눈물을 준 뒤," 그녀가 말을 이었다. "더러운 손과 지저분한 머리 차림으로 차 밖의 인도에 서 있었다."

"'그는 정말 당신을 사랑하네.' 내 옆에 앉은 할망구가 그렇게 말했다. '사람들은 다들 가지 말라고 빌 때라고 생각하지만, 실은 놓아줄 때 당신을 엄청 사랑한다는 걸 알게 되는 법이지.'"

"넌 그 말이 진짜라고 생각하니, 베티? 그 늙은 할망구가 한 말이?"

"그게 아무 의미가 없었으면 그녀가 그런 말을 안 했을 것 같아요." 나는 재빨리 답했다.

나는 까마귀 한 마리가 숲속에서 깍깍대는 걸 그치기를 기다렸다가 엄마에게 왜 떠나지 않았는지 물었다.

---

89 Apache tear. 흑요석(黑曜石, obsidian). 검고 짙은 색의 천연 화산 유리.

"엄마는 이미 버스를 타고 있었어요." 내가 말했다. "그런데 왜 그냥 그걸 타고 뉴올리언스로 가지 않았어요?"

그녀는 볼 안쪽을 씹더니 내게 빨랫줄에 걸린 시트 한 장을 상상해보라고 했다.

"시트는 자신의 의지와 상관없이 거기 걸려 있어. 걔가 무슨 수를 쓴들, 걔는 빨랫줄에 묶인 빨래집게에서 벗어날 수 없지. 시트는 거기 몇 년째 그대로 있다. 시간이 지나면서, 천이 계절에 따라 헤지고 찢긴다. 날염된 꽃들도 희미해진다. 그러다가 심한 폭풍우가 몰아치는 날이면, 시트는 과연 살아남을까 걱정한다."

"그런데 어느 날, 시트는 빨래집게에서 해방되었다. 시트는 혼자 헤쳐 나갈 수 있다고 생각했지. 이어 폭풍우로 생긴 빗물 웅덩이에 비친 자신의 모습을 봤다. 천은 더는 예쁘지 않았고, 숭숭 뚫린 구멍으로 냉기가 들어왔다. 시트는 자신이 그냥 길가에 버려진 낡은 천 조각임을 깨달았다. 행여 누구라도 관심을 가질 리 만무한 쓰레기. 그러나 빨래집게로 줄에 걸려 있는 한, 시트는 자신이 마치 특별한 것인 양 지면 위에 머무를 수 있었다. 비록 줄에 고정되어 완전히 자유롭지는 않더라도, 적어도 시트의 세 면은 제멋대로 움직일 수 있을 거다."

"시트는 그것에 만족했고, 그래서 다시 줄로 날아가 자신의 집게에 매달렸다. 단, 모든 게 가능해 보이는 화창한 날마다, 시트는 그 선택을 후회한다. 그러다가 궂은 날이 오면, 시트는 빨래집게에 묶여 있는 것이 기쁘다. 왜냐하면 그 누가 자신을 이 빌어먹을 세상에서 저 집게만큼 단단히 잡아주겠니? 이 시트(sheet), 이 시(she)……시(she)……." 그녀의 목소리가 낮아졌고, 그와 동시에 시선을 내렸다. "시트에 'she'가 있어야 한다는 게 우겨, 안 그러니? 내 생각에 이건 그냥 여자한테 넘겨서 그걸 회피하는 방법인 거 같아."

그녀가 나를 올려다보며 물었다. "베티, 나를 사랑하니?"

어디선가 전기톱이 울부짖고 있었다. 그러나 나는 침묵했다.

"있잖아, 일부 문화에서는, 침묵을 긍정으로 받아들여." 그녀가 말했다. "그런데 대부분, 그 반대로 받아들여. 오, 베티, 나는 놀랍지 않아, 네가 나를 사랑하지 않는 게." 그녀는 자신의 머리를 내 머리에 기댔다. "나는 놀랍지 않아. 왜냐하면 내 어미가 내게 말했거든. 난 이 세상에서 사랑을 찾지 못할 거고, 이 세상은 내 안에서 사랑을 찾지 못할 거라고."

# 24

∾

만일 우리에게 죄가 없다고 우리가 말하면
우리가 우리 자신을 속이며.

— 요한1서 1:8

플로시는 그 여름 내내 공연을 올렸다. 처음에는, 그걸 머나먼 곳에서 올릴 생각을 했다. 그녀는 버드나무가 더 마음에 든다고 결정했고, 그건 자신이 늘어진 나뭇가지들 아래 서 있을 수 있고, 그러면 마치 무대 커튼에서 나오는 척할 수 있었기 때문이었다.

새 공연을 올리기 전, 그녀는 종이를 작은 직사각형으로 잘라 거기에 이렇게 썼다. 이 우주와 그다음 우주에서 가장 위대한 공연의 일인용 티켓. 주연 플로시 카펜터.

그녀가 셰익스피어 희곡집에서 자신의 대사를 외우는 동안 나는 티켓을 만드는 걸 도왔다.

"모든 위대한 배우들은 셰익스피어로 시작해." 그녀는 자신의 첫 연극인 「햄릿」을 올렸을 때 이렇게 말했다. 그녀는 주인공 역뿐 아니라 조연도 맡았다.

이번 주말은 「로미오와 줄리엣」이었다. 나는 방바닥에 앉아 임시 티켓의 뒷면에 그 제목을 쓰고 있었고, 플로시는 자신의 침대에 누워, 죽어가는 줄리엣을 연습하고 있었다. 그녀는 이미 램프 갓 위에 무대화 스카프들을 씌워놓았다.

"분위기를 잡아야지." 그녀는 희미한 조명 속에 자신의 그림자를 벽에 드리우며 이렇게 말했다.

그녀는 손에 우리의 머리빗을 쥐고 이리저리 흔들고 있었다.

"오 행복한 단검아." 그녀는 두 손으로 빗 손잡이를 잡고 가슴을 향해 쿡 찔렀다. 그녀는 몸을 숙였고, 계속 몸을 뒤틀며 침대 위를 구르면서 한 줌의 체리 사탕을 마치 자신의 피인 양 흘렸다. "오, 나를 불쌍히 여기소서. 내 지금 죽어가고 있으니." 그녀는 몸을 이리저리 뒤척이며 꾸르륵거리면서 영국식 억양을 시도했다. 손에서 머리빗이 떨어지자, 그녀의 눈이 뒤집혔다.

나는 낄낄 웃다가 문간에 서 있는 트러스틴을 봤다.

"플로시가 무슨 일이야?" 그가 물었다.

"플로시는 죽었어." 내가 말했다.

플로시가 한쪽 눈을 살짝 떴다. 그녀는 트러스틴이 가까이 다가오자 재빨리 눈을 질끈 감았다.

"숨 쉬는 게 보여, 플로시." 그가 말했다.

"안 돼." 그녀는 벌떡 일어나 침대 위에서 펄쩍 뛰면서 이렇게 선언했다. "꼭 시체처럼 죽은 사람을 연기했는데."

트러스틴이 체리 사탕 하나를 주워 입에 쏙 넣었다. 플로시는 자신이 얼마나 죽은 연기를 잘할 수 있는지 계속 떠들고 있었고, 그런데 갑자기 트러스틴이 한 손으로 목을 쥔 채, 다른 손으로 열린 입을 가리켰다.

"숨이 막히나봐." 내가 재빨리 일어났고, 티켓이 무릎에서 쏟아졌다.

플로시가 침대에서 뛰어내리면서 그의 등을 쳤다.

"뱉어, 멍청아." 그녀는 그를 더 세게 쳤다.

나도 그의 등을 내리쳤고, 그가 침대 위로 고꾸라졌다. 그가 꾸르륵 하더니 축 늘어졌다. 체리 사탕에 붉게 물든 침이 입가에 흘렀다.

"죽었나봐, 베티." 플로시가 숨을 참았다.

"안 죽었어." 나는 트러스틴을 일으키려고 했다.

"얘 시체를 시트에 싸서 아무도 모르게 집 밖으로 갖고 나가야 해."

플로시의 눈이 엄청 커졌고, 곧 눈구멍에서 튀어나올 것 같았다. "얘를 숲속의 콘콥 옆에 묻자."

"콘콥?" 트러스틴이 바로 앉았다.

나와 플로시는 비명을 지르면서 뒤로 물러났다.

"이 자식이." 플로시가 그의 머리카락을 잡아당겼다.

"아야." 트러스틴이 플로시의 손을 찰싹 때렸다. "둘이 콘콥에게 무슨 짓을 한 거야?"

"방금 너한테 해주려고 한 거, 요 솔방울 오줌싸개야." 플로시가 그에게 달려들었지만 그는 재빨리 침대 뒤로 물러났다. 그녀는 그를 쫓아 침대에 올랐고, 결국 둘 다 동시에 쿵 소리와 함께 바닥에 떨어졌다.

"더 이상 죽은 척하지 않아도 돼." 플로시가 주먹을 쥐고 일어났다. "이번에는 진짜로 묻힐 거니까."

"도와줘, 베티." 트러스틴이 침대 밑으로 기어들어갔다.

"내버려둬, 플로시." 나는 플로시의 앞을 가로막으려고 애썼다.

트러스틴이 잽싸게 복도로 나갔고, 쭉 미끄러지면서 벽에 부딪쳤다. 플로시가 그를 거의 잡을 뻔했지만, 나는 플로시의 머리카락을 잡아당겼고, 그가 도망칠 기회를 주었다.

"넌 내 편인 줄 알았는데." 그녀가 나를 밀치더니 쏜살같이 우리 방으로 다시 들어갔다.

내가 방에 들어갔을 때, 플로시는 침대에 누워 있었다. 손에 머리빗을 들고 다시 한 번 죽는 장면을 재연하고 있었다. 나는 바닥에 앉아 계속 티켓을 잘랐다. 우리 둘 다 멈췄던 일을 잇는 데에는 재주가 용했다.

토요일이 왔고, 나는 플로시와 함께 버드나무가지 커튼 뒤에 서 있었고, 그녀는 자신의 대사를 연습하고 있었다. 그녀는 빨랫감에 베그립 위에 직접 바느질한 의상을 걸쳤다. 엄마의 낡은 앞치마들로 만든 긴 조각보 스커트였다. 상의는 오래된 과일 무늬 식탁보로 만들었다.

"내가 죄다 옛날 느낌이지, 안 그래?" 그녀가 물었다.

나머지 의상으로, 플로시는 두 장의 레이스 도일리[90]를 한데 꿰매 왼손 장갑을 만들었다. 크림색 램프 갓도 있었다. 트러스틴이 갓 둘레에 연극의 주요 인물들의 얼굴을 그려주었다. 로미오나 줄리엣 역을 하지 않을 때면, 플로시는 램프 갓을 머리에 쓰고, 얼굴이 드러난 나머지 인물들을 자신인 양 연기했다. 인물에 맞춰 목소리를 낮추거나 높였다.

그녀가 그런 연습을 하고 있을 때, 프레야가 우리를 보기 위해 나뭇가지 아래로 들어왔다.

"내 얼굴 이쪽은 줄리엣이야." 플로시가 프레야와 내게 오른뺨을 보여주었다.

오른쪽 눈은 마스카라 범벅이었고, 연지와 립스틱도 아끼지 않았다. 눈썹은 아이라이너로 온통 검정이었다.

"이쪽은 로미오야." 그녀는 화장기 없는 맨눈을 보여주었다. 왼뺨은 연지도 없었고, 입술 절반도 민낯이었다. 머리카락은 그냥 뒤로 넘겨 핀으로 묶어놓았다.

"오늘 줄리엣처럼 죽지 않았으면 싶어." 플로시가 말했다.

"왜 그런 말을 해?" 프레야가 물었다.

"오늘 아침부터 몸이 안 좋아. 배가 아파."

"긴장해서 그럴 거야." 프레야가 그녀에게 말했다.

나는 나뭇가지를 살짝 당겼고, 트러스틴, 린트, 아빠가 팝콘 대접을 들고 와 있는 것이 보였다. 비록 공연은 무료였고, 플로시는 티켓을 여기저기 뿌렸지만, 우리 카펜터네 외에는 아무도 없었다. 그건 플로시에게 중요하지 않았다. 그녀는 수백 명 앞에 있는 것처럼 공연할 것이다.

"난 준비됐어." 그녀는 두 손을 앞으로 모았다. "이제 커튼을 열어라, 커튼 담당." 그녀는 귀족 같은 투로 말했다.

나는 프레야와 눈짓을 교환했고, 우리는 늘어진 버드나무가지를 당

---

**90** lace doilies. 장식용 레이스. 17세기 런던의 한 포목상(Doiley)에서 유래.

겨 플로시를 무대에 등장시켰다. 아빠는 바로 박수를 쳤지만 동생들은
계속 팝콘을 먹고 있었다. 플로시가 무대에 올라서자마자 나와 프레야
는 가지가 넘실대게 둔 채 풀밭의 우리 자리로 가서 앉았다.

"두 가족, 같은 귀족, 아름다운 베로나, 거기 우리의 무대가 있습
니다."

플로시는 오프닝을 실수 없이 암송했다. 그녀가 버거웠던 것은 극의
중반부터 후반까지였다. 아빠는 무릎 위에 책을 펼쳐놓고, 그녀가 더듬
거릴 때마다 그녀의 대사를 속삭였다. 그렇게 했음에도 불구하고, 플로
시는 종종 대화를 다 자기 식으로 만들었다.

"오, 로미오, 당신은 제임스 딘을 닮았어요." 그녀는 자신의 손에 뜨
겁게 입맞춤했다. "오, 당신의 입맞춤, 로미오, 탄산음료 맛이 나요."

그녀가 계속 손에 입맞춤하자 린트와 트러스틴이 야유를 퍼부었다.

"이제 됐다, 플로시." 아빠가 목을 가다듬었다. 아빠는 플로시의 큐
사인에 극의 다음 대사를 알려주었다.

프레야는 끝까지 머물 수 없었다. 일터로 돌아가야 했다. 그녀가 떠
나자, 린트는 진득이 앉아 있지 못했고, 점점 힘들어 했다. 그때 자신의
반바지에 주름이 있는 걸 봤고, 이후 나머지 시간은 돌을 들고 주름을
다림질했다. 트러스틴은 들고 온 종이에 그림을 그리기 시작했고, 목탄
으로 무대에 선 플로시를 포착했다. 종이를 손가락으로 문질러 버드나
무가지의 움직임을 더했고, 내게 몸을 기울여 이렇게 속삭였다. "누나
가 목을 그으면(If she slits her throat), 내가 박수를 칠 텐데."

"목을 그으라고?" 내가 속삭였다.

"아니." 그가 고개를 저었다. "누나가 이 *바보짓을 그치면*(if she *quits
this goat*), 이라고 했어."

어쩌면 내가 잘못 들었을 수도 있지만, 그건 단지 플로시가 자신의
손가락을 손목 위로 미끄러뜨리기 시작했기 때문이었다. 그걸 보고 프
레야의 말이 떠올랐다.

"내가 자살하면, 다 네 잘못이 될 거야, 베티."

누운 채, 내 위에서 떠도는 플로시의 목소리를 들었다. 잠시 후, 트러스틴과 린트가 자리에서 일어났다. 아빠에게 있기로 약속한 시간을 채웠다. 한참 뒤 독백이 끝났고, 플로시가 마침내 청중에게 인사를 했다. 아빠는 일어나서 박수를 친 뒤, 민들레를 모아 플로시의 발밑에 던졌다.

"오, 정말 아름다운 장미네요." 그녀는 민들레를 꽃다발처럼 모으면서 이렇게 말했다.

아빠는 우리에게 그걸 댄들라이언 다임스로 가져가서 프레야에게 간식을 얻어먹으라고 했지만, 플로시는 배가 고프지 않다고 했다.

그녀는 먼저 꽃다발을 들고 집으로 향했고, 그런데 도중에 꽃을 떨어뜨리고 배를 움켜잡았다.

나와 아빠는 천천히 집으로 돌아갔다. 아빠는 릴런드가 보낸 새 편지를 들고 있었다.

"오늘 아침에 온 거다." 아빠는 이렇게 말한 뒤 말없이 읽었다.

"뭐라고 썼어요?" 내가 물었다.

"더 이상 트럭 운전을 하지 않는단다. 앨라배마에서 교회 신도석을 만드는 목수 일을 얻었단다. 그쪽 교회에 대해 엄청나게 많은 이야기를 하고 있네." 그가 편지를 접었다. "아마 그 길로 들어서려나 보다."

"무슨 말이에요?"

"내가 아는 한, 꼭 목사의 말투 같다."

"목사요?" 나는 걸음을 멈췄다. "그는 목사가 될 수 없어요."

"글쎄, 나라면 그 직업을 찾지 않겠지." 아빠도 걸음을 멈췄다. "하지만 걔가 원하는 거라면."

"내 말은 그는 목사가 되면 안 된다는 거예요. 그는 그 일에 충분치 않아요."

"그분들은 우리가 알아야 할 모든 것을 가르치지." 아빠는 그 옛날의 모든 가르침을 생각하는 듯 이렇게 말했다. "걔는 잘 할 거다."

"내 말은 그게 아니에요, 아빠. 내 말은 그의 영혼은 충분치 않다는 거예요. 하나님은 그를 원치 않을 거예요."

"무슨 말이냐, 베티?"

나는 아버지에게 말하고 싶었지만, 그러나 그렇게 하면, 프레야의 피가 내 손을 뒤덮을 것 같아 두려웠다.

"아무것도 아니에요." 내가 말했다. "신경 쓰지 마세요."

나는 앞장서 달렸고, 아빠보다 먼저 집에 들어갔다. 위층에 올라가니, 플로시가 침대에 있었다.

"왜 그래?" 내가 물었다.

그녀가 몸을 돌려 자신의 연노랑 반바지의 엉덩이를 보여주었다. 붉은 반점이 있었다. 그녀 아래 시트에도 묻어 있었다.

"어디에 앉았어, 플로시?"

"아무 데도 안 앉았어, 거름 면상아." 그녀는 더 세게 배를 움켜쥐었다.

그때 나는 프레야가 우리에게 우리 몸에 일어날 거라고 말했던 것이 플로시에게 일어났다는 걸 알았다.

"그걸 시작하면 언니는 좋아하겠지 싶었는데." 내가 말했다.

"너는 배가 아픈데 좋아했던 적이 있었니, 베티?"

"하지만 언니는 원했잖아. 브라하고……."

"그건 다 날 위한 것이니까 원했지. 근데 이건 우리한테 강요된 거잖아."

"프레야는 그렇게 아프지 않다고 했는데."

"우리가 무서워하지 말라고 프레야가 그렇게 말한 것뿐이야, 베티. 게다가 나는 프레야가 아니야, 그리고 이건 프레야의 몸이 아니라고 이건 내 몸이야." 플로시가 나를 노려봤다. "그리고 넌 이 일을 아무한테도 말하지 마. 난 사람들이 나를 달리 볼 거라고 생각하는 게 싫어."

"프레야는 그게 네가 여자라는 뜻이라고 했어."

"왜 우리는 그걸 얻기 위해 피를 흘려야 해?" 플로시가 주먹으로 매트리스를 내리쳤다. "우리가 늙어서 그게 멈추면 어떻게 되는데? 그때는 뭐야? 우리는 더는 여자가 아니야? 우리를 규정하는 건 피가 아니야. 우리 영혼이지." 그녀는 아빠가 항상 우리들에게 우리의 영혼이 있다고 한 그곳, 자신의 콧날에 손을 얹었다. "영혼은 월경이 없어. 영혼은 그냥 존재해." 그녀는 배를 쥐고, 몸을 웅크렸다. "뭐라도 해봐, 베티. 아파."

나는 아빠가 했을 법한 것을 했다. 밖으로 나가 차고로 갔다. 차고가 텅 비어 있을 거라고 생각했는데, 린트가 천장에 매달린 약초들 아래 서 있었다.

"여기서 뭐 해?" 내가 그에게 물었다.

"시-이-익물들이 마르는 동안 여기 나와 있는 게 좋아."

"플로시에게 줄 차를 만들어야 해." 나는 선반을 뒤졌다.

"누나한테 무슨 무-우-운제 있어?"

"언니가 아파. 언니에게 해줄 거 만드는데 좀 도와줄래?"

우리는 캐모마일, 쥐오줌풀[91] 뿌리, 야생 생강 단지들을 집었다. 차고 옆, 속이 빈 나무통에 그걸 부었다. 아빠의 막자를 써서 꽃과 뿌리를 빻았고, 손으로 긁어 솥에 부었다. 강물을 양동이에 채운 뒤, 빻은 가루를 넣은 액체가 검정 차가 될 때까지 끓였다.

"이게 누나에게 도-오-오움이 될 거야." 린트는 이렇게 말하고, 나무 컵에 조금 따랐다.

나는 차를 조심스레 안으로 날랐다. 그걸 플로시에게 건넬 때, 그녀가 시트의 핏자국 위에 검정 펜으로 *네가 미워*, 라고 쓴 것이 보였다.

그녀는 한 모금을 마시자마자 뱉어냈다.

---

**91** valerian. 유럽과 아시아 원산의 다년생 꽃식물. 높이 최대 1.5미터. 뿌리는 고대 그리스와 로마 시대부터 약용되었다. 학명 Valeriana officinalis(라틴어 valere 용맹, officinalis 약효가 있는). 약재로서의 효능에서 붙여진 이름.

"다람쥐 오줌 맛이야." 그녀가 말했다. "날 도와줄 뭘 하겠지 싶었는데, 베티?"

나는 라디오로 다가가 그걸 켰다. 플로시가 좋아한 노래가 흘러나왔다. 그녀가 배를 움켜쥐고 있을 때, 그녀가 깔고 누운 시트의 네 귀퉁이를 잡아 밑으로 빼냈다. 그녀가 *네가 미워*, 라고 썼던 펜을 집어서, 시트를 바닥에 깐 뒤, 그 문장을 드레스의 소용돌이무늬로 바꾸었고, 그렇게 하자마자 핏자국은 두 소매와 치마가 되었다. 나는 소매를 늘려, 팔을 그렸다. 치맛단 밑에, 두 다리를 그렸다. 옷깃 위로, 조심스레 소녀의 목과 머리를 그렸고, 기다란 머리는 꼭짓점 다섯 개의 별처럼 솟구치게 그렸다.

"이 여자가 누구야?" 플로시가 물었다.

"우리 체로키 조-증조-고조할머니가 소녀였을 때야." 내가 말했다. "그분도 스타를 꿈꿨어."

나는 시트를 치켜들었고, 그려진 소녀와 함께 음악에 맞춰 빙글빙글 돌기 시작했다.

"있잖아, 체로키 전설에, 춤을 멈추면 세상도 멈춘다, 라는 말이 있어." 내가 말했다. "난 우리 집안 여자들이 항상 춤을 췄다고 생각해. 아마 태어났을 때도 춤을 췄을 거야. 또 가장 높이 나는 새를 처음 봤을 때도. 또 다들 여자들은 할 수 없다고 했을 때도 할 수 있다는 걸 증명하려고 강줄기 전체를 달렸을 때도. 나는 알아, 그들은 처음 피를 흘렸을 때도 춤을 췄어. 그렇기 때문에 언니한테 차는 아무 도움이 안 될 거야, 플로시. 언니는 춤을 춰야 해, 왜냐하면 우리 집안 여자들이 삶의 모든 사건들마다 항상 했던 게 바로 그거니까. 바로 그래서 세상이 멈추지 않았던 거야. 그들에게 닥친 변화와 고통 속에서도 그 여자들은 춤을 췄으니까. 그들은 알고 있었어, 그 변화와 고통 속에서 배태된 모든 좋은 것을 보려면 세상이 지속돼야 한다는 걸. 언니는 세상이 멈추기를 원치 않지, 그치, 플로시? 그게 멈추면 언니는 절대 스타가 될 수

314

없어."

그녀는 내가 시트랑 같이 춤추면서 그걸 마치 리본인 양 공중에서 잡아당기고, 손끝으로 빙빙 돌리는 걸 지켜봤다. 그녀는 아무 말 없이 일어나, 시트의 한쪽 끝을 쥐고 팽팽해질 때까지 펼쳤고, 그려진 소녀는 그렇게 천장을 올려다보고 있었다. 우리는 빙빙 돌면서 깔깔 웃었다. 우리가 있던 방은 마음속에서 사라졌고, 우리는 한밤중 어느 숲속 빈터에 있는 듯 춤을 췄다. 우리는 시트를 드높이 들어 올렸고, 그려진 소녀는 하늘로 치솟아 수십억 개의 빛살로 부서졌다.

# 25

❧

여자는 조용히 배울지니라.

— 디모데 전서 2:11

한 달 뒤 엄마의 아빠가 죽었을 때, 나는 신경 쓰지 않았다. 하지만 엄마
가 우리 모두 그의 장례식에 간다고 했을 때, 나는 놀랐다. 그가 죽었다
고 우리에게 전화를 건 사람은 라크 할매였다. 엄마는 전화기를 들고,
귀를 기울이고, "알았어요", 라고 했다. 이어 그녀는 방에서, 검정 드레
스를 펼쳤다. *알았어요.* 그녀는 화장대에 앉아, 천천히 머리를 빗었다.
*알았어요.*

그녀는 자신의 하나뿐인 향수를 집어 들었다. 화이트 숄더스[92]. 그녀
는 블라우스를 내렸다. 브라만 찬 채, 그녀는 자신의 하얀 어깨 위에 향
수를 뿌렸다. 그녀는 펌프를 계속 눌렀고, 향수는 팔을 타고 흘러내려
팔꿈치에서 바닥으로 뚝뚝 떨어졌다. 방 전체에서 여름철 하얀 꽃냄새
가 났다. 향수가 바닥나자, 그녀는 빈 병을 응시하더니 울기 시작했다.

"엄마?" 내가 그녀의 방에 한 발을 딛는 순간, 갑자기 방이 더그매만
큼 좁게 느껴졌다.

"다 없어졌네." 그녀의 눈물이 향수와 뒤섞여 있었다.

나는 한 발을 더 내딛는 대신, 한 발을 뒤로 뺐다. 나는 몰랐다. 지금
비록 그녀의 아버지는 죽었지만 그가 자신에게 한 짓은 영원히 살아

---

**92** White Shoulders. 1945년 출시된, 뉴욕 소재 Evyan사의 첫 향수. 부드러운 꽃향기.

있을 거라는 아픈 진실을 마주하지 않으려고 자신의 하나뿐인 좋은 향수를 다 써버린 한 여자를 어떻게 위로해야 할지를.

할배의 장례식은 이튿날이었다. 릴런드는 참석하기 위해 앨라배마에서 차를 몰고 오고 있었고, 우리와 장례식장에서 만나기로 했다. 엄마는 트러스틴과 린트가 짧은 말총머리로 머리를 묶었는지 확인했다. 둘 다 머리를 길렀고, 벌써 등줄기까지 내려왔다.

"그리고, 베티," 그녀가 침실에서 방에 있는 나를 불렀다. "반드시 깨끗한 드레스를 입어라. 베리 얼룩 없고, 주머니에 지렁이 없고, 또⋯⋯."

나는 내 최고의 드레스를 입고 그녀의 방으로 갔다. 주름진 치마에 가리비 모양의 옷깃이 달린 드레스. 나는 애도하기 위해서가 아닌, 한 악한 남자가 이제 이 세상에서 사라졌음을 축하하기 위해 그 옷을 입었다.

"그래, 너무 예쁘다." 그녀는 이제야 내가 더는 다섯 살이 아니라는 걸 깨달은 듯 나를 쳐다봤다.

그녀가 내 가슴으로 눈을 돌렸다.

"뭔가 필요해." 그녀는 이렇게 말하더니, 옷방으로 들어갔다.

그녀가 철사 옷걸이 하나를 들고 나왔고, 작은 캐미솔이 걸려 있었다. 크림색에, 플로시의 연습용 브라처럼 앞쪽에 작은 컵이 달려 있었다.

"넌 플로시가 아니지, 나도 알아." 그녀가 말했다. "너는 서둘러 브라를 착용하지는 않겠네. 하지만 이게 첫 단계다."

그녀가 캐미솔을 건넸다. 나는 고개를 숙이고 그걸 받은 뒤 재빨리 내 방으로 돌아왔다.

나는 문을 닫고 문에 기댄 채, 어머니가 내게 준 것을 빤히 쳐다봤다. 캐미솔은 투명했다. 빛이 훤히 비쳤다. 나는 상단의 레이스를 손가락으로 훑었다.

"넌 바보야." 나는 캐미솔에게 이렇게 말한 뒤, 그걸 침대 위에 던졌다.

내 가슴을 내려다봤다. 드레스는 헐렁했지만, 두 개의 작은 볼록한 점의 윤곽이 보였다. 두 손으로 가슴을 눌렀지만, 두 점은 마치 내 몸의 풍경 속 두 개의 나지막한 언덕처럼 그대로였다.

나는 드레스 단추를 풀고 캐미솔을 입기 위해 드레스 밖으로 빠져나왔다. 다시 옷을 갈아입을 때까지 거울을 보지 않았다. 그제야 나는 거울에 비친 내 모습을 찬찬히 살펴면서, 캐미솔의 끈이나 레이스가 밖으로 비치지 않는지, 마치 그 속옷이 내가 감춰야 할 촉수가 달린 무엇인 양 거듭 확인했다.

"눈이 아플 때는," 나는 거울 속의 내게 말했다. "흑고무나무[93] 껍질을 집어서 빻아."

나는 두 손을 꽉 잡았다.

"아니야, 빻지 마." 나는 바로잡았다. "끓여서 달여. 끓을 때, 눈에 부어서 다 태워버려."

나는 고개를 뒤로 젖히고, 마치 눈에 액체를 붓듯 뜬 눈 위로 두 손을 들어 올렸다. 나는 몇 번 눈을 깜빡인 뒤 다시 거울을 봤지만 거울 속의 나는 하나도 변한 게 없었다.

아래층에 내려갔을 때, 나는 혹 누구라도 내가 뭔가 다른 옷을 입고 있는 걸 눈치 채지 않을까 싶었다. 다들 차 쪽으로 막 이동하기 시작했고, 나도 따라갔다. 안테나에 매달린 너구리 꼬리를 지날 때, 나는 행운을 빌면서 이걸 때렸던 걸 내가 언제 그만두었지 싶었다.

*어쨌든 유치했지.* 나는 이렇게 중얼거리면서 캐미솔 안에서 몸을 비틀었고, 뒷좌석으로 가서 프레야와 플로시 옆에 앉았다.

가는 길에, 우리 셋은 주머니에 손을 넣어 서로 종이쪽지에 쓴 잘 자

---

**93** black gum. 북미 동부 원산. 높이 20~35m, 지름 50~170cm, 학명 Nyssa sylvatica(그리스어 Nyssa 물의 요정, 라틴어 sylvatica 숲의).

라는 말을 교환했다. 우리는 조용히 손에서 손으로 그걸 전달했고, 한 바퀴를 돌아 다시 각자의 주머니 속에 집어넣었다.

우리가 장례식장에 도착했을 때, 릴런드가 그의 트럭에 기대선 채 우리를 기다리고 있었다. 프레야는 핸드백을 팔오금에 걸치고 장갑만 끼고 있었다. 릴런드가 지켜보고 있었는지는 잘 모르겠다. 그는 선글라스를 쓰고 있었다.

"잠깐." 엄마는 우리가 최대한 단정하게 보이는지 확인하기 위해 우리 모두를 다시 쓱 훑었다. "됐다." 그녀는 조금만 만족한 듯, 이렇게 말했다. "들어가도 되겠다."

장례식장은 퀴퀴한 담배 냄새가 났다. 짧은 털의 카펫은 곳곳이 얼룩져 있었고, 백 년은 된 듯했다. 엄마는 방명록에 우리 모두의 이름을 썼다. 이어 우리는 긴 복도를 천천히 따라 올라가 싸구려 관에 누워 있는 주름진 노인을 봤다. 소수의 사람들이 참석했다. 기침하는 노인 몇 명이 있었고, 아마도 할배의 오랜 술집 친구였을 것이고, 혹 만에 하나 그들에게 선한 마음이 있었다면, 그들은 서로 등을 두드리며 젊었을 때 불렀던 노래들을 함께 불렀을 것이다. 의식은 짧았고, 기껏해야 남자들이 자신의 가장 좋은 청바지와 가장 깨끗한 플란넬 셔츠를 입은 이유에 불과했다.

할배의 시신이 조이저그 묘지의 땅에 묻힌 후, 우리는 한때 그의 집이었던 곳으로 갔다. 나는 형제들과 함께 방충망 앞에 선 채, 문지방을 넘지 못하고 있었다. 우리 머릿속에 할배의 목소리가 들렸다.

*내 집에 들어오지 마라, 이 똥내 나는 것들. 너희는 역겹고 가망 없는 짐승들과 함께 밖에서 지내라.*

"그냥 밖에 서 있지 마라." 라크 할매의 목소리가 그의 목소리를 압도했다. "너희가 베란다를 칠할 생각이 있는 게 아니면."

우리는 집 안으로 한 발짝 내디딜 때마다, 우리에게 나가라고 명하는 할배의 목소리를 예상했다. 우리는 구석을 두루 살피면서 그가 정말 죽었다는 걸 확인하고 나서야 주변을 제대로 둘러봤다.

방들이 어떻게 생겼을 거라고 기대했는지 잘 모르겠다. 거의 가구가 없었다. 한 의자 등받이에 씌워 놓은 그래니 스퀘어 아프간[94] 패턴에 대부분의 색상이 다 담겨 있었다. 램프가 놓인 작은 탁자 위에 세 개의 액자가 있었다. 한 사진은 기관차였다. 제일 작은 사진은 커다란 개였다. 그 두 사진 사이 검은 액자 속 사진은 한 젊은이였고, 아빠가 그걸 집었다.

"내 남편이 젊었을 때네." 라크 할매가 말했다.

"아들, 넌 정말 네 할아버지를 쏙 빼닮았네." 아빠가 사진을 들어서 릴런드에게 보여주었다.

릴런드는 사진을 흘끔 쳐다봤지만 그는 오히려 방구석에서 죽어가고 있는 화초 앞에 서 있는 프레야에 더 관심이 많았다.

엄마는 아빠에게서 재빨리 사진을 집어 탁자 위에 다시 올려놓은 뒤 부엌으로 향했고, 노모가 커피를 만드는 걸 도울 수 있었다. 두 여자는 서로 말을 하지 않았다. 같은 잿빛 눈동자가 아니라면, 아무도 그들을 모녀라고 할 수 없었을 것이다. 그들이 그토록 서로 멀리 떨어져 있으려고 했던 예전의 모습이 아니었다. 나는 그들이 어떤 순간이 오든, 화재든, 홍수든, 혹은 다른 재앙이든, 서로를 믿을 수 없다는 것을 잘 알고 있었다. 그들은 상대의 손을 잡고 사랑의 깜빡임을 하나라도 보여주기보다는, 서로 상대가 타 죽거나, 익사하거나, 무수한 끔찍한 방법으로 죽도록 내버려둘 것이다.

그들은 거실에서 커피를 나눠줄 때도, 다들 턱을 악물고 있었다. 아빠는 머그잔을 들고 뜨거운 커피를 불면서 창밖의 맑고 푸른 하늘을 바라봤다.

---

**94** granny-square afghan. 유명한 뜨개질 패턴. 1885년 펠프스 부인(Mrs Phelps)이 미국에 처음 소개했다. "나는 요즘 대유행 중인 조각보 세공[퀼트]을 원칙으로 하는 아프가니스탄의 새로운 뜨개질 패턴을 시도 중입니다."

"날씨 하나는 기막히게 좋군." 그가 말했다.

"나라면 좋다고 말하지 않을 걸세." 라크 할매는 자신이 표할 수 있는 모든 경멸을 담아 그를 노려봤다.

"그냥 햇살이 좋다고 한 말입니다." 아빠는 재빨리 커피를 한 모금 마셨다.

엄마는 여기서 한 번도 살아본 적이 없다는 듯 방 안을 서성거렸다. 그녀의 시선이 찬장 모막이 위에 흩어져 있는 목탄화들에게 꽂혔다. 트러스틴은 나와 그림을 번갈아 쳐다봤다. 우리 둘은 엄마가 숯이 묻거나 손가락에 닿지 않도록 조심조심 종이 가장자리를 집는 것을 지켜봤다. 그녀는 마치 자기 입으로는 번개와 천둥의 이름을 말할 수 없다는 듯, 어머니에게 이 그림들이 뭐냐고 물었다.

"폭풍우." 라크 할매는 그 단어를 오래 참고 있다가, 마치 삼키기 힘든 듯 입을 움직였다. "우리는 약 1년 전부터 일반 봉투에 담겨 나와 돌아가신 네 아빠 앞으로 온 저 우편물들을 받기 시작했다. 번개, 천둥, 쏟아지는 비. 혹 네가 내 생각을 묻는다면, 이 폭풍우들이 네 아빠를 죽인 거다. 세상 밖 어딘가 누군가에게서 온 폭풍우의 두려움을 느끼면, 사람은 평온을 찾을 수 없다. 네 아빠가 조금의 평온도 누릴 자격이 없었니? 그는 아주 좋은 사람이었다. 자네는 그를 공격할 권리가 없었어, 젊은이, 자네가 우리에게서 앨카를 빼앗았을 때 말이야." 그녀는 아빠를 향해 손가락을 흔들었다. "자네는 그를 죽일 뻔했네. 내가 지금 자네를 이 집에 들이는 것도 놀라운 일이지만, 죽음은 해묵은 원한도 줄이나 싶네."

"제가 정당한 이유 없이 그를 벌한 게 아닙니다." 아빠는 자신이 라크 할배를 제압했던 그 자리를 창밖으로 내다봤다. "그처럼 여자를 때리는 남자는, 지옥 맛을 보는 게 마땅합니다."

우리 형제들은 머릿속으로 체리를 그리며 부엌으로 들어갔다. 트러스틴은 그들을 따라가기 전, 나를 바라봤다. 뒤쪽 방충망이 여닫히는 소리가 들렸다. 나는 거실에 더 머물면서, 엄마가 그림 속 번개들을 응시하는 것을 살피기로 마음먹었다. 엄마는 그림의 화가가 누구인지 알고 있었다. 분명 그녀도 의아했겠지만, 문제는 과연 누가 이걸 보냈을까, 였다. 엄마는 트러스틴이 그렇게 계획적일 리 없다는 것을 알고 있었다. 엄마가 나를 올려다봤다.

"다 먼 옛날이네." 할매가 아빠에게 말했다. "멍이든 흉터든 이제는 아무 상관없네. 마당에 인동덩굴[95]이 좀 있네." 그녀가 굽은 손가락으로 창문을 가리켰다. "원한다면 다 자네 걸세. 앨카 말로는 자네가 식물을 좋아한다더군."

엄마의 시선이 아빠를 향했다. 남편에 대해 알고 있는 이런저런 것들이 어쨌든 이렇게 밝혀졌다는 게 엄마는 당황스러운 듯했다. 다음에는 아마 큰 소리로 그를 사랑한다고 말할지 모르겠다. 그 어떤 장미보다 자신의 가시를 현명하게 드러냈던 엄마 같은 여자에게 이건 치명적인 약점이었다.

엄마가 폭풍우를 다시 탁자에 올려놓는 동안, 나는 기회를 엿보다가 밖으로 나가 형제들과 합류했다. 다들 뒷마당의 늙은 벚나무 아래 서 있었다. 트러스틴이 나무 바로 앞에 서 있었다. 그의 옆으로 다가갔다. 우리는 나뭇가지를 올려다봤다. 어떤 것들은 우리가 기억하는 것만큼 결코 그렇게 크지 않다는 걸 우리는 막 깨달았다.

"폭풍우들이 어디로 갔나 싶어서 화난 거야, 트러스틴?" 내가 물었다.

"누나는 폭풍우들이 그를 죽였다고 생각해?" 그가 바람에 흔들리는 나뭇잎을 바라봤다.

"혹 폭풍우들이 그랬으면 걱정 돼?"

---

95 honeysuckle. 북미 북위, 유라시아 북위에 자생하는 덩굴(180여 종). 학명 Lonicera. 한국, 중국, 일본에 서식하는 것은 Lonicera japonica(겨우살이덩굴, 금은등金銀藤, 금은화, 인동忍冬, 인동초). 학명은 독일 식물학자 Adam Lonicer(1528~1586)에서 유래.

"아니." 그는 내 손을 잡고 함께 나무 아래로 들어갔다.

릴런드, 프레야, 플로시, 린트 모두 라크 할배가 우리에게 절대로 만지지 말라고 했던 그 열매를 올려다보고 있었다.

"지옥에나 가라지." 프레야가 손을 뻗어 버찌 하나를 땄다.

우리는 그녀가 그걸 손에서 굴리는 걸 지켜보면서 그 통통한 곡선과 짙은 붉은빛에 감탄했다. 그녀는 아이 같은 용기로 그걸 입에 넣었다.

"무슨 맛이야, 프레야?" 플로시가 물었다.

"뭔지 아름다워." 프레야는 이렇게 말하고 한 움큼의 버찌를 더 따서 볼이 부풀어 오를 때까지 입에 쑤셔 넣었다.

즙이 그녀의 턱을 타고 흘러내릴 때, 나는 어떻게 하나님은 우리가 늘 보지 못하는 작은 것들로 존재하고 있는지 생각했다. 우리가 우연히 그 순간 한 언니가 악마에게 도전해서 그 모든 천국이 아직 다 사라진 건 아니라는 걸 상기시키는 것을 목격하지 못했다면 보지 못했을 그 작은 것들로.

거의 동시에, 우리 모두 각자의 버찌를 따기 시작했다. 릴런드는 버찌 하나를 들고 나무 그늘 끝으로 갔다. 그는 버찌를 응시하면서 그걸로 뭘 할까 고민하는 듯했다. 결정을 내리더니, 그걸 손가락으로 쥐어 짠 뒤, 땅에 던졌다.

다들 손에 닿는 버찌들을 계속 먹었다. 우리는 서로 씨를 뱉으며 깔깔댔고, 태양은 내내 가지 사이로 반짝였다. 나는 입술 사이에 꼭지 하나를 물고 작은 하얀 집을 돌아봤다. 라크 할배가 창문에서 인상을 쓰고 있는 걸 봤다고 생각했다. 그러나 그건 라크 할배가 아니었다. 그건 우리 어머니였고, 그녀는 인상을 쓰고 있지 않았다.

집으로 돌아가는 길, 우리는 아빠가 캐낸 인동덩굴을 들고 차에 올랐다. 타이어가 자갈밭 위를 구를 때마다 흔들린 길고 가는 덩굴들. 꽃은 가볍고 산뜻한 향으로 차 안을 채웠다. 나는 이 작은 나팔 모양의 꽃들이 모든 음악의 기원이었다고 믿었다. 한밤중, 서로의 땀방울이 피부를 타고 흘러내리는 것을 느낄 정도로 붙어 앉아 우리가 먹고 있는 모든 것들의 리듬의 기원이라고.

릴런드는 우리 뒤에서 운전하다가 앨라배마로 빠지는 대로에서 방향을 틀었다. 그가 경적을 울리며 손을 흔들었다. 나와 프레야만 그에게 손을 흔들지 않았다.

메인 레인에 도착했을 때, 아빠는 프레야, 트러스틴, 플로시를 마을에 내려주면서 영화를 볼 충분한 용돈을 주었다. 린트는 어둠 속에 앉아 있는 걸 좋아하지 않았기 때문에 가고 싶어 하지 않았다. 내가 영화를 보는 데 관심이 없었던 건 플로시가 늘 그랬듯, 내 귀에 배우들의 대사를 읊어대는 것에 짜증을 낼 기분이 아니었기 때문이었다.

우리 넷은 집에 도착했고, 아빠와 린트는 인동덩굴을 뒷마당에 옮겨 심었다.

그사이 엄마는 우편물을 가지러 갔다. 그녀가 우편함에서 우편물을 꺼내고 있을 때, 차 한 대가 도착했다. 나는 현관 베란다에 있었고, 한 남자가 차창 너머로 엄마에게 접은 신문 하나를 건네는 걸 봤다. 그는 그녀에게 몇 마디를 한 뒤 떠났다.

집으로 걸어가면서, 엄마는 그 남자가 준 신문을 펼쳐보기 위해 우편물을 겨드랑이에 꼈다. 엄마는 나를 지나쳐 집으로 들어가는 내내 그것을 읽었다. 나는 엄마를 따라 계단을 올라 침실로 갔고, 그녀는 핸드백과 우편물을 침대에 올려놓았다. 엄마는 이 모든 동작을 행하면서 자신이 읽고 있는 것에서 한 번도 눈을 떼지 않았다.

"저 남자는 누구예요?" 내가 물었다.

"우리 마을의 소박한 신문 「더 브레새니언」의 편집장." 그녀가 말했다.

"「더 브레새니언」이요? 내가 시 경연에서 우승했어요?" 나는 그 생각에 눈을 활짝 떴다. "그래서 그가 온 거예요? 내가 우승했다는 걸 엄마에게 말하려고?"

"성교하는 걸 쓰고 있네." 그녀는 필사로 쓴 내 시가 실린 신문을 톡 톡 쳤다. "넌 이러고도 이 작은 마을 신문이 네게 이 시에 대해 뭘 줄 거라고 생각하니? 그들이 원하는 건 나비와 새에 대한 달콤하고 짧은 시야. 상상해봐, 이 시가 아침 식탁에 펼쳐지면 얼마나 많은 예쁜 설탕 그릇이 바닥에 떨어져 깨질지."

그녀가 내 시를 큰소리로 읽기 시작했다.


자홍색.
밝은 자주색.
꽃분홍색.
이것이 그녀에게 허용된 색깔들이다.
어느 날 그녀는 찢어질 것이다.
이것이 우리가 공유하는 비밀들이다.
어머니들에서 딸들로,
언니에서 언니로.
높이 나는 독수리는 하나님의 표식이 아니다.
그 때문에 우리 어머니들과 언니들이 우는 것이다.
훗날, 어쩌면 우리는 행복할지 모른다.
그러나 오늘 우리는 예전의 우리를 위해 꽃을 피운다.
우리는 당신이 우리 안에 있는 내내
우리가 잘못 기도해왔음을
이제 막 깨달은 소녀들이다.


엄마는 마지막 행을 조용히 읽은 뒤, 시를 서랍장 위에 놓고, 로션 단지를 열었다. 그녀는 그걸 맨 팔꿈치에 대고 문질렀다.

"나의 어머니는 작은 피규어들을 갖고 있었다." 엄마는 이렇게 말하면서, 턱을 최대한 들어 올린 뒤 목과 쇄골에 로션을 한 겹 더 발랐다.

"모든 여자 피규어들은 분해해서 상자나 대접으로 쓸 수 있었다. 전부 뭐가 담겨 있었다. 치마 속에, 몸속에, 다 뭐가 담겨 있었다. 남자 피규어에는 아무것도 담겨 있지 않았다. 그들은 단단했다. 안에 아무것도 넣을 수 없었고, 아무것도 꺼낼 수 없었다. 난 네가 이걸 오래 생각해보면, 이게 왜 현실과 똑같은지 알 거라고 생각한다."

그녀가 로션 단지의 뚜껑을 다시 닫았다.

"특히 한 피규어가 있었다." 그녀가 계속했다. "등을 대고 누운 여자였다. 배가 푹 꺼져 있어서, 무엇이든 담을 수 있었다. 그녀는 우윳빛 유리로 만든 대접이었다. 어찌나 하얗고 예쁜지, 난 죽을 때까지 그녀를 보고 싶었다."

나는 어머니가 귀고리를 천천히 빼서 서랍장 위에 부드럽게 올려놓는 것을 지켜봤다. 그녀는 뒤창을 내다보며 아빠가 마당에서 인동덩굴을 심고 있는 것을 지켜봤다.

"나의 어미는 인동덩굴 꽃을 따서," 그녀가 말했다. "여자 모양의 그 대접에 담았다. 어떤 집들은 박하사탕을 접시에 담거나 버터민트를 내놓지만, 그러나 어미는 항상 인동덩굴 꽃을 사탕인 양 내놓았다. 있는 그대로. 우리가 이 집에서는 인동덩굴을 먹어본 적이 없으니, 넌 그걸 어떻게 먹는지도 모를 거다, 베티."

그녀는 내게 몸을 돌려 두 손으로 설명하듯 말했다.

"먼저 꽃을 따." 그녀가 말했다. "그러면 보통은 줄기랑 붙어 있는 곳에 작은 끈 하나가 매달려 있는 게 보일 거다. 우리는 그걸 꿀 끈이라고 불렀다. 그 끈을 당겨." 그녀는 두 손을 허공에서 부드럽게 당겼다. "그 끝에 작은 한 방울의 꿀이 달려 있다. 어미가 꽃을 따면, 나는 인동덩굴 꽃 대접 옆에 앉아 그 꿀 끈들을 당겨 꿀을 핥곤 했다." 엄마의 부드러운 웃음이 한숨으로 변했고, 그녀가 창가로 몸을 돌렸다. "어미는 내가 당긴 그 작은 노랑 꿀 끈을 모두 가져다가 묶어서 목걸이 하나를 만들었다. 그녀는 나를 사랑스러운 작은 소녀라고 불렀고, 내가 빙빙 춤을 추면 그녀는 킥킥 웃었고, 목걸이도 나와 함께 빙빙 돌았다."

엄마는 손을 떨궈 아빠가 엄마를 위해 만들어준 목걸이의 체로키 옥수수 비즈를 만졌다. 그녀가 반쪽짜리 사과 조각을 응시했다.

"아비가 내게 그 짓을 한 뒤, 어미는 다시는 나를 사랑스러운 작은 소녀라고 부르지 않았다. 그리고 더는 나를 먹일 꽃을 따지 않았다. 이후 그 여자 대접은 항상 비어 있었다. 나는 그 텅 빈 모습이 싫어서 그 대접을 벽에 던졌다. 어미는 내가 한 짓에 대해 아무 말도 하지 않았다. 그녀는 내게 단지 아비에게 가라고, 그가 나를 침대에서 기다리고 있다고만 했다."

엄마가 자신의 뺨을 어깨에 댔다. 나는 엄마가 더는 말하지 않겠다 싶었는데, 엄마가 입술을 떼며 말했다. "이따금 나는 우주가 그냥 하나의 불빛이라고 생각해. 어둠속 담뱃불 빛. 모든 별들, 행성들, 은하계들, 무한한 경계들. 이 모든 게 담배 끝의 작은 불빛 속에 있어. 벽에 기대서서, 집으로 가는 한 소녀를 바라보며, 그녀가 결코 집으로 가지 못하리라는 것을 아는, 한 남자의 손에 들린 그 담뱃불 빛에."

# 26

❧

그것의 새끼들도 피를 빠나니
죽임 당한 것들이 있는 곳에는 그것이 있느니라.
—욥 39:30

그날 아침은 고요한 안개 속에서 불멸할 듯싶었다. 마침내 비가 그쳤다. 우리가 라크 할배를 묻은 지난주부터 브레세드에 해가 보이지 않았다. 내가 파파 쥬니퍼스 마켓으로 가는 길의 빗물 웅덩이를 피하려고 최선을 다하고 있을 때, 그 일은 하나의 먼 기억처럼 느껴졌다. 나는 상점에서 바구니를 들고 엄마의 장보기 목록에 있는 물품들로 바구니를 채우기 시작했다. 장을 마친 뒤, 잡지 코너로 갔다.

표지에 미소를 짓는 여성이 있는 잡지를 하나 집어서, 페이지를 획획 넘겼다.

"야, 버펄로 사냥꾼." 루시스의 목소리가 뒤에서 들렸다.

굳이 그 애가 친구들과 함께 있는지 보려고 몸을 돌릴 필요가 없었다. 그들의 뒤섞인 향수 냄새가 다 풍겼다.

루시스가 내 손에서 잡지를 빼앗아 표지를 봤다.

"이렇게 슬플 수가." 루시스가 다른 애들에게 말하자 다들 킥킥댔다. "베티는 잡지가 자기한테 예뻐지는 법을 알려줄 거라고 생각해. 돈 낭비 마." 걔가 내 가슴에 잡지를 팽개쳤다. "널 도와줄 수 있는 건 하나도 없어. 넌 늘 못 생겼을 테니까."

"루시스?" 그녀의 어머니의 고음이 울려 퍼졌다. 그녀는 통로 끝에서 있었다.

루시스는 명에 따르듯 어머니에게 답했다. 다른 여자애들도 루시스를 따랐다.

"내가 말했지." 그녀의 어머니가 루시스를 꾸짖자 다들 통로를 떠났다. "난 네가 저 카펜터 여자애랑 서성이는 게 싫어. 쟤는 네 얼굴에 두드러기를 만들 거야."

나는 잡지에서 한 페이지를 찢어서 재빨리 접어 주머니에 넣었다. 상점을 떠나기 전, 집에 있는 고양이 바구니에 넣어줄 참치 캔 하나가 생각났다. 그놈은 며칠 전부터 뒤 베란다에 서성이기 시작했다. 잿빛 몸에, 하얀 수염이 하얀 네 발과 어울리는 솜털 고양이였다. 뒤뜰 나무에 앉아 있는 것을 처음 봤다. 꼭 새 같았고, 그래서 버디(Birdie)라고 이름 지었다. 임신한 몸으로 왔다. 아빠는 개가 곧 새끼를 낳을 거라고 했다. 나는 그때를 대비해 침실 바닥에 담요를 깔아두었다.

서둘러 집에 가서 그놈을 보려고 재빨리 바구니에 담긴 물건 값을 치렀다.

집에 와서, 식료품 봉지를 부엌 조리대 위에 두었다. 엄마가 싱크대에서 삶을 호박을 씻고 있었다. 끓는 물이 담긴 냄비 하나가 이미 레인지 위에 올려져 있었다. 엄마가 냄비 안에 깔아둔 큰 해바라기 잎들이 테두리를 따라 삐져나와 있었다. 그녀는 호박을 씻은 뒤, 큼직하게 썰어 끓는 물에 넣었다. 이어 해바라기 잎을 물 위에 뚜껑처럼 덮어 그 밑에 호박을 쪘다.

나는 엄마를 성가시게 하지 않으려고 참치 캔을 따서 위층 내 방으로 가져왔고, 버디가 내 침대 위에서 자고 있었다. 내가 쓰다듬자마자 버디가 일어나 먹었다. 찢은 잡지가 생각나서, 주머니에서 그걸 꺼냈다. 포도주스를 홍보하는 파란 눈의 여자의 광고였다. 나는 여자의 눈을 도려냈다.

눈이 구겨지지 않게 조심하면서 침대 밑으로 기어들어갔다. 바닥에 내 잡지 소녀가 있었다. 나는 지난 몇 주 동안 광고 속 여성들의 특정

이목구비를 선정, 그 소녀를 만들고 있었다. 붉은 입술은 담배 광고모델에게서 취했고, 턱은 자신이 가장 좋아한다는 아침 팬케이크 시럽을 홍보하는 젊은 어머니에게서 가져왔다. 검정 금발 눈썹은 콘도그[96]의 얼굴이었던 여성이 좋겠다고 결정했고, 앙증맞은 코와 뺨은 '세계 최고의 아이스크림'을 홍보하는 모델에게서 취했다. 나는 그 이목구비들을 토마토수프를 홍보하는 여성의 뽀얀 백옥의 피부에 짜 맞췄다.

"안녕." 나는 배를 깔고 엎드린 채 그 소녀에게 말했다.

내가 침대 밑에 그 소녀를 만든 것은 플로시가 그걸 보고 나를 비웃는 게 싫었기 때문이었다.

"오, 멍청한 베티." 나는 플로시가 무슨 말을 할지 알고 있었다. "넌 기도해도 예뻐지지 않아. 너 같은 애는."

나는 잡지 소녀의 치렁치렁한 금발을 손가락으로 쓸어내렸다. 상자에 든 케이크믹스 광고모델에서 자른 머리였다.

"오늘 네 눈을 찾았어." 나는 소녀에게 말했다. "이젠 너도 볼 수 있어."

나는 테이프로 파란 눈을 바닥에 붙였다. 이제 소녀가 완성되었다. 나는 몸을 돌려 내 뒤통수를 그녀의 얼굴에 대고 누웠고, 마치 그녀가 내 안으로 올라오는 듯, 나는 그녀 안으로 떨어지는 듯했다. 그렇게 바닥을 더듬다가 손가락이 한 단지의 시원한 유리에 닿았다. 단지를 끌어당겨, 배 위에 얹었다. 뚜껑에 공기구멍이 있었다.

"네가 숨 쉴 수 있게 한 거야." 나는 단지 속 기도하는 사마귀[97]에게 말했다. 걔가 발로 유리를 두드렸다.

아빠는 기도하는 사마귀가 지구상에 살았던 첫 인간의 첫 기도라고 말하곤 했다. 벌레가 기도 자체였기 때문에, 거기에는 힘이 있었다.

---

**96** corn dog. 옥수수 가루 반죽으로 만든 핫도그.

**97** praying mantis. 사마귀(mantis)의 별칭. 유럽에서는 수식어 '종교적'을 붙임(mantis religiosa). 앞다리가 접힌 전형적인 '기도하는' 자세에서 비롯된 수식어.

나는 유리에 두 손을 얹고, 그 힘에게 나를 내가 아닌 것처럼 믿게끔 아름답게 만들어달라고 간청했다.

"나를 이 소녀처럼 보이게 해줘." 내가 말했다. "그녀의 파란 눈을 줘. 그녀의 금발도. 그녀의 복숭앗빛 크림색 피부도."

나는 충분하다고 느낄 때까지 사마귀와 함께 기도했다. 나는 단지를 들고 침대 밑을 빠져나와 거울을 보면서 내가 잡지 소녀처럼 변했기를 희망했다. 여전히 내 모습 그대로였다.

"소용없네." 내가 사마귀에게 말했고, 걔가 이렇게 말하는 듯했다. 물론 소용없지, *베티*.

한숨을 쉬면서, 거울 속 내 모습을 응시했다. 여름 태양에 그을린 내 피부는 비 내린 뒤의 텃밭 색과 다르지 않은 짙은 색이었다. 나는 항상 비 내린 뒤의 텃밭이 아름다운 색이라고 생각했다. 그럼에도 나는 이 황량한 땅에 살기에는 너무 창백한, 맑은 눈의 아이가 되고 싶었다. 적어도 아빠를 제외한 모두가 내가 그걸 원해야 한다고 말하는 듯했다. 다른 얼굴의 추구, 달빛 아래서도 창백할 그런 얼굴의 추구. 그러나 거울 속 내 모습을 오래 응시하다보니, 내 모습에 그렇게 끔찍하게 잘못된 게 무엇일까 궁금했다. 어쨌든, 내 조상들은 그리스도 시대와 수천 년의 시간에 걸쳐 마법을 축적하면서, 그들이 충분히 아름답지 않다는 희미한 암시조차 부정했다. 내 머리의 검정은 유구한 의식의 일부였다. 내 눈은 자연의 신성함으로 고양된, 전통에 물든 눈이었다. 아빠는 늘 우리가 위대한 전사의 후예라고 했다. 나도 내 안에 그 위대함을 갖고 있지 않을까? 태곳적, 그러나 당시 한창 젊었을 그녀의 힘. 나는 그때의 그녀를 상상했다. 그녀의 맹렬한 정신. 그녀의 선연한 용기. 내가 어떻게 그녀만큼 강하지 않을 수 있을까? 난 그녀를 누구보다 아름다운 여자라고 생각하면서 왜 나 스스로는 아름답다고 여기지 않을 수 있을까?

나는 단지를 가슴에 안고 거울을 벗어났다.

"이제 너를 풀어줄게." 나는 사마귀에게 이렇게 말하며 단지 뚜껑을 돌렸다. 걔는 풀려나서 행복한 듯 내 방의 열린 창문으로 나가 지붕으로 뛰어올랐다.

나는 버디 옆에 누워, 수염을 손가락 사이로 훑었다.

"고양이 수염을 뽑으면, 걔가 말을 하거나 장님이 된다." 아빠는 이렇게 말하곤 했다.

"난 네가 무슨 말을 할지 궁금해." 나는 이렇게 물었고, 손가락으로 털을 쓰다듬다가 잠이 들었다.

눈을 떴을 때, 밖이 여전히 밝았다. 버디가 더는 내 침대 위에 없었고, 방에도 없었다. 나는 아빠와 엄마의 방에서 들리는 아빠의 흔들의자 소리를 따라 복도로 나갔다. 엄마가 맨발에 왼발을 깔고 앉아, 오른발로 의자를 흔들고 있는 것이 보였다. 여전히 앞치마를 두르고 있었다. 앞치마 끈에 노랑 호박꽃 한 송이를 배지처럼 꽂고 있었다.

"엉망이다." 엄마는 버디가 누워 있는 침대를 가리키며 이렇게 말했다. 버디가 퀼트 위에서 새끼를 낳았고, 젖을 물리며 새끼들을 핥고 있었다.

"오, 너희 정말 귀엽다." 내가 새끼들에게 말했다.

"얼룩이 배기 전에 퀼트를 빨아야 해." 엄마는 일어서면서 이렇게 말했다.

그녀는 침대로 걸어가더니, 퀼트 위에서 버디 아래로 손을 미끄러뜨렸고, 버디가 가르랑거렸다.

"엄마, 뭐 해요?" 엄마가 버디를 들어 올릴 때 내가 물었다. 새끼들은 어미의 젖꼭지에서 떨어질 수밖에 없었다. "걔를 어디로 데려가요?" 나는 엄마가 버디를 들고 방을 가로지르는 것을 지켜봤다.

"네 날개를 펼 시간이다, 꼬마 버디." 그녀는 버디를 열린 창문 밖으로 내던졌다.

만약 여러분이 내게 한 여자가 한 고양이를 한 창문 밖으로 던진 뒤

한 순간 세상의 멈춤이 있는지 물었다면, 나는 당연히 한 순간 멈춤이 있다고 말했을 것이다. 적어도, 그 모든 것을 멈출 일 초의 시간이 있어야 했지만, 그 일 초는 존재하지 않았고, 나는 아무것도 멈출 수 없었다.

"버디?" 나는 창문으로 달려갔다. 내 눈에 가장 먼저 띈 것은 우리 손수레였다. 텃밭의 경계선을 위해 땅에 쌓아둔 돌 더미도 있었다. 처음엔 그저 다른 잿빛 돌로만 보였던 것은, 버디의 몸이었다. 걔는 옆으로 누워 있었다. 피가 걔의 귀에서 흘러나와, 가슴의 흰털로 스며들고 있었다.

버디는 손수레의 금속 테두리나 돌 모서리에 머리를 부딪쳤고, 그 충격으로 두개골이 부서지면서 목이 젖혀져 척추가 부러졌다. 개의 다리는 출산으로 인해 여전히 약했다. 걔는 제때 발을 돌려 착지할 수 없었다. 플로라면, 이 모든 상황을 이처럼 완벽하게 도열한 건 저주라고 했을 것이다.

*모든 창문 중에서 바로 그 창문이었어.* 나는 그녀의 말을 상상했다. *그리고 손수레가 거기 있는 모든 날들 중에서, 바로 그날이었어. 당연히 이건 저주야.*

나는 이렇게 중얼거렸고, 엄마는 창밖을 내다보려고 나를 밀쳤다. 그녀의 시선이 버디의 몸에 멈추자, 그녀가 천천히 창문을 닫았고, 펄럭이던 면 커튼 자락이 돌연 멈췄다. 그녀는 두 손을 짜면서 새끼들에게 몸을 돌렸다.

"엄마 미워." 나는 주먹으로 그녀의 배를 쳤다. "엄마가 버디를 죽였어."

엄마는 나를 후려치더니, 갑자기 길을 잃고 낯선 곳을 헤매는 듯 방을 서성이기 시작했다. 혼란스럽다는 표정으로, 침대 옆을 서성대다가 새끼들에게 몸을 돌렸다.

"어미가 크게 화를 낼 거야, 내가 시트에 피를 묻혔다고." 그녀가 말했다. "침대가 엉망인 소녀는 머릿속이 엉망인 소녀야." 그녀가 재빨리, 허둥지둥 베갯잇을 벗길 때, 그녀의 목소리가 요동쳤다. "난장판을 어서 치워. 네 침대를 닦아. 어미는 늘 이렇게 말했어."

그녀가 미소를 지었다. 마치 내가 모은 광고지들이 살아 움직이는 듯했다. 그녀의 금발이 햇살에 번들거렸다. 그녀의 창백한 피부는 존재하기 힘든 거의 무색이었다.

"쉿." 그녀가 천천히 손가락을 입술에 대면서 문 쪽을 바라봤다. "아비가 곧 집에 온다. 그는 늘 바라던 걸 바랄 거야."

그녀는 베갯잇을 떨군 뒤 침대에서 울고 있는 새끼 고양이들 위로 몸을 숙였다. 그녀는 퀼트의 네 귀퉁이 안으로 새끼들을 긁어모아 위로 빙 둘러쌓기 시작했다. 그녀는 울고 있는 새끼 고양이들이 든 퀼트를 마치 자루인 양 들어 올렸다.

나는 아빠가 마을 도서관에서 새 책장을 만드는 일을 하고 있다는 걸 알고 있었지만 그를 소리쳐 불렀다.

"아비를 불러들이지 마. 하나님 맙소사." 엄마는 겁에 질려 보였고, 마치 정말 라크 할배가 열 개의 발톱을 다 세우고 문간에 나타날 거라고 예상하는 듯했다. "넌 그가 뭘 할지 모르니?"

그녀가 나를 바닥에 내다꽂았다. 새끼 고양이들의 울음소리가 내 귀에 울려 퍼졌다.

"걔들을 놔줘요, 엄마." 나는 일어나서 그녀의 손을 퀼트에서 떼어내려고 했다. "숨을 쉴 수 없잖아요."

그녀는 내 손을 퀼트와 함께 두 손으로 움켜쥐고 고정시켰다.

"넌 그게 어땠는지 알고 싶니?" 그녀가 물었다.

그녀는 나와 함께 빙빙 돌기 시작했고, 나와 맞잡은 손에 달린 자루도 같이 빙빙 돌았다. 나는 소리쳤지만, 그녀는 더 빨리 돌 뿐이었다. 마침내 그녀가 멈췄을 때, 방이 흐릿해보였다. 그녀는 움켜쥔 손을 더 죄여 나를 옴짝달싹 못하게 했다. 그녀가 움직이면, 나도 따라할 수밖에 없었다. 우리는 둘이, 그러나 내 의지와 달리, 자루를 등 뒤로 들어 올렸다.

"엄마, 그만. 이러지 마. 아냐, 아냐, 아냐⋯⋯."

그녀는 우리 둘이 함께, 내가 자루를 앞으로 메치게 만들었고, 우리의 팔은 공중에서 하나가 되어 움직이면서 새끼 고양이들을 바닥에 내리쳤다. 나는 그들의 몸에서 나는 소리에 움찔했다.

"아빠, 도와줘요." 나는 그가 내 말을 들을 수 있기를 바랐다.

한 마리 새끼 고양이만이 희미하게 울고 있었다. 다른 애들은 다 조용했다. 엄마는 계속 내 손을 움켜쥐고 있었지만, 나는 그녀의 손힘에서 빠져나오기 위해 내 옆구리에 온 힘을 다 주었다.

"엄마는 쟤들을 죽이고 있어요. 제발 멈춰요."

"제발 멈춰요." 그녀가 따라했다. "그게 바로 내가 했던 말이야. 그리고 아비가 뭘 했는지 아니? 그가 한 짓을 말해줄게. 그는 계속 나를 아프게 했어."

내 저항에도 불구하고, 다시 한 번 내가 그녀와 함께 새끼 고양이들을 바닥에 내리쳤을 때 나는 그녀를 막을 힘이 없었다. 첫 충격에서 살아남은 작은 울음소리도 이제 꺼져 버렸다. 우리 둘 모두 천에서 흘러나오는 피를 응시했다. 엄마의 손에 땀이 나기 시작한 탓에, 나는 빠져나올 수 있었다. 나는 새끼 고양이들을 잡으려고 했지만, 엄마는 내 머리채를 잡아 나를 바닥에 내던졌다.

"엄마는 괴물이야." 내가 말했다.

"괴물? 내가 그를 그렇게 불렀다." 그녀는 자루를 바닥에 거듭 내리쳤다. "나는 비명을 지르고 울면서 그를 괴물, 마귀, 악마 자체라고 불렀다. 그러나 그는 멈추지 않았다. 그는 오직 계속 나를 아프게 했고, 나를 아프게 했고, 나를 아프게 했다."

새끼 고양이들의 몸이 다 으스러져서, 마치 그녀가 물 자루를 바닥에 내리치는 듯한 소리가 나기 시작했다. 나는 두 손으로 귀를 막았다. 그녀는 숨이 찰 때만 퀼트를 잠시 내려놓았다.

그녀는 곧 넘어질 듯 좌우로 비틀거리면서 이렇게 말했다. "바로 이런 느낌이었다. 아비가 내 위에 있는 게. 나는 자루 속에 갇힌 갓 태어난 새끼 고양이들만큼 순진했다."

"쟤들은 그냥 새끼 고양이였어요." 내가 말했다. "어떻게 엄마는 쟤들을 그렇게 아프게 할 수 있어요?" 나는 흐느끼면서 힘겹게 말했다. "쟤들은 그냥 아가였어요."

그녀는 내 얼굴을 거칠게 움켜잡았다.

"쟤들을 위해 울기만 해봐라." 그녀가 말했다. "아무도 나를 위해 울지 않았어."

그녀가 방을 나갔다. 나는 퀼트까지 바닥을 기어갔다. 퀼트 귀퉁이를 다시 풀었을 때, 내가 본 것은 피뿐이었다. 나는 새끼 고양이들 중 한 마리라도 그 작은 발이나 꼬리에 미세한 움직임이 있는지 보려고 쏟아지는 눈물을 계속 닦아야 했다. 나는 여전히 그들이 괜찮을 거라는 희망을 갖고 있었다.

"피가 굳을 테니 서둘러야 해." 엄마가 빗자루와 금속 쓰레받기를 갖고 돌아왔다.

그녀는 쓰레받기를 내게 떠밀었다.

"이걸 걔네들 밑에 받쳐라. 내가 걔네들을 쓸어 올리게."

"싫어요." 나는 쓰레받기를 밀쳐냈다.

그녀는 피에 손을 잔뜩 묻힌 뒤, 그 손으로 내 뺨을 때렸다.

"내 말대로 하지 않으면," 그녀가 말했다. "나머지 피를 네 손에 묻힐 거다. 아빠가 집에 오면, 네가 한 짓을 분명히 알게 되겠지."

그녀가 새끼 고양이들의 시체를 밀어 올릴 수 있게 내가 쓰레받기를 쥐고 그 끝을 낮췄을 때, 내 손이 떨렸다. 그녀가 그 일을 할 때, 나는 눈을 돌렸다.

"애들 내보내." 이어 그녀가 말했다.

그녀는 침대를 벗기기 전에 빗자루를 들었다.

"이건 빨랫감에 넣어라." 그녀는 퀼트를 말아 내 가슴에 떠밀었다.

쓰레받기를 조심스럽게 옮기며 계단을 내려올 때, 흘러내린 퀼트 자락에 넘어질 뻔했다. 현관에 도착했을 때, 탁자 위에 놓인 아빠의 방주 조각물을 봤다.

나는 재빨리 방주 뚜껑을 벗겼고, 이어 새끼 고양이들의 시체를 쓰레받기에서 그 안의 쌍쌍의 동물 조각물들 위에 조심스레 내렸다. 뚜껑을 다시 덮고, 쓰레받기는 옆 베란다로 가는 길에 싱크대에 떨궜고, 퀼트는 세탁기 안에 쑤셔 넣었다. 나는 피는 찬물로 빨아야 하는 걸 알고 있었다. 어쨌든 삶은 세탁으로 설정했다.

다시 집 안으로 달려가 방주를 움켜쥐었고, 마침 엄마가 위층에서 내려오고 있었다. 나는 그녀 앞을 지나쳐 재빨리 방충망을 뛰쳐나갔다. 큰 방주를 팔에 안고 어렵게 균형을 잡으면서 숲을 지나 강까지 가져갔다. 나는 범람한 강기슭의 진흙 속에 무릎을 꿇고, 방주를 물 위에 띄웠다. 나는 방주를 부드럽게 밀었고, 그것이 떠내려가는 것을 지켜봤다.

천둥이 하늘을 가로지르며 쿵쿵거렸다. 비가 다시 쏟아지면서 나를 세차게 때렸다. 나는 한참 동안 빗속에 앉아 있었고, 진흙 속으로 가라앉을 것 같다고 생각했다.

집에 도착했을 때, 엄마가 뒤 계단에 앉아 있었다. 베란다 옆은 진흙 투성이였다. 흙더미 위에, 삽 한 자루가 놓여 있었다.

"내가 어미를 묻었다." 엄마는 이렇게 말하면서 자신의 손에 묻은 흙과 맨발을 쳐다봤다.

나는 그녀 옆에 앉았고, 우리 둘은 찬 빗속에서 떨고 있었다.

그녀는 하늘을 가로지르는 번갯불을 지켜보면서 이렇게 물었다. "너왜 우리 집에 폭풍우들을 보냈니, 베티?"

나는 먹구름을 바라보면서, 내가 보낸 폭풍우가 내가 돌려받은 폭풍우임을 깨달았다.

"그들이 엄마를 자루에 넣고 바닥에 내리쳤으니까요." 내가 말했다.

그녀는 일어나 빗속을 뚫고 인동덩굴 덤불로 갔다. 꽃 두 송이를 따 가지고 왔다. 그녀는 한 송이를 내게 주었고, 한 송이는 자신이 간직 했다.

"두 손가락 사이로 집어서." 그녀는 이렇게 말하면서 꿀 끈을 어떻게 당기는지 내게 보여주었다.

우리는 함께 달콤한 꿀을 맛봤고, 단맛이 다 씻겨 내린 빗방울 하나 와 함께 결국 우리가 맛본 것은 폭풍우 맛이었다.

# 더 브레새니언

## 총격에 깜짝 놀란 아기, 불안한 어머니

어제 저녁 늦게, 자신의 아기가 총소리에 깜짝 놀라 깼다고 한 어머니가 신고했다. 그 어머니는 이후에도 아기가 울음을 그치지 않았다고 했다. "울음소리가 달랐어요. 전혀 우리 아기의 울음소리 같지 않았어요."

아기가 너무 심하게 울어서, 그녀는 아기를 발가벗겨 총상이 있는지 살폈다고 했다.

그 어머니는 "아기가 우는 모습에 총에 맞은 줄 알았어요"라고 했지만, 아기의 몸에 눈에 띄는 상처는 발견하지 못했다고 했다. 그럼에도 그 어머니는 그 총알이 진짜로 자기 아기의 영혼을 쐈다고 느끼고 있다.

외관상 모든 것이 정상이고 멀쩡한 그 어머니의 말이다. "나는 정말로 내 아이가 총에 맞아 죽었다고 믿습니다. 지금 우리 앞에 있는 아기는 불청객이에요. 바꿔친 아기에요. 내가 그걸 아는 이유는 개한테 내 얼굴을 보라고 하니까 그렇게 못했으니까요."

그 어머니는 지금 자신의 집에 총알 귀신이 살고 있다고 느끼고 있다. "총알이 있다는 걸 느낄 수 있습니다. 그게 밤새 벽을 뚫고 다닙니다. 내 얼굴 옆을 쉭쉭 지나다녀요. 이 총알 귀신은 영원히 총질을 할 겁니다."

바꿔친 아기라고 믿고 있는 지금 그 아이를 어떻게 할 계획이냐는 질문에, 그 어머니는 이렇게 답했다. "내게 언니가 있습니다. 언니는 늘 아기를 원했습니다."

그 여자의 남편은, 아내는 언니가 없고, 아이의 안전이 걱정된다고 했다. "다 총격범 탓입니다." 그가 말했다.

# 27

~

창녀는 깊은 도랑이요,
낯선 여자는 좁은 구덩이이니라.

— 잠언 23:27

나는 엄마가 새끼 고양이들에게 한 짓을 아무에게도 말하지 않았다. 아빠가 마당에 있는 무덤을 봤을 때, 나는 버디가 차에 치여 내가 묻었다고 했다. 나는 그게 끝이라고 생각했는데, 내가 퀼트를 뜨거운 물로 빨은 탓에 피가 천에 배어 있었다.

"퀼트는 왜 이래요?" 아빠가 물었다.

엄마는 자기가 퀼트 위에서 잠들었는데, 그때가 그날이었다고 했다.

"여자가 얼마나 많은 피를 흘릴 수 있는지 늘 놀라요." 그녀가 말했다.

또 하나, 방주가 사라진 이유도 설명해야 했다.

"이게 어디 갔니?" 그가 탁자의 빈자리를 두드리며 물었다.

"그게," 나는 눈을 내리깔고 말했다. "폭풍우가 왔을 때, 내가 뭔가를 제물로 바쳐야 했어요."

그 후 몇 달 동안, 내 모든 악몽은 새끼 고양이들의 울음소리로 가득했다. 심지어 나는 밤마다 걔들의 유령이 집 안을 뛰어다니는 걸 보고 있다고 믿기 시작했다. 계단을 질주해 올라와서 내 방으로 뛰어드는, 걔들이 어미에게서 물려받은 그 작고 하얀 발들.

*넌 왜 우리를 구하지 않았어, 베티?* 나는 걔들이 내 침대 위로 뛰어올라 이렇게 묻는 걸 상상했다. *우리도 살고 싶었어. 야옹. 넌 왜 우리를 보호하지 않았어?*

개들이 내게 얼마나 실재 같았던지, 나는 개들의 부드러운 발이 내 얼굴 위를 걷는 것을 느끼다가 끝내 울곤 했다. 나는 더는 1964년과 그해의 모든 유령들과 엮이고 싶지 않았다. 새해의 종소리가 울릴 때쯤, 나는 적어도 개들이 바닥에 부딪쳤을 때 개들의 몸에서 났던 소리를 잊을 수 있기를 바랐다.

*베티. 야옹, 야옹. 우리를 구해줘. 우리를 죽게 두지 마.*

나는 과거를 버릴 수 있다고 믿으면서 1965년을 맞이하려고 애썼다. 그러나 나는 시간이 흘러갔다고 해서 그렇게 끔찍한 일을 더 쉽게 견딜 수 있는 건 아니라는 걸 이미 배웠다. 나는 그해 겨울의 추운 시간들을 힘겹게 헤쳐 나갔다. 나는 열한 살이 되었지만 생일을 축하하지 않았다. 봄이 여름으로 바뀌고, 태양의 열기를 피부로 느끼기 시작한 뒤에야, 나는 야옹 소리가 예전만큼 크지 않다는 것을 느끼기 시작했다.

당시 나는 머릿속에 아주 특별한 하나님의 모습을 지니고 있던 인생의 한 지점에 있었다. 나는 하나님이 여자고, 찢어진 새틴 잠옷 바람에, 헝클어진 머리에 축축 늘어진 롤들을 달고 있다고 상상했다. 그녀는 더러운 시트의 침대에 앉아 있었고, 거미들이 들러붙은 얇은 커튼 장막에 둘러싸여 있었다. 그녀는 이빨이 썩고 상자가 빌 때까지 초콜릿을 꺼내 먹었고, 바닥에는 이미 수많은 빈 상자들이 구겨진 채 쌓여 있었다. 연지는 도망치듯 뺨 위를 질주하고 있었다. 립스틱은 녹아내리듯 입술 밖으로 흘러내리고 있었다. 그녀는 오직 인간만이 어떻게 소비하고 버리는지를 아는 인류에 의해 이용되고 버려진 한 여자였다.

나는 머나먼 곳에 엎드려서 이 글을 쓰고 있었다. 나는 플로시가 내 얼굴 앞에서 손을 흔들 때까지 그녀가 온 줄도 몰랐다.

"또 너만의 작은 세계에 빠져 있네, 알겠네." 그녀가 말했다.

끈적끈적한 공기에서 텃밭의 라벤더 냄새가 났다. 그녀는 무대를 한 바퀴 돌면서 꽃에서 할머니 냄새가 난다고 했다. 나는 곧바로 그녀의 목에 난 키스 자국을 알아차렸다. 그걸 보니 단단한 돌들이 강 표면을 철썩이는 게 생각났다.

"난 바빠, 플로시." 내가 그녀에게 말했다.

"바빠, 바빠, 바빠." 그녀는 먼 언덕들의 우거진 봉우리들을 바라보며 이렇게 중얼거렸다. "난 항상 저 언덕들이 제 새끼들을 먹고 있는 몸을 수그린 부인네들 같아 보인다고 생각했어. 너는 언덕들이 뭐 같아 보여, 베티?"

내가 답하기도 전에 그녀가 말했다. "아냐, 됐다."

나는 계속 썼고, 결국 그녀가 펜 아래 종이를 낚아챘다.

"돌려줘, 플로시." 나는 일어나서 종이를 뺏으려고 했다.

"내가 잃어버린 게 뭔지 맞추면 돌려줄게, 베티."

나는 그녀의 헐렁한 블라우스를 쳐다봤다. 단추가 풀어져 있었고, 보여줄 가슴골이 없다는 게 보였다. 최근 그녀는 머리에 다리미질을 했다. 다리미판 앞에 서서, 머리를 눕혀, 긴 웨이브 가닥을 다리미판에 편 뒤, 뜨거운 옷 다리미로 자신이 예쁘다고 느낄 때까지 곧게 폈다. 곧은 머리칼 때문에 그녀가 더 커 보였다.

"그냥 말해, 플로시, 난 내 이야기를 마무리해야 해."

"너랑 너의 그 멍청한 이야기들, 베티."

그녀는 종이를 떨어뜨렸다. 나는 다시 앉아 글을 마무리하려고 했지만, 그녀가 눈이 튀어나올 정도로 나를 쳐다보고 있었다. 나는 펜을 무대에 쾅 내려놓은 뒤 그녀를 노려봤다.

"언니가 잃어버렸다는 게 뭐 그렇게 대단한 거야?" 내가 물었다.

"맞춰보라고 했잖아." 그녀는 토라져서 내 옆에 털썩 주저앉았다. 그녀가 자기 팔을 내 팔에 댔다. "맙소사, 베티, 넌 너무 까매." 그녀는 그게 마치 질병인 양 말했다. "엄마가 너 살 안 가렸다고 야단치겠다." 플로시는 손가락으로 자신의 팔을 쓸어 올렸다. "이게 딱 적당히 태운 거야, 안 그래?"

플로시는 원하는 만큼 태양 아래서 긴 시간을 보낼 수 있었다. 그녀의 피부는 엄마의 피부처럼 원래 창백했다.

"내 친구들이 널 뭐라고 부르는지 아니?" 그녀는 내 피부를 쳐다봤고, 나는 팔을 더 감추려고 짧은 소매를 끌어내렸다.

"그들이 날 뭐라고 부르는지 다 알아." 내가 말했다. "그렇다고 그걸 너한테 들을 필요는 없어, 플로시."

"끔찍하지 않니?" 플로시는 기분이 상한 척했다. "내 말은, 넌 그래도 유색인은 아니잖아."

"누구라도 그렇게 부르면 안 돼." 그녀가 나를 지켜보는 동안 나는 내 이야기로 돌아갔다.

"지금 나한테 화났어?" 그녀가 발가락으로 나를 찔렀지만, 나는 그녀를 무시했다.

그녀는 눈을 크게 뜨고 먼 곳을 바라봤다.

"좋은 생각이 있어." 그녀는 무대를 뛰어내려 집으로 달려갔다. 그녀는 아빠의 뼈바늘과 얼음 조각을 들고 돌아왔다.

"이것도 집어왔어." 그녀는 주머니에서 행주를 꺼냈다. "피 때문에."

"피?"

"이젠 너도 할 때야, 베티." 그녀가 뼈바늘을 들었다. "이젠 너도 귀를 뚫을 때야."

"아냐-아." 나는 고개를 저으며 일어섰다.

"베티, 그렇게 아프지 않아. 한 번 따끔할 뿐이야. 그래, 두 번만 참으면 돼. 하지만 난 정말 잘해. 너도 늘 내 귀 뚫은 게 멋지다고 생각했잖아." 그녀는 머리를 돌려 자신의 별 모양 귀고리를 흔들었다. 프레야의 선물이었다.

"구멍이 비뚤어졌어, 플로시."

"한번도 그렇게 말한 적 없잖아."

"프레야에게 그걸 놀리지 않겠다고 약속했으니까."

플로시가 내 귓불을 잡고 꼬집었다.

"그 말 취소해." 그녀가 말했다.

나는 그녀의 별 모양 귀고리를 움켜쥐고 당겼다.

"내 거부터 봐. 그럼 나도 봐줄게." 내가 말했다.

그녀는 즉시 손을 들었다.

"항복합니다, 주인님." 그녀는 절을 하는 척한 뒤 부드러운 목소리로 말했다. "뚫은 귀로 할 수 있는 모든 걸 생각해봐, 베티."

"내가 날 수 있을까?"

"글쎄, 아니, 하지만……."

"내가 죽은 에밀리 디킨슨을 살릴 수 있을까?"

그녀는 나를 위아래로 훑었다. "아니."

"그럼 내가 왜 귀를 뚫는 걸 원해야지?"

"애처럼 굴지 마." 그녀가 발을 굴렀다. "얼음이 너를 마비시켜줄 거야."

"그럼 왜 너는 귀를 뚫을 때 소리를 질렀을까?"

"난 그냥 연기한 거였어. 아프지 않아. 내 심장에 맹세해, 아니면 내가 죽을게."

"안 아픈 게 좋을 거야." 나는 머리를 돌려 내 귀를 내주었다.

그녀가 내 살에 얼음을 눌렀다. 얼음이 녹으면서 어깨에 물방울이 떨어졌고, 그녀가 뼈바늘을 집어 들었다.

"나랑 프레야가 썼던 바늘이야." 그녀가 말했다. "여기 우리 피가 묻어 있어. 그리고 이제 네 피도 묻는 거야. 자, 맞춰볼래?" 그녀가 물었다.

"뭘 맞춰?"

"맙소사, 베티. 내가 뭘 잃어버렸는지 맞췄어?"

"단추? 그래서 셔츠 단추를 못 채우는 거야?"

"참고로, 난 내 안의 소녀를 잃었어." 그녀가 얼음을 뗐다. "그녀가 사라졌어. 난 걔를 잃었어. 이제 알겠니? 나는 더 이상 처녀가 아니야." 그

344

녀는 바늘을 재빨리 내 귓불에 찔렀다.

"악." 나는 움찔했다.

"내가 계속 흰옷을 입을 수 있을까?" 그녀는 이렇게 물으면서 주머니를 뒤져 카메오 귀고리를 꺼냈다. 그녀는 바늘을 뽑고 고리를 넣는 교체 작업을 순식간에 해치웠다.

"나쁘지 않았어. 어땠어?" 그녀가 물었다.

그녀가 내 다른 쪽 귀에 얼음 조각을 대며 이렇게 물었다. "이제 너도 날 잡년이라고 부를 거야?"

몇 년 동안, 나는 남들이 언니를 그렇게 부르는 걸 들어왔다.

"너, 플로시 카펜터 알지?" 그들이 말했다. "걘 아무하고나 잘 거야."

하지만 그런 소문들이 돌기 시작했을 때, 플로시는 열네 살이었고, 아직 처녀였다. 물론 그녀는 짧은 치마 차림으로 춤추고 시시덕거렸고, 남자애들과 키스했고, 알몸으로 수영했고, 립스틱을 바르고 잤고, 브라 끈을 드러냈다. 그러나 그녀는 이 모든 것을 합친 것보다 훨씬 더 엄청난 존재였다. 그럼에도, 그녀가 그들의 심판을 받았던 것은 그녀가 감히 순결의 이미지와 충돌하려고 했기 때문이었다.

내 언니는 모름지기 소녀의 운명이란 건전하고, 순종하고, 조용히 매력적이되, 필요할 때는 눈에 띄지 말아야 한다는 풍습들과 선대의 글들에 의해 단죄된 소녀들 중 하나에 불과했다. 자신의 젠더의 십자가에 못 박힌 소녀는 어머니와 성경의 갈비뼈 사이에서 아들들과 함께 살되 그들과 평등하지 않은 딸이라는 작은 자리밖에 없다. 그 남자애들은 발정 난 수고양이처럼 울부짖으며 살코기의 만찬을 헤집을 수 있지만, 언니처럼 잡년이니 창녀로는 결코 불리지 않았다.

"내가 너를 잡년으로 부를 일은 없어, 플로시." 그 순간, 얼음이 녹으면서 그녀의 손끝에서 빗물처럼 떨어졌다.

"나를 자주 영화관에 데려갔던 남자애랑 했어." 그녀는 이렇게 말하면서 내 귓불을 늘여 손가락으로 가운데를 집었다. "걔가 내 모든 팝콘

345

을 사주었지. 걔가 이제 자기한테 갚을 때라고 했어. 하나님 맙소사."
그녀는 엄마의 목소리를 흉내 내며 말하면서 내 귓불에 바늘을 찔러 넣었고, 이번에는 천천히 했다.

"아야." 나는 펄쩍 뛰었다. "이번엔 정말 아프네."

그녀는 재빨리 고리를 밀어 넣었다. 카메오가 귀에 무겁게 느껴졌다. 약간의 마비가 사라졌다. 통증이 밀려오기 시작했다.

"나는 왜 사람들이 그걸 잃어버렸다고 하는지 모르겠어." 그녀는 이렇게 말하면서 무대 중앙으로 걸어갔다. "뭔가를 잃어버리는 건, 그건 우리 잘못 같잖아. 선생님은 말해. '너 숙제 잃어버렸니?' 엄마는 말해. '너 신발 잃어버렸니? 너는 왜 맨날 신발을 잃어버리니, 플로시? 빌어 먹을, 플로시, 너는 왜 맨날 주는 걸 잃어버리니?'" 그녀는 머리칼을 만지작거리며 이렇게 말했다. "그걸 체리를 터트리는[98] 것 같다고 말하면 안 돼. 그건 차라리 체리를 으깨는 것 같아."

그녀는 인상을 쓰면서 눈을 깔고 이렇게 말했다. "나는 그에게 안 돼 (no), 라고 했어. 그런데도 그는 했어."

그녀가 하는 말을 완전히 이해하는 데 몇 초의 시간이 걸렸다. 플로시는 강했다. 내 생각에 그녀는 바위를 으스러뜨릴 수도 있고, 눈 하나 깜짝 않고 폭풍우에 맞설 수도 있었다. 그러나 그 순간, 그녀는 내가 한 번도 들은 적 없는 침묵에 빠졌다. 그 침묵이 나는 무서웠다. 침묵 그 자체가 아니라, 적어도, 자신에게 더 다가와 언니는 잘못한 게 없다고 말해주기를 기다리고 있던 내 언니에게 내가 무슨 말을 해야 할지 찾지 못했다는 사실이.

"다 됐어." 그녀는 머리칼을 뒤로 넘기고 무대에서 뛰어내렸다.

나는 그녀가 떠나는 게 기뻤다. 그녀가 더 머뭇거리면, 난 내가 울까 봐 두려웠다. 난 그녀가 그걸 좋아하지 않았으리라는 걸 알고 있었다.

---

**98** poppin' a cherry. '처녀성을 잃다'(pop a cherry)는 뜻의 비속어.

플로시도 울 수 있었지만, 그녀는 남의 눈물에 늘 불편해했다. 그녀는 그걸 보면 어찌할 바를 몰랐다.

그녀가 걸음을 멈추고 돌아서서 말했다. "여자의 첫 번째 실수는 키스할 기회를 주는 거야. 그들은 그다음에는 너한테서 모든 걸 가져갈 수 있다고 생각해. 네게 주의의 뜻으로 말해주는 거야, 동생. 아, 그리고 귀고리는 빼지 마. 상처가 마르기 전에 구멍을 막으면 안 돼."

그녀가 떠난 뒤, 나는 내 이야기로 돌아가 그걸 끝내려고 했지만, 할 수 없었다. 결국 나는 그 대신 플로시가 말한 진실을 쓰면서, 글씨를 그녀의 머리카락만큼 곧게 썼다. 나는 마지막 문장의 잉크가 마르기 전에 종이를 접었다. 잉크가 번졌지만, 괜찮다고 생각했다. 무대를 떠나면서 종이를 주머니에 넣었다.

뒤 베란다에 도착했을 때, 아빠가 철물점에서 사준 작은 수채화 물감으로 그림을 그리고 있는 트러스틴을 발견했다.

나는 그를 내려다보았고, 부엌 방충망 사이로 린트가 다리미판 앞에 서서 자신의 옷을 다리는 것이 보였다. 여덟 살 때부터 계속했던 린트의 습관이었다.

"셔츠에 주름 하나 없다고 린트에게 말했어." 트러스틴은 린트를 향해 고개를 끄덕이며 이렇게 말했다. "그래도 쟤는 말을 안 들어."

"내 이야기에 쓰일 삽화들이야?" 나는 이렇게 물으면서 그의 옆에 있는 그림 더미를 집어 들었다.

"응." 그가 나를 쳐다봤다. "이런, 누나 귀에 뭐가 달렸네."

나는 귀고리에 손을 뻗었지만, 너무 따끔거려서 만지지 않는 게 낫겠다고 생각했다. 그 대신 그림들을 획획 넘겼다.

"내 삽화가 마음에 들어?" 트러스틴이 물었다. "누나의 이야기를 따라가면서, 그냥 누나가 쓴 대로 그렸어. 누나가 원하면, 다른 이야기도 그릴게."

"그렇게 해줘." 나는 그렇게 말하고, 삽화를 안으로 옮겼다.

"야, 린트." 나는 다리미판 앞에 멈췄다. "그 셔츠에 주름 하나 없어."

"확실하게 해야 돼, 베티. 오늘 아침 어-어-엄마랑 아빠가 싸우는 걸 들었어. 주름이 다 빠졌는지 확인해야 돼. 아-아-악마는 주름을 우리 세계로 들어오는 길로 써. 그에게 기-이-일을 많이 남길수록, 그가 우리 지-이-입에 들어올 방법이 많아져."

"네가 항상 우리 가족을 지키고 있네. 그렇지, 린트?" 나는 그에게 미소를 지었다.

"나랑 도-오-올들이, 베티." 그가 미소로 답했다.

현관 베란다에서 목소리가 들렸다. 방충망을 열자, 아빠와 신더블록 존이 나를 돌아봤다. 그들은 흔들의자에 앉아 있었다. 그들 사이 탁자 위에 놓인 망치와 견과 껍질 더미에서, 그들이 한동안 거기 있었다는 걸 알 수 있었다.

"어이, 꼬마 랜든." 신더블록 존은 늘 우리 형제를 '꼬마 랜든'으로 불렀다. 마치 우리에게는 아버지의 이름과 다른 별도의 이름이 없다는 듯.

그의 본명인 존은 그의 부모가 그에게 준 이름이었다. 신더블록은 브레세드가 그에게 준 이름으로, 그가 어디든 시멘트(cinder) 블록(block)을 끌고 다녔기 때문이었다. 그는 블록을 어깨에 걸치고 다니는 느슨한 밧줄 끝에 매달았다. 마치 유조선의 무게를 끌려고 분투하는 양 그는 몸을 앞으로 숙인 채 밧줄 끝을 단단히 당겼다. 내 생각에 사람이 그렇게 오래 뭔가를 잡고 있으면, 온갖 것이 그를 짓누르게 되는 듯싶다. 그는 삼십 년을 함께 산 여인이 폐렴으로 사망한 후 시멘트 블록을 나르기 시작했다. 여인을 잃고, 시멘트 블록을 얻었다. 결국 그는 자신의 비통의 무게보다 더한 무게를 느껴야 했던 건 아닐까.

몇 년 후, 신더블록 존은 시멘트 블록을 안고 강에 뛰어들었다. 나는 그가 가능한 한 오래, 그리고 멀리 그걸 들고 있었다고 생각한다. 사람들이 그의 시신을 건져냈을 때, 그는 마침내 시멘트 블록에서 해방된 듯, 1.5킬로미터를 떠내려갔다고 한다. 늙은 존은 좋은 사람이었고, 나는 그게 사실이었기를 바란다. 적어도 그는 우리 카펜터들에게 친절했다. 아빠와 존은 함께 자랐다. 아빠가 한번도 존을 놀린 적이 없다는 단순한 이유로 그들은 친구가 되었다. 항상 놀림을 당하는 사람에게는 아주 큰 의미였다.

존이 놀림감이 된 건 시멘트 블록 때문만이 아니었다. 그의 부츠 앞코가 말려 있는 모습도 한몫을 했다. 나는 그게 전혀 무서워할 게 아닌 걸 알고 있었지만, 나는 말려 있는 것에는 늘 겁이 났다. 어느 날 밤 그가 술에 취해 들판에 쓰러져 있을 때 동상이 그의 발가락을 앗아갔다. 그러나 사람들이 그에게 무슨 일이 있었냐고 물으면, 그는 페퍼민트 방울뱀이 다가와 자신의 발가락을 감자 칩처럼 먹었다고 말하곤 했다.

나는 한번도 브레세드 페퍼민트 방울뱀을 본 적이 없고, 신더블록 존과 아빠 외에는 그걸 본 사람도 없었다.

"그걸 페퍼민트 방울뱀이라고 부르는 건," 아빠는 이렇게 말하곤 했다. "걔들이 페퍼민트 사탕처럼 빨갛고 하얀 줄무늬가 있기 때문이야. 냄새도 비슷해."

그 뱀은 세상 어디에도 존재하지 않았고, 브레세드에서도 아버지와 신더블록 존의 허풍 외에는 거의 존재하지 않았는데, 그분은 작은 깡통에 든 으깬 박하사탕을 갖고 다니면서 그게 파파 쥬니퍼스에서 산 사탕이 아니라 페퍼민트 방울뱀의 허물이라고 장담했다. 내 생각에 그래서 신더블록 존과 아버지가 잘 어울렸던 듯싶다. 남들이 현실에 대해 말할 때, 그들은 그들이 믿는 것에 대해 말했다.

나는 몸을 숙여 신더블록 존이 두 개의 귀라고 이름 붙인 사냥개를 쓰다듬었다. 사람들이 그에게 이름이 왜 그러냐고 물으면, 신더블록 존은 늘 이렇게 답했다. "글쎄, 쟤 귀가 두 개이지 않나요?"

내가 두 개의 귀의 턱밑을 만져주는 동안 아빠는 내가 카튼 씨의 풍선을 낚아채려고 하는 매를 막 놓쳤다고 했다.

"매의 갈고리발톱이 풍선을 터뜨렸다." 아빠가 말했다. "편지가 저기 어딘가에 떨어졌다." 그는 건너편 언덕을 가리켰다.

신더블록 존의 무릎 위에 강아지 과자 상자가 있었다. 그는 과자 두 개를 꺼냈다. 하나는 두 개의 귀에게 먹이고, 하나는 자신이 먹었다.

"갖고 있는 게 뭐니, 꼬마 랜든?" 신더블록 존이 내가 손에 쥔 종이를 보고 고개를 끄덕였다.

"내 이야기의 삽화예요." 내가 답했다.

"네 이야기를 듣고 싶네." 신더블록 존이 말했다.

"제목은 '죄의 유산'이에요. 도둑인 한 남자가 어느 날 그가 훔치려고 한 핸드백을 여자가 포기하지 않자 살인자가 되는 이야기예요. 그는 단지 여자를 겁주려고 칼을 샀는데, 몸싸움 중, 실수로 그가 칼로 여자의 배를 찔러요. 여자는 쓰러지기 직전, 그를 바짝 당겨 그의 옆 목에 키스해서 자신의 빨간 립스틱 자국을 남겨요."

나는 삽화를 신더블록 존과 아빠에게 건네 그들이 각 장면을 볼 수 있도록 했다.

"죽어가는 여자의 몸짓에 아무 생각 없이," 나는 이야기를 계속했다. "도둑은 그녀의 핸드백을 움켜쥐고 그녀의 시체를 넘어요. 그가 돈을 세고 있을 때, 남자는 그의 옆 목에 이상한 화끈함을 느껴요. 그는 거울을 들여다보고, 그 여자의 빨간 립스틱 자국을 봐요. 그는 그녀의 입술을 지우려고 하지만, 그건 꼼짝도 하지 않아요. 남자는 필사적으로 표백제와 와이어 브러시까지 써서, 피부가 벗겨질 때까지 문질러요. 그는 상처에 붕대를 감고, 죽은 여자의 돈을 써요. 그러나 상처가 아물고 딱지가 떨어지자마자, 여자의 입술은 그녀가 처음 그에게 키스를 했을 때처럼 생생하게 그대로 남아 있어요."

"남자는 미쳐서 온갖 비누를 사요. 입술은 여전히 문신처럼 남아 있어요. 그는 그걸 볼 때마다, 여자가 생각나요. 남자는 그걸 견딜 수 없어요. 그는 매일 터틀넥을 입지만, 입술을 가린들, 살이 타는 듯한 입술을 느껴요. 그때, 그의 아내가 기다렸던 아기가 태어나요. 건강한 사내

애예요. 그러나 아들의 목에, 아빠의 것과 똑같은 립스틱 자국이 있어요. 아들이 아빠의 죄를 물려받았어요. 자신의 죄를 아들에게 전가했다는 사실을 감당할 수 없었던 아버지는 자신의 범죄를 고백한 뒤 입술을 그어요. 그는 구조되기 전, 피를 낭자하게 흘려요."

나는 트러스틴이 이 장면을 그린 그림을 응시했다. 그냥 새빨간 사각형이었다.

"아버지의 범죄를 알게 된 아들은," 내가 말했다. "성인이 되었는데도 입술이 그대로 목에 남아 있어요. 그러던 어느 날, 아들은 한 여자가 강도를 당하는 걸 목격해요. 도둑은 그녀에게 칼을 빼들어요."

나는 비명을 지르는 여자를 그린 트러스틴의 삽화에서 잠시 멈췄다.

"칼날이 그녀의 배를 관통하기 직전, 아들이 달려들어 여자 대신 칼을 맞아요. 도둑은 도망가고, 아들이 쓰러져요. 그가 구한 여자가 그의 옆에 무릎을 꿇어요."

"'제 목에 입술이 보이나요?' 그가 그녀에게 물어요."

"'무슨 입술이요?' 그녀가 말해요. '목에 아무것도 없어요.'"

"그녀는 자신의 생명을 구해준 그에게 감사를 표하고, 그는 죄의 유산을 벗고 죽어요."

신더블록 존과 아빠 모두 의자에 등을 기대고 있었고, 삽화는 그들 사이의 탁자 위에 펼쳐져 있었다.

"내 아이들이 내 죄를 물려받으면 난 어찌 해야 할지 모르겠네." 아빠는 이렇게 말하면서 눈썹을 찡그렸다.

"오, 자네는 걱정할 죄가 없잖아." 신더블록 존이 그에게 말했다. "어이, 꼬마 랜든." 신더블록 존이 나를 돌아보면서 흥분해서 일어났다. "「더 브레새니언」의 연례 시 경연 알지?"

"이미 참여했어요." 나는 눈을 깔았다. "우승 못했어요."

"오, 그들이 진짜 시인을 몰라보는군." 신더블록 존이 말했다. "있잖아, 혹 외계인 이야기로 성공하고 싶으면, 너랑 나눌 이야기가 참

많다."

"아, 존, 외계인 이야기 좀 그만하게." 아빠가 한숨을 쉬었다.

"글쎄, 내가 그들의 이야기를 안 하면 누가 하나?" 그가 물었다. "또 그들의 수장인 그 친구도."

"그를 보잘것없는 사람인 양 '친구'라고 하지 말게." 아빠가 얼굴을 찌푸렸다. "그는 대통령이었어."

"그는 외계인이었어."

"아저씨는 어떻게 알아요, 신더블록 존" 내가 물었다.

"왜냐하면 그들이 나를 데리러 왔을 때," 그가 말했다. "그들 모두 생김새가 JFK 같았거든."

"그 사람이 죽은 지 벌써 2년이네." 아빠가 그에게 상기시켰다. "사람이 묻히면, 그의 죄도 끝나야 해. 그렇게 생각 않나?"

아빠는 삽화들을 살폈고, 신더블록 존은 외계인 이야기를 더 많이 했다. 나는 두 분을 남겨두고 베란다 계단을 내려갔다.

나는 셰이디 레인으로 나가면서 진입로의 자갈을 걷어찼다. 루시스가 마당에서 치어리더 테스트를 위한 연습을 하고 있었다. 걔가 나를 향해 팜팜[99]을 흔들었고, 내 반바지에 밖으로 튀어나온 꼬리가 보인다고 했다. 나는 레인 건너편으로 걸어갔다.

마침내 마을을 벗어나 경작지로 이어지는 흙길에 이르렀다. 눈에 띄는 차 한 대 없었지만, 그래도 엄지를 치켜들고 기다렸다.

나를 향해 오고 있는 차의 보닛이 햇빛에 반짝였다. 차는 방향을 튼 뒤 차체를 바로하고 내 옆에 섰다. 한 소년이 안에서 문을 열었다. 나는 미끄러지듯 가죽 좌석에 올라탔고, 갈라진 가죽이 마치 내 피부를 갉아먹으려는 작은 벌레들처럼 내 종아리를 꼬집었다.

소년은 두 손으로 운전대를 잡았다. 그의 등받이는 하늘색 면 시트

---

**99** pompom. 치어리더들이 손에 들고 흔드는 꽃술 뭉치.

였다. 시트가 그의 목에 노끈으로 묶여 있었다.

"너 운전해도 되는 나이야?" 내가 물었다.

"나는 열세 살이야." 그가 말했다.

"엄마가 차를 운전하게 놔둬?"

"엄마는 내게 항상 사탕옥수수 심부름을 시켜."

그의 얼굴이 햇볕에 불타올랐다. 뜻밖에도 진한 구릿빛 머리카락이었다.

"너 왜 시트를 입고 있어?" 내가 물었다.

"이건 망토야." 그가 말했다. "나는 슈퍼맨처럼 사람을 구해. 원하면 내가 널 구할 수도 있어."

나는 프레야가 남자들은 자신이 세상을 구하고 있다고 생각한다는 말이 떠올랐다.

뒷좌석을 보니, 풋볼 보호대와 갈아입을 옷들이 있었다.

"나 운동해." 내가 묻기도 전에 그가 말했다.

"나는 풋볼을 좋아하지 않아." 나는 고개를 돌렸다.

"나도 안 좋아해."

그가 곁눈질로 나를 살폈다.

"너 몇 살이야?" 그가 물었다.

"열하나." 나는 대시보드 위에 다리를 올렸다.

그는 자기 팔을 뻗어 내 다리 옆에 들어보였다.

"너 정말, 내가 다 창백해 보인다." 그가 말했다.

나는 다리를 내리고 창밖을 바라봤다.

우리는 잠시 말없이 달렸고, 이어 그가 물었다. "너희 브레세드에서 총격범이 누군지 알아낼 거야?"

"너희 마을 사람일 수도 있지." 나는 좌석 너머로 몸을 기울여 내 귀를 보여주었다. "나 오늘 귀 뚫었어. 이 귀고리는 우리 엄마가 쓰던 거야, 보여?"

그는 속도를 줄이고, 농가 가판대가 있는 쪽에 차를 세웠다.

"브레세드 사탕옥수수가 최고야." 그가 지갑을 꺼냈다. "아무짝에도 쓸모없는 풋볼 팀, 그러나 진짜 대단한 옥수수."

"전통 사탕옥수수라 그래." 나는 "사탕"(sweet)을 플로시가 했을 것처럼 발음했다.

"먹고 싶은 거 있어?" 그가 돈을 세며 물었다.

"복숭아 하나 사줄래?"

그가 차에서 내려 가판대로 향하면서 머리를 뒤로 넘겼다. 늙은 농부가 옥수수를 바구니에 담는 동안, 소년은 내가 여전히 차에 있는지 보려는 듯 나를 돌아봤다. 그가 바구니를 건넬 때, 나는 그에게서 눈을 떼지 않았다. 더러운 옥수수수염이 끝에 뭉쳐 있었고, 작은 검정 딱정벌레 떼가 잎사귀에 올라타 있었다. 맨 위의 내 복숭아가 곧 떨어질 듯 아슬아슬 올려져 있었다. 그가 바구니를 뒷좌석에 놓기 전, 나는 그걸 움켜쥐었다.

그가 운전석에 미끄러지듯 앉았고, 손가락으로 핸들을 두드렸다.

"너 또 어디로 갈 거야?" 그가 물었다.

나는 복숭아를 한 입 베어 물었다. 즙이 내 턱에 떨어지는 걸 그가 지켜봤다.

"아무도(no one) 차를 몰지 않는 레인으로 가자." 내가 말했다. "그 레인 한가운데에 눕자."

"아무도 차를 몰지 않으면, 그게 어떻게 거기 있어?"

"음……." 나는 복숭아를 입술에 문 채 머뭇댔다. "몰라."

우리는 깔깔 웃었다.

나는 그 레인까지 그를 안내했다. 가는 길에 복숭아를 다 먹었고, 우리 사이의 좌석 위에 씨를 두었다.

아무도 차를 몰지 않는 레인은 먼지투성이에, 좁고, 군데군데 무성한 풀들이 솟아 있었고, 야생화와 철조망이 막고 있었다. 레인은 개간되지 않은 들판으로 향했고, 그곳의 태양의 열기는 흡사 사막 같아서 잡초와 야생화들 모두 언젠가 선인장이 될 것 같았다. 나는 차에서 내려 레인 한가운데에 등을 대고 누웠다. 그는 주위를 둘러봤고, 이어 내 옆에 누웠다. 그가 망토를 젖혀 머리 위에 뒤집어썼다.

"풋볼을 싫어하면서 어떻게 풋볼을 해?" 나는 귓불을 느끼며 이렇게 물었다. 작은 핏방울이 이미 딱지가 앉은 것 같았다.

"전에는 야구를 했어." 그는 팔로 머리를 받쳤다. "아빠가 여자 친구랑 떠난 그 여름, 엄마가 아빠의 흰 양말 전부를 빨랫줄에 걸었어. 엄마가 내게 내 야구방망이를 건네더니 쿵쿵 치라고 했어." 그가 일어나서 방망이로 치는 몸짓을 했다. "나는 아빠의 양말을 성층권과 그 너머로 날려 보냈어. 그 후 야구에 흥미가 없어졌어. 풋볼은 해볼 만하다고 생각했어."

그는 언젠가 군대도 해볼 만하다고 생각할 것이다. 이 소년, 자기 어머니를 위해 사탕옥수수를 사고, 자기 아버지의 양말을 성층권과 그 너머로 날려 보낸 그는, 훗날 군에 입대해서, 베트남에서, 자신의 목숨조차 구하지 못하고 죽을 것이다.

"아무도 이 레인으로 차를 몰지 않는다고 했지?" 그가 팔꿈치를 괴었다.

"너 브레세드에 자주 오니?" 내가 물었다.

"사냥하려고 산에 한 번 왔었고, 다시는 안 왔어."

"무슨 일이 있었어?"

"어느 해 겨울, 산 위 눈밭에 있었어. 하얀 눈밭에서, 나는 그 사슴뿔들과 가장 아름다운 사슴을 봐. 나는 사냥은 다를 거라고 생각했어. 나는 방아쇠를 당기는 데 아무 문제없을 거라고 생각했는데, 난 그냥 가만히 총을 든 채 기절할 수밖에 없었어. 하나님이 그렇게 가까이 내 옆에 온 적이 없었어. 난 정말 그렇게 믿고 있어."

나는 몸을 기울여, 그의 뺨에 키스했다. 그는 처음에 당황한 듯했지만, 내 뺨에 키스했다.

"우리도 입술에 할 수 있어." 내가 말했다. "네가 원하면."

"좋아."

우리는 서로 몸을 기울였고, 어색하게 얼굴을 돌려, 서로의 코를 피하려고 했다. 우리의 입술이 닿았을 때, 나는 그의 입술이 얼마나 텄는지 느껴졌다. 나는 물러섰다.

"싫어?" 그가 물었다.

"난 책에 쓰인 거랑 같을 거라고 생각했어. 다시 해보자. 더 나아지는지 보자."

나는 몸을 기울여 눈을 감았고, 축축하고 따뜻한 뭔가의 끝이 내 입 안으로 들어오려고 하는 게 느껴졌다.

"웩." 나는 물러섰다. "그게 뭐야?"

"내 혀." 그가 말했다.

"역겨워."

"그렇게 하는 거야."

"네가 어떻게 알아?"

"학교에서 한 녀석을 알아."

"너 걔랑 키스해?" 내가 물었다.

"절대. 걔가 여자애들이랑 키스하고, 나한테 다 말해줘."

"예를 들면?"

"여자애들이 좋아하는 것들."

"우리가 뭘 좋아하는데?" 내가 물었다.

"너희는 꽃이나 사탕을 받는 걸 좋아하고, 찌찌를 만져주는 걸 좋아하고. 뭐 그런 것들."

나는 그를 뚫어지게 쳐다봤다.

"오, 이런." 내가 말했다. "너희는 우리 여자애들을 너무 잘 아는구나. 그래, 우리가 좋아하는 건 꽃과 사탕과 젖통을 만져주는 것뿐이야. 인생에 그것 말고 뭐가 더 있겠어? 그런데 우리가 직접 꽃을 딸 수 있는 지, 또 우리가 언제든 사탕을 먹을 수 있는지는 신경 쓰지 마. 이런, 난 정말 네가 우리 여자애들이 뭘 원하는지 알아서 기뻐. 왜냐하면 우리 스스로는 그걸 알아낼 수도 없었을 테니까."

아무도 차를 몰지 않는 레인, 그는 내게 다시 키스하기 시작했고, 그의 가슴이 내 가슴을 눌렀다. 그의 손이 내 셔츠 위에서 이리저리 움직이기 시작했다. 나는 조금 힘들기는 했지만, 그의 입술에서 내 입술을 뺄 수 있었다.

"안 돼." 내가 말했다.

나는 그를 밀어낼 준비를 하고 있었지만, 그럴 필요가 없었다.

"알았어." 그가 뒤로 물러섰다.

우리는 그곳에 몇 분을 더 누운 채 하늘을 바라봤다.

"집에 가야 해." 그가 말했다.

그는 나를 태워주었던 곳에 다시 나를 내려주기 전에, 사물함에서 매직펜을 꺼냈다.

"내 망토에 사인해." 그가 펜을 건넨다. "내가 처음으로 키스한 여자의 사인을 받고 싶어."

나는 그가 망토 어디에 내 사인을 원하는지 결정할 때까지 기다렸다.

"바로 여기." 그는 천의 등 중앙을 가리켰다.

나는 매직이 면직물에 너무 많이 번지지 않게 차분하게 필기체로 내 이름을 사인했다.

"베티 카펜터." 그는 망토에 쓰인 내 이름을 큰 소리로 읽었다.

차 문을 닫자마자, 그가 좌석 너머로 몸을 기울이며 열린 창문으로 물었다. "너 오늘 정확히 뭐 하려고 했던 거야, 베티 카펜터? 아무도 차를 몰지 않는 그 레인 위에서?"

나는 주머니에 손을 넣어 플로시의 이야기를 꽉 쥐었다.

"No가 아직도 의미가 있는 건지 알고 싶었어."

나는 돌아서서 천천히 집으로 걸어갔다. 집에 도착한 뒤, 머나먼 곳으로 가서, 무대 아래로 기어 들어갔다. 프레야와 어머니의 이야기 옆에, 다른 무덤을 팠다. 주머니에서 플로시의 이야기를 꺼내 구멍 속에 넣었다. 단지가 없었기 때문에, 그 이야기를 산 채로 묻을 때 흙이 종이에 닿았다.

# 더 브레새니언

## 최근의 총격 현장에서 들린 울음소리

블러디 런(Bloody Run)으로 알려진 작은 개울 근처에서 총격 신고가 있었다.

현지 등산객은 총격이 끝날 때까지 나무 뒤에 숨어 있었다고 했다. 이후 그 등산객은 우는 소리를 들은 것 같았다고 했다.

그가 현장을 살피러 가보니, 돌무더기 하나만 있었다고 했다. 그 등산객의 진술에 따르면, 마치 무덤을 표시한 것 같았다고 했다. 곡괭이로 땅을 조금 파보니, 돌무더기 아래 야트막한 무덤 속에 새의 뼈가 있었다고 했다. 그의 말이다.

"흰 깃털들이 머리뼈 옆에 있었고, 짙은 갈색 깃털들은 몸통뼈 주위로 배열되어 있었습니다. 깃털은 독수리 깃털로 보였습니다. 마치 누군가 그 새를 사랑해서 장례를 치러주려고 했던 것 같았습니다."

그 등산객은 모골이 송연해지는 바람이 계속 불었다고 했다. 보안관은 새 뼈와 총격이 어떤 관련이 있는지는 아직 모른다고 했다.

# 28

∽

주께서 주름살로 나를 채우셨으니
그것은 곧 나를 대적하는 증거로소이다.

— 욥 16:8

우리는 그녀를 노파 슬리퍼꽃[100]으로 불렀다. 마치 그녀가 평생 개미 가 득한 엽총 판잣집[101]에서 산 늙고 구부정한 여자였던 양. 엽총 판잣집은 방과 방의 연결이 내부의 문들로 이어지게 지은 좁은 집이다. 현관에서 엽총을 쏘면, 그 폭발이 뒷문을 뚫고, 이어 집 안의 모든 문을 관통할 것이다. 노파 슬리퍼꽃의 엽총 판잣집은 오래 되었지만, 그녀는 더 오 래 되었다. 그녀는 여전히 혼자 생활했지만, 이따금 자신을 도와줄 소 녀들을 고용했다.

그해 여름, 나는 그녀의 집에서 일하고 머물면서 돈을 받았다. 그곳 에서의 첫날 밤, 나는 엄청난 폭우에 잠을 깼다. 오줌이 마려웠지만, 욕 실은 집 뒤쪽에 있었다. 노파 슬리퍼꽃의 침실을 지나가야 했다.

그녀의 방문은 열려 있었고, 전등은 꺼져 있었지만, 달빛이 침대 끝 에 앉아 있는 그녀의 벌거벗은 몸에 비치고 있었다. 나는 이제껏 그녀

---

**100** Slipperwort. slipper+wort('식물, 약초, 채소'의 고어). 슬리퍼 모양의 노랑, 주홍 꽃에 빨강, 보라의 반점이 있다. 높이 15~30cm의 덩굴식물(388종). 일명 '숙녀의 지갑, 슬리퍼 꽃, 파우치 꽃, 돈지갑 꽃'. 파타고니아에서부터 중부 멕시코까지, 주로 안데스 산맥에서 자란다. 화훼용으로 재배. 학명 Calceolaria(라틴어 calceus 신발).

**101** shotgun shack. 남북전쟁(1861~1865) 이후 1920년대까지 미국 남부에서 가장 인 기 있던 주택 스타일. 폭이 좁은(3.5m) 직사각형 주택으로, 집의 양끝에 방이 배치되 어 있다. 이름의 기원과 건축 형태에 대해서는 논란이 분분하다.

의 백발 쪽머리만 봤는데, 마침 풀려 있었다. 머리는 엉덩이까지 내려올 정도로 길었고, 또 너무 가늘어서 그녀의 몸이 다 비쳤다.

나는 그렇게 나이 든 알몸을 한번도 본 적이 없었다. 그녀의 주름지고 늘어진 살에는 뭔가 무서운 면이 있었다. 나는 그 살이 완전히 내려앉아, 그 아래 뼈대가 드러날까 두려웠다. 나는 그녀의 두개골의 검은 안와들, 고동치는 그녀의 심장을 가두고 있는 갈비뼈의 곡률을 상상했다. 나는 조용히 뒷걸음질 쳐서 다시 거실로 돌아왔다. 밖에는 더욱 거센 비가 쏟아지고 있었다. 나는 어떻게든 나갈 수 있었겠지만, 방금 슬리퍼꽃의 그런 모습을 보니, 혼란스럽지는 않더라도 불안한 느낌이 들었다. 나는 방구석으로 가서 쪼그려 앉았고, 오줌은 내 아래 초록 카펫을 흠뻑 적셨다.

이튿날 아침, 나는 얼룩이 말랐는지 확인하기 위해 일찍 일어났다. 나는 옆에 있는 램프 탁자를 당겨서 그 부분을 덮었다. 내가 아침을 차릴 준비도 하기 전에, 노파 슬리퍼꽃이 내게 지그문트 프로이트의『꿈의 해석』을 건넸다.

"이걸 체어풀(Chairfool)에게 돌려줘라." 그녀가 내게 말했다. "내가 막대기 하나가 땅에 누워 있는 꿈을 계속 꾼다고 하니까 그가 이걸 빌려주었다. 책은 아무 도움이 안 되었다. 너는 내가 왜 계속 막대기 꿈을 꾼다고 생각하니, 꼬마 체로키?"

"어쩌면 꿈을 잘 못 꾸시는 걸 거예요." 내가 말했다.

그녀는 눈을 떨구고 인상을 썼다. "전에는 엄청 잘 꾸었는데."

나는 책을 팔에 끼고 마을로 향했다.

체어풀의 이발소에 도착했을 때, 마침 바깥 벤치에 앉아 있는 아메리쿠스 다이아몬드백을 발견했다. 그는 자신의「뉴욕 타임스」를 접어 그 빛바랜 종이로 벤치를 내려친 뒤, 스리피스 양복 차림의 몸을 돌렸다.

"네 허접스런 언니 플로시가," 그가 내게 말했다. "내 개에게 무슨 짓을 했는지 나는 알고 있다."

그는 콘콥을 대체한, 그리고 월스트리트로 이름 붙인 돼지를 쓰다듬었다.

"무슨 이상한 소리를 하시는지 모르겠네요." 나는 이렇게 말한 뒤 이발소 문을 열었다.

안에서 체어풀 씨는 트러스틴에게 면도날을 세우는 법을 가르치고 있었다. 트러스틴은 몇 주 전부터 체어풀 씨의 견습생이었다. 작은 흰색 재킷에 검은색 바지 차림의 이렇게 점잖아 보이는 트러스틴을 보는 게 낯설었다. 그는 이발소에서 일하는 걸 아주 좋아했다. 그는 그 일로 그림 재료들을 살 용돈을 벌 수 있었다.

나는 체어풀에게 책을 건넸다. 그는 그걸 열린 문틈으로 방구석에 휙 던졌다. 그는 벌어진 앞니가 보이는 미소를 지으며 돌아섰고, 붉은 금발 콧수염이 양쪽 입가에 깃털처럼 매달려 있었다. 그의 헤어스타일은 상상컨대 언젠가 그의 어머니가 그에게 정말 잘 어울린다고 했을 듯싶었다. 귀를 덮고 보청기를 감출 만큼 길었지만, 점잖게 보일 만큼 짧았다.

"마침 트러스틴이 내게 면도 연습을 할 참이었다." 체어풀이 말했다. "하지만 네가 왔으니까, 베티, 너로 연습하면 되겠다."

"난 수염이 없어요." 나는 찡그리며 내 얼굴을 만졌다.

"오, 네 동생은 진짜 면도날을 안 쓸 거야. 손목 조절과 집중력 훈련을 위한 거다."

체어풀은 그의 뒤쪽 선반에 놓인 파이어볼 단지를 톡톡 쳤다.

"끝나면 사탕을 주마." 그가 노래하듯 말했다.

나는 브레세드의 남자들이 으레 차지하는 의자들 중 하나에 앉았다. 콜론 냄새와 가죽에 밴 땀내가 풍겼다.

"트러스틴?" 체어풀은 팔짱을 낀 채 내 동생을 엄하게 지켜봤다. "모든 고객이 앉기 전에 무슨 덕담을 하라고 했지?"

트러스틴이 한숨을 쉬었다. "누나는 진짜 고객이 아니에요. 돈도 내지 않을 거예요."

"돈을 낼 수 있는 사람에게 면도를 해주는 게 아니다." 체어풀이 말했다. "면도가 필요한 사람에게 면도를 해주는 거지. 자네는 그걸 완전히 잘못 알고 있네, 청년. 자, 베티, 다시 일어나라. 그리고 트러스틴, 세상 최고의 부자를 대하듯 누나를 대해라."

나는 만면에 미소를 띠고 일어났고, 트러스틴은 어깨를 늘어뜨렸다.

"앉으세요 의자에, 바보야,[102] 나가실 때 멋져 보일 겁니다." 그가 말했다.

"자, 트러스틴," 체어풀이 말했다. "고객이 들을 수 있게 크게 말해야 한다."

"앉으세요 의자에, 바보야, 나가실 때 멋져 보일 겁니다." 트러스틴이 너무 크게 외쳐서 마치 그의 목소리가 메인 레인에 메아리치는 듯했다.

"잘했다, 청년." 체어풀이 빙그레 웃었다.

나는 다시 앉으며 킥킥댔고, 트러스틴은 이발 보자기를 폈다. 그는 그걸 내 옷깃에 잘 끼워 넣은 뒤 몸을 덮었다. 면도솔로 내 얼굴과 목에 면도용 크림을 발랐다.

"간지러워." 나는 깔깔 웃었다.

이어 트러스틴이 작고 검은 빗을 집었다. 체어풀은 헛기침을 하면서 의자 뒤에 매달린 가죽 띠를 향해 고개를 까닥였다.

트러스틴은 면도칼 날을 세우듯 빗의 납작한 끝을 가죽에 대고 문질렀다.

잠시 후, 그는 빗살을 엄지로 훑으며 날이 선 것을 확인했다. 만족한 듯, 그는 빗 끝을 내 살에 댔다. 그는 조심스럽게 면도했고, 한 번씩 밀 때마다 내 얼굴에서 크림을 긁어냈다.

"나 베지 마." 내가 말했다.

---

**102** "Sit down in the chair, fool."

체어풀 씨가 빙그레 웃었고, 그러나 트러스틴은 내 턱의 각도를 잡기 위해 내 얼굴을 옆으로 돌릴 뿐이었다. 그는 빗을 빠르고 우아하게 다루었다. 마치 그의 캔버스가 된 느낌이었다. 여기 붓질. 저기 붓질. 어쩌면 그의 눈에, 그는 단지 내 초상화를 그리고 있었던 것일지도 모르겠다.

면도가 끝나자, 트러스틴은 수건을 집어 내 귀 주변과 코 밑의 작은 크림 얼룩을 닦았다. 그는 내 뺨과 목에 베이럼을 살짝 발랐다.

"나쁘지 않아." 체어풀이 내 동생의 등을 탁 쳤다. "어떻게 생각해, 베티?"

"좋아요." 나는 얼굴을 비비면서 내 동생에게 미소를 지었고, 그도 미소로 답했다.

체어풀이 파이어볼 단지를 내밀었다. 나는 세 개를 집었다.

나는 나가면서 내 입에 하나를 던졌다. 두 번째 사탕은 밖에 있는 아메리쿠스에게 권했고, 그는 그걸 바로 받았다.

"그나저나, 아저씨 개가 실종되어서 유감이에요." 내가 그에게 말했다.

"음." 그는 파이어볼을 입에 툭 넣은 뒤 그걸 그냥 볼 한쪽에 물었다. "분명 후회할 날이 있을 거다." 그가 말했다. "분명 엽총도 생각이 있을 거다."

나는 그에게 혀를 내민 뒤 서둘러 노파 슬리퍼꽃에게 돌아갔다. 세 번째 파이어볼은 그녀에게 주었다. 그녀는 틀니를 뺀 뒤, 마치 어린애처럼 기쁘게 사탕을 빨기 시작했다.

"이따가 저녁에 뭐 드시고 싶으세요?" 내가 그녀에게 물었다.

"오크라. 비트도 좀 곁들이고. 뭔가 핏빛 음식을 먹어야 해. 건강하게 지내려면." 그녀는 두 볼을 잔뜩 부풀리더니 파이어볼을 입 밖으로 쏘아냈다. "히히, 히히, 히히." 그녀는 함박웃음을 터뜨렸다.

비질하고 그녀의 장롱을 환기시키는 오후 허드렛일을 마친 뒤, 나는 저녁 식사를 준비하기 시작했다. 옥수수 가루에 오크라를 무치고, 그 걸 뜨거운 기름 속에 떨구는 동안 노파 슬리퍼꽃은 식탁에 앉아 자신 의 젊은 시절을 이야기했다. 과거 자신이 얼마나 예뻤는지 아직도 기억 난다고 했다.

"예전 내 머리 색은 불빛이었다." 그녀가 말했다. "남자들은 오직 나 랑 키스하기 위해 기꺼이 거기에 자신을 불태웠다. 지금은 잿빛이구나."

나는 오크라를 휘저으면서 그녀가 줄곧 브레세드에서 살아왔는지 물 었다.

"오, 그럼." 그녀가 답했다. "나는 결코 이 언덕을 떠날 수 없었다. 사 람들이야 떠나도 아무 상관없지만, 자연은 결코 아니지. 어렸을 때, 나 는 내가 대자연(Mother Nature)의 딸이라고 생각했다. 내가 머리에 꽃 을 꽂고 다니면, 내 진짜 어머니는 그걸 떼어내곤 했지. 꽃에 알레르기 가 있으셨거든. *에취.*" 그녀는 거짓 재채기를 했고, 우리 모두 깔깔 웃 었다. 그녀의 코가 씰룩거렸고, 이번엔 진짜 재채기를 했다.

"축복 드려요." 내가 말했다.

"이런 재채기를 한 뒤에는 축복을 받아야지, 아가야." 그녀는 코를 닦 았고, 이어 자신의 나무 사랑을 이야기했다.

"나도 자연이 좋아요." 나는 이렇게 말하면서 프라이팬과 튀는 기름 에서 물러섰다.

"오, 난 네가 좋아하는 걸 안다, 꼬마 체로키. 너는 브레세드를 떠나면, 이 산에서 저 산으로, 이 언덕에서 저 언덕으로, 이 시골에서 저 시골로 돌아다닐 애다."

"난 브레세드를 떠날 생각이 없어요." 내가 말했다. "가끔 머나먼 곳 을 가지만, 진짜 떠나는 건 아니에요."

"너는 대자연을 떠나는 게 아니다, 아가야. 너무 겁먹지 마라. 네가 도망치고 싶어 하는 건 인간의 본성(human nature)이야. 브레세드의 문 제는 이 마을이 네게 익은 열매와 썩은 열매를 한 입에 다 준다는 거다.

너는 훗날 그 썩은 부분을 곧바로 뱉어낼 애다. 넌 망할 정도로 상하지 않은 열매를 찾아 떠나겠지. 네 엉덩이가 커질수록, 떠나려는 생각도 강해질 거다."

"내 엉덩이는 더 커지지 않을 거예요."

"오, 천만의 말씀. 이미 다 보인다."

"뭐가 보여요?"

"여자가 되는 조짐들. 하지만 넌 아직 아니다."

그녀는 내가 오크라를 접시에 담고 비트를 자르는 동안 자신의 젊은 시절과 미모에 대해 더 이야기했다. 내가 식탁 옆자리에 앉자, 그녀는 잔 받침에 신선한 꿀 한 숟갈을 올려놓는 걸 잊었다고 했다. 지나가는 개미들을 위한 것이었다.

"왜 집에 개미들을 이렇게 들이는 거예요?" 나는 꿀에 빠진 작은 개미 한 마리를 빼내면서 물었다.

"네가 집으로 돌아가면," 그녀가 말했다. "내게 남은 건 개미들뿐일 테니까."

그녀는 개미 하나가 자신의 팔을 기어오르자 깔깔 웃었다.

저녁 식사 후, 노파 슬리퍼꽃은 잠자리에 들었다. 나는 사방에 기어다니는 개미들 속에서 화면 정지 때까지 TV를 보다가 잠이 들었다. 나는 몇 시간 뒤 잠을 깼고, 오줌이 마려웠다. 나는 그녀의 침실을 향해 조용히 걸으면서, 욕실까지 무사히 지나갈 수 있기를 바랐다.

전날 밤처럼, 그녀는 발가벗은 채 침대 끝에 앉아 있었다. 그녀는 내가 거기 있는 걸 모른 채 다리를 계속 마사지했고, 청록색 정맥들이 피부 아래 휘감겨 있었다. 이 두 번째 밤, 그녀의 몸을 보는 게 두렵지 않았다. 그 구김살과 주름에서, 그녀의 역사를 봤다. 그녀의 피부는 그녀의 영혼의 일기였다. 그녀가 꽃이 피는 걸 지켜봤던 그 모든 봄들. 그녀가 달 앞에 서서 달님 얼굴에 키스했던 그 여름들. 그녀가 한층 현명해졌던 그 가을들. 그녀의 이름의 머리글자들을 얼려버렸던 그 겨울들.

그 모든 주름은 그 기록이자 그녀가 살았던 그 모든 시간, 모든 분, 모든 초의 기록이었다. 그녀의 모든 비밀이 그녀의 피부에 기록되어 있었다. 그녀가 하나님에게 구했던 것들. 그녀가 악마를 저주했던 것들. 내 눈앞의 그 많은 나이에서, 나는 오직 아름다움만을 봤다.

"다리가 많이 아파요, 네?" 내가 정적을 깨며 물었다. "오리나무[103] 껍질로 차를 만들어드릴 수 있어요."

그녀가 나를 돌아봤고, 그러나 그녀는 내 출현에 놀라지 않았다.

"나를 위해 차를 만드느라 부산 떨 거 없다." 그녀가 말했다. "난 괜찮다."

틀니를 끼지 않아서 말끝마다 살짝 휘파람 소리가 났다.

"난 괜찮다." 그녀는 같은 말을 하며 일어섰다. 그녀가 전신 거울 앞에 섰다. 그녀는 자신의 몸을 응시하며 허리와 몸매를 보기 위해 몸을 이리저리 옆으로 돌렸다.

"여자로서 늙어가는 것은 일종의 폭행이다. 절대 늙지 마라, 꼬마 체로키. 네가 막을 수 있는 건 아니지. 젊은 나이에 죽지 않는 이상. 내 엉덩이가 여전히 에로틱했을 때 죽었으면 좋았을 텐데."

그녀는 자신의 엉덩이를 힘껏 비틀었다.

"나는 수십 년 더러웠고, 수십 년 늙어갔다." 그녀의 목소리가 갈라졌다. "한때 나는 남자가 가고 싶어 했던 여행이었다. 지금은 한낱 노파 슬리퍼꽃이다. 그게 지금 내 이름이다. 노파. 한때 내가 얼마나 아름다웠는지 기억하는 사람은 이제 아무도 살아 있지 않다. 나 말고 누구 하나 살아 있지 않다. 너의 아름다움을 소중히 여겨라, 꼬마 체로키. 네가 그걸 알기 전, 그게 사라져 있을 테니까."

"나는 아름답지 않아요."

---

**103** alder. 유럽, 북아프리카, 남서아시아 원산의 자작나뭇과. 높이 20~37m, 지름 25~175cm, 학명 Alnus glutinosa(끈끈한. 새싹과 어린잎에 수지성 고무가 함유되어 붙여진 수식어). 한국, 중국, 일본에 분포하는 종은 Alnus japonica.

그녀는 놀란 듯 나를 응시했다. "어떻게 그런 말을 할 수 있니, 멍청한 소녀야?"

"나는 아버지를 닮았어요."

"우리 아버지들 모두 우리에게 뭔가를 준다. 그런데 그건, 우리 어머니들도 똑같다. 너는 네 아버지의 피부를 가졌지만, 네 몸매는 네 어머니다. 너는 네 아버지의 턱을 가졌지만, 입술은 네 어머니다. 다 우리가 받은 것들이다. 넌 어떻게 네가 아름다운 걸 모를 수 있니? 이리 와라."

그녀는 내 손을 잡아 거울 쪽으로 당겼다.

"너는 아름답다, 라고 해봐라, 베티." 그녀는 나를 돌려세워 거울 속 나를 보게 했다.

"하지만 저는 아름답지 않아요."

"누가 너한테 그런 말을 했니?"

"어머니요."

"당연히 어머니는 그러지, 아가야." 슬리퍼꽃이 빙그레 웃었다. "너는 자신이 잃어가는 모든 것을 떠올리게 하니까. 모든 어머니들이 어느 정도 제 딸들을 부러워하는 건, 딸들은 젊음을 시작하는데 어머니들은 자신의 젊음을 잃어가니까 그런 거다. 질투를 느끼는 건 당연하다. 네 어머니도 그러는 것뿐이다. 질투심이 커지는 건, 네가 점점 아름다워질수록, 어머니는 자신의 어여쁨을 잃어가는 게 두려워서 그런 거다. 네가 네 빛나는 미모를 자각하면, 그 위력도 사라진다. 어머니가 네가 아름답지 않다고 말한 건 자신은 어머니 이전에 여자라는 뜻이다."

그녀는 거울에서 한 발짝 떨어진 침대 끝에 앉았다. 마치 방금 마을 이쪽 끝에서 저쪽 끝까지 걸었고, 그래서 너무 힘들다는 듯.

"저 립스틱 좀 주겠니?" 그녀는 서랍장 위 화장 바구니를 손짓했다.

"난 아직도 키스할 때마다 립스틱을 바른다." 그녀가 말했다. "그런데 키스가 더는 오지 않네."

나는 그녀에게 빨간 립스틱을 준 뒤 그녀 옆에 앉아서 그녀가 자신의 얇은 입술에 색을 칠하는 것을 지켜봤다.

"섹스를 좋아했어요, 미스 슬리퍼꽃?" 나는 뻔뻔하게 물었다.

그녀는 잠시 생각한 뒤 이렇게 말했다. "나는 매우 섹시한 사람들과 어울린 매우 섹시한 사람이었다."

"사람들이 할머니에 대해 하는 말이 사실이에요?"

"사람들이 뭐라고 하니, 꼬마야?"

"남자들이 돈만 있으면 찾아갔던 여자였다고요."

"너 지금 나를 창녀라고 부르는 거니, 꼬마야?" 그녀가 미소를 지었다. 잇몸이 활짝 드러났다.

"아니에요, 부인. 다른 사람들이 그런다고요. 그들은 할머니가 이제 늙어서 다리를 벌리지 못하는 것뿐이라고 해요."

그녀가 깔깔 웃었다. "또 뭐라고들 하니?"

"그냥 그 정도에요. 맨날 똑같은 말이에요."

"그들이 러배너(Lavannah)에 대해서는 아무 말도 않니?"

"뭐에 대해서요?"

"뭐가 아니다, 얘야. 누구다."

그녀는 내 턱을 부드럽게 잡고 내 입술에 립스틱을 바르기 시작했다.

"나 말고 그녀를 알았던 사람들은 다 죽은 지 오래다." 그녀가 한숨을 쉬었다. "그녀는 조지아 주 서배너(Savannah)에서 태어난 소녀였다. 그녀의 어머니는 그녀가 이 세상에 온 곳을 따서 이름을 짓고 싶었다. 그런데 아기가 그날 늦게 태어났고, 그래서 그들은 지각(lateness)의 L을 취해 서배너의 S 대신 넣었다. 내가 그녀를 마지막으로 봤을 때, 우리는 웃으면서 손톱을 물어뜯는 열일곱 살 소녀에 불과했다. 넌 몇 살이지, 꼬마 체로키?"

"열하나요."

"좀 더 커야 되겠구나." 그녀는 내 머리카락을 부드럽게 귀 뒤로 넘겼다.

"러배너는 지금 어디 있어요?" 내가 물었다. "그분도 노파지요?"

슬리퍼꽃이 시선을 돌렸고, 두 눈이 흐릿해지고 있었다.

"퀵샌드 레인에 있는 퀵샌드[104] 구멍을 아니?" 그녀가 물었다. "거기가 러배너가 있는 곳이다. 어느 날, 그 애가 그 모래에 발을 디뎠고, 그녀의 온몸이 그 아귀 속에 빠졌다. 만약 바닥이 있다면, 그 애는 거기 있다. 기억난다. 그 애가 빠진 후, 온갖 종류의 개미들이 모래에서 뛰쳐 나왔다. 마치 거기가 자기들 집인데, 그녀가 그걸 망쳤다는 듯 말이다."

"개미요?" 나는 벽을 기어오르는 작은 개미들을 바라보며 물었다.

"내가 그래서 얘들이 내 주위에 있는 걸 좋아하는 거다." 그녀가 말했다. "쟤들이 *그녀의* 마지막 모습이니까."

"그분은 왜 자살했어요?"

"오, 그건 그녀의 잘못이 아니었다." 슬리퍼꽃이 말했다. "그녀는 결코 제정신이 아니었다. 그녀의 부모님이 그녀의 정신병을 치료하기 위해 보냈던 정신병원에서 집으로 돌아온 뒤에도. 그들은 나와 러배너가 같이 있고 싶어 하는 것을 정신병이라고 불렀다. 정신병. 뭔가 변태적인, 교정해야 하는. 하지만 사실, 그 모든 건, 그냥 사랑이었다. 고작 열한 살인 네가 그걸 이해할 것 같지 않다만."

그녀는 말을 계속할지 결정하려는 듯 나를 살폈다.

"모든 것은 내 아빠가 다락방 위, 할머니의 옛 침대 위에 있었던 나와 러배너를 붙잡은 다음부터 시작되었다." 그녀가 말했다. "나나 러배너 그 누구도 그가 계단을 올라오는 소리를 듣지 못했다. 우리 둘 다 발가 벗은 채, 세상에 우리 둘만 남겨진 듯 서로에게 입맞춤하고 있었다."

슬리퍼꽃은 눈썹을 치켜 올리고 기다리듯 나를 봤다.

"아무 말도 안 할 거니?" 그녀가 물었다. "여자랑 발가벗고 있는 게

---

**104** quicksand. 유사(流沙). quick+sand(살아 있는 모래). 옛 영어의 'quick'은 'living'의 뜻 (고대 cwecesand, 중세 quyksande).

듣기 불편하다고 말할 거 아니니?"

"아뇨, 미스 슬리퍼꽃." 나는 고개를 저었다. "그 말을 하려던 게 아니에요. 그 때문에 그들이 그녀를 정신병원에 보냈나요? 할머니의 아빠가 본 것 때문에?"

그녀는 고개를 끄덕이며 말했다. "아빠는 나도 정신병원에 보내려고 했지만, 엄마는 집에서 악마를 내게서 내쫓는 게 최선일 거라고 그를 설득했다. 내가 아빠의 허리띠와 싸우는 동안, 러배너네 사람들은 그 애를 흰 코트를 입은 사람들에게 보냈다. 그들이 그 애를 집에 돌려보냈을 때, 그 애의 머리는 밀려 있었고, 온몸에 초승달 모양의 흉터가 있었다. 그 애는 너무 말라 있었다. 마치 거기 있는 동안 정말 한 끼도 먹지 않은 것 같았다."

"나는 그 애한테 말을 붙여보려고 했지만, 그 애는 한마디도 하지 않았다. 그 애는 오직 한 가지만 원하는 것 같았다. 아주 천천히 왔다 갔다 걷기. 나는 아직도 그 애의 입가에 흐르던 긴 침을 기억한다. 장담컨대, 그 애는 우리를 바라보고 있었지만, 우리를 보지 못했다. 그들은 한 소녀를 데려가서 한 유령을 돌려보낸 거다. 사람들은 그 애가 퀵샌드 구멍으로 걸어 들어가 자살했다고 하지만, 그 애는 이미 죽은 사람이었다. 이미 죽은 목숨은 죽일 수 없다."

슬리퍼꽃은 립스틱을 집어 자신의 몸에 선홍색 초승달 모양들을 그리기 시작했다.

"그래서 나는 창녀가 되었다." 그녀는 더 많은 초승달을 그리면서 이렇게 말했다. "나는 정신병원에 보내지는 것이 너무 두려웠고, 그래서 가능한 모든 남자들과 잤다. 여러 남자들과 자는 여자는 치료하지 않는다. 그녀에게 돈을 지불하지. 웃기는 건, 내 부모들은 내가 백 명의 남자와 어울려도 개의치 않았다는 거다. 그게 한 여자와 어울리는 것보다 덜 부끄러웠던 거다."

그녀는 립스틱을 바닥에 떨어뜨렸다. 어쨌든 다 소진되었다.

"지금 돌이켜 생각하면," 그녀가 말을 이었다. "그 세월 내내 나는 내가 러배너처럼 되지 않을까 무서워서 결국 나 자신을 유배시켰구나 싶다. 나는 내가 진짜 누구인지 아는 게 두려워서 내 안의 정신병원에 나를 가두었던 것이다."

그녀는 일어나서 거울을 응시했고, 유리에 점점 더 가까이 다가가더니 자신의 손과 거울 속 손의 손가락 끝을 서로 맞댔다.

"여자가 되는 건 쉬운 일이 아니다, 꼬마 체로키." 그녀가 말했다. "특히 자신의 진짜 모습을 두려워하면서 평생을 보내는 여자가 되는 건 더더욱 쉬운 일이 아니다. 다들 나를 노파 슬리퍼꽃이라고 부른다. 노파. 그게 지금의 나다. 고무 밑창 단화를 신고 상점에 가서 감자와 우유와 빵을 사는 여자. 혼자 먹는 아침밥이 묻은 내 드레스의 얼룩들. 굽은 등, 스타킹을 내리면 푸른 보랏빛 정맥이 보이는 두 다리. 백발의 머리와 아무도 보지 않는 얼굴. 나는 이 지상에서 아흔일곱 해를 살았다. 이제 내가 보여줄 수 있는 건, 홀로 침실에서, 자기 자신이 되는 것을 너무나 두려워한 한 여자의 거울 속 나를 응시하고 있는 나뿐이다."

그녀는 거울 속에서 내게 눈길을 돌렸다.

"네게 그런 일이 일어나지 않게 해라, 베티. 행여 너 자신이 되는 것을 두려워하지 마라. 고작 제대로 살지 못했다고 깨닫기 위해 그렇게 오래 살 필요는 없다."

# 29

⚬

*네가 너를 위하여 큰일들을 구하느냐?*
*그것들을 구하지 말라.*

— 예레미야 45:5

플로시와 나는 걸음을 멈추고 넓적다리 높이의 잡초 속으로 비켜섰다. 갈색 차가 지나가면서 바퀴가 먼지구름을 일으켰다. 강에서 헤엄친 뒤 뒤로 쏠린 우리의 젖은 머리 위로 황갈색 매연이 떨어졌다.

"난 언젠가 노랑 콜벳[105]을 살 거야." 플로시가 레인에 다시 내려서면서 이렇게 말했다. "*부룽, 부룽.*" 그녀는 급커브를 트는 척했다. "어쩌면 너도 몰게 해줄게, 베티."

8월 말이었다. 따뜻한 빛이 우리 주위의 그림자들을 집어삼켰고, 머리칼이 마르면서 이마에 땀이 송골송골 맺혔다. 남부 오하이오의 늦여름은 태양이 아이에게 던지는 아름다운 도전이었다. *너는 내 더위를 이겨내고 여전히 나를 사랑할 수 있니?*

뚱뚱한 딱정벌레들이 터지는 것 같았고, 잔물결의 실선들이 사방에서 솟아오르는 듯 착시현상이 일었다.

"기찻길로 가자." 플로시는 이렇게 말하면서 내 앞에서 몸을 돌려 방향을 틀었다. "곧 정오 기차가 지나갈 거야."

그녀는 청바지를 입고 있었지만 하염없이 늘어진 긴 야구 셔츠에 가려 보이지 않았다. 셔츠는 최근의 남자 친구의 것이었다. 민포드

---

**105** Corvette. 2도어 2인승 고급 스포츠카(The Chevrolet Corvette, 1953~).

(Minford)라는 남자애였다. 성은 잊었다. 어쨌든 그건 일순위로 기억할 중요한 것은 아니었다.

"야, 베티?" 그녀가 하늘을 올려다봤다. "넌 어디 살래?"

우리는 늘 했던 대화로 빠지곤 했다.

"난 세상에서 가장 아름다운 거리에서 살 거야." 그녀는 내가 답하기도 전에 스스로 질문에 답했다. "야자수들이 늘어서 있고, 마릴린 먼로가 염색약을 산 약국과 가까워. 알잖아, 그녀가 죽기 전의 그런저런 일들을."

플로시는 주머니를 뒤져 마른 옥수수수염, 담배종이, 라이터를 꺼냈다. 우리는 옥수수수염을 다져 종이를 말았다. 불을 붙이자마자 우리는 끝이 꺼지지 않게 재빨리 돌려가며 담배를 빨았다.

"난 엘리자베스 테일러보다 더 유명해질 거야." 플로시가 연기를 뿜으며 말했다. "그들은 영화관마다 내 이름을 그 큰 까만 글씨로 쓸 거야. 물론 그들은 나를 더 할리우드같이 만들려고 내게 예명도 줄 거야. 난 내 억양을 버려야 해."

우리는 담배를 주고받았고, 그녀가 덧붙였다. "난 절대로 다시는 두메산골 촌뜨기처럼 옥수수수염을 피우지 않을 거야."

그녀는 내게서 담배를 낚아챈 뒤 그게 아주 작아질 때까지 빨았고, 결국 그걸 버려야 했다.

"넌 농가에서 살게 될 거야, 베티." 그녀는 마치 자기 눈앞에 수정 구슬이 있는 듯 말했다. "넌 개와 고양이와 쥐가 한 마리씩 있을 거야. 개는 고양이를 잡아먹지 않고, 고양이는 쥐를 잡아먹지 않고, 다들 늙고 지루해서 죽을 거야. 넌 그냥 뭔가 할 일을 만들려고 외로운 달과 결혼해야 할 거야."

그녀는 마치 달리기 결승선을 향해 질주하듯 앞으로 내달렸고, 그녀의 긴 머리가 뒤로 휘날렸다.

우리는 기찻길에 도착했고, 침목 위에서 사방치기를 했다. 멀리서 기차의 기적 소리가 터졌다.

"곧 올 거야." 플로시가 야구 셔츠를 훌렁 벗으며 말했다. 그녀는 브라를 차고 있지 않았다. 그녀의 젖꼭지는 우리가 기적이 존재한다고 믿을 만큼 아직 어렸을 때 우리가 기적 버섯이라고 불렀던 버섯의 오그라든 갓을 떠올리게 했다.

"자, 베티. 너도 셔츠를 벗어." 그녀는 셔츠를 덤불에 던졌다.

"난 싫어." 내가 말했다.

기관차가 철길 끝 1킬로미터쯤에 보였고, 검은 연기가 흰 구름 위로 휘말려 올라가고 있었다.

"뭐가 그렇게 무서워, 베티?" 그녀가 물었다.

나는 그녀가 두 팔을 하늘로 벌린 채, 만면에 미소를 띠고 빙빙 도는 모습을 지켜봤다. 나는 밤마다 자신의 방에 서서, 너무 무서워서 차마 하지 못했던 그 모든 선택들을 한탄하고 있는 슬리퍼꽃을 생각했다. 나는 그녀처럼 되고 싶지 않았다. 스스로를 가둬 결국 아무도 들을 수 없는 한낱 머나먼 비명이 되는 것. 나는 플로시처럼 활짝 웃고 싶었다. 그녀의 모습처럼 나도 자유롭고 싶었다.

"난 무섭지 않아." 나는 이렇게 말하고 셔츠를 벗었다.

나는 셔츠를 풀밭에 던졌지만, 가슴은 여전히 팔짱을 끼고 있었다. 엄마는 내게 연습용 브라를 착용하는 걸 생각해야 한다고 말했다. 마치 내 자라나는 가슴이 아빠가 끈처럼 자라는 걸 훈련시킨 오이와 콩 줄기처럼 가르침을 받아야 한다는 듯.

"이래야 아무렇게 자라지 않는다." 아빠는 덩굴에 대해 그렇게 말하곤 했다.

나는 트렐리스에 붙어 있는 내 젖가슴을 상상했다. 마치 내 젠더의 중심에 어떤 예상되는 약점과 무책임이 있는 듯 세상은 내가 그걸 없애는 데 익숙해지라고 브라를 만든 것 같았다.

"팔짱을 풀어." 플로시가 말했다. "너도 젖통이 있네. 그게 뭐 큰 비밀이야?" 그녀가 깔깔 웃었다.

그녀는 내 손을 잡아 가슴에서 떼어냈고, 우리는 함께 원을 그리며 돌았다.

"유명해지면 이런 느낌일 것 같아." 그녀는 고성이 메아리칠 때까지 소리를 질렀다.

"이제 철길에서 나와야 돼." 경적이 더 크게 울리자 내가 말했다.

그녀는 계속 킥킥대며 빙빙 돌았다. 결국 나는 그녀를 풀밭 안으로 잡아당겨야 했다.

"고마워요, 엄마." 그녀는 내게 키스 소리를 낸 뒤 다가오는 기차를 향해 몸을 돌렸다. "오, 안녕, 기차."

기차가 빠르게 지나갈 때, 플로시가 팔을 치켜들고 펄쩍펄쩍 뛰었다. 마치 7월 4일 축제일에 성조기가 그려진 롤러코스터를 탔을 때처럼.

"이리 와, 베티." 그녀가 내 손을 쥐었다.

기차가 다 지나갈 때까지 우리는 함께 소리치고 웃었다. 기차가 사라진 뒤에도 우리는 여전히 팔짝팔짝 뛰고 있었다.

"떠돌이 일꾼들 봤어?" 플로시는 남자처럼 엉덩이를 내밀었다.

"삼베 모자를 쓴 남자가 귀여웠어." 나는 무표정한 얼굴로 말했다.

우리는 한껏 웃음을 터뜨리다가 같이 철로에 넘어졌고, 무심코 뜨거운 레일에 살을 데었다.

"젠장." 플로시가 침목 위로 몸을 굴려 내게 등을 보여주었다. "자국이 생겼어?"

"약간 빨개." 나는 그녀의 살 위에 별자리가 생긴 듯, 납작하고 까만 점들을 손가락 끝으로 가볍게 쓸었다.

"화끈거려." 그리고는 갑자기 조용해졌다. 그녀의 다음 질문은 우리가 교회를 태웠을 때를 기억하느냐는 것이었다.

"응, 플로시. 그건 잊을 수 있는 게 아니잖아."

"하나님이 우리를 벌할 거라고 생각하니?"

"하나님이 그걸 굳이 생각할 거 같지 않은데."

"그분은 그걸 항상 생각하고 있을 것 같아." 그녀는 누운 채 실눈으로 태양을 바라봤다.

"만약 그분이 우리를 벌하려고 했으면, 플로시, 그분은 벌써 벌을 내렸을 거야."

"아니." 그녀가 고개를 저었다. "그분은 기다리는 분이야. 네가 전혀 기대하지 않을 때 너를 잡는 분이지. 가장 아플 때."

그녀는 눈으로 하늘을 마시는 듯했고, 온 구름과 빛이 그녀에게 쏟아졌다. 그녀는 태양이 너무 따뜻하다고 했다. 이어 자신의 얼굴을 쓰다듬기 시작했고, 두 손을 뺨에 부드럽게 굴렸다.

"난 아름다워, 그렇지 않니?" 그녀가 물었다. "난 세상의 모든 잡지 표지에 실릴 거야. 안 그럴 리가 없지."

지금 플로시를 생각하면 푸른 풀밭 위 태양 아래 앉아, 자신의 머리에 레몬을 짜서, 그 즙이 머리카락 사이로 뚝뚝 떨어지던 그녀의 모습이 늘 기억난다. 그녀는 여름이면 거의 매일 그걸 했다. 8월이 끝날 무렵, 그녀의 연갈색 머리는 드문드문 반짝이곤 했다. 때때로 난 그녀의 이 모습만 기억하고 싶다. 태양. 푸른 풀. 노랑 레몬. 빛을 향해 고개를 기울인 내 언니.

"지금 몇 시 같니?" 그녀가 물었다. "민포드의 야구 연습이 있어. 지금 안 가면 늦을 거야."

그녀는 일어서면서 그을린 다리 안쪽에 박힌 작은 자갈들을 툭툭 털어냈다.

"자기가 야구하는 걸 봐주기를 바라는 건 그 남자애가 널 진짜 좋아하는 거야." 그녀가 말했다.

"와, 재밌네." 내가 고개를 저으며 말했다. "있잖아, 플로시, 항상 연극할 필요는 없어."

"내가 연극한다고 누가 그래?"

그녀는 야구 셔츠를 다시 입고, 간다는 말도 없이, 철길을 따라 달렸다.

나는 내 셔츠를 걸친 뒤, 그 자리에서, 저 멀리 뛰어가는 그녀가 열기처럼 일렁이는 작은 반점으로 보일 때까지 지켜봤다.

집에 도착하자마자 나는 텃밭의 덩굴을 넘어 토마토 하나를 땄다. 남김없이 다 먹었고, 즙이 팔을 타고 흘러내렸다. 뒤를 돌아보니, 뒤 베란다 그네에 아빠가 앉아 있었다. 나는 발끝으로 조심조심 상추 머리와 브로콜리 꽃 둘레를 돌았고, 턱에 묻은 토마토 즙을 닦으며 트렐리스에 늘어진 오이들을 지나쳤다.

"안녕, 아빠." 나는 베란다 계단을 올라오면서 말했다.

그의 발 옆 마루판에 그가 기운 바지들이 한가득 쌓여 있었다. 수선을 기다리는 다른 한 벌은 무릎 위에 올려져 있었다.

나는 난간에 기댄 채 그가 옆에 둔 시가 상자에서 단추를 찾는 것을 지켜봤다. 그는 오른 다리를 거실에서 가져온 스툴 위에 걸치고 있었다. 다리가 경련을 일으켰고, 나는 그의 무릎이 여전히 아프다는 것을 알 수 있었다.

"왜 아빠는 그렇게 아프고 쑤시면서 아빠 약은 달이지 않아요?" 내가 물었다.

"내가 거기서 벗어날 자격이 있다고 생각해본 적이 없는 것 같다." 그가 계속 단추들을 살피며 말했다. "있잖아, 어떤 고통은 네 평생 달고 산다. 어쩌면 내가 더 젊었을 때, 미래의 계획이 있었다면, 달리 볼 수도 있었겠지."

나는 자기 집 현관 베란다의 널판보다 힘들지 않은 삶이 있을 것이라 꿈꾸는, 별하늘 아래 한 소년이었던 아버지를 생각해보려고 했다. 아버지는 젊었을 때 분명 전설과 신화에 매료되었고, 스스로 한 전설이 되기를 희망했음을 나는 알고 있다. 결국 자라서 여느 아침의 이슬만큼 보이지 않는 일인이 되고서야 그는 그 몽상을 사향 가득한 땅속에 묻어야 했다.

그의 주름을 응시했다. 사암 속 고랑이 연상되었다. 과거 부드러운 돌이었던 것처럼 가장자리는 높고, 가운데는 패여 있었다. 얼굴이 땅만큼 늙어가고 있었다. 이런 생각이 들었다. *어느 날 자고 일어나면, 그의 눈꺼풀에 이끼가 자라고 있을 거야. 그의 광대뼈는 산비탈을 밀어내는 돌처럼 그의 살을 밀고 나올 거야. 침식으로 나는 그를 거의 알아볼 수 없을 거고, 결국 나는 그를 저 언덕들 위, 그를 가장 많이 닮은 바위 사이에 눕혀야 할 거야.*

"아빠, 아빠는 무엇이 되고 싶었어요?"

"내가 무엇이 되고 싶었냐고? 내가 무엇이 되고 싶으냐는 말이 아니지?"

"아빠가 내 나이였을 때요." 나는 그네 옆자리에 앉았다. "아빠는 아빠 인생을 어떻게 할 생각이었어요?"

"오, 내가 어렸을 때라. 글쎄, 내가 어린 소년이었을 때, 난 내가 계속 이럴 거라고 늘 생각했지. 남자가 되는 것보다 소년이 되는 게 훨씬 쉽고, 그리고 그게 내가 제일 잘하는 유일한 것이었으니까, 나는 영원히 열한 살일 거라고 생각했다."

그러나 그는 그가 영원하리라 생각했던 그 소년보다 수십 년은 더 늙었다. 아버지의 삶의 대부분은 숨을 쉬려고 분투한 삶이었다. 힘든 일로 힘든 삶을 보냈다. 그의 몸이 굴복하는 것은 놀라운 일이 아니었다. 그의 지팡이가 그 확실한 증거였다.

아빠는 출생 순으로 쌓아올린 우리의 얼굴을 조각한 지팡이를 손수 만들었다. 릴런드의 머리 주위로 아빠는 태양의 절반을 달과 섞어 조각했고, 별로 왕관을 만들었다. 프레야는 민들레에 둘러싸여 있었고, 샛노란 꽃들이 그녀의 얼굴을 뒤덮고 있었다.

애로는 죽고 없지만 그를 잊지 않았고, 그의 목숨을 앗아간 칠엽수 열매도 잊지 않았다. 아빠는 와콘다의 아기 얼굴의 섬세한 특징을 조각하는 데 시간을 들였다. 플로시에게는 작은 오스카 금상을 선사했고,

그녀는 그걸 보자 기뻐서 비명을 질렀다. 트러스틴의 얼굴 주위에는 무지개가 펼쳐져 있었고, 린트는 모든 불만을 해소할 충분한 식물들을 함께 조각했다.

플로시와 트러스틴 사이에 있는 내게는 까마귀 깃털 하나가 곁들여졌다. 아빠에게 왜 까마귀 깃털 하나냐고 묻자, 그는 오래전 나무와 산이 아주 어렸을 때, 사람들은 불 주위에 둘러앉아 이야기를 풀어놓았고, 거대한 짐승들은 땅을 배회했다고 했다.

"까마귀들은," 아빠가 말했다. "그 아름다운 이야기를 듣고, 그걸 보존하려면 기록해야 한다는 것을 알았다. 그래서 까마귀들은 각자의 몸에서 깃털을 하나씩 뽑기로 했다. 그 깃털들을 작가들에게 제공했다. 그러나 펜에는 잉크가 필요하다. 까마귀의 피는 밤하늘만큼 검고, 영리한 새들은 그들의 혀를 깨물었고, 검정 피는 시인과 작가들의 펜으로 흘러들어갔다. 까마귀의 희생으로, 이야기들이 한 세대에서 다음 세대로 날아갈 수 있었다."

어떤 남자들은 지갑에 아이들의 사진을 넣고 다녔다. 아빠에게는 지팡이가 있었다. 어쩌면 그는 우리를 나무에 조각하면 시간을 멈출 수 있다고 생각했을 것이다. 우리의 얼굴은 그가 칼로 조각한 젊음 너머로는 결코 늙지 않으니까.

"이게 좋겠네." 그가 시가 상자에서 갈색 대리석 단추를 고른 뒤 이렇게 말했다.

나는 그의 떨리는 손이 바늘에 실을 꿰는 것을 지켜봤다.

수십 년의 텃밭일로 그의 손도 얼룩졌다. 그는 사시사철 흑호두[106]를 깠고, 하루 종일 잡초를 뽑았다. *초록, 갈색, 검정.* 패이고 갈라진 그의 손가락에 얼룩진 색들이 배였다. *초록, 갈색, 검정, 보라.* 그가 담근 베

---

106 black wallnut. 흑호두나무. 북미 원산, 주로 동부에 분포. 150년 동안 성장. 식용과 목재(고급가구용). 높이 20~45m, 지름 60~240cm, 학명 Juglans nigra(Jupiter 신의 왕 +glans 견과, nigra 검정의).

리 색이 한데 뒤섞여 새 빛깔을 빚어내면서 그의 살에 튀겼다. 초록, 갈색, 검정, 보라, 빨강.

그 얼룩들이 그의 피부를 땅 본연의 색으로 물들였다. 만약 내가 그의 손에 씨앗 하나를 두면, 나는 그 씨가 마치 흙 속에 묻힌 양 그의 손바닥에 뿌리를 내려 자랄 것이라고 확신했다. 그런 흙이 그의 짧은 손톱 주위에 딱딱하게 굳었다. 땅과 함께한 노동의 아름다움과 고난은 그가 가장 오래 괭이를 쥐었던 손 마디마디에 굳은살을 만들었다. 사람들은 온갖 단어들로 내 아버지의 손을 묘사할 것이다. 억세다. 가죽 같다. 나무껍질같이 갈라지고 패였다. 사람들은 그의 손이, 다른 무엇보다도, 거칠었다고 했지만, 나는 그의 손길이 부드러운 것을 알고 있었다.

다들 내 아버지의 손을 한 번만 보고도 이 세상에서의 그의 가치를 안다고 생각했다.

"나는 항상 내가 중요하지 않다는 말을 들었다." 그가 바지 겉주머니에 단추를 달면서 이렇게 말했다. "너도 그 말을 지겹게 들을 거고, 그리고 그 말을 믿기 시작할 거다."

그는 실을 묶은 뒤 이빨로 끊었다.

"언급할 가치조차 없는 사람들이 있다." 그는 바지를 들고 바느질을 살폈다. "그들은 때우는 사람들[107]이다. 내가 그 사람이다. 한낱 때우는 사람. 다른 이들이 정상에 오르기 위해 딛는 계단 한 개. 더 중요한 사람의 초상화에 필요한 물감 한 방울. 전에는, 이런 것들이 나를 괴롭혔다. 그러나 지금은, 그런 걱정을 하기는 너무 늦었다."

그는 바지를 옆에 두고 그네에서 일어나면서 벽에 세워둔 빗자루를 움켜쥐었다. 이후 몇 분 동안, 나는 한 노인이 베란다에서 먼지를 쓸어내는 것을 지켜봤다. 굳이 덧붙이자면, 그가 쓸어낸 먼지가 그의 아름다운 노안에 다시 날아들었다는 것이다.

---

**107** filler(s). 임시변통.

# 30

❦

*날 때가 있고 죽을 때가 있으며 심을 때가 있고*
*심은 것을 뽑을 때가 있으며.*

— 전도서 3:2

콩 타작은 초가을에 행해졌다. 우리는 덩굴을 뜯어서 줄기와 꼬투리가 다 마를 때까지 땅에 펼쳐놓았다. 그걸 전부 손으로 긁어모았고, 그 높이가 수십 센티미터에 이르곤 했다. 그다음이 재미있었다. 우리는 더미 위로 뛰어올랐고, 바싹 마른 꼬투리가 터질 때까지 맨발로 쿵쿵 밟았다. 타작 소리는 일정한 북소리였다. 발은 쿵쿵 밟고, 꼬투리는 탁탁 터지고, 콩은 탕탕 총을 쏘았다.

"너는 꼭 노파처럼 타작해, 베티." 플로시가 내 옆구리를 팔꿈치로 찌르며 말했다.

"내가 언니보다 꼬투리를 더 많이 깠어." 내가 말했다.

"네가 노파처럼 느리다는 말이 아니야." 플로시가 팔짱을 끼고 정색했다. "내 말은, 네가 마치 겨우내 비축할 콩에 목숨을 건 노파처럼 타작한다는 거야. 마치 파파 쥬니퍼스 마켓에도 못 가고, 원하는 걸 하나도 못 사는 것처럼. 넌 너무 진지해."

"그건 베티의 피가 기억하고 있기 때문이다." 아빠가 꼬투리 하나를 발등에 굴리면서 말했다. "베티의 피가 우리 조상들의 길고 추운 겨울을 기억하고 있는 거다. 콩의 비축에 그들의 생존이 달려 있었고, 그게 없으면 굶어 죽었으니까."

타작 다음으로는, 땅에서 곡식을 거둘 때 하는 키질이 있었다. 작디

작은 꼬투리 조각들은 입김에도 날아갈 만큼 가벼웠고, 미세한 입자들이 공기 중에 가득했다. 더 큰 꼬투리를 분리하기 위해, 우리는 바닥이 얕은 키[108]를 사용했다. 키질은 바람 부는 날에 하면 최고였다. 키 안에 콩을 던지면, 바닥에 부딪친 가벼운 껍질들이 바람에 날렸다.

"이제는 타작하고 키질하는 기계가 있다." 아빠는 콩을 공중에 높이 날리며 말했다. "하지만 우리가 여기서 발과, 손과, 숨과, 바람과 함께 한 것은 최초의 콩 종자만큼 유구한 것이다. 우리는 옛 방식을 잊어서는 안 된다. 우리는 가능한 한 오래 그걸 지키려고 애써야 한다."

트러스틴은 텃밭에서 한 모든 작업 중에서 타작과 키질의 계절을 가장 그리기 좋아했다. 아홉 살에 그는 이미 자신의 예술에 대담하고 추상적인 기법을 보여주었다. 수많은 그림들이 흡사 동굴벽화의 재해석인 양 원시적인 느낌을 담고 있었다. 차가운 동굴 벽의 날것의 동물 이미지들 속에 현재 주택에 거주하고 있는 우리의 현실이 배어 있었다. 그는 야생과 문명이라는 두 정신을 취해, 그걸 서로 다른 초점의 선으로 겹치게 그릴 줄 알았다.

트러스틴은 낡은 과일 궤짝에서부터 빈 밀가루 부대에 이르기까지 온갖 것들을 그의 캔버스로 활용했다. 심지어 엄마의 금속 걸레통까지. 결국 아빠는 철물점에서 트러스틴에게 판지를 사다주었다. 그게 트러스틴이 가장 좋아한 수채화 캔버스가 되었다.

"있잖아, 아들," 아빠가 그의 그림을 보면서 트러스틴에게 이렇게 말했다. "팔아도 되겠어. 그게 화가로 나서는 첫 걸음이 될 거야."

---

108 shallow-bottomed baskets. 여기서 말한 '키'(basket)는 우리의 키와 달리 아래쪽에 열린 부분이 없는, 직사각형 형태의 얕은 소쿠리다. 잠시 후 트러스틴도 "우리의 키들"(our winnowing baskets)을 말하지만, 실제로 다양한 형태의 키가 존재했다. 인디애나폴리스 어린이박물관(The Children's Museum of Indianapolis)에 소장된 체로키의 키는 우리의 키와 아주 흡사하다. 스미스소니언 아메리칸인디언국립박물관(Smithsonian National Museum of American Indian, 워싱턴)에는 널찍한 타원형 키(동부 체로키), 널찍한 직사각형 키(앨라배마 원주민 Alibamu족), 또 우리의 키와 유사한, 크기는 훨씬 작고, 깊이는 더 깊은, 반원형 키(북부 Bannock족)도 보인다.

"내 그림이 그 정도에요?" 트러스틴이 물었다.

"아들, 네 그림은 세계 최고야. 난 내가 이런 예술가의 아버지라고 말하는 게 얼마나 행운인지 몰라."

며칠 후, 트러스틴은 헛간에서 작은 손수레를 끌고 나왔다. 수레를 녹색으로 새롭게 칠한 뒤, 얼룩진 녹을 꽃의 중심부로 삼아, 파랑과 보라색의 작은 꽃들을 그렸다. 손수레 옆에는 '꿈들, 트러스틴 작품'이라고 썼다.

그림을 손수레에 잔뜩 싣고 나간 첫날, 그림이 얼마나 많이 팔렸던지 트러스틴은 자신도 사람들이 원하는 뭔가를 만들 수 있다고 믿게 되었다.

그가 집집마다 방문할 때 나도 종종 따라갔다. 어느 날, 막 떠나려고 할 때, 아빠가 우리를 세웠다.

"둘이 나가는 김에 내 주문 몇 개를 전달해주었으면 한다." 아빠는 내게 차 단지 세 개, 연고 하나, 빨간약[109] 두 개, 오일 하나가 가득 든 상자를 건넸다. 트러스틴이 오일 단지를 집어 들자, 검은 침전물이 바닥에 가라앉았다.

"그 오일은 미즈 플레즌트(Ms. Pleasant)에게 전달해야 한다." 아빠는 이름과 주소가 적힌 쪽지를 건넸다. "물건을 받을 사람들이다. 누구 것인지 적었으니, 섞이면 안 된다. 둘이 감당할 수 있을 것 같니?"

나와 트러스틴은 고개를 끄덕였고, 나는 상자를 손수레에 실었다. 트러스틴이 손수레를 끌고 셰이디 레인으로 나섰을 때, 나는 미즈 플레즌트에게 전할 오일 단지를 집어 들었다. 뿌리 향을 맡을 정도로만 뚜껑을 살짝 돌렸다.

"그녀가 이 물건을 뭐에 쓸 거 같아?" 트러스틴이 물었다.

"얼굴에. 당연히." 나는 뚜껑을 다시 돌려 닫았다.

---

**109** tincture. 팅크. 동식물에서 얻은 약물이나 화학물질을 알코올로 추출한 액. 우리의 옛 '빨간약'에 해당.

트러스틴이 그림을 들고 집집마다 방문하는 동안, 나는 배달을 맡았다. 미즈 플레즌트는 마을 건너편에 살고 있었고, 우리는 마지막에 그곳으로 향했다.

"저것 봐, 베티." 미즈 플레즌트가 사는 퀵샌드 레인에 막 도착했을 때, 트러스틴은 하늘로 오르는 카튼의 풍선을 보며 고개를 끄덕였다. 레인의 이름은 노파 슬리퍼꽃이 러배너가 사라졌다고 했던 바로 그 모래의 이름을 딴 것이었다.

"있잖아, 저 안에 여자가 있어." 나는 트러스틴에게 모래를 가리키며 이렇게 말했다.

"없어." 그가 말했다.

"진짜야. 그녀의 이름은 러배너야." 나는 모래에 다가갔다.

"이봐요, 러배너?" 나는 손을 동그랗게 모아 입에 댔다. "그 밑에서 내 목소리 들리나요?"

나는 트러스틴에게 몸을 돌려 모래에 손가락을 넣어보라고 했다.

"그러니까, 겁나지 않으면." 나는 닭처럼 꼬꼬댁거렸다.

"난 안 무서워." 그는 씩씩하게 걸어서 내 앞에 섰다.

트러스틴은 큰 풀을 옆으로 밀더니 모래 옆에 무릎을 꿇었다. 천천히 손가락을 내리는 동안, 그의 손 전체가 떨렸다.

"꼭 할 필요는 없어." 내가 말했다. "네가 겁쟁이라면."

"안 무섭다고 했잖아." 그는 팔 전체를 모래밭에 쑥 넣었다.

나는 그의 옆에 무릎을 꿇었다. "뭐가 느껴지니?"

"그냥 모래야." 그가 팔을 휘저었다. "아무것도 없어 ……, 잠깐……, 뭐가 느껴져……." 그는 입을 벌리고서도, 아무 소리도 내지 못했다.

"뭔데?" 내가 물었다. "트러스틴?"

"뭔가 느껴져." 그의 눈이 커졌다.

"뭐라고?" 나는 최악의 상황에 대비했다. "말해줘."

"그녀의 손이야. 누나가 말한 여자가 여기 있었네. 그녀가 지금 내 손을 잡고 있어. 손가락이 느껴져. 느껴져······.” 그의 팔이 앞으로 쏠렸다. “그녀가 나를 당기고 있어, 베티. 그녀가 나를 아래로 당기고 있어.”

그는 모래로 빨려들어 갔고, 이윽고 어깨까지 모래에 파묻혔다.

“그녀가 날 데려가게 두지 마, 베티.”

그의 발버둥에 모래가 날렸다. 나는 그의 허리에 팔을 감고 잡아당겼고, 그가 천천히 나오는 느낌이 들었다. 다시 앞으로 빨려가더니, 그가 또 한 번 모래 속으로 빠져들었다.

“도와줘, 베티.”

나는 뒤꿈치를 땅에 박고, 그를 껴안은 두 팔을 힘껏 조여 당기면서 그를 빼냈다. 그는 몸을 굴려 누웠고, 팔을 몸 밑에 숨겼다.

“악, 내 팔, 베티. 아파.”

나는 상처가 얼마나 심한지 보려고 그를 옆으로 굴리려고 했다.

“어디 봐.” 내가 말했다.

그는 마치 아직 뭔가가 그를 붙잡고 있는 듯 몸을 떨었다.

“트러스틴?”

그가 팔을 불쑥 내밀면서 날카로운 비명을 질렀다. 나는 괴성을 지르며 뒤로 넘어졌고, 그 찰나, 나 또한, 러배너의 유령과 퀵샌드의 신화에 희생되는구나 싶었다.

“메롱.” 트러스틴이 일어서면서 깔깔 웃었다.

“이 두꺼비 똥 같은 놈.” 나는 일어나서 그를 밀쳤다.

“누나가 저런 거에 속다니 믿을 수가 없네. 저건 그냥 모래야, 베티.” 그는 계속 깔깔 웃으며 말했다. “저 안에 여자는 없어.”

나는 모래에 마지막 눈길을 던졌고, 우리는 손수레로 돌아갔다.

미즈 플레즌트는 스투코 주택[110]에 살았고, 몇 년에 한 번 똑같은 바다

---

110 stucco house. 외관을 대리석과 비슷하게 마무리한 집. ‘스투코’는 소석회에 대리석분과 점토분을 섞어 만든 미장재료로, 방화성과 내구성을 높인다.

색을 입혀 색상을 화사하게 유지했다. 그녀는 은퇴하기 전 한때 가르쳤던 초등학교 근처에 살고 있었다. 은퇴 후, 다육식물을 키웠다. 그녀는 우리를 보자, 원예용 장갑을 벗어 우리에게 흔들었다.

"아, 카펜터, 너희 왔구나. 똑바로 서라, 카펜터."

그녀는 모든 이름을 성으로 불렀다. 그래서 형제들과 함께 있을 때면, 그녀가 우리들 중 누구한테 말하는지 알기 힘들었다.

수십 년 동안 그 누구도 미즈 플레즌트의 얼굴을 본 적이 없었다. 코, 오른뺨, 이마 대부분이 없다는 소문이 돌았다. 다른 이들은 그 부위는 다 그대로지만 산(酸)이나 불에 크게 뎄다고 했다. 그녀가 쓰고 있는 가면 때문에 그 누구도 그 훼손의 정도를 알지 못했다. 혼응지[111]로 만든 그녀의 가면은 전부 한 여자의 얼굴이었다. 미즈 플레즌트의 옛 모습을 기억하는 사람들은 그 가면 모두 그녀의 아름다운 얼굴이 손상되기 이전의 얼굴이라고 했다.

그녀가 손수레 앞에 멈췄을 때 나는 그녀의 얼굴을 보고 싶었다. 그녀는 트러스틴이 우리가 콩을 까부르는 것을 그린 그림 하나를 집어 들었다. 엄마의 새빨간 드레스가 바람에 날리고 있는 그림이었다.

"빨강? 어휴." 미즈 플레즌트가 손을 내밀었다. "난 한번도 이 색을 좋아한 적이 없다. 넌 이 색이 좋니, 카펜터?" 그녀가 가면 안쪽에 손가락을 넣고 이마를 긁으면서 이렇게 물었다. "빨간색을 좋아하니? 카펜터, 너한테 말하고 있잖니. 그리고 똑바로 서라, 제발."

나와 트러스틴은 허리를 쭉 폈다. 트러스틴은 나를 보았고, 내가 답하기를 바랐다.

"나는 빨강은 아무 상관없어요." 내가 말했다. "하지만 그게 내가 마지막에 보는 색이 아니었으면 싶어요."

---

111 papier-mâché. 불어. 混凝紙. 종이나 펄프에 천이나 접착제(아교, 녹말, 벽지용 풀)를 섞어 만든 종이. 예로부터 전통 제의나 조각, 공예에 사용되었다.

"음, 그렇고말고, 카펜터. 좋은 대답이다. 그래, 난 이 그림을 갖고 싶다."
그녀는 그림을 겨드랑이에 끼고 앞치마 주머니에서 동전 지갑을 꺼냈다.

"빨간색이 들어가지 않은 다른 그림도 많아요." 트러스틴은 우리의
키들을 그린 것들을 그녀에게 보여주었다.

"나는 이미 여기 이 그림으로 정했다, 카펜터."

"하지만 부인은 빨간색을 좋아하지 않는다고 하셨잖아요." 그가 말
했다. "그 그림은 온통 빨간색이에요."

"남자애들은 이해를 못한다, 그치, 카펜터?" 그녀는 내게 몸을 돌리
더니 기름병을 향해 고개를 끄덕였다. "전에 너희 아버지가 받았던 그
값 그대로니?"

"네." 내가 답했다.

그녀는 오일과 그림 값으로 충분한 돈을 건넸다.

"너희가 원하면 치즈 한 접시 먹고 가도 된다." 그녀가 말했다. "그런
데 체다 치즈만 있고, 크래커는 없다. 하지만 지난봄에 만든 제비꽃 젤
리가 남았다. 치즈 덩어리를 젤리에 적셔 먹으면 된다. 아주 맛있다. 들
어가자, 카펜터."

그녀는 몸을 돌려 집으로 가는 길을 올랐다.

"우리가 머물 필요는 없잖아, 응?" 트러스틴이 물었다.

"넌 이 레인의 다른 집에 가서 그림을 더 팔 수 있는지 알아보는 게
어때?" 내가 말했다. "난 여기 있을게. 다 마치고 여기서 봐."

"정말 그녀랑 함께 있을 거야?"

"어쩌면 가면을 벗을지도 모르잖아."

"만약 벗으면, 그림 그리게 얼굴이 어떻게 생겼는지 말해줘." 그는 이
렇게 말한 뒤 손수레를 끌고 떠났다.

"오는 거니, 안 오는 거니, 카펜터?" 미즈 플레즌트가 문 앞에서 나를
불렀다.

그녀의 집 내부는 내가 상상했던 것만큼 잘 정돈되어 있었다. 파스텔

톤의 천을 씌운 소파와 의자들은 투명 비닐로 덮여 있는 반면 목재 장식물들은 잡지 종이처럼 반짝였다.

"왜 저렇게 해둔 거예요?" 나는 벽 곳곳에 압정으로 박아 놓은 면 시트들에 대해 물었다.

"거울을 덮어둔 거다." 미즈 플레즌트가 답했다. "난 거울을 쓸 데가 없고, 그런데 그걸 완전히 없애자니 아쉽고, 그래서 그냥 덮어둔 거다. 지금은 양탄자에 올라가지 마라, 카펜터."

그녀는 나를 부엌으로 데려가면서 자신도 바닥에 깔린, 마치 스테인드글라스처럼 화려하고 정교한, 새것 그대로 보존된 양탄자 밖으로 걸어 다녔다. 찬장은 하얀 철로 되어 있었고, 창문마다 드리워진 묵직한 주름의 하얀 케이프 코드 커튼[112]과 어울렸다. 하양이 빨간 깅엄[113] 벽지와 대비되었다.

"빨강이 엄청 많네요." 내가 말했다.

"가끔 우리 주변에 우리가 좋아하지 않는 게 널려 있지." 그녀가 답했다.

그녀는 오일 단지를 내려놓았고, 트러스틴의 그림을 파이 금고[114] 위, 엄마의 조리법들이라고 적힌 깡통에 기대 놓았다. 파이 금고를 열어 보랏빛 젤리가 든 퀼트 유리[115] 단지를 꺼냈다.

---

112 Cape Cod curtains. '케이프 코드'는 17세기 매사추세츠 Cape Cod에 정착한 영국인들이 영국 주택을 기초로 삼아 세웠던 주택 스타일. 이후 '단독주택'(single-family home)을 뜻했고, 1950년대에 간단하고 직관적인 선, 값싸고 실용적인 면에서 큰 인기를 얻었다. 커튼 장식은 주름, 말림, 배치가 다채롭다.

113 gingham. 흰색과 다른 색을 경사와 위사로 구성한 유명한 체크무늬. 패턴의 기원은 역사가 깊고, 이름의 기원에 대해서는 논란이 분분하다. 프랑스(Vichy), 독일(Vichy-Muster), 네덜란드(Brabants bont).

114 pie safe. 파이 등 당장 냉장 보관할 필요가 없는 음식을 보관하는 별도의 찬장. 1700년대에 미국에서 개발, 대인기를 끌면서 이후 모든 가정의 필수품이 되었다.

115 quilted glass. 퀼트의 누빔 모양으로 양각 처리한 장식용 유리그릇. 원래 스테인드글라스의 무늬창(patterned window glass) 제조법으로(1899~), 1900년대부터 장식용 및 주방 용기에 활용되었다.

"야생 제비꽃을 모으는 데 며칠이 걸렸다." 그녀가 말했다. "그래서 사람들이 이 젤리를 더는 안 만드는 거다. 훈련과 노력이 필요하니까."

그녀는 단지를 식탁에 올려놓았다. 냉장고에서 체다 치즈 한 덩어리와 아이스티 물병을 꺼냈다. 한 잔씩 차를 따랐고, 창턱의 작은 화분에서 민트 잎을 따서 올렸다. 그녀가 흰 앞접시 두 개를 꺼내는 동안, 나는 치즈를 썰었다.

"젤리를 열어라, 카펜터."

그녀는 젤리 단지를 파라핀납으로 밀봉해두었다. 나는 치즈나이프 칼로 마개를 밀어 올렸다. 젤리 위에 파라핀 조각들이 떨어졌다. 그녀에게 단지를 건네주기 전에 그걸 건져냈다.

"고맙다, 카펜터." 그녀는 이렇게 말하고, 숟가락으로 단지에서 젤리를 퍼서 앞접시에 한 덩이씩 떨궜다. 나는 곧장 내 치즈를 담았다.

"음, 맛있어요." 내가 그녀에게 말했다. 젤리는 달콤하고 상큼한 맛이었다.

미즈 플레즌트는 한 입을 베어 물려면 가면을 입에서 떼어야 했다. 나는 그녀의 얼굴을 보려고 했지만, 그녀는 필요 이상 드러나지 않게 조심했다.

"그나저나 부인 얼굴에 무슨 일이 있었던 거예요?" 내가 물었다.

"오, 나는 무례함을 정말 경멸한다." 그녀가 어깨를 뒤로 뺐다. "나는 네 얼굴에 무슨 일이 있었는지 묻지 않아. 내가 지금 그러든?"

"내 얼굴은 아무렇지 않아요."

"그건 개인적인 생각일 뿐이다."

잠시 침묵 후, 그녀가 물었다. "넌 내 얼굴에 무슨 일이 있었다고 생각하니?"

"어떤 종류의 산(酸)이었다고 들었어요. 그래서 부인이 아주 심하게 데었다고요. 누구는 부인이 자해했다고 해요. 누구는 어떤 남자가 부인에게 그랬다고 해요."

"나는 내가 다룰 수 없는 남자를 만난 적이 없다."

"그럼 부인이 자해한 거예요?"

"당연히 아니지. 멍청한 아이야. 하나님이 내게 그런 거다."

그녀는 우리 잔에 차를 더 따르기 전, 자신의 손을 닦았다.

"내가 어렸을 때," 그녀가 말을 이었다. "나는 뭔가를 봤다. 끔찍한 뭔가를. 나는 그 일을 누구에게도 발설한 적이 없고, 결국 그 끔찍한 짓을 저지른 사람은 도망쳤고, 끔찍한 일을 당한 사람인 그녀는 죽을 때까지 비참하게 살았다. 그래, 난 그렇게 그 일이 끝났다고 생각했다. 하지만 그 참혹함이 우리에게 한 짓을 모르는 이상, 우리는 정말 무서운 게 뭔지 알 수 없고, 또 함부로 말해서도 안 된다. 우리는 뭔가 나쁜 것을 보면, 그에 대해 뭔가 해야 할 막중한 책임이 있다. 내가 아무 짓도 안 했기 때문에 하나님이 내 얼굴을 빼앗아 나를 벌한 거다. 그냥 그런 거다."

"무슨 끔찍한 걸 보신 거예요, 미즈 플레즌트?"

"끔찍한 건 더는 중요하지 않다. 중요한 건 내가 누구에게도 그걸 말하지 않았다는 거지."

그녀는 일어나서 접시를 모아 싱크대로 옮겼다. 그녀는 거기서 가만히, 작은 창문 너머를 응시하고 있었다. 나는 밖으로 나가 트러스틴을 기다리기로 했다. 얼마 후 그가 나타났다.

"그림을 다 팔았어." 그가 미즈 플레즌트의 집을 향해 고개를 끄덕였다. "부인의 얼굴을 봤어?"

"아니. 가자." 나는 베란다에서 뛰어내렸다. "집에 가자."

셰이디 레인에 도착했을 때, 트럭이 빵빵거리며 우리 옆에 차를 세웠다.

"릴런드?" 트러스틴이 운전석 문으로 달려갔다. "돌아온 거야?"

"아마도." 릴런드가 열린 창 너머로 말했다.

"글쎄, 네가 왔던 곳으로 다시 돌아가는 게 좋을 거야." 내가 그에게 말했다. "마을에 끔찍한 병이 돌고 있어. 다들 종기가 돋아서 죽어가고 있어. 아직 시간이 있을 때 여기서 나가는 게 좋을 거야."

"사실이 아니야." 트러스틴이 내게 얼굴을 찡그렸다.

나는 그에게 닥치라고 했다.

"그냥 난 위험을 감수할게." 릴런드가 집으로 향했다.

나는 그를 뒤쫓았다. 그가 창밖으로 내게 히죽거렸다.

"웃을 일이 있을지 내가 보여줄게." 나는 자갈을 한 줌 집어서 그의 트럭에 던졌다.

작은 돌들이 운전석 문을 때렸다.

그가 급정거를 하면서 브레이크가 끼익 소리를 냈다.

"조심해, 베티." 트러스틴은 이렇게 말하면서 헐레벌떡 내 뒤로 손수레를 당겼다.

릴런드가 문을 너무 세게 여는 바람에, 문이 튕겨서 다시 닫혔다. 그는 부츠로 문을 박차고 나왔다. 펄쩍 뛰어서 두 발로 착지했다. 당시 릴런드는 스물여섯이었고, 온몸이 건장했다.

"놀고 싶니, 어린 소녀야?" 그가 물었다. "그럼 놀자."

나는 재빨리 들판으로 뛰어들었다. 나는 혹 곰에게 쫓기면 아빠가 하라고 했던 것처럼 지그재그로 달아나려고 했지만, 릴런드는 추격을 재미있어 했다. 나는 그가 얼마나 빨리 달릴 수 있는지 잘 알고 있었고, 그는 전력을 다하지 않았다. 그는 내가 도망칠 수 있다고 생각하기를 바라는 것 같았다.

우리가 숲에 이르렀을 때, 나는 나무를 유리하게 이용하려고 했고, 나무 사이사이로 뛰면서 그가 나를 쉽게 볼 수 없게 했지만, 그는 계속 깔깔 웃었다. 뒤를 돌아보니, 그가 더는 보이지 않았다.

나는 걸음을 멈추고, 그가 딛는 잔가지의 바스락대는 소리가 들리는지 귀를 기울였다. 새소리만 들렸다.

"릴런드? 어디 있어?"

우리는 너무 멀리 달렸고, 나는 그의 트럭도, 레인도 볼 수 없었다. 나를 바라보는 그의 눈길을 느끼는 순간, 나는 천천히 뒤로 물러섰다.

"재미없어." 내가 말했다. "난 다 말할 거야……."

"잡았다." 그의 팔이 내 허리를 감쌌고, 나를 땅에 꽂았다.

우리는 흙 속에서 몸싸움을 벌였다. 나는 그에게 발길질을 하고 주먹을 휘둘렀지만, 그는 나보다 훨씬 컸다.

"내가 없는 동안 조금 순해졌겠지 싶었는데," 그가 말했다. "전혀 아니구나."

그는 나를 돌려 눕힌 뒤, 내 요동치는 팔을 잡아 내 머리 위에 꽉 눌렀다.

"많이 컸구나, 베티 아가." 그는 이렇게 말하며 남은 손으로 내 드레스를 훑으며 치마를 끌어올렸다. 그가 내 허벅지 안쪽을 움켜쥐었을 때, 나는 비명을 지르면서 팔로 땅을 쳤고, 그는 두 손으로 내 팔을 눌러야 했다.

나는 그의 밑에 깔린 프레야였다. 나는 제 아버지의 밑에 깔린 나의 어머니였다. 나는 숨결에서 여전히 팝콘 냄새가 나는 남자애의 밑에 깔린 플로시였다. 그리고 나는 싸우고 있었다. 그들이 마땅히 그래야 했던 것처럼, 나는 싸우고 있었다.

"계속해봐." 그가 미소를 지으면서 내 팔을 풀었다. "나를 때려봐."

나는 그를 밀치고, 그의 얼굴을 때렸다. 그는 더 활짝 웃을 뿐이었다. 이어 그가 내 다리 사이로 자신의 몸을 밀어 넣었다.

"안 돼." 나는 빠져나오려고 땅을 할퀴면서 그의 밑에서 빠져나오려고 했다. 하지만 어머니의 말이 맞았다. 세상에서 가장 무거운 것은 내가 원하지 않을 때 내 위에 있는 남자다. 그래도 나는 온힘을 다해 싸웠다.

"너 야만인이지, 그렇지?" 그는 한 손으로 내 가슴을 누르면서 등을 꺾어 머리를 젖히고 울부짖었다. 그는 자신의 입술을 핥고, 그의 눈을 내 눈에 가까이 댔다. "어린 소녀들은 숲속을 혼자 걸어 다니면 안 돼. 늑대에게 잡혀 먹혀. 지금쯤 그걸 알 나이가 아니니?"

"난 네가 싫어." 나는 그의 얼굴에 침을 뱉었다. "난 다 말할 거야. 네가 프레야에게 한 짓이랑……."

"내가 뭘 했는데?"

"언니를 강간했잖아."

"강간? 그거 어려운 말이네. 넌 그 단어가 무슨 뜻인지 아니, 베티?"

"난 너를 봤어. 난 헛간에 있었어. 난 네가 트럭에서 언니를 강간하는 걸 지켜봤어."

그는 내 입을 움켜쥐고 비틀었고, 나는 그의 손가락이 내 이빨 사이로 파고드는 것을 느낄 수 있었다.

"지금 말하기에는 너무 늦었지." 그가 말했다. "아빠는 너한테 왜 그 일이 벌어졌을 때 말하지 않았느냐고 묻겠지. 넌 그 끔찍한 일이 네 언니한테 일어나는 걸 봤어. 넌 언니가 강간당하는 걸 봤고, 그런데 넌 아무 말도 안 했다? 넌 그 빌어먹을 아침마다 웃고 놀고 빗질할 생각을 했다? 만약 내가 그걸 봤다면, 난 바로 말했을 거야." 그가 말을 멈추고 생각했다. "어, 잠깐만, 넌 그 일을 *지켜봤다고* 했지?" 그는 한 손으로 내 얼굴을 꽉 쥔 뒤, 마치 내가 고개를 끄덕이는 것처럼 내 머리를 위아래로 흔들었다. "그런데 넌 그걸 막지 않았다?" 그는 내 머리를 좌우로 흔들면서 내 답을 강요했다. "넌 왜 날 막지 않았지? 언니가 네 앞에서 강간당하고 있는데, 넌 언니를 돕기 위해 아무 짓도 하지 않았다?"

"닥쳐." 내 뜨거운 눈물이 얼굴을 타고 흘러내렸다.

"넌 방관한 거야, 베티." 그가 말했다. "넌 그걸 막을 수 있었어. 넌 헛간에 널려 있는 아무거나 집어서 내 머리를 칠 수 있었어. 제기랄, 네가 고함쳤다면 그걸 막았을 거야. 넌 아무 짓도 안 했어. 넌 대체 어떻게 생겨먹은 동생이야?"

나는 뺨을 돌려 땅에 대고 큰 소리로 흐느꼈다.

"혹 그들이 네 말을 믿는다고 치자." 그가 말을 이었다. "그들은 당연히 빌어먹을 네가 언니를 구하기 위해 손 하나 까닥하지 않은 걸 생각할 거야. 너 자신이 그녀를 강간한 거나 마찬가지야."

나는 그의 얼굴을 힘껏 갈겼다. 그는 내 옷깃을 움켜쥐고 나를 잡아당겼다. 그의 입김에서 담배 냄새가 날 정도로 가까웠다.

"그럼 프레야는 어떻게 될까?" 그가 물었다. "너는 걔를 그렇게 곤란하게 만들고 싶니? 요 몇 년 동안 걔는 한마디도 한 적이 없어. 사람들은 말이 안 된다고 생각할 거야. 그런 끔찍한 일을 당했으면, 글쎄, 제기랄, 걔가 뭐든 말했겠지. 누구라도 그럴 거야. 아무렴. 아무도 너를 안 믿을 거야. 그들은 너를 끔찍한 거짓말을 지어내서 제 언니를 곤란하게 만들고, 언니의 평판을 진흙탕에 끌어들이는 그런 병든 소녀로 생각할 거야. 내 말은, 요 몇 년 동안, 프레야는 여전히 나를 피하지 않는다는 거야. 더없이 평온하지. 내가 걔를 강간했다면, 어떻게 걔가 여전히 내게 말을 걸 수 있지? 사람들은 이 모든 질문을 던질 거야. 넌 거기에 다 답할 수 있어?"

"릴런드?" 아빠의 목소리가 멀리서 울렸다. "베티? 어디 있니?"

릴런드는 내 눈을 똑바로 쳐다봤다.

"너도 나만큼 죄인이야." 그가 말했다. "네가 나를 고자질하면, 너 자신을 고자질하는 거야."

나는 그가 나를 일으키게 두었다. 그는 나를 끌고 숲을 되돌아 나가기 시작했지만, 내 드레스 단추가 풀어진 것을 보고 발을 멈췄다. 그는 재빨리 단추를 채워주면서 혹 아빠가 도중에 우리를 만날까봐 나무 사이를 살폈다.

"넌 못된 여자애야." 릴랜드는 이렇게 말하면서 흐트러진 게 없는지 확인했고, 내 드레스 등에서 나뭇잎을 털어냈다. "너는 숲으로 달아났어." 그는 손가락으로 내 머리칼을 훑어 내렸다. "너는 내가 너를 따라오기를 바랐어. 너는 내게 네 몸을 보여주었어. 내게 그걸 만져달라고 했어."

"아니야."

"아빠가 그렇게 믿는다면?" 그는 아빠의 목소리가 들리는 쪽으로 고개를 까닥였다. "아빠는 널 다시는 같은 눈으로 보지 않겠지. 넌 아빠한테도 더러운 애가 되는 거지. 치욕을 안기는 거지. 이제 울음을 그쳐." 그가 내 몸을 흔들었다. "그치라고 했다."

그는 엄지로 내 눈을 눌러 눈물을 닦았다.

"너는 그냥 멍청한 헤픈 계집애야." 그는 내 손을 잡고 레인으로 돌아가는 내내 나를 끌어당겼다. 아빠와 트러스틴이 트럭 옆에 서 있었다.

"너희 둘이 거기 있구나." 아빠가 우리를 보더니 이렇게 말했다. "너희들 어디 있었니?"

"얘가 트럭에 돌을 던졌어요." 릴런드가 나를 앞으로 밀쳤다.

"베티?" 아빠가 나를 돌아봤다. "왜 오빠 트럭에 돌을 던졌니?" 아빠가 내 까진 무릎을 내려다봤다. "넘어졌니? 그래서 우는 거야? 그래서 온통 더러운 거야?"

"뒤쫓을 수밖에 없었어요." 릴런드가 대신 답했다. "우리 둘 다 땅에서 꽤 굴렀어요. 그래서 긁힌 자국이 생겼나 봐요." 릴런드는 운전석 문의 흔적을 가리켰다.

"베티," 아빠가 말했다. "오빠 트럭에 돌을 던진 걸 사과해라."

"사과하라고요?" 나는 고개를 저었다. "나는 절대로 쟤한테 사과하지 않아요."

나는 레인에서 다시 한 줌의 자갈을 집어 릴런드에게 던졌다. 그가 때마침 몸을 돌렸고, 돌이 그의 등에 튕겼다.

"베티, 그만." 아빠는 내가 어린아이인 양 손가락으로 나를 가리켰다. "이제 그만해라. 알겠니?"

릴런드는 아빠 뒤에 서서 나를 보고 활짝 웃었다. 나는 손톱이 손바닥을 파고들 정도로 주먹을 꽉 쥐었다. 아빠가 트럭의 흠집을 보려고 몸을 돌리는 순간, 나는 그 기회를 잡아 재빨리 아빠의 주머니에 손을 넣어 잭나이프를 꺼냈다. 그 칼을 들고, 릴런드에게 달려가 그의 등에 올라탔다. 칼을 열면서, 칼날을 그의 콧날에 대고 밀면서 살을 베었다. 따뜻한 피가 내 손가락을 타고 흘러내렸다.

"베티, 맙소사." 아빠가 내 허리를 팔로 감쌌다.

나는 아빠가 나를 떼어놓기 직전에 릴런드를 더 깊이 베는 데 성공했다.

릴런드는 그의 얼굴에 피가 흐르자 고통에 비명을 질렀다.

"도대체 무슨 생각을 하고 있었던 거니, 베티?" 아빠는 내 손에서 칼을 낚아챘다.

그는 칼을 주머니에 넣은 뒤 내 팔을 움켜잡았다. 그는 내 엉덩이를 때리기 시작했고, 나는 비명을 질렀다.

"아빠, 그만해요." 트러스틴의 목소리가 우리 뒤에서 들렸다.

"베티는 혼나야 한다." 아빠의 목소리가 내 비명을 압도했다. "자칫하면 릴런드를 죽일 뻔했다."

"죽이고 싶었어요." 나는 몸을 뺐다. "쟤도 밉고, 아빠도 미워요."

나는 아버지를 밀친 뒤, 미즈 플레즌트의 집으로 돌아갈 때까지 멈추지 않고 달렸다.

"미즈 플레즌트?" 나는 문을 밀어 열었다. "여기 계세요?"

그녀가 부엌에서 나왔다.

"잊은 게 있니, 카펜터?" 그녀가 물었다.

나는 그녀에게 달려들어 가면을 벗겼다. 그녀는 비명을 지르면서 두 손으로 얼굴을 가렸다.

"나를 쳐다보지 마라." 그녀가 말했다. "제발, 보지 마라. 나는 괴물이다."

나는 손가락 사이로 그녀의 얼굴을 볼 수 있었다. 나는 종기나 흉터가 있으리라 예상했다. 뭔가 괴상하고 고통스러운 것을. 그러나 마맛자국 정도가 전부였다.

"아무렇지도 않아요." 내가 그녀의 손을 치우자 예순여덟 살 노파의 아름다운 얼굴이 드러났다. "그동안 거짓말을 하신 거네요. 이 뒤에 숨어서." 나는 그녀의 눈앞에 가면을 흔들었다.

"난 흉측하다." 그녀는 자신의 얼굴을 만지면서 울부짖었다. "안 보이니?"

"아무것도 없어요."

"만져봐라." 그녀는 내 손을 잡아 자신의 뺨에 갖다 댔다. "고름을 만져봐. 흉터의 주름들도. 내 빨간 눈이 보이지 않니? 난 더 이상 코가 없다. 내 입술은 생살이다. 난 다 잘못되었다."

그녀는 옆 탁자로 온몸을 던졌고, 도자기 꽃병을 집어 벽에 내던졌다. 가구를 씌운 비닐을 찢었고, 선반을 넘어뜨렸고, 책들이 바닥에 나뒹굴었다.

그녀는 벽에서 시트를 걷어치워 모든 거울을 드러냈다. 거울에 비친 자신의 모습을 본 그녀의 두 눈이 공포로 커졌다.

"난 괴물이야." 그녀는 주먹으로 거울을 박살냈다.

그녀는 피를 흘리면서 계속 자신의 집을 부쉈다. 나는 가면을 손에 꼭 쥐고 문을 뛰쳐나왔다. 레인 끝에 도착했을 때, 미즈 플레즌트의 자지러지는 비명이 여전히 귀에 먹먹했다. 나는 서둘러 퀵샌드 구멍으로 달려가 가면을 그 안에 던졌다.

처음에는 가면이 가라앉을 것 같지 않았는데, 이어 천천히 모래에 잠기더니 내가 지금 가면을 보고 있는 것이 아니라 한 여인의 얼굴을 보고 있는 듯, 천천히 사라졌다.

# 더 브레새니언

## 귀신이 총격범이라는 소문

윈드크리프 부인이라는 사람이 나서서, 돌아가신 자신의 어머니가 총격범인 것 같다고 밝혔다. 윈드크리프 부인의 말이다.

"어머니의 증오가 먼지 중에 살아 있습니다. 그래서 항상 그렇게 먼지가 많은 겁니다."

윈드크리프 부인은 자신의 주장을 뒷받침하는 집 안에서의 증거로, 저절로 여닫히는 문들과 계속 물이 채워지는 욕조를 언급했다. 윈드크리프 부인의 주장이다.

"틀림없이 제 어머니예요. 그분은 내가 목욕을 자주 한다고 생각한 적이 한번도 없거든요. 우리가 어머니를 묻은 후, 나는 그분이 땅속에 갇혀 있기를 바랐지만, 일어나신 거예요. 그분의 사격은 늘 형편없었기 때문에, 크게 걱정하지는 않습니다. 그래도 어떤 대통령도 이 마을에 오면 안 됩니다. 어머니가 비극을 워낙 좋아해서 그들도 살해당할지 모릅니다. 여자들은 다 그렇지 않나요?"

# 31

∽

선을 행하고 죄를 짓지 않는 의인은
땅 위에 하나도 없느니라.
—전도서 7:20


샌즈 보안관이 내게 몸을 기울였다. 그는 흰색 내의에 크림색 조끼를
걸치고 있었다. 갈색 바짓단은 부츠 속에 말려들어가 있었다. 그에게서
씹는담배 냄새가 났다.

"그녀 말로는 네가 집에 들어와 자신을 공격했다고 했다, 베티. 그녀
의 얼굴에서 곧바로 가면을 벗겼고. 왜 그런 짓을 했니?"

샌즈 보안관은 원래 아칸소 주 출신으로, 남부 오하이오의 느릿한 말
투와 비슷한, 그러나 완전히 같지는 않은, 지독한 남부 억양을 하고 있
었다. 그는 앞으로도 한동안 보안관을 할 것이다. 그는 훗날, 1984년,
한 흑인 소년을 불태워 죽인 폭도의 일원이 될 것이다. 그러나 때는
1965년, 그는 내가 왜 그런 짓을 하고 있는지 알고 싶어 하는 완전히
다른 사람이었다.

우리는 현관 베란다에 서 있었다. 엄마와 아빠는 내 뒤에 있었다.

"베티?" 아빠가 물었다. "보안관의 말이 사실이니?"

나는 고개를 끄덕였다.

"글쎄요, 플레즌트가 고소는 하지 않을 겁니다." 보안관은 베란다 난
간 너머로 침을 뱉었다. "그러나 그녀는 당신들이 딸을 자신에게 접근
하지 못하게 해주기를 원합니다." 그가 엄마와 아빠에게 말했다. "그 말
은 혹 베티가 무단 침입할 경우, 플레즌트가 법적 조치를 취할 거라는

말입니다."

"난 그녀를 아프게 하려던 게 아니었어요." 내가 말했다. "나는 단지 그녀의 얼굴을 보고 싶었어요."

보안관은 입술을 삐죽였다가 다시 당겼고, 그때 들쑥날쑥한 이빨들이 보였다.

"그 가면 아래 얼굴은 어떻게 생겼더냐?" 그가 물었다.

엄마와 아빠도 숨을 죽이고 내 답을 기다렸다.

"그녀는⋯⋯, 그러니까 그녀의 얼굴은⋯⋯."

"그래." 보안관은 내 눈앞에서 손을 빙빙 돌렸다. "어서. 그게 어떻게 생겼더냐?"

"끔찍했어요." 마침내 내가 말했다. "얼굴색이 두 가지에요. 빨강과 분홍. 피부는 이마에서 벗겨지고 있어요." 나는 내 이마를 긁었다. "피부가 너무 날것이라, 절대 흉터가 생기지 않을 것 같았어요. 계속 진물이 흐를 상처 같았어요. 코가 없어요. 그래서 항상 입을 벌리고 숨을 쉬어요." 나는 그걸 따라했다. "그녀는 웃지 못해요. 뺨이 녹고 있고, 입술도 늘어져 있어요." 나는 내 뺨을 잡아당겼다. "그녀는 속눈썹도, 눈썹도 없어요. 정수리 머리는 비었고, 대신 끊임없이 고름이 새는 작은 종기들이 나 있어요."

보안관은 몸을 뒤로 젖혔다.

"네 평생 최악의 것을 본 것처럼 말하는구나." 그가 말했다.

"아뇨." 나는 헛간 쪽을 바라봤다. "그렇지 않아요."

나는 다시는 미즈 플레즌트에게 오일을 배달하지 않았다. 그녀는 나를 볼 때마다, 재빨리 길을 건너면서 자신의 가면 끈이 단단히 묶였는지 확인했다.

"에구, 왜 그랬어, 베티?" 플로시가 어느 날 밤 침대에서 내게 물었다.

"내가 왜 그녀의 가면을 벗겼냐고?"

"아니. 난 미즈 플레즌트 이야기를 하는 게 아니야. 네가 왜 릴런드를 공격했는지 묻는 거야."

"걔 영혼을 잘라버리려고 했어." 나는 이렇게 말하고 눈을 감았다.

릴런드는 마을에서 지내기로 결정했다. 그는 랠프와 스파키네 추유소에 취직했다. 그는 주유소 뒤에 살았다. 거긴 퀴퀴한 냄새가 났고, 지네들이 시멘트 바닥과 벽 사이 틈새에 살고 있었다.

나는 릴런드의 상처가 어떻게 낫는지 지켜보면서 시간을 가늠했다. 몇 달 뒤인 1966년 겨울, 나는 열두 살이 되었고, 오빠의 상처는 두 눈 사이의 틈을 잇는 흉터가 되었다.

내가 그 흉터를 응시하는 동안, 고드름이 맨가지에 달리기 시작했고, 아버지는 차고에 한증실을 만들었다. 대부분 여성들이 찾아와서, 옷을 긴 가운으로 갈아입고, 머리만 내민 채 한증실에 들어가 앉았다. 아빠는 여전히 강장제, 탕약, 차를 만드는 한편 사업을 확장했다. 차고에 사람들이 누울 수 있는 탁자를 두었다. 그는 그들의 다리를 안마하거나 팔다리를 마사지하곤 했다. 린트는 아빠가 탁자를 만드는 것을 도왔다. 심지어 부자는 플러그로 끼우는 통증치료용 장갑을 발명하기도 했다. 그게 어떻게 작동했는지는 잊었지만, 아빠가 그 장갑을 누군가의 손에 끼면 손가락에서 불꽃이 튀었다. 불꽃은 늘 보라나 파랑이었던 게 기억난다.

그 시절, 아빠와 린트는 차고 문밖에 작은 간판을 달았다.

랜든네.

많은 사람들이 아버지에게 끌렸고, 나는 그에게서 더 멀어졌다. 내 손에 씨를 떨어뜨리며, 내가 강하다고 말했던 그 남자는 어디 있을까? 내게 손을 치켜들었던, 내게 무력감을 안긴 그 남자는 같은 남자일까? 내가 왜 릴런드를 공격했는지 그에게 말할 수만 있다면.

*사랑하는 아빠, 아빠한테 할 이야기가 있어요.*

내가 아버지에게 한번도 전하지 못한 편지들 속의 이 문장. 나는 아빠가 집 뒤의 굽은 나무로 만든 의자에 앉아―그때를 격하게 회상하며―그에게 차마 큰 소리로 말할 수 없었던 모든 것을 글로 쓰곤 했다.

편지 한 장을 쓰자마자 바로 찢고, 처음부터 다시 쓰곤 했다. 나는 내가 말하면 프레야가 정말 자살할까 두려웠던 걸까? 아니면 릴런드가 말했듯 다들 내가 릴런드만큼 잘못했다고 생각할까 두려웠던 걸까? 릴런드의 말이 맞았다. 나는 그날 헛간에서 그를 막으려는 아무 짓도 하지 않았다.

집안 곳곳에 변화의 바람이 불었다. 트러스턴은 그걸 검은 소용돌이들 속에 꽁꽁 숨은 듯한 이미지들로 그림에 반영했다. 반면 플로시는 만족스러운 듯했다.

"더 이상 아빠의 총애를 못 받는 것 같구나, 베티." 그녀가 미소를 지었다. "이제는 린트야. 기분 나쁘게 생각하지 마. 원래 아버지들은 아들들을 제일 좋아해."

봄이 왔고, 우리가 지붕 덮인 다리 축제[116]에 갈지 확신이 서지 않았다. 매년 온 가족이 함께 갔다. 어쩌면 거기 가는 것도 다 끝난 듯했다. 그런데 아빠가 축제 전날 저녁 마카로니 샐러드와 코코넛 크림 파이를 만드는 것을 보고, 우리가 갈 것이라는 걸 알았다.

마을 중심에서 몇 킬로미터 떨어진 곳에 있는 지붕 덮인 다리는 계단식 폭포를 굽어보고 있는, 다이아몬드 모양 입구를 한 긴 나무 터널이었다. 축제는 여자들에게는 그들의 퀼트와 파이를 뽐내는 시간이었고, 남자들은 소금-팽창 빵[117] 경연을 심사했다.

---

**116** Covered Bridge Festival. 1804년 코네티컷 주에서 미국 최초로 지붕 덮인 다리가 건설되었다. 원래 목적은 목조 교각을 보호하기 위한 것이었고(보통 20년인 수명을 100년까지 늘렸다고 한다), 폭설과 폭우 시 여행객들의 임시 피난처가 되기도 했다. 20세기 들어 미국 내 지붕 덮인 다리의 수가 10분의 1로 줄었고, 20세기 중반부터 과거의 향수를 불러일으키는 아이콘이 되어 곳곳에서 축제가 열렸다.

**117** salt-rising bread. 1860년대 애팔래치아 산맥의 초기 정착민들이 만든 밀도 높은, 흰색의, 효모가 들어가지 않은 빵. 상업적 효모가 없던 시절, 효모 대신 박테리아균을 발효에 이용했다. 소금 농도는 매우 낮고, 소금은 맛을 내는 역할이 아닌 발효를 '부풀어 올리는'(rising) 역할을 했다. 이름이 붙여진 기원이다. 주재료는 밀가루였고, 우유, 물, 옥수수, 밀, 감자 등의 혼합물을 섞기도 했다. 현재 미국 중부와 동부에 미미하게 전통이 이어지고 있다. 최근 우리에게 알려진, 일본에서 건너온 '시오(しお 소금)빵'과는 다르다.

우리는 더는 굴러가지 않았던 램블러를 대체해서 아빠가 구입한 중고 포도주색 왜거네어[118]를 타고 축제에 갔다. 아빠는 램블러를 부품이나 고철로 파는 대신 집 뒤 숲에 세워놓았다. 램블러의 안테나에서 뺀 너구리 꼬리는 왜거네어의 안테나에 매달았다.

왜거네어의 가장 큰 특징은 개폐식 뒤 지붕이었다. 지붕을 열면 맑은 하늘이 펼쳐졌기 때문에, 나와 플로시는 늘 뒷문으로 탔다.

아빠가 우리를 축제로 데려가는 동안 나와 플로시는 등을 대고 누운 채 하늘에 보이는 솜털 구름들마다 이름을 붙여주었다.

"다리 옆의 우리 자리를 아무도 차지하지 않았으면 싶은데." 아빠는 이렇게 말하면서 그 생각에 속도를 약간 올렸다.

린트와 트러스틴은 중간 칸 자리에 앉았다. 린트는 트러스틴에게 그날 아침 주운 돌을 보여주고 있었다.

"내 돌들에 눈을 그려줄 수 있을 것 가-아-알아, 트러스틴?" 린트가 트러스틴에게 물었다. "얘들도 악마들을 보려면 눈이 필요해."

한 낡은 농가에 다가가자 아빠가 속도를 늦추기 시작했다. 그 집 앞마당에 검은 조랑말 한 마리가 큰 참나무에 짧은 밧줄로 묶여 있었다. 참나무에 기대놓은 골판지 조각에 조랑말 공짜, 라고 적혀 있었다.

"행여 꿈도 꾸지 말아요." 엄마는 당장이라도 발을 뻗어 액셀을 밟을 듯 아빠에게 말했다. "여기 우리 당나귀들로 충분해요. 거기에 말까지 보탤 필요는 없어요."

축제에 도착했고, 릴런드와 프레야는 이미 와 있었다.

그녀는 내게 다가와 내 셔츠 깃을 벌려 잘 자라는 쪽지 한 움큼을 내 등에 부었다. 그녀는 깔깔 웃더니 플로시에게 똑같이 했고, 플로시는 자신의 쪽지를 프레야에게 색종이처럼 뿌렸다.

---

118 Wagonaire. 스튜드베이커(Studebaker, 1852~1967) 사의 스테이션왜건(1963~1966).

쪽지가 땅에 떨어지면서, 나와 릴런드의 눈이 마주쳤다. 나는 그의 콧날에 생긴 흉터를 응시했다. 나는 그게 영원히 지워지지 않기를 바랐다.

나는 플로시를 도와 평소 우리 자리인 잔디 위에 담요를 폈다. 아빠는 풍경(風磬) 소리를 들을 수 있는 다리 가까이에 있는 것을 늘 좋아했다. 풍경은 지붕 바깥쪽 가장자리에 매달려 있었다.

나는 프레야와 플로시 사이에 앉았고, 엄마와 아빠가 음식을 조금씩 나눠주었다. 우리가 싸온 것은 샌드위치 바구니 하나, 아빠의 마카로니 샐러드 대접 하나, 집에서 만든 피클 단지 하나였다. 아빠는 디저트로 코코넛 파이를 잘랐고, 그게 얼마나 큰지 다 먹을 수 없었다.

"음악이 시작한다." 프레야가 밴조를 연주하는 올드 맨 슈혼[119]을 가리켰다.

그는 내가 늘 봤던 차림인 연보라색 멜빵을 메고 있었다. 배까지 늘어뜨린 잿빛 수염에, 줄을 뜯을 때 쓰는 긴 노란 손톱을 한 그는 축제의 고정 출연자였다.

"이-하.[120]" 그가 발을 굴렀다.

많은 소풍객들이 일어나 춤을 추기 시작했다. 우리 부모님들처럼 나이든 커플들은 젊은 시절의 왈츠 자락에 서로를 안았다. 우리는 아버지가 어머니를 살짝 떨굴 때 그녀가 머리를 뒤로 젖히며 웃는 모습을 지켜봤다. 한 소년이 플로시에게 다가와 춤을 추고 싶은지 물었다. 그녀는 수락했고, 그녀의 치마는 활짝 핀 꽃처럼 펄럭였다. 린트는 자리에서 일어나 점포를 구경하러 갔다. 트러스틴은 그림을 그리기에 좋은 전망을 가진 언덕길을 올랐다.

나는 프레야가 파이를 먹는 동안 릴런드가 담요 위에 몸을 뻗고 눕는

---

119 Old Man Shoehorn. '구둣주걱 노인'.
120 yee-haw. 카우보이들의 흥겨운 외침(yeehaw, yeeha, yeehah).

것을 지켜봤다. 프레야가 내 등에 기댄 채 미소를 지었다. 나는 그 순간을 장미와 말로 채우고 싶었지만, 릴런드가 지켜보고 있었다.

*내가 늑대를 물리칠 수 없다면?* 영혼이 그렇게 묻고 있다.

"춤출래, 베티?" 프레야가 물었다.

나는 축제 속 웃는 얼굴들을 응시했다. 웃음소리가 공기에 가득했고, 마침내 내 주위에서 빙빙 돌았다.

"그래, 왜 춤을 안 추니, 베티?" 릴런드의 웃음소리가 모든 소리를 덮었다.

웃는 얼굴들이 내 주위를 점점 더 빠르게 맴돌았다. 그 모든 얼굴들이 릴런드의 웃는 얼굴 하나로 합쳐졌다. 나는 일어서서 가슴이 터져라 비명을 질렀다. 적어도 마음속으로는 그렇게 했다.

"산책하러 갈 거야." 일어나면서 프레야에게 말했다.

"있어봐." 그녀가 말했다. "곧 퀼트 심사를 볼 수 있어."

"아, 그냥 가게 둬." 릴런드가 주머니에서 선글라스를 꺼내 썼다. "쟤는 이제 소녀가 아니야. 산책하고 싶으면, 산책하겠지."

나는 그의 다리를 넘으면서 그의 무릎과 부딪쳤다. 부모님들은 여전히 춤을 추고 있었고, 나는 팔짱을 낀 채 큰길까지 나갔다. 축제 소리가 뒤에서 희미해졌다. 나는 고요를 즐겼고, 그러나 어두워지기 시작하자, 차량 행렬이 시작되었다. 축제가 끝나면서 사람들이 집으로 돌아가기 시작했다. 엄지를 치켜세웠지만, 포도주색 왜거네어를 제외하고는, 아무도 차를 멈추지 않았다.

플로시와 함께 뒷좌석에 올랐을 때, 아무도, 아무 말도 하지 않았다. 엔진의 시끄러운 소음이 반가웠다. 다른 아무것도 들어설 여지가 없는 그 느낌이 좋았다.

차가 느리게 가는 것을 느꼈고, 우리가 올 때 지나친 낡은 농가에 가까이 가는 것이 보였다. 조랑말은 여전히 나무에 묶여 있었다. 아빠가 풀밭에 차를 세우고 차에서 내렸다.

"저 암놈이 마음에 드쇼?" 그 집 베란다의 흔들의자에 앉아 있던 남자가 아빠에게 큰소리로 물었다.

남자는 배만 보였다. 그의 가는 팔과 더 가는 다리가 마치 반죽 덩이에 꽂힌 이쑤시개처럼 그의 몸통에서 튀어나와 있었다.

"누군가 눈먼 암말을 원할 때가 왔군." 그가 흔들의자에서 일어나서 아빠에게 비뚝거리며 왔다.

"저 암말이 눈이 멀었다고 했나요?" 아빠가 조랑말의 대리석 빛 눈을 들여다봤다.

"그럼." 남자가 고개를 끄덕였다.

그는 커다란 수박 조각을 들고 있었다. 한 입을 베어 물자, 이미 흠뻑 젖은 그의 하얀 티셔츠에 즙이 뚝뚝 떨어졌다.

"죽은 여자처럼 장님이오." 남자가 덧붙였다. "오래전에 갱마[121]였소." 그가 조랑말의 뒷다리에 수박씨를 뱉었다.

"갱마가 뭐예요?" 트러스틴이 창밖으로 몸을 내밀었다.

"갱에서 일하는 말이다." 아빠가 조랑말의 갈기의 뻣뻣한 털을 쓰다듬었다. "지하 철로에서 석탄을 끌었지. 석탄 때문에 얘가 눈이 먼 거다."

"맞소." 남자가 동의하듯 고개를 끄덕였다. "광부시요?"

"광부였죠." 아빠가 조랑말의 상처 난 코를 부드럽게 만졌다.

"응, 나도, 광부였소." 남자가 수박 조각을 한 입 더 베물었다. "지금은 은퇴했소만."

"몇 살입니까?" 아빠가 물었다.

"내가 은퇴한 때요?" 남자는 곰곰이 생각했다. "아, 그게……."

"조랑말이 몇 살입니까?" 아빠가 조랑말의 눈에서 각다귀를 쫓았다.

---

**121** pit pony. 일명 '막장 말'(mining horse). 18세기부터 20세기 중반까지 지하탄광에서 석탄을 운반했던 말, 조랑말, 노새. 통칭 'pony'로 불렸다.

"아." 남자가 헛기침을 했다. "짐작컨대 아홉 살일 거요."

아빠가 뒷짐을 진 채 조랑말을 이리저리 살폈다.

"우리가 데려가겠습니다." 그가 말했다.

그가 참나무에서 밧줄을 푸는 동안, 엄마가 앞좌석에서 한숨을 내쉬었다.

"트레일러를 갖고 다시 와서 쟤를 데려갈 거요?" 남자가 물었다.

"아뇨. 우리 차에 태울 수 있을 것 같습니다. 하지만 쟤를 올릴 수 있는 뭔가 튼튼한 게 있으면, 정말 감사하겠습니다."

그가 수박을 던지고 헛간으로 들어갔다. 잠시 후 평평한 판자를 갖고 나왔고, 남자와 아빠는 그걸 차 뒷문 바닥에 깔아 조랑말이 서 있을 수 있도록 했다. 나와 플로시는 좌석 등받이 쪽으로 바짝 좁혀 앉았다.

떠나기 전, 아빠가 남자에게 악수를 청했고, 그가 이에 놀란 듯했다. 그는 차가 출발하자 활짝 웃었다.

조랑말의 머리가 열린 지붕 위로 솟았고, 갈기가 바람에 휘날렸다. 나는 알고 있었다. 얘는 분명 큰 풀밭 사이, 야생 데이지들이 자신의 정강이를 치고, 아무도 자신을 짓누르지 않는 그곳을 자유롭게 달리는 생각을 하고 있을 것이라는 걸.

나는 개의 다리에 손을 올렸고, 채찍 자국이 돋은 것이 느껴졌다. 귀끝은 죄다 잘려 있었다. 코 여기저기 작은 흉터가 있었다. 칼을 댄 자국들, 고작 얘한테 누가 주인인지 상기시키려고 그랬을 것이다. 얘는 사람들의 명령과 지시에 따라 살았다. 얘의 지상에서의 모든 삶에 자유가 주어진 적은 한번도 없었다. 마치 얘의 모든 가치는 등에 질 수 있는 짐이 얼마나 큰지로 끝난다는 듯, 갇혀 있었고, 소유되었다.

끝내 공짜로 내던져질 때까지의 삶이었다. 달리기에는 다리는 너무 약했고, 눈은 얘가 평생을 보내야 했던 탄광 너머의 세상을 더는 볼 수 없었다. 그럼에도, 지금 얘는 자신의 갈기에 이는 바람을 느낄 수 있었다. 지옥 같은 한 과거로부터 한껏 질주할 수 있는 자유가 있다고 믿을 만한 한 순간으로 자신을 인도한 이 작은 호의를 못 느낄 만큼 죽어 있지 않았다.

*이게 사랑일까?* 얘는 분명 이렇게 물었을 것이다. *마침내 나도 사랑 받는 것일까?*

나는 셔츠로 내 얼굴을 가렸다. 나는 울고 있었지만, 아무도 듣지 않 았으면 했다. 그래도 들렸나 보다. 누군가 라디오를 켰으니까.

집에 도착하자마자, 엄마와 남동생들은 집으로 들어갔다. 나와 플로 시는 조랑말을 내릴 때까지 기다려야 했다. 아빠는 차고에서 합판 하 나를 가져와 조랑말이 밟고 내려오게 했다.

플로시는 나를 보더니 차 뒷문에서 급히 나와 집안으로 사라졌다.

아빠가 뒷마당으로 조랑말을 끌고 갈 때, 나는 차에서 내렸다. 나는 주변을 어슬렁거렸고, 뒤 베란다에 선 채, 아빠가 텃밭에서 캐낸 봄 당 근을 조랑말에게 먹이는 것을 지켜봤다.

"이리 와라, 베티." 그가 나를 불렀다.

나는 그에게 가지 않았다. 대신 베란다 꼭대기 계단에 앉았다. 아빠 는 나를 잠시 보다가, 하늘을 쳐다본 뒤 조랑말을 끌고 들판으로 나 갔다.

"이런, 이런, 이런." 엄마가 베란다로 나왔고, 부엌문이 쾅 닫혔다.

그녀가 마당으로 걸어 내려왔다. 활짝 핀 클로버들이 그녀의 맨발가 락 사이에 끼였다.

"생각해보니 축제는 하루를 보내는 끔찍한 방법이었네." 그녀가 아 빠와 조랑말을 지켜보며 내게 이렇게 말했다. "사람들은 이 축제가 밴 조 음악을 들으면서 보내는 즐거운 봄날이라고 믿고 싶어 하지. 심지어 아무도 더는 풍경에 대해 언급도 안 해. 다들 춤을 추면서 진실을 잊는 거야." 그녀가 내게 몸을 돌렸다. "넌 풍경이 왜 다리에 걸려 있는지 아 니, 베티?"

"새들을 쫓으려고요."

"다들 그렇게 말하지만 그건 아무도 진실을 말하고 싶지 않아서일 뿐이야. 있잖아, 브레세드의 어머니들이 그들의 살해당한 딸들을 추모하기 위해 그 풍경을 걸었던 거야. 네가 태어나기 훨씬 전이지만, 19세기 말, 한 남자가 마을을 돌아다니면서 소녀들을 살해했어. 그가 잡혔을 때, 그는 소녀들이 자기에게 no, 라고 하는 소리를 듣기 싫어서 그들의 혀를 잘랐다고 했어. 어머니들은 그들의 딸들에게 목소리를 돌려주기 위해 다리에 풍경을 달았던 거야. 그 어머니들은 그 풍경을 '영혼의 차임벨들'이라고 불렀어. 그들은 풍경이 소리를 낼 때마다 애들의 영혼이 그걸 만지는 거라고 믿었지. 마지막 어머니 이후, 아무도 다리에 풍경을 걸지 않았지. 단, 자신의 죽은 아이들을 위해 풍경을 건 네 아버지를 제외하고는. 내 생각에, 바로 그것 때문에, 아빠가 매년 축제에 가는 거고, 다리 가까이에 앉고 싶어 하는 것 같아. 얘로와 와콘다의 영혼이 자신에게 말하는 소리를 들으려고 말이야."

"네가 랜든 카펜터에게 어떤 불만을 갖고 있든, 그가 제 아이들을 사랑하지 않는다고는 말하지 못할 거야. 있잖아, 네가 태어난 날 밤, 네 아버지는 하늘의 모든 별을 세었어. 꼬박 밤을 새웠지만, 그는 그걸 해냈지. 네 형제들이 태어난 날 밤, 그가 별을 세었던 것처럼 똑같이. 혹 네가 아빠한테 릴런드가 태어난 날 밤하늘에 별이 몇 개였냐고 물으면 그는 정확한 숫자를 알려줄 거고, 거기에 더해 그날은 프레야가 태어난 날 밤보다 별이 다섯 개 적었다고 말할 거야. 트러스틴의 밤에는 별똥별이 가장 많았고, 린트는 그 무엇보다 달이 휘영청 밝았어. 플로시는 스타를 꿈꾸는 소녀답게, 그중 가장 별이 적었어. 넌 누가 가장 별이 많았는지 아니?"

그녀는 내 앞에 서서 내가 눈을 맞출 때까지 기다렸다.

"너였어, 베티."

나는 그녀 너머로, 우리 머리 바로 위의 별들을 바라봤다.

"어떤 남자들은 자신의 은행계좌에 있는 정확한 금액을 알고 있지."

그녀가 말을 이었다. "다른 남자들은 자신의 차가 얼마를 달렸고, 앞으로 또 얼마를 달릴 수 있을지 잘 알지. 다른 남자들은 자신이 좋아하는 야구선수의 타율을 알고 있고, 다른 더 많은 남자들은 엉클 샘이 그들에게서 쥐어짜낸 정확한 총액을 알고 있어. 네 아버지는 그런 숫자를 몰라. 랜든 카펜터의 머릿속에 있는 유일한 숫자는 그의 아이들이 태어난 날, 하늘에 있었던 별들의 숫자야. 네가 무슨 생각을 하고 있는지 모르겠지만, 머릿속이 제 아이들의 별들로 가득 찬 하늘을 지닌 남자라면 제 자식의 사랑을 받을 자격이 있는 남자라고 말하고 싶어. 특히 별을 가장 많이 받은 자식으로부터."

# 32

그가 꿈같이 날아가 버리니
찾을 수 없으며.
—욥 20:8

아빠는 금속 얼음트레이에 물을 채울 때마다, 칸마다 작은 빨강 까치밥나무[122] 열매를 하나씩 떨어뜨렸다. 물이 얼면, 열매도 얼었다. 그게 우리의 여름 간식이었다. 길에서 작은 종을 울리는 아이스크림 맨은 관심도 없었다. 각얼음을 물고 그 안에 든 선홍색 베리가 나올 때까지 빨았다. 그게 왠지 까치밥나무 덤불을 찾아가서 태양에 덥혀진 매달린 베리들을 한 움큼 집어먹는 것보다 좋았다. 물론 그렇게도 먹었지만, 작은 씨들이 이빨에 끼었고, 오후 내내 혀로 씨를 빼내야 했다.

나는 각얼음 하나를 입에 넣고 들판에서 조랑말을 산책시켰다. 나는 개가 더는 보지 못하는 것들을 개에게 묘사해주었다.

"저기 꽃이 있어." 나는 얘한테 말했다. "연분홍에, 가운데는 노래. 그리고 저기 메뚜기가 있어. 걔가 네 발굽을 보고 있어."

나는 햇빛 아래서 조랑말의 흉터를 살폈고, 그게 마치 길인 양 손끝으로 훑었다.

"있잖아," 내가 말했다. "고대 체로키 사회에서, 아버지의 피는 아이의 신분에 아무 의미가 없었어. 어머니가 체로키인 아이만이 체로키

---

122 red currant. 북미 서부와 캐나다 원산의 건포도과 관목. 높이 1.5~3.5m, 학명 Ribes sanguineum(까치밥나무, 핏빛의).

가 될 수 있었어." 나는 개의 목을 팔로 감싸 안았다. "내가 네 어머니가 될 거니까, 너는 체로키가 될 수 있어. 그리고 넌 아무 걱정하지 않아도 돼. 왜냐하면 내가 절대로 아무도 너를 다시는 탄광으로 데려가지 못하게 할 거니까."

나는 조랑말을 새파란 텃밭 가장자리까지 산책시켰다.

"곧," 나는 애에게 말했다. "우리는 여기서 자라고 있는 모든 걸 단지에 보관할 거야."

"맞다." 아빠가 텃밭에서 미소를 지으며 일어서면서 말했다.

나도 미소로 답했다. 어머니의 별 이야기는 나를 사로잡았고, 아버지가 어떤 사람인지 내게 깨우쳐주었다. 내가 강하다는 것을 잊지 않게 해준 남자. 아빠는 그날 트럭에서 릴런드 편을 들은 것이 아니었고, 편을 들어줄 사람이 있는지도 몰랐다.

나는 그것을 나 자신에게 보내는 편지에 썼다.

*사랑하는 베티, 네 아버지는 네 아버지이고, 첫 번째 여자이고, 태양이고, 빛이고, 친절한 모든 것이다.*

아빠는 언젠가 내게 두 늑대에 관한 체로키 전설을 들려주었다. 한 늑대는 사악하고, 부정직하고, 심성이 비뚤어져 U-so-nv-i로 불렸다. 다른 늑대는 정직하고, 다정하고, 착해서 Du-yu-go-dv로 불렸다.[123]

"두 늑대가 우리 모두의 마음속에 살고 있다." 아빠는 이렇게 말했다. "그들은 둘 중 하나가 죽을 때까지 싸운다."

아빠는 어떤 늑대가 살고 있는지 묻자, 그가 말했다. "너를 먹이고 사랑하는 늑대."

나는 내 안의 늑대가 분노와 증오를 먹고 사는 늑대이기를 원치 않았고, 그래서 텃밭에서 일하기 시작했다. 그곳은 나와 아버지에게 서로 만날 수 있는 기회를 만들어준 유일한 장소였다. 그곳에서 우리는 나란

---

[123] Usonvi 음란한. Duyugodv 정직한.

히 일했다. 우리는 줄기와 잎의 힘에 대해 이야기했고, 우리의 힘에 대해 이야기했다.

텃밭 전체가 응답한 듯, 그해의 수확량은 풍성했다. 베리의 수확이 시작되었을 때는 가히 장관이었다. 텃밭의 작물 더미들이 우리의 부엌 조리대 위에 쌓여 젤리와 잼으로 변할 차비를 하고 있었다. 산딸기는 씻어서 말렸다. 노란 대접 속 밝은 블루베리들. 녹색 에나멜 체 속 블랙베리들. 하얀 면 수건들마다 묻어 있는 작은 보랏빛 얼룩들. 조리대에서 굴러 떨어진 구스베리들, 그중 두 알이, 레인지 위 냄비 안에서 단지들이 끓고 있는 동안 뒤꿈치 아래 깔려 있었다.

내 손은 이제 더는 작은 주둥이 단지에 들어갈 만큼 작지 않았고, 그래서 나는 피클과 토마토를 담을 중간 크기의 주둥이 단지들을 씻었다.

트러스틴의 손은 아직 작아서 세척솔 없이도 가장 작은 단지들의 바닥까지 닿았다. 그는 나이 든 이웃들의 단지를 닦아주면서 미술용품을 살 용돈을 벌었다. 그가 찾아간 그들의 집에는 왠지 항상 짖는 개 한 마리와 관절염을 앓는 조그만 노파 한 분이 있었다. 그가 그 작은 손을 그분들의 단지에 미끄러지듯 넣으면, 그분들은 자신들을 기꺼이 도와주는 그가 얼마나 멋진지 말하곤 했다. 그가 씻는 걸 좋아하는 탓에 아무 문제가 없었다. 그는 단지를 손에 들고 유리 너머로 손을 바라보며 닦았고, 비누와 물이 만드는 얇은 자국들을 마치 그것 또한, 그의 눈에 비친 한 폭의 그림인 양 응시했다.

베리와 단지 사이에서, 그해 여름은 예년보다 무더웠다. 거의 매일 밤, 나와 플로시는 브레세드 급수탑에서 프레야를 만나 찬물 속에서 헤엄쳤다. 린트는 탑 안의 어둠을 싫어했기 때문에 절대로 우리와 같이 가지 않았다. 트러스틴은 같이 가기는 했지만, 늘 밖에 머물렀다. 오래전 나무에서 떨어졌던 추락의 두려움, 그게 아직 너무 컸다.

"난 그냥 탑에 가는 게 좋아. 누나들과 수영하는 걸 상상할 수 있잖아." 그가 말했다. "아무 두려움 없이 사다리에서 다이빙하는 상상을 할 수 있잖아."

그러나 그런 상상은 사그라졌고, 어느 날 밤 나와 플로시가 또다시 수영을 하러 나설 때, 트러스틴이 발을 뺐다.

"안 가, 트러스트(Trust)?" 플로시가 걸음을 멈추지 않고 어둠속으로 사라졌을 때, 내가 그에게 물었다.

"뭐 하러 가?" 그가 어깨를 으쓱했다.

머리 위 하늘에서 먹이를 먹고 있는 갈색 박쥐들이 그의 관심을 끌었다. 그는 걔들을 올려다보며 박쥐에게 날개가 달린 건 불공평하다고 했다.

"심지어 재들은 우리보다 천사들이랑 더 가까워." 그가 말했다. "날개가 있다고 상상해봐, 베티. 우리보다 더 높은 건 없을 거야. 우리가 올라가지 못할 꼭대기는 없을 거야. 날개가 있으면 추락하지 않잖아. 하나님은 새와 박쥐에게 날개를 낭비한 거야. 그분은 그걸 우리에게 주었어야 했어."

나는 오래된 은단풍나무로 몸을 돌렸고, 핼러윈 때 날아보려고 그게 필요했던 게 기억났다. 트러스틴이 지켜보는 동안, 나는 단풍나무 몸통에 발을 박고 가장 낮은 가지를 잡은 뒤, 나뭇가지 위로 올라갔다.

"거기서 뭐 하는 거야?" 그가 물었다.

나는 답을 하지 않고 잎사귀 두 개를 뜯어서 땅으로 뛰어내렸다. 나는 컴컴한 차고로 가서 여러 상자를 뒤져 테이프를 찾았다.

"뭐 하려고?" 그가 물었다.

"내가 너한테 날개를 달아줄 거야."

나는 테이프로 그의 맨등에 잎자루를 붙였다.

"느낌이 다를 거라고 생각했어." 그는 이렇게 말하면서 목을 뻗어 잎을 보려고 했다. "날개가 있으면 너무 멋져서 무릎이 떨릴 거라고 생각했어."

그는 가까운 그루터기로 달려가 그 위로 뛰어올랐다. 그가 뛰어내렸고, 땅에 떨어졌다.

"날개가 작동을 안 해." 그가 일어서면서 말했다.

"아직은 날개가 아니야, 멍청아." 내가 말했다. "그건 네가 높은 데서 떨어질 때만 날개로 바뀔 거야. 그건 안전 날개야. 자, 이제 탑에 수영하러 갈래?"

그는 박쥐들을 잠깐 쳐다본 뒤, 이렇게 말했다. "내가 먼저 도착할게, 나랑 내기해."

그가 달리기 시작했다. 나는 테이프를 던지고 그를 따라잡았다. 우리는 동시에 탑에 도착했다.

"저 물속에 들어가면 좋을 거야." 내가 사다리로 향하면서 말했다.

"난 못할 것 같아." 트러스틴이 내 뒤에서 멈췄다.

"하지만 넌 이제 날개가 있잖아."

"생각해봤는데, 지금 내가 있는 곳보다 더 높은 곳에 있으면 안 되겠어, 베티."

나는 밤하늘을 올려다보며 저 위의 광대한 공간을 느꼈다. 나는 어떤 경이가 일어나기를 갈구했다. 하늘에서 곧바로 떨어질 하나의 기적을. 우리의 두려움에서 우리 모두를 해방시켜줄 그 무엇을.

"있잖아, 벌은 날 수 있으면 안 된다고 하잖아." 내가 말했다. "그건 모든 비행 법칙에 반하는 거래. 벌의 날개는 걔들의 몸보다 작고, 그래서 걔들이 나는 건, 적어도 과학의 관점에서는 말이 안 된다고 해. 하지만 벌들은 날개가 그렇게 작아도 아무 상관 안 해. 그냥 날 수 있다고 믿는 거지. 걔들이 날 수 있는 건 그 믿음 때문이야. 자기 자신에 대한 신뢰(trust)가 없으면, 걔들은 결코 땅을 뜨지 못할 거야. 너는 자신을 신뢰한다는 게 뭔지 알아야 해. 맙소사, *trust*가 네 이름에 있잖아."

"아빠처럼 말하네." 그가 미소를 지었다.

"그런 거 같네. 자, 수영하러 올라갈 거야?"

"먼저 올라가. 난 조금 있다가 따라갈게."

나는 사다리를 오르기 시작했고, 하지만 트러스틴이 내 이름을 불렀을 때 멈췄다.

"응?" 나는 그를 내려다봤다.

"넌 내게 날개를 준 좋은 누나야, 베티."

"그래서 누나들이 있는 거야." 나는 수조 꼭대기까지 계속 사다리를 올랐다. 수조는 휘청대는 헐렁한 판자들로 만든 발코니와 더 휘청대는 철제 난간으로 빙 둘러쳐 있었다. 나는 나를 올려다보고 있는 트러스틴을 내려다봤다.

"그 위에 있으니까 누나가 천사처럼 보여." 그가 말했다.

"여기서는 다 천사야." 나는 그에게 말했다. "너는 급수탑 안이 천국인 거 모르니?"

"그래서 그게 땅에서 그렇게 높은 거야?"

"그렇지."

"글쎄." 그가 미소 지었다. "천국에 가기 좋은 밤인 것 같네."

"이렇게 더운 밤이면 항상 좋아."

나는 몸을 돌리다가 쪽지 하나를 밟았다. 많은 쪽지들이 탑의 입구까지 이어져 있었다. 나는 발끝으로 그걸 피해 걸으면서 안으로 들어갔고, 찬물 속 플로시 위로 뛰어들었다. 플로시가 욕을 하면서 내게 물을 튕겼다.

"내가 쓴 잘 자라는 쪽지 봤어?" 프레야가 물었다. "내가 너를 위해서 그 길을 만들었어."

"응, 봤어." 나는 이렇게 말하고 내 젖은 청반바지 주머니에서 그녀에게 쓴 잘 자라는 쪽지들을 꺼냈다. 종이가 흠뻑 젖어서 나는 그 덩어리를 짜서 그녀의 손에 안겼다.

"이건 내가 언니한테 쓴 거야." 내가 말했다.

그녀는 깔깔 웃었고, 우리 셋은 손가락에 주름이 생길 때까지 헤엄쳤다.

"난 오늘 밤 헤엄은 다했어." 프레야는 이렇게 말하고 사다리 쪽으로 향했다. "지금 나가지 않으면, 바닥에 가라앉을 것 같아."

차례차례, 우리 셋은 수조에서 나왔다. 내가 마지막이었고, 그래서 내가 들은 것은 프레야가 트러스틴이 땅에 이상하게 누워 있다고 말하는 소리뿐이었다. 나는 나가서 잘 보려고 플로시를 앞으로 밀쳤다. 트러스틴이 땅바닥에 등을 대고 납작하게 누워 있었다. 팔과 다리를 쭉 뻗고 있었다. 나는 최대한 난간 너머로 몸을 뻗쳤다.

"야, 트러스틴." 내가 말했다. "장난치지 마."

그의 눈이 움직이지 않았다.

"쟤가 장난치는 게 아닌 것 같아." 프레야가 사다리를 내려가기 시작했다. "쟤가 너무 이상하게 누워 있어."

내가 사다리를 겨우 반쯤 내려갔을 때 프레야는 벌써 땅을 밟고 트러스틴 옆에 무릎을 꿇고 있었다. 그녀가 그의 입가를 만졌다. 그녀의 손가락에 피가 묻어나왔다.

"맙소사." 그녀의 목소리가 떨렸다. "사다리에서 떨어진 것 같아."

나는 마지막 몇 계단을 뛰어내렸다.

"자, 트러스틴. 일어나." 나는 그에게 달려갔고, 플로시가 발가락으로 그의 옆구리를 건드렸다. 그는 반응하지 않았다.

"애가 그 나무에서 떨어졌을 때 기억하지?" 나는 언니들에게 물었다. "그때도 이렇게 누워 있었고, 괜찮았어. 그냥 숨이 꽉 막힌 것뿐이야."

프레야가 플로시에게 몸을 돌리면서 말했다. "식당으로 가. 문 옆 민들레 돌[124] 밑에 열쇠가 있어. 아빠한테 전화해. 그리고 래드 박사한테도. 알겠니?"

플로시는 어두운 밤 속으로 돌진했고, 그녀의 젖은 발이 땅을 때렸다.

---

**124** stone dandelion. 조약돌에 민들레를 그리거나 새긴 장식물.

"괜찮을 거야, 베티." 프레야가 내 얼굴을 보며 말했다. "괜찮을······."

트러스틴이 숨을 헐떡였다. 나는 그의 머리맡에 무릎을 꿇었고, 프레야는 그의 맞은편에 주저앉았다.

"봤어?" 내가 활짝 웃으며 말했다. "괜찮을 거라고 했잖아."

프레야가 그의 손을 꼭 잡고 말했다. "플로시가 도움을 청하러 갔어. 어디 부러진 거 같아?"

그는 꼼짝을 못했다.

"조금이라도 움직일 수 있니, 트러스틴?" 그녀가 물었다.

그는 새끼손가락도 움직이지 못했고, 그녀는 괜찮다고 했다.

"어쨌든 아빠와 래드 박사가 올 때까지 일어나면 안 돼." 그녀가 그에게 말했다.

트러스틴이 뭔가를 말하고 싶어 힘들어하는 모습이 보였다. 나는 그의 입술에 귀를 댔다.

"뭐라고 했어?" 내가 물었다.

"난 해냈어, 베티. 난 하늘을 만졌어. 난 날았어. 난 새처럼 날았어. 난 날았어······." 그의 목소리가 가늘어졌다.

그의 콧날의 피부가 찡긋거리는 것이 보였다.

"얘 코가 왜 이래?" 프레야가 물었다.

"얘의 영혼이 떠나는 거야." 내가 말했다.

나는 그가 마지막으로 숨을 내쉴 때 거기 영혼이 있었던 것을 알았다. 나는 뒤로 물러섰고, 프레야가 그를 흔들기 시작했다.

"트러스틴?" 프레야가 그에게 대답하라고 외쳤다. 트러스틴은 그녀의 손안에 축 늘어져 있었다.

"죽었어, 프레야." 내가 말했다. 프레야가 계속 그를 흔들었을 때, 나는 더 크게 말했다. "죽었어."

"아냐. 얘가 그럴 리가 없어."

"죽었어." 내가 다시 말했다. "죽었어, 죽었어, 죽었어."

나는 절규하며 비명을 질렀다. 프레야는 나를 감싸 안았고, 우리는 함께 울었다.

나는 내 남동생을 긴 노래로 서술하고 싶지만, 고작 십 년을 산 소년을 위한 긴 노래는 없다. 그 짧음이 있을 뿐이다. 그가 살아 있었다는 짧은 증거. 한 사람을 잃었다. 한 유령을 얻었다. 나의 유령은 베란다 그네 위에서 각얼음을 빨고, 플로시의 립스틱으로 우리 방 침실 벽에 예쁜 동굴을 그리는 어린 소년이다. 그는 다른 것을 하기는 너무 어리다. 결혼하거나 아버지가 되기는 너무 어리다. 철이 들기는 더더욱 어리다. 야생화 들판으로 걸어가 내게 목걸이를 만들어줄 만큼 꽃을 들고 나왔던 이 소년.

그를 바라보면서, 나는 그의 이름을 사방에 쓰고 싶은 충동이 일었다. 모든 풀잎사귀에, 급수탑 사다리의 모든 계단에, 우리 옆 나무의 모든 잎에. 나는 그의 이름이 그 모든 것들 여기저기에 있기를 바랐다. 나는 그가 존재했다는 것을 아무도 모를까봐 두려웠다.

"아빠와 박사한테 전화했어." 플로시가 어둠 속에서 달려 나오면서 말했다. 그녀가 트러스틴을 보더니, 물었다. "얘가……?"

프레야가 고개를 끄덕였다. "떠났어."

프레야가 그 말을 했을 때 정말 마지막으로 들렸다. 나는 그제야, 내게 다시는 목탄을 묻힌 검정 지문을 내 옷에 묻힐 때마다 내가 소리를 지를 동생이 없을 거라는 것을 깨달았다. 내게 다시는 쌍안경을 주고받으며 멀리 강 저편을 바라볼 동생이 없을 거라는 것을 깨달았다. 자기 가족을 그렸던 이 소년은 떠났다. 나는 확신했다. 집에 돌아가면, 지붕은 아예 사라졌을 것이고, 집은 자연에 그대로 노출되었을 것이다. 형제 하나를 잃는 것은 이런 느낌이다. 집 한쪽이 사라진 듯한, 폭풍우 속에서 우리를 보호한 한쪽이 사라진 듯한.

헤드라이트가 우리를 비췄다. 자동차 문이 벌컥 열리며 아빠가 뛰쳐나왔다.

"오, 내 새끼야." 그는 트러스틴 옆에 주저앉았다. "뭔 짓을 한 거니, 아가야?"

아빠는 트러스틴의 아침잠을 깨우듯 그의 뺨을 다독였다.

"자, 이제 일어나라." 아빠가 그에게 말했다. "너는 아직 갓난애다. 아기다. 너는 아직 갈 수 없다. 너는 언덕을 다 그리지도 않았다. 너는 강의 지도를 그리지도 않았다. 깨어나라, 내 새끼야, 깨어나라."

"아빠, 이제 깨어나지 않아요." 프레야가 부드럽게 말했다.

아빠는 마치 그의 아들이 정말 죽었다는 것을 알려면 딸의 슬픔을 보아야 한다는 듯, 눈을 들어 프레야의 눈을 바라봤다.

"오, 내 새끼야." 그가 울부짖었다. "아들놈아."

트러스틴은 처음 떨어졌을 때 비명을 지르지 않았다. 그리고 이번 두 번째도 비명을 지르지 않았다. 유일한 소리는 우리 셋이 물속에서 놀던 소리였다. 그래서 나는 언니들이 땅을 쳐다보면서, 우리가 뭔가를 손가락 사이로 쉽게 놓쳐버린 것은 아닐까 느꼈다고 생각한다.

"내가 안아주마." 아빠는 트러스틴을 품에 안고 차로 데려갔다.

트러스틴이 누워 있었던 땅에는 내가 그에게 준 두 장의 단풍잎만 남아 있었다. 나는 무릎을 꿇고 나뭇잎을 묻을 수 있을 만큼 땅을 파헤쳤고, 나는 그것을 몇 킬로미터 아래로, 내 죄책감의 깊이만큼 묻을 수 있었으면 했다.

# 33

∾

슬픔이 웃음보다 나으니, 이는 얼굴의 슬픔으로 인하여
마음이 더 나아지기 때문이라.

— 전도서 7:3

내가 처음 들은 음악은 아버지가 내 요람 가장자리를 두드린 북소리
였다. 쿵, 쿵, 쿠쿵, 쿵, 쿵. 맞다, 그건 음악이었다. 맞다, 그건 하나의
노래였다. 똑같은 노래를 아빠는 트러스틴의 관 가장자리에서도 연주
했다. 쿵, 쿵, 쿠쿵, 쿵, 쿵, 아들의 시신을 바라보며, 아버지의 손가락이
북을 쳤다.

우리는 트러스틴의 장례식을 뒤 베란다에서 치렀다. 기둥을 따라 오
르고 있는 나팔꽃 덩굴이 있어 좋았다. 햇빛은 거기서 마치 희석된 듯
더 느리게 느껴졌고, 일종의 옅은, 노란색 살을 사방에 뿌리고 있었다.
뒤 베란다에 앉으면 생명이 움트고 자라는 야생화 물결에 둘러싸인 긴
숲과 완만하게 뻗은 초원의 탁 트인 전망이 보여 큰 위안이 되었다. 혹
여러분이 저 멀리 서서 기회가 오기만을 주시한다면, 이 모습이 눈에
들어올 것이다. 흰 그네 옆 삐걱대는 나무 탁자 위 정오의 아이스티 잔
들의 젖은 흔적들이 고리처럼 남아 있는 한 장소가.

그날 아침 일찍, 나와 언니들은 물망초를 꺾었다. 트러스틴이 가장
좋아한 꽃이었다. 어느 날 하나님이 길을 걸을 때, *하나님, 저를 잊지
마세요,* 라는 작은 목소리를 들었다고 한다. 하나님은 그 목소리가 어
디서 왔는지 아래를 살폈고, 그분은 한 송이 작은 파랑 꽃을 봤다.

"내가 너를 항상 기억할 것이다." 하나님이 그 꽃에게 말했다.

장례식은 가족에 한했다. 트러스틴의 평생, 나는 한번도 그가 언젠가 키스할 친구나 소녀와 함께 있는 것을 본 적이 없다. 아마 그는 자신이 이 세상에 오래 있지 않을 것임을 알았고, 그래서 다른 이들의 침통함을 덜어주려고 한 것은 아닐까. 엄마를 꼭두새벽에 일어나게 해, 부엌의 모든 작은 단지들을 죄다 부수게 만든 그 침통함.

아빠가 파편을 치우는 동안, 엄마는 밖으로 나갔다. 맨발에 연분홍 홈드레스 차림으로. 엄마의 면 옷은 땀에 흠뻑 젖어 있었고, 겨드랑이와 허리춤에 생긴 긴 자국은 흡사 그녀가 바닷물을 나르고 있는 듯했다. 엄마는 땀이 얼굴에 흘러내리는 게 좋은 듯, 나무 그네로 걸어가 그 위에 앉았다. 엄마는 점점 더 높이 그네를 흔들었고, 머리를 뒤로 젖힌 채, 밧줄에 꼭 매달렸다.

플로시는 그런 엄마를 지켜보며 얼굴을 찌푸린 채 베란다 꼭대기 계단에 앉아 있었다. 지난밤 플로시는 조용히 하라는 내 말에도 불구하고 밤새 내게 저주에 대해 속삭였다.

"하지만 넌 이해를 못할 거야, 베티." 그녀는 이렇게 말했다. "저주는 우리 모두를 위한 계획이 있는 거야."

나는 관 옆에 서 있었다. 아빠가 직접 소나무로 만들었고, 노란색으로 칠했다. 첫 번째 핀 수선화 색이었다. 그는 내부를 하늘색으로 칠했고, 작은 흰 구름들을 더했다.

"이러면 트러스틴 옆에 늘 한 뼘의 하늘이 있을 거다." 아빠는 이렇게 말했다.

프레야가 내 옆에 다가왔다.

"좋은 날들로 가득한 부대 하나를 갖고 싶지 않니, 베티?" 그녀가 물었다. "그럼 궂은 날이 있을 때마다 그 부대에 손을 넣어 다 좋게 만들수 있잖아. 만약 나한테 그 좋은 날들의 부대가 있다면, 난 지금 당장 거기에 손을 넣을 거야. 그럼 트러스틴도 일어나서 춤을 추겠지. 걔가 한번도 춤을 춘 적은 없지만. 아니, 췄나? 하지만 난 걔는 그럴 것 같아,

좋은 날에는."

프레야가 돌아섰다. 그녀가 릴런드 옆을 지날 때, 그가 그녀를 쳐다 봤다. 뒤쪽 베란다 기둥에 기대서 있던 그는 고개를 숙이고 주머니에 손을 찔러 넣었다. 나는 그가 성경의 한 구절을 말할 거라고 생각했다. 그는 이미 한 교회에서 몇 번 설교를 시작했다. 플로시가 그걸 알고는 이렇게 말했다. "아이고 하나님. 릴런드가? 설교를 해? 너 얼마 걸 거 야? 그가 헌금 접시를 차에 싣고 여기저기 운전하고 다닌다는 거에."

"걔는 그게 필요 없을 걸." 내가 그녀에게 말했다. "이미 헌금 접시가 내장되어 있잖아. 그의 손에."

그녀는 깔깔 웃더니, 이내 시선이 어두워지며 이렇게 말했다. "왜 하 나님을 섬긴다는 그 많은 사람들이 전혀 하나님답지 않을까, 베티?"

장례식에서 릴런드를 지켜보는 동안 이 말이 귓가에 맴돌았다. 그때 릴런드는 스물일곱이었다. 그의 이마는 그의 눈에 짙은 그림자를 드리 우고 있었다.

"텃밭에서 이걸 가져왔다." 아빠가 내 뒤에 나타났다. 신선한 타임 다 발과 쑥 다발을 기다란 흰 리본으로 묶어서 들고 있었다.

"타임은 모든 여행자들의 약초다." 그는 이렇게 말하고 트러스틴의 머리 바로 위, 관 뚜껑 아래 나사로 고정한 작은 고리에 그 다발들을 달 았다. "이게 네 여행을 안전하게 지켜줄 거다." 그가 트러스틴을 보며 말했다. "그리고 쑥은 좋은 꿈을 꾸게 해줄 거다."

아빠는 흰 리본이 트러스틴의 손에 닿게 길게 잘랐다.

"이걸 꼭 잡고 있어라." 아빠는 죽은 아들에게 말했다.

아버지의 눈물은 고통 없이 보기 힘들었다. 그 눈물은 마치 한 마리 야수처럼 당신에게 달라붙어, 온몸을 실어 당신을 옭죄고, 마침내 기 적이 일어나리라는, 하나님이 당신을 구원하리라는, 고통은 당신이 살 아본 적 없는 최고의 집의 그림자에 지나지 않는다는 믿음을 갈구하게 만들 것이다.

나는 거길 벗어날 필요가 있었고, 햇살이 더 밝은 앞 베란다로 가기로 했다. 드레스 주머니에서 연필과 메모지를 꺼냈다. 베란다 구석의 작은 금속 탁자에 앉아, 글을 써보려고 했다.

맞아, 그거야. 아냐, 틀렸어. 다시 써. 숨을 쉬어. 이 글은 좀 빨리 써. 저 글은 좀 천천히. 베란다 난간에서 마르고 있는 행주들을 봐. 이야기는 평범한 장소에 숨어 있어. 이 오하이오 마을의 번영을 써. 시골 땅은 빛이 왕이고, 나는 풋내기고, 재밌고, 건강해. 상처받은 사람에게 예쁜 이름을 쓸 때는 미소를 잊지 마.

결국 나는 세 단어밖에 쓰지 못했다. 내가 그를 죽였다. 열두 살인 나는 그렇게 믿었다. 그것은 내 비밀이자 고백이었고, 나는 그것을 찢었다. 나는 탁자에 놓인 절반쯤 빈 밀주 유리 단지 안에 찢은 종이를 넣었다. 술이 잉크를 희석시키는 것을 지켜봤고, 저무는 태양에 그늘이 생길 때까지 오래 그곳에 앉아 있었다.

뒤 베란다로 돌아갔을 때, 플로시가 기둥에 기대서 있었다. 린트는 난간에 몸을 기댄 채, 아직도 그네를 타고 있는 엄마를 지켜보고 있었다. 릴런드와 프레야는 매달은 피튜니아 꽃바구니에서 아빠가 죽은 꽃을 따는 것을 지켜보고 있었다.

"아빠?" 나는 그의 팔뚝을 건드렸다. "늦었어요. 우리는 어쩌면……."

그는 살아 있는 꽃을 따기 시작했다.

"그건 살아 있어요, 아빠."

그는 손에 든 피튜니아를 바라봤다. 그는 그걸 베란다 난간에 올려놓은 뒤 주머니에 손을 넣어 트러스틴의 목탄 분필 하나를 꺼냈다. 그걸 손에 쥐고, 아빠는 관을 향해 걸었다. 그는 뚜껑을 닫기 시작했지만, 끝내 잇지 못했다.

"네가 대신 뚜껑을 닫아줄래?" 그가 내게 물었다. "애 뚜껑을 덮을 수 없다. 애한테 그 어둠을 줄 수가 없다."

내가 천천히 뚜껑을 내리자, 그림자가 트러스틴의 얼굴에 드리워졌고, 마침내 우리에게 남은 것은 머리 위에서 부산하게 움직이는 벌새의 모습뿐이었다.

아빠는 관 위에 부드럽게 왼손을 올린 뒤, 목탄으로 윤곽을 그었다. 손자국이 짙은 검정이 될 때까지 윤곽선 안을 칠했다. 그는 우리에게 목탄을 건넸고, 프레야가 제일 먼저 받았다. 그녀가 손을 관 위에 올렸다.

"내 마음속 폭풍우는 결코 사라지지 않으리." 그녀는 이렇게 노래하며 자신의 가느다란 손가락을 따라 목탄을 그었다. "눈물로 얼룩진 날들이 여기 남아 있네."

한 명 한 명, 우리는 목탄을 받았다. 린트는 손을 그으면서, 트러스틴에게 말했다. "내 도-오-올들에게 눈을 그려줘서 고마워."

내가 마지막이었다. 나는 천천히, 목탄 심이 내 살에 닿는 것을 느끼면서 금을 그었다. 나는 내 오른손 윤곽을 아빠의 손자국에 가깝게, 각을 이루게 그었다. 두 개가 어우러져 심장처럼 보였다.

내 순서가 끝나자, 아빠는 내 목탄 분필을 들고 마당으로 나가 엄마에게 그네를 그만 타게 하려고 했다.

"트러스틴에게 당신의 손자국을 남겨요." 그는 그녀에게 목탄을 흔들어 보였다.

엄마는 계속 그네를 탔고, 나는 엄마가 너무 높이 올라가서, 다시는 내려오지 않을 것 같았다.

아빠는 포기하고, 목탄을 베란다 난간에 두었다. 그는 관 뚜껑에 그려진 손들을 바라본 뒤, 이렇게 말했다. "사랑하는 아들아, 너를 떠나보내는 우리가 네 위대한 여행에 여분의 손을 보탠다. 모쪼록 이 손들이 네가 하늘을 캔버스로 삼을 때 쓸모가 있기를 바란다."

그는 관의 측면에 가죽 손잡이들을 마치질해두었다. 우리 각자 하나씩. 나는 린트와 아빠와 함께 오른쪽이었다. 릴런드, 프레야, 플로시는 맞은편이었다. 우리가 관을 들자 아빠는 묘지에 도착할 때까지 관을 내

426

려놓지 말라고 했다.

"그런데, 아빠, 관을 차에 시-이-인지 않아요?" 린트는 가죽 손잡이를 잘 잡으려고 애썼고, 우리는 베란다 계단을 따라 관을 조심스럽게 내렸다.

"응, 아들," 아빠가 말했다. "우리는 망자를 쭉 들고 간다."

마당을 지나치면서 나는 헛간의 손자국들을 쳐다봤다. 오래전 아빠가 말했던, 여길 버릴 수 없었던 사람들이 남긴 그 손 이야기가 떠올랐다.

"그들은 뭘 버리지 못했던 거예요?" 트러스틴이 아빠에게 물었던 말이 기억난다. "분명 그들만의 보물이나 비밀 세계가 있었을 거예요."

셰이디 레인 끝까지 트러스틴을 들고 가는 것은 힘들고도 남았다. 메인 레인에 도착했을 때, 우리는 악전고투하고 있었다. 릴런드는 플로시에게 제 몫을 들지 않는다고 계속 소리쳤다.

"나도 애쓰고 있어." 그녀가 말했다. "얘가 무겁다고."

메인 레인에 있던 사람들이 멈춰 서서, 마치 시장님을 묻기라도 하듯 레인 한가운데로 관을 들고 가는 우리를 쳐다보면서 이상한 카펜터네라고 속삭였다.

"관 위의 저 검은 자국은 뭐야?" 누군가 묻는 소리가 들렸다.

"손이야." 다른 사람이 말했다. "죽음의 검은 손이야."

그러자 이상한 일이 벌어졌다. 남자들이 모자를 벗어서 가슴에 대기 시작했다. 여자들은 아이들에게 똑바로 서라고 했다.

"관이다, 맙소사." 그들은 애들의 등을 때렸다.

누군가 꽃을 던졌다. 이어 하나둘 따라했다. 사람들이 레인에 늘어선 화분에서 꽃을 따서 우리가 가는 길에 던졌다. 우리는 당당히 걸었다. 관도 그렇게 무겁게 느껴지지 않았다.

루시스가 보였고, 빨간 제라늄을 들고 있었다. 처음 걔를 봤을 때, 빨간 공을 들고 있었던 모습이 떠올랐다. 한 무리의 소녀들이 그녀 뒤에서 웃고 있었다. 루시스가 그들에게 닥치라고 했다. 이어, 아무 망설임 없이 빨간 공을 던졌던 그때처럼, 루시스가 꽃을 던졌다.

그 순간 모든 게 트러스틴의 물감에 빠져든 듯 생기가 돌았다. 흡사 만화경의 변화무쌍처럼 브레세드가 반짝이는 듯했다.

"언젠가 내가 없어지면," 트러스틴의 목소리가 귓가에 메아리쳤다. "누나는 내가 그 남자의 양복 등으로 도망쳤다는 걸 알게 될 거야."

나는 그곳이 그가 있는 곳이라고 믿고 싶었다. 비록 우리가 함께하지는 않더라도, 살아서, 그가 있고 싶었던 곳에 있기를 바랐다. 그러나 묘지에 가까워질수록, 또 제라늄이 더는 우리의 가는 길에 떨어지지 않으면서, 관은 더없이 무겁게 느껴지기 시작했다. 우리는 쓸쓸히, 죽은 아들이자 동생을 들고 묘지로 들어섰다. 차갑고 딱딱한 돌과 파헤쳐진 흙이 있는 곳에 색색의 물결이나 만화경의 변화무쌍은 없었다.

트러스틴은 거울 언덕(Reflection Hill)에 묻히지 못했다. 그곳은 고인의 조각상을 가질 여유가 있는 브레세드의 부자 가족들을 위한 곳이었다. 1700년대에 세 명의 다른 남자들이 소유하고 있던 땅, 그 땅의 세 귀퉁이에 조성된 한 묘지에 트러스틴이 묻힐 예정이었다. 그 남자들은 소유지 경계선을 놓고 다퉜고, 당시 그런 일은 남자의 담배 한 개비가 타는 데 걸리는 시간 안에 다 결정되었다. 논쟁은 점점 악화되었고, 끝내 그들은 결투용 검을 뽑기에 이르렀다. 마치 그게 그들의 영원한 운명이었던 양, 세 남자 모두 치명상을 입었다. 자신들의 무덤이 그 땅에 묻힌 첫 무덤이 되었고, 결국 지주들의 묘지가 되었다. 일명 돌 천사밭으로도 알려진 것은 그게 유일한 묘비였기 때문이었다. 1년 후, 아빠가 큰 날개를 가진 작은 돌 천사를 살 돈을 모을 때까지 우리는 트러스틴의 돌을 세우지 못했다.

우리는 녹슨 채 남겨진 낡은 트랙터 핸들과 몇 년 전에 버려진 쟁기 조각 옆을 지났다. 트러스틴의 자리는 일련의 참나무들이 큰 가지 간격으로 심어진 묘지 뒤쪽이었다. 우리는 그곳에 관을 내려놓았다. 손에 아무 감각이 없었다. 가죽 손잡이가 손바닥에 피멍 자국을 남겼다.

"구멍을 보니까 실감이 나네." 플로시가 말했다.

구멍은 그날 아침에 판 것이었고, 삽들은 여전히 땅에 눕혀져 있었다. 한편으로는, 구멍이 너무 깊어 보였다. 다른 한편으로는, 너무 얕아 보였다.

"너희 모두 트러스틴의 이름을 말하는 것을 절대 잊지 말기를 바란다." 아빠가 우리에게 말했다. "누군가 너희에게 형제가 몇이냐고 물으면, 얘가 떠났다고 해서 트러스틴을 포함시키는 것을 멈추지 마라. 얘가 죽었다고도 말하지 마라. 얘는 그림을 그리기 위해 들판에 나갔고, 저녁 식사 전에 돌아올 거라고 해라."

"하지만 혀-어-엉은 안 와요, 아빠." 린트가 말했다.

"맙소사." 아빠는 무덤 가장자리에 서서 조약돌 하나를 구멍 안으로 툭 쳤다. "아빠도 안다." 그는 실눈으로 해를 바라봤다. "너희 모두 할 말이 있거든, 지금 해라."

우리는 누가 먼저 말할지 서로를 쳐다봤다.

"한꺼번에 다 말하지 말고, 자." 아빠는 최선을 다해 빙그레 웃었다. "베티? 네 안에는 시인이 있다. 우리가 기억할 뭔가를 네가 말해봐라."

나는 힘들게 침을 삼켰다. 더위에 지쳐 갈증이 심했다.

"그럼요, 아빠." 목소리가 떨렸다. "트러스틴은…… 정말 대단한 예술가였고……, 그리고……, 다들 땅이 움직이는 게 느껴지나요, 아니면 나만 그렇게……."

나는 나중에 내 침대에서 깨어났다. 이마에는 시원한 물수건이 올려져 있었고, 침대 머리맡 탁자 위에 놓인 대접 안에서 얼음이 녹고 있었다. 미소를 띤 얼굴이 내 머리 위를 맴돌고 있었다.

"하나님?" 내가 물었다.

"아니, 아빠다. 넌 기절했다." 그가 말했다. "하필 그 구멍에 떨어졌다."

"무슨 구멍이요?"

"트러스틴을 위해 팠던 구멍. 네 턱이 상당히 긁혔지만, 그것 말고는 다 괜찮다. 어쨌든 이제 우리는 네가 2미터를 추락해도 살아남을 수 있다는 걸 알았다. 너를 집에 데려왔을 때, 사람들은 우리가 아이를 또 하나 잃었다고 생각했다. 두 집에서 스튜를 가져왔다. 난 그들이 그렇게 친절한지 몰랐다."

그는 얼굴을 찌푸리며 잠시 생각하는 듯했다.

"관은 그렇게 멀리 들고 가기에는 너무 무거웠지." 그가 말했다. "내가 너를 너무 힘들게 했다, 그렇지? 지금 기분은 어떠니, 꼬마 인디언?"

"글쎄요, 더는 어지럽지 않아요."

나는 일어나 앉았고, 드레스에 묻은 흙이 보였다. 다리에는 여전히 작은 자갈들이 묻어 있었다. 누군가 내 신발을 벗겨 놓았다. 문 옆에 있었다.

"트러스틴을 묻으러 묘지로 돌아갈 거죠?" 내가 물었다.

아빠는 나를 눕히고 수건을 다시 이마에 올렸다.

"벌써 묻었다." 그가 말했다.

그가 각얼음 하나를 내 입에 넣어줄 때, 나는 눈을 감고, 집 밖의 나뭇가지가 어머니의 무게에 삐걱대는 소리를 들었다. 자신의 눈물을 말리려고 아직도 높이 그네를 타고 있는 나의 어머니.

430

# 더 브레새니언

## 총격에 기겁한 십대들

토요일 늦은 밤, 동네 묘지에서 단둘이 만나고 있던 십대 커플이 인근의 총격에 기겁했다.

둘은 달아났고, 뿔뿔이 흩어졌다. 소년은 기찻길까지 추격당했다고 주장했다. 그의 진술이다.

"내 뒤에서 거친 숨소리와 발소리가 들렸습니다. 귀신의 목소리가 들렸고, 내게 오늘밤 죽을 거라고 했습니다."

소녀는 숲에서 길을 잃었다. 그녀는 몇 시간 뒤 머리에 나뭇잎을 뒤집어쓴 채 발견되었다. 그녀는 총소리가 바로 옆에서 났을 때, 쓰러진 나무 뒤에 숨었다고 했다.

소녀는 총격이 행해지는 동안 주변에서 타임과 쑥 냄새를 맡았다고 주장했다.

소년은 그 소녀를 다시 보지 않을 것이라고 했다. 그의 말이다.

"그 총격은 더는 그녀와 지내지 말라는 경고라고 생각합니다."

소년은 신원 공개를 거부했지만, 소녀는 자신이 언급되기를 바랐다. 그녀의 말이다.

"나는 플로시 카펜터입니다. 급수탑에서 떨어진 동생의 누나입니다. 그러나 내 동생은 진짜 죽은 게 아닙니다. 아직 들판에서 그림을 그리고 있을 뿐입니다. 저녁 식사 전에 돌아올 겁니다."

# 4부

∾

# 여자의 씨앗

1967~1969

# 34

∞

빛이 없는 어둠 속에서 더듬게 하시고
술 취한 남자같이 비틀거리게 하시느니라.

— 욥 12:25

트러스틴이 떠난 뒤, 아버지 또한, 조금씩 떠나갔다. 그는 더 이상 침대
머리맡 탁자 서랍 속 작은 깡통 안에 챙겨둔 바닐라 크림 사탕을 먹지
않았다. 신문을 읽지 않았고, 그가 자신과 트러스틴을 위해 만든 새총
은 부엌 서랍에 넣고 다시는 꺼내지 않았다.

"이건 부자의 새총이다." 아빠는 2년 전 그걸 트러스틴에게 생일선물
로 주면서 이렇게 말했다.

아빠는 새총을 세 갈래로 만들었다. 중간 갈래가 기둥 역할을 했고,
양쪽 두 갈래에서 뻗은 고무줄을 중간에 칭칭 묶었다. 그래서 두 사람
이 동시에 새총을 쏠 수 있었다. 하지만 그러려면, 둘이 손잡이를 같이
잡아야 했다. 아빠는 항상 자신의 큰 손으로 먼저 그걸 잡았다. 이어 트
러스틴이 그의 작은 손을 그 위에 얹었다.

"정말 정확히 맞는구나." 아빠는 새총의 정확성에 스스로 놀라 이렇
게 말했다.

두 사람은 같이 숲에 자갈을 날리곤 했다. 그들은 아침마다 베란다에
서 나방의 시체도 모았다. 그걸 강으로 가져가 수면 위로 날리곤 했다.

"물고기에게 먹이를 주는 거야." 아빠는 이렇게 말하곤 했다.

정말로, 나는 그렇게 그들이 우리 베란다 전등 옆에서 죽어간 날개
달린 생물들에게 최후의 비행을 안겨줄 수 있었다고 생각한다.

트러스틴이 죽은 지 몇 달이 지났다. 그해 가을은 마치 일주일처럼 쓱 왔다가 갔다. 월요일에는 늙은 호박들, 수요일까지 완전한 잿빛 하늘, 일요일까지 다 떨어진 나뭇잎들. 겨울이 왔고, 길고 추운, 헐벗은 나뭇가지와 얼어붙은 땅의 몇 달을 증명했다. 그해 얼음 폭풍이 있을 것이다. 그 때문에 며칠 전기가 끊어졌다.

1967년 2월, 나는 열세 살이 되었다. 나는 플로시가 화장대로 만들려고 거울을 올려둔 작은 정사각형 탁자 앞에 앉았다. 그녀의 화장품들이 여기저기 흩어져 있었다. 나는 그녀의 빨간 립스틱을 집어 발랐고, 거울 속 얼굴을 보며 입술을 톡톡 두들겼다. 그녀의 보라색 아이섀도를 썼고, 내 짙은 눈썹을 아이라이너로 칠했다. 마지막으로, 속눈썹이 딱딱해질 때까지 마스카라를 발랐다.

"웩. 너 광대 같아, 베티." 플로시가 방에 들어서면서 낄낄댔다.

나는 그녀를 지나쳐 욕실로 달려가려고 했다.

"잠깐." 그녀가 웃음을 그쳤다. "내가 얼굴 화장해줄게."

그녀는 나를 화장대에 앉히고, 포도씨 기름을 적신 티슈로 화장을 지운 뒤, 갈색 아이섀도, 검은색 아이라이너, 한 겹의 마스카라로 화장을 바꾸었다. 그녀는 내 땋은 머리를 풀어 두 갈래로 만든 뒤 어깨에 길게 늘어뜨렸다.

"화장한 얼굴 처음 봐-아-아, 베티." 린트가 문간에서 미소를 지었다.

"누가 더 예쁜 것 같아?" 플로시가 몸을 돌려 그를 쳐다봤다. "나야, 베티야?"

"둘 다 예-에-에뻐." 그가 작은 발로 뒤뚱거렸다.

"어째서?" 플로시가 허리에 손을 얹었다.

"누나는 어-어-엄마랑 더 닮았어. 베-에-에티는 아빠랑 더 닮았어."

"들었어, 베티?" 플로시가 물었다. "네가 남자 같대."

"내 마-아-알은 그게 아니야." 린트가 말했다.

플로시는 그의 말더듬을 놀린 뒤 그를 방에서 쫓아냈다.

그녀는 다시 돌아와 나를 거울에서 떨어뜨렸다.

"이 색이 너한테 완벽하게 어울릴 거야." 그녀는 이렇게 말하면서 빨간 립스틱을 집었다. 나는 플로시가 그걸 내 입술에 바르는 대신, 두 뺨에 두 개의 선을 긋는 게 느껴졌다.

내가 거울을 보려고 몸을 돌리자 그녀가 웃기 시작했다.

"너의 출정 분장이야." 그녀가 말했다. "이러니 내가 영원히 제일 예쁠 수밖에 없는 거지."

그녀는 코트를 집어 들고 나갔다. 나는 나가기 전에 마지막으로 거울속 내 모습을 봤다.

아래층에 내려오니, 아빠가 현관 베란다 흔들의자에서 담배를 피우고 있는 것이 보였다. 그의 옆에 밀주 단지가 있었다.

"트러스틴에게서 그림을 산 사람들을 다 기억하니?" 그는 눈을 들지 않고 내게 이렇게 물었다. "그걸 다시 다 사서 우리 벽에 걸어둘 생각이다."

그가 술 한 모금을 마실 때, 내 얼굴을 봤다.

"무슨 짓을 한 거냐?" 그가 얼굴을 찌푸렸다. "네 얼굴에 웬 똥칠을 한 거냐?"

"플로시가 이렇게 했어요."

"소녀는 화장을 하면 변한다." 그가 말했다. "그녀가 세상을 보는 방식과, 세상이 그녀를 보는 방식이."

그는 밀주를 한 모금 더 삼켰고, 단지에 그린 별들을 손으로 덮고 있었다.

"왜요?" 내가 물었다.

그가 입을 닦고 물었다, "왜라니? 뭐가?"

"소녀가 화장을 하면 왜 변해야 해요?" 나는 베란다 난간에 기댄 채 손톱으로 나무를 팠다. "립스틱을 발랐을 때와 맨입술일 때의 내가 왜 같을 수 없는 건데요? 내 입술에 바른 것보다 내 입술에서 나오는 게 더 중요하지 않나요?"

"내 말은 그게 아니다."

"술을 너무 많이 드셔서 아빠는 지금 무슨 말씀을 하시는지 몰라요."

"내 말은……."

"뭔데요, 아빠?"

"소녀가 화장을 하면, 그건 그녀가 문밖으로 나가는 첫걸음이라는 말이다. 아이섀도, 립스틱, 그건 네가 나를 떠나는 것이다. 너는 왜 어린 소녀로 남을 수 없니?"

"아빠가 어린 소년으로 남을 수 없었던 것과 같은 이유예요."

"그래." 그는 내 너머를 바라봤다. "나는 못했다. 하지만 트러스틴은 할 거다."

그는 밀주 단지를 껴안았고, 나는 집으로 다시 들어갔다.

그날 밤 늦게, 나는 아버지가 끔찍하게 무너진 모습을 처음으로 봤다.

그는 취하면 고함을 지르는 사람인 것으로 드러났다. 못된 고함이 아닌, 비탄에 잠긴 고함. 외마디 비명이, 진짜로, 그가 집 밖을 배회하면서 온 언덕에 울려 퍼졌다. 나는 코트와 부츠 차림으로 그를 찾아 나섰다. 혹 실신하면, 2월의 밤에 얼어 죽을 수도 있었다. 내가 그를 찾았을 때, 그는 지팡이로 셰이디 레인 표지판을 치고 있었다.

"아빠, 그만해요."

그는 붙잡힌 어린이처럼 나를 처다봤다. 그러더니 갑자기, 가장 가까운 언덕을 향해 달리기 시작했다. 도중에 단지와 지팡이를 떨어뜨렸다.

나는 아버지가 사암의 모서리를 잡고 맹렬하게 오르는 것을 지켜봤다. 노출된 암석이 마치 드레스에서 튀어나온 한 명의 여자처럼 보였다. 능선과 절벽이 그 여자의 쇄골이나 견갑골처럼 보였다. 언덕들이 마치 살아 있는 듯, 한때 두 다리로 걸었고, 짙푸른 천당들과 불타는 지옥들을 지나온 존재들 같았다.

*하나님이 여기 있다, 악마들도 있다, 라고, 이미 우리가 알고 있는 것*
*을 언덕들이 말하고 있는 것 같았다.*

나는 아버지를 따라 올랐고, 가는 길에 그의 지팡이를 주웠고, 얼어
붙은 땅의 딱딱함을 느꼈다. 겨울은 언덕이 견뎌내야 하는 그 무엇이
었다. 우리 모두가 견뎌내야 하는 그 무엇이었다.

"아빠, 집에 가자." 내가 말했다. "넘어져서 다치실 거예요."

그는 계속 언덕을 올랐고, 나도 계속 따라갔고, 우리 둘 다 어떻게 끝
날지 알 수 없었다.

전에는 아빠가 나보다 언덕을 더 빨리 오를 수 있다고 느꼈겠지만,
그러나 지금은, 내 보폭이 더 길어졌다는 걸 나는 알고 있었다. 내 팔다
리가 더 길어졌다. 어떤 면에서, 아버지를 따라가는 어린이가 아닌 다
큰 젊은 여성이라는 느낌이었다. 아마 손목의 관절만 근육 덩어리처럼
단단해보였을지 모른다. 그러나 나는 매년 내 안의 힘이 늘어나는 것을
느낄 수 있었다. 나는 내 힘을 쓸 수 있는 모든 것을 상상했다. 작물 지
키기. 칼 갈기. 각각의 새 수확물의 무게를 두 어깨로 버티기. 지금 내
힘은 언덕 위에서 한 노인을 쫓는 것이었다.

그는 정상에 오르자마자, 팔을 치켜들고 절규했다.

"내 새끼를 돌려줘." 그는 울부짖으며 하늘을 향해 주먹을 휘둘렀다.

나는 사람들이 하던 일을 멈추고 이 소리를 낸 동물을 찾기 위해 밖
을 내다볼 거라고 상상했다.

그가 땅에 넘어졌다. 순간, 그가 기절한 줄 알았는데, 곧 깨어나서 하
늘을 쳐다봤다. 그는 술에 취해 땀을 흘리고 있었고, 동시에 그 추위에
얼어붙고 있었다. 나는 옆에 앉아서 그의 비탄의 외침을 들었다. 그의
지팡이를 우리 사이에 놓았다.

"내 아들은 어디 있니, 베티?" 그는 마치 자신이 매달릴 유일한 것이
나인 양 나를 움켜잡았다.

"아빠, 그만해요." 나는 그의 손가락을 내 코트에서 떼어냈다.

439

그가 자기 손을 바라보며 말했다. "있잖아, 난 내내 생각했다. 앞으로 작은 단지를 누가 씻지?"

"엄마가 작은 단지를 다 부셨어요." 내가 그에게 상기시켜주었다.

"다는 아니다."

"남은 건 내가 씻을 수 있어요, 아빠."

"아니, 넌 못해."

"아뇨, 할 수 있어요."

"아니." 그는 두 주먹으로 땅을 내리쳤다.

우리는 잠시 주위의 침묵에 귀를 기울였다. 그가 다시 말을 꺼냈을 때, 그는 가장 굵직한 목소리로, 마치 아득한 자신의 삶으로 돌아가기 위해서는 그래야 한다는 듯 이렇게 말했다. "내 아빠는 나를 이 언덕으로 데려오곤 했다. 우리는 화살촉을 캤다. 내 아빠는 화살촉 하나를 들고 이렇게 말하곤 했다. '얘가 얼마나 많은 짐승을 쓰러뜨렸는지 생각해봐라. 얘는 모든 사냥에, 모든 전쟁에 있었다. 이 규석(鏐石)은 생물이나 다름없다. 얘가 한 것 때문에, 얘에게는 에너지가 있다.'"

"나는 그 에너지를 느끼고 싶어서 활과 화살을 깎았다. 나는 언덕에 올라 활을 당겨 화살을 쏘면서 우리 조상들을 느꼈다. 나는 나무를 쏘며 연습했고, 그게 넓은 들판을 달리는 사슴이라고 상상했다. 언젠가 늙은 흑호두나무를 조준했을 때, 화살이 빗나가면서 진짜 사슴을 죽였고, 나는 사슴이 거기 계속 있었다는 걸 몰랐다. 피는 보기에도 끔찍했다. 지금도 이따금 기억나는 건 그 피뿐이다. 마치 피가 빨간 시트에 쏟아진 듯했다. 어머니가 그 시트들을 나무에 걸어두었던 것이 생각난다."

그는 지팡이를 집어 그가 조각한 트러스틴의 얼굴을 들었다.

"내 새끼야, 내 새끼야." 그는 몇 번이고 말했다.

나는 아버지의 외침을 더는 참을 수 없어서, 내 외침을 털어놓았다.

"내가 죽였어요." 내가 말했다. "내가 트러스틴을 죽였어요."

440

아빠가 지팡이를 내려놓았다. 그는 눈을 껌뻑이면서, 내 말을 똑바로 들은 건지 아니면 귓속에 밀주가 들어간 건지 알아내려고 애썼다.

"네가 걔를 죽였다고 했니?" 그가 물었다.

"내가 걔한테 나뭇잎을 주었고, 난 걔한테 그걸 날개라고 했어요. 그리고 혹 떨어져도 괜찮을 거라고, 왜냐하면 나뭇잎이 날개로 변할 거기 때문에, 넌 날 수 있을 거라고 했어요." 내 입으로 흘러드는 눈물의 짠맛이 느껴졌다. "내가 걔한테 사다리를 오르라고 떠밀지 않았다면 걔는 절대 그걸 오르지 않았을 거예요. 걔가 죽은 건 내 잘못이에요, 아빠."

"오, 아니다, 아니다, 아니다. 이리 와라." 그는 두 손으로 내 뺨을 닦았고, 마치 내 눈물로 내 얼굴을 씻는 듯했다. "아니다, 아니다. 너는 걔를 죽이지 않았다. 그렇게 느낄 수는 있지만, 네가 그런 게 아니다."

그는 우리 주위의 땅을 바라보면서 내 머리를 자신의 가슴에 얹었다.

"너는 언덕이 왜 만들어졌는지 아니, 꼬마 인디언? 언덕이 만들어진 건 사람들이 그 꼭대기에 서서 그들의 죄를 굴릴 수 있게 하기 위한 거다. 창조주는 현명하시다, 베티. 그래서 그분은 이 빌어먹을 세상을 그저 넓고 평평한 땅으로 만들지 않으신 거다."

그는 일어서서 부츠 앞코로 땅을 팠다. 그는 차가운 땅에서 돌 두 개를 어렵게 빼냈다.

"우리 주위의 이 모든 언덕들을," 그가 말했다. "하나님은 우리 카펜터네가 이곳을 집으로 부를 것이라는 걸 알고 계셨을 거다."

그는 돌 하나를 네게 건넸고, 하나를 갖고 있었다. 그는 끙 소리를 내며, 자신의 돌을 언덕 아래로 던졌다.

"자, 꼬마 인디언." 그가 팔을 내밀었다. "그걸 언덕에 줘라."

나는 일어서서 몸이 앞으로 쏠릴 정도로 돌을 힘껏 던졌고, 우리 가족의 전통에 따라 고함을 질렀다. 돌은 나뭇가지를 맞추면서 얼음을 털어냈고, 땅에 떨어졌다. 이어 언덕 비탈 끝까지 굴러갔다.

"이제 어떻게 해요, 아빠?" 내가 물었다.

"우리는 믿는다." 그가 허리를 폈다. "이제 우리는 우리의 죄에서 벗어났고, 언젠가 땅이 평평해져, 우리가 언덕이 필요 없을 만큼 선한 사람이 될 것이라고 믿는다."

# 35

∽

*능력과 명예로 옷을 삼고.*
— 잠언 31:25

1967년 봄, 세계는 인류의 문화에 지속적인 의미를 남길 한 여름을 준비하고 있었다. 그러나 브레세드에서는, 새들이 큰 우환이었다. 새들이 처음에는 빙글빙글 돌다가, 힘차게 비행해 필사적으로 땅으로 추락했다. 차 앞 유리와 집에 충돌했다. 심지어 매일 아침 정확히 6시 30분 잔디에 물을 주는 카튼 같은 사람들을 받기도 했다. 그는 코피를 흘리며, 죽어가는 참새를 손에 들고 마을로 걸어갔다.

아빠는 새들이 풀강병(grass river sickness)에 걸렸다고 했다.

"가끔 그런 일이 있다." 그가 말했다. "나무들이 물에서 올라오는 연기처럼 보이면서 새들이 풀을 강의 수면으로 여긴다. 새들은 자신의 비친 모습을 보려고 낮게 난다. 자신들이 아직도 깃털로 되어 있는지, 아니면 한낱 바람에 떠는 불안한 인간들인지 보는 거다."

그러나 엄마의 생각은 날씨와 밀접한 관련이 있었다.

"하늘의 생물은 악천후가 다가올 때만 낮게 날아요." 엄마가 말했다.

새의 공격을 받고 싶지 않았던 엄마는 우리 집 옆의 커다란 덤불들 사이에 쭈그려 앉곤 했고, 거기서 지그재그로 움직이는 새들을 눈앞에서 볼 수 있었다.

어느 날 저녁 식사 중, 그녀는 모든 문제의 핵심을 알고 있다고 했다.

"그게 뭐요?" 아빠가 엄마에게 물었다.

"우리에게 엄청난 폭풍우가 올 거라는 걸 알리는 거예요." 굴뚝새가 집 측면에 부딪치는 소리에 깜짝 놀란 그녀가 말했다.

아빠 같은 몇몇 사람들은 죽은 새들을 묻었다. 다른 이들은 질병에 대한 두려움 때문에 새들을 태웠다. 신더블록 존은 그중 하나였다.

"이게 다 외계인 때문에 생기는 거다." 신더블록 존이 말했다. "화성인, 금성인, 아니 뭐라고 부르든, 걔들이 우리의 모든 비둘기, 제비, 개똥지빠귀들에게 감기처럼 죽음을 옮기는 거다. 외계인들은 우리가 감염되기를 바라고, 끝내 우리는 느릿느릿 걷다가 제 무덤을 파게 된다. 오직 불만이 그런 차가운 감염을 파괴할 수 있다."

나는 새를 태울 때 나는 연기가 그들의 깃털과 같은 색일 거라고 생각했다. 홍관조는 빨강. 어치는 파랑. 모든 사랑스러운 휘파람새는 노랑. 그러나 연기가 흰 구름 속으로 오를 때, 검정은 아닐지언정 그냥 똑같은 잿빛이었다.

상인들이 레인의 죽은 새들을 수거하는 책임을 맡았다. 샌즈 보안관은 그들이 새를 치우기 전에 차로 시체를 밟고 다니지 말라고 경고했다.

"돌아가세요." 그가 말했다. "뭉개면 피가 터집니다. 더 엉망진창이 됩니다. 이걸 퍼뜨리는 데 일조할 수도 있습니다."

나는 평소 걸어서 통학하는 걸 좋아했지만, 나무를 방패로 삼아 숲속을 걸어가는 것도 점점 힘들어졌다. 하지만, 밖에서의 새들의 기승도 문제였지만, 학교 안의 새들이 더 심각했다.

복도를 걸을 때도, 새들의 부리를 피하려고 몸을 낮췄다. 걔들은 내 가슴을 쪼고 싶어 하는 듯했다. 나를 넘어뜨릴 정도의 거센 돌풍 같은 그들의 날갯짓. 나는 그들의 날카로운 갈고리발톱으로부터 내 얼굴을 보호하려고 분투했다. 나는 그들의 천박한 비명에 귀를 막았다.

"자. 네 젖꼭지를 우리에게 보여줘." 걔들은 나를 에워싸고 꽥꽥거렸다. 나는 책으로 그들을 물리치고 교실로 달려갔다.

새들이 나를 따라와서 자리를 잡았다. 특히 한 명이 몸을 돌려 나를 쳐다봤다. 나는 그 남자애가 딱따구리를 닮았다고 생각했다. 그의 길고 가는 코. 그의 작고 반짝이는 눈. 그는 나를 먹고 싶은 무엇인 양 계속 바라봤고, 나는 내 자리에서 몸을 비틀었다. 그가 몸을 숙여 내 다리를 바라봤다. 나는 있는 힘껏 다리를 붙였다.

"피 묻은 생리대를 본 것 같아." 그가 말했다. "넌 피 묻은 생리대를 차고 있니, 베티? 냄새가 나."

아주 낮게 나는 새들처럼 행동하는 십대 남자애들은 얼마나 우스운지.

날마다, 나는 남자애들의 커져가는 관심을 무시하려고 애썼다. 나는 수업시간에 글을 많이 쓰지 말아야겠다고 깨달았고, 그건 글을 많이 쓸수록 연필심이 많이 닳아 결국 벽에 붙은 연필깎이에 자주 가야 했기 때문이었다. 그때마다 번번이, 누가 내 치마를 당겼다. 나는 두 손으로 천을 잡고, 그 짓을 막으려고 애썼다. 그가 누구든 내 치마를 올린 남자애들은 깔깔 웃으며 자신의 점수를 다른 애들과 비교했다.

여자애들은 수업시간에 바지나 반바지를 입을 수 없었다. 여자이기 때문에, 우리는 스스로 결정을 내릴 수 없는 존재로 간주되었다. 마치 우리가 우리 자신의 몸에 어떤 옷을 입을지 결정할 만큼 똑똑하지도, 그럴 능력도 없는 것처럼. 나는 드레스에 아무 반감이 없었지만, 반바지가 나뭇가지에 거꾸로 매달리거나 손을 가만히 두지 못하는 남자애들 옆을 걸어갈 때는 최고라는 것을 알고 있었다.

그해 봄 어느 날, 나는 내 옷방 속 드레스들을 바라봤다. 나는 그걸 제쳐두고, 다른 것을 입기로 결정했다. 반바지. 나는 선생님인 크로스 부인이나 다른 급우들이 알아채기 전에 자리에 앉았다. 우리는 역사책의 문장들을 소리 내어 읽는 것으로 아침을 시작했다. 나는 계속 밖의 새들을 지켜봤다. 왜냐하면 나는 한번도 수업에 참여하라는 지명을 받은 적이 없었으니까. 내가 집중하든 안 하든 아무 차이가 없었다. 선생님들마다 좋아하는 학생들이 있었다. 나는 한번도 거기에 끼지 못했다.

나는 내 일을 했고, 그게 내게 바라는 전부인 듯했다. 선생님들은 내가 내 인생으로는 아무것도 못할 것이라고 판단했고, 그러니 내가 나를 왜 귀찮게 하겠는가? 나는 존재하지 않았을 수도 있다. 하지만 그날, 크로스 부인이 예상 밖의 말을 했다. 내 이름을 불렀다.

"베티, 다음 단락을 읽어주세요."

오, 하나님. 나는 이제껏 한번도 지명을 받은 적이 없었다. 읽으라고? 내가? 교실에서 내 목소리를 들을 생각만 해도 배가 아팠다. 식은땀이 흘렀고, 책을 들자 두 손이 떨렸다. 단락을 찾으려고 하자 단어들이 흐릿하게 보였다.

"맨 아래 단락이다, 베티." 선생님은 초조하게 책상에 연필을 두드렸다. "자, 어서."

"링컨은……." 목소리가 떨렸고, 발목을 세게 꼬았다. 오줌을 쌀 것 같았다. "애비게일…… 그러니까 에이브러…… 에이브러햄 링컨은 멍청이(ass)……." 아이들이 깔깔 웃었다.

"맙소사, 쟤 왜 저래?" 그들은 서로 속삭였다. "정말 괴짜야."

입이 바짝 말랐다. *강물을 다 마실 수 있을 것 같아,* 나는 이렇게 생각했다. *그래도 여전히 목이 마를 거야.* 만약 내가 집에 있었다면, 문제 없이 소리 내어 읽었겠지만, 그런데 학교에서는, 나는 내 이름이 불리고 눈에 띄는 걸 두려워하는 아이가 되어 있었다.

한 문장을 읽는 데도 단어마다 씨름해야 했다. 마치 두 손으로 내 목을 조르는 듯했다. 숨을 쉴 수 없었다. 죽을 것 같은 느낌이었다.

*그들은 책상에서 내 시체를 수거해서, 내가 전혀 중요하지 않다는 듯, 다시 책을 읽기 시작할 거야.*

"링컨은…… 암살되었다(assassinated)……, 1865년 4월 15일……."

"베티," 크로스 부인이 말했다. "넌 마치 입에 껌을 문 것처럼 읽는구나. 수업 중에 껌이 허용되지 않는 건 알고 있지? 지금 당장 꺼내라."

입속에 아무것도 없었지만, 나는 잠시 책을 멈출 핑계를 대려고 껌을 꺼내는 척했다. 다시 그 페이지를 읽을 생각을 하니 당장 기절할 것 같았다. 그때 딱새 한 마리가 창문으로 날아왔다. 다들 일어나서 새가 유리에 미끄러지는 것을 지켜봤다.

"쟤들은 아마 여기로 날아들려고 할 거야. 왜냐하면 쟤들은 베티를 크고 못생긴 먹을 벌레로 생각하고 있거든." 루시스가 웃으면서 이렇게 말했다. "내 장담컨대 쟤와 쟤 아빠는 온통 떨어진 깃털로 머리쓰개를 만들 거야. 베티를 숲에 혼자 두지 마. 완전히 야만인이 될지도 몰라."

나는 천천히 책상에서 일어났다. 교실이 마침내 회전을 멈췄다.

"베티?"

선생님의 목소리가 내 뒤에서 들렸다.

"내가 지금 네 몸의 반바지를 보고 있는 거니?" 그녀가 물었다.

루시스가 낄낄댔다.

"저는…… 저는……," 나는 여전히 단락을 생각하고 있었다. "저는 이걸 집에서 입어요." 나는 마침내 하나의 완전한 문장을 만들 수 있었다.

"여기는 들판의 그런 티피가 아니야, 아가씨." 크로스 부인이 말했다. "여기는 정규 교육기관이야. 지켜야 할 규칙이 있다."

나는 교장실로 보내졌다. 천천히 걸어갔다. 가는 동안, 마음을 진정시킬 수 있었고, 자신감을 갖고 사무실로 들어섰다.

교장은 나비넥타이에, 늘 잿빛 양복저고리에, 왼쪽 가슴 주머니 위에는 작은 성조기 핀을 꽂는 남자였다. 그는 넓은 가슴과 짧고 굵은 다리를 하고 있었다.

"베티 카펜터, 우리가 너를 어떻게 해야겠니?" 그가 물었다. 나는 벽에 걸린 황새치 박제를 응시하고 있었다. "베티? 내가 말할 때는, 네 눈을 보고 싶구나."

나는 그에게 몸을 돌렸다. 그의 입에서는 항상 피클 냄새가 났다. 그 냄새가 내게 풀풀 날아왔다.

"너는 우리 학교 방침을 위반했다. 알고 있겠지?" 그는 내 반바지를 가리키며 물었다.

"저는 그 방침이 왜 있는지 이해가 안 돼요." 내가 말했다.

"우리는 남녀 분리를 지켜야 한다."

"분리요?" 내가 물었다.

"의복은 반드시 소녀와 소년 사이에 차이가 있음을 보여주어야 한다. 동의하지 않니, 베티?"

"왜 제가 원하는 것을 입을 수 없나요?"

"여자들이 반바지나 바지 같은, 그들이 원하는 것을 입으면 어떻게 되는지 아니?" 그가 물었다.

나는 고개를 저었다.

"모두 네 가랑이를 응시할 거다." 그가 내 가랑이를 힐끗 쳐다보며 이렇게 말했다.

"내 가랑이요?" 나도 내 가랑이를 내려다봤다.

"그렇다. 바지는 네 그곳을 분명히 드러낸다. 여자가 바지를 입으면, 누구도 그녀를 보지 않는다. 그들은 여자의 가랑이만 본다. 바지를 입는 여자들은 그 주목을 바란다. 그걸 추구한다. 너는 이 세상 곳곳에서 여자들이 바지를 입는 곳에 범죄가 더 많다는 걸 알고 있니? 바지를 입는 여자들은 가족이나 가정에는 관심이 없다. 그들은 미풍양속을 고양하고 좋은 선례를 세우는 데 관심이 없다."

"여자들이 바지를 입기 때문에요?" 내가 물었다. "하지만 남자들도 바지를 입어요."

"여자는 남자와 똑같이 처신할 수 없다. 왜냐하면 여자와 남자는 같지 않기 때문이다. 만약 내가 지금 당장 치마를 입고, 이 사무실에서 네 어머니처럼 엉덩이를 흔들면 어떻겠니?"

"우리 엄마는 엉덩이를 흔들지 않아요."

"아가야, 여자는 걸을 때마다 엉덩이를 흔든다. 여자는 어쩔 수 없다. 여자의 다리가 그렇게 생겼으니까."

그는 일어서서 까치발로 걷기 시작하면서 손을 올려 가슴께에서 흔들었다.

"오, 나를 봐요." 그는 여자 목소리로 말하려고 했다. "나를 봐요."

"여자들은 그렇게 걷지 않아요." 내가 그에게 말했다.

"그렇지 않다." 그가 구석의 안락의자 등받이에서 담요를 벗겼다. 그는 담요를 그의 엉덩이에 감아 치마로 만들었다. 그는 방을 도는 내내 까치발로 걸으면서 엉덩이를 이리저리 날렵하게 휘둘렀다.

"내게 여전히 존경심이 드니, 베티?" 그가 물었다. "전혀 아니지." 그는 내가 말하기도 전에 답했다. "치마를 입으면 나는 남자가 아니다."

그때 나는 바지와 치마가, 젠더 그 자체와 마찬가지로, 우리 사회에서 동등하게 취급되지 않는다는 것을 깨달았다. 바지를 입는 것은 권력을 위해 입는 것이었다. 그러나 치마를 입는 것은 접시를 닦으려고 입는 것이었다.

"나는 네가 그런 반바지를 입고 있기 때문에 새들이 저렇게 행동하는 것이라고 해도 놀라지 않을 거다, 베티." 그는 담요를 내려놓고 책상에 앉으면서 내게 치마를 입으면 내 순결을 지킬 수 있다고 말했다.

"그리스도 안의 네 형제들은 성경에서 말한 여자와 소녀의 정도대로 네가 옷을 입으면 너를 존경으로 바라볼 거다." 그가 말했다.

"하지만 남자애들은 계속 제 치마를 들춰요." 내가 답했다. "걔들은 제 속옷을 백만 번이나 봤어요."

"알겠다." 그가 가죽 의자에 등을 기댔다. "그럼 너는 남자애들이랑 시시덕거리는구나?"

"아뇨."

"네 급우들이 음탕한 생각을 품을 옷을 입고 있었니?"

"저는 그냥 남들처럼 옷을 입어요." 나는 이를 악물고 답했다.

"왜냐하면 소녀가 입는 옷이 영향을 미칠 수 있으니까, 알겠니? 네 차림새가 너에 대해 말해주는 법이다. 우리 학교 남자애들은 내가 잘 안다. 나는 그들의 가족들과 친하다. 걔들은 착한 아들들이다. 마음속에 하나님을 간직하려고 애쓰는 애들이다. 너도 걔들이 착한 남자애들이기를 바라겠지, 그렇지?"

"걔들이 착하고 아니고는 걔들한테 달렸어요."

"아니다, 그건 너한테 달렸다. 넌 여성으로서 책임이 크다, 베티. 특히 엉덩이와 가슴이 생기기 시작하는 지금은. 만약 예쁘고 어린 것들인 너희가 정숙하게 옷을 입어 우리를 도와주지 않는다면 우리 남자들이 마음속에 하나님을 어찌 간직할 수 있겠니? 정숙이 무슨 뜻인지는 알지, 베티?"

"제가 입은 건 그냥 면 드레스와 치마예요. 작은 꽃이 그려져 있고, 그리고…… 그리고…… 그리고 선생님은 제가 남자애들 바지를 내리고 다니는 건 본 적이 없잖아요. 그건 옷과 관계가 없어요. 남자애들은 제가 토마토 부대를 입었어도 제 치마를 치켜 올릴 거예요. 선생님은 그 남자애들을 벌해야 해요. 제가 아니라."

"교회에 나가니, 베티?" 그는 의자가 삐걱댈 때까지 몸을 뒤로 젖혔다. "거기서 너와 네 가족을 본 적이 없는 것 같네."

"자연이 우리 교회예요."

"교회는 너희의 교회다, 아가씨. 다른 것은 다 신성모독이다. 너희는 그리스도인이니, 너희 민족은?"

"우리 민족은 체로키예요." 나는 몸을 곧게 펴고 말했다. "그리고 만약 지금 우리가 모든 것을 빼앗기기 전 과거 우리 조상들처럼 살고 있다면, 여자들이 모든 걸 책임질 것이고, *선생님*은 제 말을 들어야 할 거예요."

"오, 그러니?"

"네. 그리고 난 내가 원하는 옷을 입을 수 있어요. 왜냐하면……."

"왜냐하면?"

"왜냐하면 체로키에게 여자들이 무엇을 입는지는 중요하지 않았으니까요. 중요한 것은 그들이 무엇을 했고, 무엇을 말했고, 무엇을 *생각* *했는지*였으니까요."

"그리고 넌 그 결과를 보고 있잖니." 교장이 웃음을 터뜨렸다. "너희 민족이 정복된 건 여자들이 약한 지도자들을 만들기 때문이다. 장담컨대 만약 너희 체로키가 남자들을 책임자로 두었다면, 지금 여기는 다 인디언 땅일 거다. 바지 입은 여자들이 너희 민족과 너희 땅을 잃은 거다."

"그 말 취소하세요." 나는 두 주먹을 쥐었다.

"여자애가 그렇게 심하게 찌푸리는 건 어울리지 않는다, 베티."

나는 그가 땅속으로 꺼질 때까지 그를 납작하게 만드는 생각을 했다. 그럼 세상이 끝날 때까지 우리가 짓밟을 수 있을 테니까. 아니 그것보다는, 속이 빈 통나무 속에 그를 넣고 지구 반대편으로 굴리고 싶었다. 적어도 나는 그가 한 모든 말을 취소할 때까지 그의 나비넥타이를 잡고 그의 목을 조르고 싶었다. 대신 나는 황새치를 올려다봤다.

"넌 저게 좋은가보다." 그가 말했다. "지금 너처럼, 있는 그대로 쳐다보기 위한 거다."

"아빠는 죽은 짐승을 벽에 거는 사람은 자신을 자신의 진짜 모습보다 더 대단하다고 생각하는 사람이라고 했어요. 아빠는 또 고추가 작은 남자들만 그저 트로피를 얻으려고 짐승을 죽인다고 했어요."

"그래, 그럼 네 아빠의 벽은 온통 죽은 짐승이겠네." 그가 만족스러운 듯 활짝 웃으며 말했다.

그는 나를 교실로 돌려보내기 전, 종이에 나침반을 그려 그걸 내 반바지 단에 옷핀으로 꽂았다.

"왜 유리에 금이 갔어요?" 내가 물었다.

"네 도터 나침반을 깨졌으니까, 아가씨." 그가 말했다.

나는 그의 사무실을 나오자마자, 그 종이를 움켜쥐었다. 그걸 반바지에서 잡아당기려는 순간, 그가 그린 화살이 보였다. 화살은 교실을 가리키고 있지 않았다. 화살은 학교 정문으로 이어지는 복도를 가리키고 있었다.

나는 화살을 따라 밝게 빛나는 출입구를 향해 뛰었다. 밖에서, 수위 아저씨가 바퀴 달린 금속 쓰레기통을 밀면서 죽은 참새들을 보도에서 줍고 있었다. 나는 그를 지나쳐서 댄들라이언 다임스까지 달려갔다.

나는 최대한 조용히 문을 열었다. 그러나 작은 종소리를 막을 수는 없었다. 손님들이 나를 돌아봤다.

나는 카운터로 가면서 프레야의 앞치마 끈을 잡아당겼다. 그녀는 주문을 다 받고 나를 보러 왔다.

"학교에 있어야 하지 않니, 베티?" 그녀가 물었다.

"교실로 가는 길을 못 찾았어." 나는 나침반을 내려다보며 고개를 까닥였다.

그녀가 내 반바지를 봤다.

"좋아." 그녀가 말했다. "오늘은 학교를 빼먹게 해줄게. 우리끼리 작은 비밀로 하자."

그녀는 내게 치즈 토마토 샌드위치를 만들어주었다. 나는 스툴을 빙빙 돌리며 먹었고, 그녀가 부엌에서 이리저리 접시를 나르는 것을 지켜봤다.

식사를 마친 뒤, 위층 프레야의 방에 올라갔다. 아래 식당처럼, 방의 벽지는 온통 민들레 그림이었고, 테두리는 암녹색 덩굴과 화려한 소용돌이 장식이었다. 천장도 같은 디자인으로 덮여 있었다. 가구가 방에 딸려 있었고, 나무 테두리 장식과 마루판과 더불어 모두 노랑으로 칠해져 있었다. 심지어 작은 욕실의 변기, 욕조, 세면대까지 노랑 도자기 제품이었다. 하나같이 똑같은 색상이어서 프레야의 물건들이 돋보였다. 연보라색 아프간 망토가 의자에 걸쳐져 있었다. 밤색의 책등. 파랑에서 빨강까지 다양한 색상의 드레스가 가득 찬 옷장. 옷걸이에서 민트색 드레스를 꺼냈다. 내 옷 위에 걸쳐봤다. 치마가 펄럭이면서 내 반바지가 드러날 때까지 빙빙 돌았다.

"여자애들은 드레스를 입어야 해." 나는 교장을 흉내 냈다. "이봐요, 교장, 이거 좋아해요?" 나는 방을 돌며 행진하면서 허공에 발길질을 했다. "이건 어때요?" 나는 머리카락을 흔들며 뛰어다녔다. "이건 여자애한테 어울리나요?"

빙글빙글 돌다가 서랍장 위에 있는 프레야의 일기장을 발견했다. 그걸 들고 그녀의 침대로 가서, 화려한 노랑 철제 머리맡 위에 두 발을 올리고 누웠다.

일기장을 펼치니, 프레야의 노랫말을 빼고는 다 외국어로 쓰인 듯했다. 그녀가 사용한 코드를 알아내려고 했지만, 전부 자신만의 알파벳으로 쓰여 있었다.

반바지에서 종이 나침반을 떼어냈다. 프레야의 일기장 등에 꽂힌 펜을 빼서 그녀의 노랫말을 나침반 안, 원형 테두리를 따라 단어들이 중앙으로 선회할 때까지 옮겨 썼다. 그 나침반을 그녀의 일기장 사이에 넣었다.

아래층 식당이 점점 시끄러웠다. 시계를 보지 않아도 학교가 파했다는 걸 알 수 있었다. 드레스를 벗어 옷장에 다시 걸었다.

아래층에 내려가니, 어른 손님들은 다 떠났고, 십대들이 자리를 차지하고 있었다. 그 얼굴들 중에 플로시의 얼굴이 보였다. 카운터에서 프레야에게 말하고 있었다.

"프레야에게 우리가 학교에서 했던 가장 재미있는 놀이에 대해 이야기하고 있었어." 내가 다가가자 플로시가 이렇게 말했다. "창가에 서 봐. 새가 네 앞의 유리를 치면, 넌 지옥에 가는 거야."

"바보 같아." 내가 말했다.

"아니." 플로시가 내 손을 잡고 큰 통유리 앞으로 나를 끌고 갔다.

"기억해," 그녀가 말했다. "만약, 새가 네 앞의 유리를 치면, 넌 영원히 악마들과 함께할 운명인 거야."

"진짜 너희 둘 다 지옥을 꼬드기면 안 돼." 프레야가 칸막이 자리에 앉아 있는 손님에게 파이 한 조각을 전하려고 지나가면서 이렇게 말했다.

"저기 봐." 플로시가 참새를 가리켰다. "우리한테 날아오는 중이야."

그 새가 유리창에 충돌할 것처럼 보이는 순간, 우리는 비명을 지르며 몸을 숙였다. 마지막 순간, 참새는 방향을 틀어 목숨을 구했다.

"난 더 안 놀래." 나는 창에서 떨어지면서 이렇게 말했다.

"겁쟁이 고양이구나." 플로시도 나를 따라 식당을 나왔다. "*야옹, 야옹, 야옹.*"

그 찰나, 까마귀 한 마리가 플로시의 등에 부딪쳤고, 플로시를 땅에 쓰러뜨렸다. 새는 기절했지만, 몇 번 푸드덕거리다가 다시 날아갔다.

"망할 짐승 놈." 플로시가 일어나면서 욕했다. "너무 화가 나서 못을 뱉을 것 같아."[125]

"괜찮아요, 아가씨?"

나와 플로시는 커틀러스 실크웜(Cutlass Silkworm)이라는 이름의 그 남자를 돌아봤다.

"안 다쳤기를 바라요." 그가 손을 내밀며 이렇게 말했다.

실크웜네는 마을 외곽에 포도밭을 소유하고 있었다. 커틀러스는 겨우 20대 초반이었지만, 벌써 그의 아버지처럼 머리가 벗겨져 있었다. 그는 30킬로그램 이상의 과체중에 혀짤배기여서, 플로시가 함께 있기를 꿈꾼 그런 사람은 아니었지만, 그녀는 그의 금시계가 햇빛에 반짝이는 걸 좋아했다. 그녀가 그의 손을 받아들이는 것을 보고 알 수 있었다.

"고마워요." 플로시는 자신의 머리칼이 맞는 각도로 눈앞에 떨궈진 것을 확인하며 이렇게 말했다.

여름에, 커틀러스와 플로시는 연애를 했다. 얼마 지나지 않아, 엄마가 플로시를 방으로 불러 앉혔다. 나는 문간에 서서 엄마가 화장대 앞에서

---

**125** "I'm so mad I could spit nails." '화가 나서 미치겠어.' 목수들에게서 나온 표현. 사용할 못을 입에 물고 작업하는 목수들이 못을 뱉을 정도로 화가 났다는 뜻. 은연 중 랜든 카펜터의 딸임을 암시.

플로시의 머리를 빗겨주는 것을 지켜봤다.

"이제 네 미래에 대해 생각할 때다." 엄마가 말했다. "넌 이제 더는 어린 소녀가 아니다. 포도밭은 커틀러스와 그의 가족의 좋은 수입원이다. 네가 그의 부인이 되면, 부족한 게 없을 거다."

"그의 부인이요?" 플로시가 역겨운 표정을 지었다. "나는 그의 부인이 되고 싶지 않아요. 난 그냥 그가 진짜 굴러가는 차를 가진 게 좋을 뿐이에요. 나는 브레세드에 머물 수 없어요. 그럼 할리우드는요?"

"스타가 되고 싶니?" 엄마는 플로시의 머리를 땋기 시작했다.

"세상 무엇보다." 플로시는 앉은 자리에서 깡총깡총 뛰었다.

"그럼 내가 진즉에 말했어야 할 말을 해줄게. 너는 주변에 다른 별이 없을 때만 빛나는 그런 별이야."

플로시는 거울 속 엄마를 바라봤다.

"나는 더 빛날 수 있어요." 그녀가 말했다. "노력할 수 있어요. 난 겨우 열여섯이에요."

"할리우드에 가면," 엄마가 말했다. "넌 거기서 가장 크고 가장 빛나는 스타들에게 둘러싸일 거다. 넌 거기서 그냥 평균일 거야. 할리우드는 평균을 은막에 담지 않아. 하지만 여기 브레세드에서는, 네가 실크웜의 일원이 되면, 너는 부자 남자의 아내로서 가장 빛나는 별이 될 거야. 엄마가 얼마나 고생하는지 넌 다 봤잖니. 립스틱과 스타킹도 간신히 사는 걸. 너도 그걸 원하니?"

플로시가 재빨리 고개를 저었다.

"이런 기회는 매일 오지 않아, 딸." 엄마가 그녀에게 말했다. "나이가 들수록, 더 힘들어질 거다. 너는 플로시 카펜터야, 맞지? 넌 어쨌든 남자랑 잘 거잖아."

플로시는 거울 속 엄마를 힐끗 쳐다봤다.

"돈이 좀 있는 사람이 되어서," 엄마가 말을 이었다. "편안히 살 생각을 해라. 커틀러스는 좋은 남자다. 그의 가족은 좋은 사람들이야."

"하지만 난 그를 사랑하지 않아요."

"설사 네가 지금 그를 좋아하지 않아도, 얼마 지나면, 네가 생각했던 것보다 그를 사랑하는 게 훨씬 쉽다는 걸 알게 될 거다. 특히 그의 씨를 가진 뒤에는."

"그의 씨요? 그의 아이를 가지라는 말이에요? 절대 안 돼요." 플로시가 고개를 저었다. "난 아이를 원치 않아요."

"하나는 가져야 해, 플로시. 커틀러스는 즐거운 시간을 보내는 게 전부인 애고, 그게 끝나면, 널 버릴 거다. 너 같은 여자애들에게는 그런 일이 누누이 생긴다."

"나 같은 여자애들이요?" 플로시가 물었다.

"네가 그의 아이를 가지면," 엄마가 계속했다. "너는 권리를 갖게 된다. 그게 스타로서의 네 미래를 확보하는 유일한 방법이다."

플로시는 입을 다물었고, 그녀의 턱이 떨리기 시작했다. 그녀가 벌떡 일어나서 나를 지나쳤다. 그녀를 쫓아 방에 와보니, 이미 옷방 안에 서서, 그날 밤 커틀러스와의 데이트에 입을 옷을 찾고 있었다.

"야?" 나는 그녀의 팔을 잡았다. "엄마 말 듣지 마."

"여자들이 망가지면, 남자들은 바로 쫓아와." 플로시는 내 손을 뿌리치고 옷걸이에서 남색 드레스를 꺼냈다. 그녀는 그걸 몸에 대고 거울에 어떻게 비치는지 살폈다. "메이 웨스트가 「그녀는 그를 망가뜨렸다」에서 그 말을 했어.[126] 조금만 망가질게, 베티. 그가 나를 쫓을 수 있을 만큼만. 최악의 경우, 나는 언제든 그의 지갑을 들고 할리우드로 갈 수 있어."

---

126 *She Done Him Wrong*. 1890년대 뉴욕, 도도하고 요염한 술집 가수인 주인공 레이디 루(Lady Lou, 메이 웨스트)가 젊은 여인 샐리(Sally)에게 한 대사('*When women go wrong, men go right after them.*' 15분 46초). 셔먼(Lowell Sherman, 1888~1934) 감독의 범죄 코미디영화(1933, 66분)로 원작은 극작가이기도 한 메이가 직접 쓰고 출연한 연극 「다이아몬드 릴」(*Diamond Lil*, 1928, 176회 공연). 주연 메이 웨스트(Mae West, 1893~1980), 캐리 그랜트(Cary Grant, 1904~1986). 국내에 「다이아몬드 릴」로 소개.

"넌 그가 필요 없어, 플로시. 넌 혼자 할 수 있어."

"멍청한 베티. 아직도 하나도 모르겠니?"

나는 언니를 쳐다봤다. 얼굴뼈가 길어 금욕적 외모가 풍겼고, 그녀가 미소를 짓거나 짓지 않을 때마다 그 모습이 보였다. 눈은 더 커졌고, 초록 색조는 어렸을 때보다 더 밝아졌다. 마치 모든 에너지와 분노가 홍채에 응집되어 초록 화염이 이는 듯했다.

"이 드레스는 어때?" 그녀가 물었다. "멋진 것 같은데."

그날 밤 플로시는 커틀러스가 그녀 안에 머물게 했다. 나는 그녀가 그 일을 치를 때 주춤했다고 상상했다. 이튿날 아침, 나는 그녀가 입었던 드레스를 들고 나가 마당에 묻었다.

플로시는 자신이 임신했다는 것을 알자마자, 이를 커틀러스에게 알렸고, 그는 당시 유행대로 한쪽 무릎을 꿇었다. 결혼 선물로, 프레야는 플로시의 드레스를 만들어주었다. 무릎 위까지 올라오는, 레이스가 달린 분홍색 드레스. 플로시가 그 옷을 좋아했던 건 그 옷을 입으면 자신이 너무 달콤하게(sweet) 보여서 마치 사탕처럼 남자의 입안에서 녹을 것 같았기 때문이었다.

"그렇게 생각하지 않니, 베티?" 그녀가 내게 물었다.

결혼식 후, 플로시는 다음해에 학교로 돌아가지 않을 거라고 했다.

"이제 결혼 생활이 나의 미래야." 그녀는 학교를 포기했고, 커틀러스 부모가 그들 부부에게 사준 기둥 달린 식민지시대 주택[127]으로 이사했다.

"잘 자라고 써줄게, 우리가 프레야에게 했던 것처럼." 내가 플로시에게 말했다.

"아니." 그녀가 고개를 지었다. "나는 더 이상 유치한 장난을 할 시간

---

**127** colonial house. 1880~1960년 동안 초창기 영국과 네덜란드 정착민이 지은 주택에 대한 매료와 향수에서 지속된 '식민지시대 재현 건축'(Colonial Revival architecture). 다양한 건축양식이 혼재한, 고유의 미국식 건축으로 큰 저택에 해당한다.

이 없어. 나는 이제 아내야."

낮게 나는 새들에서 시작된 그 봄은 이제 높이 나는 새들로 여름을 마쳤다. 우리는 새들의 행동에 대한 이유를 전혀 찾지 못했다. 아빠는 우리 모두 때때로 어리석은 일을 한다고 했다.

"누구한테 하는 말이에요?" 플로시가 물었다.

우리의 침실은 이제 나 혼자였다. 그녀가 없으니 텅 비어 보였다. 나는 이 공간이 우리가 함께한 그 모든 것들로 얼마나 꽉 차 있었는지 미처 몰랐다. 파이어볼을 빨면서 잡지를 훑었고, 방구석의 거미가 제 거미집을 만드는 모습을 이야기하면서 서로의 머리를 빗겨주던 그 늦은 밤들.

"나는 거미가 노래한다고 생각해." 플로시는 이렇게 말하곤 했다. "거미집은 걔의 노래야."

플로시가 떠난 후, 거미집이 끊어졌다. 나는 다시는 거미를 보지 못했다.

# 더 브레새니언

## 총격사건 수사로 심문받은 남자

인근의 총성에서 카펜터를 목격했다는 한 주민의 신고 후 랜든 카펜터라는 남자가 심문을 받았다. 카펜터는 자기는 태양 아래서 낮잠을 자고 있었을 뿐이었다고 진술했다.

카펜터가 심문을 받는 동안, 어젯밤 늦게 엽총을 든 한 사람이 자신의 마당에 서 있었다고 신고하는 한 주민의 다른 전화가 걸려 왔다.

익명을 요구한 이 주민은, 자신은 그 사람에게 말을 걸었고, 심지어 그에게 우유 한 잔을 권했다고 했다. 그녀가 우유를 가지고 오려고 돌아섰을 때, 그 사람이 자신의 집으로 다가왔다고 했다. 여자는 이상한 느낌이 들어 다시 몸을 돌렸고, 그때 그 사람이 가까이 다가왔고, 어느새 자신의 베란다에 올라와 있었다고 했다. 그 여자의 말이다.

"나는 문을 잠그지 않거든요. 평생 문을 잠근 적이 없어요. 내가 비명을 지르기 시작하자마자, 그 사람이 뒤로 물러서더니, 총신을 질질 끌면서 떠났어요."

그 사람이 남자인지 여자인지 라는 질문에, 그녀는 빛이 너무 어두웠다고 했다. 이어 곧바로 이렇게 덧붙였다.

"하지만 남자 냄새가 좀 났어요. 아니면 그날 저녁 일찍 남자와 관계를 맺었던 여자든가요."

# 36

내가 깨진 그릇과 같나이다.
—시편 31:12


내가 가장 좋아한 드레스는 엄마로부터 프레야, 플로시, 그리고 내게로
내려온 드레스였다. 원래, 드레스는 밝은 빨강이었다. 그게 내게 왔을
때에는, 세월에 색이 바래 분홍이 되어 있었다. 가끔 나는 그 모든 빨강
이 그 옷을 입은 여자들의 피로 빠져나갔다고 상상하곤 했다.

나는 그 드레스를 입고 프레야, 린트, 아빠와 함께 텃밭에 있었다. 우
리는 튀겨 먹을 채소들을 따고 있었고, 그때 릴런드가 차를 몰고 왔다.

"누가 널 초대했어?" 나는 그가 텃밭에 들어서자마자 물었다.

"내 가족을 보러오는 데 내가 왜 초대를 받아야지?" 그가 물었다.

나는 프레야를 슬쩍 훑어봤다. 언니는 바구니에 애호박을 담고 있
었다. 나는 릴런드가 그녀를 지나쳐 옥수수 밭으로 들어가는 것을 지켜
봤다. 그는 줄기를 살핀 뒤 한 대를 골라 겉껍질을 벗겼다.

"옥수수를 망치고 있잖아." 내가 그에게 말했다.

"오, 깜빡했다." 그가 두 팔을 들어 허공을 휘저었다. "너 호박이지.
옥수수의 보호자. 막강한 베티."

"됐다, 그만해라, 너희 둘." 아빠는 바구니에 담을 오크라를 자르기
시작했다.

아빠는 가장 긴 오크라를 들어 그의 머리 양쪽에 그게 마치 뿔인 양
올렸다. 린트가 깔깔 웃으며 바구니에서 두 개를 더 집어 자신도 한 쌍

을 만든 뒤 아빠의 뿔과 대적하는 척했다. 프레야는 두 사람에게 미소를 지었고, 그 사이 릴런드는 또 다른 옥수수 이삭을 열었다.

"그만해." 나는 그를 줄기에서 밀어냈다.

"함께 즐거운 시간을 보내도록 하자." 아빠가 오크라를 바구니 안에 떨어뜨렸다.

"그래, 베티." 프레야가 덧붙였다.

나는 언니를 돌아보며 얼굴을 찌푸렸다.

"이게 왜 내 잘못이야?" 내가 물었다. "옥수수를 망치고 있는 건 쟤야. 그런데 아무도 신경을 안 써."

"관둬. 내가 나갈게." 릴런드는 덩굴을 밟으며 텃밭을 나갔다.

"식물을 죽이고 있잖아, 멍청아." 나는 이렇게 말하고 몸을 굽혀 덩굴을 살폈다.

릴런드는 돌아서서 내게 가운뎃손가락을 내밀고는 차에 올라탔다. 그가 빠른 속도로 진입로를 빠져나가자 먼지가 휘몰아쳤다.

"쟤를 무시하는 법을 배워야 해, 베티." 프레야가 말했다.

그녀는 날카로운 칼로 익은 오이를 따고 있었다.

"쟤를 무시하라고?" 내가 물었다. "난 쟤가 모든 걸 어떻게 파괴하는지 무시하는 데도 지쳤어. 난 더 이상 쟤를 무시하지 않을 거야."

프레야가 천천히 일어섰다.

"베티." 그녀가 말했다. "아무것도 시작하지 마."

"아빠." 나는 몸을 돌려 그를 정면으로 쳐다봤다. "아빠한테 할 말이 있어요."

"닥쳐, 베티." 프레야가 오이 덩굴에서 나왔다. 그녀가 양배추 밭 앞에서 멈췄다.

"아빠." 나는 심호흡을 했다. "릴런드가……."

프레야는 그녀 앞에 있는 양배추 머리를 걷어찼다.

"프레야?" 아빠가 그녀를 돌아봤다. "왜 그러니?"

그녀는 나를 쳐다보더니, 남아 있는 양배추들을 힘껏 걷어찼고, 양배추들은 머리카락이 풀린 여자 머리처럼 땅에 뒹굴었다.

멜론 밭을 짓밟고 들어간 그녀는 꿀멜론과 수박을 쿡쿡 쑤셨다. 이어 깍지콩 밭에 온몸을 던져 긴 꼬투리들을 잡아당겼고, 그건 마치 목을 졸라 죽일 뱀들을 손 한가득 쥐고 있는 듯했다.

"그만, 프레야." 아빠가 말했다. "네가 텃밭을 다 죽이고 있다."

짙푸른 덩굴에 갇혀 옴짝달싹 못하게 된 그녀는 마치 벽에서 벽지를 뜯어내듯 손에 쥔 칼을 휘둘렀다. 그녀는 오이 덩굴을 팔에 휘감은 뒤, 온몸의 체중을 실어 뽑았다. 그녀가 마치 어머니들이 애들의 머리채를 잡아당기듯 당근을 잡아당기는 바람에 아빠는 프레야의 길목에 있던 린트를 빼내야 했다. 그녀는 모든 당근을 베어 물었고, 그걸 뱉을 때마다 그녀의 입가에 진흙이 번졌다.

그녀는 토마토를 손으로 으깼고, 속살이 손가락 사이로 쏟아져 내렸다. 베리도 똑같이 짓이겼고, 색색의 색들이 그녀의 손을 물들였다. 옥수수로 관심을 돌린 그녀가 옥수수 줄기 속으로 달려갔다. 줄기를 구부리자 술이 흔들렸고, 끝내 밑동이 부러져 나갔다.

"이게 다 무슨 고함소리야?" 엄마가 베란다 위로 나왔다.

눈앞의 광경을 목격한 엄마는 그저 우리와 함께 뒤로 물러서서 프레야가 텃밭을 공격하는 것을 지켜볼 수밖에 없었다.

텃밭 뒤쪽에 아빠가 세워둔 나무 울타리에서 자라는 포도가 있었다. 프레야는 그 울타리를 부수고, 덩굴을 자르고, 포도를 짓밟았고, 달콤한 향기가 공기 중에 퍼져나갔다.

프레야가 멈췄을 때, 그녀는 나만 응시하고 있었다. 그녀는 여전히 칼을 손에 쥐고 있었다. 그녀가 칼을 얼마나 세게 쥐고 있었던지, 나무 손잡이가 산산조각 날 것 같았다.

"프레야?" 아빠는 대학살의 현장을 천천히 걸었다. "너 어떻게 이런 짓을 할 수 있니?"

"나는 언니가 왜 이랬는지 알아요." 프레야 못지않게 화가 난 내가 말했다. "언니가 이러는 이유는 릴런드가……."

단 한 번 손을 휘둘러, 프레야는 왼쪽 손목을 그었다.

"하나님 맙소사." 엄마는 린트를 끌어당겨 그의 눈을 가렸다.

"피가 빠져나가는 걸 막아야 해요, 랜든." 아빠가 프레야에게 달려가자 엄마가 말했다.

프레야가 자신의 손목을 내려다봤다. 그녀는 자신이 그런 짓을 했다는 것에 스스로 놀란 듯 칼을 떨궜다. 아빠가 손수건으로 상처를 감쌌다.

"그렇게 심하지 않다. 내가 꿰맬 수 있다." 그는 프레야를 차고로 데려가면서 이렇게 말했다.

"베티." 그가 나를 불렀다. "네 도움이 필요할 거다."

린트와 엄마는 텃밭 건너편에 남아 우리를 지켜봤다. 엄마가 린트에게서 무슨 일이 있었는지 알아내려고 하는 소리가 들렸다.

내가 차고로 들어가자, 아빠는 내게 상처 부위를 계속 압박하고 있으라고 했다. 나는 손수건 위에 손을 얹었다. 그녀의 따뜻한 피를 느낄 수 있었다.

아빠가 실을 찾기 위해 차고를 뒤지는 동안, 프레야가 내게 속삭였다. "내가 자살한다고 했지. 이제 날 믿겠니?"

나는 천천히 고개를 끄덕였다.

"이거면 되겠다." 아빠는 이렇게 말하고, 깡통에서 검정 실꾸리를 꺼냈다.

그는 상처에 밀주를 부으면서 프레야가 물고 있을 나무껍질 조각 하나를 건넸다.

"내가 다 고쳐줄게." 그는 밀주로 뼈바늘을 소독한 뒤 바늘에 실을 꿰며 이렇게 말했다.

프레야는 나무껍질을 뺄고 밀주를 조금 마셨다. 그러면서, 아빠가 살을 꼬집어 바늘을 통과시키는 걸 곁눈질로 지켜봤다. 그녀가 비명을 지르기 시작했을 때, 나는 차고를 뛰쳐나와 숲으로 달렸다.

나는 가장 큰 나무를 찾아, 그 나무껍질에 내 얼굴을 파묻었다.

저녁이 되어서야 나는 집으로 향했다. 집에 도착하니, 프레야의 침실에 불이 켜져 있었다. 엄마는 아래층 거실에서 TV를 보고 있었다. 린트는 엄마의 무릎에 머리를 얹은 채 잠이 들어 있었다.

위층으로 올라갈 때, 발밑에서 계단이 삐걱댔다. 나는 살금살금 복도를 걸어가, 프레야의 방 바깥 벽 옆에 앉았다.

"있잖아, 하나님도 이런 붕대를 한 번 감아야 했다." 아빠가 말하고 있었다.

아빠가 프레야의 침대 가장자리에 있는 것을 문틈으로 엿봤다. 그는 모래가 가득 든 단지를 들고 있었다. 프레야는 침대 머리맡에 등을 기대고 앉아 있었다. 그녀가 무릎을 당겨 턱을 괴었다. 손목의 하얀 붕대를 갈아야 했다.

"하나님도 자기 손목을 그었나요?" 그녀가 물었다.

"그런 건 전혀 아니지."

"그럼 왜 그분은 붕대를 감아야 했어요?" 프레야는 손목을 내려다봤다.

"그건 그분이 해를 만든 뒤에 벌어진 일이야." 그가 말했다.

프레야가 잠시 침묵했다. 이어 하나님이 어떻게 해를 만들었는지 물었다.

"네가 파이를 만드는 것과 비슷해." 아빠가 말했다. "설탕, 약간의 밀가루, 약간의 버터가 들어가지. 난 정확한 조리법은 모른다. 내가 알았다면, 글쎄, 난 나만의 해를 만들었겠지. 그렇지만 나는 하나님이 당신의 재료들을 섞은 뒤, 그 모든 걸 큰 냄비에 넣고 오븐에 넣은 다음, 그게 하늘에 오를 만큼 뜨거운 황금색이 될 때까지 구웠다는 건 알고 있어. 어떤 사람들은 하나님도 그렇게 구워진 진짜 해에 당신의 손을 데었다고 생각하지. 하나님 스스로도 당황스럽게도, 그분도 당신의 손을 그 망할 냄비에 데인 거야. 당신이 오븐에서 냄비를 꺼내기 전, 오븐 장갑을 끼는 걸 잊었던 거지."

아빠는 그 생각에 낄낄 웃었지만, 프레야는 웃지 않았고, 결국 아빠는 프레야가 입을 열 때까지 아무 말도 하지 못했다. "바보 같은 이야기에요, 아빠."

그는 프레야가 "아빠"라고 다정하게 말한 것에 힘을 냈다.

"왜 그 단지를 갖고 계세요?" 그녀가 물었다.

"이건 천국에서 온 거다." 그가 말했다. "어젯밤 산책을 나갔는데, 밧줄 하나가 하늘에서 떨어졌다. 나는 누가 내려오는가 싶어 기다렸다. 아무도 나타나지 않아서, 밧줄이 튼튼한가 보려고 그걸 잡아당겼지. 나는 누군가 내가 올라오기를 바란다고 생각했다."

"하지만 누가 그걸 내렸는지 모르잖아요." 프레야가 말했다. "그 위에 악마가 있으면요?"

"그건 하늘에서 내려왔고," 아빠가 프레야에게 말했다. "내가 하늘에 있다고 생각할 수 있는 유일한 건 천국이야. 나는 그 밧줄이 그렇게 나쁘지 않을 듯싶었고, 그래서 지팡이를 내려놓고, 손에 침을 뱉은 뒤, 단단히 잡고, 오르기 시작했어. 한 늙고 보잘것없는 사람인 내가, 거기서, 하늘로 오르고 있었다. 별들에 아주 가까워지면서 그게 브레세드의 불빛처럼 보였고, 한편 마을은 너무 멀어져서 모든 불빛이 별처럼 보였어. 밧줄 꼭대기에 도착했을 때, 나는 그 밧줄이 하늘에 매달린 한 열린 창문에서 떨어졌다는 것을 알았다. 그 창문에서 밝은 빛이 빛났다. 나는 창틀을 넘었고, 시간의 해변(Beach of Time)으로 떨어졌다."

"시간의 해변이 뭐예요?"

"저런, 프레야. 다들 시간의 해변이 뭔지 알아. 그건 우리의 생명의 단지들이 보관된 곳이다. 단지마다 지상에서의 우리의 시간을 재는 모래로 가득 차 있다."

그는 유리 표면에 테이프로 붙인 종이 띠를 프레야에게 보여주었다. 그 위에 그녀의 이름이 필기체로 쓰여 있었다.

"나는 그 단지들을 죄다 뒤져서 네 걸 찾았다." 그가 말했다. "자, 봐라." 그는 그녀 앞에 단지를 들어보였다. "맨 위까지 모래로 가득 차 있다. 조금만 보태도 뚜껑 밑으로 흘러나올 거다. 하나님은 너한테 뭇 사람들보다 더 많은 날들을 주셨다, 프레야. 나는 그걸 잘 안다. 난 그 단지들을 다 봤다. 어떤 단지는 한 숟가락의 모래밖에 없었고, 어떤 단지는 한 알밖에 없었다. 하나님은 네게 큰 계획을 갖고 계시다, 딸아."

그는 그녀에게 단지를 건넸다. 그녀는 그걸 본 뒤 이렇게 말했다. "이건 그냥 강둑의 모래예요, 아빠. 아무것도 아녜요."

아빠는 늙은 곰처럼 으르렁거리면서 붕대가 감긴 그녀의 손목을 움켜쥐었다.

"네가 목숨을 끊으면 어떻게 될지 모르니?" 그가 물었다. "네 단지가 깨지고, 모래가 쏟아질 거다. 영원히, 너는 모든 유리 조각과 모든 모래 알갱이를 모으는 형벌을 받을 거다. 네가 그 일을 다 마쳐도, 행여 쉴 수 있을 거라고 생각하지 마라. 악마가 네가 모은 더미를 걷어차서 다시 다 엎어놓을 테니까. 영원히 그럴 거다. 너는 네가 깨뜨린 것을 찾으려고—그걸 다시 맞추려고—하겠지만, 악마는 널 절대로 가만두지 않을 거다."

"하나님이 나를 위해 그 창문을 열고 그 밧줄을 떨궈주어서 나는 네 단지를 찾을 수 있었고, 그래서 나는 네가 아직 얼마나 더 살아야 하는지 네게 보여줄 수 있는 거다. 너는 늙을 운명이다, 프레야." 아빠는 그녀의 머리카락을 쓰다듬었다. "네 머리카락은 백발이 될 운명이다. 네 피부는 주름질 운명이다. 너는 노파로 죽을 운명이다. 아주 행복한 노파로. 위대한 성령의 눈에 침을 뱉는 바보가 되지 마라."

그녀가 고개를 끄덕였다.

"이제 쉬어라." 그는 그녀를 침대에 눕혔다. 그녀는 단지를 곰 인형인 양 품에 껴안았다.

"잘 자라, 프레야." 그는 이렇게 말한 뒤 방을 나와 문을 닫았다.

아빠는 이야기를 듣고 있던 나를 보고 놀라지 않았다. 그는 그저 내가 일어서기를 기다렸고, 우리는 같이 복도를 걸어갔다. 나는 우리가 밖으로 나가, 한때 텃밭이었던 곳을 보러 가지 않을까 짐작했다. 그러나 우리는 결코 그곳에 가지 못했다. 유리가 깨지는 소리에 우리 둘 다 돌아서야 했기 때문이다. 우리는 프레야의 문으로 달려갔다. 아빠가 문을 열었을 때, 우리는 프레야가 침대 밖에 서서, 깨진 단지를 바라보고 있는 것을 봤다. 프레야는 흘러내린 모래가 그녀 둘레의 마루판 틈으로 스며드는 모습을 바라보고 있었다.

# 37

∾

*자기 새끼들을 무정하게 대하되 마치 그들이 제 새끼가
아닌 것처럼 하며 자기 수고가 헛될지라도.*

—욥 39:16

"이 세상에 나를 위한 빛이 있을까?" 프레야의 속삭임이 방을 가득 채웠다.

단지를 깨뜨린 그녀는 복도를 건너와 내 침대로 올라왔다. 내가 옆에 누웠고, 그녀는 나를 감싸 안았다. 그녀의 숨결에 그 가슴에 안긴 내 정수리가 따뜻해졌다.

그녀가 잠든 뒤 나는 살그머니 침대를 빠져나와 그녀의 방으로 다시 갔고, 아빠는 돋보기를 들고, 모래알 하나하나를 찾고 있었다. 그에게 프레야는, 그가 핀셋을 써서 마루판 틈에서 작디작은 유리 조각들을 빼낼 수 있듯, 구원될 수 있는 존재였다.

이튿날 아침 아빠는 프레야가 등이 휘어지게 기지개를 피면서 침대에서 일어나는 것을 보면서 그녀가 구원될 수 있음을 믿게 되었다.

"배고파요." 그녀가 말했다.

아빠는 그녀에게 큰 팬케이크를 잔뜩 만들어주었다. 그녀는 얼굴에 미소를 머금고 그걸 먹었다. 아버지에게, 그것은 딸이 괜찮다는 것을 뜻했다. 어머니와 나는 바보가 아니었고, 프레야가 포식 후 TV를 보려고 거실로 들어가는 동안, 나는 칼을 들고 머나먼 곳으로 향했다. 무대에 깊은 홈을 팠다. 파인 곳에 손을 대고 나 혼자서도 프레야를 치유할 충분한 힘이 있음을 믿고 싶었다.

엄마가 자해한 후 나와 프레야와 플로시가 엄마를 위해 불렀던 그 노

래를 불렀다. '엄마'를 '언니'로 바꿨을 뿐이다.

"언니, 집에 오세요. 우리는 언니를 너무 사랑해요. 언니 없는 집은 춥고, 꽃도 피지 않아요. 우리는 언니가 정말 보고 싶어요. 언니에게 우리의 입맞춤을 보내요. 언니, 집에 오세요. 우리는 언니를 너무 사랑해요.'

그러나 노랫말은 곧 구호가 되었다.

"Tsa-la-gi. Qua-nu-na-s-di. Tsu-we-tsi-a-ni-ge-yv. U-la-ni-gi-dv."[128]

아빠가 쓰는 걸 들었던 체로키 단어들, 고작 그 몇 개였고, 나는 내 영혼을 그 리듬에 묶었다.

"Tsa-la-gi. Qua-nu-na-s-di. Tsu-we-tsi-a-ni-ge-yv. U-la-ni-gi-dv."

나는 아버지의 이야기에서 영감을 얻어, 내가 나를 알기 전부터 나를 알고 있는 땅의 한 조상을 만들었다. 그 생각은, 과거는 힘이 있었으니, 만약 내가 그 힘을 소환할 수만 있다면 어쩌면 내가 언니를 도울 수 있지 않을까 하는 느낌과 함께 왔다. 그래서 나는 매일, 프레야가 더는 붕대를 감지 않아도 될 때까지 그 구호를 외쳤다.

"흉한 흉터가 지겠어." 그녀는 살이 돋는 것을 보며 이렇게 말했다.

그녀는 무엇보다 일터로 돌아가고 싶었다. 사람들은 그 사건을 다 알고 있었고, 그녀를 힐끗힐끗 쳐다본 뒤 자기들끼리 이야기를 나누곤 했다. 프레야는 모르는 척했다. 대신 그녀는 더 주문을 받고, 파이 하나를 더 자르고, 문 팻말을 마감으로 돌릴 때까지 충분한 에너지를 비축하는 데 집중했다. 그녀가 다시 빠져든 일상이었다.

"괜찮아요." 그녀는 아빠가 기분이 어떠냐고 물으면 이렇게 말하곤 했다. "난 그냥 그 일이 있었던 걸 잊고 싶어요."

1967년 가을, 모든 세상이 바삭바삭해지고 갈색으로 변하면서, 관심의 초점을 프레야에서 워치 않는 짐옥 짊어진 소녀처럼 커져가는 배를 들고 있는 플로시에게로 바뀌었다. 그녀는 자신의 등, 부은 발목, 과체중에 대

128 Tsalagi 체로키. Quanunasdi 자두. Tsuwetsi anigeyv 딸들. Ulanigidv 강력한.

해 불평했다. 그녀는 아침마다 셀러리 줄기를 먹었지만 그건 순전히 밤마다 자신의 온갖 식탐에 굴복하기 위한 것이었다. 감자 칩. 탄산수. 몇 접시의 초콜릿아이스크림. 그녀는 커틀러스와 같이 쓰는 침대에 드러누워, 그의 코골이를 들으면서 실크 시트를 손톱으로 쥐어뜯었다.

플로시는 실크웜의 일원이 된 후, 아무 때나 나타났다. 불쑥 우리 집 현관 베란다로 와서 난간에 배를 스치곤 했다. 어떨 때는 내 방에 들어갔다가 자신의 옛 일인용 침대에 누워 모로 자고 있는 그녀를 발견하기도 했다. 나는 그녀의 팽팽한 복부에 손을 얹곤 했다. 그녀는 입을 벌리고, 가느다란 침 한 가닥을 면 시트에 흘리면서 계속 잠을 잤다. 잠에서 깬 그녀는, 자신이 임신한 것을 잊은 채 자신의 복부를 보고 깜작 놀라곤 했다. 그녀는 그 복부가 자신의 일부라는 것을 되새길 찰나의 순간 동안 마치 거미를 쫓듯 복부를 털어내곤 했다.

"임신한다는 건 네 다리 사이에 피를 흘려야 할 상처가 있다는 거야, 베티." 그녀는 언젠가 셔츠를 올려 임신선을 보여주면서 내게 이렇게 말했다. "임신이 안겨준 흉터를 봐."

그녀는 몸이 불수록 자신을 더 돌보지 않았다. 며칠 내내 같은 셔츠와 바지를 입곤 했다. 그녀는 더 이상 머리를 빗지도, 매니큐어를 바르지도 않았다. 1968년 겨울이 되자, 그녀는 내가 알고 있던 언니의 모습이 아니었다. 그녀의 임신이 그녀를 가렸다. 그녀에게서 발산되던 밝은 빛은 그녀의 몸에 지닌 구(球)에 의해 어두워졌다. 그림자가 가득했고, 그녀는 마치 사악함에 빠진 듯, 더 못돼 보였다. 최악은 그해 2월이었다. 살을 에는 바람이 불면서, 나는 열네 살이 되었다. 내 생일선물 중 하나는 프레야의 고고 부츠[129]였다. 루시스를 포함, 학교의 모든 애

---

**129** go go boots. 1960년대 중반 처음 등장한 굽이 낮은 여성 패션 부츠. 이름은 불어 'à gogo'(실컷, 마음껏)에서, 혹은 1965년 출현한 '고고 댄서'에서 파생되었다는 설 등 다양하다. 1964년 쿠레주(André Courrèges, 1923~2016)는 '흰색의, 낮은 굽의, 종아리 중간까지 올라오는 부츠'를 고고 부츠로 정의, 이를 '쿠레주 부츠'라고 불렀다.

들이 한 켤레씩 갖고 있었다. 처음에는 나도 그걸 원한다고 말하기가 부끄러웠다.

"세상 모든 것 중에서, 그런 호화로운 부츠를 원한다고?" 아빠는 그 말을 듣고 이렇게 물었다. "너는 평소 거북 등딱지와 쏙독새를 갖고 싶어 했잖아."

"지금도 좋아해요." 내가 말했다. "하지만 내가 부츠까지 좋아하면 안 되나요?"

프레야가 그걸 내게 주자마자 신었다. 밖으로 나가, 숲으로 들어갈 때까지 멈추지 않았다. 마른 잔가지들이 발밑에서 부러졌다. 숲속의 빈 터에 도착해서, 차갑고 딱딱한 땅에 누워, 다리를 얼굴까지 들어 올리고 마치 잿빛 겨울 하늘을 걷듯 허공에 다리를 휘둘렀다. 짐작컨대 내가 그 부츠를 그렇게 좋아했던 건 학교에서는 부츠가 인기였지만 나 자신은 그렇지 못하다는 사실 때문이었다. 부츠를 신고 있으니 마치 어떤 비밀에 다가간 듯한 느낌이었다.

그날 밤 그걸 신고 잠자리에 들었고, 그걸 이불 밑으로 미끄러뜨리면서, 이튿날 학교에서 루시스가 부츠를 신은 나를 보면 걔는 내 친구가 되고 싶어 할 거라고 상상했다.

"베티," 꿈속에서 루시스가 말했다. "넌 학교에서 제일 멋진 여자야."

이튿날 아침, 플로시가 찰싹 때리는 바람에 잠을 깼다.

"넌 지금 너무 예쁘고 나는 뚱뚱하고 못생겼다고 생각해." 그녀의 얼굴이 새빨갰다. "그 부츠는 내 거여야 해."

그녀는 내 발에서 부츠를 잡아 뺐다. 그녀는 한쪽 부츠에 발을 넣으려고 시도했지만, 그녀의 배가 걸리적거렸다. 포기한 그녀는 부츠를 방 건너로 차버린 뒤, 자신의 배를 손가락으로 눌렀다.

"아기가 곧 나오지 않으면," 그녀가 말했다. "내가 칼로 뽑아낼까봐 겁나."

몇 주 후, 나와 그녀는 현관 베란다에 앉아 있었다. 그녀는 한 손에 감자 칩을, 다른 한 손에 담배를 들고 있었다. 방금 그녀는 자신의 하늘색 임부복의 소매가 너무 좁다는 불평을 늘어놓았다.

"그리고 이 멍청한 옷깃도." 그녀는 주름진 주황색 목깃을 잡아 늘이려고 했다.

시어머니는 그 드레스를 사주면서 플로시에게 딱 어울릴 것 같다고 했다. 왠지 그녀에게는 가시 드레스가 더 편안해 보일 듯싶었다.

"장담컨대 내가 이 드레스를 1초라도 더 입어야 한다면……." 그녀는 감자 칩과 담배를 떨구고 배를 움켜쥐었다. "악, 오 하나님, 배가 아파."

나는 집 안에 있는 엄마를 소리쳐 불렀고, 엄마가 부엌에서 달려 나왔다. 엄마는 플로시의 거친 호흡을 보더니 이렇게 말했다. "애기가 나오고 싶어 해."

"아냐-아." 플로시가 고개를 저었다. "난 못해요. 그냥 거기 둘래요. 악." 그녀는 배를 움켜쥐고, 상체를 젖혔다. "원래 이렇게 아픈 거예요?"

"헛소리 그만해라, 플로시." 엄마가 손에 든 수건으로 내 팔을 툭 쳤다. "아버지를 데려와." 그녀가 말했다. "래드 박사한테 데려가야 한다."

"싫어요." 플로시는 나를 밀치고 힘겹게 계단을 내려가면서 머나먼 곳을 향해 외쳤다.

"플로시, 이리 돌아와, 빌어먹을." 엄마가 그녀를 불렀다.

"안 들려요." 플로시는 이렇게 말하면서 무대에 오르려고 했지만 할 수 없었다. "난 아주 멀리 있어서 아무 소리도 안 들려요."

멀리 있는 것은 병원이었고, 그래서 브레세드는 래드 박사에게 의지했는데, 박사는 자신의 집 뒤편에서 환자를 진료했고, 담황색 수고양이가 그들을 맞이하곤 했다. 그 고양이는 플로시가 분만하는 동안 엄마, 아빠, 그리고 나와 함께 뒤 베란다에서 같이 기다렸다. 아빠는 프레야와 함께 기다리라며 린트를 식당으로 보냈다. 시댁에서는 커틀러스만 와 있었다. 그는 두 손을 주머니에 깊숙이 찔러 넣은 채 서성거렸다.

나는 플로시의 비명에 귀를 막아야 했다. 그녀의 울음이 그치자, 아기의 울음이 시작되었다. 작은 새된 소리가 은그릇이 부딪치는 소리 같다. 나는 열린 창문으로 가서, 래드 박사가 탯줄을 자르는 것을 봤다. 그는 아기를 탁자로 옮겼다. 그가 아이의 꼼지락대는 팔다리를 닦을 때, 나는 언니를 바라봤다. 땀에 흠뻑 젖어 있었고, 젖은 머리칼이 벌건 이마에 펼쳐져 있었다. 언니가 불과 1년 전 껌 풍선을 불고, 발톱을 연보라로 칠했던 바로 그 소녀였다는 게 믿겨지지 않았다.

박사가 아이를 언니에게 데려갔지만 그녀는 외면했다.

"네 아기를 보고 싶지 않니?" 박사가 그녀에게 물었다.

"물론 쟤도 아기를 볼 겁니다." 아빠는 밖으로 열어놓은 방충망 앞에서 있었다. "그렇지, 플로시?"

아빠가 먼저 들어갔고, 엄마와 커틀러스가 뒤따랐다. 나는 밖에서 열린 창문을 통해 바라보고 있었다. 언니의 분노에 집이 붕괴될 경우 마당에 가까이 있는 게 더 안전할 것 같았다.

"나는 쟤를 원하지 않아요." 플로시가 팔짱을 끼며 말했다.

"원하지 않는다니, 무슨 뜻이니?" 아이를 팔로 부드럽게 안은 래드 박사의 눈이 돋보기 달린 안경 너머로 커졌다.

플로시는 아들을 응시했다. 아마 아들 때문인지, 혹은 그냥 그날 때문인지, 그녀는 침대 가에 몸을 기대더니 남편의 반짝이는 신발에 토했다. 커틀러스는 토사물을 바라보다가 마치 그게 신발에서 미끄러질 것처럼 뒤로 물러섰다. 플로시는 그를 쩨려보며 웃음을 터뜨리더니, 코를 킁킁거리며 아이를 향해 팔을 뻗었다.

"걔를 이리 주세요." 그녀가 말했다.

"아기 이름은 지었니?" 아빠가 물었다.

"노바(Nova)." 플로시는 땀을 쳐다보며 말했고, 아이를 보지는 않았다. "노바."

"무슨 이름이 그러냐?" 엄마가 물었다.

"갑자기 빛나는 별을 뜻해요." 플로시는 이렇게 답한 뒤 아이를 다시 래드 박사에게 건넸다. "팔에 기운이 없어요." 그녀가 말했다.

래드 박사의 진료실을 나온 뒤, 플로시는 노바와 거리를 두었다. 마치 자신은 그의 어머니가 아니고, 노바는 그녀의 아들이 아니라는 듯했다. 이를 알아챈 실크웜네는 노바를 돌봐줄 여성을 한 명 고용했다. 그녀의 이름은 앵커(Anchor) 부인으로, 지난주까지 정육점에서 일했던 나이든 여성이었다. 그녀는 커틀러스의 어머니가 주문하러 온 고급 스테이크를 자르고 있던 조리대 뒤에 있었다. 스테이크가 포장되기를 기다리는 동안, 어머니는 다른 손님과 대화를 나누면서 누군가 고용하고 싶다고 밝혔다.

"제가 자식을 여덟을 키웠습니다." 앵커 부인이 커틀러스의 엄마에게 스테이크를 건네며 이렇게 말했다. "제가 다른 누군가를 위해 그런 일을 하는 것은 일도 아닙니다. 오래전부터 이제 정육점 칼에서 잠시 손을 떼야지 싶었습니다. 제가 여기서 받는 만큼만 부인께서 주시면, 부인을 위해 일할 것이고, 또 일을 잘 하겠습니다."

앵커 부인은 정육점 일을 그만두게 되어 기뻤다.

"더 이상 땋은 머리가 피에 질척일까봐 걱정할 필요가 없네요." 그녀는 이렇게 말하면서 길게 땋은 두 갈래의 쪽진 머리를 풀어 어깨 위에 늘어뜨렸다. 머리 끝자락만 여전히 적갈색이었고, 모근은 정수리 주위에 코르크 따개 철심이 튀어나온 듯 잿빛에다 굵었다.

앵커 부인은 감정 없는 로봇의 효율성으로 노바를 돌보는 일을 수행했지만, 노바는 여전히 이 고용된 여성을 자신의 어머니라고 믿었다. 플로시가 아들에게 젖을 먹이지 않기로 결정했기 때문에, 앵커 부인은 크고 거친 손으로 노바를 와락 움켜쥐고 그에게 젖병을 물리곤 했다. 노바는 그녀의 빨간 코 얼굴을 아침, 오후, 그리고 저녁, 그에게 잠자리 이야기를 읽어줄 때 봤고, 한편 플로시는 자신이 사랑하지 않는 한 남자 옆에 누워 있었다.

"이제 아기가 나왔다고," 플로시가 내게 말했다. "커틀러스가 원하는 건 자신의 쾌락뿐이야." 그녀는 잠시 말을 멈추고, 손가락에 낀 결혼반지를 만지작거렸다. "사람들이 왜 그들을 hus-*bands*라고 하는지 아니, 베티? 왜냐하면 그들은 네 몸을 칭칭 감은 밴드 같아서 그들은 죽을 때까지 너를 짜든지, 아니면 네가 그 매듭을 끊든지 해야 돼."

출산 후, 플로시는 비교적 빨리 체중이 줄었다. 그녀는 실크웜의 현찰 덕에 가능했던 새 옷장을 구매하는 것으로 자신의 사치를 찾았다. 엄마는 플로시가 자신에게 큰돈을 줄 것이라고 생각했지만, 플로시는 조금밖에 주지 않았다. 상처에 소금을 뿌리듯, 플로시는 번쩍이는 메르세데스를 타고 우리를 찾아왔고, 그때마다 그녀는 우리에게 그게 평범한 녹색이 아닌 황록색임을 상기시켰다.

"이 컬러는 한정판이야." 그녀는 어깨 너머로 머리를 넘기며 이렇게 말했다.

그녀는 스위트 템퍼(Sweet Temper)에 있는 미용실에서 머리를 감기 시작했다. 그래서 그녀에게서 항상 인동덩굴 냄새가 났다.

"기막히지 않니?" 그녀는 이렇게 묻곤 했다.

엄마는 플로시가 잠시 들를 거라고 한 일주일 전부터 내내 청소하는 경향이 있었다. 플로시가 집 안 구석구석을 바라보는 게 마치 다 너무 실망스럽다는 듯했기 때문이었다.

플로시가 방문할 때마다 늘 똑같은 장면이 연출되었다. 앵커 부인은 자리에 앉아 노바를 무릎에 얹고 그가 웃을 때까지 흔들었고, 플로시는 소파 쿠션을 들여다보곤 했다. 깨끗한 쿠션조차 자신이 앉기에는 너무 더럽다고 판단한 그녀는 옆 탁자에서 신문을 집어서 펼치곤 했다. 그녀는 신문을 쿠션 위에 폈고, 엄마는 그런 그녀를 지켜보곤 했다.

"괜찮아요." 아빠는 엄마에게 손을 뻗어 무릎을 툭 건드리곤 했다. "우리 꼬맹이가 이제 멋쟁이야."

그는 미소를 지었고, 그게 그의 생각에는 분위기를 바꿀 유일한 방법이었다. 플로시는 아빠를 쳐다본 뒤 조용히 신문 위에 앉았다. 신문은 늘 그녀 밑에서 바스락거렸다.

"실크웜 포도밭이 장사가 잘되는 거 같네?" 엄마는 플로시의 비싼 핸드백을 보며 이렇게 묻는 버릇이 생겼다.

플로시는 자신의 손톱이 얼마나 깔끔한지 우리에게 보여주기 위해 일부러 손톱을 가지고 놀곤 했다.

"우리가 지금 몇몇 청구서 지불 때문에 골머리를 썩고 있다." 엄마는 플로시와 아빠를 번갈아 보곤 했다. "네 아버지의 통증과 고통에 우리가 조금이라도 도움을 주고 싶어."

"오, 엄마, 도와드릴 수 있으면 좋겠지만, 난 커틀러스의 부인일 뿐이에요." 플로시는 반짝이는 머리를 귀 뒤로 넘겨 다이아몬드 귀고리를 뽐내면서 이렇게 말하곤 했다.

"괜찮다." 아빠가 엄마의 무릎을 다시 토닥거렸다. "우리도 이해한다, 그렇지 않소?"

엄마는 플로시가 핸드백을 딸깍 열고 엄마에게 건넬 몇 달러를 꺼낼 때까지 눈살을 찌푸리고 있었다.

"이런, 내 딸이 후하기도 하셔라." 엄마는 이렇게 말하곤 했다.

보통 이때 아빠가 일어나 앵커 부인의 무릎에서 노바를 들어 올렸다.

"내 손자에게 무지개를 보여줄까?" 아빠는 방긋 웃는 노바를 엉덩이에 업고 이렇게 묻곤 했다.

나는 언제나 어머니와 언니를 서로 노려보게 놔두고 그들을 따라나섰다. 나는 엄마와 달리 플로시에게 화가 나지 않았다. 어쩌면 단지 플로시가 자신의 비싼 블라우스 밑에 콩깍지 목걸이를 계속 걸고 있었기 때문일 것이다.

"마술 볼 준비 되었나요?" 아빠는 우리 셋이 밖에 나오면 노바에게 이렇게 묻곤 했다.

나는 노바를 데리고 있고, 아빠는 정원용 호스를 가져와 물을 틀었다. 우리가 해를 등진 채 서면, 아빠는 호스를 높이 들고, 주둥이를 엄지손

476

가락으로 막아 고운 안개처럼 물을 뿌렸다. 햇빛이 물방울에 닿으면, 색색의 프리즘이 뒷마당에 무지개 아치를 만들었다.

그때마다 노바는 너무 흥분해서 그 작은 손으로 손뼉을 치며 미소를 지었고, 나는 노바가 내 품에서 뛰쳐나오지 않게 그를 꼭 붙잡아야 했다.

노바는 너무 어려서 단순한 소리 이상을 낼 수 없었지만, 아빠는 번번이 이렇게 묻곤 했다. "얘가 뭐라고 하는 거니?"

나도 노바가 무슨 말을 하고 있는지, 무슨 생각을 하고 있는지 몰랐지만, 난 그 나이 때 아빠가 뒷마당에서 물 호스로 무지개를 만들어줄 때 무슨 생각을 했는지 알고 있었다.

"아빠를 하나님이라고 생각해요." 나는 아버지에게 이렇게 말했다.

# 더 브레새니언

## 음경에 총을 맞은 남자

오늘 아침 음경에 총상을 입은 한 남자가 래드 박사의 진료실에 들이닥쳤고, 이후 섬뜩한 이야기가 퍼졌다. 남자의 상태는 양호하다. 그 뉴스는 마을 전체에 충격파를 던졌고, 사람들은 그 총상이 미스터리한 브레세드 총격범과 관련이 있는지 의문을 제기했다. 추가 조사 결과, 그 남자는 부부싸움 끝에 그의 아내가 발사한 총에 맞은 것으로 밝혀졌다. 남자의 말이다. "처음에는 그녀를 밝힐 생각이 없었지만, 혹 그녀가 내 머리에 총을 쏜다면, 내가 그걸 밝힐 수 없겠구나 싶었습니다."

# 38

∾

딸이거든 살릴지니라.
— 출애굽기 1:16

다들 그걸 프레야의 유명한 퍼지[130]라고 불렀다. 나는 설탕 봉지의 파란색 깅엄 패턴을 결코 잊은 적이 없다. 그녀가 양을 측정하기 위해 설탕을 부을 때마다 구겨졌던 봉지 모양. 그녀는 밤에 식당 부엌에서 퍼지를 만들곤 했다. 조리대 위 노란 타일마다 초콜릿 칩이 하나씩 놓여 있었다. 그녀는 내게 바닐라 엑기스를 첨가하라고 하면서 가끔 그걸 손가락에 찍어 내 목에 바르곤 했다.

"향수야." 그녀는 이렇게 말하곤 했다.

1969년 봄이었다. 리처드 닉슨이 취임했다. 첫 미군은 결국 베트남에서 철수할 것이다. 그리고 우리 아버지 외의 다른 남자들도 달에 발을 딛을 것이다. 그러나 그건 조금 뒤의 일이다. 때는 봄이었고, 내가 1969년에 대해 정말 알았던 것은 내가 열다섯 살이라는 것, 그리고 언니는 항상 바닥에 설탕을 넉넉히 떨어뜨려 그걸 자신의 나팔바지 자락으로 훑었다는 것뿐.

휙, 휙.

그녀는 불을 끄고 라디오를 켰다. 그리고 우리는 그 퍼지가 이튿날

---

**130** fudge. 설탕, 버터, 우유를 섞어 115℃까지 가열, 완전히 녹인 뒤, 식으면서 부드럽게 되도록 두들겨 만든 설탕 과자. 과일, 견과류, 초콜릿, 캐러멜, 사탕, 과자 등을 섞기도 한다. 1880년대 미국에서 시작.

서빙을 위해 자를 상태가 되는 동안 춤을 추곤 했다. 그녀는 비밀을 품은 한 마리 늑대처럼 춤을 췄다. 아니면 모든 언니들은 달빛 아래서 춤을 추면 다 그렇게 보이는지도.

그녀는 노란색 식당 옷을 입지 않을 때는 갈색을 많이 입었다. 그녀는 갈색, 주황색, 황갈색을 많이 입었다. 그녀는 닭장 철망 연골[131]을 지닌 여자가 아닐까 싶은 생각이 들게 만드는 그 튼튼한 색깔들. 이따금 프레야 꿈을 꾸면, 갈색 정장에 목에 주황색 스카프를 맨 그녀가 보인다. 그녀는 책상에 앉아 있고, VIP다. 금속제품을 만드는 느낌이 드는 한 회사의 주인.

또 어떨 때는, 그녀가 소박한 면 드레스를 입은 한 어머니인 꿈을 꾼다. 말총머리를 틀어 올린 한 여자와 두 갓난애들, 다리마다 애들이 한 명씩 달라붙어 있고, 그녀는 팔오금에 믹싱 볼을 끼고 휘젓고 있다. 코끝에 잔뜩 반죽을 묻힌 채, 그녀는 마치 천국의 지도를 다 그렸다는 듯, 그리고 거기로 가는 지름길은 더러운 기저귀들과 반쯤 마신 주스 잔들 너머로 직행하는 것임을 발견했다는 듯, 미소를 짓고 있다.

종종 나는 그녀가 눈보라 속 흰 고양이인 꿈을 꾼다. 나는 항상 휘날리는 눈보라 속에서 그녀를 놓친다. 나는 오직 내가 그동안 그녀를 얼마나 사랑했는지를 그녀가 봤기를 바랄 뿐이다.

프레야는 1970년, 1971년, 아니 이후의 그 어느 해에도 없을 것이다. 그녀는 언제나 1969년의 프레야일 것이고, 그건 그해에 그녀가 죽었기 때문이다. 내세에서도, 그녀는 여전히 내가 그녀를 마지막으로 본 머리를 하고 있을까? 짧은 컬을 할 만큼만 길었던 머리. 그녀는 여전히 마치 1969년은 결코 끝나지 않았다는 듯 갈색 상의와 나팔바지를 입고 있을까? 여전히 그녀의 아이라이너는 너무 짙고, 그녀의 입

---

**131** chicken wire cartilage. 약해 보인다는 뜻. 'chicken wire'는 닭장과 가금류 우리의 철망으로 쓰이는 벌집 모양의 육각형 아연도금 강선.

술은 너무 창백하고, 스물다섯밖에 안 된 그녀의 양쪽 귓불에 달린 금색 링들은 흔들리고 있을까?

그녀의 시신이 댄들라이언 다임스의 요리사에 의해 발견된 것은 목요일 아침이었다. 그는 보안관에게 프레야가 평소처럼 5시 30분에 일어나 행크(Hank)를 위한 베이컨을 굽지 않았다고 했다. 행크는 댕그란 눈에, 황갈색 소용돌이 줄무늬에, 잘라진 꼬리를 한 커피색 고양이었다. 프레야는 메인 레인을 따라 늘어선 한 느릅나무 구멍에서 손수건에 쌓인 새끼고양이인 그놈을 발견했다. 그녀는 손수건(handkerchief) 때문에 개를 행크로 이름 붙였다. 개는 프레야처럼 작은 존재였고, 그녀는 개가 주변에 있는 것을 좋아했다. 그 녀석은 또한 식당의 애완동물이 되어, 문 앞에서 손님들을 맞이했다. 그놈은 프레야가 죽은 뒤에도 오래 살 것이다. 훗날 나는 1984년에 찍은 한 식당 사진을 보게 될 것이다. 바랜 누런색 사진에 한 늙고 바랜 고양이가 있었다. 개는 여전히 작고, 여전히 댕그란 눈에, 여전히 프레야가 집에 오기를 기다리는 듯 보였다.

요리사는 그날의 주방을 준비하면서 프레야가 늦잠을 자고 있고, 곧 내려올 거라고 생각했다. 그러나 첫 손님이 들어올 때까지 프레야의 모습은 여전히 보이지 않았다. 그래서 요리사는 그녀의 숙소에 올라갔고, 그녀가 빈 미라클 마요네즈[132] 병 안에 손을 넣은 채 침대에 누워 있는 것을 발견했다. 손은 주먹을 꽉 쥔 채 병에 끼여 있었고, 너무 부어서 유리를 깨지 않고는 꺼낼 수 없었다. 프레야의 손가락을 펴자, 날개가 부러진, 짓이겨진 꿀벌 하나가 발견되었다. 손바닥에 벌침이 꽂혀 있었다.

보안관이 소식을 전하기 위해 우리 집에 왔을 때, 나는 프레야와 함께 있었던 저날 밤을 생각했다

---

**132** Miracle mayonnaise. 1933년 하인즈(Kraft Heinz Company) 사가 출시한 저렴한, 마요네즈 대용의 'Miracle Whip'(현재 시판 중인 'Miracle Whip Original'은 890ml).

그날도 으레 등교로 하루를 시작했지만, 메스꺼움, 어지러움, 복통이 오락가락했다. 나는 그저 따뜻한 봄날의 열기 때문이라고만 생각했다.

학교 복도를 걷다가 금속의 냉기를 느끼려고 사물함에 몸을 붙이고 있었는데, 루시스와 다른 애들이 이렇게 말했다. "베티를 봐. 출정 분장을 하고 있네."

늘 듣는 뻔한 말인데도 난 그때마다 립스틱을 소매로 닦았다.

"장담컨대 쟤도 언니 플로시처럼 창녀야." 그들이 말했다. "헤픈 플로시. 헤픈 베티."

나는 수업을 빼먹고 댄들라이언 다임스로 갔지만, 손님들이 줄지어 기다리고 있었다. 프레야는 내게 식당 문을 닫은 뒤에 다시 오라고 했다.

"우리 같이 퍼지를 만들자." 그녀가 말했다.

나는 테디의 전기제품에 들어갔고, 테디가 직접 나를 선풍기로 데려가 몸을 식혀주는 동안 나는 한 텔레비전에서 방영 중인 「다크 섀도우스」[133]를 봤다. 나는 타자기들을 탐색하러 갔다. 내가 타자를 치는 척하는 동안 테디는 그레이슨 엘로힘이라는 손님이 꿰 냉동고를 고르는 걸 도와주었다.

"큰 냉동고가 필요해요." 엘로힘이 말했다. "내가 자를 고기를 담으려면."

테디는 자신이 보유한 가장 큰 냉동고를 엘로힘에게 보여주었다. 엘로힘은 충분히 넓은지 확인하려고 그 안으로 들어갔다.

"이걸로 하겠소." 그가 말했다.

나는 상점을 나와 강으로 향했다. 나는 옷을 벗고, 야생 포도나무 가지

---

**133** *Dark Shadows*, ABC 방송사의 주간드라마(6시즌, 1966~1971, 총 1,225회, 회당 20~22분, 흑백 1966~1967, 컬러 1967~1971). 북동부 메인(Maine) 주 가상의 마을 콜린스포트(Collinsport)의 부유한 콜린스(Collins) 가족을 중심으로 수많은 초자연적 사건이 발생한다. 방영 10개월 후 뱀파이어의 출현으로 큰 인기를 얻었고, 유령, 늑대인간, 좀비, 인공 괴물, 마녀, 흑마법사, 시간여행 및 평행우주가 등장, 십대 시청자와 열성적인 컬트 추종자를 만들었다. 1969년, ABC 방송물 중 최고 평점을 받았다.

에 치렁치렁 매달린 덩굴 아래 물속을 빙빙 돌았다. 그리고 누운 채 둥둥 떠서, 내 아버지가 들려준, 쫄딱 망해서 자신의 모든 동물을 언덕에 풀어놓았다는 한 동물원 이야기를 떠올렸다. 강가를 어슬렁대는 사자와 호랑이를 상상했다. 이국적인 생물들과 토착 사슴들로 가득한 정글.

구부러진 나뭇가지들 사이로, 보라색 풍선 하나가 비코리에게 올라가는 것을 지켜봤다. 해가 질 무렵, 강가에 앉아 무릎 사이에 턱을 괸 채 몸을 말렸다. 나는 옷을 입고, 댄들라이언 다임스로 다시 갔다. 프레야가 마지막 손님에게 인사를 하고 있었다. 그녀는 내게 입구 팻말을 마감으로 걸게 했다.

퍼지를 만들기 전, 그녀는 자신의 발을 쉬고 싶어 했고, 우리는 그녀의 방으로 올라갔다. 창문이 열려 있었고, 행크는 이미 지붕 위에 나와 있었다.

"멍청한 고양이." 프레야는 이렇게 말했고, 우리는 지붕을 타고 그의 옆으로 갔다. 우리 셋은 하늘을 올려다봤다. 프레야가 집게손가락으로 별들을 찌르기 시작했을 때, 나는 그녀에게 뭘 하고 있는지 물었다.

"저 위의 빛들." 콕, 콕, 콕. "우리는 저게 모두 핵반응과 에너지라고 들었잖아." 그녀는 과학자처럼 말했다. "별이라고, 낭만주의자들은 쟤들을 그렇게 부르지. 그러나 쟤들은 별이 아니야. 별은 우리를 위해 존재하지 않아. 저 밖 어딘가 우리가 곤충인 세상이 있어. 그 세상의 누군가가 우리를 붙잡았어. 우리가 집이라고 부르는 이 행성은 사실 그들이 우리를 가두고 있는 하나의 단지일 뿐이야. 우리에게는 큰 단지지만, 그들에게는 작디작은 단지지. 저 빛들은 한 톨 먼지보다 작은 우리가 그 세상의 빛을 볼 수 있는 공기구멍들이야. 나는 지금 우리가 숨을 쉴 수 있게 더 많은 공기구멍을 뚫고 있는 거야. 이따금 나는 우리 모두 질식하지 않을까 싶어. 도와줘, 베티. 우리가 빠져나갈 수 있을 만큼 큰 구멍을 뚫게 나를 도와줘."

나는 손가락으로 살짝 하늘을 찌르다가, 이어 깊숙이 찌르기 시작했다.

"부드럽게, 베티." 프레야가 내 손을 잡아 자신의 배에 얹었다. 그리고 내 손가락을 만지작거렸고, 그때 그녀의 손목에 있는 흉터가 보였다. 나는 그녀에게 손목을 그을 때 아팠었냐고 물었다.

"생각했던 것만큼은 아니야." 그녀가 말했다. "넌 무서운 게 뭔지 아니, 베티? 그건 차라리 쉬웠어. 하지만 난 떠날 거니까 다시는 그런 짓은 안 할 거야."

"떠나?" 나는 벌떡 일어났다.

"나는 바닷가 어딘가에 살 것 같아. 조개껍질도 줍고, 파도 속에서 놀 수도 있어."

"언니는 떠나면 안 돼."

"너도 와도 돼. 우리 둘이 같이 가자. 우리는 잘 자라는 쪽지들로 목걸이를 만들어서 그걸 물에 던질 거야."

우리는 거기 조금 더 앉아 있었고, 그녀는 두 팔로 몸을 감싸면서 이렇게 말했다. "베티, 영화 보러 가자. 오늘밤 공기가 불안해. 그렇지 않니? 드라이브인 극장에 가자. 셸리 윈터스와 제럴딘 페이지가 나오는 영화가 상영 중이야. 「세 자매」[134] 연극을 각색한 것 같은데, 하지만 난 그게 아빠의 조각처럼 들려. 기억나지, 아빠가 우리 모두를 조각한 거?" 그녀는 자기 목걸이의 조각된 강냉이들을 손가락으로 쓰다듬었다. "그래, 그 영화가 정말 아빠가 우리를 조각한 것과 비슷한지 보러 가자."

우리는 지붕을 타고 다시 방에 들어왔고, 그녀는 식초 파이[135] 한 조

---

**134** *Three Sisters*. 체호프의 연극을 각색한 폴 보가트(Paul Bogart, 1919~2012) 감독의 영화(1966, 168분). 당대 최고의 여배우들인 Shelley Winters(1920~2006)가 안드레이의 부인 나탈리아 역을, Geraldine Page(1924~1987)가 맏딸 올가 역을 맡았다.

**135** vinegar pie. 19세기 미국 북부와 중서부에서 시작된 고전적인 파이. 커스터드 파이의 단맛을 맞추기 위해 레몬 대신 식초를 넣었다. 고명으로 휘핑크림, 꿀, 계피를 얹는다. 대공황과 제2차 세계대전 당시 일명 '절체절명 파이들'(Desperation pies)로 불린 파이 중의 하나로, 버터, 설탕, 계란, 밀가루의 주재료 외에 제철 재료와 있는 재료들로 간단히 속을 채웠다. 최근 다시 인기를 얻고 있다고 한다.

각을 나를 위해 남겨두었다고 했다.

"아래층에 내려가서 먹어." 그녀가 말했다. "옷 갈아입고 내려갈게."

"별로 배가 고프지 않아. 배가 아파. 하루 종일 아파."

나는 행크를 쓰다듬으려고 몸을 돌렸다. 벌써 내 뒤 침대에서 일어나 있었다. 그놈의 턱 밑을 긁을 때, 어깨에 프레야의 손길이 느껴졌다.

"하루 종일 배가 아팠다고?" 그녀가 물었다.

나는 고개를 끄덕였다.

"왜 그런지 알아, 베티?"

"아니."

그녀는 나를 욕실로 데려가 전신 거울 앞에 나를 돌려 세웠다.

거울 속 내 치마에 묻은 핏자국이 보였다.

"안 돼." 나는 그 얼룩을 지우려고 했다. "싫어. 난 피가 싫어."

"있잖아, 어떤 문화권에서는 소녀가 처음 피를 흘리면 뺨을 맞아." 프레야가 내 뺨에 부드럽게 손을 얹으며 이렇게 말했다. "귀싸대기를 올렸지. 그런데 체로키족 같은 다른 문화권에서는, 피를 힘으로 여겼어. 실제로 체로키족은 여성이 피를 흘릴 때는 너무 많은 힘을 갖고 있다고 믿었고, 그래서 생리 중에는 그녀는 그녀를 피신시킬 목적으로 지은 한 오두막에 머물러야 했어. 거기서 그녀는 다른 모든 이들과 떨어져 있었어."

"처벌로 격리시킨 거야?"

"아니." 프레야가 고개를 저었다. "오두막은 여자에게 강요되지 않았어. 그들은 거기 들어갈지 안 들어갈지를 선택할 수 있었어. 그게 우리의 힘이었어." 그녀는 두 손으로 내 얼굴을 잡았다.

"그런 건 어떻게 알았어, 프레야?"

"도서관에 있는 책에서 봤어. 그 책에 돌로 만든 사람에 대한 체로키 전설이 있었어. 돌사람이 부족을 위협하려고 왔을 때, 생리 중인 여자들이 길에 줄지어 섰어. 그는 여자를 지나칠 때마다 점점 약해졌고,

결국 땅에 쓰러졌지. 여자들이 피의 힘으로 그를 파괴한 거야. 여자들이 자신의 마을과 마을의 모든 생명을 구한 거야." 그녀가 고개를 기울였다. "혹 우리가 그 시절로 돌아간다면, 난 너한테 허리띠를 꼬아주면서 너를 존경했을 거야. 너한테 사슴 가죽으로 된 치마와 뼈로 만든 브로치를 만들어주었을 거야. 하지만 지금은, 내가 가진 건 이게 전부야."

그녀가 손을 뻗어 수납장에서 자신의 생리대 상자를 꺼냈다. 그녀는 생리대에 대해 설명하면서 그것을 어떻게 사용하는지 보여주었다.

"내 깨끗한 치마를 입어." 그녀가 내게 치마 하나를 건넸다. "네 얼룩진 치마는 싱크대 찬물에 담가 둬."

나는 그녀가 욕실을 나간 뒤 문을 닫았다. 내가 생리대를 폈을 때, 전화가 울렸다. 욕실 안에서도 그녀의 목소리를 들을 수 있었기 때문에 프레야가 전화를 받은 것이 분명하지만, 그녀가 목소리를 너무 죽여서 하나도 들리지 않았다. 이어 그녀는 누군가와 말다툼을 하듯 목소리를 높였다.

그녀는 전화를 끊은 후, 문에 대고 말했다. "저기 있잖아, 베티? 내가 몸이 별로 안 좋아." 그녀의 목소리가 이상했다.

"안 좋다고?" 나는 욕실 문을 열었다.

"우리 내일 밤에 영화 보러가는 건 어때?" 그녀가 내 시선을 피했다. "괜찮아?"

"그래. 언니 몸이 안 좋으면 그렇게 해. 누가 전화한 거야?" 내가 물었다.

"전화 안 울렸어."

"전화 소리 들었는데. 언니가 누구랑 말하는 것도……."

"내일 보자, 베티."

그녀는 내게 등을 돌린 채, 릴런드가 그녀에게 준 일본제 오르골을 집었다. 그녀는 조심스레 뚜껑을 연 뒤, 여자 피규어가 음악에 맞춰 빙글빙글 돌아가는 것을 지켜봤다.

나는 떠나기 전, 행크에게 작별 인사를 했다. 식당을 나오자마자, 차 한 대가 메인 레인으로 다가왔다. 나는 치마에 묻은 핏자국이 보일까 봐 차의 헤드라이트가 나를 비추기 전에 재빨리 뛰어 모퉁이를 돌았다. 뒤를 돌아봤지만, 무슨 차종인지, 누가 운전하는지는 알 수 없었다.

집으로 돌아가는 대신, 나는 집집마다 걸린 현관 베란다 등불을 멀리 벗어난 마을 밖으로 향했다. 큰 농장들이 경작지와 목초지로 나뉘어져 있는 어두운 흙길에 이르렀다. 철조망 울타리를 유일한 동반자로 삼아 그 길을 따라 걸었다. 불쑥, 차갑고 구불구불한 철사가 나를 휘감은 듯 아파서 배를 움켜쥐었다.

바스락거리는 소리가 들렸고, 땅 위, 큰 풀 사이에서 뭔가 움직이는 것 같았다. 소리를 따라가 보니, 철조망 울타리에서 나는 소리였고, 거기 아름다운 흰 얼굴의 외양간올빼미[136] 한 마리가 있었다. 찌푸린 얼굴에서 암컷임을 알 수 있었다. 십자가에 못 박힌 듯, 활짝 핀 날개가 울타리 맨 윗줄에 꽂혀 있었다. 가슴은 철조망 중간에 박혀 있었다. 그놈은 내가 자기를 더 해칠지 혹은 자신을 구할지 모르겠다는 듯 나를 지켜봤다.

나는 더 가까이 다가갔다. 그놈이 움찔했다. 계속 더 가까이 다가갔다.

"너는 사유지에 들어왔다." 내 뒤에서 여자의 목소리와 엽총의 장전 소리가 들렸다. "어때?" 그녀가 말했다. "말 좀 해봐."

총구가 내 뒤통수를 누르고 있는 게 느껴졌다.

"올빼미가," 내가 말했다. "울타리에 걸렸어요."

"올빼미?" 여자는 총을 내리고 내 앞을 지나쳤다. "저런 새는 나쁜 징조다, 그건 아니?" 그녀가 물었다. "재들은 마녀들과 함께 밤하늘을

---

**136** barn owl. 일명 '원숭이올빼미, 가면올빼미'. 세계에 가장 널리 분포된 조류 중 하나이자 가장 널리 분포된 올빼미 종. 학명 Tyto alba(고대 그리스어 tytō 밤올빼미, 라틴어 alba 흰). 한국에 서식하지 않지만, 2003년 12월 25일 전남 흑산도에서 처음 발견되었다고 한다.

난다.”

긴 은발의 여자였고, 예전에는 검은색이었는지 끝자락은 여전히 짙은 회색이었다. 젊었을 적 두껍고 강한 눈썹에, 두 눈은 평생 주변의 언덕을 응시하며 보낸 탓인지 나뭇가지 사이로 비치는 빛처럼 맑았다.

“때까치라고 들어본 적 있니?” 그녀가 올빼미를 가까이 살피면서 내게 이렇게 물었다.

그녀의 손은 밭일과 쟁기질에 삭아 있었고, 손톱은 세월에 치여 거무튀튀했다. 손가락 마디는 관절염 탓인지 혹은 땅을 소유한 부담과 축복 탓인지 그냥 굵직굵직했다. 그녀는 그녀의 아버지가 그랬을 것처럼 키가 컸고, 그녀의 오빠들이 그랬을 것처럼 바지를 입고 있었다. 그녀의 블라우스는 실크에 꽃무늬였다. 아마 그녀의 어머니가 그녀에게 남겨준 것이리라. 어쩌면 그것은 블라우스가 아닌, 그녀의 언니들이 그녀에게 가르쳐준 대로 바지춤에 밀어 넣은 드레스 윗단일지도 모르겠다.

“때까치는 작은 새다.” 그녀는 자신의 질문에 직접 답했다. “걔들은 갈고리발톱이 없어서 가시나 철조망 같은 날카로운 것에 제 먹이를 꽂아둔다. 밤에 여기 아무 때나 나와 보면, 나방, 도마뱀, 심지어 뱀도 걸려 있다. 때까치는 제 먹이를 마치 정육업자가 고기를 갈고리에 매달듯 걸어놓는다. 그래서 다들 때까치를 정육업자 새라고 부른다. 정육업자 새라고 들어본 적 있니, 소녀야?”

“아버지가 한 번 해준 적이 있어요.”

“나도 아버지에게 들었다.” 그녀가 말했다. “이건 왠지 그냥 모든 꼬마 소녀들에게 경고하는 것 같다.”

그녀는 올빼미 아래 울타리에 꽂혀 있는 쥐를 가리켰다.

“올빼미는 저 설치류를 잡으려고 날았다가 목숨을 잃는 실수를 저지른 거다.” 그녀가 말했다. “총으로 죽여야겠다.”

“안 돼요.” 내 외침이 언덕에 퍼졌다. “철사를 끊으면 돼요.”

“철사는 비싸다.” 그 여자가 말했다. “철사를 끊으면, 교체해야 한다.”

그녀는 뒤로 물러서서 총을 들고, 발사할 준비를 했다.

"제발." 나는 올빼미 앞에 섰다. "제발 죽이지 마세요."

천천히, 그 여자는 총을 내리고 나와 눈을 마주쳤다.

"절대 잃지 마라." 그녀가 말했다.

"뭘 잃어요?" 내가 물었다.

"네가 생명을 구하고 싶게 만드는 그것을."

그녀는 총을 땅에 내려놓고 주머니에서 철사 절단기를 꺼냈다.

"새의 가슴을 잡아라." 그녀가 말했다. "꼭 잡고 있어라. 실수로 날개 힘줄을 자르면, 얘는 다시는 못 난다. 그러면 총으로 죽여야 해."

나는 올빼미의 가슴을 최대한 꼭 잡았다. 올빼미의 눈을 들여다보자, 개도 나를 응시했다.

"다 잘될 거야." 올빼미에게 말했다. "곧 자유로워질 거야. 다시는 아무것도 널 해치지 못할 거야. 내가 맹세해."

"지킬 수 없는 것에 맹세하지 마라." 여자는 철사를 끊었다.

나는 올빼미가 풀리자마자 날아갈 줄 알았는데, 그냥 땅에 떨어졌다. 여자는 재킷을 벗어 올빼미를 넣고 감쌌다.

"괜찮을까요?" 내가 물었다.

"밤새 살아남으면, 다시 날아오를 거다." 여자가 말했다. "헛간으로 데려가야겠다."

여자는 레인 반대편을 가리켰고, 거기 커다란 노란색 농가가 있었다. 집 옆에는 셰이디 레인의 헛간과 별 차이 없는 헛간이 하나 있었다.

"헛간에 다락이 있다. 따뜻하고 좋다." 그녀가 말했다. "난 얘랑 같이 있을 거다."

"나두 묵어두 될까요?" 내가 물었다.

"네 식구들한테 돌아가라. 아침에 오면 되잖니. 얘가 살아남았는지 와서 봐라."

마지막으로 올빼미를 봤다. 여러모로, 전에 본 적이 있는 얼굴이었다.

어쨌든, 지금도 보이는 얼굴이다.

"잘 돌봐주세요." 나는 여자에게 이렇게 말했고, 그녀는 새보다 내게 더 관심을 보였다.

그녀는 고개를 끄덕이고 몸을 돌려, 새를 안고 레인을 가로질러 헛간으로 향했다. 나는 식당까지 쉬지 않고 달렸다. 문을 확인했다. 프레야가 아직 문을 잠그지 않아서 이상하게 느껴졌다. 나는 안으로 들어가 식당 뒤로 살며시 걸어갔고, 계단 밑에서 기다렸다. 일본제 보석 상자에서 흘러나오는 음악이 들렸다.

"프레야?" 내가 불렀다. "일어났어?"

나는 발끝으로 계단을 올랐고, 그녀의 방문이 살짝 열려 있었다. 문을 마저 밀었다. 방의 어둠에 눈이 적응한 뒤에야 그녀가 침대에 누워 있는 것을 볼 수 있었다. 행크는 그녀 옆에 공처럼 웅크리고 있었다.

"프레야, 일어나." 내가 말했다. "올빼미에 대해 말해야 돼. 너무 아름다운 애였어. 걔가 철조망에 걸렸는데, 내가 풀어주었어. 그래, 나랑 노파랑 했어. 그 여자는 올빼미가 다시 날 거라고 생각해. 프레야?"

나는 침대 위로 올라가 그녀를 슬쩍 찔렀다. 그녀는 움직이지 않았다. 달빛이 그녀의 축축한 맨살을 비추고 있었다.

"일어나지 않아도 돼." 나는 그녀에게 말했다. "나도 졸려." 나는 그녀 옆에 누워 행크가 가르랑거릴 때까지 털을 쓰다듬었다. "올빼미가 아름다웠어. 걔를 보니까 언니가 생각났어, 프레야. 걔는 다시 날 거야, 난 확신해."

나는 그녀에게 올빼미에 대해 좀 더 이야기했다. 그런 다음 그녀에게 잘 자라고 했다. 나는 보석 상자 안에서 소녀가 빙글빙글 도는 것을 지켜보다가 잠이 들었다.

나는 불 꿈을 꾸었다. 나, 프레야, 플로시가 불 둘레에서 춤을 추고 있었다. 우리는 짐승 가죽과 깃털로 된 옷을 입고 있었다. 아빠가 거기 있었다. 그가 와서 내 목에 목걸이를 걸어주었다. 목걸이에서 피가 뚝뚝 떨어질 때, 나와 언니들은 불 둘레를 빙빙 돌았고, 우리 조상들은 춤추고 있는 나의 몸에서 나오는 피를 두고 달에게 말을 걸며 신성한 기도를 드리고 있었다.

이튿날 아침, 계단 아래에서 프레야를 부르는 요리사의 목소리에 잠이 깼다. 행크는 이미 침대에서 사라지고 없었다. 나는 언니를 쳐다봤다. 아침 햇살에, 나는 그녀가 꼼짝하지 않는 것을 알았다. 그제야 마요네즈 병이 눈에 들어왔다.

"괜찮아, 프레야." 나는 이렇게 말하고 그녀의 차가운 뺨에 키스했다. "조금 더 자도 돼."

나는 침대에서 일어나 내가 누워 있던 담요 위 핏자국을 봤다. 나는 재빨리 프레야의 서랍에서 가위를 찾았다. 그걸 찾자마자 얼룩을 잘라낸 뒤 담요를 둘둘 말아 빨래 바구니에 넣었고, 그때 요리사가 한 번 더 프레야를 불렀다.

"언니가 정말 피곤하구나." 나는 그녀의 긴 타래를 귀 뒤로 넘기며 이렇게 말했다. "난 올빼미를 확인하러 갈 거야. 그리고 돌아와서 내가 그 새를 어떻게 풀어주었는지 더 이야기해줄게. 우리는 오늘밤 노래하고 춤추고 퍼지를 만들 거야. 난 하늘에 우리가 빠져나갈 충분한 구멍들을 뚫을 거야. 괜찮지?"

나는 피 묻은 담요 조각을 치마 주머니에 넣은 뒤 창문을 기어 나와 지붕으로 올라갔다. 그러다가 넘어졌고, 그 아래 민들레 위에 착지했고, 주위에 벌들이 윙윙거렸다. 나는 멈추지 않고 노파의 농가로 달려갔지만 농가가 보이지 않았다. 헛간도 없었다. 그곳에는 젖소들의 들판과 한 늙은 농부만 있었다.

"누라색 농가는 어디 있나요?" 내가 그에게 물었다. "노파는 어디 계세요?"

"누구?"

"여자 분이요. 헛간이요."

순간 내가 엉뚱한 레인에 있다고 생각했다. 그러나 반대편에 있는 철 조망을 보고 내가 제대로 온 것을 알았다.

"너, 괜찮니?" 내가 아직도 철사에 못 박혀 있는 올빼미에게 다가가 자 늙은 농부가 이렇게 물었다.

올빼미의 눈은 감겨 있었고, 머리를 떨구고 있었다. 아침 파리들이 그녀의 아름다운 흰 얼굴에 내려앉고 있었다.

나는 손으로 얼굴을 가렸다. 손에서 여전히 프레야의 민들레 로션 냄 새가 났다.

"뚝, 꼬마야." 늙은 농부가 말했다. "한 마리 새일 뿐이다."

# 39

∾

내가 독수리 날개에 너희를 실어.

— 출애굽기 19:4

내가 상상컨대 그들이 언니의 시신을 수습하고 있던 그 시간, 나와 늙은 농부는 들판에 올빼미를 묻었고, 나는 그 위에 피 묻은 담요 조각을 덮어 주고 있었다.

"하나님의 죽는 피조물 하나하나에 울 수는 없다." 농부는 내게 이렇게 말했다. "그러면 넌 평생 울어야 돼."

내 생각에 이 세상을 떠나는 모든 언니들은 새처럼 보이는 듯싶다.

그들은 프레야의 한 일기장에 답이 있을 거라고 생각했다. 그녀는 자신의 방 구석구석, 낯익은 곳에 일기장을 숨겼다. 매트리스 아래. 서랍장 서랍 뒤. 심지어 바닥의 헐거운 마루판 밑에도 한 권을 숨겼다.

그녀의 글은 다양한 감정을 보여주었지만, 릴런드의 이름이나 학대에 대한 언급은 그 어디에도 없었다. 읽을 수 없는 글 덩어리들이 프레야 자신만이 아는 암호로 쓰여 있었다. 나는 이 얽힌 비밀들 속에 프레야가 릴런드에 대해 길게 썼을 것이라고 상상했다. 그러나 암호의 열쇠가 없는 한, 그건 자신의 말을 묻어버리고 싶은 한 소녀의 상형문자가 되어버렸다. 유일하게 읽을 수 있는 부분은 그녀의 노랫말이었고, 눈에 잘 띄게 답이 숨겨져 있었지만, 그녀의 비밀을 아는 우리들에게만 보였다.

아빠는 일기장을 모아 자신의 침대 머리맡 탁자에 두었다. 그는 그것을 규칙적으로 읽으면서, 종이와 연필을 옆에 끼고 프레야의 비밀을 알아내려고 애썼다. 아마 그는 그걸 알아내면, 프레야가 죽음에서 돌아올 것이라고 생각한 듯싶다.

프레야의 죽음에 대한 엄마의 반응은 가위를 들고 부엌 창문에 걸려 있는 노란 커튼에서 흰 꽃들을 하나하나 잘라내는 것이었다. 햇살이 그 구멍으로 들어와 부엌 바닥에 빛의 구(求)들을 던졌다. 엄마는 그 천 꽃들을 집어 하나하나 날짜를 적었다. 나는 그중 한 날짜가 프레야의 생일인 것을 알았다. 다른 날짜는 프레야가 다섯 살 때 벌에 처음 쏘인 날이었다.

"걔가 엄청 부었다." 아빠가 말했다. "우리는 프레야를 잃었구나 싶었다."

모두 마흔 송이의 꽃이 피었다. 마흔 개의 중요한 달, 일, 년. 엄마는 그것을 단지에 넣은 뒤, 마치 그날들이 살아서 숨을 쉬어야 하는 양 뚜껑에 공기구멍을 뚫었다.

그들은 프레야의 죽음을 자살로 결론지었다.

"전에도 그걸 시도했대." 사람들이 여기저기서 수군댔다. "결국 자기가 원했던 걸 얻었군. 걔 인생은 뭐 아무것도 없었잖아. 아마 평생 웨이트리스나 했겠지."

나는 보안관에게 프레야가 죽기 전 난 그녀와 이야기를 나눴다고 알렸다.

"언니는 떠날 계획이었어요." 내가 그에게 말했다.

"떠나?" 보안관이 귀를 쫑긋 세웠고, 아빠도 마찬가지였다. "그 말은, 떠난다는 게 자살한다는 뜻이니?"

"언니는 바다로 떠날 예정이었어요." 내가 말했다.

그늘은 마치 내가 프레야의 정신상태를 확인했다는 듯 나를 쳐다봤다.

"언니는 진짜 바다를 말한 거예요." 나는 그 점을 명확히 하려고 했다. 아무도 내 말에 귀를 기울이는 것 같지 않았다.

우리는 프레야의 장례식을 치르지 않았다. 매장도 없었다. 아빠는 프레야를 화장시켰다. 샛노란 드레스를 입혀 태웠다. 아빠가 프레야를 위해 조각한 옥수수 이삭은 그녀의 젖가슴 사이에 눕혀 놓았고, 화염은 그 모든 노랑과 그 모든 살을 재로 만들었다.

내가 아빠에게 왜 프레야를 화장했는지 묻자, 그가 말했다. "자살은 죄다. 하나님은 그것을 범한 모든 사람을 벌하지만, 그분은 그 사람이 온전하지 않으면 그를 벌할 수 없다. 우리가 그녀를 흩어지게 하면 하나님은 당신이 마지막 재 한 톨을 찾을 때까지 그녀를 지옥에 보낼 수 없다. 아마 그때쯤이면, 그분의 마음도 부드러워졌을 것이다. 아마 그분은 그녀를 용서하고, 그녀를 천국으로 데려갈 거다. 이해가 안 되니, 베티? 프레야는 구원받기 위해 태워져야 했다."

그녀의 유골을 거둔 날 아침, 아빠는 왜거네어를 세차하기 시작했다. "프레야의 마지막 승차에 티끌 하나 없어야지." 그가 말했다.

나는 남은 스펀지를 들고 그를 도왔다. 우리는 주로 죽은 벌레들이 앞 유리에 얼마나 세게 달라붙었는지에 대해 이야기했다.

아빠가 비누거품을 닦는 동안, 나는 치마에 손을 닦은 뒤 그가 만든 유골함을 집어 들었다. 프레야의 얼굴이 조각되어 있었다. 아빠는 프레야의 머리카락을 길게 조각했다. 그걸 보자, 헛간의 트럭과 창문 손잡이만 떠오를 뿐이었다.

그녀의 재를 뿌릴 사람은 나와 아빠뿐이었다. 엄마는 침대에 누워 날짜들을 담은 단지를 꼭 껴안고 있었다. 릴런드는 프레야의 사망 소식을 듣고 마을을 떠났다.

"앨라배마에 있는 그 교회가 하나님의 새 사람을 찾고 있어요." 릴런드는 아빠에게 이렇게 말했다. "지금이 떠나기에 가장 좋은 때인 것 같아요."

플로시는 커틀러스와 함께 포도밭에 가야 한다면서 오지 않았다.

"우리는 포도나무를 살펴야 해." 그녀가 말했다.

"언니는 절대 포도밭에 가지 않잖아." 내가 그녀에게 말했다.

그녀는 잠시 멈칫한 후 이렇게 말했다. "그래. 하지만 난 프레야의 유골을 뿌릴 수 없어. 그건 정말 작별 인사를 하는 것 같을 거야. 내가 언니에게 잘 자라는 말을 하고 있다고만 생각해도, 언니는 아직 살아 있는 것 같고, 그냥 자고 있는 거야. 그런데 언니 유골을 보면, 그 주문이 깨져."

린트는 누군가 약초나 차가 필요해서 올 경우를 대비해서 차고 근처에 머무르는 게 낫겠다고 했다. 그는 돌에 그린 눈을 휴지로 닦고 있었다. 내가 그 이유를 묻자, 그가 말했다. "돌들도 우-우-울어, 베티. 얘들도 프레야가 없는 걸 느-으-으껴."

아빠가 호스를 끄고, 땅에 내려놓았다. 갈 시간이었다. 나는 뒷문을 열고, 유골함을 들고 차에 올랐다. 아빠가 운전대를 잡고 시동을 걸 때, 나는 왜거네어의 지붕을 활짝 열었다.

그가 셰이디 레인을 따라 운전할 때, 나는 조랑말이 했던 것처럼 일어서서, 열린 지붕 밖으로 머리를 내밀기로 작정했다. 차 지붕 위 내 앞에 유골함을 두었고, 내 긴 머리가 뒤로 휘날렸다. 이미 지칠 대로 지친 나는, 맞바람에 큰 짐을 이고 있는 것 같았다. 그때 아버지가 경적을 울렸고, 나는 내가 해야 할 일을 알고 있었다. 유골함 뚜껑을 벗겼다. 아빠는 이미, 하나님이 우리 생이나 다음 생에 프레야의 유골을 찾을 수 없도록 멀리 퍼뜨리는 것은 전적으로 내게 달려 있다고 말했다.

나는 주머니에 손을 넣어 프레야에게 썼던 잘 자라는 말들을 꺼냈다. 그걸 유골함에 넣고, 그녀의 유골과 섞었다. 나는 한 줌을 집어, 한 번에 조금씩, 언니를 손가락 사이로 흘려보냈다. 바람에 소용돌이치면서 재와 분리되는 쪽지들. 아빠가 경적을 울릴 때마다, 나는 한 줌씩 더 풀었다. 그때마다 상실감을 느꼈다. 손을 쥐고 펴는 단순한 행위에 탈진했다. 가만히 서 있었지만, 나는 가파른 산을 오르고 있었다.

*생명의 먼지, 누가 돌볼까? 내가 할게, 프레야. 내가 언니가 떠난 걸 돌볼게.*

유골함에 다시 손을 넣는 게 점점 더 힘들었다. 마치 젖은 시멘트에 손을 담그는 느낌이었다. 그녀를 뿌리자마자, 나는 당장 그녀를 쫓아 그녀의 모든 마지막 조각들을 내 영혼 속에 저장하고 싶었다.

메인 레인에 들어서자, 밖에 나와 있던 사람들이 경적 소리에 몸을 돌렸다.

"카펜터 딸이 뿌리는 저게 뭐야?" 그들이 물었다. "또 쟤는 왜 저렇게 펑펑 우는 거야?"

댄들라이언 다이스를 지날 때, 창문에 있는 행크가 보였다. 그는 우리를 기다렸고 있었던 듯 밖을 내다보고 있었다. 나는 다시는 식당에 발을 들이지 않을 것이다. 식탁마다 노란 민들레 머리들이 놓여 있었지만, 그곳은 이제 내게 어둠의 장소나 다름없었다. 하지만 난 행크가 그리울 것이고, 프레야의 향을 머금은 그의 털도 그리울 것이다.

우리는 브레세드의 모든 레인을 주행했고, 나는 곳곳에 조금씩 프레야를 남기듯 유골을 뿌렸다. 브레세드의 환영 표지판에 도착했을 때, 유골함이 비었다. 아빠는 속도를 늦춰 표지판 옆에 차를 세웠다.

그가 차에서 내려 뒤를 돌아 뒷문 바닥에 앉았다. 나는 유골함을 껴안고 그의 옆에 앉았다.

"릴런드 소식은 들었어요?" 내가 물었다.

"걔가 앨라배마로 내려가는 길에 전화했다." 아빠가 말했다. "걔가 프레야 소식을 듣고 마을을 떠났다는 게 놀랍지 않았다. 네가 기억할 게 있다, 꼬마 인디언. 너희 꼬마들이 태어나기 전, 달랑 걔들 둘뿐이었다. 걔들은 오래 함께 성장했다. 아마도 그래서 걔가 많이 힘들 거다. 그래서 떠난 거고."

우리는 같이 레인을 바라보며, 거기에 무슨 답이 있는 듯 조용히 앉아 있었다. 나는 릴런드에 대해 내가 알고 있는 모든 것을 절규하고 싶었지만, 아빠가 뒷문 모서리를 잡는 것을 보고 마음을 바꿨다.

"릴런드는 어렸을 때," 그가 말했다. "블랙베리 따는 것을 좋아했다. 걔의 손이 온통 얼룩졌던 게 기억난다. 걔는 내게 달려와서 그 작은 손으로 내 얼굴을 쥐곤 했다. 걔는 'Daddy, I vuve you'라고 말하곤 했다. 당시 걔는 L 발음을 하는 데 어려움을 겪었고, 항상 V와 혼동했다. 'Daddy, I vuve you.'" 아빠가 되풀이했다. 그는 잠시 기다렸다가 말을 이었다. "릴런드는 프레야에게 달려갈 때마다, 프레야의 얼굴을 쥐고 이렇게 말하곤 했다. 'Fraya, I vuve you.'" 아빠의 목소리가 떨리면서 시선을 돌렸다.

"나는 언젠가 하나님이 철조망 울타리에 걸린 걸 봤어요." 내가 말했다.

아빠는 어린 소년처럼 훌쩍거리며 셔츠에 코를 닦고는 이렇게 물었다. "네가 뭘 했는데, 꼬마 인디언?"

"아무것도요. 정말 아무것도 안 했어요."

# 더 브레새니언

## 총에 맞았을까봐 두려운 여인

새벽 4시경, 보안관이 키티 벨 양의 집에 출동했다. 그녀는 미친 듯 전화를 걸어, 집 근처에서 벌어진 수분 간의 총격 후 자신이 신원불명의 총격범에게 총을 맞았다고 했다.

보안관이 그녀의 집에 도착했고, 키티 벨 양의 침실에서부터 현관까지 핏방울이 있는 것을 발견했다.

래드 박사가 키티 벨 양을 검사한 결과, 총상을 입지 않은 것으로 판명되었다.

래드 박사는 키티 벨 양의 신상을 존중하는 뜻에서 더는 자세한 상황을 언급하지 않았다. 그런데 벨 양이 지난밤의 사건을 자세히 공개했다.

그녀의 말이다.

"총격에 깜짝 놀라 깼어요. 소리가 너무 가까워서 나는 총격범이 집 안에 있다고 생각했어요. 마침내 소리가 멈췄을 때, 침대에서 일어나 현관으로 가서 파손된 게 없는지 확인했어요. 침대로 돌아왔을 때 바닥에 있는 핏방울들을 봤어요. 처음에는 내가 총에 맞은 줄 알았는데, 박사의 진단 후, 그건 그냥 내 생리에서 나온 피라는 걸 알았어요. 우리 아빠는 늘 여자는 물이 새는 수도꼭지에 지나지 않다고 했어요. 그는 늘 좀 상스러웠어요."

# 40

〜

> 그녀의 집은 지옥에 이르는 길이요,
> 곧 사망의 방들로 내려가는 길이니라.
>
> — 잠언 7:27

아버지는 언젠가 사람들이 이걸 죽음의 나팔이라고 부른다고 했다.

"그래서 묘지에서 무척 잘 자랍니다, 그 모든 죽음 때문에. 어쩌면 언젠가 내가 당신에게 볶아줄지도 모르지요." 그는 내 어머니가 되기 전의 그녀에게 이렇게 말했다.

그 둘은 이미 너무 많은 것을 잃었다. 나는 식탁에 앉아 아빠가 버터한 조각을 팬에 올려 녹이는 것을 지켜봤다. 버섯 하나, 버섯 두 개를 더했다. 그게 팬이 담을 수 있는 전부였다. 버섯 두 개와 버터 한 조각. 어떤 날에는 분노가 끼어들 틈이 없다.

부모님은 서로를 바라보며 미소를 지었다. 아마 그들은 우정을 향해 나아가고 있을 것이다. 시가 그들 둘을 위해 쓰여질 수 있다고 믿을 만큼 그들이 젊었을 때 서로 마지막으로 떠났던 그 장소들로 그들이 다시 돌아갈 수만 있다면. 해묵은 노여움들은 이제 대부분 사라졌다. 죄책감은 그대로 남아 있다. 영원보다 짧아지기를 거부하는 그 감정. 나는 그 영원의 하나가 아버지는 버섯 나팔을 불고 있고, 어머니는 그를 지켜보고 있고, 냉장고 문은 우유가 시큼해질 때까지 열려 있는 것이라고 생각한다. 어쩌면 어딘가에서 아버지는 여전히 그 나팔을 불고 있고, 어머니는 여전히 그를 지켜보고 있을 것이다. 나는 두 사람이 사랑을 꽤 잘할 수 있었을 것이라고 생각한다. 안타깝게도 비통이 모든 것을 신화로 만들었다.

나는 부모님이 그들의 버섯과 비통을 자르도록 놔두고 린트가 그네에 앉아 있는 뒤 베란다로 나갔다. 그의 옆 자리에는 그의 돌들이 줄지어 있었고, 그려진 눈들이 뒷마당을 내다보고 있었다.

"애들은 멋진 걸 보-오-오는 걸 좋아해." 그가 말했다.

나는 도마뱀 한 마리가 기둥을 기어오르는 것을 봤다. 파충류는 창문과 문에 달라붙곤 하는 작은 동물이었다. 언젠가 한 마리가 뒷문에 꼬리가 걸렸던 것이 기억난다. 한 치의 망설임도 없이, 도마뱀은 제 꼬리를 떨구고 줄행랑쳤다. 꼬리는 꿈틀대다가 몸뚱이가 없어진 걸 알고는 멈췄다. 도마뱀은 제 몸의 일부를 잃는 건 전혀 어려운 일도 아니라는 듯 결국 꼬리가 다시 자라곤 했다. 우리가 도마뱀처럼 될 수만 있다면.

"버스 탈래?" 내가 린트에게 물었다. "한 바퀴 돌래?"

"어디로 가-아-알 거야?" 그가 나를 올려다봤다.

"조이저그는 어때?" 내가 이렇게 물을 때 집 안에서 포크가 접시에 부딪치는 소리가 들렸다. "중간에 멈춰서 라크 할매를 볼 수도 있고. 할배의 장례식 이후로 못 봤잖아."

"왜-애-애 지금 그녀를 봐야 해?"

"프레야가 죽었어." 나는 린트가 왜 우리 언니의 죽음이 조이저그의 작은 하얀 집으로 이어지는지 이해할 수 있을 것처럼 이렇게 말했다.

우리가 버스 정류장에 도착했을 때, 나는 엄마의 핸드백에서 몰래 꺼낸 돈으로 표 두 장을 샀다. 버스에는 몇 명의 승객밖에 없었다. 린트와 나는 모두 창가 자리를 원했기 때문에, 나는 린트 뒷좌석에 앉았다.

마을에서 멀어질수록, 브레세드의 언덕들이 여느 다른 곳의 언덕들로 바뀌기 시작했다. 가을이었고, 세상의 모든 끝자락이 진홍과 주홍으로 묶든 듯했다. 시원하고 상쾌한 공기가 열린 창문으로 휘몰아쳤다. 기분은 좋았지만, 나와 동떨어진 느낌이었다. 나는 죽어가는 빛이 깜빡이는 모습에 더없이 예민해져 있었다. 나는 대부분의 날을 프레야만 생각했다. 플로시와 언니 이야기를 나누려고 했지만, 플로시가 프레야에 대해 한 말은 "내 핸드백 속에 언니가 가장 좋아한 머리핀이 있어"가 전부였다. 마치 프레야가 그걸 돌려달라고 할 때까지 자기가 그냥 갖고 있을 뿐이라는 듯.

"도-오-오착했어." 린트가 창밖으로 보이는 조이저그에 오신 것을 환영합니다 표지판을 가리켰고, 그것은 붉은 페인트로 글씨를 쓴, 뒤집은 과일 궤짝에 불과했다.

우리는 걸어서 라크 할매의 집으로 향했다. 도착한 뒤, 길가에 잠시 서 있었다. 그녀의 마당은 잡초뿐 아니라 집 쪽으로 기울기 시작한 관목들로 무성했다. 흰색 페인트가 벗겨져 잿빛 판자들이 드러나 있었다. 위층 덧문 하나가 처진 채 베란다 지붕 위로 반쯤 떨어져 있었다. 말하자면, 그냥 존재할 뿐인 집, 차라리 베란다 흔들의자에 앉아 있는 노파 같은 집이었다.

"누나는 그녀가 아-아-아직 살아 있다고 믿어?" 린트가 물었다. "그녀는 낡고 낡은 신발일 뿌-우-운이야."

우리는 그녀의 뜨개질을 지켜봤다. 그녀의 눈은 내가 지난번 마지막으로 봤을 때와 달랐다. 눈은 홍채와 동공이 구분할 수 없을 정도로 멀게져 있었다.

나는 그녀의 주름살을 응시했고, 그게 전부 수직으로 뻗친 것이 마치 그녀가 평생 뭔가 끔찍한 것 아래쪽에 있었던 듯했다.

"할매의 눈이 멀었어, 린트." 내가 말했다.

"우리 조랑말처-어-어럼?" 그가 나를 돌아봤다.

"그래. 우리 조랑말처럼."

나는 한번도 사랑한 적 없는 한 여자의 잡초로 뒤덮인 마당에 들어섰다. 베란다를 향해 걸어가면서 가터 뱀들[137]이 낮은 소나무 덤불 아래

---

**137** garter snakes. 독이 없는 뱀, 일명 풀뱀(grass snake). 가터벨트를 연상시키는 줄무늬 패턴에서 생긴 이름. 북미와 중미 원산으로, 캐나다 평원에서부터 코스타리카까지 널리 퍼져 있다(약 35종). 다양한 모양, 길이 45~130cm, 학명 Thamnophis(그리스어 thamnos 덤불+ophis 뱀).

로 기어가는 것을 지켜봤다. 나는 내 엉덩이만큼 큰 엉겅퀴들을 피해 걸어야 했다. 나는 밀크잡초[138]를 가르면서, 베란다 계단을 올랐다.

나는 그녀가 내가 온 것을 느꼈으리라 생각했지만, 그녀는 내 눈에는 그저 강처럼 긴 사슬뜨기를 계속 뜨고 있었다.

나는 바닥에 떨어져 있던 빗자루를 조용히 집어 들었다. 그녀가 계속 뜨개질을 하는 동안, 나는 빗자루 털을 베란다 벽에 쳤다. 그녀가 코바늘을 무릎에 떨어뜨렸다. 나는 그녀의 머리 가까이, 그녀의 귀를 덮은 가는 머리카락을 날릴 정도로 다시 세게 벽을 쳤다. 그녀는 앉은 채, 먼 눈으로 앞을 응시했다. 내가 베란다 바닥을 칠 때, 빗자루 털이 그녀의 다리를 스쳤고, 그녀가 입술을 벌렸다. 입술이 얼마나 말랐는지 목소리에 다 배어 났다. "앨카? 너니?"

나는 빗자루를 떨어뜨리고 베란다를 뛰쳐나왔다.

"가자." 나는 린트의 팔을 잡았다. "여기서 나가자."

그는 우리가 버스 정류장에서 기다리는 동안 아무 말도 하지 않았고, 가는 동안에도 아무 말도 하지 않았다. 우리가 브레세드로 돌아와 집으로 걸어가는 동안 그제야 그가 물었다. "누-우-우나는 왜 할매를 빗자루로 쳤어?"

"그녀의 베란다를 쓸었을 뿐이야." 내가 말했다.

그는 주머니에서 돌을 꺼내 손에서 갖고 놀기 시작했다.

"넌 왜 그렇게 돌을 좋아해, 린트?"

"돌은 악마를 물리치는 초-오-옹알이야." 그는 나를 올려다봤다. "모두 나를 멍청이로 새-애-앵각하는 거 나도 알아. 가-아-아끔, 내가 차라리 안 태어났으면 좋았겠다고 생각해. 아마 다들 더 해-애-앵복했을

---

**138** milkweed. 우윳빛 수액에서 붙여진 이름. 아프리카, 북미, 남미 전역에 광범위하게 분포(약 200종). 높이 1.5m, 학명 Asclepias(그리스신화의 의학의 신 Asclepius). 수액에 함유된 스테로이드의 일종인 카르데놀라이드(cardenolide 강심제) 때문에 붙여진 이름.

거야. 난 치-이-인구가 하나도 없었어. 누나랑 플로시랑 프-으-으레야는 서로 친구였잖아. 나는 트러스틴과 치-이-인구가 되려고 애썼지만, 트러스틴에게는 그림이 있었어. 내 이름도 어디서 따-아-아온 느낌이야. 배꼽 속 솜털.[139] 뽑아서 버려야 할 그 무-우-우엇."

"야." 나는 그를 세웠다. "정말 그렇게 생각해? 네 이름은 배꼽 솜털에서 따온 게 아니야. 네 이름은 옛날 옛적, 하늘에서 바지들이 떨어졌기 때문에 붙여진 거야. 엄마와 아빠는 떨어진 바지들을 모아서 주머니를 다 뒤졌어."

나는 린트가 웃을 때까지 그를 간지럽히면서 주머니를 톡톡 쳤다.

"엄마와 아빠가 주머니 보풀(lint) 속에서 발견한 건," 내가 말했다. "작은 종이쪽지들이었어. 두 다리, 두 손, 두 귀. 그들은 온전한 사람 하나를 만들기에 충분한 조각들을 찾았어. 그들은 그 조각들을 테이프로 붙여서, 종이로 된 작은 소년을 만들었어. 너." 나는 그의 머리를 헝클었다. "그들은 네가 살과 뼈의 아이가 될 때까지 너를 사랑했고, 너를 먹였고, 너를 안아주었어. 그들은 그 종이를 버릴 수도 있었어. 하지만 그들은 너를 아들로 선택했어. 내 남동생으로. 그들은 너 없이는 우리 누구도 잘 살 수 없다는 걸 알고 있었어. 너는 집의 기초가 뭔지 알아? 글쎄, 네가 막내라는 건 네가 우리 가족의 기초라는 거야. 너는 가장 중요한 부분이야."

그가 너무 활짝 웃어서, 나는 그가 무엇을 보고 웃는지 물어야 했다.

"그냥 우-우-운이 좋은 느낌이야." 그가 말했다. "내가 베티 카-아-아펜터의 동생이어서. 세상에서 가장 강한 소-오-오녀."

---

**139** The fluff in a belly button. 린트(lint)는 '보풀, 보푸라기, 털 뭉치'를 뜻함.

# 5부

∽

# 구원의 뿔

1971~1973

# 41

〜

자기 손의 폭력에서.

— 요나 3:8

굶주린 듯, 글을 썼다. 종이 위에 나 자신을 쏟아낼 수 없게 만드는 침대와 잠이 싫어졌다. 뼈저린 아픔이 내 주제였고, 하지만 그래서, 사랑 또한 주제였다. 나의 대화는 광기가 되었고, 이어 영혼의 변신으로 발전했다. 역경에 항거했고, 오직 고통에 반대하고 싸우기 위해, 나는 내게 살아남을 것을 명하는 이야기들을 구상했다.

나는 그 이야기와 시들을 문학잡지와 문학신문들에 보냈다. 나는 정중히 타이핑한 거절 편지를 받았고, 드물게 수락 편지도 받았다. 작가가 된다는 것이 실감났다. 그것은 내 안의 새로운 포부, 심지어 새로운 자존감을 불러일으킨 정체성이었고, 나 자신에 대한 생각을 완전히 바꿔놓았다.

나는 십 대의 대부분을 나의 다른 모습을 갈망하며 보냈다. 나는 나를 괴롭히는 의심을 버리고 자유로워질 수도, 아니면 편견에 사로잡힌 사람들의 눈에 머물면서 거기에 얽매일 수도 있었다. 우리 자신의 하나가 되기에는 인생에 적이 너무 많다. 그래서 나는 열일곱에, 새로운 역정의 불꽃을 밝힐 수 있는 나이가 되었을 때, 증오의 야망을 거부하기로 결심했다.

나는 내가 한때 그렇게 되기를 기도했던 잡지 소녀를 찢어버리기 위해 침대를 밀었다. 나는 내 것이라고 주장할 수 없는 한 장의 아름다운

507

이미지에 굴복할 뻔했다. 나는 스스로에게 과거 소녀였던, 그리고 바야흐로 젊은 여성이 된 나의 아름다움을 보도록 허락했다.

이 모든 것을 생각할수록, 나는 트러스틴과 프레야에게는 흐르지 않을 그 세월들이 애통할 뿐이었다. 그들의 기일은 가장 힘들었다. 프레야는 봄에 죽었다. 트러스틴은 여름에 죽었다. 나는 말린 민들레 머리와 트러스틴의 그림 쪽지가 꽂힌 책들을 펼치곤 했다. 둘 다 책갈피였지만, 그건 그 이상의, 나만 아는 곳에 숨겨진 내 남매였다. 나는 와콘다와 애로에 대한 추억도 간직했다. 책에 끼워 압화처럼 납작하게 만든 솜 하나. 그리고 팔찌로 만든 칠엽수 열매(buckeye) 하나.

"벅아이는 아메리카 원주민들이 그게 사슴의 눈처럼 보인다고 생각해서 이름을 붙인 걸 알고 있었니?"[140] 아빠는 내 팔찌를 보더니 이렇게 말했다. "어쨌든 아름다운 열매다."

나는 플로시에게도 벅아이 팔찌를 만들어주었다. 그녀는 핼러윈 사탕 사냥에 노바와 같이 나서기 위해 나를 데리러 온 날 그것을 차고 있었다. 나는 나팔바지를 입었고, 평소 허리까지 내려오는 머리를 반쯤 들어 올렸다. 거울 앞을 떠나기 전, 나는 포도주색 립스틱을 발랐고, 스웨이드 조끼를 매만져 술이 고루 떨어지게 했다. 서랍에 브라가 있었지만, 착용하지 않았다. 엄마는 그건 선언이라고 했다. 그러나 나는 그건 그냥 선택이라고 했다.

노바의 첫 번째 핼러윈 사탕 사냥이었다. 플로시는 골판지 상자와 은색 반짝이로 그의 의상을 만들었다.

"얘는 뭐로 꾸민 거야?" 내가 그녀에게 물었다.

"별." 그녀가 말했다. "티가 안 나니? 반짝이를 더 붙였어야 했는데."

노바가 얼굴을 머리 구멍 밖으로 쑥 내밀어, 귀까지 나와 있었다.

당시 커틀러스와 플로시는 이혼한 지 1년이 지났다. 플로시는 변호

---

140 buckeye. buck(수사슴)+eye.

사를 선임할 여유가 없었지만, 커틀러스는 변호사를 두 명이나 고용했다. 그들은 플로시가 그와의 성관계를 중단했기 때문에, 이는 포기에 해당한다고 주장했다. 그의 변호사들은 *디머 대 디머*[141] 사건을 주장의 근거로 인용했다. 그들이 플로시를 결혼 포기로 고소했기 때문에, 그녀는 그들의 결혼 집에 대한 권리가 없었고, 커틀러스는 열쇠를 바꿀 권리가 있었다. 커틀러스는 노바의 양육권을 원하지 않았다. 플로시는 자신이 노바를 갖는 것이 낫겠다고 결정했고, 그것은 커틀러스의 재정지원이, 비록 적었지만, 그녀에게 큰 도움이 되었기 때문이었다.

이혼이 확정된 후, 플로시는 집에 다시 들어오는 것을 거부했다. 자신이 엄마에게 매번 푼돈을 준 탓에 엄마가 그 앙갚음으로 자신 위에 군림할 것이라고 생각했다. 플로시는 떠나는 것이 최선이라고 결정했다. 그녀는 브레세드 남쪽 불과 몇 킬로미터 떨어진 마을에서 콘크리트 바닥이 깔린 작은 임대주택을 찾았다. 그녀는 어머니의 부엌이라는 식당에 취직했다. 일이 잘 풀리는 듯했다. 그녀는 노바를 더 많이 돌보기 시작했고, 그와 손을 잡고 마을을 산책하기도 했다. 마치 둘만 있으면, 그녀는 그를 더 사랑할 수 있을 것 같았다.

그해의 핼러윈은 특히 노바에게 푸짐했다. 노바는 자신의 베갯잇 안에 단것을 좋아하는 꼬마가 바라는 모든 것을 모았다. 빛이 어두워지자, 우리는 기찻길을 따라 걸었다.

"오래전에 나와 베티 이모가 여기 어딘가에 개를 묻었어." 플로시가 노바를 품에 안으며 이렇게 말했다.

그녀는 그를 철길로 데려가 침목에 앉혔다. 사탕이 든 베갯잇을 그의 무릎 위에 올려놓았다. 나는 그녀가 너덜너덜한 셔츠 자락으로 그의 코를 닦는 것을 지켜봤다. 그녀가 노바에게 입술을 삐죽 오므렸다. 노

---

**141** *Diemer v. Diemer*. 1960년 7월 뉴욕 주에서 행해진 판결. 남편이 '잔인하고 비인간적인 대우'를 이유로 별거 소송을 제기했고, 그중 하나가 '아내의 성관계 거부'였다(참조. *Diemer v. Diemer*. 8 N.Y.2d 206 : https://casetext.com/case/diemer-v-diemer).

바는 작은 손으로 그녀의 얼굴을 살포시 잡고 입맞춤했다.

그녀가 노바의 테니스 신발 끈을 묶기 시작했을 때, 나는 고개를 들어 바람이 나뭇가지를 스치는 것을 바라봤다.

"엄마?"

나는 노바의 목소리 쪽으로 몸을 돌렸다. 플로시는 그를 철길에 남겨두었다. 노바는 일어서서 그녀를 따라가려고 했지만, 휘청거리다가 주저앉았다.

플로시는 땅을 이리저리 살피면서 모르는 척했다.

"아무리 기를 써도," 그녀가 말했다. "우리가 콘콥을 묻은 정확한 장소가 기억나지 않네."

노바는 다시 일어서려고 했지만, 그럴 수 없었다. 그가 오른 신발 끈을 잡아당기기 시작했다. 나는 끈이 철길에 묶여 있다는 것을 알아차렸다.

"왜 얘를 묶었어?" 내가 플로시에게 물었다.

그녀가 그때처럼 피곤해보인 적은 없었다. 그녀의 머리에서는 더 이상 스위트 템퍼 미용실의 인동덩굴 샴푸 냄새가 나지 않았고, 그녀의 옷도 더 이상 빛나는 새 옷이 아니었다. 다시 청반바지와 너덜너덜한 티셔츠로 돌아가 있었다. 언젠가 그녀가 더 멋진 옷을 입을 수 있을 만큼 부자가 될 거라고 믿었을 때 입었던 것들이었다. 이제 그녀는 다시 그냥 가난한 플로시였다.

"엄마." 노바가 다시 그녀를 불렀고, 이어 머리 위를 깩깩거리며 나는 매에게 눈을 돌렸다. 그는 새를 향해 두 팔을 뻗으며 푸르르 입술을 털며 약을 올렸다.

"쟤를 풀어줄 거야." 나는 그녀를 밀치며 말했다.

나는 얼마 가지 못해 무릎을 차였고, 땅에 얼굴을 박고 넘어졌다.

"난 스타가 되기 위해 필요한 건 뭐든 할 거야." 플로시는 이렇게 말하면서 나를 뒤집어 눕혔다.

그녀는 재빨리 내게 올라탄 뒤 주머니에서 라이터를 꺼냈다. 그녀가 라이터를 켜자, 우리 사이에 불꽃이 솟구쳤다.

"이거 봐, 플로시." 나는 그녀의 코를 정면으로 때렸다. 입술에서 피가 뚝뚝 떨어지자, 그녀는 냅다 나를 내리쳤다.

라이터를 꼭 쥐고 있던 그녀가 다시 불을 켜며 이렇게 말했다. "베티, 네가 쟤를 구하려고 한다면, 난 네 머리칼에 불을 붙일 수밖에 없어." 그녀는 라이터를 내 머리 가까이에 댔다. "나는 교회를 태웠어, 기억나? 난 너도 태울 수 있어. 머리카락에 불이 붙은 걸 본 적 있니, 베티? 엄청 뜨겁고, 지글지글거리고, 두피에 다 녹아내릴 거야."

그녀는 내 머리카락을 움켜쥔 뒤, 불꽃에 가깝게 잡아당겼다.

"너 왜 이러는 거야, 플로시?"

"엄마가 약속했어, 난 여기 있으면 스타가 될 거라고. 엄마는 브레세드가 별이 하나도 없는 하늘이라고 했어. 엄마는……." 다가오는 기차의 기적의 요란한 굉음에 그녀의 말이 끊겼다.

"너 지금 당장 나를 풀지 않으면," 나는 그녀에게 악을 썼다. "또 내가 노바를 철길에서 빼내게 하지 못하면, 난 온 세상에 네가 어떻게 어린 아들을 죽였는지 알릴 거야."

내 말은 듣지도 않고, 그녀가 이렇게 말했다. "난 할리우드로 떠날 거야." 그녀가 노바에게 눈을 돌렸다. "난 좋은 어머니야. 나는 애한테 오늘 스타가 될 거라고 했고, 나는 애를 스타로 만들었어. 무엇보다 애는 스타로 죽을 거고, 스타가 아닌 게 어떤 건지 전혀 알지 못할 거라는 거야."

"넌 미쳤어." 나는 푸석한 흙을 한 줌 집어 그녀의 얼굴에 뿌렸다.

"이년이." 그녀는 라이터를 떨어뜨리고 손으로 눈을 긁었다.

나는 그녀를 밀쳐낼 수 있었다. 몸을 돌렸을 때, 기차가 훨씬 가까이 온 것을 볼 수 있었다. 나는 재빨리 일어나 노바를 향해 달려갔지만, 플로시가 내 등에 올라타면서 우리 둘 다 다시 넘어졌다.

우리는 몇 초를 싸웠고, 그녀는 내 얼굴을 땅에 짓눌렀다.

"있잖아, 베티," 그녀가 말했다. "나는 오랫동안 우리를 저주한 게 우리 집이라고 생각했어. 그게 아니라면, 바로 우리 이름이겠지. 진실은, 우리는 여자로 태어난 그 순간부터 저주를 받은 거야. 우리 자신의 성 (sex)으로, 그리고 성 그 자체로 저주 받은 거야."

기차가 점점 가까워지고 있었다. 기관차의 앞머리가 보였다.

"칙칙폭폭." 노바는 신이 나서 기차를 가리키며 노래했다. "칙칙폭폭. 기차가 오고 있어요, 엄마. 칙칙폭폭이 오고 있어요." 노바가 어찌나 활짝 웃었는지 그의 작고 동그란 뺨이 귀에 걸려 있었다.

기차 경적이 반복적으로 쾅쾅 울리기 시작했다. 나는 기관사가 기관차 헤드라이트를 반사하고 있는 노바의 의상의 은색 반짝이를 봤기를 바랐다. 나는 언니와 온 힘을 다해 싸웠고, 기차 브레이크는 괴성을 내지르기 시작했다.

노바는 기차가 자신을 향하고 있다는 걸 깨닫고는 몸을 돌려 플로시를 향해 팔을 내밀었다.

"엄마." 그는 울면서 그녀에게 손을 뻗었다. "도와줘요."

그녀는 기차를 바라봤고, 이어 자신을 데려가라고 애원하는 노바를 바라봤다.

"작은 별들이 큰 별들을 만들어." 나는 재빨리 그녀에게 말했다. "쟤는 너의 작은 별이야. 너 자신을 구하려면 쟤를 구해."

"엄마가 간다." 그녀는 벌떡 일어나 노바에게 달려갔고, 기차가 경적을 울릴 때, 팔을 뻗었다.

나는 아들에게 힘껏 달려가는 언니의 거친 숨소리를 들을 수 있었다.

"잡았다." 플로시는 노바를 껴안았지만 들어 올릴 수 없었다. 신발 끈이 여전히 철길에 묶여 있었다. 플로시는 그의 신발을 벗기려고 안간힘을 썼지만 소용없었다. 노바는 엄마의 어깨 너머로 나를 바라봤고, 눈물이 얼굴에 뚝뚝 떨어지고 있었다.

"베티, 도와줘." 그가 내게 손을 뻗었다.

나는 노바에게 미소를 지었다. 그게 내가 그에게 줄 수 있는 마지막 좋은 것이었기 때문이었다.

기차가 그들을 향해 질주하자, 플로시가 비명을 질렀다.

언니와 조카의 죽음을 차마 볼 수 없었던 나는 눈을 감았고, 브레이크의 끼익 소리에 귀를 막았다.

"안 돼, 안 돼, 제발, 하나님, 안 돼." 나는 눈을 질끈 감았고, 작은 별들이 눈앞에 보였다.

"베티?"

나는 눈을 떴고, 거기 플로시가 부들부들 떨며 서 있었고, 그녀의 머리카락은 여전히 속도를 줄이고 있는 기차에서 발생한 바람에 흩날리고 있었다. 그녀의 품에 노바가 있었다. 얼굴을 파묻고 있었다.

"넌 내가 정말 기차가 얘를 치게 놔둘 거라고 생각한 건 아니지, 그랬니, 베티?" 엉덩이에 매달린 노바를 툭툭 치면서 말하는 플로시의 목소리가 떨렸다.

"차장한테 잡히기 전에 여기서 나가는 게 좋겠다. 베티, 어서." 그녀가 내 팔을 잡아당겼다.

기차가 완전히 멈췄을 때, 우리 셋은 숲속으로 사라졌고, 아이는 내내 울었다.

# 42

∾

네 보금자리를 별들 가운데 둘지라도.
— 오바댜 1:4


플로시는 노바가 일주일 내내 별모양 의상을 입게 두었다. 그는 별이 되는 걸 좋아했다. 어쨌든 노바는 그의 어머니와 크게 다르지 않았다.

노바는 침대에서 떨어진 날 별을 입고 있었다. 그는 플로시가 웨이트리스 유니폼을 입는 동안 매트리스 위에서 펄쩍펄쩍 뛰고 있었다. 그녀가 머리를 빗는 동안에도 펄쩍펄쩍. 그녀가 립스틱을 바르는 동안에도 펄쩍펄쩍. 그렇게 펄쩍펄쩍 뛰다가, 그냥 떨어졌다. 그의 머리가 콘크리트 바닥을 쳤을 때, 플로시는 나중에 그 소리가 멜론이 쪼개지는 소리 같았다고 했다.

"일어나." 그녀가 노바에게 말했다. "나 일에 늦겠다."

그녀는 그가 떨어진 곳에서 별 끝이 구부러진 것을 봤다.

"별을 부러뜨렸네." 그녀는 이렇게 말했고, 그때 현관을 두드리는 소리가 났다. 플로시가 일하러 가는 동안 노바를 돌봐주러 온 플로시의 시어머니였다.

"실크웜네 식구 중에서," 언젠가 플로시가 내게 이렇게 말했다. "커틀러스의 어머니가 단연 최고야."

실크웜 부인이 어지러운 집과 더러운 옷 더미 사이를 걷는 동안, 플로시는 빨래를 잘하지 못한 것에 대해 사과를 하려고 했다.

"노바는 어디 있니?" 실크웜 부인이 물었다.

"죽은 척하고 있어요." 플로시가 말했다.

실크웜 부인은 노바를 보자마자 기겁해서 당장 아이를 품에 안아 들었다.

"이 무식한 애야." 그녀는 플로시를 밀치고 지나가면서 이렇게 말했다.

실크웜 부인은 노바를 스위트 템퍼에 있는 병원으로 싣고 갔다. 입원 첫날 밤, 나는 노바의 별모양 의상의 반짝이가 하늘을 가로지르는 꿈을 꾸었다.

플로시는 노바가 아직 병원에 있는 동안 떠났다. 내가 마지막으로 그녀를 직접 봤을 때, 그녀는 노바가 떨어졌던 바로 그 콘크리트 바닥에 누워 있었다. 그녀는 여러 줄의 코카인을 작은 더미로 긁어모으고 있었고, 그건 줄을 보면 아빠의 담배가 너무 많이 생각나기 때문이라고 했다.

나는 나중에 그녀가 커틀러스와 함께 처음 코카인을 시작했다는 것을 알게 되었다.

"나는 소용돌이들 사이로 보려고 해." 그녀가 말했다. "걔들은 마치 욕을 퍼붓는 강물 같아. 달콤하고 불룩해. *뒈져라, 뒈져라, 빌어먹을 것들아, 빌어먹을 것들아.*"

그녀는 눈가루를 조금 더 흡입했고, 모든 게 부서졌다.

"보석들이 날리고 폭발하는 것처럼," 그녀는 쏜살같이 말했다. "난 내가 물속 깜박이는 불가사리와 헤엄치는 연인들과 함께 있다고 생각해. 하나님은 여기 존재해, 베티. 악마도. 내가 너한테 말했지, 하나님은 당신의 집을 태운 우리를 벌하기를 기다릴 거라고."

그녀는 나를 바라봤지만, 그녀의 떠도는 시선이 나를 찾기까지는 시간이 좀 걸렸다.

"아빠가 별잡이들에 대해 네게 말한 적 있지?" 그녀가 물었다. "별들은 땅에 떨어지지 않아야 돼. 그래서 나는 노바가 떨어진 뒤에 걔를 구할 수 없었던 거야. 그래서 난 다시는 걔를 만질 수 없을 거야. 걔는 떨어진 별이니까. 이제 쉼 없는 별잡이들만이 걔를 만질 수 있어. 실크웜 부인이 그 쉼 없는 별잡이야. 넌 알고 있었니, 베티? 난 그분이 노바를 안는 걸 보기 전까지는 몰랐어. 이제 내 아들은 실크웜 부인의 아들이야. 떨어진 별은 쉼 없는 별잡이 외에는 그 누구의 것도 될 수 없어."

얼마 지나지 않아, 플로시는 짐을 꾸렸다. 몇 달 뒤, 우리는 캘리포니아에서 온, 그녀의 갈지자 서명이 담긴 그림엽서 한 장을 받았다. 그녀는 이렇게 썼다.

*모든 게 너무 화창하고 재밌어요. 여러분들이 여기 있었으면.*

그녀는 노바에 대해 언급하거나 노바의 안부도 절대 묻지 않았다. 만약 물었다면, 나는 노바가 퇴원한 뒤 실크웜 부인이 노바를 다시 자기 집으로 데려갔다고 말했을 것이다. 노바의 뇌는 부어올랐고, 정신발달이 지체되었다. 병원 의사들은 그가 평생 의자나 침대에 갇혀 있을 것이라고 했다. 그리고 처음에는, 정말 그랬다.

그러나 실크웜 부인은 지치지 않고 그를 돌봤다. 그녀는 도와줄 개인 간호사들을 고용했다. 그는 걸음을 질질 끌었지만, 그것도 큰 진전이었다. 시간이 지나면서, 그는 놀랍게 개선되었고, 그에 대한 예측을 계속 무산시켰다. 노바는 실크웜 부인을 "엄마"라고 부르기에 이르렀다. 노바에게 그녀는, 다들 쓸모없을 것이라고 말한 것들을 가르쳐준, 그에게 절실했던 양육자였다. 노바는 증명했다. 별이 떨어졌다고 다시 떠오르지 않는 게 아니라는 것을.

아빠와 엄마는 노바를 찾아보곤 했다. 실크웜 부인은 두 분을 언제든 환영한다고 했다. 엄마와 아빠 모두 자신들은 실크웜 부인처럼 노바를 돌볼 돈이 없다는 것을 알고 있었다. 그러나 아빠는 노바가 플로시를 잊는 것을 원치 않았다.

"엄마의 광채를 기억해라." 아빠는 늘 자기 어머니를 찾는 듯 주위를 둘러보는 노바에게 이렇게 말하곤 했다. "너희 둘 다 별처럼 반짝인다.

너는 엄마에게 그걸 얻었다. 절대 잊지 마라."

플로시가 떠나면서, 나는 세 자매 중 집에 남은 유일한 딸이 되었다. 나는 머나먼 곳에 내 언니들의 이름을 새기면서, 적어도 이 무대만은 그들을 잊지 않기를 바랐다. 그리고 나는 글을 썼다. 내 글에서 온갖 뒤엉킴과 휘몰이가 나왔다. 짐승의 발톱과 새들의 갈고리발톱이 있었고, 부드러운 것들도 있었다. 나는 벽을 타고 흘러내리는 물과 하늘을 떠도는 연기에 대해 썼다. 그 어떤 특별한 시작도 영원히 묶어둘 수 없는 매듭으로 우리 각자가 묶여 있었던 만질 수 없고, 만질 수 있는 이 모든 것들. 내 시는 내 팔이 품을 수 없을 만큼 넓었다. 내 시는 나의 침묵만큼 시끄러웠다. 내 시는 때로 사랑은 형벌이라고 말하는 뜨거운 속삭임이었다.

플로시가 떠난 후 몇 달 동안, 나는 시골 생활이 안겨주는 농한기 노동을 했다. 나는 밭을 갈았고, 건초 더미를 쌓았고, 친한 물건인 양 트랙터를 탔다. 나는 마치 내가 있을 자리는 없다는 듯, 마치 내가 그들의 신뢰의 원 속에 예각의 모서리들을 짓고 있다는 듯 나를 바라보는 사내들 옆에서 일했다. 그러나 고된 노동은 기분이 좋았다.

어느 날, 농장에서 집으로 돌아오는 길에, 반짝이는 빨간색 컨버터블을 타고 지나가는 루시스를 지나쳤다. 그녀는 차를 멈추고, 내 머리에 풀이 묻었다고 했다. 나는 계속 걸었다. 그녀는 차에서 내려 나를 따라왔다.

"너한테서 똥 냄새가 나." 그녀가 코를 쥐었다. "거름을 날랐니?" 그녀는 내 얼굴을 마주보려고 뒷걸음질로 걸었다. "너 정말 화상 안 입겠니, 응?" 그녀가 깔깔 웃었다. "하지만 분명 파리는 널 좋아하겠다."

나는 멈춰서 그녀를 마주봤다.

나는 내 모든 친절함을 다해 말했다. "넌 예뻐, 루시스."

"그리고 넌 못생겼어."

"넌 머리카락이 예뻐."

517

"그리고 넌 말총 같아." 그녀가 팔짱을 꼈다.

"넌 미소가 예쁘고, 눈이 예뻐." 나는 진심으로 말했다.

"난 이미 내가 예쁘다는 걸 알고 있어." 그녀가 말했다. "네가 예쁘지 않다는 걸 네가 알고 있듯."

나는 그녀를 꼭 껴안았다. 그녀는 팔짱을 끼고 있었고, 너무 놀라서 옴짝달싹 할 수 없었다.

"너를 용서할게, 루시스." 내가 말했다. "네가 학교를 내 지옥으로 만든 것도 용서할게. 그리고 나를 못생겼고, 패배자라고 부른 것도 용서할게. 내가 용서할게. 왜냐하면 언젠가 너는 그걸 정말 후회할 거고, 너는 사과하려고 내가 주변에 있기를 바랄 테니까. 하지만 나는 너한테서 멀리 떨어져 있을 거고, 너는 나를 찾으려면 로켓을 타야 할 거야. 하지만 아무나 별에 갈 수는 없지. 지금 내가 너를 용서할게. 그래야 나중에 네가, 네 삶이 끔찍하고, 우리가 쭉 친구가 될 수 있었다는 걸 네가 깨달았을 때, 너는 적어도 내가 너한테서 살아남았다는 걸 알게 될 테니까."

나는 포옹을 풀고, 그녀의 머리카락을 귀 뒤로 넘겼다. 나는 거기 입을 벌린 채, 할 말을 잊고 서 있는 그녀를 남겨두고 떠났다.

나는 집으로 가는 내내 스스로에게 미소를 지었다.

나는 부츠를 벗어 현관 옆에 두었다. 위층에 올라갔을 때, 나는 엄마의 문간에 멈춰서 그녀가 화장을 하는 것을 지켜봤다. 그녀는 식료품을 사러 파파 쥬니퍼스에 갈 채비를 하고 있었다.

엄마는 검정 아이라이너를 그리면서 욕을 하고 있었다.

"내 눈이 예전 같지 않아." 그녀가 말했다.

"시력 좋잖아요, 엄마."

"내가 잘 보이고 안 보이고를 말하는 게 아냐. 내 눈이 어떻게 보이는지를 말하는 거지. 지금 주름이 너무 많아." 그녀는 눈꺼풀을 위로 당겼다. "넌 내가 리프팅 하나를 받아야 할 것 같다고 생각하니?"

"아니요."

"나한테 거짓말은 안 통한다, 베티. 나도 이제 쉰한 살의 늙은 '부인'이야. 물론 네 아버지 나이는 아니지만. 나이 많은 남자와 결혼해서 좋은 점은 내가 항상 더 젊다는 거지. 참 이상해. 나는 네 아버지가 늙을 거라고는 한번도 생각한 적이 없다. 그의 머리칼은 영원히 검고, 그 우스꽝스러운 스타일도 영원하겠다 싶었지. 그런데 이제는 그의 주름에도 주름이 생겼지 뭐니. 너는 주름이 두렵니, 베티? 나는 네 주름이 어디 생길지 알고 있어."

그녀가 일어서서 나를 향해 걸어왔다. 손에 들고 있는 아이라이너로 그녀는 내 얼굴에 그림을 그리기 시작했다.

"넌 바로 여기, 두 눈썹 사이에 약간의 주름이 생길 거야. 네가 그 망할 인상을 좀 쓰니." 그녀가 말했다. "그리고 여기 이마에는 가로로 약간 생길 거다. 우리 집안 여자들이 다 그러니까. 여기 눈가에는, 네 아버지의 주름이 생기겠지. 그리고 우리가 웃지 않아도, 네가 엄청 웃은 것 같은 주름이 생길 거고." 그녀는 내 입 양쪽에 줄을 그었다.

그녀가 끝내자마자, 나는 내가 어떻게 생겼는지 보려고 거울로 다가갔다. 그녀는 주름이 얼마나 천박한지 강조하려고 한 듯, 검정 줄들을 조악하게 그려 놓았다.

"이제 주름이 두렵니?" 그녀가 물었다.

"이제 봤지만 두렵지 않아요." 내가 말했다. "이제 어찌 될지 알았으니까요."

"생각보다 용감한 여자네."

내가 엄마의 침대 가장자리에 앉아 있는 동안 엄마는 화장을 마치기 위해 화장대로 돌아갔다.

"플로시가 캘리포니아에서 행복한지 궁금해요." 나는 창밖을 내다보며 이렇게 말하면서, 언니가 차를 빙그르르 돌리면서 춤추며 오겠다던 모습을 떠올렸다.

"하하." 엄마가 웃었다. "분명 행복할 거다."

"언니는 할리우드에 갔어요." 나는 엄마의 웃음소리에 내가 왠지 바보가 된 듯해서 얼굴을 찌푸렸다.

"넌 내가 왜 걔한테 커틀러스와 결혼해서 아이를 낳으라고 했는지 아니?" 그녀가 나를 향해 몸을 돌렸다. "너는 내가 못돼서 그랬다고 생각하겠지. 하지만 나는 걔를 위해서 그런 거야. 걔는 그곳 할리우드에 나가봐야 자기가 베티 데이비스가 아니라는 걸 깨달을 거다. 하지만 그건 걔가 가진 것을 다 빼앗긴 뒤겠지. 너도 플로시가 작은 공연을 하는 걸 봤잖니. 걔한테는 좋은 여배우에게 필요한 딱 한 가지가 부족해. *재능.* 설사 걔가 재능이 있었어도, 세상은 돌고 도는 거다. 플로시는 제 자식을 버렸다. 걘 이미 이 세상에서 죽은 거야."

플로시의 영화 경력에 대해서는 어머니가 옳았다는 것이 밝혀졌다. 그녀는 단 하나의 배역을 얻은 게 전부였다. 웨이트리스였다. 그녀의 한 줄 대사는 "얼음이요?"였다. 상대역 남자들은 그녀의 엉덩이를 툭 쳤고, 그녀가 식탁을 떠나자 깔깔 웃었다. 그녀는 화면에서 사라지기 직전, 마지막으로 어깨 너머로 시선을 돌렸다. 그녀는 마치 누군가를 찾는 듯, 카메라를 정면으로 응시했다. 아마 자기 자신이었으리라.

살아 있는 언니를 본 건 그 영화가 마지막이었다. 우리는 때때로 전화로 이야기를 나눴다. 그녀의 목소리는 해가 갈수록 나이가 들었다. 이해하기 힘든 대화를 이것저것 횡설수설했다.

"나는 쥐에게 껌 씹는 법을 가르쳤어." 그녀는 우리의 마지막 대화에서 이렇게 말했다. "걔가 내 조리대 위에 앉아서 별짓을 다해……. 겨드랑이에 상처가 났는데…… 낫지를 않아. 베…… 베티? 나는 뭘 해야지? 나는 쥐…… 쥐에게 묻지만…… 걔는 망할 껌만 씹고 있어. 나는 이제 뒤……, 그게 무슨 단어지……, 뒤…… 뒤, 뭐지, 베티? 뒤집히다. 그래. 난 뒤…… 집힌 느낌이야……. 다리가 허공에 떠 있는……, 뒤집힌 딱정벌레 같아."

"플로시." 나는 그녀에게 자신이 누구인지 상기시키기 위해 이름을 불렀다. "옆에 아무도 없어?"

"난 혼자야. 그렇지 않니…… 항상…… 결국…… 여자는?" 그녀의 말은 더 불분명해졌다. "전에는…… 파티를…… 제일 좋아했어. 그물망 스타킹이 너무 멋져. 헤로인이…… 식빵 위에 있어. 괜찮아, 베티. 아빠는 절대…… 모를 거야. 긴 소매의 내 모든 셔츠들……. 너 하나 빌려가, 우리는 다시…… 자매가 될 수 있어." 그녀의 목소리는 그녀의 입이 수화기에서 멀어지고 고개를 끄덕일 때마다 오르락내리락했다. "베티? 기억나니…… 내가 아들을 구하려고…… 달려간 거. 그것도 셈에 넣어야 해……, 안 그래? 베……? 다 우리가 교회를 태웠기…… 때문이야. 하나님이…… 우리에게 복수하는 거야. 너는 사람의 집을…… 태우고……, 거기서 벗어날 수 없어. 베티? 왜 너는 그 망할 말을 안 해? 이건 저주…… 잖아?"

내 언니는 상상할 수 있는 모든 마약을 했다. 1980년대 후반, 그녀는 모든 것을 잊을 만큼의 헤로인을 팔에 꽂은 채, 더러운 매트리스 위에서 죽었다. 사람들이 그녀의 시신을 발견했을 때, 그녀는 알몸에, 아빠가 그녀에게 만들어준 목걸이만 걸치고 있었다. 여전히 그녀의 목에 걸려 있는, 여전히 그녀가 의지했던 것. 나는 경찰 사진을 보고 콩깍지가 목걸이 줄에서 늘어져 그녀의 토사물 웅덩이에 빠져 있었던 것을 알고 있다. 물감이 콩깍지에서 벗겨져 나간 것에서 나는 그녀가 수년 동안 그것을 씹었다는 것을 알 수 있었고, 그건 아마 아빠가 그녀에게 맹세했듯, 물감 아래의 색이 자신의 영혼의 색이라는 것을 알아내기 위해서였을 것이다.

나는 언니가 그 마지막 몇 해, 그 옛날 모든 게 여전히 멋졌고 우리는 모든 게 가능하다고 믿을 만큼 어리석었을 때 우리가 종종 함께 달렸던 브레세드 뒤편 목초지의 노랗고 파란 꽃들을 떠올렸을지 궁금하다.

나는 플로시가 재능이 없다는 어머니의 말이 옳았다고 생각하지 않는다. 지금 돌이켜보면, 그녀의 삶 전체가 하나의 연극이었다고 생각한다. 나는 정말 내 언니를 알고 있었을까? 아니면 나는 그저 그녀가 보이고 싶었던 여자만을 봤던 것은 아닐까? 바람둥이. 잡년. 아내. 어머니. 아마 플로시 카펜터인 것이 그녀의 최고의 연기였을 것이다. 너무 완벽해서, 우리 모두 그게 그녀라고 생각했다.

# 더 브레새니언

## 총격범을 찾기 위해 뭉친 지역 남성들

다섯 명의 건장한 남자들이 총잡이를 잡기 위해 그룹을 결성하기로 했다. 그 그룹의 연장자의 말이다.

"수년이 지난 지금도 여전히 위협적입니다. 누군가 총을 들고 돌아다니고 있습니다. 밤새 총을 쏘고 있습니다. 그 유탄에 누군가 죽을 수도 있습니다."

최근 그들은 숲에서 캠프를 하던 중, 한 소녀와 마주쳤다. 그들은 소녀에게 무엇을 하고 있었는지 물었다. 그녀는 남동생을 위해 돌을 찾고 있다고 답했다. 그들은 그녀의 이름과 주소를 가져갔다. 소녀는 셰이디 레인의 베티 카펜터로 확인되었다. 카펜터의 소지품에서 미스터리 소설 한 권과, 피콕네와 그들의 실종에 관해 쓴 필사본 이야기가 발견되었다. 보안관은 책과 필사본 이야기를 증거로 가져갔고, 나중에 카펜터의 아버지인 랜든 카펜터에게 돌려주었다.

# 43

누가 그의 얼굴의 문들을 열 수 있겠느냐?
— 욥 41:14

부엌 조리대 위에서 녹고 있는 한 줌의 냉동 블랙베리. 거실 속 화분의 누렇게 변해가는 잎사귀들. 실수로 머그잔을 떨어뜨린 엄마. 바닥에 쏟아지는 커피. 손과 무릎을 적시며 그걸 행주로 닦는 그녀. 앞마당에 잠자는 뱀처럼 말려 있는 빛바랜 밧줄. 나는 열여덟 살이었고, 이것들은 내가 집을 나와 아빠와 함께 숲속으로 들어갔을 때 기억나는 것들이다.

1972년 11월은 세상일이 어떻게 끝날지 정확히 알고 있었던 엄숙한 달이었다. 태양은 짙은 잿빛 구름에 가려 보이지 않았다. 그럼에도 불구하고, 황금빛 잎사귀들은 나뭇가지마다 꼬마전구를 매단 듯 빛나 보였다. 나와 아빠는 아빠가 숲속에 주차해둔 램블러의 보닛 위에 앉았다. 아무도 더는 램블러를 타고 여행할 생각을 안 했다. 엔진은 사라졌다. 타이어는 납작해졌다. 그 시대는 막을 내렸다. 우리를 그 많은 장소들로 데려다주었던 이 차는 이제 나와 아빠가 숲속에서 앉아 쉬는 장소가 되었다.

그가 트랜지스터라디오를 가져왔다. 그가 그날의 「더 브레새니언」을 읽는 동안 나는 채널을 찾고 있었다. 신문은 1면의 연도를 1972년이 아닌 1932년으로 잘못 인쇄했다. 그들은 수정액을 써서 3을 지웠고, 그 위에 손 글씨로 7로 바꿔놓았다. 때마침, 아빠는 터스키기와 매독 연구 중 사망한 흑인 소작인들에 대한 기사를 읽고 있었다.[142] 아빠는 한숨을 쉬었고, 기사에서 고개를 들어 우리 위를 맴도는 칠면조 독수리[143]를 지켜봤다.

그가 신문을 접어 옆에 내려놓았다. 그가 코트 주머니에서 빛나는 빨간 사과를 꺼냈다. 내가 루이 암스트롱의 *What a Wonderful World*[144]를 튼 채널에 맞추는 동안 그는 주머니칼로 사과를 반으로 잘랐다. 아빠는 노래에 맞춰 콧노래를 흥얼거렸고, 나는 라디오를 내려놓고 내 사과 반쪽을 집었다. 나는 그의 손바닥에 난 화상 흉터를 바라봤다.

"난 이게 항상 궁금했어요." 내가 말했다.

"오, 정말?" 그가 물었다. "어렸을 때 생긴 거다. 한 남자가 지나가고 있었지. 그는 정말 기이한 책들을 갖고 있었다. 책을 펼치면, 불꽃이 페이지마다 일었다. 그 불꽃 속에서 이야기가 들렸다. 하지만 책을 펴려면 대가를 치러야 했다. 이야기가 끝날 때마다 책에 불이 붙었고, 끝내 재만 땅에 남았다. 남자는 내가 그 마력적인 책들에 매료되었다는 걸 알고, 내게 고맙게도 한 권을 주었다. 나는 그것을 펼쳤고, 이야기 내내 불꽃이 펼쳐지는 것을 지켜봤다. 질주하는 말들과 왕좌를 차지하기 위해 다투는, 절반은 여자이고 절반은 말인 여왕들이 있었다."

"마지막 페이지에 벌새 한 마리가 있었다. 책이 불타기 전에 탈출한 작은 새였다. 불꽃이 휘감기고 맴돌면서 생긴 새의 형체는 아름다웠지

---

142 터스키기 매독 실험(Tuskegee syphilis experiment). 1932년에서 1972년 사이, 무려 40년 동안, 미공중보건국(PHS)과 질병통제예방센터(CDC)에 의해 진행된 악명 높은 생체실험. 매독을 치료하지 않고 방치하면 어떻게 되는지 알기 위해 앨라배마 농촌의 흑인(600명의 빈곤한 소작인들)을 대상으로 시행된 실험으로, 그들은 자신들도 모르는 사이에 매독에 감염되었고, 방치된 피해자들은 정부의 무료 건강관리를 믿는 것으로 기만당했다. 그 결과 100명 이상의 남성이 사망했다. 터스키기는 앨라배마 메이컨(Macon) 카운티의 소도시. 면적 44.89km², 인구 9,395명(2020).

143 turkey buzzard.

144 Louis Armstrong(1901~1971), 1967년 9월 1일 출시(싱글, 2:21, 작사 Bob Thiele, George David Weiss).

만, 나는 그 불타는 새가 어느 잎사귀 하나에라도 떨어지는 순간, 온 숲에 불이 붙을 수 있다는 걸 알고 있었다. 개를 붙잡아야 했다. 하지만 불로 된 뭔가를 잡는 건 쉽지 않았고, 그 와중에 개의 날개에 나는 내 손바닥을 데고 말았다."

"내가 데인 곳에 입김을 불고 있는 동안, 새는 내게서 멀리 달아났다. 나는 불이 붙을 수 있는 이 세상의 모든 것들을 생각했다. 마침 비가 내렸다. 불과 비는 절대 친구였던 적이 없었다. 새는 빗방울을 피하려고 안간힘을 썼다. 나는 개의 얼굴에서 두려움을 봤다. 개는 죽고 싶지 않았다. 비가 개의 왼 날개를 적셨을 때, 개는 여전히 오른 날개로 날려고 애썼다. 개는 너무 살고 싶었고, 그러나 비가 개의 불을 꺼뜨렸다. 그 작은 새가 한 줄기 연기 속으로 사라졌을 때, 나는 울었다."

아빠는 자신의 흉터를 내려다봤다.

"내가 방금 한 말은 아름다운 거짓말이다." 그가 말했다. "추악한 진실을 듣고 싶니?"

"네." 나는 이렇게 말했고, 그는 자신의 사과 반쪽을 땅에 던졌다.

"내가 열네 살 소년이었을 때," 그가 말했다. "나보다 훨씬 하얀 한 남자가 반짝이는 새 포드 모델 T[145]를 몰고 시내로 들어왔다. 자동차는 내가 어렸을 때 아주 희귀한 것이었다. 나는 그걸 보고 어안이 벙벙했다. 난생 처음 보는 차였다. 그가 주차한 뒤 그 주위에 사람이 얼마나 모였는지 기억난다. 그는 시동을 켜둔 채 상점으로 들어갔다. 다들 엔진의 생소한 소리가 우리 귀에 얼마나 크게 들리는지 이야기했다. 나는 차문에 손을 대려고 가깝게 다가갔다. 나는 그 최고의 발명품에 넋이 나

---

145 Ford Model T. 1908~1927년 생산된, 중산층 미국인이 자동차 여행을 할 수 있게 한 최초의 서렴한 자동차이자 역사상 가장 많이 팔린 차 중의 하나(1,500만 대). 1908년 출시 당시 캐치프레이즈는 "포드, 저가의 차에 고가의 품질"(*Ford, High Priced Quality In A Low Priced Car*)로, 가격은 1908년 825달러(현 24,881달러), 1927년 360달러(현 5,616달러)였다. 20마력, 2단 기어, 휠베이스 2,540mm, 길이 3,404mm, 너비 1,676mm, 높이 1,860mm, 무게 540~750kg.

가 있었는데, 바로 그 순간, 남자가 상점에서 나왔다."

"'내 차에서 손 떼, 깜둥이.' 그가 내게 소리를 질렀다."

"나는 전에도 그런 남자들을 알고 있었다. 그냥 떠나는 게 상책이었지만, 뭔가 내 안에서 그를 마주해야겠다 싶었다."

"'언젠가,' 내가 그에게 말했다. '하나님은 모든 빛을 끌 겁니다. 어둠속에서는 누가 당신 같은 백인이고 누가 그렇지 않은지를 구별할 수 없다는 것을 당신 같은 이들에게 상기시키기 위해서 말입니다. 우리는 서로를 동등하게 대해야 합니다. 우리는 우리의 피부색이 우리를 선하고 악하게 만드는 게 아니라는 걸 알아야 합니다. 그리고 우리가 그걸 알게 될 때, 하나님은 다시 불을 켤 겁니다.'"

"그때 남자가 내 팔을 잡았다. 그는 한마디 말도 없이, 내 손바닥을 차의 뜨거운 엔진 위에 대고 눌렀다. 나는 비명을 지르며 울었지만, 아무도 나를 도와주지 않았다. 그는 나를 풀어주면서 이렇게 말했다. '만약 빛이 꺼지면, 나는 이 세상 모든 사람들의 오른손을 만질 거야. 내가 네 손의 그 흉터를 느끼면, 깜둥이 하나는 알게 되겠지. 왜냐하면 네가 그러니까, 꼬마야. 그리고 넌 영원히 그럴 테니까.'"

나는 내 사과 반쪽을 아빠의 사과 옆 땅에 던졌다. 나는 무릎을 가슴에 대고, 난 아름다운 거짓말이 더 좋다고 그에게 말했다.

"그래, 글쎄, 나는……." 그가 가슴을 움켜쥐며 날카롭게 신음했다.

"아빠? 왜 그래요?" 나는 그의 코에서 피가 뚝뚝 떨어지는 것을 지켜봤다.

"아무것도 아니다, 그냥……." 그가 움찔했다.

"래드 박사를 불러올게요." 나는 보닛을 미끄러져 내려오려고 했지만, 그는 내가 그러기 전에 내 팔을 잡았다.

"가지 말고 잘 들어라." 그가 말했다. "너한테 할 이야기가 있다."

"박사 불러올게요."

"잘 들어라, 제발. 난 이 말을 해야 한다. 제발, 꼬마 인디언."

"내게 무슨 말을 하고 싶은데요, 아빠?"

"네가 브레세드를 떠났으면 좋겠다."

"난 아빠를 절대로 떠나지 않을 거예요. 영원히 아빠랑 있을 거예요."

"너는 이 불타는 책에서 날아가야 한다." 그는 나를 끌어안았다. 나는 그가 내 뺨을 자신의 품에서 다독이게 가만히 있었다. 그의 코에서 내 머리 위로 따듯한 피가 뚝뚝 떨어지는 것이 느껴졌다.

"아빠는 그냥 피곤하신 거예요." 내가 그에게 말했다. "그게 다예요. 아빠는 절대 죽지 않을 거예요."

"내가 천국에 갈 수 있다고 생각하니?" 그가 물었다.

"당연히 천국에 가실 거예요, 아빠. 하지만 오늘은 아니에요. 오늘 아빠는 나랑 천국의 남쪽에 있는 거예요. 왜냐하면…… 왜냐하면…… 난 아빠 없이는 내가 뭘 해야 할지도 모르니까요."

그는 내 이마에 입맞춤했다.

"내가 너를 사랑한다고 말한 적이 있는지 모르겠다, 꼬마 인디언. 내가 그런 단어들을 쓴 적이 있는지 모르겠다."

"아빠는 내게 이야기 하나를 들려줄 때마다 그 말을 했어요." 나는 그의 눈을 올려다봤다.

그가 미소를 지었다. 나는 그게 마지막 미소가 될 것임을 알았다.

"난 아빠를 사랑해요, 라고 내가 말한 적이 있었나요?" 나는 정말 몰라서 물었다.

"네가 내 이야기를 들을 때마다 했지." 그는 고개를 끄덕였다. "하나 도와다오, 꼬마 인디언. 내 신발을 벗겨다오."

"시간 많아요." 나는 이렇게 말하면서 땅에 떨어진 우리의 반쪽 사과들을 응시했다. 두 절반이 정말 완벽하게 같이 누워서, 온전한 하나의 열매가 되어 있었다. 마치 잘 익은 빨간 사과 하나가, 그때 거기, 나뭇가지에서 떨어진 것처럼.

# 44

우리의 뼈들이 무덤의 입 앞에 흩어졌사오나.
—시편 141:7

이야기는 언제나 진실을 다시 쓰는 하나의 방법이었다. 그러나 때때로 진실을 책임지려면 진실을 말할 준비를 해야 한다. 내 아버지는 숲에서 죽지 않았다. 그는 병원에서 사망했다. 내 하얀 드레스를 다 적신 그의 피.

그날 오후는 나, 린트, 엄마가 아빠와 함께 뒤 베란다에 앉으면서 시작되었다. 우리는 아이스티를 마시면서 변해가는 가을 잎에 대해 이야기했다.

그때 아빠가 두 팔을 뻣뻣하게 늘어뜨리며 일어섰다.

"노인이 잠을 깼네." 엄마는 유리잔에서 꺼낸 얼음 조각을 씹으며 빙그레 웃었다. "당신, 여전히 죽고 있어요?" 그녀는 이렇게 물었고, 그건 그가 지난 몇 주 동안 우리에게 아침마다 죽을 것 같다고 말했기 때문이었다. 우리 모두는 자신의 죽음에 대해 말하는 그의 말을 그저 노인이 하는 말로 생각했다.

"욕실에 가야겠어." 그는 전에 한번도 한 적이 없었던 투로 그걸 알렸다.

"알았어요." 엄마는 그를 올려다봤다. "그래요, 우린 당신의 손을 잡아주지 않을 거예요. 자, 가세요."

그는 내가 지금껏 본 것보다 더 무겁게 지팡이에 기댄 채 천천히 안

529

으로 들어갔다.

"저 양반이 노인처럼 움직이네." 엄마는 이렇게 말하면서 마지막 남은 차를 마시려고 유리잔 안의 얼음을 댕그랑거렸다. 그녀는 레몬 조각을 퍼냈다. 그녀가 그 살을 먹고 있을 때, 우리는 집 안에서 나는 큰 쿵 소리를 들었다. 우리는 자리에서 일어나, 잔을 내려놓고, 줄지어 방충망을 향해 걸어갔다.

부엌에 들어서자 경첩의 끼익 소리가 조용한 집 전체에 울려 퍼졌다. 거기, 식탁 옆에, 피 묻은 행주가 떨어져 있었다. 복도로 들어섰을 때, 우리는 욕실 문 앞에 쓰러져 있는 아빠를 발견했다. 피가 그의 입에서 흘러나오고 있었고, 머리 밑에 웅덩이를 만들고 있었다.

엄마는 마루판에서 그 얼룩을 제거하려고 여생을 보낼 것이지만, 실패했다. 누군가 그 반점에 대해 물을 때마다 그녀는 이렇게 말하곤 했다. "바닥 나무는 피 흘리는 나무에서 자른 거예요. 더는 할 말이 없네요."

엄마가 재빨리 전화기로 발을 옮기는 사이 나는 아빠에게 달려갔다. 당시 마을에는 구급차가 없었기 때문에, 응급전화를 받는 사람은 지역 장의업체인 그리닝 형제들(Grinning Brothers)이었다. 당시 여러 작은 마을들이 그랬던 것처럼, 그들의 영구차가 브레세드의 구급차 역할을 했다.

그녀는 전화번호부를 획 펼친 뒤, 손가락에 침을 묻혀 페이지를 넘겼다. 이어 귀고리를 빼고 회전식 전화 다이얼의 구멍에 손가락을 넣었다.

"어서, 어서." 그녀는 다이얼이 돌아가는 동안 발을 굴렀다.

누군가 전화를 받기를 기다리며 귀에 대고 있는 그녀의 수화기가 떨렸다. 나는 아빠의 머리 뒤에 무릎을 꿇고, 그의 얼굴을 들어 내 무릎에 받쳤고, 엄마가 장의업체에 아빠를 병원으로 데려가야 한다고 말하는 것을 들었다.

"셰이디 레인입니다. 모퉁이를 돌면 바로에요. 네, 네, 서둘러주세요." 그녀는 수화기를 내려놓고, 귀고리를 다시 꼈다. "출발한대요. 하나님 맙소사."

그녀는 손을 어찌 해야 할지 몰라 드레스 옆 자락을 반듯하게 펴기 시작했다.

"롤빵 반죽을 만들어야겠다. 어떤 빵인 줄 알죠, 랜든." 아빠가 내 무릎에서 머리를 돌려 신음 소리를 냈다. "당신이 좋아하는 거지." 엄마가 고개를 끄덕였다.

그녀는 그의 신음 소리를 무시하고 마치 모든 게 정상이라는 듯 그에게 말을 했다.

"우리가 병원에 있는 동안, 반죽이 부풀어 오를 시간이 될 거예요." 그녀가 말했다. "그럼 오늘 밤 우리 모두 돌아오면 신선한 롤빵에 국수와 감자를 곁들여서 먹을 수 있어요. 난 파파 쥬니퍼스에서 구이용 고기를 사올게요. 진짜 비싼 걸로. 그럼 오늘 저녁은 다 같이 먹는 거예요. 좋지 않아요?"

그녀는 우리가 결코 먹지 못할 국수와 롤빵에 대한 이야기를 마칠 때까지 손을 아주 세게 쥐어짰고, 그 바람에 그녀의 결혼반지가 빠졌다. 바닥에 떨어지기 전에 잡지 못했다. 마루판에 짤랑 소리를 냈고, 약간 구른 뒤, 한자리에서 몇 번 맴돌다가 멈췄다. 그녀는 반지를 응시했다. 작은 금반지였다. 재빨리 집어 다시 꼈다.

"반죽 만들러 갈게." 그녀가 말했다.

그녀는 아빠를 쳐다보지도 않고 부엌으로 달려갔다. 그녀가 커다란 대접을 조리대 위에 놓는 소리, 서랍을 뒤지며 밀방망이를 찾을 수 없다고 외치는 소리가 들렸다.

"젠장, 어디 있는 거야?" 그녀가 물었다.

몇 초 후, 그녀의 안도하는 목소리가 들렸다.

"찾았다." 그녀가 말했다.

"아빠가 괜찮을 거-어-어라고 새-애-앵각해, 베-에-에티?" 린트가 아빠를 내려다보며 물었다.

린트는 내내 아무것도 할 수 없어서 그저 벽에 기대서 있을 뿐이었다.

"왜 안…… 안……."

"괜찮을 거야, 린트."

"누나, 아빠가 내게 늘 해-애-애주었던 것처럼, 내가 아빠에게 아빠의 타-아-앙약 하나를 만들어주면, 아빠에게 도-오-오움이 될 거라고 새-애-앵각해?"

"나중에. 지금은, 밖에 나가 있을래?" 내가 말했다. "그리닝 형제들이 우리 집을 찾는지 확인해."

그가 나를 쳐다봤다. 나는 동생이 아버지의 눈동자 색을 갖고 있다는 것을 그때 진짜 처음 알았다. 빛을 받으면 끝이 황금색으로 변하는 똑같은 짙은 덩이.

"누나는 온통 피-이-이야, 베티" 그가 말했다.

"괜찮아. 나가 봐, 린트."

나는 그가 현관 방충망을 여는 소리를 들었다. 엄마도 그 소리를 들었다.

"그들이 왔니?" 그녀가 부엌에서 물었다. "난 아직 반죽을 못 끝냈는데."

"아뇨, 엄마." 내가 대답했다. "린트였어요."

"좋아, 좋아." 그녀가 말했다. "거의 다 끝났다."

이어 그녀는 밀가루와 버터에 대해 이야기하면서 마치 롤빵이 정말로 중요한 양, 그리고 우리 모두 제 시간에 집에 와서 그걸 먹을 것인 양 모든 재료를 하나하나 계량했다.

아빠를 내려다봤다. 그의 머리가 너무 무겁게 느껴졌다. 그가 내 손 안에서 머리를 돌릴 때마다 코에서 피가 계속 흘러 내 손목에 번졌다. 그는 목에 걸린 피를 그르렁대기 시작했고, 끝내 기침으로 뿜어냈다.

피가 내 팔뚝 전체에 튄 것이 보였다. 마치 그의 안에서 뭔가가 터진 것 같았다. 나는 유리 심장을 생각했다.

*그게 산산조각이 난 걸까? 그게 지금 안에서부터 그를 베고 있는 걸까?* 나는 궁금했다.

그를 내 무릎에 올렸다. 그게 나을 것 같았다. 이따금 그의 손가락이 경련을 일으켰다. 그는 계속 눈을 뜬 채 주위를 둘러봤지만, 마치 방향을 잃은 듯, 주위의 벽들이 자기 집의 벽인지 의아해하는 것 같았다.

"다 잘될 거예요, 아빠." 내가 그에게 말했다. "내가 여기 아빠 옆에 있어요. 엄마는 롤빵을 만들고 있어요. 고기를 구울 거예요. 플로시가 올 거예요. 프레야와 트러스틴도요. 우리 모두 같이 저녁을 먹을 거예요. 우리가 국수를 먹는 동안 아빠가 이야기를 들려줄 거예요."

그가 갑자기 내 손목을 움켜쥐었고, 그가 너무 세게 조는 바람에 나는 내 손 전체가 뽑히는 줄 알았다.

"내 부츠를 벗겨라." 그가 말했다. "내 부츠를 벗겨라."

"하지만 곧 일어나 걸을 거예요. 신발을 신고 있어야 해요, 아빠."

"내 부츠. 내 부츠를 벗겨라." 피 때문에 그의 이빨이 빨갰다.

"그들이 왔어요." 현관 베란다에서 외치는 린트의 목소리가 벽에 메아리쳤다.

"그들이 왔다고?" 엄마의 불안한 목소리가 부엌에서 들렸다. "하나님 맙소사."

차의 양쪽 문이 열리는 소리, 뒤이어 낯선 목소리들이 들렸다.

"우리 아빠는 여기 뒤-이-이에 있어요."

아빠에게서 고개를 들었을 때, 두 검정 머리의 남자들이 들것을 밀고 있는 것이 보였다. 두 사람 다 귀가 길고 작은 콧수염이 달렸다. 그들은 활짝 웃고[146] 있었지만, 억지웃음 같았다.

---

**146** grinning. 장의업체 이름을 빗댐.

"피가 많이 나네요." 귀가 더 긴 사람이 말했다.

"저 피가 우리 시트를 망치겠는데." 다른 쪽이 더 활짝 웃으며 덧붙였다.

"당신네 시-이-이트를 망친다고?" 린트가 그의 멱살을 잡았다. 나는 한번도 린트가 공격적인 걸 본 적이 없었다. 당시 린트는 열다섯 살이었다. 나는 마침내 더 이상 어린 소년이 아닌 십대의 그를 봤다. "내가 당신들에게 새-애-애 시트를 사줄게, 빌어먹을 놈들."

그들은 더 이상 아무 말도 않고 아빠를 들것의 하얀 시트에 눕혔다. 그들은 그를 복도에서 문으로 옮겼다. 나는 일어서면서, 아버지의 피가 내 드레스에 얼마나 많이 묻었는지 알게 되었다.

엄마가 내 앞에 서서, 끈적끈적한 반죽을 손가락에 묻힌 채 자신의 옆머리를 매만지고 있었다.

"자, 베티," 그녀가 말했다. "우리가 집에 돌아오면, 네가 국수 만드는 걸 도와줘야 해. 보통은 네 아버지가 했지만, 그는 흔들의자에서 쉬고 있을 거야. 우리가 저녁을 준비하는 동안, 그를 방해해서는 안 돼."

그녀의 눈길이 내 피 묻은 드레스에 떨어졌다.

"그 빨강 드레스는 한번도 본 적이 없는 것 같은데." 그녀는 마치 정신을 다른 방에 둔 것처럼 말했다.

"네, 엄마." 나는 그녀를 따라 복도를 내려갔다.

엄마는 아빠가 문 옆 탁자에 두려고 만든 작은 나무 대접에서 차 열쇠를 집어 들었다. 나는 마지막으로 집을 나오면서 현관을 쾅 닫았고, 다들 놀라서 펄쩍 뛰었다.

그 형제들은 신음하는 내 아버지는 아랑곳하지 않고 영구차 문을 닫고 앞자리에 앉았다. 나는 왜거네어의 앞좌석, 어머니와 동생 사이로 미끄러져 들어갔다. 우리는 서로 팔이 스칠 정도로 바짝 붙어 앉아 왠지 친밀했지만 우리 같은 사람들에게는 어색하기 그지없었다. 엄마는 재빨리 시동을 걸었고, 형제들을 따라가려고 그들이 진입로에서 나오기를 기다렸다.

"어서, 어서, 빨리." 엄마는 창문을 내리면서 그들에게 소리쳤다.

그들이 너무 천천히 가고 있다고 생각할 때마다 그녀는 계속 그들에게 소리를 지르고 경적을 울렸다. 우리는 평소보다 더 빨리, 딱지를 떼일 정도의 속도로 운전하고 있었지만, 여전히 강둑을 오르는 거북이보다 더 빠르지 않다고 느껴졌다.

우리가 이 속도로 지나가는 것을 보고 남들이 무슨 생각을 했을까 싶었다.

*왜 저들은 저렇게 앞에 앉아 있을까? 우리가 지날 때 늙은 농부는 자신의 암소들에게 이렇게 물었을 것이다. 뒤에 앉을 자리가 저렇게 많은데, 왜 저 세 사람은 저렇게 바싹 붙어 앉아 있을까?*

그의 질문 속에 답이 담겨 있었겠지.

내가 확실히 본 건 핸들을 잡은 엄마의 손이 떨렸다는 것이었다. 그녀는 영구차가 커브를 돌기 위해 속도를 늦출 때마다 얼굴을 찌푸렸고, 볼 안쪽을 깨물었다.

"그냥 가." 그녀는 형제들에게 욕을 퍼부었다.

우리 모두 스위트 템퍼에서 가장 가까운 병원으로 향했다. 병원에 다가갈수록 엄마는 마치 푸른 강물의 어둠 속으로 들어가는 듯, 풀리고 흐트러져, 어찌 해야 할지 모르는 듯했다. 그녀는 손을 뻗어 라디오를 켰지만, 손으로 뭘 해야 할지 모르겠다는 듯, 재빨리 다시 껐다.

"돌아갈 때 파파 쥬니퍼스에서 구이용 고기를 사라고 상기시켜 줘." 그녀가 말했다.

나와 린트는 고개를 끄덕였고, 우리는 엄마가 연 창문에서 들이치는 찬 공기에 몸을 떨었다. 우리는 영원히 목적지에 도착하지 못할 거라고 생각했을 때, 병원이 눈에 들어왔다. 겨우 2층짜리 초콜릿색 벽돌 건물이었다. 그것은 '과거'라고 적힌 상자에 담긴 누렇게 변한 사진보다 한 치도 더 현대적이지 않은 건물이었다.

엄마가 주차한 뒤, 우리는 재빨리 차에서 내려 그들이 아빠를 내리는 동안 영구차 옆에서 기다렸다. 그는 몸을 움직이지 않았지만, 눈을 뜨고, 밝은 해를 바라보고 있었다.

엄마는 들것을 따라 병원의 작은 문으로 들어갔다. 린트가 발을 멈추더니 내 드레스에 묻은 피를 응시했다.

"이게 전부 아빠한테서 나-아-아온 거야?" 그가 물었다.

"아빠는 괜찮을 거야." 나는 인도에 있는 사람들을 둘러봤고, 그들도 나를 응시하고 있었다. "피가 많은 것처럼 보이는 건 내 드레스가 하얘서 그래요." 나는 그들에게 말했다. "하지만 실제로는 한두 방울에 지나지 않아요. 그 이상은 아니에요. 그는 괜찮을 거예요."

린트는 재빨리 시선을 돌렸다. 우리가 병원 안에 들어섰을 때, 한 간호사가 형제들이 아빠를 들여놓은 복도 끝의 작은 방을 가리켰다. 침대를 빙 둘러 고리에 걸은 흰 커튼이 둘러쳐 있었고, 그들은 그의 주위를 맴돌며 그걸 당겨 닫았다. 한 간호사가 마치 밤이 되자 자신의 베란다에서 주머니쥐를 내쫓듯 우리를 복도로 내쫓았다.

"나가요, 어서." 그녀는 우리에게 손을 휘저었다. 그녀의 흰 스타킹에 올이 나가 있었다.

복도 양쪽에 창문이 있었다. 나는 눈을 감고, 얼굴에 내리쬐는 태양의 온기를 느끼며 빛 속으로 들어섰다. 눈을 떠보니, 우리 마당이었다. 헛간을 향해 나아가자 큰 풀들이 정강이를 간지럽혔고, 미소를 띤 아버지가 활짝 열린 문간에 서 있었고, 그의 뒤로 연분홍과 하늘색 하루가 마감되고 있었다.

"다들 들어오셔서 작별 인사를 나누세요." 한 나이 든 목소리가 말했다.

내가 몸을 돌려 엄마 옆에 서 있는 제일 늙은 간호사를 보는 순간, 풀, 헛간, 아버지가 사라졌다.

"작별 인사요?" 엄마가 간호사에게 물었다.

"아직 의식은 있지만, 곧 끝이지 않을까 싶습니다." 간호사는 그런 걸 설명하는 데 익숙하다는 듯한 어조로 말했다.

"하지만……." 엄마는 멍하니 주변을 둘러봤다. "그럴 리가 없어요. 우리는 오늘 저녁 구이와 국수를 먹을 거고, 반죽이 부풀어 오르고 있어요."

간호사는 내 확신컨대 곧 과부가 될 모든 이들을 위해 진즉에 비축해 두었을 표정을 어머니에게 지은 뒤 돌아서서 병실로 다시 들어갔다. 엄마와 린트가 뒤따랐다. 나는 햇살을 피해 고개를 숙인 채 뒤따랐다.

"내 부츠를 벗겨라." 아빠의 목소리는 내가 이제껏 들었던 가장 약한 목소리였다.

그가 우리를 향해 고개를 돌렸다. 지금 생각하면 그는 미소를 지으려고 했던 것 같은데, 혹 그게 그의 입가에서 흘러나온 핏자국은 아니었을까 싶기도 하다. 그때 나는 자식이라는 건, 요람은 부모에게 다가가는 동시에 부모에게서 멀어지면서 흔들리는 걸 아는 것이라는 생각이 들었다. 그게 바로 서로를 향해 왔다 갔다 하는 삶의 밀물과 썰물이고, 아마 그래서 우리는 아주 멀리 흔들릴 그 한 순간을 위해 힘을 키울 것이고, 우리가 가장 사랑하는 사람은 우리가 돌아왔을 때 없을 것이다.

"안녕, 아빠." 나는 작별 인사보다 이 말이 나아 보였다.

린트는 나를 보더니, 아빠 쪽으로 돌아섰다.

"어, 아-아-아빠." 린트가 뺨에 눈물을 흘리며 말했다.

엄마는 눈을 닦고, 밑창까지 다 닳은 그의 부츠 쪽으로 다가갔다. 그가 가진 신발 끈은 그게 전부였기 때문에 뭔가 천 조각들을 묶은 듯 너덜너덜했다. 나는 당장 거기서 아버지에게 새 부츠 한 켤레를 주고 싶었지만, 그런 표현을 하기에는 너무 늦었다. 엄마가 신발 끈을 풀기 시작하자, 아빠가 경련을 일으켰다. 엄마는 재빨리 그의 얼굴로 다가가 자신의 사과 반쪽을 그의 목걸이에 달린 반쪽에 맞댔다.

"너희는 보면 안 된다." 한 간호사가 나와 린트를 뒤로 밀었다.

간호사가 우리 앞에 커튼을 둘렀지만, 우리는 그 사이의 충분한 공
간을 통해 우리 어머니가 두 사과의 반쪽을 붙여 그녀와, 죽은 채 누워,
자신의 부츠가 아직도 발에 있다는 것을 모르는 우리 아버지 사이에
뭔가 온전한 것을 만드는 것을 지켜볼 수 있었다.

# 45

～

주여, 내가 주를 따르겠나이다마는 먼저 내가 가서
내 집에 있는 자들에게 작별을 고하게 하옵소서.
— 누가 9:61

반죽이 부푼 집으로 돌아가는 길, 파파 쥬니퍼스를 지나치면서 우리는
아무도 엄마에게 구이용 고기를 사라고 상기시키지 않았다. 엄마는 대
접에 언덕처럼 솟은 반죽을 집어, 주먹으로 내리쳤다. 이어 그녀가 말
을 꺼냈다. 시들어가는 화초에 대해, 마당에 대해, 그리고 우리의 거의
떨어진 커피에 대해.

"잊기 전에, 베티," 그녀가 부엌 바닥의 밀가루를 쓸어내는 사이 내게
이렇게 말했다. "아버지가 너한테 타자기를 사주었다. 램블러 보닛 아
래 숨겨 놓았다."

나는 방충망을 힘차게 밀치고 집 밖으로 뛰쳐나갔다. 숲에 들어가기
전, 신발을 벗고 딱딱한 땅을 맨발로 계속 걸었다. 램블러에 도착해서,
신나게 보닛을 들어 올렸다. 엔진 자리에 한 검정 가방이 있었다. 그 안
에 타자기가 있었다. 자판 위에는 내가 몇 년 전 '미소 짓는 화성인들'
의 이야기를 쓴 냅킨이 놓여 있었다.

"이걸 내내 갖고 계셨네요." 나는 냅킨을 가슴에 대고 아빠의 유령에
게 말했다.

타자기 롤에 감긴 종이를 자세히 들여다봤다. 미리 쳐둔 것이 있
었다.

# 베티

## 1장

아버지가 내게 서두를 주었다. 나머지를 쓰는 것은 내 몫이었다. 가방을 닫고 그걸 램블러에서 꺼냈다. 엔진 자리에 타자기를 둔 아버지의 위치 선정은 내 정신에게 보내는 신호였다. 내 안의 엔진을 흠모하는 아버지의 믿음의 작별의 메시지.

나는 곧장 달려가면서, 바람이 세차게 불 때마다 걸음을 멈춰 바람이 내 뺨을 어루만지기를 초조하게 기다렸다.

이틀 뒤, 우리는 그의 장례식을 치렀다. 전날 밤, 나는 엄마의 침대에서 같이 잤다. 무언가 내 몸을 문지르는 느낌에 잠을 깼다. 눈을 뜨자, 그의 얼굴이 흐릿했다.

"릴런드?" 나는 그의 얼굴이 뚜렷해질 때까지 눈을 깜박였다.

"일어날 시간이다." 그가 나지막이 말했고, 그의 뜨거운 숨결이 내 귓속으로 스며들었다.

그의 손이 내 옆구리 쪽 담요 아래 있었고, 내 셔츠 밑을 더듬고 있었다.

"날 만지지 마." 나는 매몰차게 속삭인 뒤 그의 등을 때렸다.

나는 엄마를 바라봤다. 아직 자고 있었지만, 그녀의 감긴 눈이 빠르게 움직이고 있었다. 나는 그녀를 깨우지 않고 침대에서 일어났다.

나는 조용히 릴런드를 방 밖으로 밀어냈다.

"계속 가." 그가 복도에서 멈추려고 할 때, 내가 말했다.

우리가 아래층에 내려왔을 때, 그가 내게 몸을 돌렸다.

"우리가 특별히 갈 데가 있나?" 그가 물었다.

나는 그를 현관 밖으로 잡아당겼다.

"우리, 헛간으로 가나?" 마당에 왔을 때 그가 물었다. "다들 집에 오기 전에 우리 재미 좀 볼까? 네가 내 새로운 프레야가 되는 거야?"

"너, 가." 내가 그에게 말했다.

"그럴 수는 없지." 그가 내 손에서 팔을 확 뺐다. "오늘 장례식이야."

"친구와 가족만을 위한 거야."

"난 너한테 뭔데?" 그가 물었다.

"불청객."

"그는 내 아버지야." 그가 목소리를 높이기 시작했다. "나는 이 망할 장례식의 목사야."

"아빠는 설교를 원치 않았어."

"난 그의 아들이야, 베티."

"아니, 넌 아니야."

나는 머나먼 곳으로 걸어가 무대 밑으로 기어들어갔다. 나는 묻힌 비밀들은 더 많은 죄를 키우는 씨앗일 뿐이라는 걸 깨달았다.

"대체 뭐 하는 거야?" 릴런드가 주먹으로 무대를 내리치더니 몸을 숙여 아래를 봤다. "저 밑에 있는 저 돌들은 다 뭐야?"

"나는 돌 농사꾼이야." 이렇게 말하고 돌 하나를 옆으로 치웠다.

두 단지의 뚜껑이 손에 닿을 때까지 땅을 팠다. 그걸 꺼냈을 때, 땅이 거대한 날숨을 내뿜듯, 바람이 세차게 몰아쳤다. 두 단지를 가슴에 안고 일어나 릴런드를 마주봤다.

"단지 안에 뭐가 들었니, 베티?" 그가 물었다.

"네 아버지의 이야기."

그에게 첫 단지를 건넸다. 그가 뚜껑을 열고 접힌 종이를 꺼냈다.

"네가 지금 읽고 있는 건 엄마가 내게 오래전에 해준 이야기야." 그의 눈이 미친 듯 글을 읽고 있을 때 내가 말했다. 그가 종이를 어찌나 세게 움켜쥐기 시작했는지 나는 그의 손에 불이 붙을 것 같다고 생각했다.

"너 많이 아프구나, 베티." 그는 목의 핏줄이 튀어나올 듯 이를 악물었다. "이런 거짓말이나 쓰고."

"그게 진실이야. 라크 할배는 엄마를 찢어서 열었어. 몇 년 동안, 그는 엄마를 강간했어. 엄마는 랜든 카펜터를 만나기 훨씬 전에 너를 임신했어. 그래서 엄마는 그날 공동묘지에서 그를 선택했고, 그가 너를 부지불식간에 자신의 애로 알고 키울 남자이길 바랐던 거야. 엄마는 그게 너를 위한 최선의 기회라고 생각했어. 엄마는 네가 네 아버지의 손에 있는 그런 폭풍우를 쥐고 태어나는 걸 원치 않았어."

릴런드는 손아귀로 종이를 찌그러뜨렸다. 그가 내 주위를 맴돌 때, 그의 분노를 느낄 수 있었다. 그 분노가 얼마나 무거웠던지, 우리 주위의 언덕들을 다 2미터 높이로 뭉개버릴 것 같았다. 그냥 납작하게, 아무것도 아닌 양 짓이겨버릴 것 같았다. 그가 입을 열었을 때, 나는 세상천지가 다 들을 만한 비명을 기다렸지만, 그는 이를 갈며 한 마디만 했다. "거짓말쟁이."

"너는 라크 할배를 빼닮았어."

"너처럼 피부에 진흙이 묻지 않아서?" 그가 역겹다는 듯 나를 쳐다봤다. "나는 엄마를 닮았어."

"플로시. 프레야. 다 엄마를 닮았어." 내가 말했다. "하지만 언니들은 아빠도 닮았어. 지금 널 보면, 아빠를 닮은 구석이 하나도 없어."

"닥쳐." 그는 마치 나를 칠 것처럼 손아귀에 쥔 종이를 내 머리 위로 치켜들었지만, 나는 움찔하지 않았다.

"난 네가 두렵지 않아." 내가 말했다.

그는 내 뺨에 침을 뱉은 뒤 내 손에서 다른 단지를 낚아챘다. 그는 뚜껑을 돌리는 대신, 그걸 무대에 던져 유리를 박살냈다. 예리한 파편을 털어내면서 종이를 집어 들었다. 그걸 읽는 그의 얼굴에 경련이 이는 것을 지켜봤다.

"그건 네가 헛간에서 그녀를 강간하는 걸 지켜본 뒤에 쓴 거야." 내가 말했다. "너는 라크 할배가 엄마에게 한 짓을 그대로 했고, 넌 단지 네 여동생에게 그 짓을 했을 뿐이야. 너는 프레야가 고작 다섯 살일 때부터 언니한테 그 짓을 했어. 나는 처음에는 몰랐는데, 그러다가 언니가 그걸 자신의 노랫말로 줄곧 노래하고 있었다는 걸 깨달았어. *다섯 살에, 어린 소녀는 운다, 늑대가 산 채로 소녀를 먹으려고 왔다. 그 늑대가 바로 너야, 릴런드.*"

그는 내 목을 움켜잡았지만, 내가 그를 빤히 쳐다보자 그가 시선을 내렸다.

"넌 다섯 살짜리가 뭘 하는지 알아?" 나는 손톱으로 그의 손을 파면서 물었다. "걔는 곰 인형이랑 같이 자. 크레용으로 그림을 그리고, 세상이 자기 머리에 꽂힌 리본처럼 자기한테 달콤할 거라고 생각해. 상상해봐. 네가 다섯 살짜리 소녀고, 네 오빠가……, 너를 보호해야 할 그 남자애가…… 너의 손가락 끝을 먹기 시작하고, 너의 팔을 먹고, 끝내 너의 망할 온몸을 먹는 것을. 너는 언니의 인생을 망친 거야, 릴런드."

"*걔가 걔 삶을 망친 거야.*" 그가 내 얼굴에 대고 소리쳤다. "*걔가 그걸 망친 거야.*"

"라크 할배가 정확히 그렇게 말했을 거야." 나는 그를 밀쳤다.

나는 그가 내 목을 다시 움켜잡을 거라고 생각했지만, 그는 이 말만 툭 던졌다. "넌 아무것도 아니야, 베티. 넌 항상 그랬어."

그는 종이를 땅에 던지면서 계속 짓밟았다.

"넌 언니의 이야기를 없앨 수 없어, 릴런드. 난 그걸 여기 간직했어." 나는 내 이마를 문질렀다. "난 그걸 여기 간직했어." 나는 내 뺨을 문질렀다. "난 그걸 여기 간직했어." 나는 심장 위 내 가슴을 두드렸다. "그건 내 안에 간직되어 있어. 네가 종이에 무슨 짓을 하든, 그녀의 이야기는 영원히 살아 있을 거야. 난 네가 어떤 괴물인지 모두가 알게 만들 거야."

그의 피 끓는 소리가 들리는 듯했다.

"네가 다 알고 있는 것 같지, 베티? 나랑 프레야 단 둘이 엄마 아빠와 길 위에 있던 초창기에 넌 거기 있지도 않았어. 나는 페달에 발이 닿을 만큼 키가 크지도 않았는데, 아빠가 차를 손봐서 내가 대부분 차를 몰왔어. 난 너처럼 아이가 될 기회가 없었어. 제기랄, 아빠는 말을 잘해서 어느 직장이든 들어갈 수 있었지만, 그는 한번도 직장을 지키지 않았어. 나는 가족을 먹여 살리는 걸 도와야 했어. 열 살에, 난 남자가 되어야 했어." 그가 주먹으로 자기 가슴을 쳤다. "난 선택의 여지가 없었어. 그런데, 빌어먹을, 나한테 빚진 게 없다고?"

"여동생은 네 보상이 아니야. 언니는 네 것이 아니었어. 그런데 너는 언니가 네 거라고 생각했어, 왜? 아빠가 너한테 일 좀 하라고 해서? 넌 네가 하고 싶어서 프레야를 강간한 거야. 언니의 힘을 훔치는 게 네가 대단하다고 느낄 수 있는 유일한 방법이었으니까. 너는 한낱 약해 빠진, 한심한 패배자일 뿐이야. 라크 할배랑 똑같아. 둘 다, 같이 사는 여자애와 여자의 힘을 먹고 산 거야. 왜냐하면 너희 누구도 제 것인 힘이 없었으니까."

"너도 나만큼 죄인이야." 그가 이를 드러내며 말했다. "너는 내가 헛간에서 하는 짓을 지켜봤고, 그리고 너는 손 하나 까딱 안 했어."

"유일한 죄인은 너야. 그리고 언젠가 내가 이 이야기를 쓰면, 넌 책을 펼치면 작은 거울 조각들을 발견하게 될 거야. 어디에나 있는 건 아니고, 내가 악마에게 안겨준 이름들 위에만 있을 거야. 그 조각들을 다 모아 합치면, 거기 보이는 게 바로 네 모습일 거야. 이제 우리 집에서 나가. 넌 여기서 할 일이 없어."

내가 집으로 돌아가려는데, 그의 말에 발을 멈췄다. "걔는 임신했어, 그건 알았니? 걔는 아이를 갖고 싶어 했어."

"우리 모두 언니가 임신한 걸 알고 있었어." 나는 그를 마주보려고 몸을 돌렸다. "그래서 언니가 나무껍질을 썼던 거야."

"몇 년 전 그 겨울 얘기를 하는 게 아냐. 걔가 죽었을 때를 얘기하는 거지. 걔가 이번에는 엄마가 되기로 작정했지. 아마 갈고리발톱과 꼬리를 가지고 태어났겠지. 사람들이 늘 했던 말이 그거 아닌가?"

"난……, 난 이해가 안 돼……, 언니가 죽은 날 밤, 언니는 자신이 임신할 걸 알았다고?"

그가 고개를 끄덕이며 입을 닦았다.

"그래서 언니가 나한테 떠날 거라고 말했던 거네." 내가 말했다. "언니는 아기를 키우려고 너를, 브레세드를 떠나려고 했던 거야."

"난 그렇게 둘 수 없었지." 그가 말했다.

"그날 밤 식당에서 언니한테 전화가 왔어." 나는 그날 밤의 일들을 내게 큰 소리로 되짚기 시작했다. "언니는 전화가 안 왔다고 했지만, 난 전화가 온 걸 알았어. 그리고 말다툼도 있었어." 나는 릴런드의 눈을 노려봤다. "그날 밤 식당에 전화한 게 너지, 그렇지?"

그는 뭔가를 씹는 듯 입을 움직였다. 이어 하늘을 올려다봤고, 몇 초 동안 구름이 떠다니는 것을 지켜본 뒤 이렇게 말했다. "언젠가 난 독수리 한 마리를 잡았어. 사람들은 독수리가 다른 어떤 새보다 높이 난다고 하대."

"언니한테 무슨 짓을 한 거야, 릴런드?" 나는 두 주먹을 양옆에 꽉 쥐고 물었다.

"별것 없어." 그는 어깨를 으쓱했다. "걔를 새장에 가두고 굶겨 죽였지. 프레야가 나를 따라 숲으로 들어왔어. 내가 한 짓을 아빠에게 이를 거라고 하더라. 난 걔를 죽일 수밖에 없었어."

"프레야를?"

"독수리를." 그가 하늘에서 눈을 거두었다. "왜 우니, 베티? 고작 새였어."

"넌 살인자야." 나는 주먹을 날렸다. 그는 턱을 잡고, 뒤로 비틀거렸다.

"나는 언니가 자살하지 않았을 거라는 걸 알고 있었어." 내가 말했다. "벌을 잡은 건 너였어. 차 헤드라이트도. 네가 차를 몰고 왔던 거야. 네가 언니의 손을 강제로 병 속에 집어넣었던 거야."

"걔가 끔찍한 비명을 질렀지." 그가 미소를 지으며 말했다. "다행히 바로 옆에 베개가 있었지."

"난 널 죽일 거야." 나는 그에게 돌진했지만, 그는 내 팔을 잡고 등 뒤로 비틀었다.

"있잖아," 그가 말했다. "웃겨. 슬픈 소녀가 죽으면, 다들 그게 개의 빌어먹을 잘못이라고 생각해."

그는 나를 놓아주면서 내 다리를 걸어찼다.

"또 다른 거 묻은 거 있니?" 그는 마치 그가 결코 말하고 싶지 않은 모든 비밀이 갑자기 땅속에 가득 찬 듯 땅을 내려다봤다. "어때, 있어?"

분노가 온몸의 뼈를 휘감는 것을 느꼈지만, 나는 부드러운 말투로 말했다. "응. 프레야가 뭘 묻었어. 내가 너한테 보여줄게."

나는 가장 긴 돌이 놓인 무대 아래로 다시 기어들어갔다. 돌을 밀고, 구멍에 손을 뻗었다.

내가 나왔을 때, 릴런드는 내게 등을 돌리고 선 채 이야기들을 잘게 찢고 있었다.

"가증스런 베티." 그는 이렇게 말하고 종이가 날아가는 것을 지켜봤다. "이제 우리끼리 뭘 좀 해야겠는데."

그가 돌아섰다.

"너야?" 그는 자신을 겨누고 있는 엽총을 응시하며 이렇게 물었다. "내내 총을 쏘고 다녔던 게 바로 너였구나, 베티?"

"넌 나의 마지막 발사야." 나는 방아쇠에 손가락을 댔다.

"넌 그냥 총을 든 소녀일 뿐이야." 그가 미소를 지으며 말했다. "몇 년 동안 아무도 신경 쓰지 않았어. 넌 그게 바뀔 거라고 생각하니?"

"있잖아, 난 저 집에 살면서 피콕네가 어떻게 흔적도 없이 사라졌을지 오래오래 생각했어. 너도 그렇게 쉽게 사라질 수 있다고 믿는 게 좋을 거야, 릴런드. 시체도 없이. 피도 없이."

"넌 배짱이 없지, 여동생."

"내기할까?" 나는 그의 발 바로 옆 땅에 총을 쏘았다. 풀과 흙이 터져

나갔고, 그가 뒤로 넘어졌다. 나는 손잡이를 꺾어 새 탄환을 약실에 밀어 넣었다.

"이 사악한 작은 마녀." 그가 일어섰다. "너도 같이 죽었어야 했는데."

그가 나를 향해 다가오다가 돌 하나가 그의 팔에 날아와 그가 멈칫했다. 뒤를 돌아보니, 린트가 거기 서 있었고, 그의 주머니가 불룩했다. 린트가 주머니에 손을 넣어 돌 몇 움큼을 꺼냈다. 그가 얼마나 힘껏 돌을 던졌는지, 그의 발이 땅에서 뜰 정도였다. 릴런드는 그 공격을 피하려고 했지만, 마치 언덕의 모든 사암이 그에게 비처럼 쏟아지는 듯했다. 그는 주먹을 휘두르며 막았다. 그러나 허공을 가를 뿐이었다. 날카로운 돌이 그의 이마를 때렸을 때, 마치 눈이 깨져 터진 듯, 붉은 피가 흘렀다.

"네 얼굴을 박살내주겠어." 그가 린트에게 말했다.

린트는 아빠가 트러스틴에게 만들어준 새총을 요대에서 뽑았다. 그는 고무줄에 큰 둥근 돌을 재빨리 장전했다. 나는 그 돌이 릴런드가 일본에서 가져온 돌인 것을 알았다. 린트는 색이 칠해진 눈이 릴런드를 향하도록 돌을 장전했다.

"글쎄," 릴런드가 두 팔을 벌리고 말했다. "너희가 날 죽이려면, 둘 중하나 지금 하는 게 좋을 거야." 그가 내 눈을 쳐다봤다. "나를 프레야처럼 화장하지 않겠다고만 약속해줘, 베티. 난 두 번 타고 싶지는 않으니까."

"불길이 네 종아리를 핥고 있는 게 느껴지지 않니? 네 심장 주위의 열기가 느껴지지 않니? 네 눈이 눈구멍에서 녹아내리는 게 느껴지지 않니? 모르겠니, 네가 이미 불타고 있는 걸?" 나는 더는 무기가 필요 없다는 생각에 엽총을 내렸다. "이 지구에서든, 지옥에서든, 내 이름이 안 적혀 있는 불길은 없어, 릴런드. 넌 이미 불타고 있어."

그는 잠시 나를 바라보더니 마치 불꽃 하나를 털어내듯 소매를 털었다. 그는 깔깔 웃으면서, 두 어깨를 툭툭 털고 발길질을 했다.

547

"오, 이런, 정말 불이 붙었네." 그가 말했다.

그러면서 불길이 자기 발에 붙은 척 펄쩍펄쩍 뛰기 시작했다. 그러나 계속 그런 척을 할수록 그의 미소가 점점 더 희미해지더니 끝내 두려움의 표정으로 바뀌었다.

그가 소매를 다시 털기 시작했을 때, 그는 정말로 불길이 그의 팔을 핥고 있는 양 격렬하게 털었다.

"젠장." 그는 마치 불이 몸 안에서 자신을 삼키고 있는 양 가슴을 쳤다.

그는 비명을 지르기 시작했고, 나와 린트에게 불을 꺼달라고 했다. 그러나 우리는 그냥 거기 서서 지켜보기만 했다.

"제발, 도와줘." 릴런드는 머리 양쪽을 때리면서 머리에 불이 붙었다고 비명을 질렀다.

그는 온몸에 불길을 느꼈다. 우리는 그가 손으로 절망적으로 불을 끄려고 하는 내내, 이어 재킷을 벗어 다리 아래위를 휘두르는 내내, 그의 눈에 비친 불길을 볼 수 있었다. 그는 눈을 움켜쥔 채 비명을 질렀고, 끝내 무릎을 꿇었다. 그는 머리를 땅에 묻으면서, 흙을 한 움큼 집어 등에 던졌고, 끝내 제풀에 지친 두 팔을, 마치 두 물체가 웅덩이 속으로 녹아내리듯 옆으로 떨궜다.

그가 고개를 들어 주위를 둘러봤다. 그의 피부가 어찌나 벌겋고 번들거리던지, 정말로 불구덩이를 막 지나온 듯싶었다. 그의 눈이 내 눈과 마주치자마자, 그의 입술이 마치 뭔가를 말하려는 듯 벌어졌지만, 나는 그를 내려다보며 턱을 한층 치켜 올렸다. 그는 늘 그랬듯 말이 없었다.

그가 내게 손을 내밀었지만, 나는 그에게 등을 돌렸다. 린트도 똑같이 했다. 릴런드가 울며불며 우리에게 도와달라고 간청하는 소리가 들렸다. 그러나 나는 그의 애원에 일말의 동정심조차 들지 않았다. 그가 내 언니에게 그런 짓을 한 뒤에는 더더욱.

그가 땅에 뭔가를 긁는 소리가 들렸다. 이어 일어서려고 몸부림치는 소리가 들렸다. 그는 거기 잠시 머물며 우리 등을 응시하다가 자신의 트럭으로 걸어갔다. 그가 떠나는 소리를 들은 뒤에야, 나는 뒤를 돌아봤다. 거기, 그가 서 있던 곳에 그가 흙을 긁어서 쓴 것이 있었다. 릴런드가 여기 있었다.

나는 발끝으로, 그의 이름을 지웠다.

린트와 단둘이 남자, 나는 그의 어깨에 팔을 둘렀고, 우리는 셰이디 레인의 나무들이 바람에 흔들리는 것을 지켜봤다.

"도와줘서 고마워." 내가 그에게 말했다.

"천만에, 베-에-에티."

"있잖아, 아빠는 그걸 이인용으로 만든 거야." 나는 새총을 가리켰다.

"나도 아-아-알아."

"그럼 어떻게 혼자 썼어?"

"난 이걸 호-온-온자 쓰지 않았어." 그가 나를 올려다봤다. "트러스틴이 여기 있었어. 그의 손도 이 위에 이-이-있었어. 이건 그의 새총이야."

우리는 다시 집으로 향했다. 집에 들어가기 직전, 린트가 말했다. "난 항상 알고 있었어."

"뭘 알고 있었어?" 내가 물었다.

"난 릴런드가 아-아-악마라는 걸 항상 알고 있었어."


침실 거울에 비친 내 모습을 바라보면서, 나는 아버지의 죽음만이 아닌 내 어린 시절의 죽음을 기리는 검정 드레스를 입고 있다는 느낌을 받았다. 어떻게 아빠를 잃고 내 뭔가를 잃지 않을 수 있겠는가? 예전의 나였던 소녀는 이제 과거에 속했다, 여성이 내 현재가 되었다. 아래층으로 내려가기 전, 손목을 돌려 어머니의 향수를 피부에 뿌릴 때 나는 그것을 알아차렸다.

린트는 이미 거실의 가구를 옮겨놓았고, 접이의자들을 설치했다. 사람들이 도착했고, 거실 여기저기 몇몇씩 모여 속삭이고 있었다.

나는 그날 아침 린트가 가져온 우편물들 중 한 봉투가 놓여 있는 탁자로 걸어갔다. 봉투 겉면에 플로시의 글씨가 보였다. 봉투를 여니 거센 파도의 흑백사진 그림엽서가 들어 있었다. 플로시는 엽서 뒷면에 이렇게 썼다. *태평양은 세상에서 가장 깊은 바다야.*

그녀는 머리글자로 서명했다. 봉투 안에 몇 개의 잘 자라는 쪽지가 흩어져 있었다. 그중 하나에 '안녕히'가 적혀 있었다. 나는 그게 아빠를 위한 것임을 알았다.

그걸 다시 넣고, 그 봉투를 그림엽서와 함께 벽난로 선반 위에 두었다. 린트가 다가와 파도를 응시했다. 그는 엄마가 사준 흰 셔츠에 까만 나비넥타이를 매고 있었다. 긴 머리를 한 갈래로 땋아 어깨 위에 늘어뜨리고 있었다.

"그게 뭐야?" 나는 그의 꼭 쥔 손끝에서 뭔가 튀어나온 것을 보고 물었다.

"엄마의 빵 조-오-오각."

"그걸 왜 갖고 있어?"

"아빠가 언젠가 나한테 자기를 묻을 때 새에게 먹일 엄마의 빵 한 조각을 꼭 같이 묻으라고 했어."

"무슨 새?"

"아빠의 유-우-우리 심장에 있는 새. 기억하지? 누나가 먼저 나한테 그 새-애-애 이야기를 했잖아, 베티. 하지만 나중에 아빠가 자기를 빵이랑 꼭 같이 무-우-운어야 한다고 내게 말했어. 그래야 개랑 같이 천국으로 가는 여행에 새에게 머-어-억일 게 있다고."

"나한테는 빵이랑 같이 묻으라고 한번도 말한 적이 없는데." 내가 말했다.

"누나만 아빠의 자-아-아식은 아니니까, 알잖아." 그는 아빠의 손안에 빵을 찔러 넣었다.

한 줄기 바람이 열린 창문으로 들어왔고, 모든 게 움직이는 듯했다. 커튼, 종이 냅킨, 남자들의 넥타이, 여자들의 드레스의 단, 그리고 내가 관으로 다가가 아버지를 바라볼 때 내 드레스의 단까지. 내 머리카락이 얼굴에 날리는 동안, 아빠의 머리카락은 두꺼운 스프레이에 덮여 뻣뻣하게 눌려 있었다. 얼굴과 목은 그의 피부색에 비해 너무 창백한 분가루 아래로 사라졌고, 볼 색조도 너무 짙은 분홍색이었다. 입술은 어색한 미소로 꽉 다물고 있었다. 그의 입술을 꿰맨 실밥이 조그만 벌레처럼 입가에서 미세하게 튀어나온 것이 보였다.

그리닝 형제들은 아버지에게 가장 싼 가격대의 옷을 입혔다. 암녹색의 담요 정장(blanket suit). 전체가 하나로 꿰매진 탓에, 그들은 그걸 담요 정장이라고 불렀다. 넥타이는 셔츠에. 셔츠는 재킷에. 재킷은 바지에. 정장이 그의 몸을 감싸고 있었다. 만약 아빠가 그 순간 살아나서 일어선다면, 정장이 쑥 내려갔을 것이다. 분명 그는 그저 웃으면서 정장의 담요를 거둔 뒤, 그걸 풀에 깔고 소풍을 가자고 했을 것이다.

그리닝 형제들은 우리에게 셔츠에 꿰맬 넥타이를 골라두라고 했다. 우리는 아빠가 가진 유일한 넥타이인 생선 모양의 넥타이를 골랐다. 우리가 몬태나 주를 지날 때 백발의 집시 여인에게서 얻은 것이었다. 집시는 길가에 세워둔 밴에서 파이를 팔고 있었다. 아빠는 그녀에게서 생선 파이 하나를 샀다. 그것을 썰자, 생선은 없었고 대신 생선 모양의 넥타이만 있었다. 그는 집시가 실수로 그걸 파이 안에 넣고 구웠다고 생각해서 그녀에게 그 넥타이를 돌려주었지만, 그녀는 아빠에게 자신은 진짜 지느러미가 펄럭이는 배스 한 마리를 파이에 넣었다고 했다.

"어쩔 수 없네요." 그녀가 말했다. "그게 다 구워졌을 때, 물고기가 제 풀에 고자 넥타이로 변했다면요."

난 이게 사실인지 아닌지 아직도 기억이 나지 않는다. 내가 집시의 백발을 봤는지, 그리고 아빠가 파이에서 넥타이를 꺼낼 때 파이 껍질이 바스러지는 걸 지켜봤는지도. 아니면 그건 그냥 아빠의 무릎에서 나온 한 이야기고, 그게 내 머릿속에 있는 건 그가 내 머릿속에 그 이야기들을 마치 달빛을 받은 작은 돌멩이들처럼 넣어두었기 때문인지도.

아빠가 평생 지닌 유일한 신발은 그의 작업용 부츠였다. 아빠와 신발 사이즈가 같은 체어풀이 낡았지만 잘 닦인 옥스퍼드 구두 한 켤레를 선사했다.

"남자가 하나님한테 가기에 좋은 구두다." 체어풀이 이렇게 말했다. "이게 좋은 건 춤을 췄던 구두이기 때문이다. 춤을 춘 신발은 그냥 서 있었던 신발보다 성품이 더 좋다."

정장, 구두, 얼굴 화장, 그 모든 게 내 아버지를 가렸다. 나는 그의 손을 바라보았고, 그의 짤막한 손톱 주위에 달라붙은 흙과 뼈만 앙상한 굽은 손마디를 보고서야 그가 보였다. 낯선 이들은 그의 손을 바라보며 한 하찮은 남자를 볼 것이다. 그들은 그의 손이 더럽기 때문에, 그가 중요하지 않은 사람이었다고 생각할 것이다. 그러나 인생에서, 우리는 다른 사람의 집에 살거나 우리 자신의 집을 짓는다. 내 아버지 같은 손을 지닌 사람은 별과 하늘로 자신의 집을 지은 사람이었다. 그는 삶의 고동에 매달렸고, 안락함을 포기했다. 우리는 그런 일을 하면서 우리 손이 더럽혀지지 않기를 기대할 수 없다. 우리가 그 일을 제대로 하고 있는지를 아는 한 방법이다.

나는 관 안에 걸려 있는 말린 타임과 쑥 다발을 응시했다. 나는 아버지가 연세도 더 많고 더 오래 사셨으니 그가 트러스틴에게 준 것보다 더 많은 타임과 쑥이 필요하겠다고 생각했다. 나는 다발을 하나씩 걸어두는 대신, 한 남자에게 무한한 안전한 여행과 아름다운 꿈들을 안겨줄 충분한 다발들을 걸었다.

나는 관에서 몸을 돌려 어머니를 바라봤다. 그녀는 접은 퀼트를 무릎에 얹은 채 소파 가운데 앉아 있었다. 그날 아침 그녀는 내게 화장을 해달라고 청했다. 자신의 손에 빨간 립스틱을 너무 오래 쥐고 있으면 모든 걸 다 망칠 것 같다고 생각했던 듯하다. 그녀는 풀 메이크업을 원했다. 나는 그녀가 원하는 대로 해주었다.

"릴런드 소식은 들은 거 없니?" 내가 얼굴에 분을 바르는 동안 그녀가 물었다.

"아침 일찍 엄마가 자는 동안 들렀어요." 내가 말했다.

"그래, 걘 지금 어디 있니?"

"떠났어요."

"떠났다고?"

나는 그녀에게 눈썹을 칠하는 동안 눈살을 찌푸리지 말라고 말해야만 했다.

"떠났다고?" 그녀가 반복했다. "제 아버지 장례식인데."

나와 눈이 마주치자 그녀가 재빨리 시선을 돌렸다.

"눈 감아요, 엄마." 내가 말했다. "아이섀도를 발라야 해요."

"잔뜩 발라라." 그녀는 더는 아무 말도 하지 않았다.

내가 눈꼬리까지 아이라인을 그리고 마스카라를 한 뒤, 그녀는 베일을 썼다. 그녀의 붉은 입술을 제외한 얼굴 전체를 덮었다.

"저 베일을 봐. 누구를 꼬일 생각이지?" 나는 우연히 내 곁을 지나가는 한 이웃 여자가 다른 여자에게 그런 말을 하는 소리를 들었다.

그 여자들은 화분에 심은 부활 고사리[147]를 들고 있었다. 마치 살아 있는 식물들 중 그것만큼 죽음을 잘 이해할 식물은 없다는 듯. 그 여자들이 엄마에게 향했다. 베일 속에서 엄마가 고사리를 바라보고 있었는지 혹은 여자들을 바라보고 있었는지는 잘 모르겠다. 그들이 애도를 표할 때, 엄마는 그 누구에게도, 아무 몸짓도 하지 않았다. 그녀는 단지 손에 퀼트를 들고 서 있을 뿐이었다.

엄마가 관 앞의 자기 자리로 걸어가자 거실이 조용해졌다. 아빠의 장

---

147 resurrection fern. 북남미와 아프리카에 서식. 높이 25cm, 너비 5cm, 단일 형태. 학명 Pleopeltis polypodioides(양치류 속, 고사리 과의).

례식을 시작할 시간이었고, 어머니는 자기 자리에 앉는 것으로 우리에게 그것을 알리고 있었다.

린트가 엄마 옆자리에 앉았고, 끝자리는 내게 남겨두었다. 너무 많은 사람들이 왔고, 거실이 꽉 찼고, 좌석이 충분하지 않아서 사람들이 다른 방들과 현관 베란다까지 흘러 넘쳤다.

다들 누군가 식을 시작하기를 기다리는 듯했다. 엄마가 팔꿈치로 린트를 툭 치자, 그가 일어나서 긴장한 듯 목을 가다듬었다.

"오늘 이 자리에 서-어-얼교는 없을 것입니다." 그의 목소리가 떨렸다. "아빠는 설교를 원치 않으셨습니다. 오직 이야기만 있습니다. 여러분들 모두 많은 이야기를 갖고 계실 것입니다. 그러니 여러분들에게 가장 의미 있는 이야기를 고-오-올라주세요. 그래야 내 아빠에게 가-아-아장 큰 의미가 있을 것입니다."

린트는 마치 자신만이 알고 있는 아빠와의 추억에 불꽃을 일으키려는 듯 두 손을 재빨리 비볐다.

"한 번은 아빠가 나-아-아무로 작은 차들을 깎아 그걸 낚싯대에 걸었습니다." 그가 말했다. "우리는 그 낚싯줄을 가-아-앙에 던지곤 했습니다. 그 차들은 진짜 멋있게 떠-어-어 있었습니다. '누가 가장 빠른지 보자.' 아빠는 그렇게 말한 뒤 입으로 빵 소리를 내곤 했습니다. 우리는 물 위에서 경주를 펼치면서 최대한 빨리 차를 감곤 했습니다."

린트는 낚싯줄을 던지듯 모든 동작을 곁들여 이야기했다. 잠시 우리는 린트와 아빠와 함께 그 강가에 있는 듯했고, 린트가 재빨리 낚싯줄을 감았을 때는 누가 경주에서 이길지 궁금했다.

"아빠는 매번 내가 이기게 해주었습니다." 린트가 팔을 떨구며 말했다. "그는 그-으-으런 아빠였습니다."

린트가 앉자, 사람들이 한 명씩 일어나서 아빠에 관한 이야기를 풀어놓기 시작했다. 그가 어떻게 우리 군내의 모든 전선들을 줄타기 챔피언처럼 탔는지, 또 한 번은 그가 어떻게 황금으로 된 곤충들을 발견했는지를.

"멋진 랜든은 벌레처럼 칠을 입혀서 그게 평범하게 보이게 했습니다. 그래서 황금 때문에 도난당하지도, 보석함에 갇히지도 않았습니다."

이 이야기들은 다른 모든 이야기와 마찬가지로, 술술 넘어가는 밀주와 깊이 파낸 사탕수수로 가득 찬 시골의 소박한 신화가 되었다.

카튼은 말하려고 일어나면서 넥타이를 곧게 폈고, 자신이 얼마나 아내를 사랑했는지 말했다.

"비코리에게 그런 일이 닥친 뒤," 그가 말했다. "나는 다시는 행복하지 못할 것이라고 생각했습니다. 그때 랜든이 내게 풍선 한 자루를 주면서 내가 매일 편지 한 통을 쓰면 눈물이 마를 거라고 했습니다. 내가 그녀에게 편지를 쓰면, 어떤 식으로든 나는 그녀를 다시 살릴 수 있다고 했습니다. 비록 그녀가 답장을 보낼 수는 없겠지만, 랜든은 그녀가 내 편지를 받았음을 셰이디 레인의 초입에 솟은 우는 버들의 홈 속에 돌을 넣어 알려줄 거라고 했습니다."

나는 린트가 손에서 굴리는 돌을 바라봤다. 그는 돌을 주머니에 다시 집어넣었다.

"그리고 정말로," 카튼이 말을 이었다. "내가 첫 편지를 써서 풍선에 날린 뒤, 버들의 홈 속에서 그 돌을 발견했습니다. 나는 나무에 그걸 넣은 사람이 랜든임을 알고 있었지만, 나는 그게 비코리라고 믿기로 했습니다. 랜든도 내가 그렇게 믿는 것을 그냥 두었습니다. 랜든은 브레세드에 있지 않을 때를 빼고는, 매일 그 나무의 홈에 돌을 넣었습니다. 하나님조차 나를 즐겁게 하는 데 지쳤겠다 싶지만, 랜든은 결코 지치지 않았고, 내게 한번도 그녀를 잊으라고 요구한 적도 없습니다. 그는 내게 내가 계속 버틸 수 있는 방법을 주었을 뿐입니다."

카튼과 다른 사람들의 이야기를 들으면서, 나는 아버지조차 생전에 몰랐던 사실을 하나 알게 되었다. 그는 때우는 사람(filler) 이상이었다는 것. 그는 평생 거대한 야생화 밭이었다. 풀들도 항상 아버지에 대한 이야기를 할 것 같은 느낌이 든다. 아버지의 버섯 사냥에 대해, 그리고 꿀이 얼마나 달콤한지 아무도 모른다는 아버지의 이론에 대해. 어쩌면 그게 그의 영원함일지도 모르겠다. 모자를 기울이고, 자신의 길을 가는 남자. 왠지 분위기가 장례식이라기보다 아빠의 밀주 단지를 서로 돌렸을 것 같은 느낌이 들기 시작했다. 사람들은 미소를 짓고, 껄껄 웃고, 서로의 등을 두드리며 말했다. "아, 맞아, 랜든은 딱 그랬어, 그래."

"이제 그만하세요." 엄마가 일어서면서 말했다. "이 모든 웃음. 다들 진정하고 경의를 표하기 바랍니다, 젠장."

이미 자리에서 일어선 그녀는 그 순간이 적기라고 생각했던 듯하다. 그녀가 천천히 관으로 다가가 손에 든 퀼트를 펼쳤다.

그녀의 침대에서 가져온, 중앙에 나무가 꿰매져 있는 퀼트였다. 새끼 고양이들의 오래된 핏자국이 아직 남아 있었다. 여러 가지 녹색 펠트 조각을 히코리 잎 모양으로 자른 뒤 나뭇가지에 바느질한 것들이 새롭게 보태져 있었다. 가장 커다란 두 잎사귀에는 자신의 이름과 아빠의 이름을 수놓았다. 내 이름과 얘로와 와콘다를 포함한 형제들 모두의 이름이 작은 잎사귀마다 수놓아져 있었다. 전날 엄마가 퀼트에 바늘을 당기는 것을 봤지만, 그저 구멍을 깁는 것이라고만 생각했다. 그녀가 우리 가계도를 꿰매고 있을 거라고는 생각도 하지 못했다.

다들 엄마가 아빠의 몸 위에 퀼트를 펼치는 것을 지켜봤다. 엄마는 아빠가 잠자리에 드는 것을 돕듯 부드럽게 그의 몸 둘레에 퀼트를 끼워 넣었다. 그것을 마친 뒤, 그녀는 마지막으로 그에게 키스를 하기 위해 몸을 숙였다. 아빠의 입술을 꿰맨 검은 실이 그녀의 입을 스쳤던 모습이 아직도 기억난다.

엄마가 자리에 앉자 거실이 조용해졌다.

나는 심호흡을 하고 일어섰다. 아버지의 관 옆으로 걸어가면서, 나는 어떤 신의 딸 같은 무게감을 느꼈다.

"자라면서," 내가 말했다. "나는 내 피부에 종잇장들이 붙어 있는 듯한 느낌이었습니다. 종이마다 내가 불렸던 단어들이 적혀 있었습니다. 파우 와우 폴리, 토마호크 키드, 포카혼타스, 혼혈, 인전 스콰.[148] 나는 나 자신과 나의 존재를 내가 들었던 그 모든 말들로, 즉 내가 아무것도 아니라는 그 말들로 정의하기 시작했습니다. 그 때문에 내 인생의 길은 어둠 속 오솔길인 양 좁아졌고, 그 오솔길조차 물에 잠겨 내가 발버둥 치며 걸어야 할 늪이 되었습니다."

"아버지가 없었다면 나는 평생 그 늪을 걸으며 살았을 것입니다. 늪 가장자리를 따라 나무를 심은 건 아빠였습니다. 그는 나뭇가지에 빛을 매달아 내가 어둠속에서도 잘 볼 수 있게 했습니다. 그가 내게 해준 모든 말들이 그 빛 사이에서 열매를 맺었습니다. 열매는 익어 스펀지가 되었습니다. 그 스펀지들은 나뭇가지에서 늪으로 떨어져, 진흙만 남은 땅이 될 때까지 물을 빨아들였습니다. 눈을 내려다보니, 몇 년 만에 처음으로 내 발이 보였습니다. 내 발을 잡고 있는 손들이 있었고, 그 손의 손가락들이 내 발바닥을 동그랗게 쥐고 있었습니다. 나는 그 손이 낯익었습니다. 손톱 밑에 박힌 텃밭의 흙. 그게 내 아버지의 손이라는 걸 내가 어찌 모를 수 있었겠습니까?"

"내가 한 발을 내딛자, 그 손이 같이 움직였습니다. 그때 나는, 내가 혼자 걷고 있었다고 생각한 내내, 실은 아버지가 나랑 같이 있었다는 걸 깨달았습니다. 나를 응원하면서. 내가 균형을 잃지 않도록 하면서. 최선을 다해 나를 보호하면서. 나는 스스로 두 발로 일어설 수 있을 만큼 강해져야 함을 깨달았습니다. 나는 아버지의 손에서 발을 떼고, 혼자 진흙탕을 나와 걸어야 했습니다. 그 없이 평생을 걷는 것이 두려울 줄 알았는데, 내 모든 발걸음에, 내가 남긴 모든 발자국에 그의 손자국

---

148 Pow-wow Polly, Tomahawk Kid, Pocahontas, half-breed, Injun Squaw(주 64, 52, 36 참조). 아울러 'Polly'는 Mary의 애칭인 Molly에서 파생된 여자 이름으로, 한때 강아지 이름으로 널리 쓰였다. 1960년대 이후 인명에 쓰이는 일은 급감했다(참조. https://www.thebump.com/b/polly-baby-name).

이 보이기 때문에, 나는 결코 그 없이 있지 않을 것임을 깨달았습니다."

나는 치마 주머니에 손을 넣어 어렸을 때 아빠가 준 사슴 가죽 조각을 꺼냈다.

"이제 난 내가 누군지 알아요, 아빠." 나는 그의 몸 옆에 사슴 가죽을 끼워 넣으며 말했다.

나는 자리로 돌아가는 대신, 테디의 전기제품의 테디가 빌려준 전축으로 발을 옮겼다. 프레야가 몇 년 전 기계에 동전을 넣어 만든 음반에 바늘을 올렸다. 음반이 치직거리더니 프레야의 아름다운 목소리가 거실을 가득 채웠다.

*신과 인간의,*
*온갖 파괴와 야만이,*
*오래된 벚나무에서 다시 떨어지네.*

*신화가 오고, 신화가 가네.*
*사랑은 이 경로 위에서 신실하네.*

*두려워하라,*
*늙은 밤채소[149]의*
*독을.*

*깜빡여라 내 딸, 깜빡여라 내 아들.*
*내 심장을 가져가, 부숴라, 부숴라.*
*깜빡여라 내 딸, 깜빡여라 내 아들.*

---

**149** nightshade. 토마토, 가지, 감자, 고추, 피망, 담배 등이 포함된 가짓과(Solanaceae) 식물군. 2,700여 종 이상이 있지만 식용식물은 극소수다. 독성이 있는 알칼로이드(솔라닌)를 소량 함유하고 있기 때문.

신화는 모두가 가져오던 것이었던 시절
내 아버지가 부른 노래는 차가운 소음.

내가 만약 우유와 꿀로 만들어졌다면,
내가 되고 싶은 것은 나의 아버지.
신화가 이 내 사슬들을 녹여 버리면
나는 내 아버지가 되어 있으리.
악마들과 천사들이 내 이름을 쓰네,
불속이든 후광이든 다를 게 없네.

깜빡여라 내 딸, 깜빡여라 내 아들.
나는 이로쿼이[150]보다 오래 살 수 없네.
깜빡여라 내 딸, 깜빡여라 내 아들
이 토마호크 신화 속에서,
이 톰, 존, 잭의 이야기를.

---

150 Iroquois. 식민지 이전 아메리카 북동부 인디언의 대표 부족(뉴욕 주, 펜실베이니아
주, 캐나다 온타리오 주 남부, 퀘벡 주).

# 더 브레새니언

## 총격이 멈추다

십 년 넘게, 브레세드는 마구잡이 총질에 시달렸다. 그 세월 내내, 주민들 모두 끊임없는 기행에 골병이 들었다. 너무 주기적으로 발생한 탓에, 심지어 어떤 사람은 그 소리가 총성이 아니라 우리 주위의 언덕들이 침식하는 소리라고 믿기까지 했다.

총격범의 신원은 하나도 밝혀지지 않았지만, 오늘 보안관은 11월 이후 새로운 총격 신고가 접수된 것이 없으므로 총격 사건은 공식적으로 종결된 것으로 간주한다고 발표했다.

"구름이 걷힌 기분입니다." 한 주민은 이렇게 말했다고 한다.

총격 사건의 동기는 끝내 미궁에 빠질 가능성이 높다. 총격범이 사망했다는 추측도 있다. 지금 무덤에서 영면하고 있다는 말이다.

대부분의 주민은 총격의 시대가 끝났다는 사실에 크게 기뻐한 반면, 안타까움을 표하는 이들도 있었다. 익명을 요구한 한 여성의 말이다.

"난 그리울 것 같아요. 뭔가를 오래 듣다보면, 그게 총성이라기보다는 흡사 단어들처럼 들리기 시작하죠. 그 세월 내내, 누군가 우리가 단지 이해할 수 없는 언어로 우리에게 말을 걸려고 했던 거지요. 그 세월 내내 그 말을 했던 사람이 누구든, 자신이 하고 싶었던 말을 꺼냈으면 합니다."

# 46

~

사망의 고통이 나를 에워싸고.

— 시편 18:4

아버지를 묻은 일은 우리가 우리의 검정 드레스를 옷장 깊숙이 걸어둔 한참 뒤에도 우리 곁에 고스란히 남아 있었다. 이제 더는 그의 몸을 파먹을 벌레들에 대한 걱정은 안 한다고 믿는 순간에도, 우리는 그 생각을, 오직 그 생각만 하고 있었고, 마침내 자연이 제 의무를 방기해서는 안 된다는 사실을 새삼 상기했다.

1973년 그 겨울, 나는 열아홉 살이 되었고, 내 몸은 눈처럼 차가웠다. 5월이 되자, 봄은 헐벗은 나뭇가지에 귀한 것을 안겼다. 꽃은 비통을 견딜 수 있게 해주었다. 아빠의 무덤 위에 자라기 시작한 푸른 풀도 힘을 주었다. 징후는 곳곳에 있었다. 분홍 모란에. 따스한 햇살 자락들. 콧구멍을 벌리고 날개를 파닥이는 곤충들. 모든 것이 말하고 있었다. 그의 죽음의 파장이 새 생명 앞에서 약해지고 있음을.

상큼한 봄은 작은 포근한 생명체 같은 밤을 데려왔다. 창문이 열렸고, 구름은 하늘을 가로지르는 무슨 긴 띠 같다. 작은 검정개를 데려온 것도 봄이다. 그놈은 집을 빙빙 돌았고, 베란다 계단에서 잠을 자곤 했다. 가끔은 울부짖었지만, 아직 완전히 늑대로 변한 것은 아니었다.

린트는 이 개가 아빠라고 장담했다.

"얘 냄새를 맡아봐, 베티." 그는 진흙투성이 동물을 내 코밑에 들이댔고, 그놈의 뻣뻣한 털이 내 콧구멍을 간지럽혔다. "아빠의 다-아-암배 냄새가 나, 안 그래?"

그 후 나는 그 개를 집으로 들여 내 침대 위에서 재웠다. 나는 그놈을 Du-yu-go-dv[151]라고 불렀다. 생각해보니 그놈한테 가장 잘 어울리는 체로키 이름이었다.

하늘에 먹구름이 짙게 드리워진 어느 날 오후, 나는 내 방에서 Du-yu-go-dv와 함께 잠이 들었다. 천둥소리에 잠을 깼다. 소리가 사방에서, 심지어 내 안에서도 울렸다.

Du-yu-go-dv를 찾았지만, 그놈이 사라졌다. 나는 아빠의 의자인 흔들의자의 굽 소리가 들리는 복도로 나갔다.

아빠와 엄마의 침실이었던 방에 들어서니, 엄마가 흔들의자에 앉아 있는 것이 보였다. 바람이 들이치면서 면 커튼이 그녀를 휘감고 있었다. 방은 늘 있던 가구들 그대로였다. 가구 사이사이 공간의 여백도 똑같았다. 화장대 위 화장품들과 침대 머리맡 탁자 옆 신문 더미들이 왠지 더 많아졌지만, 그 방을 진짜로 가득 채웠던 단 하나가 마치 아버지와 함께 사라져버린 듯 어떤 공허함이 있었다.

나는 엄마도 공허함을 느끼고 있는 것을 알고 있었다, 그녀는 맨발에, 한 다리를 깔고 앉은 채 다른 한 발로 의자를 흔들고 있었다. 막 목욕을 마쳐 젖은 머리칼이 더 짙어 보였고, 머리카락에서 맨 어깨 위로 작은 물방울이 떨어지고 있었다. 몸에는 달랑 한 장의 담청색 수건만 두르고 있었다. 얼굴에 화장기가 하나도 없었다. 립스틱, 마스카라, 그 모든 것이 그녀의 살을 태웠던 듯싶었다. 그녀를 접근할 수 없는 그 무엇으로 만들었던 화장. 하지만 민낯의 그녀는 시원하고, 만질 수 있고, 내가 지금껏 본 가장 아름다운 여인이었다. 어쨌든 우리 둘이 그렇게 달라 보이지 않는다는 것을 깨달았다. 그녀는 나의 어머니, 나는 그녀의 딸이었다. 짐작컨대 너무 오래 우리의 관계가 전쟁처럼 격렬했던 듯

---

**151** Duyugodv 정직한. 32장 참조.

싶다.

"넌 쟤가 아빠라고 생각하니?" 그녀가 침대 위의 Du-yu-go-dv를 향해 고개를 끄덕였다.

"아빠요?" 내가 물었다. "아뇨. 나는 개가 아빠라고 생각하지 않아요."

"저이한테 물어봐야겠네."

그녀가 일어섰을 때, 발목이 떨리는 것 같았다. 침대로 발을 옮기면서, 그녀는 마치 아버지가 내게 이름을 알려준 그 모든 야생 식물들의 이삭의 머리를 쓰다듬듯 손바닥을 아래로 하고 두 손을 내밀었다.

엄마는 침대로 다가가면서 두 손으로 매트리스를 짚고 앞으로 나아갔다.

"네가 내 남편이냐?" 그녀가 개에게 물었다.

개의 검은 눈이 그녀를 응시했다.

"랜든?" 그녀가 부드럽게 그의 이름을 말했다. "이 개자식. 넌 절대 날 떠나질 않겠다고 약속했잖아."

그녀가 손을 내밀었다. 개가 벌떡 일어나 방을 나갔다. 지친 엄마는 한숨을 쉬며 몸을 돌려 침대 가장자리에 앉았다. 팔짱을 끼고, 가슴에 턱을 고였다.

"네 아버지는 가장 아름다운 고리버들 의자를 만들곤 했다." 그녀가 말했다. "그는 나무껍질을 벗기기 전에 가지를 물에 담가두곤 했다. 이제 우리 집에 그런 의자는 하나도 남은 게 없다. 우리에게 돈이 필요할 때마다, 그가 만든 가구들이 늘 제일 먼저 떠났다. 릴런드를 빼고, 그래, 너희 누구도 그런 의자가 있었는지조차 몰랐다. 네가 아버지에 대해 모르는 게 너무 많다. 넌 아버지가 배를 건조하는 걸 도와준 걸 아니?" 그녀가 나를 올려다봤다.

"진짜 배를 말하는 거예요?" 나는 침대 위 그녀 옆에 앉았다.

"응. 큰 배. 바다로 물건을 싣고 나가는 배. 난 다들 그것 때문에 그를 항상 가장 사랑한다고 생각해. 난 그 어떤 배도 만든 게 없네."

그녀는 불현듯 자신의 손이 그 어떤 중요한 것도 하지 않았다고 느낀 듯 자신의 두 손을 내려다봤다.

"엄마는 배보다 더 좋은 걸 만들었어요." 내가 말했다. "엄마는 하늘을 나는 퀼트를 만들었어요."

"그걸 기억하니?" 그녀가 물었다.

"물론이죠, 엄마. 난 다 기억해요. 난 아주 어렸고, 맨발로 마당을 걸어 다녔어요. 엄마는 밖에서, 엄마가 아빠와 함께 묻은 그 퀼트를 깔고 풀밭에 앉아 있었어요. 엄마는 뭔가를 수놓고 있었어요. 난 그게 뭔지 기억하지 못해요. 그때 난 엉겅퀴를 밟아서 막 울고 있었기 때문에 아무 생각이 없었어요. 엄마는 날 부르더니 내 발을 엄마 손에 꼭 쥐었죠. 엄마는 엉겅퀴가 박힌 바로 그 발에 입맞춤을 했어요. 그리고는 날 무릎에 앉히더니, 우리는 하늘을 날 거라고 했어요."

"엄마는 수놓는 데 쓴 연보라 실 한 올을 잘라서 풍뎅이 몸에 둘둘 감았어요. 벌레는 실에 묶인 채 날아갔죠. 엄마는 '우리는 날고 있어'라고 하면서 마치 우리가 세상 모든 것 위에 떠 있는 것처럼 퀼트 끝자락을 가리켰어요."

"'저기 언니들이 집 지붕에 앉아 있고, 동생들이 나무 밑에서 놀고 있네. 보이니?' 엄마는 이렇게 물었어요. '저기 봐. 네 아빠가 버섯을 팔고 있네.'"

"나는 바라봤고, 그걸 다 봤어요. 그리고 엄마는 미소를 지었어요."

"'풍뎅이가 날아가는 한 우리도 날아갈 겁니다.' 엄마는 이렇게 말했어요."

"나는 땅으로 돌아가는 걸 원치 않았어요."

"왜, 베티?" 그녀는 마치 몰랐다는 듯 물었다.

"난 엄마랑 함께 있었으니까요."

# 47

∾

그분께서 그 여자에게 이르시되,
네 믿음이 너를 구원하였으니 평안히 가라.
— 누가 7:50

신더블록 존은 조랑말을 자기 집으로 데려갔다. 빨갛게 페인트칠한 아름다운 헛간에서 개를 살게 했다. 자신이 소유한 가장 아름다운 땅 둘레에 나무 울타리를 설치했다. 잠시나마 조랑말은 그곳에서 행복하게 달렸지만, 울타리를 마주하고 나서야 자신이 아직 진정 자유롭지 않다는 것을 깨달았다. 나는 울타리를 넘어서려는 욕구를 십분 이해했다. 초원이 아무리 아름다운들, 산 삶과 가진 삶의 차이를 만드는 것은 선택의 자유다.

나는 학년 말에 고등학교 졸업장을 받았고, 나는 아빠가 이를 자랑스러워했을 것을 알고 있었다. 나는 우리 가족 중 유일하게 졸업장을 받은 사람이 되었다. 린트도 고학년이 되기 전에 중퇴할 것이다.

차고 앞에서 그를 봤을 때, 나는 그에게 난 떠날 거고, 나는 그가 나랑 같이 갔으면 싶다고 했다.

"난 아-아-안 돼." 그가 말했다.

"왜 안 돼?" 내가 물었다. "우리는 어디든 함께 갈 수 있어."

"아-아-아빠가 죽기 전에, 아빠는 내가 엄마를 돌봤으면 좋겠다고 했어. 엄마에게 내가 피-이-일요할 거라고 했어."

"엄마는 네가 필요 없어, 린트. 엄마는 혼자 잘 지낼 수 있어."

린트가 자신의 손을 내려다봤다.

"나는 집을 떠나고 시-이-잊지 않아, 베티." 그가 말했다. "여기는 엄마와 아빠가 평생 함께 살았던 마지막 장소야." 그가 차고 문 옆에 걸린 간판을 쳐다봤다. "누군가 아빠의 식물들을 도-오-올봐야 해. 난 아빠가 일하는 걸 지켜봤어. 난 아빠가 한 것처럼 차를 만드는 방법을 아-아-알아."

"정말 떠나고 싶지 않아?" 내가 물었다.

"누나한테 보-오-오여주고 싶은 게 있어."

그가 나를 밖으로 데려갔다. 차고와 집 사이의 마당에 그는 땅을 야트막하게 파서 자신의 돌들을 깔아놓은 작은 길을 만들었다. 자갈에 그려진 눈들이 하늘을 응시하고 있었다.

"돌들이 언제나 나를 이끌었던 곳은," 그가 말했다. "이 집이야. 그런데 내가 왜 여길 떠나고 싶겠어?"

린트는 우리 아버지의 사업을 계속 이어갈 것이고, 단 한번도 자기 이름을 넣어 랜든네 간판을 바꾸지 않을 것이다. 사람들이 혹 실수로 그를 랜든으로 부르면, 린트는 그저 자랑스럽게 미소를 지으며 이렇게 말할 것이다. "네, 그게 접니다."

식물과 자신의 돌 사이에서 린트는 그가 으깬 약초들과 그가 우린 차 냄새가 나는 노인이 될 것이다.

"네가 보고 싶을 거야, 린트."

"난 늘 여기 있을 거야. 누나가 할 일은 그냥 가끔 들러서 안녕, 하는 거야."

"알았어. 그럴게."

나는 린트가 남아 있으려는 필요를 이해할 수 있었지만, 세상은 이미 내 정신을 감동시켰고, 땅과 물과 하늘들은 내게 손짓하고 있었다. 나는 스스로 세상을 발견해야 했다. 그날 밤 짐을 싸기 시작했다. 이튿날 아침, 벽에서 세 자매 조각을 떼어내고 있을 때, 엄마가 열린 문간에 기대서 있었다.

"여행하기 좋은 날인 것 같네." 그녀가 말했다.

그녀는 프릴이 달린 블라우스 깃을 만지작거렸다. 태어나서 처음으로, 어머니가 바지를 입은 것을 봤다.

그녀는 내가 모든 걸 쑤셔 넣은 여행가방 안에 세 자매 조각을 챙기는 것을 지켜봤다. 나무와 꽃, 개와 고양이와 쥐가 한 마리씩 있는 농가의 그림이 가방에 그려져 있었다. 여행가방의 그림을 보니 언젠가 플로시가 내게 했던 말이 떠올랐다.

"넌 농가에서 살게 될 거야, 베티. 넌 개와 고양이와 쥐가 한 마리씩 있을 거야."

그 생각에 절로 미소를 지어졌다.

"어디로 갈 거니?" 엄마가 물었다.

"머나먼 곳으로요." 나는 무대를 내다봤다.

그녀가 열린 창문으로 다가가 한껏 쏟아져 들어오는 햇빛 속에 섰다.

"너를 붙잡고 싶지 않다." 그녀가 말했다. "나도 일을 시작해야 돼. 내가 브레세드 신발 회사에 취직했다고 말했나? 난 봉제부에서 일한다. 본이 재단된 다음에 신발 전체를 박는 여자 중 한 명이 될 거야."

그녀는 자랑스러운 듯 살며시 머리 양옆을 만진 뒤, 브라에 손을 넣어 아파치 눈물을 꺼냈다.

"내가 이것에 대해 말해준 거 기억나니?" 그녀가 물었다. "손안에서는 까만 돌이지만," 그녀는 돌이 반투명이 될 때까지 그걸 햇빛 아래들고 있었다. "빛이 있으면 변한다. 사람들이 말하길 아파치 눈물을 갖고 있으면……"

"다시는 울지 않지요." 내가 그녀의 말을 맺었다. "아파치 여인들이 우리를 위해 울어주니까요."

"글쎄, 얘가 그동안 나한테 해준 것보다 너한테 더 도움이 될 것 같네." 그녀는 그 눈물을 내 손바닥에 올린 뒤 내 손가락으로 말아주었다.

"소녀는 칼과 맞서면서 성년이 된다, 베티." 그녀가 내 머리칼을 부드럽게 귀 뒤로 넘긴 뒤 내 이마에 입맞춤했다. "하지만 성년이 된 여자는 칼날이 자신을 찢을 만큼 깊숙이 잠기게 둘 것인지, 아니면 팔을 뻗어 도약해서 사방에서 유리처럼 부서질 세상 속으로 과감히 날아갈 힘을 찾을지 정해야 한다. 너는 그 힘을 갖기 바란다."

그녀가 방을 나가려고 몸을 돌리는 순간, 마침 내 침대 위에 있는 엽총을 발견했다.

"브레세드를 쏜 총의 모델과 같아 보이네." 그녀가 엽총을 집어 벽을 겨누었다. "넌 왜 네 마을에 총질을 했던 거니, 베티?"

"내가 아니에요. 적어도 처음에는 아니었어요. 그건 프레야였어요. 언니가 미끈이 느릅나무 껍질을 구하려고 나간 날 밤, 숲으로 들어갔고, 나는 언니를 따라갔어요. 나는 언니가 나뭇잎으로 덮어둔 속이 빈 그루터기에서 엽총을 꺼내는 걸 지켜봤어요. 총을 발견했던 곳에서 첫 탄약통을 발견한 것 같아요. 나중에는, 아마 그걸 더 사러 마을 밖으로 나갔을 거예요."

"처음엔 언니가 왜 총을 쏘는지 몰랐어요. 그러다가 언니가 내게 우리 모두 단지에 갇힌 곤충들이고, 우리에겐 숨을 쉴 더 많은 공기구멍이 필요하다고 했을 때 알았어요. 언니는 그저 하늘에 총을 쏴서 우리 모두에게 그 공기구멍을 만들어주려고 했던 거예요. 언니가 죽었을 때, 난 내가 그걸 이어야 한다고 생각했어요. 하지만 이젠 공기가 충분한 것 같아요. 여기서도 숨을 잘 쉴 수 있어요."

엄마가 고개를 끄덕였고, 이어 군인이 다른 군인에게 하듯, 경례를 하고 방을 나갔다. 그녀가 자기 방으로 총을 가져가는 소리가 들렸다. 그녀는 남은 인생 동안 그 총을 옆에 두었다. 그녀의 금발이 은발이 되고, 늙은 과부가 되어 무릎 위에 엽총을 올려놓고 무너져가는 베란다에 앉아 이름도 모르는 아이들에게 자신의 망할 마당에 가까이 오지 말라고 소리쳤을 때, 그녀가 꼭 쥐고 있던 것이 바로 그 총이었다. 아이들은 나이가 어린 탓에, 그녀가 흔들의자에 앉아 있는 노파 이상이었다는 걸 상상조차 할 수 없었고, 그래서 종종 와서 그녀를 놀리곤 했다.

어머니가 하이힐을 신고 걷는 소리를 마지막으로 들었던 때가 바로 그날, 엄마가 아빠가 누웠던 침대 자리에 엽총을 올려놓고 방을 나왔을 때였다. 그녀는 복도를 내려갔다, *딸깍딸깍.* 계단을 내려갔다, *딸깍딸깍.* 그녀는 현관을 지나, 자신이 은퇴할 때까지 다닐 직장으로 향했다. *딸깍딸깍.*

나는 아파치 눈물을 창가로 가져가서 햇살에 들어올렸다. 빛이 돌을 다시 반투명으로 만들었을 때, 나는 엄마가 차를 몰고 셰이디 레인을 따라 내려가는 것을 지켜봤다. 그녀가 사라졌을 때, 나는 그 눈물을 주머니에 넣었다.

내 베개 위에 아빠의 지팡이가 놓여 있었다. 그걸 여행가방의 우산걸이에 매달았고, 타자기를 가방에 넣은 뒤 열쇠로 잠갔다. 모든 짐을 현관 옆에 두었다. 나를 따라다니는 Du-yu-go-dv가 옆에 있었다.

"린트?"

"여-어-어기 있어."

거실에서 TV를 보고 있는 그가 보였다.

"오늘은 봄치고는 덥네, 안 그래?" 나는 뺨에서 흐르는 땀을 닦았다.

그는 마치 그래야 마땅하다는 듯 몸을 일으켰다.

"그래, 그럼 자-아-알 가." 그가 말했다.

나는 그를 꼭 껴안았지만, 그는 어색한 듯 팔을 늘어뜨렸다.

"혹 네가 좋아할 것 같은 돌을 찾으면, 잘 갖고 있을게." 나는 이렇게 말하고 그를 품에서 풀어주었다.

"두렵지 않아?" 그가 물었다.

"뭐가, 린트?"

"플로시가 항상 우리 거라고 했던 저-어-어주 말이야. 아마 바-아-아깥세상이 더 심할 거야."

"저주 따위는 결코 없었어, 린트. 우리 삶에 초자연적인 고난은 없어. 있는 건 오직 우리의 두려움뿐이야. 저주를 너무 받아서 살 수 없다고 두려워하는 것도 이젠 지긋지긋해."

그때 차고로 향하고 있는 차를 그가 창밖으로 내다봤다.

"크-으-을린커 부부가 마실 차 때문에 왔을 거야." 그가 말했다. "저 분들을 챙겨야 돼."

그가 서둘러 문으로 향했다.

"나중에 봐, 베티." 그가 말했다. "풍선을 잊지 마."

위층으로 달려가 옷방에 들어갔다. 거기, 아버지의 신발 끈으로 묶어 둔 빨간 풍선 하나가 천장에 떠 있었다. 전날, 카튼이 나를 위해 풍선에 헬륨을 가득 채웠다. 나는 신발 끈을 잡아 그걸 내 탱크톱 끈에 매듭으로 묶어 풍선이 몸에 붙어 있게 했다. 침실을 영원히 떠나기 전, 마지막으로 둘러봤다. 내 과거의 유령들이 내 앞에 나타났다. 우리의 원은 결코 부서지지 않을 거라고 우리가 여전히 믿었을 때 우리가 종종 했던 것처럼 서로의 머리를 땋기 위해 바닥에 동그랗게 앉아 있는 프레야, 플로시, 나의 모습이 보였다. 프레야의 유령이 나를 올려다보며 물었다. "우리를 기억해줄래, 베티?"

"난 잊히는 게 싫어." 플로시가 덧붙였다.

"당연히 쟤는 우릴 기억할 거야." 내 어린 시절의 유령이 말했다. "안 그래, 베티?"

"내가 다 기억할게." 나는 그들에게 약속했다.

그들은 다시 제 일에 빠져들었고, 나는 방을 나왔다. 내가 계단을 내려올 때 그들이 킥킥대는 소리가 들렸다. 그 유령들이 집에 있는 게 기뻤다. 나는 귀신이 나오는 게 늘 그렇게 끔찍한 게 아니어서 기뻤다.

등 뒤로 방충망이 닫혔고, 나는 밝은 태양 속으로 걸어 나왔다. 린트가 클린커네를 차고로 이끄는 것을 바라봤다. Du-yu-go-dv가 나를 따라 베란다 계단을 내려왔다. 발을 멈추고 텃밭을 돌아봤다. 이제 린트가 여길 맡을 것이다. 홀로 마른 가지를 태우고, 그 재들을 철마다 땅에 뿌릴 것이다.

이제 그 시절의 추억을 소중하고 안전한 곳에 둘 시간이었다. 한 권의 책처럼 내 마음속에 단정하게 덮었다. 앞을 바라봤고, 나는 내 여행의 대부분이 두 발로 이루어질 것을 알고 있었다. 걷는 것이야 아무 상관없었다.

브레세드 밖으로 향하는 레인에 섰고, 주머니에서 지도를 꺼냈다. 지도를 펼쳤지만, 랜던 카펜터의 딸로 태어난 소녀에게는 지도 없이 하는 여행이 최선이겠다고 마음먹었다. 지도를 접고, 브레세드에서 나오는 차를 돌아봤다. 그 차가 속도를 늦춰 멈췄을 때, 나는 몸을 숙여 열린 조수석 창문으로 안을 들여다봤다. 스리피스 정장 차림의 친절한 눈매의 남자가 운전석에 앉아 있었다.

"어디로 가니?" 그가 물었다.

두 어린 소년들이 뒷좌석에서 야구공 하나를 두고 다투고 있었다.

"가시는 데까지 태워주실 수 있나요?" 나는 이렇게 물었고, 그의 옆 앞좌석에 법전이 놓인 게 보였다.

"이웃 카운티까지 갈 거다." 그가 말했다. "아들들을 데리고 시즌 전 야구경기에 가는 길이다. 널 거기까지 데려다 줄 수 있어."

"내 친구도 탈 수 있나요?" 나는 Du-yu-go-dv를 안았다.

"우리도 집에 그래니라는 개가 있는데, 안 그러니, 꼬맹이들?" 그는 여전히 다투고 있는 뒷좌석의 소년들을 돌아봤다.

그는 웃으며 고개를 저으면서 차에서 내렸고, 내 여행가방과 타자기 가방을 들어 트렁크에 실었다. 그는 Du-yu-go-dv의 머리를 토닥인 뒤 트렁크를 닫았다. 우리가 차에 다시 오르기 위해 차를 돌 때, 그는 조끼에 넥타이가 제대로 꽂혀 있는지 확인했다. 출발할 때, 그가 손을 내밀면서 자신을 소개했다.

"아, 그래, 난 오톱시 블리스다." 그가 말했다. "뒷좌석의 두 소년은 내 아들이다. 맏이는 그랜드. 동생은 필딩."[152]

　나는 뒤를 돌아봤고, 두 소년은 더 이상 야구공을 두고 다투지 않았다. 그들은 함께 놀고 있었다.

　"오늘 정말 덥지, 응?" 블리스 씨는 다시 한 번 넥타이를 확인했다. "다 녹아버릴 것 같네."

　나는 환영합니다 표지판을 돌아봤다. 저 솟구친 양버즘나무에 못으로 박혀 있는 저 헛간 나무 판때기 조각. 그 나무가 시야에서 사라지기 전, 나는 탱크톱 끈에서 풍선을 풀어 창밖으로 내밀었다.

　"그 풍선은 뭐니?" 블리스 씨가 물었다.

　"편지예요." 내가 말했다. "아버지에게 보내는."

　나는 신발 끈을 꽉 쥐었다가 손에서 놓았다. 빨간 풍선이 하늘로 떠오를 때, 구름 하나가 하늘에서 빙빙 돌고 있었다. 그 구름 아래로 손 하나가 내려왔고, 손톱 여기저기에, 그리고 손금마다 텃밭 흙이 박혀 있었다. 그 손이 신발 끈을 잡더니, 천천히 풍선을 끌어당기며 구름 속으로 사라졌다. 나는 좌석에 머리를 기댄 채 언덕이 지나치는 것을 바라보면서, 언젠가 아버지가 내게 했던 말을 떠올렸다.

　*"어떤 물도 쉬지 않는다."*

　그의 죽음의 파장이 약해진 지금 나는 그 말이 무슨 뜻이었는지 안다. 그러나 물은 결코 잔잔하지 않을 것이다.

---

**152** Autopsy Bliss, Grand, Fielding. 저자의 첫 책의 주요 등장인물들(*The Summer That Melted Everything*, 2016). 아도니스 출간 예정.

# 감사의 말

내 가족에게 감사하다. 자매 제니퍼(Jennifer)와 디나(Dina), 아버지 글렌 (Glen), 그리고 특히 단호한 결단력과 창의력과 총명함으로 지금도 내게 영감을 주는 어머니 베티(Betty)에게 감사하다.

크노프(Knopf) 출판사 편집부에 감사하다. 티머시 오코넬(Timothy O'Connell), 애나 카우프먼(Anna Kaufman), 폴 보가스(Paul Bogards), 에밀리 리어든(Emily Reardon), 에밀리 머피(Emily Murphy), 노라 라이커드(Nora Reichard), 수잰 스미스(Suzanne Smith), 숀 율(Sean Yule), 켈리 블레어(Kelly Blair), 베티 루(Betty Lew), 로버트 셔피로(Robert Shapiro), 그리고 돌아가신 소니 메타(Sonny Mehta)에게 감사하다.

해외 번역 출판사들에게 감사하다.
시모네 칼타벨로타(Simone Caltabellota)와 아틀란티데(Atlantide) 출판사 편집부의 프리실라 칼라벨로타(Priscilla Caltabellota), 루치아 올리비에리(Lucia Olivieri), 루카 브리아스코(Luca Briasco), 잔니 미랄리야(Gianni Miraglia), 프란체스코 페디치니(Francesco Pedicini), 플라비아 피치니(Flavia Piccinni), 프란체스코 사네지/3첸토그라미(Francesco Sanesi/3centogrammi), 엔리코 비스타초니(Enrico Bistazzoni), 가이아 리스폴리(Gaia Rispoli)에게 감사하다.

갈마이스터(Gallmeister) 출판사의 올리버 갈마이스터(Oliver Gallmeister)와 번역가 프랑수아 아프(François Happe)에게 감사하다.

574

와이덴펠드 & 니컬슨(Weidenfeld & Nicolson) 출판사의 페데리코 안도르니노 (Federico Andornino), 프랜체스카 피어스(Francesca Pearce), 톰 노블(Tom Noble), 에스터 워터스(Esther Waters), 엘리 프리드먼(Ellie Freedman)에게 감사하다.

아셰트(Hachette) 오스트레일리아-뉴질랜드의 빅토리아 머린(Victoria Marin), 대니얼 필킹턴(Daniel Pilkington), 캐시 켈리(Kathie Kelly)에게 감사하다.

율리에트 판 베어스(Juliette van Wersch)와 시냐튀어(Signatuur) 출판사 편집부에게 감사하다.

끝으로, 내 할머니 앨카(Alka)와 숙모들에게 감사하다. 그분들의 강인함과 투지는 헤아릴 길이 없었다. 그리고 할아버지 랜든(Landon)은 내가 태어나기 전 세상을 떠나셨지만, 아버지의 전형으로서 딸들에게 힘을 북돋아주고 지원을 아끼지 않았고, 우리 집안 체로키 선조들의 유산을 수행하고 찬양하고, 우리들의 삶에 영원한 파장을 남겨주었다. 그분께 감사의 마음을 전하고 싶다.

옮긴이 강주헌

한국외국어대학교 불어과 졸, 동대학원 석사, 박사. 펍헙 에이전시를 운영했고, 한겨레 문화센터에서 수십 년 번역 강의를 진행하고 있다. 2003년 '올해의 출판인 특별상'을 수상했다. 번역가로 수백 권의 영불 번역서가 있다.

# 베티

초판 1쇄 발행  2023년 5월 15일

지은이     티파니 맥대니얼
옮긴이     강주헌
펴낸이     조동신
펴낸곳     도서출판 아도니스
전화       031-967-5535
팩스       0504-484-1051
이메일     adonis.editions@gmail.com
Facebook adonis.books
출판등록   2020년 1월 29일 제2017-000068호


디자인     전지은
교정교열   이정란
종이       ㈜ 두송지업
제작       힌영문화사


ISBN     979-11-970922-3-7  03840

앞면지에서 이어짐

"이 작가의 서정성은 놀랍다. 마법적 사실주의로 가득 찬 우주다. *베티*는 자연과 유년과 사랑에 대한 송가이자 가슴 저린 소설이다. 큰 충격을 받을 것이다." —*France Info*

"저자가 '달의 춤이자 달의 노래이며 또한 달빛'이기를 바란, 강력하고, 구슬프고, 더없이 아름다운 장편이 탄생했다." —*Les Échos*

"*베티*는 문체의 맛과 글쓰기의 행복이 새 떼처럼 소용돌이친다." —*Marianne*

"자신을 낳아준 사람에게 바치는 한 소녀의 연시이자 헌사. 죽음보다 강한 이 가족의 사랑스런 초상화에 우리는 한없이 매료된다." —*Le Figaro Littéraire*

"보기 드물게 강력한 가족 벽화다. 눈부시게 복잡하고 몽환적인 이 소설의 인물들은 당신을 오래오래 따라다닐 것이다." —*Version Femina*

"한 알의 포탄처럼 날아든, 페미니즘적이고 영적이고 장엄한 성장소설." —*Elle*

"이 작가의 소설의 숨결은 매혹이다." —*Voici*

"완벽하다." —*Madame Figaro*

"모두가 회자할 놀라운 책." —*20 Minutes*

"작가는 어머니의 이야기로 인간애 가득한 한 편의 소설을 엮었다." —*La Libre Belgique* (벨기에)

"올해 가장 아름다운 소설 중 하나. 간혹 끔찍하고 어둡지만, 글이 아름답고, 이야기는 더욱 아름답다. 아름답고 아름다운 소설이다." —*Journal de Montréal* (캐나다)


## 이탈리아

"이 젊은 미국 작가는 이제 미국과 영국에서 컬트가 되었다." —*La Repubblica*

"현대 미국소설의 가장 신선한 작가 중 한 명이 쓴 눈부신 소설. 에드거 앨런 포, 나다니엘 호손, 러브크래프트, 카슨 맥컬러스, 플래너리 오코너, 하퍼 리를 연상시킨다. 잔인할 정도의 생생한 사실주의, 동화와 사실을 아우르는 환상적인 필체, 능숙한 시공간의 변형이 놀랍다." —*Il Manifesto*

"티파니 맥대니얼은 우리 모두에게 존재하는 선함과 악함에 대해 이야기한다." —*Il Libraio*

"감동적이고 시적인 책. 가장 잔인한 혐오의 잿더미에서 우리가 갱생할 수 있음을 알려주는 책. 어두운 동화 속에 담긴 진정성." —*Solo Libri.net*

"폭력적이고 편협한 세계 속 여성의 형성. 시와 아이러니로 가득 찬 이야기. 시종일관 비극을 관통하고 있음에도 우리를 배태한 폭력의 기원을 직시함으로써 구원의 길을 찾을 수 있음을 보여주는 책." —*Fanpage.it*

"독창적인 이야기다." —*Nuove Radici*

"강력하고 맹렬한 책. 침착하게, 아주 침착하게 읽어야 하는 책. 우리에게 앞으로 나아갈 길을 보여주는 책." —*Thriller Nord*

"당신은 이 책에서 동화 속을 날아다니고, 현실 속으로 소용돌이치고, 구름 위를 떠다니고, 폭풍우에 휩싸이면서 모든 답을 얻을 것이다." —*CrunchEd.it*


## 네덜란드

"무섭고 경이로운 수확이다. 마음에서 우러나오는 감동과 충격의 이야기다." —*Nederlands Dagblad*

"누구나 *베티*를 사랑하게 될 것이다." —*Leeuwarder Courant*

"어둠 속 희망으로 가득 찬 책." —*Hebban*

"베티 카펜터는 올리버 트위스트 못지않은 두께의 여주인공이다. 어두운 가족의 비밀과 빛나는 시 사이에서 우리는 60년대 황야의 오하이오, 그녀의 발자취에 완전히 휩싸인다." —*Focus*


## 스페인

"*베티*는 우리를 취하게 한다. 이어 폐부를 찌른다. 우리를 최면에 빠지게 하고, 우리를 쓰러뜨린다. 다른 것을 생각할 틈이 없다." —*La Hierba Roja*

"추함이 아름다움으로, 야생이 멋짐으로 변신한다. 대성공이다. 전설은 현실이 되었다." —*La Vanguardia*

"올해의 소설 중 하나." —*Coordenadas Literarias*

"한동안 서랍 속에 갇혀 있었던 강력한 에코페미니즘 선언문." —*Algunos Libros Buenos*

"마법 같은 세계 속 체로키 아버지를 둔 어느 딸의 맛있는 이야기." —*Página2, RTVE*